W0026646

MARKUS
ORTHS

Roman

Carl Hanser Verlag

4. Auflage 2018

ISBN 978-3-446-25649-1

Satz: Satz für Satz, Wangen im Allgäu
Druck und Bindung: Friedrich Pustet, Regensburg
Printed in Germany

MIX
Papier aus verantwortungsvollen Quellen
FSC® C014889

Für meinen Vater
Hans Orths

PROLOG

Max schleppte Bilder zum Wagen. Eins nach dem anderen wuchtete er auf den Anhänger. Sein nackter Oberkörper: ölig vom Schweiß. Manchmal hasste er die Sonne in Sedona, Arizona. Dass Bilder so schwer sein konnten. Samt Rahmen und Lattenverschlag. Dass man Bilder so vorsichtig zu behandeln hatte. Sie waren doch fertig, die Bilder, sie trugen das Ende schon in sich, sie hatten nichts Neues zu bieten, das Verfrachten schien mühevoller als das Verfertigen. Max schlug die Persenning über seine und über Dorotheas Werke, zum Schutz vor den Brutalitäten der Natur. Dann kehrte er in die Hütte zurück. Seine Frau lag in ihrem Zimmer, sie fröstelte. Max holte ein Tuch und betupfte Dorotheas Stirn. Er setzte sich an ihr Bett, wollte sie fragen, ob er auch wirklich fahren und sie allein lassen könne, aber Max wusste, dass Dorothea solche Fragen nicht mochte.

»Erhol dich gut«, sagte er.

»Ist nur ’ne Sommergrippe.«

»Man weiß nie.«

»Vielleicht komm ich doch mit?«, fragte Dorothea.

»Du bleibst.«

»Was soll ich hier tun?«

»Liegen. Schlafen. Lesen. Schreiben. Schach spielen.«

»Gegen die Sonne?«

»Gegen dich selbst.«

»Und meine Bilder?«, fragte Dorothea.

Max hätte gern gesagt: Die werden sich eh nicht verkaufen, genauso wenig wie meine. Wenn es gut liefe, würde Max ein einziges Bild an den Mann bringen. Zwei wären sensationell. Aber

Dorothea Tanning und Max Ernst brauchten nicht viel zum Leben. Im Grunde genommen brauchten sie nichts. Das Häuschen hatten sie selber erbaut, in der Nähe des Hopi-Reservats, mit eigenen Händen. Eine Küche, eine Badezelle ohne fließendes Wasser anfangs, ein Zimmerchen für Max und eins für Dorothea. Zum Malen zog sich Max in den Schuppen zurück, dort war er ungestört.

Max sagte ein Wort des Abschieds. Dorothea nickte ihm zu. Wieder draußen zog Max die Sandalen und seine kurze Hose aus, nackt stand er vor der Hütte in dem dünnen, zackigen Körper, mit schlohweißen Haaren, braun gebrannt, fast sechzig Jahre alt, und die türkisblauen Augen leuchteten ungebrochen. Max kippte sich einen Eimer lauwarm gewordenes Oak-Creek-Wasser über den Kopf, trocknete sich ab, zog sich an, schulterte die Tasche mit den paar Sachen, die er brauchte, kraulte kurz die beiden Hunde und stieg in den schwarzen Ford. Ehe er losfuhr, sprang Max noch einmal hinaus, eilte in sein Zimmer, wühlte in den Schubladen des Schreibtischs, griff nach einer Streichholzschachtel und schob sie in die Hemdtasche. Schon wieder spürte er Schweiß. Es war hoffnungslos: Die Sonne ließ den Teer auf der Dachpappe schmelzen und brachte die Steinböden zum Glühen.

Zwei Kilometer hinter Sedona stand ein Hopi-Indianer am Wegrand, in Jeans, Hemd und Turnschuhen, er reckte den Daumen in die Luft.

Max hielt an.

»You wanna go – where?«, fragte Max.

»Somewhere?«, sagte der Hopi.

»Hop in«, rief Max.

Der Hopi setzte sich auf den Beifahrersitz, Max fuhr weiter. Eine Stunde lang sagte keiner ein Wort. Sie durchquerten die Kulisse Arizonas. Genau diese Landschaft hatte Max einst gemalt, in Europa, ohne sie zu kennen, ohne sie je gesehen zu haben: Seine inneren Bilder hatten auf beinah magische Weise ihr äußeres Gegenstück gefunden. Das war einer der Gründe, weshalb Max jetzt hier lebte. Beide rauchten schweigend.

»Wie heißt du?«, fragte der Hopi erst kurz vor Flagstaff.

»Loplop«, sagte Max.

Der Hopi nickte bedächtig.

»Das ist der Oberste der Vögel«, fügte Max hinzu. »Und du?«

»Patupha Itamve«, sagte der Hopi.

»Hat das eine Bedeutung?«

Der Hopi schüttelte den Kopf.

Natürlich hat es eine Bedeutung, dachte Max.

»Was hast du geladen?«, fragte Patupha.

»Bilder«, sagte Max.

»Bilder?«

»Selber gemalt.«

»Und kann ich die sehen?«

»In Navajo machen wir Pause.«

Während die beiden – Stunden später – im Stehen Brote aßen und Wasser tranken, betrachtete der Hopi eins der riesigen Bilder, das Max für ihn aus dem Lattenverschlag geschält hatte.

Patupha sagte kein Wort.

Max nagelte das Bild wieder zu.

Zurück im Auto fragte er: »Und?«

»Und was?«

»Das Bild? Wie ist es?«

»Big«, sagte Patupha.

Big, dachte Max. Big ist gut. Big stimmt. Groß, ja, groß waren die Bilder, groß, wuchtig, schwer. Big. Seine Hand zuckte zur Hemdtasche, aber er ließ die Streichholzschachtel, wo sie war, und fuhr weiter.

»Was machst du mit den Bildern?«, fragte Patupha.

»Verkaufen hoffentlich. In New York.«

»Du fährst nach New York? Das ist weit.«

»Zweitausendfünfhundert Meilen.«

Die Luft war staubig. Trotzdem konnte man die Fenster nicht geschlossen halten.

»Also bist du – Künstler?«, fragte Patupha irgendwann.

Max sah zu ihm hinüber. Eigentlich mochte er diese Frage nicht. Jetzt aber schien es, als hätte Patupha Itamve einen Knopf gedrückt: Und Max dachte keine Sekunde lang nach, er legte sofort los, sprach über sich und sein Leben, zunächst langsam, tastend, dann hastiger, und seine Sätze entwickelten sich zum automatischen Sprechen, das ihn mitriss, und Max gab preis, wie genau er hergekommen war, nach Arizona, und was einen sechzigjährigen Menschen antreibt, jede Menge schwere Bilder von einem Ort zum anderen zu karren, ohne große Aussicht darauf, sie verkaufen zu können, und Max erzählte, was es mit dem Malen auf sich hat, mit der Kunst. »Ein Kunstwerk ist ein Stück Natur, gesehen durch ein Temperament«, sagt Émile Zola, und Max ergänzte, dass es für einen Künstler nicht reiche, die äußere Natur zu betrachten, die Welt jenseits des Geistes, nein, er, Max, male immer mit einem offenen Auge und einem geschlossenen, und das offene Auge sehe in die Welt hinaus, das geschlossene dagegen tauche hinab ins eigene, ins innere Meer. »Kein Taucher«, fügte Max hinzu, »weiß vor seinem Sprung, was er zurückbringen wird.«

In diesem Augenblick hielt Max an. Der Ford schnaufte. Die Straße lag vor ihnen wie ein Strich ins Nichts. »Es gibt noch mehr Bilder«, flüsterte Max und deutete auf sein Herz: »Hier drinnen.«

Der Hopi schaute ihn fragend an.

Max zog die Streichholzschachtel aus der Hemdtasche am Herzen, öffnete sie und kippte sieben briefmarkenkleine Schnipsel zu Patupha aufs Armaturenbrett. »Ich habe Farbe auf das Papier gegeben«, sagte Max, »und die Farbe mit einem Glasstreifen abgezogen. Aus dem schmalsten Pinsel habe ich noch ein paar Härchen gezupft und unter der Lupe weitergemalt. *Sieben Mikroben durch ein Temperament gesehen*. Die allerkleinsten Bilder vielleicht, die es je gab.«

Patupha kniff die Augen zusammen. »Willst du die Bilder verkaufen?«, fragte er.

»Nein«, sagte Max. »Noch nicht.«

Behutsam packte er die Mikroben wieder ein.

»Warum hast du sie dabei, wenn du sie nicht verkaufen willst?«, fragte Patupha.

»Sind die einzigen Bilder, die ich mitnehmen kann, ohne Schweiß zu vergießen.«

Max fuhr weiter.

»Und?«, fragte Max nach einer Weile.

»Was ›und‹?«

»Die Bilder? Wie sind sie?«

»Small«, sagte Patupha. »Very small.«

Max blickte hinüber.

Er wollte Patupha ein Lächeln schenken.

Doch der Sitz neben ihm war leer.

Ehe Max die Galerie in New York aufsuchte, fuhr er nach Long Island. Er sprang ins Meer und tauchte mit offenen Augen, lange und ausdauernd. Das Schwimmen: eine lebenslange Leidenschaft. Max verbrachte drei Wochen in New York. Am letzten Tag schlenderte er zur Bibliothek. Dort schlug er ein Buch auf. Patupha Itamve, las er, bedeutet: *das Meer in uns.* Max klappte das Buch zu und fuhr zurück nach Sedona. Er hatte kein einziges Bild verkauft.

LOU

1

Alles starb hier. Ein loser Vogel floh vor dem Donnern. Keine Krähe, kein Rabe, kein Kakadu: eine Amsel. Max sah ihr nach in die Nacht. Fliegen: fliehen. Stattdessen Granaten, Kanonen, Ducken in den Grabendreck. Jedes Bild ertrank im Jahr 1915. Was ist deine Lieblingsbeschäftigung, Max? – Sehen! Sehen! Sehen! Seine lebenslange Antwort. Doch gab's nichts mehr zu sehen jetzt. Das Licht lag im Schlamm.

2

Vater stand vor der Leinwand. Er quetschte Wasserreste aus den Pinseln, ordnete mit geübten Griffen die Farbeimerchen und warf den Kopf in den Nacken. Er murmelte ein paar andächtige Sätze, schloss die Augen und öffnete sie wieder. »Licht«, sagte Vater und hob die Hand zur Sonne, als wolle er sie schärfer stellen. »Zum Malen brauchst du Licht, Max.« Vater tunkte den Pinsel ein. Die Leinwand wurde Strich um Strich ihrer Leere beraubt. Das Weiß duckte sich unter dem Einschlag der Farben. Vaters Blick federte hin und her, vom Garten zur Leinwand und zurück, vom Motiv zum Bild, das nach und nach Kontur annahm, und plötzlich hielt er inne, blinzelte, schüttelte den Kopf. »Der Ast da vorn«, murmelte er und zeigte auf den Kirschbaum, »der ist falsch. Der stört. Der ruiniert die Symmetrie, siehst du, Max?« Der Fünfjährige verstand kein Wort. Für Vater wäre es ein Leichtes gewesen, den Ast beim Malen einfach auszusparen, stattdessen tat er ganz was anderes: Er lief über den Rasen, hin zum Kirschbaum, und er knickte den Ast ab, und er warf ihn ins Gebüsch, und er kehrte zur Leinwand zurück und sagte: »So ist's besser!« Die dumpfe Wirklichkeit stand der Kunst nicht mehr im Weg.

Max schlich langsam aus Vaters Schatten. Er warf einen scheuen Blick zurück. Vater hatte sich wieder dem Bild gewidmet. Max öffnete das Törchen und verließ den Garten. Er hatte Großes vor. Er wollte nicht wie üblich zu den Nachbarskindern, nein, er wollte diesem Drang in ihm folgen, den er seit kurzem spürte: einfach weglaufen, weit weg. Zu den Drähten? Ja, ja. Zu den Drähten, von denen alle sprachen. Max trug seinen roten

Lieblingsumhang, das Punjel, sein Nachthemd. Darunter die Hosen: Max zog sie hoch, fast bis zum Herzen. Er nahm den Stab, der neben dem Törchen lehnte, und stapfte los. Kies knirschte unter den Sandalen. Das Schloss, der Park, der Rasen, die Bäume, die Sonne, die Hitze, die Straße. Max bog um die Ecke und hörte ein Raunen: Gemächlich näherte sich ein lahmer Schwarm Menschen, stockend, Schritt für Schritt. Max blinzelte, legte die Handkante flach an die Stirn. Die Gruppe quälte sich träg über die Straße. Der Mann in der ersten Reihe reckte ein Banner in die Höhe. Das mussten die Pilger sein, auf dem Weg nach Kevelaer. Aus dem Gemurmel der Gebete wuchs ein Lied: *Die Sterne verlöschen, die Sonn', die jetzt brennt, wird einstens verdunkeln, und alles sich end't.* Noch aber blitzte die Sonne bös vom Himmel. Es fehlte der kühlende Wind. Da schnellte ein Arm hoch, ein Finger streckte sich, und jemand rief: »Da! Das Christkind! Dort drüben!« Hälse wurden gereckt, Ordnung verlor sich, das Singen verebbte. Der Pilger zeigte auf Max. Sein roter Umhang, sein langer Stab, die blonden Locken, die blauen Augen, die strahlende Sonne: ein Heiligenschein in seinem Rücken. Zwei der Gläubigen beugten sogar die Knie. Max aber sprang an den Leuten vorbei, trotzte der Sonne und rannte weiter: zum Bahndamm.

An einem riesigen Mast blieb er stehen und schaute hoch zu den Drähten. Endlich. Das Flüstern der Welt weit über ihm, die Telegrafendrähte, mysteriös verknüpft mit Ländern, von denen er keine Vorstellung hatte, nicht mal eine Ahnung, aber er konnte schon einige Namen aufsagen wie eine Litanei: Gegrüßet seist du, England, Spanien, Portugal und Frankreich, Amerika und Schweden. Max ging weiter zur Schranke und zum Bahnwärterhäuschen. Nach ein paar Minuten näherte sich ein Zug und dampfte einfach vorbei. Max sah in den Spiegeln der Abteilfenster die hohen Drähte. Sie lebten, sie bewegten sich heftig in seinem Rücken. Doch wenn er sich umdrehte, standen sie still. Wann hielte ein Zug für ihn? Er würde einsteigen und wegfahren, irgendwohin.

»Wer bist denn du?« Hinter ihm stand ein Polizist, aus dessen Helm eine Speerspitze wuchs. »Was treibst du dich hier rum? So ganz allein?«

»Die Drähte«, sagte Max und deutete nach oben.

»Komm, mein Jung«, sagte der Polizist. »Ich bring dich heim. Wo wohnst du denn?«

»Schlossstraße.«

»Nummer?«

»Einundzwanzig.«

»Und hast du auch einen Namen?«

»Na klar!«, sagte Max. »Den hab ich!«

»Verrätst du ihn mir?«

»Wenn du mich fragst!«

Philipp Ernst schimpfte nicht, als der Polizist ihm seinen Sohn zurückbrachte, nein, er war froh, dass der Kleine wieder heil in der Schlossstraße auftauchte. Und umarmte ihn.

»Sie haben gesagt, ich bin das Christkind!«, rief Max.

»Wer?«, fragte Vater.

»Die Pilger.«

»Die Kevelaer-Pilger?«

Max nickte.

Vaters Blick wölbte sich nach innen, kurz davor, etwas zu finden, es war der Blick nach dem Einschlag einer Idee, gleich würden sie funkeln, die Vateraugen, schon rief er: »Auf geht's, Max! In den Wald!«

Die schrillen Triller der Vögel, das summende Flirren der Insekten, der Geruch nach Harz und schlafenden Pflanzen, die Schwitzigkeit von Moos und Torf und verrottendem Holz: Max konnte sie noch nicht benennen, seine Eindrücke. Die Düsternis, in der sich sein Auge verlor, mischte sich mit dem Locken aus der Tiefe des Waldes und der Angst, Ungetüme könnten auftauchen und ihn mit sich zerren. Wie nachts, wenn er im Traum aus dem Bett stieg und nach unten lief, Richtung Wohnzimmer, in dem die Eltern vor blakenden Lampen saßen, schwiegen, sprachen oder lasen, ausatmend jedenfalls, geschafft vom Tag. Doch Max kam in seinen Albträumen nie vorbei am Flur, immer packten ihn haarige Klauen von hinten, rissen ihn mit sich, er schreckte auf und schrie, bis Mutter Luise kam, seinen Kopf an ihre Brust presste und leise »Pschtpscht« machte.

Im Wald sperrte der Taubstummenlehrer und Hobbymaler Philipp Ernst seinen Sohn Max in den Käfig der Leinwand. Max musste stehen bleiben, reglos. Er musste sich auf seinen Stab stützen wie auf ein Kreuz, das größer war als er selbst, er musste die Hand nach vorn strecken: wie zur Segnung. Vater malte den Jungen als Christkind. Viel lieber hätte Max dem Vater beim Malen zugesehen, viel lieber hätte Max ihm über die Schulter geschaut, viel lieber wäre er dem magischen Flug der Pinsel gefolgt, wie so oft, aber das war nicht möglich als Christkind-Modell. Wie langweilig. So stehen und nichts tun. Blieb nur die Flucht ins Innere. Das Gequirle im Kopf.

Vater, Vater, Vater
Vater unser im Himmel
Geheiligt werde dein Name
Dein Reich komme
Dein Wille geschehe
Aber wehe, wehe, wehe
Wenn ich auf das Ende sehe
Wie im Himmel so auf Erden
Die Verstorbnen die hienieden
Schon so frühe abgeschieden
Unser täglich Brot gib uns heute
Durch den Schornstein mit Vergnügen

Sehen wir die Hühner liegen
Die schon ohne Kopf und Gurgeln
Lieblich in der Pfanne schmurgeln
Und vergib uns unsere Schuld
Wie auch wir vergeben unsern Schuldigern
Laut ertönt sein Wehgeschrei
Denn er fühlt sich schuldenfrei
Und führe uns nicht in Versuchung
Wie man's treibt, mein Kind, so geht's
Sondern erlöse uns von dem Bösen
Jajaja, rief Meister Böck
Bosheit ist kein Lebenszweck
Denn dein ist das Reich
Und die Kraft
Und die Herrlichkeit
Rickeracke, rickeracke
Geht die Mühle mit Geknacke
Gott sei Dank, nun ists vorbei
Mit der Übeltäterei
In Ewigkeit
Amen

3

Vater brachte Stille ins Haus. Er schwieg gern und ließ lieber die Hände sprechen: Wenn er satt war, knüpfte er eine imaginäre Serviette vom Hals; wenn er Pantoffeln brauchte, presste er Daumen und Zeigefinger zusammen, als hielte er ein Paar Hausschuhe an den Innenseiten; hatte er Durst, machte er eine simple Trinkbewegung. Max musste auf diese Vatergesten lauern, er musste befolgen, was die Hände ihm auftrugen. Das gute Beispiel: Pflicht, Pflicht und wieder Pflicht. Zum Glück gab es Maria. Die ältere Schwester, die Max alles zeigte, was er wissen musste: sich anziehen, waschen, abputzen, die Hände falten, gerade sitzen, den Blick senken beim Beten, den Mund halten in der Kirche, lautes Singen als Spiegel tiefer Inbrunst. Maria half Max, wo immer nötig. Sie sprang ihm bei, nahm ihm Arbeiten ab, warf ein fürsorgendes Auge auf den Bruder. Sie zeigte Max, wie man beim Malen den Stift hält, sie baute mit ihm ein winziges Häuschen aus Brettern im Garten, sie warf eine hellblaue Decke über sich und den Bruder, und unter der Decke klammerten sich die beiden so fest wie möglich aneinander, und Max hatte das Gefühl, sein Bauch fülle sich mit einer besonders warmen, süßen Luft. Als Max fünf Jahre alt war, legte sich Maria ins Bett, gab ihren Geschwistern Küsse, zuletzt auch ihm, Max, und dann starb sie, als wäre das nichts Besonderes und schon ganz in Ordnung so. Max verstand nicht, was geschah, hatte keine Ahnung, wo sie hinging, seine Schwester, der Lichtblick, die Verbündete, deren Tod ihn jetzt zum ältesten Kind machte. Max stellte sich vor, Maria sei den Drähten gefolgt und an einen Ort gelangt, an dem alles in wunderbaren Farben leuchtete.

Weil Worte fehlten, schwieg Vater noch mehr als ohnehin schon. Und Max mochte es nicht, dieses Schweigen.

»Papa?«, sagte Max eines Abends.

Vater sah ihn an.

»Zeigst du mir ein paar von den … Zeichen?«

Vater schwieg.

»Die deine Schüler machen. Mit den Händen.«

»Gebärden«, sagte Vater und nickte müde.

»Wie geht die Gebärde für *Vater*, Vater?«

Vaters flache, waagerechte Hand wanderte von der Stirn zum Kinn, der suchende Blick-in-die-Ferne wurde zum ängstlichen Das-Wasser-steht-mir-bis-zum-Hals.

»Und *Mutter*?«

Ein erhobener Finger neben dem Mund, der mahnte und zugleich die Wange streifte, streichelte? Max fing Feuer. Beim Wort *krank* wandelte sich die Vaterhand zu einer kreisenden, stumm kreischenden Klaue. Aber warum kraulte Vater beim Zeichen für *schön* ein hässliches Ziegenbärtchen? Die Gebärde für *hässlich* wirkte dagegen richtig hübsch, wie ein Handkuss, nur vom Kinn statt vom Mund. Und eine lahme Schnecke konnte hoppeln wie ein Hase? Manchmal, schien es Max, stimmten die Handzeichen nicht.

»Und wie geht dein Lieblingswort?«, fragte Max.

Vater zog fragend die Brauen hoch.

»Pflicht!«, rief Max.

Vater lächelte kurz. Dann strebten die Daumen zueinander hin, als wolle jemand Druck ausüben: Daumenschrauben.

»Und *Tod*?«, flüsterte Max endlich. »Oder darf ich das nicht fragen?«

Vaters Hände schwiegen.

»Ich will es aber wissen«, sagte Max.

Da reckte Vater beide Daumen nach oben, gen Himmel, als

wolle er sagen: Alles in Ordnung, alles bestens. Plötzlich aber kippte einer der Daumen um. Max kletterte auf Vaters Schoß und barg die Wange an seiner Schulter. Vater nahm ihn fest in den Arm, und Max wagte kaum zu atmen. Auf seine Stirn tropfte jetzt etwas Nasses: ein seltsamer Regen im Innern des Hauses.

Wenig später lag auch Max krank im Bett: Es waren die Masern. Er hielt die Augen krampfhaft offen, blickte im Fieber auf die Mahagoni-Imitationen der Paneele, auf die Musterungen, die Kerben und Dellen. Alles, was er sah, wandelte sich in innerem Schwitzen zu einer Welt, die auf ihn einstürzte und zugleich aus ihm herausbrach. Eine Welt jenseits des Bekannten. Der kalte, metallische Geschmack des Neuen. Max ließ sich entführen von Gestalten, die gar nicht existierten, die aus Kontur und Schraffierung sprangen, doch diese Gestalten schienen greif-, sicht-, fühl-, fassbarer als alles andere je zuvor bei Licht Gesehene. Die Wahrheit, würde Max später denken, hat nichts zu tun mit Wirklichkeit, sondern mit Intensität, mit der Dichte im Dickicht der Empfindungen. Da spielte ein Teufel mit sieben Hörnern auf einer Blockflöte zum Tanz der geschorenen Schafe, aus denen rotes Fleisch quoll. Und Geier rissen ihnen Fetzen aus den Bäuchen und flogen hinauf zu den Sternen, die von geistgleichen Gnomen an die Stirn des Himmels gekleistert wurden. Doch die gierigen Geier ließen das Fleisch wieder fallen, ein leuchtendes Glühen in der Nacht, und aus dem Fleisch stülpten sich Maden, und die Maden fraßen sich gegenseitig, bis nur noch eine von ihnen übrig blieb, die fetteste, hässlichste Made, die Königin der Maden, deren Krone im Mondlicht lispelte wie die gezackten Augen einer Eishexe namens Nachtigall.

Bald lagen die Masern besiegt im Zimmer. Die Eltern umarmten sich still in der Nacht. Den Verlust eines weiteren Kindes hätten sie kaum verkraftet. Und es kam der Tag, da Max aufstehen durfte, behutsam, gelenkt vom Vater. Schon auf dem Weg die Treppe hinab hörte Max ein krächzendes Geräusch, das neu war im Haus. Als er das Wohnzimmer betrat, sah er sofort den Käfig. Dort drinnen hockte ein Vogel: groß, rosa, göttlich.

»Das ist Hornebom«, sagte der Vater.

»Was ... ist das?«, flüsterte Max.

»Ein Kakadu.«

»Für dich!«, sagte die Mutter. »Du warst so tapfer. Wir ...«

»Darf ich den behalten?«

Die Eltern nickten im Gleichklang. Max ging auf den Vogel zu. Ohne nachzudenken, öffnete er den Käfig. Es war das Erste, was er tat: den Käfig öffnen. Es war das, was er sein Leben lang tun würde: den Käfig öffnen. Erschrocken sprang der Vogel zurück.

»Keine Angst«, sagte Max, streckte den Zeigefinger aus und hielt ihn vor die Käfigtür.

Der Vogel krähte und gab einen Laut von sich, der sich anhörte wie das Wort einer seltsamen Sprache.

»Ja«, sagte Max.

Hornebom hüpfte auf seinen Finger: scharfe, gewetzte Krallen, die überraschende Schwere des Kakadus, der gelbe Kamm mit drei, vier, sieben, zehn umgeflappten Zacken, der graue Schnabel, die mattschwarzen Augen, zwei Tupfer auf der rosa grundierten Leinwand aus Federn. Hornebom flog nicht fort, er flatterte vom Finger auf die Schulter des Jungen. Das zwickte. Der Kakadu wühlte mit dem Schnabel in seinen Haaren, als wolle er Max etwas vom Kopf zupfen. Der aber roch zum ersten Mal Hornebooms klopfende Wärme.

»Wie sehe ich aus?«, fragte er plötzlich und drehte sich mit dem Vogel auf der Schulter einmal um sich selbst.

»Steht dir gut«, sagte Mutter, leise schmunzelnd.

Der Vogel hier lebte. Im Gegensatz zur Puppe Tinchen, zum Soldaten Moritz, zum Steckenpferd Bebe. Der Vogel hier bestand nicht aus Stoff, Holz oder Pflanzenfasern, er hatte keine falschen Augen, nein, Hornebom war ein echtes, ein lebendes Tier aus Atem, Federn, Blut und Herz. Aber Max hatte die Banalität der größten Weisheit noch nicht verstanden: Alles, was lebt, stirbt irgendwann. Auch sein Vogel würde nicht ewig leben. Noch war nicht Schluss mit dem Tod für Max. Noch hatte er seine Lektion nicht gelernt.

4

Zunächst musste er anderes lernen. Lesen zum Beispiel. Die ersten harmlosen Kinderbücher verloren schnell ihren Reiz. Max strebte nach Spannenderem, nach Wilderem, nach Texten, die ihn mitrissen. Er griff zu Karl-May-Büchern, wurde vom Greenhorn zu Old Shatterhand, schlug mit einem einzigen Hieb den Feind zu Boden, erstach den Grizzly mit blankem Messer, fing das schnellstbeste Pferd aus der Horde der Wilden, schoss dem Kiowa-Häuptling Tangua in die Knie, uffuff, in beide Knie, las Fährten wie ein erfahrener Westmann, traf Winnetou, den Apachen, und Max wusste nicht, dass er einst selber in der Nähe von Indianern leben würde.

»Hast du heute deinen Katechismus studiert?«, fragte der Vater den Zehnjährigen.

»Ja«, sagte Max. »Der Heilige Geist. Wie sieht der eigentlich aus?«

»Du sollst dir keine Bilder machen von Gott, dem Herrn.«

»Aber du malst doch selber Bilder, Papa.«

»Ich male, was man sehen kann, die Natur, den Wald, einen Mönch, ein Buch, Schatten, den Fluss, die Vögel. Was man nicht sehen kann, kann man auch nicht malen. Glaubst du an die Auferstehung des Fleisches?«

»Am Tag des Jüngsten Gerichts stehen nicht nur die Seelen auf, sondern auch die Körper der Verstorbenen?«

»Genau. So heißt es im Katechismus. Die Leiber.«

»Und was ist mit dem alten Bolltrup?«, fragte Max. »Der hat doch nur noch sein linkes Bein. Fehlt denn das andere nach der Auferstehung immer noch?«

Der Vater schwieg eine Weile. Dann sagte er: »Na ja. Ich denke schon.«

»Was ist mit den Leuten, denen man den Kopf abgeschlagen hat? Gulli... Gullitinen? Kriechen die dann ohne Kopf aus dem Grab am Tag des Jüngsten Gerichts? Oder tragen sie den Kopf unterm Arm?«

»Max! Das sind gotteslästerliche Fragen.«

»Und das ist keine Antwort.«

»Werd nicht frech.«

»Verzeihung.«

Der Vater schüttelte seine Hände, als wolle er eine Fliege verscheuchen, ein klares Zeichen dafür, dass die Unterredung beendet war.

»Ich habe heute Wörter gelesen«, sagte Max an der Tür. »Im Katechismus. Wörter, die ich nicht kenne. *Augenlust*, *Fleischeslust* und *Hoffart* des Lebens.«

»Das sind Sünden.«

»Augenlust? Wieso?«

»Verstehst du noch nicht. Geh jetzt hoch.«

Max verkroch sich in sein Bett und schlug die *Nachtwachen* von Bonaventura auf, und während er las, verlor Max die Buchstaben nach und nach aus den Augen, sah nur noch das, was durch die Wörter zu ihm sprang, unerhörte Bilder, die sich selbständig machten und weiterliefen, immer weiter, und Max merkte nicht, wie seine Mutter Luise ins Zimmer trat und sich zu ihm setzte.

»Max«, sagte Luise.

Max blieb, wo er war.

»Max!«, rief die Mutter.

Wenn Luise ihren kleinen Sohn betrachtete, dachte sie oft: Der wird bald mancher Frau den Kopf verdrehen, so schön, wie er ist, so seeblau, wie seine Augen leuchten. Aber diese Augen kippten manchmal ab und verloren ihren Glanz, so wie jetzt. »Max, wo bist du wieder?«, rief die Mutter dann, wenn sie einen solchen Augenblick erwischte, aus Angst, ihr Sohn könnte eines Tages dort bleiben, wohin er sich mit offenen Augen zurückzog.

»Max! Bitte!« Sie rüttelte ihn leicht und nahm ihm das Buch vom Schoß. »Es ist spät«, sagte Luise.

Max nickte.

»Hast du dich gewaschen?«

Max nickte.

»Den Hals?«

Max nickte.

»Zeig mal her.«

Max schüttelte den Kopf.

»Du sollst nicht lügen.«

Max stand auf, ging ins Badezimmer und wusch den Hals. Wieder im Bett bemerkte er, dass seine Geschwister schon schliefen. Die Mutter saß immer noch mit ballonrundem Bauch, schwer und dick an seinem Bett. In Kürze würde Max einen kleinen Bruder bekommen oder eine kleine Schwester. Die Mutter lief seit einiger Zeit nur noch streichelnd umher, die Hand stets auf dem Nabel. Max bat die Mutter, ihm ein Märchen zu erzählen, Luise nickte, ihre Stimme und der rheinische Singsang beruhigten Max und schickten ihn in ein scheues Schlummern.

Hornebom. Der Kakadu. Ließ Max ihn raus, kam er geflogen, setzte sich auf die Schulter, zwickte Max ins Ohr, stets ins rechte Ohr, Max hatte keine Ahnung, weshalb, die rechte Schulter ein magischer Anziehungspunkt. Max war, als könne er sie verstehen, die Sprache der Vögel. Ein Tschilpen ohne Worte. Der Sinn lag im Klang, nicht in der Bedeutung. Hornebom Flügel waren lebende Tücher, die ab und an wirbelten, sein Schnabel knipste auf und zu. Und Max würde es zeit seines Lebens deutlich vor sich sehen: wie er aufwachte und die Treppen hinuntersteppte, der nächste Tag, Mutter nicht da, nur dieser ewige Reibekuchenduft in der Küche, und auch Vater fehlte, irgendwas stimmte hier nicht. Im Wohnzimmer öffnete Max den Käfig, um Hornebom herauszulassen, und als er ihn herauslassen wollte, den Kakadu, da lag er dort, in der Streu, der Vogel, und die Flügel, die hoben sich nicht mehr, und der Schnabel, der öffnete sich nicht mehr, und die Äuglein, die blinzelten nicht mehr. »Papa!«, rief Max, doch Vater kam nicht. Max nahm den Käfig herunter, der an einer Kette baumelte, öffnete die Gittertür, blies auf den Körper, als wolle er ihm Leben einhauchen, und er rief wieder: »Papa, Papa!« Und: »Hornebom, Hornebom!« Endlich trat Vater ins Zimmer, ohne Augen für Max, für den Schmerz und für den gefallenen Kakadu. Nein, Philipp nahm seinen Sohn in den Arm, und in Vaters Blick funkelte Freude. »Deine Schwester«, sagte er, »deine Schwester, sie ist geboren, sie ist wohlauf.« Max starrte durch die Vaterfreude zurück zu Hornebom. Schwester-geboren-Hornebom-gestorben: ee-eoe-oeo-eoe: ein lebenslanges, untrennbares Echo.

Nachdem Max seine kleine Schwester Loni gesehen hatte, kehrte er zurück ins Zimmer Finsternis. Er barg den Kakadu aus dem Käfig und ließ Tränen freien Lauf, sie fanden einen Ausweg aus dem Kopf, den seine Gedanken nie finden würden, und linderten den Schmerz in der Brust. Draußen schaufelte Max mit den Händen ein Grab, ein Miniaturgrab. Eines Tages würde jemand ein großes Grab für ihn freilegen, in dem zahllose Kakadus Platz hätten oder ein einziger Maxmensch. Er stand dort und bedeckte Hornebom Körper mit Erde. Die Krümel an seinen Händen waren schwarz, Max rieb die Finger aneinander, aber sie wurden nicht sauber, nicht jetzt, nicht heute, nicht für den Rest seines Lebens. Das Malen, würde er viel später merken, ist eine Tätigkeit, bei der die Hände stets dreckig bleiben.

5

Seit einiger Zeit besprang Max mit wohligem Bauchplatzen das Kissen in der Nacht. Er biss sich dabei auf die Lippen, um nicht zu stöhnen und die Geschwister aufzuwecken. Er kannte jetzt die Bedeutung des Wortes *Fleischeslust*. Auch das Wort *Augenlust* verlor sein Geheimnis, als ein Freund ihm verklebte Bildchen zeigte. Dieser schwarze Busch in der Mitte einer Frau, ein Busch, der all das verbarg, was Max eigentlich erkunden wollte. Daneben schräge Zahn- und Zungenküsse mit Michaela von der Straße, die fast mit jedem fummelte. Das Betatschen der Rundungen, Sehnsucht nach mehr, eine Sehnsucht, die zur Sucht wurde und sich Erlösung verschaffte Nacht für Nacht, begleitet von inneren Bildern, denen jede Zartheit fehlte. Vom Geschlecht hatten die Eltern nie gesprochen. Alles, was Max darüber wusste, kannte er aus schalen Witzen und üblen Sprüchen. Nachts lag er wach und dachte nach. Über das Leben, über Mädchen, über den Sinn, die Zeit, den Glauben, über all das, was man ihm beigebracht hatte, und über all das, was man ihm nicht beigebracht hatte. Was wollte er eigentlich? Er selbst? So weitermachen wie bisher? Das tun, was man ihm auftrug? Horchen und gehorchen? Nach außen hin kam er seinen Pflichten nach, ohne zu murren. Aber mehr und mehr spürte er inneren Widerwillen. Den Kleinen die Schuhe binden, Einkäufe schleppen, bei den Hausaufgaben helfen, Reparaturen erledigen, Vokabeln abhören: alles schön und gut. Aber er? Wo blieben seine eigenen Wünsche? Das Lesen? Seine Bilder und dieses seltsame Gefühl beim Zeichnen und Malen? Ein Gefühl, das etwas mit Rückzug zu tun hatte, Rückzug von der Welt, von der Schule, vom Alltag, ein Gefühl des Aufatmens. Ja, er liebte seine Geschwister. Es war schon in Ordnung, ihnen zu helfen. Aber wenigstens sonntags hätte er gerne gemalt. Diese verschenkten Morgen, an denen er in der Schlosskirche hocken musste. Die endlose Wiederholung des immer Gleichen, die festgefrorene Ewigkeit: Max wollte das nicht mehr. Wo steckte dieser Gott überhaupt?

Und dann fiel Max ein Buch in den Schoß: *Der Einzige und sein Eigentum*. Max warf sich förmlich in die Seiten hinein, heimlich, denn Vater durfte nichts davon erfahren. Er flog durch die Sätze seines Namensvetters Max Stirner und konnte kaum glauben, was er da las. Sätze wie Schläge in die Magengrube. Es ging um Gott, Gewissen, Pflicht, Gesetz. Ja, es stand wirklich dort – Max musste es dreimal lesen: Gott, Gewissen, Pflichten und Gesetze könnten nichts weiter sein als Flausen, mit denen man »Kopf und Herz vollgepfropft und verrückt gemacht« habe, ja, das, genau das war es, was Max spürte, die bedrängende Enge, die Zwangsjacke, die Einpferchung. Das Wort *vollgepfropft* schnürte ihm die Kehle zu, und beinah hätte er geweint. »Lechzt der Geist nicht nach Freiheit?« Jaja, schon, aber was bedeutete das: Freiheit? Max las weiter. Er sammelte Munition. Für den Ausbruch. Für den Tag, an dem er endlich Nein sagen würde. Für den Tag, an dem er seinen Eltern zeigen wollte, dass da etwas in ihm steckte. Obwohl er keine Ahnung hatte, was genau das war. Ja, Max wollte sich nicht mehr »an andere wegwerfen«, weder an die Eltern noch an die Kirche, er wollte kein Schaf mehr sein, das nur zu horchen hatte auf das Gebell des Gebets. Horchen, gehorchen: Schluss damit! »Wer soll denn hier frei werden?« Ich! Und wovon? »Von allem, was nicht ich ist«, nichtig. Fort mit diesen Schalen! Ich will mich selber nicht mehr länger herunterschlucken. Was bleibt denn übrig, wenn ich von allem anderen befreit bin? »Nur ich und nichts als ich.«

An einem Samstagabend stieg Max ins Wohnzimmer hinab,

zu den Eltern. Die Geschwister schliefen schon. Max setzte sich auf einen schiefen Stuhl, mit dem Flaum des Sechzehnjährigen über den Lippen, er holte tief Luft und wusste noch nicht, ob er es schaffen würde zu sagen, was er sagen wollte, er schloss kurz die Lider, und dann hörte Max seine eigene, leicht scheppernde Stimme: »Vater. Mutter. Ich glaube wohl nicht mehr an Gott.«

Dieser Satz schlug in die Stube ein wie ein Blitz. Ein solcher Satz war undenkbar im Haus von Luise und Philipp Ernst.

»Was hast du gesagt?«, fragte Philipp Ernst hinter seine Zeitung geduckt, noch ohne Gesicht zu zeigen.

Max zitterte. »Ich glaube nicht mehr an Gott«, flüsterte er. »Ich weiß nicht, ob ich je an ihn geglaubt habe.«

Der Vater legte die Zeitung weg. Er nippte an seinem Glas, setzte es ab, ruckte im Sessel ein Stück nach vorn. »Das will ich nicht gehört haben«, sagte er.

»Morgen bleibe ich hier«, sagte Max. »Ich gehe nicht mehr mit. In die Kirche, meine ich.«

Philipp Ernst zwang sich, ruhig zu bleiben. »Woher kommt das so plötzlich?«, fragte er, gewollt behutsam, aber lauernd.

»Wenn ich in der Kirche sitze. Da ist nichts. Alles leer. Hier drinnen.«

Jetzt stand der Vater auf, trat ans Fenster, legte die Hände auf den Rücken, schaute nach draußen. Dunkelheit auf der staubigen Straße. Ein gebückter Mann eilte vorüber. Der Mond versteckte sich hinter den Wolken. »Du wirst mir das sicherlich erklären können«, sagte Philipp.

»Gott«, rief Max, und seine Stimme überschlug sich kurz. »Wer soll das sein? Ein Wesen über mir? Ich glaube nicht, dass es das gibt. Ich bin der Einzige, der zählt. Ich entscheide, was ich tue. Ich brauche keinen Gott über mir und keinen … Vater, der mir sagt, was ich zu lassen habe. Und zu tun.«

Philipp Ernst fühlte einen Stich im Hals. »Gottes Gesetze«,

flüsterte er, »sind die einzige Richtschnur, die es gibt. Woher kommt das so plötzlich, Max? Was hast du gelesen?«

»Max Stirner.«

»Wo ist das Buch?«

»Oben. Unterm Bett.«

»Hol es her!«

»Hol es selber!«

Philipp Ernst atmete laut ein. Er wusste sich nicht mehr zu helfen, trat zu seinem Sohn, holte aus und wollte dem Jungen, der noch auf dem Stuhl saß, mit der flachen Hand ins Gesicht schlagen, aber Max erhob sich langsam, schon ein Stückchen größer als der Vater, er baute sich auf, kerzengerade, schlaksigschlank, in seiner blauen Hose, dem weißen Hemd, geschlossen bis zum obersten Knopf, er stand da und erwartete die Ohrfeige. Doch Vater Philipp senkte den Arm wieder. Er ging an Max vorbei, eilte hoch ins Zimmer, kniete sich vors Bett, angelte das Buch aus dem staubigen Schummer und klemmte es sich unter die Achsel. Sein zweiter Sohn Carl schlief im Bett nebenan. Philipp zupfte die Decke zurecht und strich dem schlafenden Jungen leise durchs Haar. Er blieb noch ein paar Sekunden lang so stehen, als wolle er sich vorbereiten auf das, was jetzt kommen würde. Dann riss er sich los, stieg mit dem Buch zurück nach unten, ließ seine Miene auf der Treppe wieder steinern werden, setzte sich in den Sessel und begann zu lesen.

Max sagte nichts. Er blieb stehen. Als wäre das Ganze eine Prüfung. Während der Vater blätterte, murmelte die Mutter Luise, das sei alles nicht schlimm, man werde eine Lösung finden, auch sie selber sei schon einmal von Zweifeln geplagt worden, man müsse die Zweifel wie Unkraut tilgen und …

»Was ist denn Unkraut?«, fragte Max.

»Du weißt doch, was Unkraut ist?«, sagte die Mutter.

»Ja. Ich weiß, was Unkraut ist. Unkraut ist das, was der Mensch

Unkraut nennt. Aber ich liebe Unkraut, Unkraut wächst und wuchert.«

»Komm her«, sagte Vater irgendwann.

Max gehorchte.

Philipp klappte das Buch zu und stellte sich vor seinen Sohn, Blick an Blick. »Für mich«, sagte Philipp und deutete auf das Buch in seinen Händen, »ist das hier nichts als Unfug.«

»Wie kannst du das sagen nach ein paar Minuten?«

»Max. Hör mir zu. Du willst niemanden anerkennen über dir? Keinen Gott, keinen Vater? Niemanden? Aber diesem Schmierfinken hier überlässt du die Führung? Über dich und dein Leben? Diesem Max Stirner? Der sich erdreistet, unseren Gott in Frage zu stellen? Einen Gott, an den Millionen von Menschen glauben? Wenn du auf eigenen Beinen stehen willst, musst du dich auch von diesem Stirner lösen. Sonst wechselst du nur die Bibeln aus.«

Max starrte den Vater an.

Philipp merkte, dass seine Worte ins Schwarze trafen. Mehr würde nicht nötig sein. Fürs Erste. Dachte er. Und Philipp gab Max sogar das Stirner-Buch zurück. »Geh jetzt schlafen, mein Junge!«, sagte er leise, versöhnlich.

Max nahm das Buch entgegen. Verwirrt blickte er auf den Umschlag. *Der Einzige und sein Eigentum.* Er dachte kurz nach. Dann schnellte seine Hand vor. Das Stirner-Buch flog am Vater vorbei in den Papierkorb. Und der Papierkorb kippte um. »Da hast du recht, Vater. Ich brauche keinen Max Stirner, um zu wissen, was Max Ernst will.«

Philipp zuckte zusammen. Als sein Sohn ihn jetzt ansah, einfach nur ansah, da spürte der Vater, wie sehr er den Jungen liebte. Ganz egal, was Max auch tat und tun würde. Philipp hätte am liebsten gesagt: Max. Du bist anders. Anders als wir. Von Anfang an anders. Ich weiß nicht, ob das gut ist oder schlecht. Ich weiß nicht, ob ich das dulden soll oder nicht. Ich weiß nur, dass ich dir nicht gewachsen bin. Und ich weiß, ich werde dich nicht ändern können. Also musst du wohl deinen Weg gehen. Ob ich will oder nicht. Mir bleibt nur zu hoffen, dass dieser Weg ein gutes Ende nimmt. Geh ihn also, Max, geh ihn, deinen Weg. Doch all diese Worte blieben ungesagt im Kopf des Vaters. Stattdessen senkte Philipp den Blick, traurig, verletzt, er setzte sich wortlos hin, griff nach seiner Zeitung und beachtete den Sohn nicht mehr.

6

Nachdem Max seine Bude in Bonn bezogen hatte, neugierig auf die Welt der Universität, vernahm er bei seinem ersten Ausflug plötzlich Schreie, die aus einem Gebäude mit hohen Mauern drangen: der Universitätsnervenklinik für Geisteskranke. Max lauschte. Nur ein paar Tage später musste Max genau diese Klinik aufsuchen: Er hatte sich unter anderem für Psychologie eingeschrieben, und die angehenden Psychiater mussten hier Kurse belegen, den Patienten begegnen, sich dem stellen, was auf sie zukäme, würden sie ihr Studium beenden. Als die Studenten zum ersten Mal das Gebäude betraten, watschelten allesamt brav hinter dem Dozenten her, nur Max blieb zurück. In der Halle hatte er etwas gesehen: eine Sammlung von Plastiken und Bildern. Einige dieser Plastiken waren aus Brot geformt; die Bilder atmeten den Schwung des Wahnsinns: Kunstwerke dieser sogenannten Geisteskranken. Kunstwerke für Max, für die anderen eher: Erzeugnisse von Irren, Zeichen, die man zu deuten hätte, um der Verrücktheit auf die Schliche zu kommen, ein erster Schritt auf dem Weg zu einer möglichen Heilung. Max betrachtete die Werke mit mehr als bloßer Neugier. Er hätte die Plastiken gern in die Hand genommen. Aus Brot geformt! Der Drang dieses Menschen, etwas zu gestalten, war so groß gewesen, dass er das Erstbeste und Einzige genommen hatte, was ihm zur Verfügung stand: Brot. Aus Mangel an Material: das eigene Essen. Mit hungrigem Magen ein Werk geformt, um es mit sattem Geist betrachten zu können.

»Guten Tach auch«, hörte Max eine Stimme hinter sich.

Max fuhr herum. Der Mann, den er sah, war etwa vierzig Jahre alt, hatte eine Glatze, aber wuchernde Brauen, darunter rachenschwarze Augen, die Lippen verzogen sich zu einem angeklebt wirkenden Lächeln, und ein Speichelfaden suchte zaghaft den Weg Richtung Kinn.

»Das da«, sagte der Mann, und seine Stimme klang, als würde er beim Sprechen vor einen Kamm blasen, »das da, das da, das habe ich, ich selber, gemamama, es hat noch nie jemand so angeschaut wie du.« Der Mann deutete auf einen Laib Brot, aus dem Brocken gerissen worden waren, sodass zwei Löcher wie Augenhöhlen wirkten und das dritte wie die Öffnung eines Mundes, der unaufhörlich schrie. Die Brot-Innereien bildeten – hart zusammengeklatscht – eine windschiefe Nase, die dem Betrachter entgegenstach. Das Ganze wuchs zu einem Gesicht aus einer anderen Welt, nein: zu einem Gesicht aus der Kehrseite der Welt, die kaum einer beachtete. Der Patient legte seinen Arm um Max und zog ihn sanft zu sich. Der Mann roch stark antiseptisch, als hätte er soeben in einer Lösung aus Desinfektionsmitteln gebadet. Weil Max nicht wusste, was er sagen sollte, fragte er: »Wie heißt du?«

»Hendrik. Und du?«

»Max.«

»Aha. Du bist der König der Zungen, oder?«

Max schwieg.

»Das ist mein Vater«, sagte Hendrik und deutete auf die Brotplastik. »Alles ist mein Vater«, flüsterte Hendrik. »Ich kann nur meinen Vavavater machen, wenn ich Sachen mache, alles, was ich mache, ist mein Vater. Immer. Aber nie ist es richtig.«

Max nickte.

»Kennst du das?«, flüsterte Hendrik plötzlich. »Ich muss allen Möbeln die Beine absägen. Oder abhacken. Oder abschneiden. Mit einer Säge. Mit einer Axt, Max, Maxt, mit einem Beil, mit einem Messer, mit irgendwas Scharfem. Immer exakt an den Kanten. Die Beine vom Bett, vom Tisch, von den Stühlen, vom Sessel, von den Schränken. Alle Beine abschlagen. Erst dann kann ich die Möbelwunden zart und weich schmirgeln. Kennst du das?«

Max nickte.

»In meiner Wohnung liegt ein Haufen amputierter Möbelbeine. Große und kleine, lange und stumpenhafte Beine.« Hendrik hickste. »Ich weiß jetzt: dass mamaman an einem Tisch ohne Beine nicht essen und auf einem Stuhl ohne Beine nicht sitzen kann. Ein Schrank ohne Beine lässt sich nur mühsam öffnen, wenn die Tür direkt über den Parkettboden kratzt.«

Hendrik schwieg jetzt, außer Atem.

Max fragte: »Wie heißt dein Vater denn?«

Hendrik ließ Max sofort los, er trat einen Schritt zurück und hüpfte durch den Raum wie eine Ballerina, rief »Hach! Hach!«, seine Bewegungen bekamen etwas Schwebendes, und Hendrik tanzte durch die Tür, ohne Max weiter zu beachten. Schon war er fort. Und Max blieb allein.

Zurück in seiner Bonner Bude, bombardierte Max sofort eine Kladde mit Notizen: Hendrik. Dieser Blick, die Augen, die Schwärze, diese Werke. Die Menschen da drinnen scheinen tiefer getaucht zu sein als jeder andere von uns. Sie sind nicht mehr zurückgekehrt, sie sitzen immer noch am Grund, aber sie haben etwas gesehen, sie sehen etwas, nur was? Etwas, das auch ich sehen will. Aber ohne das Schicksal der Eingeschlossenen hier zu teilen. Etwas Elementares, etwas, das mit unserem Leben zu tun hat, mit dem, was wir wissen müssen, um die viel zu großen Worte *Sinn* und *Wahrheit* endlich zu köpfen. Ich spüre Nähe zu den Patienten, keine Ferne. Ich muss mich von ihren Werken anspringen lassen, ich darf sie nicht begutachten. Sie enthüllen mehr über mich als über den Künstler. Ja, diese Leute sind Künstler, es sind keine Irren, und ich, ich weiß genau, was ich will: Ich will die Grenzen des Wahnsinns ausloten, den Wahnsinn nicht als das sehen, als was die anderen ihn sehen, als Deformation, als Krankheit, als Übel, sondern als das, wovor alle Welt flieht und erschrickt, als das, dem man sich stellen muss, will man das Geheimnis des Menschen ergründen, als das, was in jedem Einzelnen von uns begraben liegt und darauf wartet, angeschaut zu werden: ja: sofort: jetzt: gleich: ein Buch schreiben! Ein Buch über die Menschen in dieser Anstalt, über die Kunst dieser Menschen. Ihre Kunst: Ist das nicht die wahre, die wirkliche Kunst? Ohne jedwede Künstlichkeit? Nicht geboren aus dem Antrieb, gefallen zu wollen oder verkauft werden zu wollen oder etwas zeigen zu wollen oder etwas sagen zu wollen oder sein Können zur Schau stellen zu wollen oder aus sonst einem erbärmlichen Antrieb heraus, nein, ihre Kunst dort ist geboren aus reiner Sinn- und Zweck- und Zielfreiheit, geboren aus nichts als dem Sehen, dem inneren Sehen, sie müssen tun, was sie tun, und sie scheren sich nicht die Spur um den Blick der anderen, sie scheren sich nur um sich selbst, sie *scheren sich selbst* im wahrsten Sinne des Wortes, sie scheren ihr Inneres wie wild wuchernde Wolle, der Wille zur Wolle, hehe, ja, ein Buch über die Kunst und den Wawawahnsinn, das wäre es doch, wenn auch ohne Kalauer bitte.

Das Vorhaben scheiterte. Der Neunzehnjährige fand nicht die richtigen Worte. Vielleicht war er kein Schriftsteller. Vielleicht musste er das, was er sah, schlicht und einfach zeichnen oder malen oder modellieren? Vielleicht war er aber auch nur viel zu weit weg von dem, was Hendrik ihm offenbart hatte. Außerdem gab es gerade jetzt jede Menge Neues, das sich zeigte, Dinge, die Max aufsaugte, die ihn ablenkten und umtrieben: Er entdeckte die »Welt der Wunder, der Chimären, Phantome, der Dichter, der Ungeheuer, der Philosophen, Vögel, Frauen, Magier, Bäume, Erotika, Steine, Insekten, Berge, Gifte, Mathematik usw.« Und Max fraß. Max fraß unersättlich: pausenlos kauende, staunende Raupe. Seine Augen stopften sich alles in den Kopf, was sie kriegen konnten. Max legte den Aufschrieb über Kunst und Wahnsinn beiseite und verlor sich tagelang in der Welt der Flechten, wollte herausfinden, was Flechten zu Flechten macht: Erst in der symbiotischen Vereinigung von Pilzen mit Grünalgen oder Bakterien bilden sich die Flechten, und Flechten leben an den unwirtlichsten Orten, in vielfältigen Formen und Farben, und sie nisten sich ein auf Felsen, Rinden, Wegen und Unwegen, bilden mehrfarbige, grandiose Landschaftsmuster. Dann wieder suchte Max Orte auf, um selber der Vereinigung zu frönen: Er hatte herausgefunden, dass da etwas in ihm steckte, dem die Frauen nachgaben. Das lag wohl an der Farbe seiner Augen oder an dem, wer weiß, was hinter diesen Augen flackerte. Und das Malen? Manchmal starrte Max einfach nur in seine Kaffeetasse und fragte sich, was einen Kaffee denn zum Kaffee macht und wieso der Kaffee so nachtschwarz in der Tasse schaukelt und ob Schwarz nicht doch eine Farbe ist, eine alles verschlingende Farbe, die ein Bild bedecken kann, komplett verbergen. Die Möglichkeit eines schwarzen Quadrats streifte seine Ideenwelt, verlor sich aber wie so vieles andere im Chaos seines Kopfes. Max ahnte: Sein Vater Philipp verharrte beim Malen an der Oberfläche. Doch ein Bild eröffnet nicht das, was zu sehen ist, sondern das, was nicht zu sehen ist. Max malte jetzt immer eifriger, aber fast heimlich und mit ungeheurer Unzufriedenheit im Genick. Alles, was er malte, schien falsch. Er warf das meiste wieder fort. Wie ihm die Worte fehlten, so fehlten ihm auch die Bilder. Doch fehlten sie auf andere Weise: Die Worte schienen unerreichbar für ihn. Die Bilder aber lagen greifbar nah, nur bedeckt von Schutt und Kram und Müll alter Vorstellungen. Er musste sich erst durch diesen Berg wühlen. Max ließ nicht locker, er gab alles, und er malte und zeichnete ernsthafter als je zuvor.

Wenn Max das Wort *ernst*haft hörte, lächelte er nicht. Zwar mochte er Wortspiele und Kalauer aller Art, zwar konnte er die Menschen in seiner Umgebung gut zum Lachen bringen, aber die abgehalfterten Zweideutigkeiten, die um seinen Nachnamen kreisten, hatte er bald satt. Genauso wie die Wortspiele um den Namen seines neuen Freundes: August Macke. Der alles andere als eine selbige hatte. Nein! Macke war etwa vier Jahre älter als Max. August Macke, der Künstler, der Corinths Malschule in Berlin besucht hatte, der große Bruder, der Max zeigte, wo es langging, und der eine Gruppe von rheinischen Dichtern und Künstlern um sich scharte, Macke, ein geborener Lehrer, der alles gern mit seinen Schülern teilte.

In der Johannisnacht 1912 saß die Gruppe der angehenden Künstler um ein Feuer, ein riesiges Feuer, ein Johannisfeuer, ein Scheiterhaufenfeuer, es wurden Reden geschwungen, es ging um Befreiung und Revolution, um Knechtschaft und Selbstbestimmung, um Liebe und Tod, um Wahrheit und Wahnsinn, der ganz, ganz hohe Ton wurde angeschlagen, alle waren bereit, Baudelaire zu folgen in seinem Aufschrei: »Auf den Boden des Abgrunds stürzen, Himmel oder Hölle, was macht es!«

»Kunst hat mit Geschmack nichts zu tun!«, rief einer.

»Als ob man Kunst schmecken könnte!«

»Alle«, sagte Max, »alle, alle wollen sie was von Kunst verstehen, diese Kunstrichter! Und die ganze Zeit faseln sie was von Können! Können! Und dass wir, die Jungen, dass wir hier gar nichts mehr können!«

»Die glauben, Können heißt: richtig malen und zeichnen.«

»Als wären wir Fotografen!«

»Die Nase nicht zu lang, die Beinchen nicht zu kurz! Aber die haben keine Ahnung«, rief Max, »was Können eigentlich heißt!«

»Und? Max? Was heißt das?«

»Wir brauchen das nicht zu lernen. Wir brauchen keine Kunstschulen! Wir brauchen kein Mal-Diplom! Können heißt Gestaltenkönnen. Das innere Leben der Farben und Linien empfinden. Können heißt: Erlebnisse haben!«

»Was für Erlebnisse?«

»Die einfachsten Dinge, alles kann zum Erlebnis werden.«

»Ist mir zu harmlos!«, wetterte plötzlich ein Junge namens Kalle, ein angehender Dichter, der eine grüne Lederjoppe trug und dessen Haar sich schon in jungen Jahren gelichtet hatte, Kalle, mit Fistelstimme, Nickelbrille und schwarzweißen Schuhen aus Kuhhaut. Der junge Dichter hatte reichlich Bier und Schnaps geladen, und jetzt stand er auf und deklamierte: Es müsse der Kunst gelingen, Feuer zu legen, Brandherde, Kunst müsse aufbegehren gegen den Mief des Biederen. Pfiffe und Hurra. »Mehr noch!«, schrie Kalle in ernstem Eifer. »Nicht nur die Kunst muss Feuer legen, der Künstler selbst muss brennen wie eine Fackel, darf nie erlöschen, er muss lodern, er muss ein Licht sein in der Banausalität, in der Banalausi…« Die anderen wieherten. »Brennen muss man, brennen!«, schrie der Dichter.

»Ja, Mensch, Kalle«, grölte jemand, »dann hüpf doch ins Feuer, wenn du so gern brennen willst!«

Kalle warf seine Flasche weg und sprang, ohne zu zögern, bäuchlings in die hoch aufgetürmten, lodernden Scheite. Sofort kehrte Stille ein.

Die jungen Künstler lauschten kurz dem Knistern der Kleider. Wie gelähmt hockten sie dort, als der entflammte Dichter jetzt schrie. Endlich zogen sie Kalle vom Scheiterhaufen, schlugen das Feuer aus der Jacke, Kalle verlor das Bewusstsein, die Künstler kippten Wasser über den angesengten Körper, und gemeinsam schleppten sie Kalle ins nahe gelegene Bauernhaus, und der Bauer empfing die jungen Männer mit kalter Verachtung: »Kühe melken könnt ihr nicht, aber ins Feuer springen, das könnt ihr.«

Als Max am nächsten Tag den Dichter abholte, taumelte Kalle ihm schon wieder auf eigenen Füßen entgegen, seine Brandwunden notdürftig verbunden, gesalbt, ein wenig mumifiziert sah Kalle aus.

»Komm mit, ich bring dich nach Hause«, sagte Max.

»Aber ich *bin* gesprungen!«, murmelte Kalle.

»Ja, du bist gesprungen.«

Und dann saß Max allein in seinem Zimmer.

Alles, was er in den letzten zwei Jahren geschluckt hatte, verquirlte in seinem Kopf zu einem Strudel: Kalles Sprung ins Feuer, die Museumsbesuche, die Sonderbund-Ausstellung mit Bildern von Gauguin, van Gogh, Cézanne, Munch, Picasso, Matisse, Kirchner, Nolde, Klee, Kandinsky, Marc und seinem Freund August Macke selbst, dazu Mackes Zuspruch (Ich sehe was in dir, mein Lieber, da ist was, du weißt es selber nicht, aber da ist was, und wenn du dir keine Mühe gibst, werd ich dir zeit meines Lebens in den Hintern treten!), die Klinikbesuche, die Schreie, die Werke der Wahnsinnigen, seine Gedanken zur Kunst, die neue Freiheit in Bonn, das nächtliche Umfangen der Frauen, die Flechten, die aus dem Nichts eine Heimat schufen, seine Selbstporträts, die Bücher, die er sich einverleibte, die eigenen Schreie, die noch in Max steckten, Ideenfilme, die auf weiße Wände drängten, das Bauchschwellen beim Zeichnen und Malen, Ballongefühl, Schwerelosigkeit, als hätte er Körper und Geist abgegeben für die Stunden, in denen er malte und zeichnete, all das und alles mehr, gesehen, gefühlt, geahnt, gedacht, alles geriet in jenen Strudel, wandelte sich zu einer Gewissheit, etwas gefunden zu haben, das ihn und sein Leben tragen würde, hoch hinauf und tief hinab, ja, im Jahr 1912 hielt Max inne in seiner chaotischen Selbst- und Weltentdeckungsfahrt, da saß er still im Zimmer, und zum ersten Mal dachte er mit einer nicht mehr zu löschenden Klarheit: Ich werde malen. Und sonst nichts. Ich werde malen. Und er dachte es mit einem schrägen Lächeln, glücklich und erschrocken zugleich.

7

Die Hutfabrik und Modewarengroßhandlung Löwenstern & Straus, anfangs noch ein einzelner Laden, wuchs nach und nach zu einem Unternehmen heran, das in seiner Blütezeit mehr als hundert Mitarbeiter beschäftigen sollte. Daher zählte Jacob Straus, dem die Hälfte der Firma gehörte, zu den wenigen Kölnern, die alle drei Kriterien erfüllten, um an Wahlen teilnehmen zu dürfen: Er war ein Mann; er war älter als vierundzwanzig; und er zahlte Steuern in ausreichender Höhe. Richtig heimisch wurde seine Familie in Köln aber nicht. Nach der Geburt der ersten Tochter Luise im Jahr 1893 zog man ein paarmal um. Von der Friedrich-Wilhelm-Straße an den gediegenen Hohenstaufenring: Denn in der Nähe der Friedrich-Wilhelm-Straße hatte kurz zuvor noch die Cholera gewütet. Und etwas später dann vom Hohenstaufen- an den Salierring: Denn dort fiel die jüdische Familie Straus unter den übrigen jüdischen Familien nicht weiter auf und entzog sich dem grassierenden Antisemitismus. Judenfeindlichkeit hatte Tradition. Die Juden hier waren stets für alles Mögliche verantwortlich gemacht worden: Ihr Schuldenkatalog reichte von der Pest im Jahr 1349 bis zum Börsenkrach 1873. Die Deutschnationalen zeigten im preußischen Reichstag offen ihren Judenhass; eine Großdeutsche Buchhandlung druckte ein »judenreines Adressbuch«; die vor den Pogromen geflohenen Juden aus dem Osten, hieß es am Stammtisch, nähmen den Deutschen die Arbeitsplätze weg, in Unkenntnis der Zahlen: Von den dreihundertdreißigtausend Kölner Bürgern bekannten sich gut zwei Prozent zum jüdischen Glauben. Eine anonyme Drohung wurde kurz nach Luises Geburt verschickt:

Man habe genug von der Judaisierung der Stadt und des Landes, in Deutschland solle »kein Jude mehr gedeih'n«, und der Tag werde kommen, an dem man die Synagoge einfach in die Luft sprenge.

Schon die kleine Luise Straus merkte, dass manche Menschen sie befremdet anschauten. Und sie hatte Angst, man könnte ihr etwas antun. Wie ihrem Nachbarfreund David, dem man ein Loch in den Kopf geworfen hatte. Weil er nach Jude stank. So sangen jedenfalls ein paar andere Kinder. Oder wie dem alten Joppe, der vier Monate im Krankenhaus verbrachte. Weil wildfremde Männer ihn angestochen hatten. Ausgeraubt, die Judensau, wie Luise auf der Straße hörte. Ja, Luises Angst wuchs zu einer Angst vor allem Unbekannten, das sich ihr näherte, denn alles Unbekannte, das sich ihr näherte, konnte etwas Böses wollen. Sie schrie auf, wenn sie die Stimme eines fremden Menschen im Haus hörte. Und klingelte es an der Tür, zuckte sie zusammen, verkroch sich mit einer Puppe unters Bett und flüsterte: »Wird doch wohl der Bäcker sein! Wird doch wohl der Metzger sein!« Denn sie kannte den Bäckerjungen, sie kannte den Metzgerjungen, und die beiden würden nur die Ware abliefern und wieder gehen, weder Bäckerjunge noch Metzgerjunge, wusste Luise genau, kämen hinein ins Haus, zu ihr, die Treppen hoch. Weder Bäcker noch Metzger würden ihr etwas antun.

Luise besuchte die Städtische Studienanstalt und lernte dort Französisch, Latein und Griechisch. Im Deutschunterricht musste sie die deutschen Klassiker lesen, weil von ganz oben verordnet wurde, »Deutsche Art und Deutsches Wesen überall in den Vordergrund« zu stellen. Warum eigentlich?, fragte sich Luise Straus. Sie liebte das Hinterfragen von klein auf. Etwas als unumstößlich anzunehmen fiel ihr schwer. Luise dachte nicht nur gern, sie dachte auch schnell. Während die Mitschüler den Worten der Lehrer noch hinterherackerten, preschte Luise schon voraus. Das Räderwerk hinter ihrer Stirn ratterte pausenlos. Warum fehlt der Nacht die Farbe? Warum liegt in jedem Menschen noch etwas Gutes? Warum habe ich mehr Angst vorm Schutzmann als vorm Schwarzen Mann? Wie kann eine Straßenbahn fahren? Was bedeutet das Wort *Blaustrumpf*? Wie fühlt es sich an, wenn Geschlechtsteile sich ineinander verhaken? Warum erscheinen mir neun Zimmer für Eltern, Bruder, Schwester und Personal als zu viel, zwei Badezimmer dagegen als zu wenig? Warum finde ich nie etwas, wenn ich alles aufräume? Warum liebe ich das Chaos? Woher kommt die Unordnung? Warum werden Juden gehasst? Und von wem? Meine Eltern sind nicht richtig religiös, ich selber bin nicht richtig religiös, ich halte mich öfter in Kirchen auf als in Synagogen, ich liebe die Höhe des Doms und die Kühle im Innern, ich liebe den Duft nach Weihrauch und Ehrfurcht. Wenn man mich hasst, weil ich Jüdin bin, dann hasst man mich wegen einer Religion, die ich gar nicht richtig ausübe. Der Hass macht also keinen Unterschied zwischen Juden, die ihre Religion ausüben, und denen, die ihre Religion nicht ausüben. Dann aber ist klar: Man hasst uns nicht wegen unserer Religion. Weshalb denn dann? Was ist der Grund dafür? Liegt es wirklich an uns? Oder an denen, die uns hassen?

Rasch war klar, dass Luise studieren wollte, musste, würde. Vater Jacob ließ sie gewähren. Insgeheim war er stolz auf Luise, der alles so müheleicht zuflog und die gestochen scharf schreiben konnte, so scharf, dass der Vater, wenn er eine Arbeit von ihr las, mitunter die Luft durch die Lippen sog, als hätte er sich an ihren Worten geschnitten. Luise studierte Kunstgeschichte. Sie liebte es, stundenlang in Museen vor einem Bild zu stehen und jede Kleinigkeit einzuatmen. Die Farben nicht nur in ihrer Wirkung aufs Auge, sondern auch in ihrer Haptik. Wenn sich eine Nase auf der Leinwand zeigte, eine Unebenheit im Öl, fragte sie sich: Ist das vom Künstler mit Absicht gesetzt oder aus Unaufmerksamkeit entstanden? Und oft hätte sie gern einfach nur eine Hand aufs Bild gelegt. Aber das war verboten.

Ihre erste Liebe kam und ging schnell, ein Mann namens Karl Otten, ein alles zerpflückender, grübelnder Riese, dem Luise zwar atemlose Kuss- und Fummel-Attacken erlaubte, aber sonst nichts. Die studentische Liebelei zerbrach, als Karl beim Saccharin-Schmuggel erwischt und verhaftet wurde. Luise kam schnell über den Verlust hinweg, sie hatte freie Auswahl, zweihundertfünfundfünfzig Studentinnen verteilten sich auf viertausend Studenten. Viele der jungen Männer machten ihr Komplimente. Luise schaute sich die Sache eine Weile ohne große Hektik an. Und ihre Wahl fiel auf den jungen Max Ernst.

Im Seminarraum der Rheinischen Friedrich-Wilhelms-Universität Bonn setzte sich die bald zwanzigjährige Luise im Oktober 1913 neben den jungen Maler. Sie kannte ihn schon seit einem Jahr, wenn auch nur flüchtig. Luise blickte auf seine Hände: die Finger lang, aber weder dünn noch grob, weder zu fleischig noch zu hager, genau richtig, sanft und fein. Die Hände eines Mannes sind wichtiger als sein Gesicht, dachte Luise zeit ihres Lebens, denn Hände werden einen berühren irgendwann, und die Haut hat keine Augen, die man schließen kann.

»Darf ich?«, flüsterte sie.

Sein Kristallblick, eine Mischung aus Nähe und Ferne, aus Unbekümmertheit und Ironie, aus loser Abwesenheit und harter Konzentration, unerreichbar und zugewandt zugleich, unergründliche Gegensätze, aus denen eine kolossale Kraft sprang, dazu blonde Haare, der sportlich schlanke, wohl vom Schwimmen muskulöse Körper, die sehnig-gliedrige Gestalt, die dort hockte, als wäre sie stets auf dem Sprung. Max zeichnete etwas in seinen Block, ein bisschen verlegen, dachte Luise, und sie begutachtete auch sein Profil mit der geschwungenen Nase.

»Ein Stier?«, fragte sie und deutete auf das Blatt.

»Ein Vogel«, sagte Max.

»Sie sind doch Max, oder?«

»Ja. Max Ernst. Und Sie?«

»Luise.«

»Poch. Wie meine Mutter.«

Professor Albert Küppers betrat leicht gebeugt den Raum und begrüßte die paar Studenten, die sich in den Zeichenkurs verloren hatten, gerade mal zwanzig an der Zahl. Hinter ihm erschien eine junge Frau im Bademantel, die sich ohne weitere Erklärung auszog und nackt auf einen Stuhl setzte, während der Professor über die Schwierigkeiten des Aktzeichnens sprach.

Luise hockte reglos da. Ja, sie wollte einfach alles über Kunst erfahren. Aber selber zeichnen? Das konnte sie nicht besonders gut, eigentlich gar nicht. Einmal hatte sie in der Schule – kurz vor dem Abschluss – einen Baum zeichnen sollen, und nachdem sie zehn Minuten vor dem leeren Blatt gesessen hatte, malte sie in schönster Schrift *Ich kann keinen Baum zeichnen* aufs Papier, und die Worte wuchsen auf dem Blatt zu einem wolkenähnlichen Gebilde, das vage an einen Wipfel erinnerte. Ihr Lehrer hatte betrübt den Kopf geschüttelt und gesagt: »Fangen Sie bloß nicht an mit diesem neumodischen Kram!«

Und jetzt dieses Modell hier! Luise schluckte. Eine wunderschöne Frau, dachte sie, mit einem Körper und einem Gesicht zum Verlieben. Luise spickte auf den Block neben ihr. Max schien in seinem Element. Sein Stift flog wie ein flinker Dieb über den Block und stahl dem Blatt das Weiß. Aber Max schaute nicht hoch zum Modell. Kein einziges Mal. Sein Blick blieb auf dem eigenen Blatt. Für eine Weile sah Luise zu, wie Max aus dem Nichts einen Fluss schuf, einen Wald, einen Vogel, eine flatternde Käfigtür, ein Mondgebilde, Luise kam kaum mit, so schnell ging das, und sie liebte Schnelligkeit. Luise fragte sich, wann Max endlich beginnen würde, das Modell abzuzeichnen.

Als er eine kurze Pause machte, stupste Luise ihn an. »Helfen Sie mir?«, fragte sie und deutete auf ihr leeres Blatt.

Seine rechte Hand wanderte sofort hinüber, ohne ein Wort, ohne Nicken. Mit wenigen Strichen warf Max die Konturen einer nackten Frau aufs Papier seiner Nachbarin. Auch jetzt beachtete Max das Modell überhaupt nicht.

»Wollen Sie gar nicht hinsehen?«, fragte Luise leise und deutete flüchtig in Richtung Frau. Max lächelte geheimnisvoll und tippte sich an die Stirn. Luise wusste nicht, was er damit sagen wollte: Spinnst du? Oder: Ich hab sie einmal gesehen, ihr Bild ist hier drinnen. Oder: Ich weiß, wie eine nackte Frau aussieht.

»Den Rest müssen Sie selber nachziehen«, sagte Max, und Luise nickte. Doch ehe Max sich wieder dem eigenen Papier zuwandte, flüsterte er noch, mit einer Stimme, die ein wenig vibrierte: »Aber das hat seinen Preis.«

»Was denn?«, fragte Luise und atmete schneller.

»Ein Spaziergang am Rhein?«, sagte Max.

»Zusammen?«, fragte Luise und hätte sich am liebsten gleich selber geohrfeigt wegen dieser blöden Frage.

»Na klar. Nur wir zwei«, sagte Max. »*Du* und ich.«

»Gut«, sagte Luise. »Vorausgesetzt, *du* hilfst mir weiter beim Zeichnen, die nächsten Wochen.«

»Für jede Zeichnung ein Spaziergang?«

»Abgemacht, Max.«

Ein paar Wochen gingen Luise und Max am Rhein entlang und redeten. Und wenn sie sich ins Gras setzten, krochen Hände über die Körper, aber alles blieb blasskeusch. »Ich kann das noch nicht!«, sagte die neunzehnjährige Luise gleich zu Anfang. »Ich bin noch nicht so weit.« Ich habe ihn mir ausgesucht, dachte sie. Und er? Nimmt er einfach, wen er kriegen kann? Was will so ein gut aussehender Mann von mir? Ich bin klein, ich habe nicht das schönste Gesicht, meine Nase gefällt mir kaum, meine Augen sind mir zu groß. Er könnte hübschere Frauen haben als mich. Allein der Name: Luise. Wie seine Mutter. Nicht gerade sexy: Die Vorstellung, mit einem Mädchen zu knutschen, das den Mutternamen trägt. Schon beim zweiten Treffen sagte Luise daher: »Weißt du, Max. Eigentlich mag ich viel lieber die französische Variante.«

»Was?«, fragte Max und blickte auf.

»Die französische Variante meines *Namens*!«, fügte Luise schnell hinzu. »Ich meine Luise mit einem französischen o: Louise. Nenn mich einfach Lou, Max.«

»Lou?«

»Ja.«

»Lou. Lou. Das klingt gut. Lou. Wie ein Kieselstein.«

8

Ein Abschluss? Interessierte ihn nicht. Max stromerte durch die Hörsäle, über den Kopfstein des gigantischen Innenhofs der Universität, durch den Park mit den hohen, uralten Linden. Das Kunstgeschichtsseminar schien ihm zu trocken, zu spröde, zu gewollt intellektuell, der Zugang zu den Kunstwerken zu verkopft, es fehlte das Unmittelbare, das Erleben eines Bildes. Max wäre dem Seminar fern geblieben, wenn es Lou nicht gegeben hätte. Er mochte das Wort *Liebe* nicht. Was genau bedeutete das: Liebe? War es Lous Kindlichkeit, das Sommersprossige ihres Wesens, das irgendwie unerreichbar Scheinende? Oder war es Lous Klugheit? War das Reden mit Lou ihm wichtiger als alles andere? Lou hatte einen sagenhaften Blick für Kunstwerke, genau, scharf, analytisch und intuitiv zugleich. Mancher Künstler würde sie später regelrecht konsultieren, um ihr neue Bilder zu zeigen: Lous Meinung war gefragt. Und mit Lou über Kunst zu reden beflügelte Max ungemein.

Schon vor dem Austausch mit Lou hatte Max Kunstkritiken verfasst: vernichtende Tiraden gegen die *Kunstschwätzer*, wie er sie nannte, ein ungeschminkter Aufschrei des Adoleszenten. Breitseiten gegen die Möchtegernkünstler, die sich scheuten, etwas Neues zu wagen, diese Kopistenschwämme, Mit- und Nachläufer der Impressionisten. »Das beste Bild im Obernier-Museum«, schrieb Max in einer Besprechung, »war bis vor etwa einem Jahr die Aussicht von der oberen Glasveranda auf das andere Rheinufer und das Siebengebirge«, und leider habe man die Aussicht verbaut, jetzt sei »überhaupt kein bestes Bild mehr da, nicht mal ein besseres«. Max hatte noch keine Ahnung, was er selber schaffen wollte, wusste aber ganz genau, was er nicht wollte: die Bewahrung des Bekannten, die Reproduktion des Renommierten und das Aufwärmen des Abgestandenen.

Dabei orientierte auch Max sich an Vor-Bildern. Ein paar seiner Werke hingen schon. In Gemeinschaftsausstellungen mit anderen Künstlern. Jaja, dieser Vetter von Gottfried Benn, wie hieß der noch gleich, Joachim Benn?, jaja, der hatte wohl recht, wenn er in der *Frankfurter Zeitung* vom »sehr stark experimentierenden Max Ernst-Brühl« schrieb, »dem, sonst doch wohl zu stark unterm Einfluß Kokoschkas, in zwei kleinen futuristischen Bildern sehr schöne Farbklänge gelungen sind.« Sehr schöne Farbklänge! Ein vernichtendes Urteil für den jungen Max. Aber es stimmte. Am liebsten hätte Max seine Bilder wieder abgehängt, man sah zu sehr den Einfluss der Futuristen, auch den von August Macke. Vielleicht sollte man als Künstler überhaupt keine Fremdwerke anschauen, um diesem Einfluss zu entkommen? Aber wie soll ein Maler malen, wenn er keine anderen Bilder kennt? Von denen er sich absetzen kann und muss? Ist es möglich, rein aus sich selbst heraus …? Und Kokoschka, der hing doch wie die meisten hier am Tropf van Goghs, und van Gogh an dem von Rembrandt, und der an dem von Rubens, und der an dem von Tizian, und der an dem von da Vinci, und der an dem von … Aber sie alle hatten sich irgendwann gelöst, um etwas Neues zu schaffen. Nur, wie gelingt es einem, sich zu lösen? Und wann muss man es tun? Und wie lange darf man kopieren oder sich orientieren an dem, was vorher war? Und was bedeutet dieses Sichlösen? Wie viel Mut, Ausdauer und Willen, wie viel Kraft, Entbehrung und Widerstand muss man aufbringen, seinen eigenen Weg zu finden?

Es half ihm der Arp.

Hans Arp.

Der Elsässer.

Sein erster Lebensfreund.

Vier Jahre älter als Max.

Vier Jahre weiter auf seiner Reise.

In die künstlerische Unabhängigkeit.

Bei einer Ausstellung in der Galerie Feldmann sahen die beiden sich zum ersten Mal. Ein glücklicher Zufall. Wie so oft bei Max. Sie standen einfach nebeneinander. Der Künstler sei ein Kraftwerk, sagte der Arp unvermittelt und deutete auf das Bild vor ihm: ein Georges Braque mit dem Titel *Le Petit Éclaireur*. *Was* genau der Künstler schaffe, sei zweitrangig. *Wie* er es schaffe, darum gehe es. Der Zustand, in dem der Künstler sich beim Schaffen befinde. Das Wilde, das Energetische, der Rausch, die ungeschorene, die durch nichts zu verbergende und durch nichts zu verstellende Verrücktheit: Sie müsse aufs Papier oder in die Tasten, auf die Leinwand, in Plastik und Skulptur. Dann sehe der Betrachter nicht das, was er sehe, sondern spüre das, was der Künstler gespürt habe während des Schaffens. Diese Kraft sei da oder eben nicht. Wenn sie aber da sei, bleibe sie auch, durch die Jahrhunderte. Wie ein unsichtbarer Film klebe sie am Bild, wie ein Duft, der nie verfliege, wehe sie dem Betrachter ins Innerste.

»Duft oder Gestank?«, fragte Max.

Der junge Mann neben ihm lachte auf.

Kurz kreuzten vier Augen die Klingen.

Der Arp und der Max.

»Den Weg muss jeder allein gehen«, sagte Hans. »Sich einer Gruppe anschließen? Natürlich, klar. Kann man machen. Aber wenn es drauf ankommt? Ist der Künstler der einsamste Mensch.«

»Zählt nur das Eigene«, sagte Max.

In diesem Augenblick walzte eine Frau in den Raum, klein, aber wohl an die hundert Kilo schwer. Sie bewegte sich mit der

Würde einer Dame, die sich mit ihrer Fettleibigkeit abgefunden hat, ja die sich sogar wonnevoll in ihr suhlt. Die Frau schnarrte einem der Besucher ein »Aus dem Weg!« zu.

Als Hans die Dame sah, hellte sein Blick sich auf. »Da kommt sie!«, sagte er.

»Wer?« Max drehte sich um.

»Die Ey.«

Das war sie in der Tat: die Ey. Johanna Ey. Später würde man sie »Mutter Ey« nennen. Eine fanatische Liebhaberin der neuen Kunst, die gern jeden jungen Künstler unter ihre Fittiche genommen hätte.

»Sie wird bald eine Galerie eröffnen«, sagte der Arp.

Zurzeit besaß die Ey nur ein Lädchen am Düsseldorfer Hindenburgwall und war damit beschäftigt, enttäuschte junge Künstler wieder aufzurichten.

»Hans!«, rief Mutter Ey zum Arp hinüber. Die Köpfe der Besucher reckten sich zur zwergenhaft pompösen Frau, die ihr »Hans!« scharf in den Raum geschnalzt hatte, so gar nicht dem dumpfen Galeriegemurmel angemessen. »Nu reich 'ner fetten Drohne mal dein Händchen, Hänschen! Hab ich ja wohl verdient.« Hans führte Mutter Ey zu Max. »Gibt's hier keinen Stuhl oder was?«, keuchte sie, rückte die Nickelbrille zurecht und zupfte an ihrem Dutt. »Soll ich mir die Bilder etwa im Stehen angucken?« Der Arp eilte in den Nachbarraum und kam mit einem Klappstuhl zurück. Mutter Ey hatte noch lange nicht ausgeschnauft. »Was soll das denn sein?«, fragte sie und deutete auf den mickrigen Stuhl. »Ist der für Kaulquappen oder was?« Hans stellte den Stuhl hin. »Was soll's!«, rief Mutter Ey, platzierte ihren monströsen Hintern auf das wackelige Gerät, streckte die Beine aus, sagte noch: »Die Füße tun mir weh, schon nach drei Minuten«, ehe der Stuhl zackig unter ihr zusammenkrachte. Mutter Ey landete auf dem Boden, und in die kurze, nur einen Atemzug währende Stille hinein entfuhren Max die Worte: »Ach, du dickes Ei!«

Mutter Ey blickte hoch zu ihm, zögerte kurz, dann aber brach sie in schallendes Gelächter aus, hielt sich die Seiten, ergriff ächzend und sich nur langsam beruhigend die Hände von Hans und Max, die beiden zogen sie hoch, und die Ey sagte: »Hat Humor, unser Kleiner. Humor ist wichtig. Ohne Humor keine Kunst. Sie sind doch Max Ernst-Brühl?«

»Ohne Brühl. Aus Brühl.«

»Hab schon mal etwas von Ihnen gesehen. Vielversprechend. Steckt was dahinter. Merk ich gleich. Sie waren noch nie in meiner Kaffeestube? Na? Haben Sie was gegen Düsseldorf? Kommen Sie doch mal rüber. Da hängen auch Bilder. Das wird Sie interessieren. Was gucken Sie denn so, Max Ernst? Sperren Sie den Schnabel zu. Sie sollen nicht kommen, um was zu kaufen. Ich weiß selber, dass ihr nichts zu beißen habt, ihr Hungerkünstler. Wenn Sie zu mir kommen, sollen Sie was mitbringen. Von sich. Vielleicht kauf ich's. Oder häng's auf bei mir. Ich nehm's in Kommission. Versprechen kann ich nichts. Aber 'nen Cognac und ein offenes Ohr gibt's immer. Was Neues in Arbeit?«

Max schüttelte den Kopf.

»Wenn die Herren Künstler nur nicht so faul und triebgierig wären. Den ganzen Tag Weibern untern Rock schauen oder was? Na gut, bei mir wohl nicht mehr, ich hab's hinter mir, Max. Zwölf Kinder geboren, das ging wie's Brötchenbacken. Acht sind schon tot. Jetzt ist der Ofen aus, werter Herr Ernst. Wie alt denn selber?«

»Dreiundzwanzig.«

»Ach je. Tobt euch ruhig aus. Junges Gemüse. Mein Allerhinterster tut mir weh, als hätte ein Pferd seinen Huf reingepflanzt. Die Ausstellung ist perdu. Aber immerhin habe ich den Herrn

Ernst getroffen. Meld dich doch mal, Max. Macht's gut, ihr Vögel.«

Mit diesen Worten raffte Mutter Ey das Kleid und wackelte ihre zweihundert Pfund langsam aus dem Saal heraus, den Arm von Hans hatte sie ein wenig mürrisch ausgeschlagen.

»Ach du dickes Ei?«, fragte Hans glucksend.

Da hakte sich Max beim Arp unter.

»Zu zweit aber«, sagte Hans in ironisch dozierendem Ton, »lässt sich die Einsamkeit besser ertragen.«

»Freundschaft?«, fragte Max.

»Lebenslänglich!«, antwortete Hans.

»Blutsbrüder?«

»Klar«, sagte Hans und hob die Hand.

»Und wer von uns beiden ist Winnetou?«, fragte Max.

»Winnetou?«

»Kennst du den nicht?«, rief Max.

»Wieso? Was hat der gemalt?«

9

Schon Lous Mutter hatte eine Vernunftehe eingehen und auf Betreiben ihrer Eltern den reichen Unternehmer Jacob Straus heiraten müssen. Und auch für Lou war ein Verlobter auserkoren: Otto Kern, Sohn eines Versicherungsagenten, der auf dem Salierring vier Häuser weiter gewohnt hatte. Das Arrangement klang vernünftig und verheißungsvoll, war im wahrsten Sinne des Wortes gut versichert, hatte Zukunft, Aussicht und Ordnung. Lou würde mit Otto Kinder bekommen und großziehen und für jedes Kind einen eigenen Schrank anlegen, und in jedem Schrank gäbe es verschiedene Schubladen für Strampler, Höschen, Jäckchen und Mützchen. Lou würde ihr weiteres Leben an der Seite eines wohlsituierten Mannes führen, kein einziges Mal würde sie klagen müssen über Geldmangel, das Personal würde den Haushalt erledigen, sie selber hätte enorm viel Zeit für das, was ihr wirklich Spaß machte, das Schreiben, die Kunst, das Lesen, das Studieren.

Auf der anderen Seite aber stand Max. Ein Leben an der Seite von Max versprach zwar Aufregung und Abenteuer, aber zugleich auch Ungewissheit und Chaos und Wunden. So ein Künstler, wusste Lou, kann ein Monster sein, ein Egomane, ein Narziss, jemand, der allen Raum für sich selbst beansprucht, jemand, der um sich schlägt, wenn er das Werk in Gefahr sieht, jemand, der nur das Eigene duldet, jemand, der nichts schaffen kann, wenn er sich noch um andere kümmern soll, jemand, der abtaucht, tagelang, wochenlang, jemand, der wie ein Geist durch die Wohnung schleicht, um irgendwann aus trüben Augen seine Frau anzuschauen, und dabei klammheimlich zusammenzuckt, um seine Überraschung zu verbergen: darüber, dass hier noch ein anderer Mensch lebt außer ihm selbst. Vielleicht übertrieb sie auch. Aber Lou hatte einige Künstlerbiografien gelesen und genügend Künstler getroffen in ihrem ersten Jahr als Studentin. Sie kannte deren Blicke, die stets ins Innere drifteten. Wenn sie mit einem Künstler sprach, hatte sie oft das Gefühl, dass dieser nur scheinbar zuhörte und sich in Wahrheit pausenlos fragte: Wie komme ich nur so schnell wie möglich zurück an meine verdammte Staffelei?

Und Lou schrieb an eine Freundin: Ich weiß nicht, was ich tun soll, ich habe lange gegrübelt, jetzt setze ich mich hin, mein Herz ist zerwühlt wie ein Kissen, ich will hier alles vor deinen und meinen Augen ordnen. Dann sehe ich klarer. Das ist mir ein Bedürfnis. Ich liebe das Chaos im Leben, aber beim Schreiben brauche ich Übersicht. Vielleicht sollte ich Schriftstellerin werden? Verzeih meine Eitelkeit. Das geht vorbei. Hängt mit der Liebe zusammen. Besser: Mit dem Geliebtwerden. Ist so ein Rausch in mir, der's Hirn in den Schwindel schickt. Das ist doch kein Zufall, dass ich hier wohne. Auf dem Venusweg. In einer Sackgasse. Am Ende des Venusbergs in Bonn. Oder was? Mensch, Freundin, Liebste! Du kennst meine Gedanken. Es klingt doch verlockend. Kein Entweder-oder, sondern ein Sowohl-als-auch. Sprich: Otto heiraten. Und Max lieben. Ottos Sicherheit und Maxens Wagemut. Beides zugleich. Auf nichts verzichten. Ich bin ja jung. Das heißt, oje, ich bin ja schon zwanzig! Jammer! Elend! Keuch, keuch! Jetzt pass auf. Ich, ganz unpikierte Offenheit, hab genau das zu Max gesagt. Ich also: Lieber Max, ich heirate den Otto, und wir zwei – du also, Max, und ich –, wir führen nebenher ein unkonventionelles Liebesleben, wann immer uns danach ist … Da tickt der aus. Glaub mir. Ich hab mit allem gerechnet, aber nicht damit. Dass Max dermaßen loslegt. Was ich mir dabei dächte? Dieser Otto? Otto Kern? Das sei doch nichts für mich, ruft Max. Das sei doch der Gipfel der biederen Bürgerexistenz, das gehe doch nicht! Wenn ich schon heiraten wolle, dann gefälligst ihn, Max. Seine Wut, sein Zorn, das bedeutet doch: Er liebt mich, oder? Er will mich, oder? Dein Tipp war gut: Ihn nicht gleich an den Kelch zu lassen. Prust, prust! Auch wenn sein Freund, dieser liebe Hans Arp, der Elsässer, der Quatschkopp, auch wenn der mir gesagt hat: »Halten Sie Ihr Kränzlein nicht gar so fest.« Halb Ironie, halb Ernst. Ich zu Arp: Was geht Sie mein Jungfernkränzchen an? Da lacht der laut los, eine Mischung aus Husten und Pfeifen. Manchmal denk ich, der hat sich auch so'n bisschen in mich verguckelt, der Hans. Aber wo war ich? Bei Max. Ja, ich bin immer bei Max. Er also: Kommt nicht in Frage. Du bleibst bei mir. Du musst dich von Otto trennen. Ich sage: Ich bin doch gar nicht mit Otto zusammen, ich bin ihm nur versprochen. – Noch nie geknutscht? – Nein. – Noch nie gefummelt? – Nein. – Noch nie …? – NEIN! – So ganz Verhör, der Max, so aufgebauschte Eifersuchtsdramatik, passt gar nicht zu ihm, ich hab's genossen. Jetzt kommt das dicke Ende. Das heißt für mich: Ich muss mich entscheiden. Max oder Otto. Wenn ich mich für Otto entscheide, ist Max weg. Das geht nicht. Wenn ich mich für Max entscheide, muss ich es meinen Eltern sagen. Also: dass ich die Wahl getroffen habe. Gegen Otto. Für Max. Mein Vater wird toben. Und Otto wird es das Herz brechen. Otto läuft mir nach wie ein Hündchen. Der würde alles für mich tun, der würde in die Bärenhöhle kriechen, mich aus dem Natternnest befreien, der rückt jedes Wochenende an und will Pfötchen geben. Ich bin gemein, nein, nein, er will meine Hand halten, und ich lasse ihn auch meine Hand halten, ich bereue es, dass ich ihn meine Hand halten ließ und ihm Hoffnung gemacht habe, dem Otto. Ihn zu enttäuschen wird mir schwerfallen. Der Otto, der mir immer Blumen kauft, aber genau das ist sein Problem: Max hat mir noch nie Blumen gekauft, Max pflückt die Blumen am Rheinufer. Was erzähle ich. Du weißt es längst. Na klar. Ich hab mich schon entschieden. Für Max, für das Wilde, für das Chaos, für die Überraschung, für das Unsichere, für die Explosion und die Splitter im Bauch, für die Schmetterlinge und die Freiheit, für das Herzklopfen und die Aussicht, in zwei türkisfarbene Seen zu springen, ich darf jetzt kitschig sein, aber das Problem ist nach wie vor ungelöst: Wie sag ich's meinen Eltern? Und vor allem: Wie sag ich's Otto? Hast du eine Idee? Was denkst du? Komm, schreib mir! Ich brauch Rat, Freundin! Deine Lou. PS: Denke ich an künftige Kinder, so sehe ich nurmehr Maxkinder vor mir, Maxjungen und Maxmädchen. Jede Vorstellung von Ottokindern liegt wie der erkaltete Rauch auf der Zunge, nachdem ich von Max mal wieder zu viele Zigaretten geschnorrt habe.

10

Wenn eine junge Frau seinen Weg kreuzte; wenn der Blick dieser Frau den eigenen Blick traf, zufällig, flüchtig; wenn sich die Lider der Frau reflexhaft in Anstand und Gewohnheit senkten, nur um eine Sekunde später keck wieder aufzufliegen, als wolle die Frau sich vergewissern, ob wirklich gerade dieser Mann hier an ihr vorbeiging: dann hob sich das Kinn der Frau und die Mundwinkel zogen sich um eine Nuance nach oben. Wenn Max dem Blick standhielt und sich leises Rot auf die Wangen der Frau tuschte, wusste Max: Er hätte hier leichtes Spiel. Und so zog er los. Mit dem gerade erst gefundenen Arp an der Seite, der immer einen Spruch auf der Zunge hatte. Zum Beispiel über drei Gründe, warum jemand Künstler wurde: Ausschlafen können, Frauen beeindrucken, und weil man sonst nichts auf die Reihe kriegt. Hans und Max wanderten durch die Waldhöhen um Bonn, in Begleitung – »Ha, Grund Nummer zwei!« – junger Frauen, und der Arp las ironisch-bedeutungsvoll Gedichte aus seinem Manuskript *Die Wolkenpumpe*, und die Frauen lauschten, und Max lauschte, denn das kannte er nicht, diese Radikalität im Versuch, Dinge zueinanderzubringen, die nicht zueinander passen wollten. Der *edelweißwurm, die wale mit brennenden kronleuchtern*, der Arp konnte *wasser zu schnüren und bändern* flechten. Diese klare Kraft ungezügelter Brücken: Es war, als schriebe der Arp einfach auf, was ihm gerade in den Sinn kam, es war, als mische er Wörter wie tückische Gewürze, und gerade weil sie nicht zueinander gehörten, harpunierten sie den Horizont des Hörers, und man betrat ein neues Terrain, denn wer hätte je die *zwölfbärtigen sennen durch pergamentschläuche zum hochaltar* geschickt? Der blanke Unsinn, aber dieser Unsinn blies wie Wind den Staub fort, der am Bekannten, am Gewohnten, am Sinn haftete. Es war ein heißer Sommer im Jahr 1914. Die Mücken attackierten früh.

»Geht das irgendwann vorbei?«, fragte Max. »Dieser Trieb? Diese Besessenheit?«

Der Arp schüttelte fröhlich-müde den Kopf.

Und Max sammelte wieder: Erfahrungen diesmal. Sie kamen von überallher, die Frauen. Sie schienen von den Bäumen zu steigen. Eigens für ihn. Für Max. Diese Beine, diese Arme, Füße und Hände, diese Köpfe, Gesichter und Münder, diese Hintern und Brüste, diese Kleidung, die nur dazu gemacht schien, dass irgendjemand sie abstreifte, warum nicht er? Diese Neugier, diese Schüchtern- oder Wildheit, diese Zurückhaltung oder Ekstase. Dieses Ringen, Kneten, Streicheln, Stoßen, Kratzen und Schlecken. Dieses Stöhnen, Rufen, Flüstern, Brüllen und Lachen. Aber wenn es vorbei war, hielt Max es nicht lange bei der Eroberten aus, er musste weiter, immer weiter, neue Grenzen ausloten. Und nachts, wenn Max schlief, machten sich die erkundeten Körperteile selbständig, erhielten geisterhaftes Eigenleben, die Frauenbeine, -arme, -hände und -brüste tanzten und wippten hinter geschlossenen Lidern, Zungen wuselten aalgleich, Körper krochen aufeinander: zu einem einzigen Leiberhaufen. Max schreckte hoch. Wieder lag er neben einer Lina oder Maria oder Selma. Ehe er aufstand und sich fortstahl in den frühen Morgen, dachte er noch, während er der schlafenden Frau eine letzte Strähne hinters Ohr strich: Sie ist nicht Lou. Nein. Du bist nicht Lou.

»Es ist einfach unmöglich, ganz unmöglich, dass es zum Krieg kommt!«, rief August Macke noch im Juli 1914 und köpfte Champagnerflaschen, und im September desselben Jahres starb Macke als einer der Ersten auf dem Schlachtfeld, und zwar ausgerechnet in der Champagne: Der Krieg ist ein hinterhältiger Zyniker, lernte Max rasch. Juli, August, September. Allein der Arp schlüpfte rechtzeitig aus dem Land: Der Elsässer saß im allerletzten Zug von Deutschland nach Frankreich. Sein Waggon fuhr genau in dem Augenblick nach drüben, als die Grenzen geschlossen wurden, und seitdem, würde Hans Arp später sagen, leide er unter gespaltener Persönlichkeit.

Max dagegen meldete sich. Nach vier Ausbildungsmonaten in einer Kölner Kaserne entdeckte man sein Talent: Er kam als Zeichner zum Regimentsstab, und er trug Artilleriestellungen in riesige, ausgerollte Landkarten ein, die von vier Briefbeschwerern festgehalten wurden. Anfangs glich der Krieg noch dem Schwebezustand dieser ausgerollten Karten. Während Max in der Ferne das Grollen und Zucken vernahm und auf den Augenblick wartete, an dem man die Briefbeschwerer von allen Seiten gleichzeitig wegnehmen und die Karte zusammenflappen würde wie nichts, wuchs das Gefühl einer Stickigkeit in ihm, und Max klammerte sich an das, was er am liebsten tat: ans Malen. Um ihn her wütete es schon, während Max in freien Stunden postkartenkleine Aquarelle gestaltete: *Sieg der Spindel*, *Von der Liebe in den Dingen*, *Talfahrt der Tiere am Abend*.

11

Lou zählte die Tage bis zu seinem ersten Urlaub im September. Als Max an ihrer Wohnungstür klopfte, blieb Lou eine Weile reglos stehen, ehe sie öffnete. Max wollte sie umarmen, aber Lou fasste ihn bei den Schultern und sah ihm in die Augen. Ihr Blick wurde seltsam fest. Als sehe sie etwas. Ein Geheimnis. Einen Schmerz. Lou hatte das Gefühl, als falle in dieser Sekunde die jugendliche Unbekümmertheit von ihr ab, und Lou zog Max gleich ins Bett, mit einem klaren Ruck und ohne jedes Wort. Im Gegensatz zu dem, was ihre Freundinnen erzählt hatten, tat es kein bisschen weh. Danach rauchten sie. Lou fühlte sich gut und erwachsen. Zum ersten Mal in ihrem Leben. Sie lächelte nicht.

Ein paar Tage später musste Max wieder gehen.

Im April 1915 schrieb sich Lou an der Berliner Universität ein, mit dem Ziel zu promovieren. Ihr Professor hieß Goldschmidt und lehrte sie den Blick fürs Detail, für den kleinsten Tupfer eines Werks. Goldschmidt wurde gern mit einer Fliege verglichen, die über die Leinwand kriecht und von Zentimeter zu Zentimeter alles sorgsam beäugt. Auf diese Weise kamen die Kunstwerke Lou immer näher, die Ferne zu Max dagegen wurde unerträglich. In Berlin war der Krieg für die Menschen nicht greifbar. Es fehlte jede Vorstellung davon, was an der Front geschah. Das zivile Leben hielt nicht mal den Atem an. Einkaufen, essen, sich waschen, studieren, schreiben, flanieren, warten auf Nachricht. Wenn an jedem Tag ein Kärtchen von Max kam, warum nicht auch morgen? Die Sonne ging auch jeden Tag von Neuem auf. Lou bereitete schon ihre Dissertation vor: *Zur Entwicklung des zeichnerischen Stils in der Cölner Goldschmiedekunst des XII. Jahr-*

hunderts. 1917 würde ihr Büchlein erscheinen, knapp fünfzig Seiten, mitten im Krieg – in einem Straßburger Verlag. Lesen, schreiben, nachschlagen, denken, sich ins Gold flüchten, ins Schmieden des Goldes, ins Kunstschmieden, lieber ans Kunst- als ans Waffenschmieden denken, Gold war kein Metall, das man fürs Töten benötigte. Und Max fiel unterdessen in einer Reitstunde vom Pferd und hielt sich dummerweise am Zügel fest, weshalb das Pferd über ihn hinweggaloppierte und ihm eine Verletzung zufügte, die dazu führen würde, dass sich sein Gesicht, wann immer er sich in Zukunft die Nase schnäuzte, kurz aufblähte. Die Kameraden nannten ihn *Mann mit dem eisernen Kopf*. Und während Max die Löcher seiner klammen Socken nicht stopfen konnte, weil ihm Garn und Nadel fehlten, stopfte Lou die Löcher ihres schon enormen Wissens in Windeseile, um später ihr Rigorosum halten und anschließend die Doktorarbeit zu einem Abschluss bringen zu können, und während um Max her das Licht verblasste, ja ertrank, veröffentlichte Lou im *Kölner Tageblatt* ihren Artikel über *Albrecht Dürer und die neue Kunst*. Max flüchtete sich in die inneren Farben, die ihm blieben, und er malte das Aquarell *Kampf der Fische*, metallisch glitzernde, krötenköpfige, bajonettmäulige Fischformen in eisigem Blau und flechtenhaftem Grün, mit hellem Gelb und fröhlichem Orange als Hintergrund.

Mitten im Krieg kam es zu einer Ausstellung. Max Ernst, gemeinsam mit Georg Muche. Im Januar 1916: in der Berliner Galerie Der Sturm. Max durfte hinreisen. Der Kommandant hatte Urlaub gewährt. Einem Gespenst gleich schlich Max durch die Galerie und blieb bei den Bildern stehen, Bilder, die er selber einst gemalt hatte. Aber diese alten Bilder hatten nichts mehr zu tun mit den neuen Bildern von der Front: Vor ein paar Tagen erst hatte Max sich über einen Sterbenden geduckt, als eine Granate heranflog, Gesicht an Gesicht, und der Sterbende hatte letzte Luft von sich gestoßen, und Max hatte diese Luft eingesogen, immer noch steckte sie in seinen Lungen.

Max verließ die Galerie. Er zündete sich eine Zigarette an. Sie schmeckte nicht. Es schmeckte ihm nichts mehr. Seine Zunge blutete. Der Herzmuskel gab keine Ruhe mehr. Sein Puls wummerte knapp unter der Oberfläche. Lou trat zu ihm, nahm die Zigarette, inhalierte den Rauch und blies ihn in die Nacht. Als sie die Zigarette zurückgeben wollte, schüttelte Max den Kopf.

»Du zitterst ja«, sagte Lou. »Komm her.« Sie ließ die Zigarette fallen und nahm Max in den Arm. Max klammerte sich so fest, dass Lou kaum Luft bekam. »Ich bin ja hier«, sagte Lou.

Max sah an ihrem Rücken hinab. Auf dem Boden glimmte noch die Kippe. »Lass uns verschwinden!«, flüsterte Max.

Und in dieser Nacht war alles anders, in dieser Nacht glich ihr Akt einem einzigen, langen, krampfhaften Kampf. Lou wusste, das war nicht Max, der mit ihr schlief, es waren die Schatten einer Hoffnungslosigkeit, für die es keine Worte gab. Danach ließ Max Lou nicht mehr los. Die ganze Nacht über. »Ich weiß nicht, ob ich noch mal wiederkomme«, sagte er leise. Lou war, als versande ihr Streicheln unerspürt, als käme es gar nicht an bei Max, als läge seine Haut unter einer dicken Schicht Dreck, Leder, Metall.

Der Krieg schwoll an, ein wie im Zeitraffer wachsendes Geschwür aus Gewalt. Und Max musste zurück zu Waffen und Läusen, zu Paraffin und Pferdekadavern, er musste sich die Ohren verstopfen, wenn die Geschosse aus Krupp'schen Langrohrgeschützen zuckten: All die Frauenbeine, -füße, -arme und -hände des unbeschwerten Vorkriegssommers wandelten sich zu Männerbeinen, -füßen, -armen und -händen, die abgesägt vorm Lazarettzelt lagen, bis einer die Zeit fände, sie zu vergraben. Und zäh näherte sich der Augenblick, da Max diesen einen Schuss abgab: Aus dem Rohr der Dicken Berta plockte ein Geschoss und hob sich in die Luft, vorbei an einer Amsel, die erschrocken zurück ins Geäst torkelte, das Geschoss flog höher und höher, durch den Kampfqualm zum Scheitelpunkt, es glitt ein Stückchen in lautloser Stille, neigte den Kopf, als könne es sich noch entscheiden, wohin es fallen wolle, und dann schwebte es fast sanft hinab, Richtung Lärm und Schützengräben der anderen, und das Geschoss schlug ein und zerplatzte, und ein Splitter bohrte sich mit fast enttäuscht klingendem Pfeifen nur zwei Meter neben einen Franzosen in den Dreck, und der Franzose, der dort lag, hatte absolut keinen Schimmer, dass gerade niemand anderes als der junge Maler Max Ernst auf ihn geschossen hatte, und auch Max Ernst wusste nicht, dass der Mensch, den er gerade beinahe getroffen hätte, niemand anderes war als der junge Dichter Paul Éluard, und so ahnte keiner von ihnen – weder Paul noch Max – in dieser fürchterglücklichen Sekunde das Geringste davon, dass sie Jahre später die gnadenlos besten Freunde werden sollten, und wäre der Splitter des Geschosses ein wenig weiter links eingeschlagen, hätte es keinen Paul Éluard mehr gegeben und kein Treffen zwischen Paul und Max, und Max Ernsts Leben wäre völlig anders zerlaufen, er hätte andere Bilder gemalt, andere Skulpturen erschaffen, er wäre anderen Menschen begegnet und hätte andere Frauen geliebt, aber nein, alles geschah, wie es eben geschah, Max würde Paul vier Jahre später kennenlernen, und das nur, weil das Rohr der Dicken Berta sich in den Tagen vor dem Schuss durch die kalte Nässe ein klein wenig verzogen hatte: der gütige Zufall eines allzu stürmischen Regens.

12

Gern hätte Max die Beförderung zum Leutnant der Reserve abgelehnt im Frühjahr 1918, wäre lieber »zeitlebens Kanonier« geblieben, wie er manchmal seine Postkarten unterschrieb, aber das war nicht möglich. Max schlurfte matt und in seiner ihm angezwängten Leutnantsuniform am 7. Oktober 1918 mit erloschenem Lächeln und kaum zu tilgendem Entsetzen in den Augen durchs Standesamt. Lou und Max: eine Kriegstrauung. Kurz vor dem Waffenstillstand. In den letzten chaotischen Monaten des Krieges. Eine Trauung, bei der schieflief, was schieflaufen konnte. Max hatte Fieber, während Lous Füße mehr als nur schmerzten. Man hatte ihr in Ermangelung gescheiter Schuhe ein Paar Karnevalsgaloschen mit Samt überzogen, doch die Nägelchen bohrten sich von unten in ihre Sohlen. Lou musste sich darauf konzentrieren, den Schmerz aus ihrem Gesicht zu bannen, und Max stand dort, zwischen den Fronten der beiden Familien, gar nichts schien hier zusammenzupassen. Er hasste das spröde Murmeln des Standesbeamten. Wie kam der Beamte dazu, Worte zu wählen, die längst *gefallen* waren im Krieg? Wie kam Max dazu, dieses Jawort auszusprechen, nichts als Schall und Rauch? Er sagte es dennoch. Er verstopfte sich innerlich die Ohren, als stünde er noch neben der Dicken Berta. Er ließ alle Floskeln über sich ergehen, die jetzt, 1918, keinen Sinn mehr ergaben. Er hatte keine Kraft, sich zu wehren, blickte bloß auf den Parkettboden und wartete darauf, dass es endete.

Die Trauung fand morgens statt, anschließend gab es einen Empfang. Und da tauchte plötzlich Otto auf, Lous ehemals Versprochener, Otto Kern, er knallte die Tür, als er den Raum betrat, alle Köpfe schnellten herum. Dort stand er, Otto, an der Tür, ein Tiger, der gleich losstürzt, und Max hoffte, dass Otto genau das tun würde, einfach losstürzen, die Gesellschaft sprengen, er hoffte, dass wenigstens Otto die Kraft fände, diese Farce hier zu beenden, doch Lou hielt Otto mit einem langen, bittenden Blick in Schach, und Otto blieb still. Man flocht Lou einen Myrtenzweig ins Haar, irgendwer spielte ein Beethovenstück. Lous Vater setzte sich endlich neben Max. Lustlos, fast widerwillig bot er Max das Du an, nur um ihn im Anschluss zu fragen, wovon er, Max, denn gedenke, in Zukunft seine Tochter zu ernähren.

»Ich werde malen«, sagte Max ohne Kraft in der Stimme.

»Und Sie ... also du, du glaubst, dass deine Bilder sich ... verkaufen werden?«

»Ich weiß nicht.«

»Nun, das ist keine handfeste Aussicht.«

Max schwieg.

»Sehen Sie ... sieh mal: Hüte braucht jeder. Ich habe schon mehr als sechzig Arbeiter. Meine Fabrik wird wachsen. Weil: Hüte werden alt, verschleißen, man legt sie ab, man benötigt neue. Es gibt einen Bedarf. Kennst du das Wort *Bedarf*? Für die Kunst gibt es keinen Bedarf. Im engeren Sinne. Sehen Sie, Sie dürfen doch malen. Sie sollen doch malen. Das will Ihnen ... das will dir doch keiner nehmen. An den Abenden vielleicht, an den Wochenenden. Das ist eine schöne Beschäftigung. In der Freizeit. Aber wenn Sie einer geregelten Arbeit nachgingen, hätte ich nicht so viele Sorgen um meine Tochter. Ich kann Ihnen eine Stelle in meiner Fabrik beschaffen. Buchhaltung?«

»Zahlen behaupten eine Klarheit, die es im Leben nicht gibt.«

»Es muss nicht Buchhaltung sein. Schauen Sie hier. Das sind Prospekte von Hutmodellen. Wir können gute Zeichner immer gebrauchen. Das wäre doch was für Sie, oder nicht? Sie können ... du kannst doch zeichnen.«

Max nahm die Prospekte entgegen. Und dann regte sich etwas in ihm. Wie ein Urgetüm, das jahrelang am Grund eines Moors gelegen hatte und jetzt langsam nach oben klomm. Max setzte sich aufrecht hin, schob die Prospekte übereinander, verdeckte den einen mit dem anderen, knickte Ecken, zerriss plötzlich einen Prospekt und ließ Fetzen auf den nächsten regnen, griff zu einem Messer, ritzte sich in den linken Zeigefinger, verschmierte den Tropfen Blut auf dem Prospekt, das Urgetüm streckte den Kopf aus dem Moor, und es bleckte die Zähne.

»Was machen Sie da?«, rief Jacob Straus.

Max schnappte die Prospekte und sprang auf. Wann war er das letzte Mal aufgesprungen? Wann hatte er das letzte Mal diesen Fieberfunken gespürt? Er schnurrte mit übertriebener Verbeugung und französischer Handschleife: »Et voilà! Messieurs dames! Den Konventiönchen ist Genüge getan! Wir danken allen, die gekommen sind. Feiern Sie ungehemmt weiter. Der Bräutigam wird sich mit seiner Braut nun in die gemäßen Gemächer zurückziehen!« Max begrüßte seine verloren geglaubte Albernheit, fasste Lou bei der Hand, zog sie aus dem Raum, ließ die Gesellschaft sitzen und lief mit Lou durch die Straßen von Köln, aufs erstbeste Hotel zu. »Ein Zimmer!«, rief er dem Mann an der Rezeption zu. »Ein Doppelzimmer!« Und noch während der Portier in seinem Buch nachschaute, sagte Max: »Haben Sie Kleber? Eine Schere? Eine Leinwand? Oder ...« Max drehte sich um. Sein Blick fiel auf ein großes Plakat an der Wand: Ein Soldat und ein schnauzbärtiger Arbeiter schüttelten sich die Hände, darunter die Worte: *Durch Arbeit zum Sieg! Durch Sieg zum Frieden!* Das war der letzte verzweifelte Versuch gewesen, den Streiks und der Kriegsmüdigkeit etwas entgegenzusetzen. Max lief hin, entfernte die Zwecken, nahm das Plakat von der Wand und drehte es um. »Weiß!«, rief er. »Weiß, weiß, großartig, weiß, die Rückseite ist weiß, immer!« Der Rezeptionist runzelte zunächst die Stirn, strich dann aber eifrig die Geldscheine ein, die Max ihm reichte – das gerollte Plakat unterm Arm –, und als Max »Stimmt so!« sagte, kramte der Portier in der Schublade, gab Max Kleber, Schere und ein paar Farbstifte, Max nahm alles entgegen, griff nach dem Schlüssel und zog Lou hinter sich her. Im Zimmer warf er Jacke und Hemd seiner Uniform in die Ecke, und als auch Lou sich entkleiden wollte, lachte Max und rief, nein, sooooo sei das nicht gemeint, er habe außerdem Fieber, ein verrücktes Fieber, und Max fegte mit einer harschen Schwimmbewegung den Tisch frei und rollte das Plakat aus, doch das Ding schnalzte wieder zusammen, und Max schrie auf. Er ging zum Bett, auf dem Lou saß, zog seiner Frau die Schuhe aus, ihm fiel das Blut nicht auf, das ihr – Ruckedigu – an den Sohlen klebte, er nahm seine eigenen Schuhe und stellte alle vier auf die Ecken des Plakats, das jetzt flach liegen blieb, wie geduckt. Max ordnete die Farbstifte, legte Schere und Leim neben die Hutprospekte des Schwiegervaters, und dann zerschnitt er die Prospekte und klebte sie neu zusammen: auf dem Plakat. Während er das tat, schien er nichts anderes mehr wahrzunehmen, er nuschelte ab und an: »Zerschneiden … Altes auf den Kopf … Käfig des Gewohnten … neue Formen …« Nachdem Max einige Zeit lang die Plakatrückseite beklebt und bearbeitet und bemalt und einmal sogar bespuckt und währenddessen unermüdlich genuschelt und getuschelt hatte, hielt er plötzlich inne und schüttelte den Kopf, zerknüllte das Plakat und warf es weit von sich. Dann drehte er sich zu Lou um, die immer noch reglos auf dem Bett saß.

»Lou«, sagte er. »Es tut mir … Ich hab dich ganz …«

Lou aber machte nur: »Pschtpscht!« Dann deutete sie auf das in die Ecke gepfefferte Plakat und flüsterte: »Soll ich dir ein neues holen?«

Zum ersten Mal seit längerem spürte Max so etwas Ähnliches wie Wärme.

13

Der Nikolaustag 1918 brachte den Kölnern Regen und Matsch und fünfundfünfzigtausend englische Soldaten, die in Hotels, Schulen oder bei Privatleuten Unterkunft fanden. Der kölsche Klüngel wich britischer Ordnung: Man stellte die Uhren auf Inselzeit, tauschte Fahnen und Speisekarten aus, spielte andere Lieder in den Kneipen, und so etwas Albernes wie Karneval wurde bis auf weiteres verboten. Oberbürgermeister Adenauer war darüber nicht unglücklich: Die Besatzer brachten zwar alle möglichen Einschränkungen und Veränderungen, aber auch Ruhe und Struktur ins Chaos der Nachkriegszeit. Max und Lou waren in Köln zusammengezogen. Ihre Wohnung am Kaiser-Wilhelm-Ring 14 entsprach jedoch biederster Bürgerlichkeit mit altbackenen Blumentöpfen, Tischdeckchen und Mahagoni-Möbeln im Wohnzimmer. Der Künstler-Nachbar Räderscheidt schüttelte den Kopf, wenn er mit seiner Frau Marta diese Wohnung betrat. Die Räderscheidt-Höhle entsprach viel eher dem Bild einer Künstlerbehausung: kaum Möbel, nackte Wände, Futons, Jutesäckchen und baumelnde Funzeln statt Kronleuchter mit falschem Glitzer. Dennoch: Die Kölner Wohnung der neuen Eheleute Ernst lag günstig, zentral, sie war von aller Welt leicht zu erreichen und wurde in den nächsten Jahren zum Knotenpunkt der Kölner Künstlerszene. Der Nebel von Zigaretten lag in der Luft, es wurde geredet, gestritten, gehämmert, geleimt, getrunken, Alkohol, Tee, Kaffee, vierundzwanzig Tassen besaß das junge Ehepaar Ernst, und die meisten von ihnen zirkulierten ständig in den Händen der Gäste. Max nahm die Wohnung mehr und mehr in Beschlag, er stellte Skulpturen auf, nicht nur drinnen, auch im Treppenhaus, Götzen, hässliche Fratzen und primitive Männlein. Die Kunst sollte alles andere nach und nach überwuchern.

1916, mitten im Krieg, war Dada geboren worden, nein, gegründet, nein, aufgetaucht, nein, explodiert, und zwar im Cabaret Voltaire in Zürich. Mit von der Partie: der Exilant Hans Arp, na klar. Über Frankreich war er in die Schweiz gelangt. Dada war der Ausdruck, nein, der Ausbruch, nein, die Entladung eines Gefühls: Schluss, Ende, Aus, finito! Das Zerstören des Alten. Dada: keine Bewegung, nein, eher eine spontane Regung. So wie bislang konnte es auf keinen Fall weitergehen! Wir wollen die Wut, wir wollen den Zorn und die Empörung gegen die alte Welt. Gegen! Gegen! Ende! Aus! Keine neuen Ideologien! Nicht wieder irgendwas in alte Gefäße gießen! Erst mal die alten Gefäße zertrümmern, und zwar alle, und zwar endgültig. Bilder zu Klecksen werden lassen, Sprache zu Lauten, Sätze zu Fetzen, Sinn zu Unsinn. Dada ist kein Standpunkt, Dada muss man erleben, Dada hat kein anderes Ziel als das Aufbegehren, nein, die Rebellion, nein, die Revolte, nein, den Putsch! Und es gilt: Ein Dadaist muss seinen eigenen Dadaismus stets und ständig hinterfragen. Und Max mittendrin: Genau das hatte er gesucht, genau das entsprach ihm, seiner Haltung und seinem Gefühl.

Dass es im Jahr 1919 überhaupt zur ersten Kölner Dada-Ausstellung kommen konnte, verdankten Max Ernst und seine neuen Dada-Freunde der Heiligen Jungfrau Maria Muttergottes persönlich. Denn die Jungfrau erschien – ein paar Tage nach dem Waffenstillstand – einem unbescholtenen, reichen Kölner Bürger namens Karl Nierendorf, der bei der morgendlichen Toilette im Bad selbige Jungfrau im Spiegel hinter sich sah und entsetzt herumfuhr. Maria räusperte sich, murmelte eine Entschuldigung für ihr so plötzliches Erscheinen und tat alsdann – ehe sie sich wieder vaporisierte – die bedeutenden Worte kund:

»Güte, Liebe, Humanität.« Na gut, dachte Nierendorf, nachdem er sich von seinem Schreck erholt hatte, dann wollen wir mal den Anweisungen von hoch oben Folge leisten, nur wie? Natürlich: durch die Kunst! Und Nierendorf verabschiedete sich von seiner Karriere als Bankier und gründete den Kairos-Verlag und die Gesellschaft der Künste, welche die erste Ausstellung in Köln organisierte, bei der man auch Dada-Werke zu sehen bekam, allerdings in einem eigenen, von der »echten Kunst« separierten Raum. Die Reaktion des Feuilletons darauf war vernichtend: »Bei diesen Radikalen«, wetterte ein Journalist, »auf eine Kritik sich einzulassen, ist überflüssig und zwecklos. Da sieht man an den Wänden Bilder, die von der Schießbude einer Kirmeß gekauft wurden, bloße dekorative Arbeiten eines biederen Landanstreichers. Ferner Kinderzeichnungen und Dilettantenarbeiten, die die Unterschrift tragen: Unbekannter Meister. Kunst kommt immer noch von Können. Weil von diesen Modernsten so viele nie etwas Rechtes gelernt haben, Arbeit und Selbstzucht nicht kennen, mögen sie sich nur wohlfühlen bei denen, die aus Unfähigkeit über ein Stammeln nie hinausgekommen sind. Aber man soll diesen Leuten nicht mehr den Eintritt in Kunstausstellungen gewähren. Der *eine* Versuch genügt. Mich würde es nicht wundern, wenn sonst das Publikum in gerechtem Zorne eines Tages eine solche Ausstellung zusammenschlagen würde.«

Aber Max kannte Ablehnung aller Art, mangelnde Achtung für das, was er tat, gar nackten, starren Hass. Von den Briten wurde die Zeitschrift *Der Ventilator* verboten, die er mit seinem neuen Kumpel und Kampfgenossen Johannes Theodor Baargeld gegründet hatte. Ihr nächstes Blatt hieß nun *die schammade (dilettanten erhebt euch)*. Max ging stets offensiv um mit Kritik. Und er ließ sich nicht unterkriegen. Er machte weiter. Unbeirrt.

Zergliedern. Zerstückeln. Das Alte musste weg. Das Alte hatte Gemetzel gebracht. Die Grundlagen des Bisherigen an der Wurzel packen, herausreißen. So wie bislang konnte es nicht weitergehen. Ging es aber. Denn es erschienen massengrabhaft Kriegskataloge und Kriegsberichte. Nicht erst nach dem Krieg, schon während des Krieges: *Deutsches Kriegsflugwesen* oder *Flugzeuge* oder *Großer Bilderatlas des Weltkrieges*. Max ekelte sich vor dieser Art der Kriegsverherrlichung, vor einem Technikfetischismus, der das Grauen des Krieges unter nüchternen, nackten Angaben zur Entwicklung, Präzision und Beschleunigungskraft von Waffen begrub. Hatte die Technikhörigkeit nicht erst zu dieser Brutalität geführt? Und jetzt endete die Technikhörigkeit nach dem Krieg nicht etwa, sondern explodierte noch? Als seien Kriegszeiten so viel berichtenswerter als Friedenszeiten, als sei Unglück so viel eindringlicher als Glück? Max wusste noch nicht, dass diese Kriegsbesessenheit niemals enden würde, gerade in Deutschland nicht. Nein, nicht nach dem Ersten und nicht nach dem Zweiten Weltkrieg: Die Emotionen der Menschen wurden scheinbar durch das Schreckliche heftiger befeuert als durch das Schöne.

Max wollte dem etwas entgegensetzen. Und er zerschnitt. Er zerriss. Er verwandelte das Foto einer Fliegerbombe in eine *Chinesische Nachtigall*, einen Kriegsdoppeldecker in ein menschlich-technisches, graugelbes Zwitterwesen. Dazu fügte er Arme ein, keine Köpfe, keine Körper, nur Arme, dieselben brutalen Arme mit denselben brutalen Händen an den Enden, mit denen auch Gewehre abgefeuert worden waren, mit denen Max selber sein Gewehr abgefeuert hatte, dieselben hilflosen Arme und Hände, die den Feind hatten abwehren wollen, wenn er – manchmal mit dem bloßen Taschenmesser – in den Schützengraben gesprungen war, bereit zum endgültigen Kampf. Die Körper und Köpfe der Menschen blieben auf den Collagen verschluckt von entfesselten Maschinen, der Mensch als Teil der Apparate, die er selber geschaffen hat, eine Symbiose des Grauens, Menschen ohne Kopf, Menschen ohne Herz und Körper, Menschen nurmehr mit nackten Täterhänden.

»Roll nicht von deiner Spule, sonst bricht dein Backsteinzopf.«

Es war ein Glück, dass endlich der Arp zurückkehrte.

»Sonst picken dir die Winde die Flammen aus dem Kopf.«

Per Brief kündigte er seine Rückkehr an.

»Mit herzlichen Grüßen von Haus zu Haus. Dein altes Haus.«

Und Max schloss seinen Freund fest in die Arme. Beide strahlten: Zusammen fühlten sie sich wie die zwei Lippen eines Mundes, die man zum Lachen brauchte. Ihr Humor ergänzte sich vortrefflich. Und ohne Humor wäre Dada in verzweifelter Schwere ertrunken.

»Ich könnte einen Purzelbaum schlagen!«, rief der Arp.

»Vor Freude, mich wiederzusehen?«, fragte Max.

»Nein. Das war schon die Überleitung zu meinem neuen Gedicht.«

Der Arp räusperte sich, warf sich in Pose, streckte die Zunge raus, schob sie wieder rein und deklamierte: *»Der purzelbaum / Besteht aus / Den purzelblättern / Den purzelzweigen / Den purzelästen / Dem purzelstamm / Und den purzelwurzeln.«*

Max musste lachen. Er fühlte sich immer federleicht, wenn der Arp da war. Und die zwei zögerten keine Sekunde, sondern gründeten aus dem Stand die Kölner Dada-Zentrale: W/3. W stand für *Weststupidien*. Und die 3 stand für die 3 verschworenen Künstler, die den harten Kern bildeten: Nicht nur Max und Hans, sondern auch der dritte Vogel, der keinem von beiden in irgendetwas nachstand: Johannes Theodor Baargeld.

14

So klug, schnell, pfiffig und gewandt Lou auch war, die Haushaltsführung zählte nicht zu ihren Stärken. Ungewohnt, dieses Kochen, Schrubben und Kehren. Aber auch ein Dadaist muss essen. Und braucht eine saubere Bleibe. Lou kannte das nicht. Das Personal im Hause Straus hatte immer alles für sie erledigt. Der gedeckte Tisch, das geputzte Klo, die gestopften Socken, die wohltemperierte Wohnung. Und Max bot keine Hilfe. Der verkroch sich im Atelier, schnippelte und mischte Bilder, während Lou dasselbe mit dem Gemüse tat. Das schmeckte nicht gerade wie beim Meisterkoch, Lou wusste es, jaja, und wenn sie das Atelier fegte, wirbelte sie den Staub eher auf, als dass sie ihn beseitigte: So jedenfalls meckerte Max, der zum ersten Mal mit einer anderen Frau als mit seiner Mutter zusammenlebte. Gut, dass Lous Freundin, die Haushälterin Maja Aretz, an manchen Morgen aushalf.

Lou widmete sich lieber ihrer eigenen Karriere, die Anfang 1919 richtig Fahrt aufnahm. Als Lous Chef starb, Josef Poppelreuter, der Direktor der Antikenabteilung und Gemäldegalerie des Wallraf-Richartz-Museums, wurde Lou zur kommissarischen Leiterin befördert. Daneben arbeitete sie noch ehrenamtlich als Schriftführerin der Gesellschaft der Künste, veröffentlichte einige Artikel, begutachtete Kunstwerke und stand manchem Künstler beratend zur Seite, ja, sie gehörte sogar zur aktiven und kampfbereiten Dadaistentruppe. Dort hatte man ihr königliche Spitznamen verliehen: »Armada von Duldgedalzen« und »Rosa Bonheur des Dadas«. Und sie nahm teil am Kölner Theaterputsch, als die ganze Dada-Mannschaft gegen das peinliche, ekelhafte, reaktionäre Stück *Der junge König* von Raoul Konen revoltierte. Wie konnte man so was überhaupt spielen? Gerade jetzt? Nur einen Tag nach den zwölfhundert Toten in Berlin? Einen Tag nachdem der Soldatenrat dort den Generalstreik ausgerufen hatte? Nein. Das durfte nicht sein! Die Dada-Freunde sprangen von den Sitzen und polterten gegen das Stück, so laut, dass die Schauspieler die Aufführung unterbrechen mussten. Ordner erschienen und Polizisten, und die Freunde türmten über die Stühle des Theaters, über die Schultern und Köpfe der Zuschauer hinweg. Sie alle entkamen nur knapp der Verhaftung.

Lou genoss die Urlaube mit Max. Sonne, Wandern, Freunde, Wein, Schwimmen, Bräunen, ein idyllischer Sommer in Berchtesgaden. Sah es so aus? Das, was alle Welt mit diesem komischen Wörtchen *Glück* bezeichnete? Glück? Glück. Glück. Für Lou klang *Glück* immer wie das Geräusch beim Schluckauf. Ein Schluckauf, dachte sie, das ist das Glück: kommt und geht einfach so. Wann es will, das Glück. Sie trafen Paul Klee. Glückglück. In einer Buchhandlung versank Max stundenlang in den Werken von Giorgio de Chirico. Glückglückglück. Lou sagte Max, dass sie schwanger sei. Glückglück. Nur wusste man nie genau, woher der Schluckauf kam. Warum war Max glücklich gerade? Wegen der Nachricht vom Kind? Oder aufgrund des Schaffensrausches, der ihn befiel, nachdem er de Chiricos Welt für sich entdeckt hatte?

Was Lou bedrückte: Dass Max sich, wieder zurück in Köln, regelrecht einkapselte. Dass er sie nicht mehr richtig teilhaben ließ an dem, was er machte. Dass er das Atelier abschloss. Und diese unrosigen Aussichten: Mit Kind müsste Lou ihre Arbeit niederlegen. Wovon sollten sie leben? Man musste sich nur die Räderscheidt-Nachbarn anschauen. Die schlugen sich eher schlecht durch die Tage mit ihrem kleinen Johannes. Auch wenn Lou Sekretariatsarbeiten von zu Hause aus würde erledigen können, auch wenn Max ab und zu in der Fabrik ihres Vaters würde aushelfen können, auch wenn Max ihr gerade jetzt viele Arbeiten abnahm: Oft saß Lou im Schaukelstuhl vor dem Fenster und blinzelte in eine Zukunft, deren helles Gelb erste Flecken bekam. Denn die Welt draußen sah nicht besser aus als die Welt drinnen. Der Anfang des Jahres 1920 brachte ein furchtbares Hochwasser in Köln und die Gründung einer Partei namens NSDAP.

15

Johannes Theodor Baargeld hieß mit bürgerlichem Namen Alfred Ferdinand Gruenwald und war gleichzeitig radikaler Kommunist und Sohn des stinkreichen Generaldirektors der Kölnischen Rückversicherungsgesellschaft. Außerdem sprach Baargeld als ehemaliger Oxfordstudent ein vorzügliches Englisch, was seinen Freunden half, sich zurechtzufinden inmitten der britischen Besatzung. Baargeld war ein verrückter Vogel, ein Haudrauf, ein schriller Kämpfer für das Verschrobene, und Max liebte alles, was nach Wahnsinn roch: so auch Johannes. Entgegen aller Wahrscheinlichkeit durften die beiden Künstler noch ein weiteres Mal ihre Dada-Werke ausstellen: diesmal im Kunstgewerbemuseum. Die Arbeitsgemeinschaft Kölner Künstler hatte eingeladen. Es gab keine Jury, also niemanden, der die Werke vorher ausgewählt hätte. Genau das war ihre Chance: Denn da Ernst und Baargeld zu den Kölner Künstlern gehörten, karrten auch sie ihre Werke – ganz zuletzt – in den Lichthof des Museums. Voller Freude. Dada Vorfrühling 1920: Die zweite Kölner Dada-Ausstellung musste einfach eine Sensation werden! Ihre Werke sollten die Leute zum Aufheulen bringen! Einschlagen wie Bomben! »Unser Eifer erstrebt den totalen Umsturz!«, rief Max.

Das Kunstgewerbemuseum lag am Hansaring. Einen Tag vor der Eröffnung wurden Max und Baargeld zum neuen Direktor des Wallraf-Richartz-Museums zitiert, der für die Ausstellung verantwortlich zeichnete: Karl Schaefer hatte den Posten gerade erst übernommen. Hans Arp selber stellte nicht aus, er war erst seit Kurzem wieder in der Stadt, aber er begleitete seine beiden

Freunde. Die drei fanden den Direktor Schaefer im Lichthof vor einer Holzplastik stehend, den Rücken zu den Heraneilenden gekehrt, die Arme verschränkt, aber spürbar schon im Zucken der Schultermuskeln: die Verachtung, der Abscheu. Der Direktor drehte sich nicht mal um. Die Künstler blieben hinter ihm stehen. Schaefer, immer noch reglos, sagte den Satz: »Was soll das denn sein?« Er sprach eine Nuance lauter, als es die Höflichkeit geboten hätte.

»Was meinen Sie?«, rief Max zurück, kampfbereit.

»Das hier!«, sagte Schaefer und deutete auf die Holzplastik.

»Eine Holzplastik!«, erwiderte Max.

Jetzt erst blickte der Direktor die Künstler an. »Das seh ich auch. Und was stellt sie dar, die Plastik?«

»Es geht nicht um die Plastik, es geht um das Beil, das dort liegt, vor der Plastik!«

»Das Beil? Und dieser Zettel! Was wollen Sie damit?«

»Steht doch drauf: Der Besucher soll die Plastik zerstören. Mit dem Beil.«

»Wie? Zerstören?«, fragte Schaefer.

»Kaputtmachen. Zusammenschlagen. Vernichten. Weg damit.«

»Sind Sie wahnsinnig?«

»Ich hoffe doch«, sagte Max und breitete die Arme aus.

»Stellen Sie sich vor, jemand folgt Ihrer Anweisung. Und zerschlägt die ... die Plastik. Und dann?«

»Es gibt noch andere Plastiken. Im Fundus. Sobald eine zerstört ist, wechseln wir sie aus.«

»Das hat doch mit Kunst nichts zu tun. Das ist Vandalismus. Das ist ... Raus damit! Mit so einem Unfug will ich nichts zu tun haben.« Der Direktor schritt weiter durch den Lichthof des Museums. »Nein, nein, nein!«, rief er. »Das ist viel zu wenig. Das ist nichts. Ich hatte einen anderen Eindruck von Ihren frühen Bildern, Herr Ernst, das *Selbstporträt* zum Beispiel, Sie sind doch in der Lage, Sie sind doch der Peinture mächtig, Sie …«

»Pänthüüüre!«, zischte Max. »Je m'en fous de Cézanne. Und jedermann liebt jedermanns Expressionisten. Was ist mit den genialen Zeichnungen in Pissoirs? Die vollkommenste Plastik ist der Klavierhammer. Dada.«

»… Sie *können* doch malen«, fuhr der Direktor unbeirrt fort, als hätte er den Zwischenruf nicht gehört. »Warum zum Teufel kommen Sie hier mit diesem Dilettantismus, was soll das? Und diese bodenlosen Titel: *originallaufrelief aus der lunge eines 47jährigen Rauchers*?«

»Das müssen Sie selber sehen«, sagte Max. »Die Kunst, die Ihnen vorschwebt, ist am Ende.«

»Aber Sie können doch nicht einfach irgendwelche Hut-Umpressformen hier aufbauen! Dazu Staffelei und ein paar Hüte. Was soll das?«

»Die Umpressformen sind aus der Fabrik meines Schwiegervaters.«

»Und *das* hier?«, unterbrach ihn der Direktor.

»Das ist von mir«, sagte Baargeld.

»Ein Aquarium?«

»*fluidoskeptrik*.«

»*fluido…* was?«

»So heißt das Werk.«

»Das *Werk*!!??«

»Ich habe das Aquarium mit gefärbtem Wasser gefüllt.«

»Das sehe ich. Was soll diese Hand?«

»Sie ragt aus dem Wasser.«

»Die Hand eines Ertrinkenden?«

»Vielleicht. Aber ich bin nicht hier, um meine Werke zu kommentieren.«

»Und der Wecker da?«

»Der steht dort unten auf dem Grund, aber beachten Sie bitte auch die Frauenperücke, die sanft auf der Oberfläche gondelt.«

»Erklären Sie mir diesen ... dieses ...«

»Die Erklärung ist der erste Schritt auf der Brücke zum Verlust der Wirkung«, sagte Baargeld. »Aber Ihre Wut, Herr Direktor, ist durchaus eine angemessene Reaktion.«

Der Direktor schnaufte. Er lief weiter. »Das hier vorne«, sagte er, »ist schiere Pornografie. Die Collage *3 minuten vor dem sündenfall*. Eine Frechheit. Ein ungeheuerlicher Titel.«

»Pornografie?«, fragte Max unschuldig.

»Dafür kann man verhaftet werden!«

»Dann müssen Sie den Albrecht verhaften.«

Der Direktor sah fragend zu Max.

»Den Albrecht, den kennen Sie doch. Das Material dort ist nicht von mir«, sagte Max und zeigte auf seine Collage. »Es ist von Albrecht Dürer. Dem stadtbekannten Pornografen. Ich habe nur eine Collage daraus gemacht. Der pornografische Kupferstich stammt von ihm. Vom Albrecht.«

Der Direktor schwieg.

»Ist halt ein echter Stecher, unser Albrecht«, grunzte Hans Arp, »ein echter Kupferstecher.«

Max lachte laut auf.

»Sehen Sie, werte Herren«, sagte der Direktor. »Ihnen fehlt es an der nötigen *Ernst*haftigkeit, wenn ich mir auch mal einen Kalauer erlauben darf. Wir haben hier einen wunderschönen Lichthof. Und morgen ist die Eröffnung. Ich werde nie wieder eine juryfreie Ausstellung organisieren, das verspreche ich Ihnen. Jetzt geben Sie acht, meine Herren: Sie packen Ihren Krempel hier ein und verschwinden aus meinem Museum. Ich will morgen kein einziges Werk sehen, das über monströse Titel verfügt, ich will weder einen Ernst noch einen Baargeld hier haben, wenn morgen der Korken knallt. War das deutlich genug?«

16

Der Künstler ist ein Kärrner, dachte Max, als die Freunde alles, was sie in schweißtreibender Arbeit ins Museum gekarrt hatten, nun in gleicher schweißtreibender Arbeit wieder aus dem Museum entfernten. Die Enttäuschung saß tief, aber währte nicht lange. Ihr aufsässiger Geist und ihr Humor vereinten sich zum Aufschrei: Nicht mit uns! Die drei Freunde zögerten keine Sekunde lang, ihnen war klar, dass sie die Werke nicht wieder in diesen spinnenverseuchten Schuppen bringen wollten, der ihnen als Lager diente, sie würden auch Mutter Ey nicht behelligen, die ihnen stets wohlgesinnt war, nein, sie wollten ausstellen, sie mussten ausstellen, und wenn schon nicht im Lichthof des Kunstgewerbemuseums, dann halt irgendwo anders. Nur wo? Sie liefen in die Schildergasse, ins Brauhaus Winter, auch dort gab es einen Lichthof, und sie kannten den Wirt, kannten ihn sehr gut, Stammgäste, ihre Anschreibezettel immer gefüllt bis zu dem unwahrscheinlichen Tag, an dem einer von ihnen irgendwas verkaufte, was so gut wie nie vorkam, oder aber bis zu dem Tag, an dem Johannes Theodor Baargeld seinem Vater wieder ein wenig Bargeld abgeluchst hatte.

»Flinte«, rief Max, »was kostet es, deinen Lichthof zu mieten für – sagen wir – zwei Wochen?«

»Könnt ihr euch nicht leisten«, knurrte Flinte und wischte die Theke mit einem zerrissenen, gelben Fummel.

»Komm uns entgegen, Mensch!«, sagte Baargeld. »Dein Brauhaus wird später berühmt werden, Flinte. Wir stellen aus. In deinem Lichthof! Es werden Leute kommen. Das versprech ich dir. Und wenn Leute kommen, werden die auch saufen.«

»Ihr seid verrückt, aber dafür liebe ich euch. Packt eure Kunst von mir aus da rein! Aber lasst Platz für Tische in der Mitte. Ich leg ein paar Decken hin, dann können die Leute draußen sitzen bleiben, auch wenn's zu kalt wird. Umsatz regiert die Welt.«

»Kapitalistensau!«, so der Arp.

»Dank dir, Flinte!«, sagte Max.

»Und denkt an die Presse!«, rief Flinte.

Der Lichthof im Brauhaus Winter war nicht annähernd so imposant wie der Lichthof im Kunstgewerbemuseum, und man erreichte ihn, wenn man die Holzverschläge der Herrentoiletten passierte, aber es klappte. Eintritt wurde verlangt, der Zulauf war groß. Freunde, Bekannte, Neugierige, alle lachten über den Toiletten-Eingang des Kneipenmuseums. Max stand dort, im *Empfang*, wies auf die Schmierereien über den Pissoirs und sagte den Eintretenden, dass die Ausstellung *schon hier* beginne. Vor allem die Frauen unter den Besuchern schauten neugierig, hasteten aber in den Lichthof, wenn sie das Klirren einer Gürtelschnalle hörten.

Die Werke der Künstler standen dicht am Rand. Regen tropfte durch das undichte Glasdach. Die Leute becherten reichlich, Hemmungen fielen rasch, das hier hatte für sie nichts zu tun mit den öden, mumifizierten Museen. Einige angetrunkene Männer wurden nicht müde, mit dem Beil die Holzplastiken in Stücke zu schlagen, die von Bedienungsbienen aufgesammelt und im Brauhaus drinnen verfeuert wurden, denn für April war es noch unangenehm kalt. Max kam mit dem Herankarren neuer Plastiken kaum hinterher. Der Trubel nahm überhand, manche Leute reagierten ähnlich wie der Museumsdirektor, andere lachten und hielten das Ganze für einen wilden Spaß, wieder andere waren noch nie in einem *Museum* gewesen, sie stolperten nur zufällig in den Lichthof, riefen Flinte zu, was der Sperrmüll hier solle, einige wieherten: »Ha, Kunst! Wenn dat Kunst is, dann könne mer dat auch!«

Und jetzt stand da noch ein Mann.

Ein einzelner Mann, den Max sogleich erkannte.

Obwohl er ihn erst ein Mal gesehen hatte in seinem Leben.

Und das lag bereits mehr als zehn Jahre zurück.

Es war Hendrik.

Der Nervenkranke.

Aus der Bonner Klinik.

Es gab keinen Zweifel: Die schwarzen Augen, die Glatze, der Blick, Augenbrauenzottel, der Laib Brot, die Erinnerung an die amputierten Möbelbeine, alles war gleich wieder da. Hendrik war wohl inzwischen entlassen worden, und er trat nun – in dem ganzen Tohuwabohu – von einem Bein aufs andere, stampfte regelrecht auf, und das Stampfen wurde zu einer Art Marschieren, immer auf der Stelle, das Marschieren eines eifrigen Soldaten, und seine Knie hoben sich hoch und höher, als folge Hendrik nicht nur einem Befehl, sondern als wate er durch ein Feld von Gebeinen. Hendrik stand vor der *fluidoskeptrik* von Baargeld. Das Chaos wuchs. Der Regen prasselte immer heftiger auf das Dach des Lichthofs, die Leute drängelten sich vor den Kunstwerken, und Hendrik fischte plötzlich die Frauenperücke aus dem Baargeld-Aquarium und pflanzte sie auf seine Glatze. Wasser rann die Wangen hinab. Hendrik hielt sich die Ohren zu, als er jetzt selber zu schreien begann, immer lauter, immer heftiger, und Max hörte die Worte: »Vater, Vater, da bist du ja, Vater, Vater, ein Beil, eine Säge, eine Axt, Vater!« Hendrik marschierte nun – die immer noch triefende Perücke auf dem Kopf – von der *fluidoskeptrik* fort, hin zur Max-Ernst-Holzplastik, die in diesem Augenblick von einem dunkelhaarigen Wüterich bearbeitet wurde, der sich wohl auf einem Jahrmarkt wähnte und immer wieder »Hau den Lukas!« rief. Hendrik entwand mit einer enormen

Kraft, die Max ihm nie zugetraut hätte, dem Dreinschlagenden das Beil: Es war nur ein einziger Griff. Und dann rannte Hendrik – jetzt immer lauter brüllend – mit dem Beil in den Fäusten zurück zur *fluidoskeptrik*, zum Baargeld-Aquarium, das auf einem hüfthohen Holztisch thronte. Hendrik zielte und hieb mit einem Schlag ein Vorderbein des Tisches durch, dicht unter der Tischplatte, das dünne Bein kippte, doch der Tisch mit der *fluidoskeptrik* blieb stehen, Hendrik sank auf die Knie und brüllte: »Warum fällst du nicht, Vater, warum fällst du nicht?« Schon rappelte Hendrik sich auf, zielte erneut und wollte auch das zweite Vorderbein des Tisches umhauen, aber vier bullige Besucher hinderten ihn daran, sie hielten ihn fest, und Hendrik tobte, rang und wand sich. Genau in diesem Augenblick bahnten sich zwei Polizisten den Weg durchs Getümmel, der Lärm hatte sie angelockt, und die Polizisten pfiffen in ihre Trillerpfeifen und versuchten, dem Chaos Herr zu werden: Die Ausstellung wurde vorläufig geschlossen, und es kam zu Klagen gegen Max Ernst, gegen den Rüpel, gegen das »Ungeheuer Ernst«, wie er mitunter genannt wurde, Klagen wegen Pornografie und Unruhestiftung.

Und dann saß der Max, schon fast dreißig Jahre alt, in seiner Wohnung am Kaiser-Wilhelm-Ring 14, und er hielt ein Schriftstück in der Hand, diesmal keine Vorladung, sondern ein privater Brief des eigenen Vaters, des Hobbymalers und Taubstummenlehrers Philipp Ernst aus Brühl, und der Brief begann mit den Worten: »Ich verfluche dich.« Eine Vatervernichtung, ein Vaterhassgesang auf den unwiderruflichen Abweg, auf den sein Sohn geraten war. Max ließ den Brief sinken. Und der gesunkene Brief gab den Blick frei auf ein Bettchen, das vor ihm stand. Im Bettchen schlummerte sein eigener Sohn: Max war selber Vater geworden vor ein paar Tagen. Er betrachtete den Jungen. Das Wort *lieb* kam ihm in den Sinn, lieb, dachte Max, lieb, was für ein liebes, ruhiges Kind, doch Max lächelte nicht, weil er der Sprache nie getraut hatte und die Wörter gern auf den Kopf stellte: Und auch im Wort *lieb* lag Zerstörungswut, auch im Wort *lieb* steckte ein *Beil*, nur verkehrt herum. Hans-Ulrich würde man den Jungen taufen, lächerlich, kein Name für ein Kind, nein, Max würde ihn Jimmy nennen, Jimmy, das klang gut, das klang richtig, Jimmy, ja, Jimmy Dadafax minimus, der größte Antiphilosoph der Welt, Jimmy, Jimmy, das würde Max an die englischen Besatzer erinnern, diese Jimmies, wie man sie rief, und die Erinnerung an die Besatzer wäre untrennbar verknüpft mit der Erinnerung an den Krieg: vier lange, kahle Schattenjahre.

GALAPAUL

1

Jetzt alles von vorn. Die andere Seite, die Gegenseite: Gégène, o Gégène. Der Franzose: diese Atemlosig-, diese Kurzatmigkeit. Von Anfang an war Eugène Émile Paul Grindel (Kosename Gégène) schwächlicher Natur, und seine Eltern – Jeanne-Marie und Clément Grindel – verzichteten seinetwegen auf weitere Kinder. Sie wollten alles für ihn tun, wollten ihn umsorgen, umpflegen, umhegen, das kränkelnde Kind, damit ihm nichts zustoße, im Jahr 1895, zu einer Zeit, da die Kinder noch starben wie die Motten. Eugènes Eltern stammten aus ärmlichen Verhältnissen, seine Mutter arbeitete als Näherin. Gégène würde weder den Duft der Stoffe vergessen noch das Wogen der Mannequins, die ihre Hüften aufreizend züchtig bewegten, noch würde Gégène die gelassene Harmonie des Nähens und Strickens und Stickens vergessen oder diese Eleganz der gefertigten Kleider. Seine scheinbar scheue Mutter wusste ganz genau, was sie wollte und was sie liebte und wen sie liebte: ihn, den Sohn, Eugène Paul Grindel. Grindel. Welch hässlicher, deutsch klingender Name. Grindel. Grindel: sein Vatername.

Und der Vater? Eugènes Vater? Jener Mann namens Clément Grindel? Ja, Clément, ein Arbeitersohn, aber mit dem untrüglichen Gespür für die Zeichen der Zeit. Früh schon ahnte Clément, dass in Saint-Denis die Grundstückspreise explodieren könnten: Wenn ein Makler sich gut anstellt, dachte er, könnte er seinen Scheffel leicht verdienen. Warum also nicht? Und er versuchte es. Clément Grindel wurde reich und reicher mit den Provisionen, und er legte die Gelder gut an. Clément, ja, ein Emporkömmling, doch er hasste dieses Wort. Nein, er sah sich viel lieber als politisch denkenden Menschen, er war ein Demokrat, ein Republikaner, ein Anarchist manchmal, in jedem Fall: ein Pfaffenhasser erster Güte. Dieses Gejaule und Gezeter und Geschepper der Weihrauchfässer, das Gejammer und Gebeichte und Gerutsche, diese verdammten Kirchenglocken, die ihn oft genug aus dem Schlaf rissen, wozu der ganze Spökes? Das ging Clément mächtig gegen den Strich, diesem Malocher und neureichen Makler, »Mont Blanc«, wie man ihn nannte, den ovalgesichtigen Vaterberg: ein Tatmensch und Lebensmanager, gnadenloser Verticker von Immobilien aller Couleur, dieser Mann mit den übermächtigen Schnurrbartzwirbeln, die jenseits der Wangen in der Luft endeten.

Mit siebzehn Jahren fuhr der kleine Gégène mit seiner Mutter in Urlaub, sie übernachteten in einer Pension, und die Mutter nannte ihren Sohn jetzt langsam nicht mehr Gégène, sondern so, wie er wirklich hieß: Eugène. Dem Kosenamen entwachsen. Ja, geizig waren sie schon, die Grindels: Es gab nur ein einziges Zimmer für Mutter und Sohn, nur ein einziges französisches Bett für beide, und was hatte denn diese Verhärtung da unten zu bedeuten? Eugène drehte der Mutter rasch den Rücken zu und atmete laut und fiepend ein und aus. Am nächsten Tag, nach einem elend langen Spaziergang an der frischen Luft, löste sich Eugènes Kreislauf ein wenig vom Körper, und abends musste er sich am Rand des Waschbeckens festhalten beim Zähneputzen. »Da kommt Blut, Mama!«, rief er. »Ich muss mir die Zähne besser putzen, Mama! Ich hab Zahnfleischbluten!« Doch das war es nicht. Nein, Eugène spürte jetzt etwas heraufquellen, aus den Lungen, durch den Rachen, und er spuckte das, was da kam, ins Waschbecken: Ein harter, brockenhafter Schwall Blut platzte aus seinen Lippen und färbte den Ausguss rot. Eugène brach sogleich zusammen vor Schreck, und ein Arzt wurde geholt. Die Mutter weinte. Aber alles schien nicht weiter schlimm zu sein. »Das kriegen wir wieder hin«, sagte der Arzt. »Mit Ruhe, kalter Luft und viel guter Butter.« Während Eugène mit Mutter Jeanne-Marie zum Kuraufenthalt nach Clavadel fuhr, unterhalb von Davos, blieb Vater Clément daheim, schickte aber gute Ratschläge: Spaziergänge, Abreibungen mit Massagehandschuhen und Fußbäder. All das, wusste der Vater, verschwieg es aber, wirkte wahre Wunder gegen die Maßlosigkeit von Masturbationsattacken. Und das war auch bitter nötig.

Denn dort, in der Höhe – die Mutter als Anstandsdame, die über ihren nicht mehr so kleinen Eugène wachte –, in der vierstöckigen Klinik von Clavadel, auf Eugènes ureigenstem Zauberberg, da kam *sie*: die eine und einzige und erste und alle folgenden auf ewig überschattende Frau, neunzehn Jahre jung, die Russin, exaltiert-nervös, eine Schweizer Gouvernante hatte der jungen Dame Deutsch und Französisch beigebracht, da kam sie, die stolze, eherne, erotische Helena – »the body« – Diakonowa, die nur Gala genannt werden wollte, aber beim Wort *Gala* solle man – so die junge Frau – bitte die erste Silbe betonen und die zweite aushauchen, als habe man soeben das Sterbesakrament empfangen. *Ga*la, *Ga*la, eine für Eugènes Augen fast schmerzhafte Schönheit. Wenn er sie sah, war ihm stets, als hätte er zu lange in die Sonne geschaut. Es begann das Spiel der Verliebten, von der Mutter argwöhnisch beäugt: Im Jahr 1913, zur selben Zeit also, da Max und Lou am Rhein spazieren gingen, liefen Eugène und Gala Hand in Hand über Weiden und Hänge und unter Bäumen dahin, ebenso keusch wie Max und Lou, wenn auch Eugène sich seiner Gala viel ungezügelter nähern wollte als Max seiner Lou, denn Eugène kannte – vier Jahre jünger als Max – noch nichts von der Welt der Frauen, die Max schon entdeckt hatte und die Eugène endlich entdecken wollte. Eugènes Versuche wurden von Gala durchaus befeuert mit Augenaufschlägen und kicherndem Glucksen, mit dem zaghaften Aufknöpfen ihrer Kleider und dem Gewähren von Einblicken und Berührungen, die Eugène an den Rand des Abgrunds brachten, Galas Lippen an Eugènes Ohren, ihr leises Stöhnen, ihm wurde schwarz und weiß hinter den Lidern, doch ehe er die Beherrschung verlor, dort draußen – ja, immer draußen, wo keiner sie sehen konnte –, da zog die groß gewachsene Gala die Männerhände zurück von ihrer wie von Michelangelo höchstselbst modellierten Figur, ein paarmal knallten sogar Ohrfeigen, wenn flinke Finger sich dem Tabernakel nähern wollten, denn Gala, streng orthodoxe Christin und glühende Verehrerin stolzer Dostojewski'scher Frauenfiguren, bedeutete ihrem Eugène, dass vor der Ehe nichts zu machen sei, fermée, mon cher, jusqu'au jour de notre mariage, dieses obskure Objekt seiner Begierde. Weil Gégènes Mutter – eifersüchtig, aber irgendwann machtlos – den Platz räumte und die beiden jungen Leute allein ließ in Clavadel, konnten die Verliebten in tagelangen Séancen über all das sprechen, worüber auch Max und Lou zeitgleich sprachen, Kunst und Literatur, Politik und Existenz.

Und Eugène schrieb.

Und er las seiner Gala vor.

Die mit leuchtenden Augen an seinen Worten hing.

Trunkene Liebeszeilen schrieb Eugène, über das, was er gern erlebt hätte, aber noch nicht erleben konnte und durfte: die Vereinigung der Körper. Hin- und hergerissen, ein weiteres Mal in seinem Leben atemlos, weil machtlos. Dennoch veröffentlichte Eugène gleich ein Buch: *Premiers Poèmes*. Ein nüchterner Titel, der den versteckten Angriff auf den Vater tarnte. Denn wenn es *erste* Gedichte gibt, lieber Vater, dann wird es auch *weitere* Gedichte geben, keine Frage, Vater, ich will nicht in deinem Maklerbüro enden, nein, ich will nicht nur belanglose Briefe schreiben, ich will dichten! Doch weil Eugène nicht die Kraft fand, dem Vater genau das zu sagen, vollzog sich seine Loslösung vom

Vaterberg auf andere Weise, fast zart, beinah so, wie es nur ein Dichter tun kann, über die Sprache, über die Worte, über den eigenen Namen. Vorsichtig tastete sich Eugène an den Namenmord heran, er nannte sich jetzt nicht mehr Eugène Émile Paul Grindel, wie er getauft worden war, sondern Paul Eugène Grindel, er drehte die Vornamen um, die sein Vater ihm gegeben hatte, eine Revolution im wahrsten Sinne des Wortes, genau so stand sie auf dem ersten Gedichtband, diese verrutschte Namensfolge: Paul Eugène Grindel. Aber Paul, wie er jetzt von allen genannt werden wollte, machte weiter. Noch im selben Jahr druckte eine Zeitschrift neue Gedichte. Jetzt hieß der Junge schon Paul Éluard Grindel. Éluard war der Geburtsname der Großmutter, neben seiner Mutter der prägendste Mensch in Eugènes Kindheit, denn Ömchen hatte bei ihnen im Haus gewohnt, sie hatte Eugène mit aufgezogen, er hatte ihr stundenlang zugehört, wenn sie Sprichwörter von sich gab und über uralte Zeiten und längst verflossene Welten redete. Doch es dauerte noch eine Weile, ehe Paul auch seinen komischen Nachnamen über die Klippe stieß: Grindel, dieser grimmige, grinsende Vatername. Und so wurde aus dem Schwächling Gégène, aus dem heillos verliebten Halbstarken Eugène Émile Paul Grindel peu à peu der junge und durchaus vielversprechende Dichter Paul Éluard.

2

Im Krieg schob man Paul zunächst hin und her wie lästigen Ballast. Noch immer kränkelte er mächtig, und niemand wusste so recht: Was mit ihm anfangen? Untauglich zunächst, also Dienst in der Etappe. Dann kam er selber ins Krankenhaus, seine Lungen meldeten sich erneut, anschließend wieder Etappe, dann als Pfleger im Lazarett, doch auch das gelang ihm nicht. Am liebsten hätten die Kommandeure den Kleinen wieder zurück unter Mutters Rock geschickt, ehe sich endlich jemand fand, der Paul fragte, was er denn überhaupt könne. Plötzlich gab es Bedarf für Paul, den Schreiberling, und jetzt sah man Paul im Lazarett von Bett zu Bett huschen, einen Schemel in der Hand, jetzt sah man ihn, wie er sich hinhockte und lauschte und aufschrieb, was die Verwundeten ihm diktierten, und sie diktierten viel, so sie noch sprechen konnten, und Paul verfasste die Briefe der Versehrten, die des Schreibens nicht mehr mächtig waren, weil ausgerechnet jetzt, wo man doch so viel Zeit zum Schreiben gehabt hätte, die Hand fehlte am kahlgeschlagenen Körper. Paul melkte auf seinem Schemel den Verwundeten die Worte von den Lippen, die er zu all denen schickte, die warteten, weil sie sonst nichts tun konnten. Paul schrieb: Meine liebe Claire, ich lebe noch, aber mein Bein hat's erwischt. Es tut mir leid, dass ich keine besseren Nachrichten habe, und ich hoffe, ich sehe dich bald wieder. Ich weine in der Nacht, aber wenn ich an dich denke, wird mir wieder wärmer. Verlass mich nicht, auch wenn ich ein Krüppel bin jetzt. In Liebe, Dein Eric. Schrieb Paul, Paul schrieb: Meine liebe Mutter, es geht wohl ins Ende mit mir. Da ist ein junger Mann, der aufschreibt, was ich diktiere, weil ich mich kaum noch bewegen kann. Etwas klemmt mir das Herz. Gräme dich nicht, weil ich ja für unser Land mein Leben ~~ließ,~~ lassen werde, bald schon. Ich habe euch viel zu selten gesagt, ~~wie sehr~~ wie gern ich euch habe. Euer Marc-Antoine. Schrieb Paul, Paul schrieb: Werte Madame Trouleau, es bedrückt mich sehr, Ihnen die Mitteilung machen zu müssen, dass Ihre Söhne Jean-Jacques (19 Jahre) und Arnoulfe (21 Jahre) am heutigen Nachmittag gegen fünfzehn Uhr zum Schutz unserer Nation gefallen sind. Verzeihen Sie, dass wir diese Nachricht nicht persönlich überbringen können. ~~Wir brauchen hier jeden Mann.~~ In Verehrung und mit größtem Mitgefühl, gezeichnet, Paul Éluard. Schrieb Paul, Paul schrieb: ~~Liebe Familie Paladille, Ihr Sohn ist gestorben wie ein Held~~ ~~Liebe Madame und lieber Monsieur Paladille, heute ist Ihr Sohn Marcel~~ Liebe Madame, lieber Monsieur, ~~wir wissen nicht sicher, ob Ihr Sohn Marcel noch am Leben~~ ~~wir wissen nichts von Ihrem~~ ~~wir wissen überhaupt nichts~~ ~~Sie müssen vertrauen dem~~ ~~der Tod ist eine Bestie, die zerfleischt, was~~

Durchstreichen, zerknüllen.

Zerknüllen, schweigen.

Auch Clément Grindel, Pauls Maklervater, wurde einberufen. Mit vierundvierzig Jahren. Weil er aber partout nicht an die Front wollte und inzwischen über allerhand Kontakte verfügte, ließ er seine Beziehungsmuskeln spielen und erhielt eine Stelle im Büro der Militärbäckerei: Für jedes Bajonett braucht's täglich ein Baguette. Und während Clément, der Mont Blanc, von Monat zu Monat immer weniger Brot backen und an die Front schicken ließ, griff sein Sohn Paul von Monat zu Monat immer öfter zur Schaufel und verscharrte in der Nacht die Gefallenen. Tagsüber klammerte sich Paul an Stift und Papier, nachts aber wandelte der Stift sich zur Schaufel, das Papier zum Dreck: *Die Erde, das ist die Hälfte von allem, / Beerdigt, das ist die andere Hälfte.* Und in einer dieser Nächte kam Paul der Gedanke, warum denn ausgerechnet er, der Paul, le petit Paul, verschont bleiben sollte, der Drückeberger, der nur Briefe schrieb, die keinen Trost bringen konnten, warum er, warum Paul? Warum war er noch am Leben, noch atmend, wenn auch atemlos atmend? Ich muss da hin, ich will zur Front, ich hab hier nichts zu suchen, alles wird besser sein als hundertfünfzig Briefe am Tag zu schreiben, in denen stets und ständig dasselbe steht, als hätte man es nicht vorher gewusst, ich will zur Front, zur Front will ich! Hin zu diesem großen, dunklen Loch, das ihm Tag für Tag neue zertrümmerte Leiber vor die Füße spuckte, mehr und mehr, dreitausend zuletzt, dreitausend Verwundete in zwei Tagen, Deutsche und Franzosen également. All die Worte der Verletzten aus Mündern mit geplatzten Lippen tönten auch im Schlaf hinter Pauls Stirn: Er wollte endlich Ruhe. Und wenn es keine Ruhe gäbe, dann wollte Paul den Lärm, einen Lärm, der die Worte der Verwundeten übertönen sollte, den Lärm der Geschosse, den Lärm der Front, da will ich hin, ich will nicht der sein, der alle überlebt und zurückbleibt mit dem klebrigen Gefühl, schuldig zu sein. Und für einige Zeit lag Paul tatsächlich in den Gräben, er hielt Wache, er duckte sich, er warf sich hin, und siehe da: ein Geschoss. Von drüben. Sales boches. Boches. Boches. Boches. Paul nahm den Arm über den Kopf. Als böte das Armfleisch mehr Schutz als ein Stahlhelm. Und das Geschoss schlug ein. Boches. Paul hustete. Nichts Neues. Paul hustete ständig. Das Husten war ihm zu eigen wie ein zweites, lauteres Atmen. Ein Splitter Stahl lag dort, und Paul konnte ihn noch glimmen riechen, heiß, spitz, Röst-hauch, nur wenige Meter entfernt.

Aber nein, der Deutsche, der geschossen hatte, Max Ernst, sollte Paul Éluard erst später treffen: 1921, in Köln. Bis dahin brachte Paul den Krieg irgendwie um, es fand die Hochzeit mit Gala statt, eine Kriegstrauung (wie bei Max und Lou), und endlich fiel auch Paul, er fiel über Gala her und atmete das neue

Leben aus ihrem Pergamentkörper, und Paul hatte nicht im Entferntesten geahnt, dass Gala zu so viel Leidenschaft fähig war, noch in der Hochzeitsnacht brachen die Dämme, beide konnten nicht aufhören mit dem, was sie taten, sie hatten auch lange genug darauf gewartet. Und so was hat Folgen: Am 1. Januar 1919 wurde Tochter Cécile getauft, nachdem Gala – Bedingung von Pauls Mutter Jeanne-Marie, dem Vater Clément Grindel wäre es furchtbar egal gewesen – vom orthodoxen zum katholischen Glauben gewechselt war, Überläuferin aus Liebe, ha! *Die armen Lichter, die dir gefallen! / Kleines Kind, / so schwer auf meinen Knien …*

3

Im März 1919 betrat Paul Éluard ein Zimmer im Hôtel des Grands Hommes an der Place du Panthéon. Eher Bude als Zimmer. Dort hauste Monsieur André Breton. Vor Paul saßen sie, die Großen Männer, die Grands Hommes. So jedenfalls fühlten sie sich: Louis Aragon, der einfach – da war nichts zu machen – an keinem Bordell vorbeigehen konnte; Philippe Soupault, der ab und an jähzornig aufbrausende und ebenso wie Paul stets lungenkranke Kettenraucher; und André Breton, Alphatier und Königslöwe, anerkannter Anführer und Organisator. Sie alle waren zweiundzwanzig oder dreiundzwanzig Jahre jung, ein, zwei Jährchen jünger als Paul, aber Paul war der Bittsteller, die anderen die Jury. Die drei Musketiere hatten gerade eine Zeitschrift gegründet. In den Nachkriegsmonaten schossen die Literaturzeitschriften förmlich aus dem Boden. Zahllose Schriftsteller waren gefallen: Die Übriggebliebenen mussten sich einen neuen Platz für ihre Stimmen verschaffen. *Littérature* hieß die Zeitschrift von Breton-Aragon-Soupault. Dort unterzukommen wäre ein wichtiger Schritt für jeden angehenden Dichter. Das wusste Paul. Und dementsprechend nervös war er. Seine erste Prüfung. Die wollte er bestehen. Man rauchte schwarze Zigaretten aus dem Krieg. An die hatten sich alle vier gewöhnt.

»Kenn ich Sie nicht? Ich kenn Sie doch?«, rief Breton zum eingeschüchterten Éluard.

»Mich?«, fragte Paul zurück. »Nicht dass ich wüsste.«

Paul steckte – wie die Kollegen – noch in seiner Uniform. Das gab erste Punkte der Anerkennung: Auch die anderen drei hatten im Krieg gekämpft, und das einte sie in ihrer Verachtung gegenüber allen möglichen Drückebergern. André Breton und Paul Éluard tasteten sich in ihre Vergangenheit hinein: Sie waren sich wirklich schon mal begegnet. In einem Lazarett. Paul, der Briefeschreiber, hatte einmal nicht aufgepasst: Als er den Schemel am Bett eines Verwundeten hochhob, um zum nächsten zu eilen, hatte er einen bulligen Kerl angerempelt, einen Medizinstudenten, der sich gerade an ihm hatte vorbeischieben wollen.

»Das waren Sie, André?«

»Ja, das war ich, Paul!«

Fast hätte es damals im Lazarett einen Streit gegeben, über eine Nichtigkeit: Durch Pauls Unachtsamkeit war aus Bretons Pranken ein Glas Wasser auf den Boden gefallen, und nur das Aufstöhnen des Verwundeten unter ihnen hatte Breton davon abgehalten, auf den Schreibtischsanitäter Paul loszugehen, ein Kampf, den Breton sicher gewonnen hätte. Dieser Kampf würde nachgeholt werden, später und mit anderen Waffen als den Fäusten, jetzt aber lachten beide über die Anekdote. Paul eher gequält, André mit geöffneten Lippen.

»Und? Was haben Sie für uns?«, fragte Breton.

Paul räusperte sich. Er legte jetzt größtmögliche Verve in die Stimme und rezitierte seine Gedichte auswendig. Die drei Juroren blickten sich vielsagend an. Während er deklamierte, dachte Paul immer schon an das nächste Gedicht, dachte: Nein, das hier reicht nicht, es muss ein anderes sein, das sie überzeugt. Paul hätte am liebsten seinen Vortrag abgebrochen angesichts des Tuschelns und der Blicke seiner Kollegen, aber das konnte er nicht, das traute er sich nicht, er brachte jedes Gedicht zum Ende, doch die Kraft seiner Stimme schwand von Wort zu Wort. Er glaubte nicht daran, es zu schaffen. Wäre Gala nur hier. Gala. Sie hätte die anderen überrannt durch ihre schiere Anwesenheit, durch ihre aufrechte Haltung und stählerne Überzeugung: Mein Mann ist ein Dichter, hätte sie gesagt, und er wird ein großer Dichter werden, Messieurs, daran besteht kein Zweifel. Paul schwieg. Er sah die Männer an.

Breton: »Hm.«

Aragon: »Soso.«

Soupault: »Aha.«

Breton: »Haben Sie sonst noch was?«

Paul machte weiter. Er zog Papiere aus der Tasche und las jetzt vor, auch er kannte nicht alles auswendig, die neuesten Texte waren einfach noch zu frisch. Er trug seine *Gedichte für den Frieden* vor. Seine wogende, klare Stimme erfüllte den Raum. Die Juroren lehnten sich zurück. Schweigen. Philippe Soupault schüttelte den Kopf. Was hatte das zu bedeuten? Doch Paul las einfach weiter, noch während die anderen sich berieten. Er wurde immer eifriger, aber auch hektischer, las jetzt aus seinem Manuskript *Die Tiere und ihre Menschen, die Menschen und ihre Tiere*. »Eins hab ich noch«, sagte er irgendwann, bereits reichlich erschöpft.

»Eins hat er noch!«, rief Aragon.

»Ein letztes«, sagte Paul. »Es heißt: *Kuh*.«

»*Kuh?*«

»*Kuh.*«

»Also gut«, sagte Aragon, »dann melken Sie los!«

»Milch frei!«, rief Soupault.

Die Juroren lachten.

»*Man führt niemals eine Kuh / Auf das gemähte, trockene Gras, / Auf eine lieblose Weide. // Das Gras, das sie aufnimmt, / Muss wie ein seidener Faden so weich sein, / Ein Seidenfaden, so weich wie ein Milchstrahl / ...*«

Wieder Tuscheln. Diesmal nickte Soupault. Die drei jungen Männer lehnten sich zurück. »Also gut«, verkündete Breton die Entscheidung. »Sie können was, cher Paul. Sie sind auf einem, sagen wir, richtigen Weg. Das wird schon. Wir nehmen die Kuh. Für die nächste Ausgabe der *Littérature* nehmen wir die Kuh. Wir nehmen doch die Kuh?«, fragte er seine Genossen.

»Muh«, machte Aragon.

»Jaja, die Kuh«, murmelte Soupault, drückte seine Zigarette aus und keuchte.

Paul strahlte.

Wieder draußen, atmete er durch.

Da kam ein Mann auf ihn zu, der offensichtlich als Nächster in Bretons Bude wollte. »Sind Sie jetzt dran?«, fragte Paul.

Der andere nickte. Er trug einen aufreizend schicken, fast schrillen Anzug, blank polierte Schuhe und einen gelben Schal.

»Was lesen Sie?«, fragte Paul.

»*Monde auf Papier*«, sagte der andere.

»Ein guter Titel, Monsieur …«

»Malraux. André Malraux.«

»Angenehm. Éluard, Paul Éluard.«

Aber der andere war schon in Bretons Höhle verschwunden.

Paul machte fortan alles mit. Éluard, der Dadaist. Aber mit halbem Herzen. Er gehörte dazu, als Breton und die anderen in der folgenden Zeit ihre Dada-Stücke aufführten. Er saß auf der Bühne, verkleidet, und Paul spielte: Quatsch. Das Publikum warf nach ihm, nicht nur mit Tomaten, auch mit rohen Steaks. Paul nahm alles hin, doch er verstand Dada nicht wirklich. Dada, dieses Zufallswort. Im Züricher Cabaret Voltaire hatten die Begründer 1916, mitten im Krieg, einfach ein Lexikon aufgeschlagen, so die Anekdote, ein französisches Lexikon, Augen zu, Finger drauf, und der Finger landete eben auf dem Wort *Dada*, ein Kinderwort für *Pferdchen*. Dada, das Pferdchen, das Schaukelpferdchen, das Verschaukelpferdchen, Dada, das Fest der Sinnlosigkeit, Dada, die reine Zerstörungswut. Aber wenn Dada all das vernichten will, was zu diesem wahnsinnigen Krieg geführt hat, dachte Paul, kämpft Dada dann nicht auch mit kriegerischen Mitteln? Ausrottung, Feldzug, Tod dem Alten? Ja. Dada wusste das. Dada: ein Widerspruch in sich. Dada hatte den Glauben verloren an das Wort und an die Sprache und an den Sinn. Diesen Glauben aber wollte und würde Paul niemals preisgeben, nein, die Poesie würde unzerstörbar alles andere überdauern, und in der Sprache lag eine nicht zu brechende und nicht zu berechnende Kraft, stark genug, jedweden Angriff abzuwehren.

4

Schrieb Paul Gedichte, so kamen die Wörter nicht immer von allein. Der Dichter brauchte etwas, das ihn befeuerte, er suchte überall nach Inspiration, auch in der bildenden Kunst, er liebte Museen, Galerien und Auktionen, er schaute sich die Werke der Künstler an, atmete sie regelrecht ein, sie führten zu neuen Ideen und Möglichkeiten der Welterfassung. Zu gern hätte Paul alle diese Werke gekauft, die ihn begeisterten: um beim Dichten immer wieder zu ihnen aufblicken zu können. Nur: von welchem Geld?

Inzwischen tat Paul das, was er nie hatte tun wollen: Er arbeitete im Pariser Büro seines Vaters Clément. Der Verdienst war zu gering, als dass er sich davon ernsthaft hätte Kunstwerke leisten können. Paul bemühte sich beflissen, die Erwartungen des Vaters zu erfüllen. »Wie läuft das Geschäft?«, schrieb Paul seinem Vater im Dezember 1920 von Tunis aus, wo er mit Gala seinen fünfundzwanzigsten Geburtstag feierte. »Wie steht's mit Bigot, mit Montfort und Stains? Hat jemand das Grundstück 184 des H3° genommen? Wie steht's mit den Einnahmen? Vergiß die Umsatzzahlen nicht! Schreib' so bald wie möglich! Die Post hier wird zweimal wöchentlich zugestellt.« Der Vater. Ja, der besaß mehr als genügend Geld, jenes Geld, das Paul Éluard so dringend gebraucht hätte, um eine Sammlung anzulegen, Kunstwerke, Bilder, Skulpturen, all das, was ihn berührte und erschütterte.

»Eine Form der Investition«, sagte Paul dem Vater nach seiner Rückkehr, er schlug die Beine übereinander und hustete.

Clément Grindel horchte auf.

»Ein Bild, heute fünfhundert Francs, ist in einem Jahr vielleicht schon fünftausend wert.«

Der Vater nickte. »Und du weißt, was du tust?«, fragte er.

»Ich weiß es, Vater. Das wird explodieren. Wie die Grundstückspreise in Saint-Denis damals.«

»Also gut. Gut. Sehr gut. Dann brauche ich nur, hier, eine Aufstellung. Die tatsächlichen Kosten. Der erhoffte Gewinn. Ich gebe dir vier Jahre. Dann muss sich das Ganze irgendwie amortisiert haben, du verstehst?«

»In Ordnung, Vater. Ich werde dich nicht enttäuschen.«

»Ich glaube an dich, Eugène. Du hast das von mir. Die Nase für ein gutes Geschäft.«

»Danke.«

»Sagen wir drei Jahre, gut?«

Und Paul legte los, erwarb Bilder, Skulpturen, Zeichnungen, die ersten Werke seiner Collection Paul Éluard. In viele Richtungen streckte er seine Fühler aus, besuchte Museen, Ausstellungen, Galerien, er kaufte, setzte sich vor die erstandenen Werke – und schrieb.

Zu gern hätte Paul auch diese kleine Ausstellung besucht. In seiner Lieblingsbuchhandlung: Au sans pareil. Von jenem eigenartigen deutschen Künstler, einem Mann namens Max Ernst: Bilder, nein, keine Bilder, es sollten Collagen sein, so nannte Max Ernst sie, etwas ganz Neues jedenfalls, und schon die Titel der Collagen ließen Paul erschauern: *Die schmelzbare Zimmerschnecke*, *Die kleine Tränenfistel* oder *Der Hut macht den Mann*. Aber Paul befand sich just zur Zeit der Ausstellung mit seiner kränkelnden Gala am Mittelmeer, und auch Max Ernst konnte nicht nach Paris kommen, denn die Besatzer stellten dem Unruhestifter und Pornografen kein Visum aus, jener Max Ernst, der im Dada-Vorfrühling über seine eigene Kunst gesagt hatte: »Ich beschränke mich lediglich auf rinozerisierte rülpspinzetten.«

Die französischen Dadaisten um Aragon, Soupault und Breton hatten Max Ernsts Collagen nach Paris geholt, und schon die eng bedruckte Ankündigung der Ausstellung, die Paul im Vorfeld noch lesen konnte, steckte für ihn voll von versierten Verrücktheiten.

Exposition DADA Max Ernst
Es lebe der Sport
Ihr seid nur Kinder
Die Damen werden gebeten, ihren gesamten Schmuck
zu tragen
Eintritt frei und Hände in den Taschen
Ausgang leicht und Bild unterm Arm
mechanoplastische plastoplastische Zeichnungen und
anaplastische anatomische antizymische aerographische
antiphonale bewässerte und republikanische Malomalereien
La Mise sous Whisky Marin
Gemacht in Kakicrème & in 5 Anatomien

Paul verpasste alles: Bei der Eröffnung maunzte Louis Aragon jedem der Ankommenden ein »Miau« entgegen. Ein anderer brüllte ohne Pause: »Es regnet auf einen Schädel!« Einige Dadaisten spielten Verstecken, andere rempelten die Besucher an oder tänzelten schattenboxend um sie herum. Einer zählte mit lauten Ausrufen die Perlen an den Ketten der Frauen, die sich in die Höhle des Löwen wagten, hierhin, in die Buchhandlung, in der die Collagen hingen. Über die Albernheiten der Dada-Clowns konnten die Besucher noch schmunzeln, als sie aber Max Ernsts sogenannte Bilder sahen, mussten sie regelrecht lachen vor Entsetzen, nein, sie schüttelten die Köpfe, wandten sich verärgert ab. Man reichte den Gästen trockenes Gebäck, damit die durstigen Besucher ihren Orangensaft brav tranken. Und am Schluss wurde verkündet, dass man in eins der Orangensaftgläser ein starkes Abführmittel gekippt habe. Der Spuk endete in größter Empörung. »Muss man diese Dadaisten erschießen?«, lautete die Schlagzeile am nächsten Tag. Von den Bildern hatte sich keines verkauft. Max Ernsts Ruf war ruiniert, noch ehe er selber einen Fuß auf den Boden von Paris gesetzt hatte, so ein Hochstapler, hieß es, so ein unfähiger Nichtmaler, man wolle ja auch keine stotternden Schauspieler, keine analphabetischen Schriftsteller, keine Pianisten ohne Hände. Nein, Max war in Paris schon jetzt mit Pauken und Trompeten durchgefallen. Aber genau das hieß für einen wahren Dadaisten: der höchstmögliche Erfolg.

Als Paul vom Mittelmeer zurückkehrte, konnte er gerade noch einen Blick auf die Collagen werfen und verfing sich sofort: Alles, was dort nicht zueinander passen wollte und zusammengestückelt worden war, durchbohrte, ja vergiftete den Gewohnheitssinn, und vor allem: Es blieb nicht stehen bei der kompletten Verstümmelung, bei der Dada-Zertrümmerung, nein, dieses Wiederzusammenfügen, das Neuerfinden, das Gegen-den-Geist-Streichen des Alten ... Auf jeden Fall musste Paul dieses Genie kennenlernen, und jetzt tat er das, was er am besten konnte, er schrieb, er schrieb einen Brief, und der Brief wurde prompt beantwortet, von Max Ernst persönlich. Und so kam es endlich zur Begegnung dieser beiden Männer, ja, Männer, es stimmt, denn Paul hatte das Schwächliche im Krieg gelassen, er war gewachsen, schien es, immerhin einen halben Kopf größer als Max, gar nicht mehr so schmalbrüstig und blankblass, sondern ein schlanker, gut aussehender Mann mit dunklen Haaren und dunklen Augen und dunklem Gemüt, der Anzug stand ihm formidabel, und damit passte Paul jetzt auch wunderbar zu seiner Frau Gala, deren Haltung sie mehr noch zu einer Erscheinung werden ließ als ihre Schönheit. Die beiden stiegen also am 4. November 1921 nebeneinander die Stufen hoch, in den vierten Stock des Dada-Hauses der Familie Ernst am Kaiser-Wilhelm-Ring 14, und schon im Treppenhaus hielten die Eheleute Éluard den Atem an, denn dort wimmelte es von seltsamen Skulpturen, hässlichen Fratzen und obszönen Götzen. Als Max den beiden die Tür zur Wohnung öffnete, stand Lou im Hintergrund: in Sorge, die neuen Gäste könnten zu laut sein, denn eben erst hatte sie den kleinen Jimmy ins Bett gebracht: Noch schlief er nicht.

5

Max zuckte einen Schritt zurück. Zu Lou trat er. Nicht hinaus auf die Schwelle, lieber in die Sicherheit der eigenen Familie. Flüchtete noch kurz in seinen Humor, bat die Éluards herein und stellte sich vor mit den Worten: »Dadamax Ernst, der Gefürchtete.« Gala und Paul betraten die Wohnung. Darf ich Ihnen die Mäntel abnehmen? Möchten Sie einen Kaffee? Einen Tee? Einen Wein? Einen Cognac? Hatten Sie eine gute Anreise? Schade, dass wir uns in Tirol verpasst haben. Freut mich, dass Ihnen meine Collagen so gefallen. Ein Abtasten. Die sonst von Max gehassten Floskeln boten einen Anker. Max konnte sich festhalten. Max wollte, musste sich festhalten, weit davon entfernt, einen inneren Stand zu finden gegen das neue Gefühl, Gewirr. Doch auch in diesen Sekunden ging es weiter: Mäntelabnehmen, Schritte zur Sitzgruppe, Sichsetzen, Lous Flucht in die Küche, um ein Tablett mit Getränken zu holen, Lous Rückkehr, der erste Stich in ihrer Brust, als sie sah, dass *die Russin*, wie Lou jene Gala Éluard nennen würde, neben Max saß, nah bei Max, auf dem Sofa, dicht, eng, und nicht etwa neben ihrem Mann Paul, *wie es sich gehört hätte*. Lou zog die Augenbrauen hoch, als sie die Beine bemerkte: das rechte Bein von Gala, das linke Bein von Max. Beide Beine berührten sich unverhohlen, es schien den Beinen egal zu sein, was die Augen der anderen von ihnen dachten.

Und jetzt ging sie los, die lebenslange Freundschaft von Max und Paul, anders als beim Handstreich des Humors zwischen Max und Arp: Hier gab es eher ein zögerliches Annähern. Vielleicht erschraken sie über die gleichzeitige Nähe und Ferne, vielleicht sahen sie nicht nur sich selber im anderen, vielleicht blickten sie *in* den Spiegel und *hinter* den Spiegel zugleich. Dazu diese wandelnde Anmut namens Gala: Sie hatte noch nie mit einem anderen Mann geschlafen. Immer nur mit Paul. Jetzt wollte sie genau das tun, von der ersten Sekunde an, sofort, Heilige Madonna, mit Max, hier, auf dem Boden, auf dem Tisch, egal, wo. Gala, wenn auch erschrocken über diese Lustattacke, konnte ihren Wunsch schlecht verbergen, sie, die sich so gerne allem entzog, sie, die so gerne als Unnahbarkeit den Menschen unter die Augen trat, sie wollte plötzlich kopfüber hineinspringen in diesen Mann: Da war einfach nur dieser dunkel-fatale Drang tolstoischer Mächte, denen sie rein gar nichts entgegensetzen konnte. Sie nannte es *Schicksal* oder *Bestimmung*. Und Max? Der war sogleich erobert von der offenen Gala-Gier, die ihn anfiel: Panther. Diese so ganz andere Frau. Anders als Lou. Fast das Gegenteil. Schwarz die Haare, blass die Haut, die Augen und Brauen teuflische Tuschezeichnungen, und die Kleidung wie der erste Zug beim Schach: die Eröffnung ihrer Figur. Ihre Eleganz, ja Grazie, die jede Bewegung zu einem Tanzschritt machte, der mokante Zug um den Mund, der auf einen tiefer liegenden Humor verwies, die schmalen Schlitze, in die sie ihren finsteren Blick pressen konnte, Max war mehr als hingerissen.

Lou, empfänglich für Stimmungen und Schwingungen, durchschaute diesen Dreieckskreis, der Galamaxpaul von Anfang an umschloss. Und als Jimmy, eineinhalb Jahre schon, sich noch einmal meldete, verließ sie den Raum, setzte sich aufs Bett und legte den Sohn an die Brust. Das japsende Schmatzen bei geschlossenen Augen beruhigte sie. Lou atmete tief ein. Sie war erschrocken, aber nicht überrascht. Ja, Gala war schöner als sie selbst. Nicht ungewöhnlich. Für Lou waren viele Frauen schöner als sie selbst. Und außerdem: Lou hatte sich verändert. Es war viel zu viel passiert. Kaum noch gab es Zeit zu zweit: Wann waren sie das letzte Mal am Rhein spazieren gegangen? Lou wusste es nicht. Damals hatte Max getobt vor Liebe, als sie ihm sagte, sie wolle Otto Kern heiraten. Und heute? Nichts als Verpflichtungen. Alltag. Vielleicht ging sie ihm einfach nur auf die Nerven? Oder trat jetzt ein, wovor sie schon immer Angst gehabt hatte? Ja, Lou hatte seine Attacken, seine Anfälle, sein Schweigen, seinen Rückzug geduldet, manchmal stand Max vollkommen neben sich. Lou suchte nach Erklärungen: ein Künstler, das Trauma des Krieges, die Geburt des Sohns, Lous postnatale Depression, das Fehlen der Großmutter, man brauchte immer Hilfe von außen, es ging drunter und drüber, dazu diese Streitigkeiten. Erst vor kurzem hatte Max sich maßlos aufgeregt, weil er über Pantöffelchen gestolpert war, die im Zimmer gelegen hatten. Nicht die Pantöffelchen konnten der Grund für diesen Ausbruch gewesen sein, dachte Lou, sondern die Tatsache, dass es überhaupt einen Menschen in seinem Leben gab, der Pantöffelchen besaß, über die man stolpern konnte.

Max nannte eines seiner neuesten Bilder (eine Übermalung) *das schlafzimmer des meisters es lohnt sich darin eine nacht zu verbringen*. Er musste nicht verheimlichen, dass er mit anderen Frauen schlief. Seine bisherigen Techtelmechtel hatte Lou geduldet, weil sie nicht wirklich Gefahr bargen. Jetzt aber kam Gala: Panther gegen Pantöffelchen. Und Lou hätte keine Chance. Sie wusste es sofort. Von Jimmys Lippen speichelten sich Milchfäden. Lou nahm ihn hoch und klopfte ihm leicht auf den Rücken. Ein Blubb drang aus seinem Mund. Sie legte ihn zurück ins Bettchen, brav röchelnd schlief er wieder ein. Und Lou zögerte. Sie wusste nicht, was sie dort noch sollte, in diesem elektrisierten, erotisierten Salon, sie kroch aufs Bett, in ihren Kleidern, sie würde hier so lange liegen bleiben und warten, bis ihr Mann käme, um nach ihr zu sehen, um zu fragen: Alles klar? Wo bleibst du? Komm zu uns! Wir vermissen dich! Aber nein, der Max, der kam nicht. Nicht jetzt und nicht in den nächsten Stunden.

»Wo ist Ihre Frau?«, fragte Paul im Salon nach einer Weile.

»Die Nächte sind kurz«, sagte Max. »Wahrscheinlich ist sie eingeschlafen mit Jimmy.«

»Ja«, flüsterte Gala. »Cécile ist fast drei, noch ist es nicht besser bei uns. Sie schreit jede Nacht.«

»Sie haben die Kleine in Paris gelassen?«

»Cécile liebt ihre Großeltern.«

Max nickte, er hörte nicht richtig zu, er wusste nur, er wollte Gala und Paul alles zeigen, seine Bilder, seine Arbeiten, alles, schnell, so schnell wie möglich, Max dachte an nichts anderes, und so stand er bald auf und flüsterte: »Kommen Sie mit?«

6

Der Mann, dieser Max, der so muntere, kluge, lebensfrohe, bescheiden wirkende Mann, den sie gerade erst kennengelernt hatten und der mit feinleicht spöttischem Lächeln auf den Lippen sprach, mit Humor und Selbstironie, mit Feuer und Schalk, dieser selbe Mann hatte Bilder gemalt, die so gar nicht zu ihm passen wollten, zu seiner Herzlichkeit, zu seiner Unbeschwertheit. Paul und Gala traten in sein Atelier wie in einen Urwald: ein enger, vollgestopfter Raum, vier auf vier Meter, Bilder von drückender Düsternis, Wälderschwärze, gehörnte Vögel, Krallenmonster, Untiere, riesige, aufgeblähte Gestalten, die aus Albträumen geschöpft zu sein schienen, als hätte Max die verborgenen Ängste der Zittermenschen ans Licht gekratzt, aus einem Kerker, den all die Ahnungslosen als *Herz* oder *Seele* bezeichneten, Max aber als *Tabernakel des Absurden*.

Und Paul sah die Bilder nicht nur, er fühlte sie auf den Härchen seiner Haut, er roch den Morast, und seine Zunge klebte ihm am Gaumen, Paul hörte die Vögel kreischen, er hörte den Donner, er wurde weggeschwemmt von den Regenfluten, die über ihm zusammenschlugen, er fiel in den Brunnen, an dessen Rand sich seltsame Gerippe klammerten, und Paul machte den Mund auf, doch es kam nur ein Krächzen aus seiner Kehle, als schlüge seine Zunge mit den Flügeln, dann aber sagte er: »Was … Wie heißt dieses Bild?«, und wies hilflos zur Leinwand auf der Staffelei, ein Ölgemälde, das Max soeben beendet zu haben schien.

»*Der Elefant von Celebes*«, sagte Max.

Paul nickte.

Die drei betrachteten den unförmigen, metallisch wirkenden Koloss, der das Bild beherrschte und dessen Schwanz (einem Ofenrohr gleich) in einen gasmaskenartigen Hornkopf mit gezackter, weißer Halskrause mündete. Die dürren Stoßzähne des Elefanten bogen sich – versteckt hinterm Rumpf – seitlich nach links, als wollten sie einen Mast rammen, der einsam in die Luft ragte, ohne Anzeichen einer Fahne (die Zeit der Fahnen war vorbei), und obenauf die Fantasie, ein grüner Papierflieger und ein roter Miniaturflügel in fest verankerten Augengefäßen, dort hinten eine Rauchfahne oder ein Wirbelsturm, der sich in der Ferne verlor. Im Vordergrund: diese nackte Frauenbüste ohne Kopf, die wie tot zu winken schien, eine gelbe Hand, ein blutroter Unterarm, weg, nur weg, komm weg von diesem Koloss, komm mit mir.

»Ein Gas-Tank«, sagte Paul.

Max schaute verblüfft. Genau so sah er aus, der Elefant: In seiner Kindheitsstraße hatte dieser Tank gestanden und die Laternen am Abend zum Brennen gebracht. Gala warf den Kopf zurück. Sie wies auf das Loch am Hinterteil des Elefanten sowie auf die Phallussymbole, rot und grau, entlang der aufgetürmten, wackligen Metallkonstruktion am rechten Rand des Bildes. Dabei beugte sie sich zu Max und ließ ihre Brust seinen Oberarm berühren. Paul aber lenkte den Blick auf das andere Loch, das Loch in der Luft, das winzige Loch, eine Klitzekleinigkeit, die viele Betrachter übersehen hätten, aber für ihn, für Paul, war dieses Loch das Loch in der Welt, und alles andere die monströse Ablenkung durch das Moderne, und als Max dies hörte, legte er Paul zum ersten Mal den Arm um die Schulter, dort, vor dem Bild, vor dem Loch in der Welt.

»Ich kaufe den Elefanten«, sagte Paul.

Und Max hatte ihn gefunden: den einen Menschen.

Und Paul hatte ihn gefunden: den einen Menschen.

Zurück im Wohnzimmer, öffnete Gala ein Fenster und ließ sich den leichten Novembernieselregen ins Gesicht sprühen, sie brauchte unbedingt eine Abkühlung. Allen dreien erschien die Wohnung restlos überhitzt. Dabei lag das Kaminholz in den letzten Zügen. Paul setzte sich zu Max und deklamierte: *»Der Wind geht durch tote Äste / Wie meine Gedanken durch die Bücher / Und ich bin da, ohne Stimme, ohne nichts, / Und mein Zimmer füllt sich vom offenen Fenster. / ... Mein Leben geht fort mit dem Leben der anderen.«* Max schloss die Augen, lehnte sich zurück, die Worte Pauls nahmen in ihm Gestalt an. Er spürte eine magische, eine magnetische Kraft: von Wort zu Bild zu Wort. Von Innerem zu Äußerem. Von Kunst zu Leben. Zunächst sprachen nur Paul und Max, während Gala rauchend mit dem Rücken am Fenster stand und voll glucksender Vorfreude auf die Männer blickte. Sie redeten über Fremdheiten und Ähnlichkeiten, über Kindheit und Väterkämpfe, über das Stirn-an-Stirn im Krieg. Was? Wann genau? Wo genau? Dann haben wir einander? Direkt? Gegenüber? Gelegen? Nein? Nicht wahr. Sie redeten über den Aufbruch und über die neuen Experimente, die gerade ins Leben gerufen wurden. Das automatische Schreiben: ohne Regeln, ohne Zensur, mit nichts als dem Stift, der keine Sekunde stillsteht, damit das Verborgene möglichst unverstellt und ungeschönt ans Licht kommt. Das automatische Malen: ohne Ziel, mit einem Pinsel, der nur zum Tunken von der Leinwand springt. Das automatische Sprechen und die automatische Offenbarung: ohne jede Hemmung, aus welchem Quell auch immer.

Und Gala näherte sich jetzt: langsam, elegant, und die beiden Männer auf dem Sofa schauten zu, wie Gala die Schritte setzte, als handle es sich um eine Choreografie. Gala kam zu ihnen und legte sich ohne ein Wort rücklings auf die Oberschenkel der Männer: den Nacken bei Paul, die Schenkel bei Max. So bildete sie eine Brücke, und den Kopf ließ sie fallen, damit beide ihren

Hals sehen konnten, den Gala so liebte. Paul legte seine Hände auf Galas Bauch. Als Gala die Beine anwinkelte, um ihre Sohlen aufs Sofa zu setzen, rutschte ihr Rock bis zur Leiste hoch. Vertrautheit wuchs wie ein Schmerzlicht, als sie jetzt zu dritt flüsterten. Gloria und Tod, Erhabenheit und Elend, Narzissmus und Zweifel, Zuversicht und Angst, Ungewissheit und Offenbarung, Geheimnis und Rausch. Max: »Wir lassen Staub aus unseren Adern in unsere Gläser rieseln.« Und Paul: »Ich bin kein Einzelkind mehr.«

Die nächsten zwei Wochen in Köln glichen einem langen, nicht enden wollenden Fest aus Reden, Tanzen, Trinken, aus Sichnähern und Lachen, aus Malen, Dichten und Lesen, aus Zuhören, Nichtglaubenkönnen und Strahlen, aus Kunst, Quatsch und Politik. Die Räderscheidts schlossen sich an, Freunde schlossen sich an, Lou schloss sich an, aber alle hatten das Gefühl, nur Außenstehende zu sein: Es geschah hier Besonderes. Sie alle wurden Zeugen der Geburt einer Dreieinigkeit. Lou schlief kaum in dieser Zeit. Sie lag Nacht für Nacht wach und haderte mit sich, es nicht zu schaffen, aus dem Dreieck ein Quadrat zu machen. Nein, Paulgalamax folgten einem anderen Drang. Ihr automatisches Schreiben, ihr automatisches Malen, ihr automatisches Sprechen, ihre automatische Offenbarung: All das gipfelte in dem Wunsch nach einem automatischen Leben, einem Leben und Lieben ohne jedes Tabu, nur dem verschrieben, was wirklich und unbedingt ans Licht will.

7

Sommerurlaub in Tirol: Es zirpten die Grillen den ganzen Tag, das Wasser des Baches war klar und kalt. Man tunkte die Finger hinein und führte den Handflächenkelch an die Lippen. Hitze lag gluckenhaft über dem Dorf. Selten einmal streiften Wolken den Blick. Man suchte den Schatten und trank Almdudler: Das sprudelte auf den Zungen. Die Dada-Bande wanderte gar. Im nackten Gras machte man Pause, kaute halbe Halme. Geredet wurde draußen kaum. Dazu fehlte die Luft. Immer einen Schritt vor den anderen setzen, wenn es hochgeht, ins Gebirg.

Max schlug die Augen auf. Ein Hahn? Irgendwas krähte. Max sprang aus dem Bett und machte vierzig Kniebeugen. Lou und Jimmy schliefen noch. Max zog sich an und trat auf den Balkon. Noch war es dunkel draußen, vielleicht vier Uhr? Sein Blick ging aufs Dorfsträßchen von Tarrenz. Drüben, das Häuschen, in dem die Éluards gestern abgestiegen waren. Es brannte Licht. Von hinten trat Lou an Max heran. Er hatte sie wohl aufgeweckt mit seinen Kniebeugen. Lou legte ihre Arme um seinen Bauch, sie war zu klein, als dass ihr Kopf über seine Schultern gereicht hätte. Ihre schlafwarme Wange klebte an seinem Rücken.

»Es geht nicht mehr«, hörte sie Max sagen, laut, eine Nuance zu laut vielleicht, und er löste sich von ihr, drehte sich um und sah sie an. Seine Augen sagten ein *Tut mir leid*, seine Lippen nicht. Er ließ sie allein auf dem Balkon zurück. Lou, noch umnebelt vom Schlaf und vom Morgen ohne Sonne und von der Dunkelheit um sie her, fasste das Geländer der Brüstung und hielt sich daran fest. Ihr schwindelte. In ihrem Rücken ächzten die Dielen im Zimmer, jetzt eine Stille, vielleicht stand Max vor

Jimmys Bettchen? Dann ging er weiter. Ein leiser Wind zupfte an Lous Nachthemd. Sie holte tief Luft. Katzen huschten über die Straße, eine Fledermaus flog dicht am Balkon vorbei. Dann hörte Lou das Quietschen der Tür unten, und Max trat hinaus, auf die Straße, die Tasche lose über die Schulter geworfen, er ging in seinem leicht federnden Gang am Brunnen und an dem Gässchen vorbei, das zum Kirchturm führte, auch am Gasthof, in dem die Dada-Freunde im Schlaf lagen, dreh dich um, dachte Lou, dreh dich um, aber Max drehte sich nicht um, er ging unbeirrt weiter, hinauf zum Ferienhaus der Éluards: Ohne zu klopfen, öffnete er die Tür und ging hinein, ins Licht.

Lou stand lange auf dem Balkon und sah, wie die Sonne sich träge aus dem Dunst schälte. Einige Gipfel waren schon angezuckert. Endlich schrie Jimmy. Lou ging zurück und nahm den Kleinen hoch. »Guten Morgen«, flüsterte Lou und strahlte, es musste ja weitergehen, aber ihr Strahlen glitzerte nass. Jimmy zeigte auf Lous Wangen und fragte: »Mama aua?«

Was Lou blieb: sich unsichtbar machen, in eine Gefühlsrüstung schlüpfen, sich verkriechen wie die Spinne unter der Dachgaube. Kamen die Bilder (Max hinter Gala, Paul vor Gala, im Bett, auf-, in-, übereinander), schnallte sich Lou ihren Jimmy auf den Rücken, verließ die Ferienwohnung und wanderte los. Und wenn sie mitmachte? Wenn auch sie ins Haus der Éluards träte? Wenn sie sich zu den Dreien legte? Aber nein, Gala schüchterte sie viel zu sehr ein, diese aufrechte, gertenschlanke, gleitende, elegante Frau – und daneben sie, Lou, dieses kleine, pummelige, großäugige Immer-noch-Kind.

Aber es gab Hoffnung. Die Hoffnung hieß Zeit. Denn die Zeit tat, was sie am besten konnte: Sie verstrich. Und mit der verstreichenden Zeit schlichen sich Streitigkeiten ein zwischen Max und Gala. Noch dort, in Tarrenz, im Gurgltal. Vielleicht ist das alles bald vorbei, dachte Lou. Denn so nah sich Gala und

Max in aller Unverblümtheit auch kamen, so sehr konnten sie sich auch voneinander entfernen. Der Streit von Menschen, die sich rundum geöffnet hatten. Max arbeitete mit Gala an einer Übersetzung ins Russische, Texte, die er selber verfasst hatte. Sie saßen an einem Tisch im Gastraum, Blätter überall verstreut. Doch Max driftete plötzlich innerlich ab, Lou erkannte dies am Kippen seines Blicks, er schien in Bann gezogen von etwas Neuem, mit einem Bleistift schraffierte Max die Rückseite eines Telegramms und sah zu, wie sich der hölzerne Untergrund des Tisches durch das Blatt pauste, und Gala bekam das nicht mit, sie hatte noch keine Ahnung davon, dass man Max nicht stören durfte, wenn etwas ihn bei der Hand nahm und fortlockte aus dem Rahmen des Gewöhnlichen, und die Russin stellte jetzt sogar eine Frage, und als Max nicht reagierte, wiederholte Gala die Frage und noch einmal lauter, zu laut, denn Max – wie aus dem schönsten Traum gerissen – geriet über diese Fragerei derart in Rage, dass er das Telegramm fortwischte und Gala irgendeine Gemeinheit entgegenwarf, etwas Unverschämtes, grobe Worte, Gala zuckte nur stumm, überrascht von der Wucht dieser Wut. Als Lou das hörte, zog sich ihr Bauch zusammen vor Schadenfreude: Jetzt kriegt sie es ab, die Russin. Doch Lou erschrak vor ihrem Gedanken. Gala tat ihr plötzlich leid. »Warum lassen Sie sich so von ihm anschreien?«, fragte Lou. Und fügte hinzu: »Das hat er bei mir noch nie gewagt.« Doch kaum hatte Lou diesen Satz gesagt, bereute sie ihn schon. Er stimmte ja nicht, dieser Satz. Außerdem lag am Boden der Worte ein hässlicher Triumph über die andere, ihr Ergötzen an Galas Demütigung. Und Lou hätte den Satz gern zurückgenommen: zu spät. Max schaute sie an. Lou hatte das Gefühl, als merke Max erst jetzt, dass auch sie, Lou, seine Frau, hier im Gastraum anwesend war, ja dass es sie überhaupt noch gab. »Dich«, glaubte Lou Max zu hören, »dich, Lou, hab ich auch nie so geliebt wie Gala.«

8

Lou blieb mit Jimmy zurück. Die Tage gaben sich roh und trostlos, Sommertage zwar, doch Lou hatte stets das verfrorene Gefühl, sie müsse den Gipfelschnee auch auf den Straßen sehen, wenn sie morgens den Vorhang vom Fenster schob. Weder Licht noch Hitze drangen zu ihr. Die Sonne: ein ferner Fleck am Firmament. Jimmy strahlte sie nach wie vor an, als wäre nichts geschehen, ein paarmal blitzten seine Äuglein noch, er fragte: »Papa?«, und Lou schüttelte den Kopf, aber auch das endete bald. Die Erinnerungskraft eines Zweijährigen reicht nicht weit. Nein, Lou würde jetzt nicht aufgeben, nicht jetzt, sie konnte nicht aufgeben, sie hatte sich zusammenzureißen, sie war nicht allein auf der Welt, sie durfte sich nicht von so etwas Lächerlichem lenken lassen wie der Leiche einer Liebe, die von Anfang an zum Scheitern verurteilt gewesen war, ein ungleiches Paar, die beiden, Max und Lou.

Nein. Lou kehrte zurück nach Köln. Luise Straus-Ernst, der Name blieb zwar an ihr kleben (Lou wollte nicht in sinnlosen Hass auf den Vater ihres Kindes verfallen), aber Lou entdeckte sich selbst und das Leben in den nächsten Jahren noch einmal vollkommen neu. Sie stürzte sich in die Arbeit und katalogisierte für einen Sammler eine ostasiatische Porzellankollektion (Lou arbeitete sich mit einer Gewissenhaftigkeit und Leidenschaft in die Materie ein, die den Sammler faszinierte), Lou konnte aber auch im Akkord in einer Fabrik arbeiten, wenn sie mehr Geld brauchte, sowie in einer Galerie als Sekretärin. Währenddessen hörte sie nicht auf, immer mal wieder etwas für Zeitungen zu schreiben, wenn auch der Lohn dafür noch mickrig war. Doch Mitte der zwanziger Jahre nahm Lous Karriere als Journalistin Fahrt auf. Bei einer Ausstellung über – eben – ostasiatische Kunst im Kölner Kunstverein veröffentlichte sie fabelhafte Texte, die von der Fachwelt gelobt wurden. Fortan kamen die Angebote. Für die *Dresdner Neuesten Nachrichten* wurde Lou ständige Korrespondentin, schrieb für viele andere Blätter, sie reiste und schrieb, so viel und so gut schrieb Lou, dass sie 1928 gemeinsam mit Jimmy und ihrer Freundin und Haushälterin Maja Aretz eine neue Wohnung in Sülz beziehen konnte. Und Lou besprach, sie rezensierte, sie unterstützte vor allem neue, unbekannte Malerinnen, sie trug ihre Texte im Rundfunk vor, Museen luden sie ein zu Führungen, Lou hielt Vorträge, sie verfasste Erzählungen und hin und wieder Reden für Politiker, einmal auch für den Kölner Oberbürgermeister Adenauer.

Zwar zuckte Lou zusammen, als sie im Januar 1933 die Worte *Reichskanzler Hitler* im Radio hörte, dennoch: Die Kölner merkten nicht viel von den Veränderungen in Berlin. Solange es unseren Adenauer gibt, dachte Lou, sind wir in Sicherheit. Und so stürzte sich Lou – die Augen verschließend – am Rosenmontag des Jahres 1933 in den Karneval. Als bekannte Journalistin wurde sie ins Rathaus eingeladen, sie trank Wein, plauderte im Rokokosaal mit ihren Kollegen, lehnte sich aus dem Fenster, sie genoss den vorbeiziehenden Rosenmontagszug aus dieser privilegierten Höhe. In den letzten zwei Jahren hatte die Stadt den Umzug aus Geldmangel abgesagt. Und Lou hatte den Zug von 1930 weitaus witziger in Erinnerung als diesen hier: Die politischen Anspielungen fehlten völlig, es gab weder Hitler- noch Hindenburg-Karikaturen. Die Späße waren eher zotig und flach. Am Abend ging Lou auf den Lumpenball, sie tanzte durch die rauchdurchwölkten Räume, sie becherte ordentlich und knutschte lange mit einem maskierten Mann, hier war sie zu Hause, bei den Künstlern, bei der Bohème, bei den Denkern, sie geisterte umher, aber irgendwie wollte es nicht recht gelingen mit der Fröhlichkeit. So zog sie sich nach Mitternacht erschöpft an eine Wand zurück, rauchte und beobachtete das Geschehen. Es schien den anderen irgendwie ähnlich zu gehen wie ihr: müde Versuche, eine schwelende Beklemmung mit Frohsinn auszutreiben und sich zu klammern an die Routinen des Feierns. Da näherte sich überraschend ein junger Mann von der Seite, er lief direkt auf Lou zu, atemlos, er hielt seine Clownsmaske in der Hand und keuchte: »Haben Sie gehört? Der Reichstag brennt!«

Ein paar Wochen später bekam Lou eine Einladung. Der neue Direktor des Wallraf-Richartz-Museums, Otto Helmut Förster, bat zum Tee. Lou kannte den Mann. Sehr gut sogar. Er war seit langem für das Museum als Kurator tätig, Lou hatte oft für ihn gearbeitet, Expertisen erstellt oder Katalogseiten geschrieben. Gab es jetzt neue Aufträge? Sie atmete auf, denn sie wusste, sie gehörte dazu, sie war Teil dieser Welt, der Welt der Kultur, der Kunst, der Werte, des Menschlichen. Immerhin das konnten ihr die Braunhemden nicht nehmen. Etwa zwanzig Gäste erschienen, Lou kannte viele von ihnen. Sie tranken Tee, die Stimmung war ein wenig verkrampft. Direktor Förster setzte an zu einer Rede: Die Einladung heute sei Ausdruck seiner Wertschätzung. Eine Einladung an enge Mitarbeiter der letzten Jahre. Er danke ihnen allen hier für die wunderbaren Beiträge, die sie geleistet hätten, um das kulturelle Leben der Stadt zum Erblühen zu bringen. Er wolle nun nicht, wie so viele andere in seiner Position, zum herzlosen Mittel eines formalen Schreibens greifen, um ihnen mitzuteilen, was er ihnen mitzuteilen habe. Nein, er wolle sich persönlich und mit aufrechtem Herzen bedanken. Und sagen, dass er es leider als unmöglich erachte, weiterhin mit ihnen zusammenzuarbeiten. Was er unbedingt zu verstehen bitte. Aber er müsse sich in den Dienst des Reiches stellen, und dieser Dienst für ein neues Deutschland verlange von ihm die

Beendigung jeglicher Zusammenarbeit mit Vertretern des jüdischen Glaubens. Ein letztes Mal habe er sie daher heute eingeladen. Er könne ihnen in Zukunft keine Aufträge mehr geben – welcher Art auch immer. Als Direktor dieses Museums bleibe ihm keine Wahl als dieser Schritt. In die folgende Stille hinein zerplatzte eine Teetasse auf dem Marmorboden.

9

Es fiel Max nicht leicht, sich im Sommer 1922 einfach so aus dem Leben zu stehlen und Lou und Jimmy in Tirol zu lassen, aber er tat es. Mit dem Zug fuhr er nach Paris. Immer noch besaß er kein Visum. Immer noch galt er in Köln als *persona non grata*. Paul fand eine Lösung: Er reiste mit Gala voraus und schickte seinen Pass zurück zu Max, auf dem Postweg. Und Max kniffelte Pauls Foto heraus und ersetzte es durch sein eigenes, ja, seine Übungen in der Kunst der Collage erwiesen sich beim Passfälschen als äußerst hilfreich. Im Abteil saßen drei Franzosen, Rückkehrer, braun gebrannte Tirol-Urlauber. Sie stopften sich Brot zwischen die Zähne und fuhren zurück in den Alltag. Ich aber, dachte Max, fahre ins größte Abenteuer meines Lebens, ich fahre in die Freiheit, ich fahre ... Er merkte, dass er sich das nur einredete. Er wusste nicht, was auf ihn zukommen würde. Mit Gala und Paul. Einer der Franzosen lächelte und bot ihm ein Stück Baguette an. Max schüttelte den Kopf. Er hatte keinen Appetit. Der Franzose fragte ihn etwas, Max antwortete müde, mit rheinischem Akzent. Er spreche gut Französisch, nickte der Mann mit vollem Mund. Immerhin das, dachte Max, sein Französisch würde reichen, sich zurechtzufinden. Was Jimmy jetzt gerade machte?

Im Grenzbereich trat ein Beamter ins Abteil und verlangte die Pässe. Für Sekunden hoffte Max, man würde ihn überführen, man würde den Max-Paul-Pass als solchen durchschauen, man würde ihn, Max, verhaften und zurückschicken, zu Frau und Kind. Doch der Beamte nickte nur und sagte: »Bon voyage, Monsieur Éluard«, und der Franzose am Platz gegenüber wollte wohl schon fragen, wieso ein Deutscher denn Éluard heiße, doch jetzt beugte sich Max vor, nahm ihm das Baguette aus den Händen, brach ein Stück ab, steckte es sich in den Mund und zwinkerte dem anderen unauffällig zu.

Und dann der Rausch.

Das Fest der Freiheit.

Der Wildheit.

Der Ungezügeltheit.

Drei Herzen in jeder Brust.

Als sei Paul in Gala geschlüpft.

Und Paulgala in Max.

Und Paulgalamax: ein einziger Mensch.

Als Max den beiden ein Bild zeigte, *Trinité 1922*, das er gerade für sie gemalt hatte, schüttelten Gala und Paul nur mild lächelnd den Kopf. Sie mussten nichts sagen, ehe Max die Leinwand in den Kamin warf.

Was mit ihnen geschah, war nicht in Bilder zu fassen.

Weder in Bilder noch in Worte.

Es bliebe ihr Geheimnis.

Und die Stadt? Paris? Luft und Liebe schön und gut, aber wovon sollte Max leben? Wer sollte ihm seine Bilder abkaufen? Diese Bestien würde sich niemand freiwillig ins Wohnzimmer hängen. Sie waren alles andere als hübsch oder dekorativ. Max lernte einen Mäzen kennen, den Modezaren Jacques Doucet: Der sammelte zwar leidenschaftlich, aber von Kunst verstand er weniger als von modischer Kleidung. Max zeigte ihm ein Bild: fünf Vasen mit Blumen.

»Was verlangen Sie dafür?«, grunzte Doucet und putzte sich die Nase.

»Fünfhundert Francs.«

»Sind Sie wahnsinnig? Das ist mir zu teuer.«

»Ich gehe nicht runter mit dem Preis«, sagte Max. »Von irgendwas muss ich leben. Fünfhundert. Mein letztes Wort.«

»Hören Sie, ich mache Ihnen einen Vorschlag«, sagte Doucet. »Könnten Sie mir ein anderes Bild malen? Ein kleineres? Auf diesem Bild hier sehe ich fünf Vasen. Für die verlangen Sie also fünfhundert Francs, wenn ich Sie recht verstehe. Malen Sie mir doch ein Bild mit zwei Vasen. Dafür gebe ich Ihnen dann zweihundert Francs. Eine glatte Sache, oder nicht?«

Es half nichts: Max musste sich mit Gelegenheitsarbeiten über Wasser halten. Das schöne, gigantische Paris schnurrte für ihn auf Postkartengröße zusammen. Er arbeitete in einer Souvenirfabrik, in der man kleine Eiffeltürme, kleine Notre-Dame-Kathedralen, kleine Sacré-Cœur-Kirchen herstellte. Nicht Max verlor sich – wie erhofft – in Museen, Bildern und Gebäuden der Stadt, sondern schachfigurengleiche Obelisken, winzige Versailles-Schlösser und gnomenhafte Invalidendome verloren sich in seinen Händen: Hände, die eigentlich für die Kunst geschaffen waren, gossen aus einem nichtigen Material – es hieß Galalith, Gala, Gala, Gala war omnipräsent – diese Miniaturmonumente und wickelten den Kitsch in knisterndes Papier. Und Max schleifte Edelsteine, er stellte Modeschmuck her, er nahm Statistenrollen in Mantel-und-Degen-Filmen an, und im steten Wechsel seiner Arbeit entkam er dieser lähmenden Monotonie der Wiederholung: seinem lebenslangen Ekel davor, das Gleiche zu tun. Auch beim Malen: Hatte Max ein Werk beendet, atmete er auf. Nicht weil er sich am gerade Geschaffenen ergötzen wollte, sondern weil er sich endlich wieder anderem würde zuwenden können. Nur das Neue interessierte ihn, nur das, von dem er noch nicht wusste, in welche Richtung es ihn lotste.

Max lebte in Pauls und Galas Häuschen in Saint-Brice-sous-Forêt, im Norden von Paris. Abends, sonntags, auch nachts fiel er über die Leinwände her, so erschöpft er auch war von der Arbeit und von der Nähe zu Gala und Paul. Der tagtägliche Gelderwerb schien wie ein Staudamm, der in der Nacht brach, einfach brechen musste: vor der Staffelei. Und Max malte. Es entstand Bild auf Bild. Im Akkord malte er. In jeder freien Sekunde. So wie er die Winzlings-Gebäude aus Galalith in der Souvenirfabrik herstellte, fast genauso malte Max auch: *Die Menschen werden nichts davon wissen* und *Ubu imperator* und *Die schwankende Frau* und *Die heilige Cäcilie* und *Weib, Greis und Blume* und *Man muss die Realität nicht so sehen, wie ich bin* und *Die schöne Gärtnerin*, ein Bild, das 1937 die angewiderten Blicke der Deutschen ernten sollte anlässlich der Ausstellung *Entartete Kunst*, in der Gala als schöne Gärtnerin hing, ausgestellt mit dem Etikett *Verhöhnung der deutschen Frau*, ein Bild, das seit jenen Tagen verschollen blieb, die schöne russische Gärtnerin, Gala, Gala, Galalith, Gala. Es war, als sauge Max sie aus. Ein Wechselspiel von Liebe, Drama, Streit, Leidenschaft, Galas schiere Anwesenheit, ihre durch nichts unterbrochene Allgegenwart, nicht nur körperlich, auch in seinen Gedanken, all das kaprizierte sich zu einem einzigen Brausen der Bilder. Es war wie eine Wettfahrt: So schnell wie möglich so viel wie möglich schaffen, ehe der Wind sich wieder legte. Nicht die Isolation beflügelte Max, nicht die Klause des Künstlers, der, abgeschieden von aller Welt, allein und ohne jede Störung sich versenkt in ein Werk und erst erwacht, wenn es beendet ist, nein, das Gegenteil befeuerte ihn: die Arbeit des Alltags, das Rauschen einer neuen Welt, die Freude, die Wut, der Ärger und das Glück eines Lebens zu dritt ohne Regeln. Zieh sie tief in die Lungen, die frische Luft. Jetzt sollte Wirklichkeit werden, was Max sich erträumt und erhofft und vorgestellt hatte. Was aber – doch Max wischte den Gedanken schnell wieder aus – geschieht mit dem Vogel Vorstellung, wenn die Wirklichkeit ihn fängt?

10

Unter der Woche saß Max schon am Morgen mit Paul im Zug nach Paris und döste. So früh aufzustehen war einfach ungesund. Der Kaffee rumorte noch im Magen. Max hasste das. Überhaupt: Milchkaffee aus Schalen schlürfen, Baguettefetzen oder Croissants hineintunken? Marmelade? Wo war Mutters selbst gebackenes Schwarzbrot? Und die Reibekuchen? Die Leberwurst und der Schinken vom Bauern Obschruff? Paul fuhr ins Büro seines Vaters, Max in die Fabrik. Sie schufteten Stunde um Stunde. Am Abend kehrten sie erschöpft zurück. Oder trafen sich mit Pauls Freunden: mit André Breton und seiner Frau Simone, ferner mit Desnos, Morise, Crevel, Péret und anderen. Max wurde sofort Teil dieser Gruppe, die sich *Surrealisten* nannten und zu dieser Zeit ihrer Neugier auf das Übersinnliche freien Lauf ließen. Gerne saßen sie auf Stühlen im Kreis, dimmten das Licht und befolgten die Anweisungen für spiritistische Sitzungen, kein esoterischer Humbug für die Männer, sondern eher eine wissenschaftliche Annäherung an das Verborgene in ihnen, das durch magische und automatische, durch automagische (hätte der Arp gesagt) Experimente zum Vorschein gebracht werden sollte, mittels Trance. Das Studio von Breton war zu klein für solche Sitzungen. Durch die Enge entstand ein schwitziges Beisammensein. Die fleischliche Anwesenheit der übrigen Körper war nicht nur spür-, sondern auch riech- und hörbar. Bei so viel Leiblichkeit auf so wenig Raum, dachte man, würde sich irgendwann bestimmt auch das Geisthafte einstellen.

In der Tat: Crevel, Desnos und Péret erreichten fast bei jeder Sitzung den erwünschten Trance-Zustand. Crevel ratterte hanebüchene Gewaltgeschichten herunter, extrem spannend. Desnos schien ganz klar zu sein in der Trance, konzentriert und stichhaltig gab er knappe Antworten auf die Fragen der übrigen Tischsitzer: Ja, es gibt ein Leben nach dem Tod. Nein, es sieht dort grün aus. Nein, man kann da nichts essen. Ja, man trifft auch andere Geister. Nein, man kann nicht erkennen, wer wer ist. Ja, die Geister sind entpersonalisiert. Nein, ich kann jetzt nicht mit deiner Mutter sprechen. Ja, die Geister können in die Körper lebender Menschen fahren. Nein, die Menschen merken davon in der Regel nichts. Bei Péret schließlich sah alles lustiger aus: Mal schwamm er auf dem Tisch, mal kritzelte er mit Hand und unsichtbarem Stift in der Luft, mal reparierte er imaginäre Autos unterm Stuhl und wieherte. André, Max und Paul dagegen blieb die ganze Zeit über eine Trance verwehrt, so sehr sie sich auch bemühten.

Max war beeindruckt von der Ernsthaftigkeit, mit der die Männer zu Werke gingen. Auch wenn Komisches geschah, auch wenn die anderen lachen mussten, weil sie einfach nicht anders konnten (wenn Péret einen Frosch mimte zum Beispiel), sie lachten immer mit Würde und Distanz. Max war vor allem von Breton begeistert. Der hatte diese Größe, diese Haltung, die alle zu ihm aufschauen ließen. Breton residierte über den Köpfen der anderen, als gehöre er selbstverständlich genau dorthin und nirgends anders. Wenn er sprach, schwiegen alle.

Was er, Max, von diesen Experimenten halte, wollte André wissen, noch ganz zu Anfang jener *Epoche des Schlafs*, wie Aragon die Zeit der spiritistischen Sitzungen nannte.

Gut, sagte Max, er finde die Experimente wichtig.

Weshalb?, fragte André.

Max lächelte, weil er merkte, dass André ihn prüfen wollte. Kurz dachte er daran, Breton zu brüskieren, weil er es hasste, geprüft zu werden, dann aber tat Max in den folgenden dreißig

Minuten etwas, das er selten tat: Er sprach in aller Ausführlichkeit. Über die Alchemie im weitesten Sinne. Über die Hochzeit von Sonne und Mond, aus der ein Kind, der Stein der Weisen, entstehen solle: Der berühmte Androgyn-Mythos sei für ihn, Max, mehr als ein Mythos, ja, er glaube daran, jene eine Frau zu finden, die für sein Leben von entscheidender Bedeutung sei, er glaube an die Verschmelzung zweier Menschen und daran, dass aus dieser Verschmelzung etwas entstehen könne, das weit mehr darstelle als das, was der einzelne Mensch allein je zu erleben und zu erschaffen in der Lage sei. Dazu bedürfe es einer starken Frau, einer mitreißenden Frau, einer Frau, die alle und jedes aushebeln und ver-rücken könne, eine verrückende, eine verrückte Frau, die zu ihm passe wie er zu ihr.

»Und das ist Gala?«

»Ich hoffe doch.«

Und Max sprach weiter: vom Weg der Initiation, von übersinnlichen Phänomenen, von Hornebom und dessen Tod im Gleichklang zur Geburt seiner Schwester, er sprach von Visionen und Halluzinationen, von Fieber- und Albträumen, vom Drang, der ihn antreibe, das zu tun, was er tue. Und damit, sagte er, meine er nicht das, was alle Welt *Kunst* nenne. Nein. Das Wort *Kunst* klinge, als rotze gerade jemand auf den Boden. Er wolle keine Kunst schaffen, er wolle erneuern. Er sehe sich nicht als Könner, als Meister oder Genie, sondern als jemand, der alles in Frage stelle, was man als gegeben ansehe. Ein Rebell gegen Etabliertes, Kanonisiertes, gegen die Macht der Gewohnheit. Dieser Dreiklang treibe ihn an: Erneuern. Verschmelzen. Fliegen. Das sei alles ein und dasselbe: Er wäre gern ein Vogel, der den lästigen Käfig seines Körpers abstreifen könnte. »Ich habe in Köln, vor etwa einem Jahr, einen Levitator beobachtet, André. Der konnte alles Mögliche in die Lüfte heben, zuletzt sogar sich selbst. Einfach so. Nur ein paar Zentimeter, aber immerhin. Ich habe lange mit ihm geredet, um herauszufinden, wie er das macht. Der Mann hat immer nur den Satz gesagt: ›Es gibt keinen festen Boden, es gibt keinen festen Boden, es gibt keinen festen Boden.‹ Bist du, André Breton, jetzt und hier bereit, mitten im Café, vor allen Gästen, das Experiment der Levitation mit mir, Max Ernst, zu versuchen, und zwar gemeinsam?«

André nickte berauscht, und die beiden sprangen sofort auf. Sie hielten sich an den Händen, riefen immer wieder laut vernehmlich: »Es gibt keinen festen Boden!«, und legten ihre ganze Kraft in die Sohlen, um von eben diesem festen Boden abzuheben. Es gelang ihnen nicht. Nach einer Weile setzten sie sich wieder. Und atmeten. Auf außerkörperliche Weise erschöpft.

»Kriegen wir noch zwei Milchkaffee?«, fragte André.

»Sehr wohl«, nickte der Kellner und entfernte sich.

Und dann warteten sie in silberner Stille.

11

»Ja, bitte?«

»Ich bin's!«

»Cécile? Komm doch rein. Kurz.«

»Bist du eigentlich ein richtiger Onkel, Max?«

»Nein.«

»Also ein Freund?«

»Ja.«

»Von Papa?«

»Von Papa und Mama.«

»Malst du gerne?«

»Ja.«

»Ich mal auch gerne.«

»Und jetzt willst du mir ein Bild von dir zeigen, Cécile?«

»Mhm.«

»Nicht heute. Ja? Geh zu deiner Mama.«

»Mama ist weg.«

»Wo ist sie hin?«

»Kleider kaufen.«

»Schau mal, Cécile. Ich will arbeiten.«

»Wie heißt das Bild da?«

»*Rendezvous der Freunde.*«

»Das sind aber viele Freunde.«

»Mhm.«

»Haben sie dir Portal gestanden?«

»Portal? *Porträt* gestanden, meinst du? Nein, nein. Das ist eine gemalte Collage. Ich habe Fotos verwendet und Bilder aus der Zeitschrift *La Nature* ... Das verstehst du noch nicht, Cécile.«

»Und das da? Ist das Mama?«

»Ja, das ist deine Mama: Gala.«

»Sie ist die einzige Frau auf dem Bild.«

»Das stimmt.«

»Und dann lauter Männer.«

»Ja.«

»Dann magst du die Mama?«

»Das hier ist dein Papa Paul. Und das hier André. Den kennst du doch, den André, oder?«

»Mhm. Und das bist du! Das seh ich!«

»Ja. Das bin ich.«

»Und wem sitzt du da auf dem Schoß?«

»Dostojewski.«

»Der ist doch schon tot.«

»Ja. Das ist ein ...«

»Den kenn ich. Von dem liest die Mama die Bücher.«

»Genau.«

»Später will ich auch Tostowesski lesen.«

»Ist noch ein bisschen früh. Schau mal, ich würde gern ...«

»Und die Hände? Warum sind die so komisch? Die ganzen Hände von den Leuten? So verbogen.«

»Sie sprechen Gebärdensprache.«

»Was ist das?«

»Wenn man nicht hören kann, muss man sich anders unterhalten. Das tun sie mit ihren Händen. Mit Zeichen.«

»Aber die Männer können doch hören.«

»Mhm.«

»Und du? Warum hast du zwei rechte Hände auf dem Bild?«

»Gut gesehen, Cécile. Besser zwei rechte als zwei linke, oder?«

»Ja, aber warum hast du ...?«

»Ich weiß nie, warum ich tue, was ich tue, wenn ich male.«

»Und warum bist du nicht bei Jimmy? Du hast doch auch ein

Kind? Jimmy heißt der. Hab ich gehört. Kommt der auch hierhin, nach Paris?«

»Nein.«

»Warum nicht? Magst du ihn nicht?«

»Doch, klar, natürlich.«

»Warum kommt der dann nicht? Mit seiner Mama?«

»Ist denn dein Papa Paul auch nicht da?«

»Nein.«

»Dann sind wir zwei allein?«

»Ja.«

»Das kann ich nicht glauben.«

»Bitte?«

»Nichts, nichts. Pass auf, wir gehen in dein Zimmer. Du zeigst mir dein Bild. Ich geb dir ein paar Tipps, okay? Und dann malst du weiter. Allein.«

»Ich kann auch hier malen, bei dir.«

»Ich brauche Ruhe zum Malen.«

»Ich bin ganz still.«

»Ich will allein sein, beim Malen.«

»Warum?«

»Nur wenn man allein ist, sieht man die Stimmen, die einen fühlen lassen, was man zu tun hat.«

»Was? Das verstehe ich nicht.«

»Ist nicht schlimm. Los geht's, Cécile.«

»Warum malst du denn überhaupt?«

»Das wüsste ich auch gerne.«

»Kommt der Jimmy bald mal zu Besuch?«

»Bestimmt irgendwann.«

»Kann ich mit dem spielen?«

»Mhm.«

»Ist der nett?«

»Ja. Komm, lass uns weitergehen, Cécile.«

»Vermisst du ihn?«
»Sehr. Nicht stehen bleiben.«
»Hast du ein Bild von ihm?«
»Ein Bild?«
»Ja, ein Foto?«
»Nein.«
»Kannst du ihn malen?«
»Nein, Cécile. Nein. Nicht jetzt. Ich ...«
»Später?«
»Später auch nicht. So. Wo ist das Bild, Cécile? Zeig es mir!«
»Hier. Ich hab's an die Wand gemalt.«
...
»Onkel Max?«
...
»Was starrst du denn so?«
...
»Schimpfst du mich jetzt?«
...
»Findest du es soooo schlimm?«
...
»Onkel Max?«
...
»Ist das hässlich?«
»Was sagst du, Cécile?«
»Ist das falsch, das Bild?«
»Nein, nein. Du hast es einfach an die Wand gemalt?«
»Nicht schimpfen bitte.«
»Nein, nein. Toll, Cécile, toll! Einfach an die Wand.«

12

Paul gewann zwar den Namenskampf gegen seinen Vater Clément, aber um sich dessen finanzieller Unterstützung zu versichern, ohne die für ihn (als erfolglosen Dichter) absolut nichts möglich wäre, musste er weiterhin dem Vater entsprechen und als »Angestellter«, wie Clément ihn maliziös nannte, in dessen Maklerbüro arbeiten. Paul erledigte die unangenehmen Dinge. Manchmal musste er im Büro einen armen Tropf abwimmeln, der Pacht oder Miete nicht zahlen konnte und dem ein Leben unter Brücken drohte. Nur selten blitzte heimliche Freude auf, wenn Paul zum Beispiel neue Straßen auf die Namen seiner Vorbilder taufte: Rue Baudelaire, Rue Jarry in Aubervilliers, Rue Apollinaire, Rue Nerval in Saint-Denis, aber das blieben nur kleine Fluchten. Die wichtigeren Dinge erledigte der Vater selber. Das Geschäft lief mehr als glänzend. Der clevere Clément scheffelte regelrecht Geld. Er kaufte ein Anwesen, samt Park und Teich. Auch Paul und Gala bekamen ihr eigenes Haus: und zwar in Eaubonne, zwanzig Minuten vom Bahnhof Ermont-Eaubonne entfernt, von dem man noch einmal eine halbe Stunde nach Paris fuhr. Das bezaubernde Haus lag friedlich in der Avenue Hennocque: Kastanien, Mammutbäume, ein Pavillon, das leicht erhöhte Erdgeschoss mit Küche, Salon, Esszimmer und zwei Kaminen, dazu neue Errungenschaften wie Telefon und Zentralheizung, im ersten Stock die Schlafzimmer und im zweiten Stock, ja, im zweiten Stock, da war Platz – für Max. Auch der musste weiter bei Paul wohnen, da gab es kein Vertun. Paul wollte ihn in seiner Nähe wissen, etwas anderes war undenkbar. Dieser Max-Frohsinn, der ansteckende Humor weckte eine

Leichtigkeit in Paul, die er so von sich nicht kannte. Und umgekehrt. Diese Lebensverzweiflung, die Paul mitunter offen zur Schau trug, sie musste irgendwo auch in Max begraben liegen: Denn sonst hätte kein Mensch solche Bilder malen können, wie Max sie malte. Paul hatte Max inzwischen richtige falsche Papiere besorgt, damit er in Paris Geld verdienen konnte. Unter dem Namen Jean Paris lebte Max. Mit Haut und Haar: Paris. Deutschland schien fern in diesen Tagen. Selten nur hörte Paul Telefongespräche: Lou, Jimmy, seine Mutter und Geschwister, Hans Arp. Nein. Max konzentrierte sich auf den Ort, an dem er lebte, auf die Menschen, mit denen er lebte. Von Tag zu Tag sprach er besser Französisch. Das war gut so. Paul hasste es, wenn Gala und Max sich auf Deutsch unterhielten, denn es keimte eine langsame Angst in Paul: Was wird werden, wenn Gala meinen Max irgendwann so sehr liebt, wie ich ihn liebe? Doch Paul wies dem Zweifel die Tür, er wollte Max endlich malen sehen, ließ eimerweise Farbe kommen und sah zu, wie Max – wohl inspiriert von Cécile – auf Leitern und Liegen das Haus mit Pinseln bezirzte, Wände bemalte, Türen, Decken, alles neu: Max sprengte die engen Leinwandgrenzen, mehr Platz, mehr Raum für das, was ans Licht wollte. Paul blickte auf, er blickte hoch zu Max, wenn dieser auf der Leiterliege dicht unter der Decke lag und malte. Und wenn Farbe auf Pauls Schultern tropfte, machte es ihm nichts aus.

Doch dieser Vaterberg Clément, der ließ sich nicht für dumm verkaufen. Seccomalerei? Ein lächerlicher Vorwand! Die Dorfbewohner lästerten schon. Und: Sexorgien vor den Augen seiner unschuldigen Enkelin Cécile? Das ging überhaupt nicht. Clément drohte Paul, den Lebensunterhalt zu kürzen, wenn jener Max Ernst noch länger bliebe. Paul war in jeder Form abhängig vom Mont Blanc: Er arbeitete für ihn, er wurde von ihm bezahlt, mehr noch, bezuschusst, denn Pauls Bücher hatten winzige Auflagen, dreihundert Stück der Gedichtchen, von denen sich kaum ein Exemplar verkaufte. Die Auseinandersetzungen mit dem Vater auf der einen Seite, und auf der anderen Seite das sich zuspitzende Drama dieser anfangs so lebenszündenden Liebe zu dritt. Hin und wieder zerdepperte Gala Geschirr und geiferte, ja, schon, das musste wohl raus, das gehörte zu ihrer Rolle als Diva, die sie so sehr liebte, sie war nun mal alles, nur keine Hausfrau, ihre Hände wirkten, als seien sie aus Porzellan geformt, nein, sie wollte Muse sein und bleiben, bloß keine Mutter, sie wollte umtanzt werden, umschwirrt, hofiert und geliebt, und Gala verbrachte den ganzen Tag mit dem Glanz ihres Äußeren und Inneren, auf dass ihr Reiz nicht erlösche und nicht die Lust der Männer, eine Frau wollte sie sein, von deren Lippen man die Wünsche pflückte. Doch legte sich langsam die Patina des Alltags auf das Leben zu dritt (durch Cécile ein Leben zu viert): Cécile ist raus auf die Straße, du solltest doch aufpassen! – Kannst du vielleicht *einmal* deinen Teller selber abräumen? – Ich will eine Haushälterin, sag Clément, das ist unerträglich, Paul. – Wo warst du die ganze Nacht? – Die Glühbirne ist jetzt seit zwei Wochen kaputt, denkst du, ich bin eine Katze? Und Paul wusste von Monat zu Monat immer weniger, was das alles sollte, vor allen Dingen, was er selber sollte, was er selber wollte. Er wurde immer mehr zum Schatten von Max, vier Jahre jünger als der große Bruder im Geiste, und was, wenn Paul irgendwann das dritte Rad am …? Auch die Sprache zerfiel in schiere Einzelteile, auch das Schreiben wurde dominiert von Max: Paul hatte noch in Köln Collagen von Max ausgewählt und sie in seinen Gedichtband eingefügt, eine beglückende Erfahrung, Pauls Worte schienen Flügel zu wachsen durch die Werke des Künstlers. Im Anschluss hatte er gar mit Max gemeinsam ein Buch verfasst mit dem Titel: *Les Malheurs des Immortels*, abwechselnd, jeder hatte einen Satz geschrieben. Was war er, Paul, noch ohne Max? Was waren seine Worte noch ohne Bilder und Worte von Max? *Die Unglücksfälle der Unsterblichen*: Wer war hier unglücklich, und wer würde unsterblich werden? Der Text mit dem Titel *Der flüchtling*: Wer von den beiden hatte den Satz geschrieben: *Er will sich lieber ertränken als unterschreiben*? Wer von ihnen: *Alles hat ihn verlassen – komfort, vergangenheit, glück und hoffnung*? Wer: *Das tau, das er mitschleppt, ist an keinen kahn gebunden*? Und wer hatte die Worte geschrieben: *Seine brust ist sein kopfkissen, seine äußerst übersüße verlassenheit wird ihn wecken*? Das Buch war im Jahr 1924 schon zwei Jahre alt, aber Paul hatte das Gefühl, als holten ihn die Sätze jetzt ein: Er floh öfter nach Paris, blieb bei anderen Frauen, ob gekauft oder verführt, er trank, er ließ sich gehen, er zog mit Kumpel Aragon los, doch das befriedigte ihn kaum, denn all die anderen Frauen waren: Nichtgala. Und Gala stand wie in der Mitte einer Waage. Auf deren Schalen: Paul und Max. Mehr und mehr geriet die Waage in Schieflage. Max machte sich schwerer, und Paul verlor an Gewicht: Sein Körper verlor an Gewicht, sein Geist verlor an Gewicht, seine Anwesenheit verlor an Gewicht, er konnte allmählich den Boden unter den Füßen nicht mehr erkennen, die Fresken des Malers überwucherten das Haus. Wohin man auch sah: Max und seine alles verschlingenden Imaginationen. Und ich? Wer bin ich denn noch? Und was will ich überhaupt, ich, ich, ich!?

Es war einfach nicht länger zu ertragen: nicht die quälende Abhängigkeit vom Vater, nicht die erniedrigende Arbeit als Angestellter im Maklerbüro, nicht die glühende Nähe zu Max, nicht das Abtreten seiner Frau an den Freund, auch nicht die Tochter Cécile, die von all dem, was um sie her geschah, immer überforderter schien. Und als Paul im auflandenden Frühling des Jahres 1924 von seinem Vater siebzehntausend Francs überreicht bekam, um sie zur Bank zu bringen – Paul hatte dem Vater nicht richtig zugehört, sondern nur erschrocken auf das dicke

Geldbündel gestarrt –, da ließ sich Paul vom Chauffeur in die Stadt fahren. Für den Rückweg, so Paul, wolle er die Bahn nehmen. Nachdem der Chauffeur verschwunden war, drehte Paul sich zur Bank um und wusste noch nicht, dass er das, was er jetzt tat, auch wirklich tun würde. Er näherte sich sogar noch dem Eingang der Bank, sah dann aber seinen Füßen zu, die sich selbständig machten und einfach so an der Bank vorbeigingen. Paul hatte keine Ahnung, wohin, er kam zufällig an einem Telegrafenamt vorbei, Rue de Vincennes, nur ein paar Hundert Meter von der Bank entfernt. Auch jetzt war es nicht Paul, der handelte, sondern ein nicht auszumerzendes Pflichtgefühl dem Vater gegenüber, das ihn ins Telegrafenamt treten ließ. Er hätte doch einfach so verschwinden oder sich *ertränken* können, ohne ein Wort, aber nein, er diktierte das Telegramm einem spitzbärtigen Beamten, der Paul immer mal wieder besorgt ansah, während er in die Tasten haute: »Mein lieber Vater, ich habe genug – ich fahre weg. Ich überlasse Dir alles, was ich Dir verdanke, nehme aber die Summe mit, die ich bei mir habe: 17 000 Francs. Hetze mir weder die Polizei noch einen Detektiv auf den Hals! Ich schlage jeden, der mich zu erwischen versucht, zusammen. Und das würde doch Deinem Namen sehr schaden. Verhalte Dich gegenüber Gala und Cécile so rücksichtsvoll wie möglich! Eugène.«

Und Paul verließ das Amt.

Auf wunderliche Weise befreit von einer Last.

Was dem Flüchtling blieb, war die Flucht mit dem Schiff.

Und die Tage glichen einander, und das Meer webte einen endlosen Teppich aus Langeweile, und Paul lag dort wie gelähmt. Er wusste nicht, was tun, und war froh, wenn er fliegende Fische beobachten konnte von Bord der Antinoüs aus, einem ehemaligen deutschen Kriegsschiff, an Frankreich als Teil der Reparationen abgetreten, zunächst zum Frachter umgebaut, dann zum Passagierdampfer, Pauls schipperndes Gefängnis auf dem Meer, Richtung Panama und Tahiti. Zwar zog es ihn fort von Max und fort von Gala, aber aus dem Kopf bekam er die beiden nicht. Und so schickte Paul Telegramme von unterwegs, an Gala, an Max: Wenn den beiden auch nur irgendetwas an mir liegt, dachte er, dann werden sie mir folgen, dann müssen sie mir folgen, dann wird alles sich klären. Und kurz vor Cristobal brach das Rad, eine Beinahkatastrophe, der Dampfer wurde abgeschleppt, man fuhr weiter nach Tahiti, und dort wohnte Paul im Hotel von Lovaina Chapman, berühmt für Küche und Mütterlichkeit, dennoch magerte er ab, denn er aß nicht mehr viel, und weiter, weiter, Richtung Neuseeland ging es, über Wellington reiste Paul, kalt war es dort, kaum zehn Grad, dann der Zwischenhalt in Makassar auf der Insel Celebes, Celebes, mein Gott, Celebes, sein erstes Bild von Max, *Der Elefant von Celebes*, wie lange war das jetzt her?

13

Mein geliebter Paul, ich schreibe, und wenn ich schreibe, dann immer nur an dich. Die Tage ähneln sich wie Gräber hier auf dem Schiff, die SS Paul Lecat nach Saigon, 17 Knoten Langsamkeit, 161 Meter Langeweile. Jetzt, wo nichts zu tun bleibt, als auf die Ankunft zu warten, nutze ich die Zeit, um mir klar zu werden über das, was geschieht und geschehen wird. Nicht für dich schreibe ich, sondern für mich. Ich bin deine Gala und werde es bleiben. Du musst dir keine Sorgen machen. Ich bin froh, dass du unsere Telegramme erhalten hast. Ich bin froh, dass du weißt: Wir kommen. Wir folgen dir nach. Keiner von uns will dich verlieren. Weder ich noch Max. Ich habe Angst gehabt, du könntest dir etwas antun. Ich knie jeden Tag vor dem Bild meiner Madonna und bete für dich. Ich kenne deinen Schmerz. Ich kann ihn fühlen. Auch in einer Entfernung von mehr als 9000 Meilen. Max aber ist ganz trübe Tristesse. Liegt auf seinem Liegestuhl und lässt sich von der Sonne den Bauch pinseln. Er malt nicht. Ist er so niedergeschlagen, weil er sich fragt, wie er je wieder malen soll ohne mich? Oder weil er all seine Bilder verkauft hat? Alles, was in den letzten Jahren entstanden ist, in Paris: Mutter Ey aus Düsseldorf hat ihm die Bilder abgenommen. Er hat darauf bestanden, dass er das Ticket für die Fahrt selber zahlt. Paul, ich habe, wie angekündigt, Bilder, Skulpturen aus deiner Sammlung zu Geld gemacht. Danke für deine telegrafische Vollmacht. Ich habe gut ausgewählt. Einige Picassos sind noch da. Der Wert seiner Bilder wird sich vervielfachen, glaub mir. Ich habe insgesamt 27 064 Francs erzielt. Für 61 Objekte. Darunter auch Trödel, auf einem Flohmarkt ergattert. Es hat keiner gemerkt. Ich habe deinem Vater die 17 000 Francs zurückgezahlt. Mit dem Rest des Geldes habe ich unsere Schulden beglichen und die Fahrkarte gelöst. Viel bleibt uns jetzt nicht mehr. Für die Rückfahrt reicht es kaum. Dein Vater hasst mich ganz offen, jetzt, wo du weg bist. Er gibt mir die Schuld an deinem Verschwinden, natürlich, mir und Max. Max. Genau. Max und ich wissen, dass diese Reise hier das Ende ist. Das Ende von uns beiden, von Galamax. Das Ende von uns dreien, von Galamaxpaul. Eine endlose Reise ins Ende hinein. Max und ich: Wir lieben uns gerade aus--einander. Wir lieben uns zu dir hin. Mir ist, als verblasse Max wie ein Holz in der Witterung der Zeit. Aber das stimmt nicht. Ich wünschte, es stimmte. Doch nur weil man schöne Worte wählt, wird eine Lüge nicht wahr. Ich weiß, was ich tun muss, um dich zu retten, Paul. Du hast Angst gehabt, ich könnte dich verlassen? Ich dachte, du kennst mich! Ich bringe dir Bücher mit. Lautréamont, Apollinaire, Malraux. Ich werde dir vorlesen, wenn ich in Saigon bin. Malraux' *Monde auf Papier*. So, wie wir uns immer vorgelesen haben. Gegenseitig. Gestern habe ich fliegende Rochen gesehen. Ich habe nicht gewusst, dass es so etwas gibt. Alle Passagiere standen an der Reling. Die großen, schwarzen Rochen sprangen in die Luft, in einer Entfernung von fünfzig Metern. Mir schien, als hätten all diese Rochen genug. Als wollten sie raus aus dem Wasser, aus ihrem Element. Als sehnten sie sich danach, fliegen zu können. Doch alle fielen nach wenigen Sekunden wieder plump in die Fluten. Ich bin in einer rechten Stimmung, in der ich alles symbolisch sehe. Wahrscheinlich hatten die Rochen nur Spaß an einem Bad in der Luft. Ein Fotograf hat verzweifelt versucht, den Flug der Rochen festzuhalten. Nur Max lag auf seiner Liege und regte sich nicht. Wenn das alles jetzt zu Ende geht, bin ich erleichtert. Im Grunde bin ich froh, dass du diesen Schritt getan hast, Paul. Es ist gut, dass wir neu anfangen. Aber, Paul, eines: Ich wünsche mir, dass ihr Freunde bleibt. Du und Max. Ich weiß, wie viel er dir bedeutet. ~~Wie sehr du ihn~~ Ich weiß, dass du ohne Max nicht leben magst. Ohne sein Lachen, seine Bilder~~, seine unerschöpfliche Kraft, von der wir beide getrunken gekostet die wir beide gespürt haben spüren~~. Nicht ich war die Mitte der Waage, wie du immer gedacht hast, nein, er war es. Nur weil er ausziehen wird, aus Eaubonne, heißt das nicht, dass eure Freundschaft jetzt enden muss. Das nicht. Ich sehe alles schon vor mir, Paul. Ich tue hier nichts anderes, als mir alles minutiös auszumalen. Alles, was geschehen wird. In Saigon. Ich sehe dich vor deiner schäbigen Hütte am Strand, Paul. Weil das Geld nicht mehr reicht für ein gescheites Hotel. Du stehst dort. Angstvoll wartend auf das, was kommt. Max und ich gehen auf dich zu, ich sehe, wie wir uns noch bei der Hand halten, Max und ich, Maxhand, Galahand, Malhand, Porzellanhand. Diese schwere, schwüle, tropisch-feuchte Hitze. Ich spüre sie auf meinen nackten Armen und Beinen. Ich trage nur einen knappen Rock und eine kurzärmelige Bluse von Duchardin. Ich gehe barfuß. Meine hohen Schuhe taugen nicht für Sand. Ich höre im Dschungel hinter deiner Hütte die Vögel und die Affen kreischen. Ich sehe, wie Max seine Hand endlich löst von meiner und wie er mich durch die Luft zu dir führt, Paul. Ich sehe, wie bunte, gefiederte Papierflieger den Himmel zerteilen, und du willst etwas rufen, Paul, aber ich lege dir den Zeigefinger auf die Lippen, denn für alles gibt es den rechten Augenblick, fürs Reden und fürs Schweigen. Du schließt die Augen und atmest mein Blanc de Coty ein. Ich werde es auftragen, wenn ich von Bord gehe, ja, ich habe, noch in Paris, eine neue große Flasche gekauft und mit den Büchern eingepackt, dazu den karmesinroten Lippenstift von Clauchadel, sündhaft teuer, aber ich will schön sein. Ich führe dich in die Hütte. Max aber geht schnell fort, er lässt uns allein, nachdem er dich begrüßt und sich zugleich von dir verabschiedet hat, ein

Abschiedsgruß, ein Begrüßungsabschied. Er will uns lassen, er lässt uns in der Hütte zurück, er verlässt uns in der Hütte zurück, alleinzuzweit. Ich weiß, dass es mir schwerfallen wird, ihn nicht mehr bei mir zu haben. ~~Ich weiß, dass dieser Verzicht ein Opfer sein wird, ein Opfer, das ich dir bringe, Paul, aber ich bringe es gern.~~ Auch wenn ich schon jetzt die Augenblicke mit Max vermisse: Als er mich malte, als er mein Foto abmalte, dort, als *Schöne Gärtnerin*, da sah ich ihm zu, ohne dass er es merkte, und ich spürte eine doppelte Sinnlichkeit, ich spürte seine schöpferisch-körperliche Lust, das Ineinanderfließen von Haut und Leinwand, von Bild und Foto und Gesicht meiner selbst, von … ach, Paul, mir sterben die Worte. Den Brief hier wirst du nicht erhalten, Paul, ich werde ihn – sobald er fertig ist – ins Meer werfen. Sollen die Fische ihn lesen. Die Rochen. ~~In ewiger Liebe, Gala. In nie enden wollender Liebe, Gala.~~ In Liebe, Deine Gala. PS: Und ich sehe, wie du glücklich auf deinem Futon in der Hütte liegst, und ich decke dich zu, mein kleiner Paul, und du schließt deine schweren Augen, während ich die Worte von Malraux lesen werde, diesen göttlichsten aller Buchtitel: *Monde auf Papier – Kleines Buch, in dem man die Beziehung von einigen den Menschen wenig bekannten Kämpfen findet sowie eine Reise zu den vertrauten, aber fremden Objekten …*

Und während Gala diese Worte las, neben Paul, in der Hütte in Saigon, floss die Dreierbeziehung leise ins Ende, Paul und Gala würden gemeinsam zurückkehren nach Paris, Max dagegen würde noch mondelang bleiben und ziellos durch Asien streunen. (Was keiner von ihnen wusste: In jenem Augenblick, da Gala ihrem Mann den wundersamen Titel des Malraux-Buches vorlas, befand sich eben jener André Malraux, der Dichter, der vom Dandy zum Abenteurer geworden war, ganz in ihrer Nähe: Er war in Phnom Penh zu drei Jahren Gefängnis verurteilt worden, denn der kunstversessene Malraux hatte aus der

Tempelanlage von Banteay Srei ein paar Reliefs gestohlen.) Und während Max – allein jetzt – mit dem dicken Zeh einen Vogel in den Sand malte und auf die eine wilde Welle wartete, die ihn wieder wegwischte, fand Paul allmählich zurück in die Wirklichkeit. Er fühlte sich frei. Er atmete durch. Er aß, schlief wieder besser. Und weil Paul und Gala zu wenig Geld hatten für die Rückfahrt, schickte Paul ein höchst versöhnliches Telegramm an den Vater Clément, verbunden mit der Bitte um Geld und Vergebung: »Saigon, 12. August 1924. Gala angekommen. Freue mich auf ein Wiedersehen und die Arbeit im Büro. Ihr wart nie der Grund für meinen Ausbruch. Antwortet telegrafisch. In Liebe. Grindel.«

14

Nach der Rückkehr holte Max seine Sachen aus dem Haus in Eaubonne, verabschiedete sich von Paul und Gala und bezog ein Zimmer in Paris. Er wusste nicht, wie es weitergehen sollte. Die Monate in Asien hatten ihm nicht gutgetan. Ein jäher, unverhoffter Kältesturz. Als hätte sich Max einen Virus eingefangen, einen hartnäckigen Virus, der wochenlang blieb. Angesteckt bei Paul vielleicht, ein Virus der Niedergeschlagenheit. Und jetzt? Max war allein und wieder auf der Suche: nach dieser einen Frau, die er brauchte, nach dieser neuen Idee, die ihn mitriss, nach dieser Lust, zurückzukehren ins Atelier mit Pinseln, Kleber, Farbe und dem Geruch von Terpentin. Aber da war nichts. Stattdessen fühlte Max etwas in sich keimen, das ihm fast unbekannt gewesen war bislang: Er hasste sich. Er hasste sich plötzlich dafür, seinen Sohn Jimmy zurückgelassen zu haben. Und Lou. Zwei Jahre zuvor. Er betrachtete das Relief *2 Kinder werden von einer Nachtigall bedroht*. Sein letztes Werk, das er fertiggestellt hatte vor der Reise nach Asien. Es schien ihm wie ein Abgesang auf alles, auf das Abendland, auf die Kunst, auf die Werte, auf die Kraft der Möglichkeiten, auf sich selbst, ein letzter Aufschrei des Künstlers vor dem Erlöschen. Was könnte nach diesem Relief noch kommen?

Nichts.

Nada.

Dada.

Gala.

Silentium.

Max wartete.

Vergebens.

Es herrschte Leere.

So fuhr Max nach Köln. Zu Lou und Jimmy. Ins alte Dada-Haus. Für ihn und Lou war es längst zu spät. Das wusste Max. Aber Jimmy? Sein Sohn? Doch in Köln kam sich Max wie ein Fremdkörper vor. Lou sah wirklich gut aus, frisch und gesund, das neue Leben schien ihr fabelhaft zu bekommen, der Erfolg und die vielen Veröffentlichungen in Zeitungen und Magazinen. Lou begrüßte Max mit Küsschen auf die Wangen, und schon kam Jimmy herein. Fünf Jahre alt? Max stand dort, knetete den Hut, neben sich der lächerliche Koffer, er hatte keine Ahnung, was er sagen sollte, er wusste nicht, dass er sich zu dem Kleinen hätte hinabbeugen müssen, um – auf Augenhöhe – dem Jungen die Angst zu nehmen vor dem gänzlich fremden Mann.

»Na, was macht die Schule, Jimmy?«, fragte Max von oben.

Jimmy sagte: »Ich bin noch gar nicht in der Schule.«

Max nickte. Ich mache alles falsch, dachte er.

Bald fanden Lou und Max eine Ecke Zeit, in der sie reden konnten.

In der Fabrik von Lous Vater arbeiteten jetzt mehr als hundert Leute. Nach dem Tod von Lous Mutter hatte ihr Vater wieder geheiratet. Er sei milder geworden, sagte Lou, er habe ihr sogar ihren Erbteil ausgezahlt. Viel Geld, für das sie sich ein Häuschen hätte kaufen können. »Aber am Tag als er es mir gab, hat es gerade noch für eine Straßenbahnfahrt gereicht. Zu spät. Das Geld war wertlos.«

»Und du, Lou?«

»Otto hat mir – sagen wir – geholfen. *Nachdem du abgehauen bist.* Es hat aber nicht lange gedauert. Liebe ist nur eine Religion. Ich bin längst ausgetreten. Ich mach's jetzt wie du: Mein Bett ist das Haus der offenen Tür. Aber für dich nicht, Max. Das ist was anderes. Das geht nicht mehr.«

»Du hattest doch eine Stelle? Als Sekretärin?«

»Ich bin entlassen worden.«

»Warum?«

»Wegen Unordentlichkeit.«

Max lachte, entschuldigte sich dann für sein Lachen.

»Das heißt: Du schreibst jetzt nur noch?«, fragte Max.

»Es ist schön, wenn man keinen Chef mehr hat. Keinen Mann, der einem sagen will, wo's langgeht.«

Max las jetzt Lous Artikel, aus der Zeitung getrennt und aufgeklebt, er nickte und murmelte hin und wieder ein paar bewundernde Worte.

»Das war kein Fehler«, sagte Lou irgendwann. »Dass du gegangen bist. Damals. Das war schon richtig so. Ich komme gut klar, Max. Aber Jimmy würde sich freuen, glaub ich, wenn er dich öfter sähe.«

Irgendwann schaute Max seine alten Gemälde durch, die er in Köln zurückgelassen hatte, vergessene, verstaubte Bilder, und Max wusste gar nicht mehr, wann genau er die Bilder gemalt hatte. Manchmal fehlte sogar ein Datum. Das war nie wichtig gewesen für ihn, dieses Datieren. Als hätte er, nach Beendigung eines Bildes, keine Zeit oder keine Lust mehr gehabt, auch noch die jämmerliche Jahreszahl draufzuklecksen, Beendigung eines Bildes, *Beerdigung* eines Bildes, nur ein einziger, belangloser Buchstabe Unterschied. Max verpackte die Bilder und legte sie für die Abholung bereit. Auch diese Bilder würde er an Mutter Ey verkaufen, für fünfzig Mark pro Stück. Das Geld würde er Lou geben: sein bescheidener Beitrag für die Unkosten der Scheidung, die alsbald anstand.

Als Max das letzte Bild verpacken wollte, hielt er inne. Er blickte auf die bemalte Leinwand, die Farben dort drangen nicht mehr zu ihm, doch Max bemerkte ein Zucken in den Fingern. Er klemmte sich das letzte Bild unter den Arm, ging zu Jimmy und fragte ihn, ob er Lust auf einen Spaziergang habe. Jimmy nickte. An der Hand des Vaters lief der Kleine nebenher. Der Weg führte zum benachbarten Atelier des alten Malerkumpels Anton Räderscheidt.

Max sagte zu Räderscheidt, er habe kurz vorbeischauen wollen mit seinem Sohn Jimmy. Räderscheidt kannte Jimmy gut und strich dem Fünfjährigen übers Haar: ein Kumpel des eigenen Sohns Johannes. Natürlich, klar, der hat meinen Jimmy schon oft gesehen, dachte Max, viel öfter als ich. Räderscheidt hatte sich inzwischen auf Aktbilder spezialisiert, recht mittelmäßig, fand Max, und Räderscheidt malte immer nur seine eigene Frau, wie langweilig, und dann auch noch auf Turngeräten wie Barren oder Pferd. Dennoch wippte Max jetzt wohlwollend an den Akten vorbei, die im Atelier standen oder hingen, und Max musste sich überwinden für die Worte: »Man sieht den Meister!«

Räderscheidt nickte, er sprach offensichtlich nicht mehr viel.

»Wollen wir Bilder tauschen?«, fragte Max.

Räderscheidt schien nicht überrascht.

»Dieses hier«, sagte Max lauernd, »gegen das, was ich unterm Arm trage?«

Räderscheidt schaute sich Max Ernsts Bild an.

Dann nickte er wieder, langsam und bauernhaft.

Und die Künstler vollzogen den Tausch.

Max kehrte mit Jimmy zurück, stellte das Räderscheidt-Bild auf eine Staffelei, legte die Pinsel zurecht und begann, das Bild des Kollegen zu übermalen. Jimmy stand daneben und verstand nicht, was geschah.

»Was machstu da?«, rief der Junge.

»Ich wollte mal wieder malen«, sagte Max.

»Hastu keine leere Weinwand?«, fragte Jimmy.

»Weinwand«, murmelte Max und lächelte trüb. Dann sagte er: »Nein. Leere Weinwände sind zu teuer.«

»Dann hastu gelogen! Dann findestu das Bild vom Räderscheidt gar nicht so schön?«

»Nicht wirklich.«

»Warum hastu nicht dein eigenes Bild übermalt?«

Max schaute kurz zu seinem Sohn und grunzte.

Dann malte er weiter.

Aber es wollte Max nichts gelingen. Striche und Flächen verkümmerten zur bloßen Wiederholung dessen, was er irgendwann schon mal gemalt hatte. Ein Abklatsch. Diese Angst, plötzlich alles verloren zu haben: Kraft, Originalität, Frische. Oder lag es an Jimmy? Der neben ihm stand und neugierig auf das blickte, was der Vater da tat? Doch Max wollte ihn nicht wegschicken. Er malte weiter, nur noch für seinen Sohn malte er, ein farbenfrohes, freundliches Bildchen, das überhaupt nicht zu seiner Stimmung passte, und Max beeilte sich, das Machwerk fertigzustellen.

»Darf ich das behalten?«, fragte Jimmy.

»Aber sicher, Junge. Und … Weißt du … Es tut mir leid. Dass ich damals … also, dass es nicht schöner geworden ist, das Bild.«

Drei Tage später traf Jimmy seinen Freund, Johannes Räderscheidt. Es gab einen nichtigen Kinderstreit. Jimmy rief seinem Freund hinterher: »Ätsch, mein Papa hat ein Bild von deinem Papa übermalt!«

Johannes aber rief zurück: »Ätsch, meiner auch!«

Doch Max bekam davon nichts mehr mit.

Denn er war schon wieder fort.

15

Monsieur Latour löffelte seine Fischsuppe. Er verbrachte jedes Jahr seinen Urlaub hier. In der Bretagne. In Pornic. In seinem geliebten Hôtel Saint-Gilles. Am Nebentisch saß wieder dieser merkwürdige Kauz. Wie hatte der Kellner ihn genannt? Monsieur Ernest? Ein Deutscher. Latour hätte ihn gern angesprochen. Der saß so still und einsam dort. Ein Eigenbrötler. Starrte nur vor sich hin. Die ganze Zeit. Nicht auf den Tisch, nein, auf den Boden. Ein hagerer Kerl. Latour hätte ihm zu gern gesagt: Essen Sie mal richtig! Sie müssen zu Kräften kommen! Still und allein saß Ernest dort, umrahmt vom Geplapper und Geklapper der Belanglosigkeit. Latour folgte dem Blick des Deutschen. Lag da etwas? Nein, nur der Holzboden, die üblichen Fasern, Astlöcher, Maserungen. Latour zuckte mit den Schultern und aß weiter. Draußen legten sich Regenfäden an die Fenster. Plötzlich ging ein Ruck durch den Mann am Nebentisch: Monsieur Ernest sprang auf. Und er rief irgendwas. Die Blicke der Leute flogen hin zu ihm. Latour verschüttete ein wenig von seiner Fischsuppe. Er hatte nicht verstanden, was Ernest gerufen hatte. Latour legte den Löffel weg. Monsieur Ernest aber drehte hastig seinen Menüzettel, schlug auf die weiße Rückseite, schnellte um die eigene Achse, Raubtier auf der Suche nach Beute. Sein Blick fiel auf den fetten Garçon. Der war stehen geblieben mit dem Tablett in der Hand. Latour musste schlucken. Denn Monsieur Ernest stürzte jetzt auf den Kellner zu. Ein paar Schritte nur. Dicht vor ihm blieb der Deutsche stehen. Er hob die Hand. Ein Schlag? Nein. Eine zärtliche Geste eher, mit der Monsieur Ernest seine linke Hand dem Kopf des Kellners näherte. Dem Ohr des

Kellners. Aber der Griff des Deutschen galt nicht dem Ohr, sondern zielte auf den Bleistiftstumpen, der hinterm Kellner-Ohr klemmte, der kleine Bleistift, den der Kellner immer über die Zunge strich, ehe er Bestellungen in seinen Abreißblock kritzelte. Monsieur Ernest flüsterte: »Darf ich?«, wartete aber nicht auf Antwort, sondern fiel mit Bleistift und Blatt sofort vor dem Kellner auf die Knie, als wolle er um Verzeihung bitten für den dubiosen Diebstahl, doch Monsieur Ernest hockte schon auf dem Boden, die Leute raunten, schauten aber neugierig zu, was der Deutsche da unten machte: Monsieur Ernest leckte den Bleistift ab, seine Hand flog übers Papier, das sich mit Flächenstrichen füllte. Latour reckte den Hals und blickte aufs Blatt: Unter den Bleistiftstrichen drückte sich der Holzboden durch, die Maserungen und Höhlen, Augen, Erhebungen und Versenkungen, und der Deutsche rief immer wieder »Ha!« und »Fantastisch!«, als er dort lag und den Boden abpauste, wie ein Kind es täte in seiner Einfältigkeit. Nachdem das Blatt sich mit dem Grau des Bleistifts gefüllt hatte, stand Ernest auf, kehrte zurück an seinen Tisch und verwandelte die Bleistiftwüste, wie Latour jetzt unverhohlen beobachtete, mit vorsichtigen Strichen in … in was? … in einen Vogel, der in einem Käfig aus Baumstämmen steckte und nach oben schaute, mit matten Augen. Ernest hielt die Skizze unters Licht, lachte, ließ sie fallen, sprang wieder hoch, näherte sich Monsieur Latour, schnappte sich dessen Menüzettel, und Latour rief: »Ich muss doch sehr bitten!«

Doch der Deutsche sagte: »Sehen Sie nicht die Möglichkeiten für die Kukukunst? Die radikale Gestaltungskraft des Zufalls!? Das Material der Welt neu befragen!? Blatt, Stift, Boden. Das Telegramm in Tirol! Mein Streit mit Gala. Jimmy, Lou! Sich die Hand führen lassen, ganz automatisch!? Von der Unterlage der Dinge!? Wer Augen hat zu sehen, der sehe. Wer nicht, der gehe!«

Latour schien jetzt zu begreifen, was hier geschah, denn er sagte zu den Gästen: »Messieurs dames, das ist ein Künstler!«

Die anderen nickten.

»Man kann sie erzwingen, die Inspiration«, rief Monsieur Ernest. »Auch beim Malen! Ein Kunstwerk hängt nicht von meinem Willen ab! Ich bin ein blinder Schwimmer!«

Als Ernest schon wieder – mit Latours Menüzettel – auf dem Boden lag, ließ Latour seine Hand an der Stirn drillern und fügte leise hinzu: »Sehen Sie, Messieurs dames, ein Künstler darf so was, da müssen wir nachsichtig sein. So ein Künstler«, und jetzt wisperte er nurmehr, um zu verhindern, dass Monsieur Ernest seine Worte hörte, »der ist oft nicht ganz beisammen. Verstehen Sie? Beisammen. Bei Sinnen. Bei Trost.«

MARIE-BERTHE

1

Die Tür zum Büro öffnete sich, ohne dass jemand geklopft hätte. Paul Éluard blickte auf. Herein kamen zwei Männer, einer auf dem Rücken des anderen: huckepack. Der Träger schwitzte und ließ den anderen behutsam auf einen Stuhl vor dem Schreibtisch gleiten. Von der Decke des Büros baumelte eine Frauenplastik, und an den Wänden hingen schreiende Bilder und eine Fotografie von Männern in Anzügen, die verzweifelt versuchten, ernst zu schauen, obwohl hinter den Augen gut erkennbar die Lust aufs Lachen lag.

»Kann ich Ihnen helfen?«, fragte Paul.

»Quinze, Rue de Grenelle?«, schnaubte der Mann, der soeben auf dem Stuhl abgesetzt worden war und jetzt in eigentümlicher Haltung vor dem Schreibtisch saß, die Füße angewinkelt und in die Luft gestreckt, als hätte er höchste Angst davor, mit seinen Sohlen den Boden zu berühren. Er schaute immer wieder zu seinem Träger, der sich teilnahmslos an die Wand neben der Tür zurückgezogen hatte, lakaienhaft wartend, als hätte er seine Schuldigkeit getan. »Das Büro für surrealistische Forschungen?«, sagte der Sitzende zu Paul. »Sie haben geöffnet?«

»Von halb fünf bis halb sieben«, entgegnete Paul.

»Darf ich?«, fragte der Mann, wartete aber die Antwort nicht ab, sondern legte die Füße gleich auf den Schreibtisch, einen über den anderen, sodass Paul sofort die Frauenporträts auf den Sohlen der Spectators-Schuhe sah, in schrillem Rot gemalt. »Dominique Chataigne«, sagte der Mann, er zog ein Taschentuch aus dem Jackett, tupfte sich Stirn und Wangen, dann die Lippen, zuletzt streckte er die Zunge heraus und stippte auch diese ab.

»Hunde hecheln«, sagte er, »sie schwitzen nicht, die Viecher.« Er sprach sehr nachdrücklich, ein klein wenig zu laut. »Sehen Sie: die Frauen, meine Frauen« – Chataigne hob den linken und den rechten Fuß mit den Frauenporträts –, »das da ist die Mutter, das da ist die Tante, die habe ich gemalt auf die Sohlen meiner Schuhe. Zum Schutz. Für mich.«

Paul machte eine Notiz.

»Es gibt so viele Menschen in Paris«, fuhr Chataigne fort. »Das pure Chaos. Wenn man zur Metro runtergeht, hat man kaum Platz, diese Menschen sind überall, dicht vor einem, schräg neben einem, wie Ameisen, und die Leute hinterlassen überall ihre Fußabdrücke. Die meisten sehen die Abdrücke nicht, ich aber sehe sie.« Chataigne blickte Paul jetzt scharf und deutlich an, wie um zu erkennen, was dort drinnen, hinter den Augen, gedacht wurde. »Ich sehe die Abdrücke«, sagte Chataigne. »Die Stapfen der anderen. Bei jedem Wetter. Nicht nur bei Regen, Schnee und Matsch, nein, auch wenn es staubtrocken ist. Ich darf unter keinen Umständen, wissen Sie, Monsieur Éluard, unter keinen Umständen darf ich einen meiner Füße auch nur ein einziges Mal exakt, direkt, genau in den Abdruck eines anderen Fußes setzen. Dann ist es vorbei. Sofort. Dann bin ich verloren.«

Paul notierte und schrieb mit, in Kürzelschrift, er wollte kein Wort verpassen, jede Nebensächlichkeit zählte, auch die Tatsache, dass Chataigne, während er sprach, öfters stockte, Sprechlücken aufriss, mitten im Satz, und dann plötzlich weitersprach, kaskadenhaft, einfach so.

»*Wenn* es aber passiert!«, rief Chataigne. »Nicht auszudenken! Wenn ich nur *ein Mal* meinen Fuß haargenau … nein … sohlengenau … aus Versehen … genau in den Fußstapfen eines anderen setze! Millimetergenau!« Chataigne schwieg, als wolle er Paul Zeit für eine Antwort geben, doch als Paul Luft holte, um etwas zu sagen, rief Chataigne: »*Das rastet ein!* Dann muss ich dem anderen folgen. Wenn das passiert, muss ich zwangsläufig auch mein ganzes restliches Leben in den Fußstapfen des anderen gehen! Ich muss genau so werden wie der, in dessen Fußstapfen ich einmal getreten bin. Ich muss genauso leben, wie mein Vor–Gänger! Ich muss ihm folgen, diesem Menschen, ich muss ihn beobachten, ihn belauschen, bei allem, was er tut, ich muss sein ganzes Leben trinken, ihm alles nachmachen, ich wäre verdammt, eine lächerliche Kopie des anderen zu werden, und alles nur, weil ich *ein Mal* auf einer Treppe oder in einem Metroschacht meinen Fuß in den Abdruck seines Fußes gestellt habe. Diese Treppen, diese Gänge, die wimmeln doch von Fußabdrücken. Kleine, große, schmale, breite! Das ist schwierig, *nicht* in einen solchen Abdruck zu treten, das grenzt schon auch an Akrobatik, Monsieur Éluard, wissen Sie, welche Verrenkungen und Sprünge ich machen muss, damit ich nicht in eine dieser Fußstapfen trete?« Chataigne schöpfte jetzt für eine Weile Luft. Dann fuhr er etwas beruhigter fort: »Deshalb habe ich meine Schuhe mit den Porträts meiner Mutter und meiner Tante bemalt. Damit ich mich zwinge, nicht mehr selber zu gehen, nicht mehr auf eigenen Füßen. Denn es ist klar: Wenn ich den Boden berühre mit diesen Sohlen ... mit Mama und Tantchen ... mit ihren Gesichtern da unten ... dann zerquetsche ich die beiden ja. Dann töte ich sie!« Chataigne schniefte laut. »Aber bald habe ich gemerkt: Ich kann die Schuhe jetzt gar nicht mehr ausziehen! *Nie mehr!* Tag und Nacht muss ich sie anbehalten, die Schuhe! Was denken Sie, was meine Mutter sagen würde, wenn ich ihr Gesicht einfach so von meinen Füßen streife, und erst meine Tante!? In der Wohnung benutze ich einen Rollstuhl. Draußen auch. Maurice hier trägt mich in die Gebäude, wenn ich mal irgendwo reinmuss. Das ist meine Geschichte, mein Schicksal, und noch etwas, Monsieur Éluard: Ich bin ...«

Jemand klopfte plötzlich an die Tür. Wild und heftig.

»Herein!«, rief Paul.

Ein rotbrauner, kurzer Schopf, darunter das Gesicht einer jungen Frau, kaum zwanzig Jahre alt. Paul rief: »Kommen Sie!« Die Frau betrat den Raum: Bob-Frisur, kein Hut, schlanke Beine in Spangenschuhen mit hohem, aber breitem Louis-XV-Absatz, knapper Rock, gepunktetes Leopard-Jäckchen, vorn offen, darunter eine enge Bluse, die Tasche in behandschuhten Händen. Von ihren Ohren baumelten viel zu große, schwarze Ohrringe, und ihre Zähne blitzten hell, sie hatte die Lippen leicht geöffnet. Sie begrüßte Paul mit einem spöttischen Knicks. Paul deutete einen Handkuss an. »Wie wunderbar!«, murmelte die junge Frau, zog die Handschuhe aus, tupfte sie in die Handtasche und sagte: »Ich suche meinen Bruder Jean.«

»Welchen Jean?«

»Den Filmemacher. Jean Aurenche. Der arbeitet doch hier.«

»Heute nicht.«

»Nein?«

»Dann sind Sie also seine Schwester? Marie-Berthe?«

»Ipso ito dito.«

Marie-Berthe lachte, und es hörte sich an, als klimperten Perlen in eine Karaffe. Paul fühlte sich mit einem Schlag seltsam verrückt in Gegenwart dieser jungen Frau.

»Störe ich?«, fragte Marie-Berthe den sitzenden Chataigne.

»Nicht im Geringsten«, sagte dieser und strahlte sie an.

Marie-Berthe lachte wieder und sagte: »Ich muss mich bei Ihnen entschuldigen, ich habe gelauscht.«

»Wie bitte?«, fragte Chataigne, jetzt hustete er.

»An der Tür. Konnte einfach nicht anders. Wollte schon klopfen. Dann Ihre Stimme. Habe alles mit angehört. Die Tür stand einen Spaltbreit offen. Seien Sie mir nicht böse. Es gibt eine Lösung für Ihr Problem. Eine einfache Lösung. Ich kann Ihnen helfen. Ich werde Ihnen helfen. Nur Geduld.« Marie-

Berthe schnipste zweimal in Richtung Fenster. »Haben Sie das gesehen?«

»Was denn?«

»Die Sonne ist um eine Winzigkeit heller geworden. Das tut sie immer, wenn ich mit den Fingern schnipse.«

»Jetzt, wo Sie es sagen!«, rief Monsieur Chataigne und starrte zum Fenster hinaus. »Sie haben recht!«

»Und Ihnen? Ihnen ist das auch aufgefallen?«, fragte Marie-Berthe und drehte sich zum Träger namens Maurice um, der immer noch an der Wand neben der Tür lehnte.

»Ich habe nicht den Hauch einer Meinung«, antwortete dieser gelangweilt.

»Darf ich Ihnen aus der Hand lesen?«, fragte Marie-Berthe.

Maurice schüttelte den Kopf.

»Paul?«

»Vielleicht heute Abend im Café de Flore?«, sagte dieser.

»Können wir machen«, sagte Marie-Berthe. »Ich werde da sein. Ich hab das gelernt, das Aus-der-Hand-Lesen. Von einer Freundin. Ich kann das.«

Monsieur Chataigne räusperte sich. »Wollen Sie vielleicht *mir* aus der Hand lesen?«

Marie-Berthes Lachen glitzerte durch den Raum. »Ihnen lese ich lieber aus dem Fuß, Monsieur ...«

Chataigne saß immer noch dort, linke Wade auf dem Schreibtisch, rechter Knöchel über dem anderen, seine Spectators glänzten frisch gewienert, sowohl die weißen Mittelteile als auch die dunkelbraunen Lederfersen und -spitzen. Und Marie-Berthe beugte sich jetzt zu ihm und flüsterte ihm etwas ins Ohr. Das dauerte. Das dauerte lange. Das dauerte sehr lange. Paul wusste nicht, was er tun sollte unterdessen. Er betrachtete die junge Frau, die sich so auf den Schreibtisch gesetzt und zu Chataigne gebeugt hatte, dass ihr rechtes Bein eine gerade Linie bildete zum

Boden und der knappe Rock die Rückseite des Oberschenkels freigab, die gut sichtbare Naht der kunstseidenen, blickdichten Strümpfe und den Ansatz des Strumpfhalters. Irgendwann nickte Chataigne und legte Marie-Berthe auffordernd die Hand an den Oberarm. Marie-Berthe bekreuzigte sich, schaute kurz zur Decke und löste die Schnürsenkel der Spectators, die aussahen wie ein nicht passendes, nachgekauftes Paar. Dann lüpfte sie den rechten Schuh mit pfropfendem Geräusch von der Socke, wedelte ein wenig mit der Linken vor ihrer Nase und lachte. Dasselbe geschah mit dem zweiten Schuh. Marie-Berthe verknüpfte jetzt die Schnürsenkel der beiden Spectators – vorsichtig darauf bedacht, dass die Sohlen nicht irgendetwas berührten –, und legte Chataigne die miteinander verbundenen Schuhe um den Hals.

»Ich danke Ihnen!«, sagte Chataigne.

»Keine Ursache!«, rief Marie-Berthe. »Das ist jetzt Ihre Stola!«

Sie ließ von Chataigne ab und trat dicht zu Paul, der immer noch ratlos neben dem Schreibtisch stand, sank vor ihm auf die Knie, blickte kurz hoch, beugte sich ganz nach unten, öffnete Pauls Schuhe und streifte sie ab, während Paul wie mechanisch das rechte und dann das linke Bein hob. Marie-Berthe reichte Chataigne Pauls Schuhe. Der hielt sie an seine bestrumpften Fußsohlen und zog sie an, während er immer wieder »Zu groß! Zu groß! Besser als zu klein!« rief, ehe er aufsprang, Paul und Marie-Berthe die Hand schüttelte und mit seinem Träger Maurice – der den leeren Rollstuhl schob – das Büro verließ, auf eigenen Füßen, in Pauls Schuhen, ein klein wenig wackelig, die Porträt-Spectators baumelten bei jedem Schritt gegen seine Brust, und von draußen erklang noch ein Ruf, Paul verstand irgendwas wie: »Vive la reine!«

2

Marie-Berthe setzte sich und nahm eine Zigarette entgegen.

»Wieso hat er sich von Ihnen die Schuhe ausziehen lassen?«, fragte Paul. »Was haben Sie ihm gesagt?«

»Die Wahrheit.« Marie-Berthe wurde schlagartig ernst. Es war, als wechsle sie ihre Miene wie einen Hut. Jetzt, mit den Rauchzwirbeln um ihren Kopf, sprach sie auch langsamer als zuvor. Ihre Stimme klang tiefer. Sie verlieh manchen ihrer Worte durch Gesten ein zusätzliches Gewicht. Und sie eröffnete Paul gleich im nächsten Satz, dass sie, Marie-Berthe, eines Tages Königin sein werde.

»Wie, ›Königin‹?«, fragte Paul, ebenfalls rauchend, hastig, als wolle er die Zigarette schnell ausdrücken, nur um sich eine neue anstecken zu können. Er hustete ab und an.

»Genau das habe ich Monsieur Chataigne gesagt«, fuhr Marie-Berthe fort. »Dass er vor seiner künftigen Königin sitzt. Und dass seine künftige Königin ja wohl das Recht haben sollte, einem ihrer künftigen Untertanen die Schuhe auszuziehen, eine Königin und nur eine Königin.«

»Was meinen Sie mit ›Königin‹?«, fragte Paul noch einmal.

Es gebe da diesen Brief, sagte Marie-Berthe. (Sie malte mit ihren Zeigefingern ein Rechteck in die Luft.) Einen geheimen Brief an einem geheimen Ort. Ihre Mutter habe sie, Marie-Berthe, ihr Leben lang auf den Thron vorbereitet. Ihr, Marie-Berthe, sei es bestimmt, Königin von Frankreich zu werden. (Marie-Berthe zeltete die Hände über ihrem Kopf.) Das beweise der geheime Brief am geheimen Ort, ein Brief, der nur darauf warte, endlich gefunden zu werden. Geschrieben sei der Brief von

Madame de M. (Marie-Berthe malte mit den Fingern ein M auf Pauls Schreibtisch), und sie, Marie-Berthe, stamme in direkter Linie ab vom König Louis XVI und werde, sobald man den Brief nur finde, die drei samtenen Stufen zum Thron ersteigen. Mit diesen Worten endete sie und drückte elegant die Zigarette aus.

»Und das haben Sie Monsieur Chataigne erzählt?«, fragte Paul.

»Ich erzähle es jedem. Damit alle es wissen. Selbst meine Lehrerin hat es gewusst. Im Pensionat. Auf Jersey: im Couvent des Oiseaux. Wenn mich jemand verspottet hat, sagte sie: Hören Sie auf zu lachen. Alle. Lachen Sie niemals über Marie-Berthe! Vor Ihnen steht die künftige Königin von Frankreich! Früher oder später wird Marie-Berthe über uns alle herrschen!«

Paul notierte eifrig.

»Was schreiben Sie denn da die ganze Zeit?«, fragte Marie-Berthe.

»Ich schreibe alles auf. Ich schreibe mit. Das ist unsere Aufgabe. Im Büro. In unserem neuen Büro.«

»Ich verstehe nicht.«

»Hier, unsere Papillons!«

Paul reichte Marie-Berthe einen Stapel Flugblätter.

»›Eltern, erzählt euren Kindern eure Träume!‹«, las Marie-Berthe. »›Ist der Surrealismus der Kommunismus der Genialität?‹ – ›Wenn ihr die Liebe liebt, werdet ihr auch den Surrealismus lieben.‹ – ›Kommt zu uns! 15, Rue de Grenelle, 7e arrondissement: Das Büro für surrealistische Forschung.‹ – ›Es lebe der Wahnsinn!‹ – ›Wir wollen eure verrücktesten Gedanken und Ideen!‹«

»Und genau die sammeln wir!«, sagte Paul. »Die Ideen! Die verrückten Ideen der Besucher. Eine Batterie gegen das Regime der entfesselten Vernunft! Sagt jedenfalls Louis. Louis Aragon. Haben Sie den schon mal kennengelernt?«

Marie-Berthe stand langsam auf. Sie wirkte bleich. »Ja, aber das ist doch kein Wahnsinn!«, flüsterte sie. »Das, was ich Ihnen erzählt habe, Paul. Das hat doch nichts mit Wahnsinn zu tun. Das sind doch keine Hirngespinste. Das ist doch nicht verrückt. Das ist doch keine Spinnerei. Nein, Paul. Das ist die Wahrheit. Sie glauben mir nicht? Sie halten mich für einen … Monsieur Chataigne? Der seine Schuhe nicht ausziehen kann? Ich bin kein Monsieur Chataigne. Ich bin Marie-Berthe Aurenche. La reine, la reine future.«

»Aber klar«, sagte Paul und nickte. »Natürlich.«

»Ich muss weiter!« Marie-Berthe Aurenche wirkte plötzlich nüchtern und erschöpft. Ohne Paul noch einmal anzusehen, ohne ihm die Hand zu reichen, verließ sie das Büro. Paul blickte ihr ratlos hinterher. Nach ein paar Sekunden öffnete sich noch einmal die Tür. Marie-Berthe streckte ihren Kopf herein, lachte plötzlich, als sei nichts gewesen. »Ach so«, rief sie. »Weswegen ich hier war: Sagen Sie meinem Bruder doch bitte, er solle morgen noch Kartoffeln mitbringen. Unbedingt die Kartoffeln vom Bauern Malle. Er weiß dann Bescheid. Danke. Bis heut Abend, Paul. Im Café de Flore.«

Damit verschwand sie endgültig. Paul blieb allein zurück. Er wählte mechanisch eine Nummer. Und es meldete sich Max.

»Was machst du gerade?«, fragte Paul.

»Ich liege auf dem Sofa.«

»Kannst du kommen? Ins Büro?«

»Warum?«

»Um mir ein Paar Schuhe vorbeizubringen.«

»Wie, ›Schuhe‹?«

»Frag nicht.«

»Welche Größe hast du?«

Paul schwieg. Dann sagte er mit seltsam trauriger Stimme: »Du weißt nicht, welche Schuhgröße ich habe?«

»Ist das schlimm?«

»Dreiundvierzig.«

»Ich habe vierundvierzig.«

»Das passt schon.«

»Aber«, sagte Max, »ich habe nur ein einziges Paar.«

Paul stockte. »Ist schon gut, Max«, flüsterte er. »Dann frage ich Louis.«

»Und? Was machst du heute Abend?«, sagte Max.

»Ich gehe ins Flore.«

»Dann sehen wir uns, Paul.«

Nachdem Paul aufgelegt hatte, betraten noch einige Besucher das Büro für surrealistische Forschungen. Ein Mann, der seine gekochten Frühstückseier mit Nagellack bestrich, um sie zu schützen gegen die Wirrnisse der Zeit. Eine Frau, die eine französische Fahne besaß und jeden Morgen zwei lächerliche Löcher in die Fahne knipste, mit einem Locher, wie sie sagte, und sie sei der festen Überzeugung, dass, sobald die Fahne restlos verschwunden sei, auch ihr eigenes Leben ende, ihr Lieblingsbuch heiße *La Peau de Chagrin*. Und ein alter, neunundsiebzigjähriger Urfranzose namens Luc Montroi, mit einem breiten, grauen Schnurrbart, grunzte in sein Taschentuch und sprach mit dem Akzent der alteingesessenen Pariser von einer prächtigen Sammlung, keine Bilder, keine Bücher, keine Briefmarken, nein, es handle sich um abgeschnittene Haare, Finger- und Fußnägel. Seit neunundvierzig Jahren sammle er in Kartons auf dem Speicher die eigenen Kopfhaare, die seine geliebte Gattin Mathilde ihm abschneide, sowie die eigenen Fuß- und Fingernägel, die er sich selber abschneide, und inzwischen besitze er siebzehn große Kartons insgesamt, alle mit Jahreszahlen beschriftet, und ob er, Monsieur Éluard, sich die Sammlung nicht einmal ansehen wolle, vielleicht am Ersten des nächsten Monats? »Und wenn Sie dann schon mal dort sind, Monsieur Éluard, könnten Sie mir nicht vielleicht gleich, als Gegenleistung für den Einblick in meine Sammlung, die Haare schneiden? Anstelle meiner Gattin Mathilde? Denn ich weiß nicht« – und Luc schaute plötzlich, als sei etwas in seiner Brust zerplatzt –, »ich weiß einfach nicht, wen ich bitten könnte, mir die Haare zu schneiden, jetzt, nach der Beerdigung, vergangenen Montag.«

3

Die selbst ernannten Surrealisten, die sich in Paris gesucht und gefunden hatten und sich den kurzen Dada-Hosen entwachsen fühlten, notierten all diese Verrücktheiten mit heiligem Ernst. Das waren keine Schrullen für sie, keine Ticks, keine Verschrobenheiten. Die Mitglieder der neuen Gruppe glaubten daran, dass in diesen Geschichten eine Wahrheit verborgen lag. Die Geschichten zielten auf einen geheimen Kern: Der Mensch wird nicht bestimmt durch die Helle des Denkens, sondern durch … ja … wodurch eigentlich? Man suchte, man durchsuchte, man durchsuchte den Menschen, Leibesvisitation, Geistesvisitation, die uneinsehbaren Stellen, die Rück- und Innenseiten, die Dunkelkammern, la folie. Aragon liebte das deutsche Wort *Wahnsinn*, denn in jedem Wahn liege ein Sinn, sagte er, und Max brachte ein Buch mit nach Paris, Hans Prinzhorns *Bildnerei der Geisteskranken* von 1922 mit Werken von Menschen, die ihre Arbeiten nicht für ein Publikum geschaffen hatten, sondern für sich selbst, Menschen, die nicht an Erfolg, Ruhm, Anerkennung, Verkauf dachten, weswegen sich niemand *einfühlen* konnte in diese Werke und dem Betrachter der Boden weggerissen wurde durch eine grausame Direktheit, es gab keine Chance zur Beurteilung, zur Bewertung, man war vor den Kopf, vor die Seele gestoßen.

André Breton und seine Freunde schickten Briefe an die Chefärzte all jener Einrichtungen, die man immer noch als *Irrenhäuser* bezeichnete. Diese »lebenslängliche Einkerkerung« von Menschen müsse aufhören. »Wir lassen es nicht zu, dass man die freie Entfaltung des Wahns behindert, der ebenso legitim und ebenso logisch ist wie jede andere Abfolge von menschlichen

Gedanken oder Handlungen.« Die Gespräche in den Cafés kreisten genau um dieses Thema. Jeder hatte etwas beizusteuern, Max, Paul, Louis Aragon, Robert Desnos, André Breton und eine Reihe anderer Lebenskünstler.

»Wie will unser Denken den Wahnsinn beurteilen? Nach Kriterien, die gar nicht dem Wahnsinn entsprechen?«

»Als würde man einem Elefanten sagen, er solle auf einen Baum klettern.«

»Der Vergleich hinkt.«

»Der Elefant auch.«

»Die Werke dieser Menschen atmen eine Ordnung …«

»… eine Ordnung, die von uns, den angeblich Gesunden, gar nicht durchschaut werden kann.«

»Eine Anti-Ordnung.«

»Eine Ordnung aus dem Chaos heraus!«

»Und jetzt? Sollen wir alle wahnsinnig werden? Um überhaupt etwas schaffen zu können?«

»Wir können den Wahnsinn nicht über die Vernunft stellen. Dann verlieren wir uns. Wir können den Wahnsinn der Vernunft *entgegen*setzen«, sagte Breton. »Im Krieg, damals, da gab es einen Soldaten. Hab ich das schon mal erzählt? Der ist aufgestanden. Einfach so. Mitten in einem Granatenhagel der Deutschen. Steht der auf. Im Schützengraben. Runter!, schreien wir ihn an. Runter! Aber der steht da. Schaut nach draußen. Schaut den Granaten nach. Mehr noch. Er klettert einfach raus. Raus aus dem Graben. Geht aufs Feld. Schlammig und zerpeitscht ist das Feld von den Geschossen. Als er da steht, der Kerl, auf dem Feld, da blickt er zum Himmel. Rechts und links, vor und hinter ihm detonieren die Granaten. Und er? Was tut er? Der Soldat? Er geht in die Knie. Wir denken zuerst, der will beten. Nein. Der will nicht beten. Der wühlt im Dreck. Findet einen Stock im schwarzen Boden. Er nimmt den Stock, säubert ihn, steht auf.

Und dann? Fängt er an zu dirigieren. Er dirigiert die fallenden Granaten. Wie ein gigantisches Orchester dirigiert er sie. Als trüge er einen Frack und keine Uniform. Nachdem es vorbei ist, verbeugt er sich nach allen Seiten, dann kehrt er zu uns zurück. Unversehrt! Er hat nicht mal eine Schramme abbekommen. Eigentlich unmöglich.«

»Ja und?«, fragte Aragon und nippte am Likör. »Was will der Große Guru damit sagen?«

»Ich will sagen: Welche Kraft liegt in dieser Handlung! Und in dieser Haltung!«, sagte Breton. »Seht ihr das nicht!? Ich habe den Mann später behandelt. Anfangs war er noch ganz klar. Er hat mir gesagt, der Krieg sei nichts als eine Täuschung, eine gigantische Täuschung. ›Warum?‹, hab ich gefragt. ›Das‹, hat er gesagt, ›das, was ich gesehen habe, das kann einfach nur eine Täuschung gewesen sein. Alles andere ist undenkbar‹, hat er gesagt. ›Stellen Sie sich vor, das wäre echt?‹, hat er gesagt. ›Da müsste man sofort verrückt werden, oder nicht?‹ Das hat er gesagt, er, der Soldat, und gelacht hat er. Der verrückt gewordene Soldat. Das war so überzeugend, dass ich selber kurz geglaubt habe: Es stimmt. Er hat recht. Der Krieg ist eine einzige Täuschung.«

»Und? Wie ging es weiter?«

»Der Soldat ist immer stiller geworden. Er war nicht mehr ansprechbar irgendwann. Sein Blick drang nicht mehr durch die Augen. Wanderte aus: nach innen. Aber er wollte das so. Er wollte nicht mehr in einer Welt leben, die ihn so täuschte. Er wollte allein sein. Mit sich. Es war seine freie Entscheidung. Für das Innere, gegen das Äußere.«

»Du willst sagen: Diese Freiheit haben wir auch?«

»Ja. Das Gegenteil des Hamsterrades unserer täglichen Absichten.«

»Und das ist …?«

»Das Herumstreifen. In uns selbst. Dahin muss ein Künstler

kommen. Verzicht auf Kontrolle. Sozusagen zeitweise wahnsinnig werden. Sich in jenen Zustand bringen, ohne sich selber komplett aufzugeben.«

»Wie soll das gehen?«

»Her mit dem Spontanen, dem Ungefilterten, dem Unzensierten, her mit all dem, das frei aus dem Menschen steigt.«

»Und wie konkret?«

»Das automatische Schreiben.«

»Eine Brücke zu dem, was ans Licht will.«

»Schreiben, ohne dass der Stift eine einzige Sekunde ruht.«

»Aber was sollen wir schreiben? Worüber?«

»Ihr sollt nichts sollen! In jedem Sollen liegt schon Zensur! Schreibt ruhig in Fetzen, Wörtern, Buchstaben! Egal. Was herauskommt, ist das, was herauskommt.«

Ja, es ging den Männern um das Ungestaltete, das Grobe, das nicht durch die Mühle des Geschmacks Gelaufene, das Schmutzige, Hässliche, das nicht vom Dichterkopf Gesäuberte, das Anale, nicht das Zerebrale, das Spontane, nicht das Durchdachte, die freien Assoziationen, nicht die gefesselten Konstruktionen, nieder mit dem Blick von außen, Krieg der Konvention und *En garde* der Erwartung, reißt sie herunter, die Grenzen der Borniertheit und der Enge, die Masken des Wohlfeilen, wir wollen Wirkung durch das Unmittelbare, keine Effekte durch die eisige Hand einer wie auch immer gearteten künstlerischen Gestaltung. So wenig Kontrolle wie nötig, so viel Zufall wie möglich. Nicht nur das automatische Schreiben und Zeichnen, auch der Brückenschlag von Dingen, die nichts miteinander zu tun haben: »Die zufällige Begegnung von Nähmaschine und Regenschirm auf einem Seziertisch«, lautete ein Ausspruch ihres Vorbilds Lautréamont. Die Verschmelzung von Dingen, Menschen, Geisteshaltungen. Eine scheinbar festgefahrene Wirklichkeit kommt unter die Räder einer anderen scheinbar festgefahrenen

Wirklichkeit. Aus diesem Unfall entsteht die Magie des Überraschenden. Der Surrealismus sollte in Bewegung bleiben, sich ständig wandeln und erneuern, er sollte seine Kanten nicht schmirgeln und stattdessen den Selbst-Widerspruch als höchste Tugend feiern. Der locker stampfende Nabelpflug eines Gerstenschweins muss durch die Innenhaut des Geharkten tief in die Linien dessen sich fräsen, was äsende Rehe an der Rahe eines Schiffs zu erturnen suchen, ohne den Klabautermann der Elfen ins Wachsein zu rütteln. So und nicht anders.

»Und dann stehen lassen. Das Rätseln beenden.«

»Nein. Das Rätseln gar nicht erst beginnen.«

»Nur lesen, hören, schauen, staunen.«

»Drei Sekunden!«, rief ein junger Mann namens Buñuel.

»Drei Sekunden?«

»Wenn du ein Bild hast für einen Film, musst du nach drei Sekunden Ja oder Nein sagen zu der Idee. Zu dem Bild. Nach drei Sekunden setzt der Verstand ein. Dann ist es zu spät.«

»Die Worte auf den Ohren zergehen lassen.«

»Die Bilder auf der Zunge.«

»Es geht nicht um die Stimmigkeit, sondern um das Stören der Stimmigkeit.«

»So etwas zu schaffen«, sagte André, »gelingt nur im Zustand der Raserei, des Rausches, des Furors, der Konvulsion, der Zuckung. Nur im explosiven *Ausbruch* kann so etwas wie Schönheit liegen!«

Alle schwiegen.

»Oh«, sagte Breton, »den Satz muss ich mir merken.«

»Ach«, seufzte Paul. »Das kriegst du noch besser hin, André.«

»Die Schönheit wird konvulsiv sein oder nicht sein?«

»So was in der Art«, murmelte Aragon.

Breton vergaß kurz sein Spontaneitätsgebot und kritzelte den Satz – wer weiß, wofür? – auf einen Zettel.

4

Das Hohelied der Spontaneität befeuerte nicht nur die Kunst, sondern auch das Leben im Ganzen. Max betrat am Abend das Café de Flore und setzte sich an den Tisch. Louis saß schon dort. Paul erzählte jetzt die Geschichte mit Marie-Berthe, Max hörte zu, versonnen, er sagte kein Wort, trank wenig, und irgendwann schaute er unter den Tisch, ja, Paul trug ein Paar Schuhe von Louis.

»Passen die etwa?«, fragte Max.

»Drücken ein bisschen.«

»Er wandelt in den Schuhen des Herrn«, sagte Aragon, und dann sprach er über etwas, das ihm offensichtlich sehr auf dem Herzen lag: die neuen, allem Anschein nach kunstseidenen Büstenhalter des Modeschöpfers Poiret, die er in einem Schaufenster gesehen hatte. »Ich bin da eine Stunde lang vor stehen geblieben«, sagte er. »Obwohl die Frauen Schaufensterpuppen waren. Ich weiß auch nicht, was mit mir los ist. Kann ich noch einen Marc haben?« Jetzt drehte sich das Gespräch um die Vor- und Nachteile von Büstenhaltern im Allgemeinen. Max langweilte sich, er schwieg, trank Likör, Wasser, nippte am Wein und brach ein Pain au chocolat entzwei, ließ es liegen und floh irgendwann zur Toilette. Das tat er manchmal, einfach so, nur, um dem ratternden Gespräch zu entkommen. Er versperrte die Kabine, ein paar Minuten Stille würden ihm guttun, er setzte sich auf den Deckel, studierte die Klosprüche, nichts Neues. *Tout est relatif (Alles ist relativ)*, stand da immer noch. Daneben: *Le trou est relatif (Das Loch ist relativ)*. Darunter auf Deutsch: *Alles ist relativ tief.* Ein durchbohrtes Herz. *I love Kiki*. Und so weiter. Aber nein, nichts Neues. Max nahm einen Stift aus der Tasche und schrieb auf Deutsch: *Das Leben ist …* Ihm fiel nichts ein, was das Leben sein könnte. Er zog einen langen Strich und hoffte, dass irgendwer für ihn eine Antwort fände.

Als Max die Toilette verließ, saß dort hinten, an seinem Tisch, eine junge Frau, im Gespräch mit Louis und Paul, die Stirn zu ihm gerichtet, aber sie bemerkte ihn nicht, während sie mit Paul und Louis redete und beim Reden mitunter wild fuchtelte. Max hatte einige Übung im Entziffern von Gebärden aus der Entfernung, hier aber verstand er kein Wort dieser Gesten und wurde immer neugieriger. Noch hielt er die Tür zur Toilette in der Hand. Max kannte eigentlich jeden, der im Café de Flore verkehrte, immer dieselben Leute, dieselben Gesichter, das Café der Surrealisten und Lotterlebenskünstler, die sich hier trafen, in ihren freien Minuten, weil sie sonst nichts zu tun hatten und Inspiration suchten. Denn jeder kann inspiriert werden, jeder ist ein möglicher Künstler, und die Begegnung mit anderen ist alles. Im Grunde hielt das Café de Flore die Gruppe zusammen, das Café de Flore, auch mal die Certâ, natürlich Le Petit Grillon, das Cyrano oder die Closeries des Lilas auf dem Boulevard Montparnasse. Das Café war mehr als ein Ort: weiß bejackte Kellner, blitzende Kaffeemaschinen, aus denen warmer Duft und kaltes Röcheln drang, Spiegel an den Wänden, Tischchen mit karierten Tischdecken, wackelige Korbstühle mit geflochtenen Lehnen drinnen und draußen, die Marquisen über dem Trottoir, das permanente bric-à-brac der Gespräche, klackernde Frauenabsätze, Strohhüte an den Wänden, das gelbbraune Sonnenlicht, das durch die Fensterwände auf den Holzboden fiel, der Patron, der sich alles ansah hinter der Theke und zugleich den Zipfel eines rot-weißen Handtuchs in Gläser stopfte und sie hin und wieder gegen das Licht hielt, um zu prüfen, ob noch Reste von Staub oder Fingerabdrücke zu sehen wären: Max fühlte sich hier mehr als zu Hause.

Jetzt ließ er los, und die Tür zur Toilette fiel hinter ihm ins Schloss. Er spürte den Lufthauch im Nacken, Härchen stellten sich auf. Das also musste sie sein: Marie-Berthe Aurenche, von der Paul vorhin gesprochen hatte. Sie wirkte wie ein Magnet auf Max, und er ging einen Schritt Richtung Tisch, hielt inne, betrachtete die Frau. Sie lachte gerade laut auf und warf den Kopf in den Nacken. In diesem Lachen lag etwas, das Max überhaupt nicht verstand und das ihn selber zum Lachen brachte, innerlich. Und Max wartete nicht mehr. Es lebe die Spontaneität. Seine Schuhe glitten lautlos über den Holzboden, niemand konnte ihn hören. Als Marie-Berthe ihn sah, stand sie stramm auf, fast wie ein Soldat, eine Locke in der Stirn, die Augen geradeaus, zu Max, der Mund offen, als sähe sie ein Gespenst. Und Max? Er ging weiter, kam näher, ließ Marie-Berthe nicht aus den Augen, quetschte sich zwischen die Lehnen der Stühle von Paul und Louis, die von unten zu ihm hochschauten, umhüllt vom Rauch ihrer Zigaretten. Max ballte die Hände zu Fäusten und stützte sie auf die Tischplatte, fast wie ein Orang-Utan, er beugte sich vor und sagte einfach: »Wir zwei also?«

»Ja«, antwortete Marie-Berthe sofort, fest und klar, scheinbar nicht im Geringsten überrascht.

»Wollen wir zusammen leben?«, fragte Max.

»Ab wann?«, fragte Marie-Berthe zurück, und ihre Frage klang wie die Frage einer Sekretärin, die einen Termin vereinbaren will.

»Ab sofort?«, rief Max.

»D'accord«, sagte Marie-Berthe und zwinkerte nicht. Auch sie ballte jetzt ihre Fäuste und stützte sie auf den Tisch. Langsam beugten sich zwei Oberkörper zueinander hin, Münder trafen sich, Max und Marie-Berthe kletterten jetzt, ohne die Lippen zu trennen, auf den wackeligen Tisch, dessen Platte nicht größer war als ein Serviertablett, sie knieten dort und schoben ihre Oberkörper zusammen, nahmen endlich die Hände zu Hilfe, krallten sich aneinander fest. Und ließen sich nicht mehr los.

»Mein Gott«, seufzte Paul und verdrehte die Augen.

Louis Aragon schnaufte leise: »Warum kriegt dieser deutsche Pinsel immer die hübschesten Frauen?«

Max und Marie-Berthe verbrachten die nächsten Tage wie hinter Glas. Sie verloren den Blick für die Welt um sie her und bekamen gar nicht mehr mit, was dort draußen geschah. Doch schon zwei Wochen nach der »Besteigung des Tisches«, wie Paul und Louis die Szene zwischen Max und Marie-Berthe getauft hatten, hob sich der Vorhang und eine Schmierenkomödie nahm ihren Lauf. Zuerst klingelte das Telefon im Café de Flore. Ein sonniger Nachmittag, träge Luft lag auf den Straßen, niemand hatte Lust, irgendetwas zu machen. Der Patron legte sein Handtuch weg. Verdammtes Telefon! Er nahm den schwarzen Hörer von der Wand und sprach, fragte nach, legte auf, lief zum Tisch, an dem Marie-Berthe und Max sich immer noch oder schon wieder anstarrten, während Paul neben ihnen saß, Zeitung las und dachte: Was ist schon die Zeit gegenüber dem permanenten Blitzschlag einer verrückten Liebe? Wie entsteht Kunst? »Eine Lokomotive in voller Fahrt, die über Jahre hin dem Delirium des Urwalds überlassen wäre.« Wer hat das noch mal gesagt? André? Auf jeden Fall entsteht so auch die Liebe.

»Marie-Berthes Vater!«, sagte der Patron zu Paul und deutete mit den Augen zu Marie-Berthe. »Er kommt.«

»Sagt wer?«, fragte Paul und knickte die Zeitung.

»Jean. Ihr Bruder. Er sagt, ich solle Sie warnen.«

»Wann wird er kommen?«

»Er müsste gleich da sein.«

Paul zog Max und Marie-Berthe von ihren Plätzen, brachte sie zu einem Nebenausgang, drückte Max ein bisschen Geld in die Hand und kehrte zurück in den Gastraum. Er fand gerade noch Zeit, sich hinzusetzen, als schon die Tür aufgerissen wurde. Marie-Berthes Vater stolperte vor Zorn, als er das Café de Flore betrat, auf der Suche nach seiner entehrten, verführten Tochter und nach dem Rüpel Max Ernst. Im Schlepptau des Vaters befanden sich zwei Polizisten in Uniform. Paul sprang auf und drehte sich einmal um sich selbst, er tat, als suche er einen Fluchtweg.

»Halt!«, rief der Vater zu Paul.

»Immer diese Väter«, murmelte Max im Nebenausgang.

Der Vater: »Ich suche einen Monsieur Max Ernst.«

Und Paul Éluard: »Meinen Sie mich?«

»Sie sind verhaftet.«

»Weswegen?«

»Wegen Entführung meiner Tochter. Wo ist sie?«

Paul zuckte nicht. »Entführt halt«, sagte er.

Und ließ sich willig fortbringen.

Erst auf dem Revier klärte er alles auf.

»Ein Missverständnis«, wie er sagte.

»Ein mieser Trick!«, wie der Vater rief.

Währenddessen waren Max und Marie-Berthe schon auf der Flucht. Aber auch Max kannte sich aus mit der Wut der Väter, und so schrieb er an den Vater von Marie-Berthe, er brauche sich keine Sorgen zu machen, er, Max Ernst, werde seine Tochter heiraten, und zwar mit einem Maiglöckchenstrauß.

Und das tat er dann auch.

Nur wenig später.

5

Marie-Berthe Aurenche glaubte an Gottvater, seinen eingeborenen Sohn Jesus Christus, den Heiligen Geist, die Jungfrau Maria und daran, dass es für sie absolut unvorstellbar wäre, je wieder ohne Max zu leben. Nicht nach diesem ersten Treffen. Nicht nach dieser spontanen Endgültigkeit. Nicht nach dieser Holterdiepolterhochzeit. Und vor allen Dingen nicht nach diesen sagenhaften Nächten, in denen Marie-Berthes neu entdeckte Lust sich in kürzester Zeit zur Sucht mauserte. Sie hatte nicht die Absicht, darauf je wieder zu verzichten, und sie wollte, nein, sie musste, nein, sie würde alles dafür tun, Max nicht zu verlieren, nie, niemals, nein. Verlöre sie ihn, wäre alles vorbei. Davon war Marie-Berthe überzeugt. Nicht nur das Leben an seiner Seite wäre vorbei, sondern auch ihr eigenes Leben, und zwar unwiderruflich. Es gab überhaupt kein einzelnes, eigenes Leben mehr für sie. Schon nach ein paar Wochen wusste sie gar nicht mehr, wie ein Tag ohne Max aussah. Wenn er unterwegs war und für sie nicht greifbar, dann *dachte* sie die ganze Zeit an ihn und klammerte sich an jede einzelne Erinnerung, die sich so prächtig aufhübschen ließ. Die Vorstellung einer maxlosen Marie-Berthe hatte sich wie eine müde Geste verflüchtigt. Max ist mein Atem, mein Sinn, mein Trachten, mein Verstand und mein Rückgrat: Nimmt man ihn mir, so sink ich ins Nichts.

Doch sah Marie-Berthe ein Problem: Ihr Mann hatte bereits mit Mitte dreißig unzählige Liebeserfahrungen gemacht, eine Ehe mit Lou, ein Ménage-à-trois mit der erotischen Gala, und nebenher Hunderte von Frauen, so kursierten die Gerüchte. Und

Marie-Berthe? An Möglichkeiten hätte es ihr nicht gemangelt. Bei *dem* Aussehen. Bei *der* Figur. Trotz ihrer erst einundzwanzig Jahre. Aber sie war keusch geblieben wie eine Schnecke. Dieser verdammte verklemmte Katholizismus. War das nicht ein entsetzlicher Makel? So ganz ohne Erfahrung in dieser Hinsicht? Ohne Wissen, ja ohne die geringste Fantasie? Sie hätte nicht mal sagen können, ob Max überhaupt Gefallen fand an den Nächten mit ihr. Sie selber tat ja gar nichts. Sie ließ sich herumwirbeln, sie folgte den Händen des Meisters, eine menschliche Klaviatur: Zwar gab sie schöne Töne von sich, aber sie wurde nur gespielt, sie spielte nicht selber. Wie auch? In der Klosterschule hatte sie alles Mögliche gelernt, von Ergebenheit über Sittsamkeit, Handarbeit, Malen, Rechnen und Hauswirtschaftslehre bis hin zur Geometrie, aber das Spiel-mit-Männern hatte nicht auf dem Lehrplan gestanden. Würde Max nicht bald schon die Lust auf sie verlieren? Würde er nicht bald durchschauen, wie aufgesetzt ihr Selbstbewusstsein war? Könnte sie es ihm überhaupt verübeln? Also gut, dachte Marie-Berthe in der ihr eigenen Logik: Wenn ich wissen will, wie man ein Haus baut, gehe ich zu einem Zimmermann; wenn ich wissen will, wie man einen Tisch eindeckt, gehe ich zu einem Ober; wenn ich wissen will, wie man einen Mann beglückt, gehe ich zu einer Käuflichen.

Genau das tat Marie-Berthe: Sie betrat das Zimmer eines Bordells und drückte der schwarzhaarigen, zierlichen und nur mit dem Nötigsten bekleideten Frau – vor der Tür klebte ein Schild mit dem Namen Claire – diskret zwei Scheine in die Hand.

»Wofür das jetzt?«, fragte Claire und schloss die Tür.

»Damit Sie mir alles zeigen, was Sie kennen und können und über die Männer wissen.«

»Zeigen?«, fragte Claire und ließ die Scheine schnell in einem Kästchen verschwinden.

»Ich meine: erzählen.«

»Heilige Maria Mutter Gottes«, seufzte Claire, »warst du eine Klosterschülerin?«

Marie-Berthe nahm Platz auf einem Bett mit fleckigem, nachtblauem Laken, in einer schummrigen Stube mit Kerzen, Lampe, Läufer, Schrank, Spiegel, Waschtisch, Schüssel, Lappen und Handtuch. An diesem Nachmittag brachte Marie-Berthe – rein theoretisch – in Erfahrung, was ein Mann unter Umständen begehrenswert finden und was genau eine Frau tun könnte, um seine Erregung zu steigern. In den Anus? Und tut das nicht weh? Mit Vaseline? Hast du so was hier? Darf ich das mal sehen? Was meinst du mit ›schlucken‹? Also runter? So richtig runter? Kann man das nicht ausspucken? Wie schmeckt das denn?

»Keine Ahnung«, sagte Claire. »Kannste nicht schlucken, ohne zu schmecken? Musste dir irgendwie innerlich die Nase zuhalten.«

»Innerlich die Nase ...?«

»Ich stell mir immer vor, es wäre Kartoffelpüree.«

Als es nach einiger Zeit klopfte und ein Mann den Raum betrat und fragte, ob sie *beide* frei seien, sprang Marie-Berthe auf und hätte beinah »Ja!« gerufen, nur um ein einziges Mal zu erleben, wie eine Prostituierte sich fühlte, aber sie lief schnell am Freier vorbei aus dem Raum, suchte die nächste Kirche auf, zündete drei Kerzen an und betete ein Gesätz vom Rosenkranz.

Diese Angst, Max zu verlieren, führte dazu, dass Marie-Berthe – so gut es ging – ständig in der Nähe ihres Mannes bleiben wollte. Wenn sie im Café saßen und irgendeine lose Bekannte oder Schwester oder Cousine irgendeines dieser Künstler hereinkam, mit hohen Schuhen und einem Büstenhalter, der die Brüste nach oben quetschte, bemerkte Marie-Berthe sofort den Bienenflug der Blicke zwischen Max und dieser Madame de Joli Visage. Marie-Berthes Augen vereisten zu glitzerndem Schwarz. Sie wartete auf eine Gelegenheit und folgte der Frau auf die

Toilette. Beim Händewaschen am Becken flötete Marie-Berthe: »Also, meine Liebe, Ihre Bluse, das ist ja der letzte Schrei, woher haben Sie die? Lassen Sie mich raten. Von Chaclan? Nein? Poiret? Wusste ich's doch. Muss ich auch mal wieder hin. Und diese Schuhclips, nein, also frivol, aber nicht zu aufreizend. Ach so, ja, und Sie sollten Ihren Tee unbedingt mit Zitrone verfeinern. Was? Zitrone ist aus? Nein, so was. Hab ich gar nicht gewusst. Hier, nehmen Sie das Handtuch, Sie haben schöne Hände, Madame, und wenn Sie Ihre wunderbaren schlanken Fingerchen noch einmal auf den Arm von meinem Max legen, dann knips ich sie ab, vielleicht mit einer Gartenschere, und übrigens, haben Sie gehört, dass in der Rue de Grachette eine neue Boutique eröffnet hat, ein wahrhaft edler Ort, wollen wir zurück zu den anderen?«

Wenn sie auch keine goldene Krone trug und (noch) nicht im Schloss von Versailles lebte, so wollte Marie-Berthe doch jetzt schon Königin sein für Max und die Männer im Café de Flore. Was aber machte eine Königin aus? Prunk, Pracht, Glanz, Glitzer? Ja, Marie-Berthe liebte das. Vor allen Dingen aber wollte sie als Königin im Mittelpunkt stehen, Zentrum und Zentrifuge der Aufmerksamkeit, Sonne und Fixstern. Sobald sie in einer Gruppe saß, riss Marie-Berthe Kommando, Augen und Ohren an sich. Das konnte sie gut, la reine future. Im Scheinwerferlicht stehen. Schon bei ihrer Mädchenclique, später auch im Internat, jetzt eben unter den Surrealistenmännern. Ihr Äußeres half dabei enorm: Die Männer jenseits der dreißig, das merkte sie schnell, hingen gern an den Lippen einer schönen, jungen Frau. Und dass Marie-Berthe mit Inbrunst und Schärfe, Macht und Klarheit die Geschichte ihrer künftigen Königinnenzeit verteidigte und darum kämpfte wie eine Bärenmutter, trotzte den Männern Respekt ab. Marie-Berthe kam jetzt mit immer neuen Geschichten, die sie meist erfand, manchmal aus Zeitungen schöpfte oder aus Schundbüchern. Sie legte auch ihre Scheu ab vor derben Worten, und diese Worte klangen aus ihrem jugendlichen Mund wunderbar unschuldig und daher umso erregender. Wenn sie erzählte, nahm sie gern ihre Hände zu Hilfe, und die Beachtung der Männer stieg, wenn Marie-Berthes Finger ihren eigenen Körper beim Reden scheinbar unbedacht berührten. Ob Haare, Kinn, Wangen, Arme oder Knie. Vor allem aber: wenn sie den Oberkörper wölbte und die Hände flach auf den Bauch legte, sodass die Daumen ansatzweise ihre Brust streiften. Marie-Berthe fühlte sich wie der mittlere Ring eines Spinnennetzes, in dem die Männer sich verfingen. Sie verliebte sich immer weiter in ihre Rolle, wollte unbedingt den Erwartungen ihres Mannes Max entsprechen: jugendlich anmutig, frisch, voller Elan und Esprit, elegant und erotisch, außergewöhnlich schrill, exotisch, aufreizend und vor allen Dingen: verrückt. Marie-Berthe legte sich ins Zeug, spielte, sang und lachte. Wenn irgendjemand mit lustigeren Anekdoten ein lauteres Gelächter erntete als sie, ratterte hinter ihrer Stirn schon der Express zu etwas Neuem, mit dem sie den anderen würde übertrumpfen können: Denn sie hasste nichts mehr, als wenn man ihr die Schau stahl.

6

Während der ersten Jahre mit Marie-Berthe in der Rue des Plantes erlebten die Freunde einen Max, der sich als Künstler etablierte, auch wenn er dieses Wort so sehr verabscheute wie den gesamten Kunstbetrieb. Immerhin gab es jetzt ein paar Sammler, die sich für seine Bilder interessierten. Das ermöglichte Max, neue Materialien zu kaufen, sogar richtig gute. Familie Lefebvre-Foinet lieferte Künstlerbedarf frei Haus. Max stöberte aber lieber selber vor Ort im Laden und fühlte sich wie ein Kind auf dem Jahrmarkt: handgeriebene Farben in Tuben, handgeschnittene Leinwände, handgeschöpfte Papiere, russische Zobelhaarpinsel, überaus praktische Blechnäpfchen zum Festklammern am Palettenrand und zahllose andere Accessoires. Max malte und griff wieder zur Farbe: Was bei den Bleistiftzeichnungen seiner Frottagen so kindlich und natürlich gelang, stellte sich bei der Ölmalerei als schwieriger heraus. Max legte die Leinwand flach auf den Tisch und schob allerhand Dinge darunter: Schablonen, Bretter, gestanzte Tafeln, eine Schnur, ein Blatt, ein Hölzchen. Dann gab er Ölfarbe auf die Leinwand und kratzte mit dem Malermesser über die feuchte Farbe. Er schnitt Wunden in den Vordergrund und legte den Untergrund frei. Das ging schnell. Vielleicht, dachte er, fände das Bild hier mal den Weg in ein Museum. Menschen würden davorstehen und es betrachten und die Technik als *Abkratztechnik* bezeichnen, als *Grattage*. Sie würden sagen, das Bild sei fertig. Im Grunde genommen aber gibt es nichts Fertiges. Keiner sähe die Vorläufigkeit. Kein Besucher würde es wagen, ein Skalpell mitzubringen und sein eigenes Guckloch in die getrocknete Farbe zu ritzen. Sie würden die

Absichten des Künstlers wie die Trüffelschweine beschnüffeln, statt selber zum Künstler zu werden: das Feste, das scheinbar Unumstößliche zu etwas Lebendigem zu machen. Weiterkratzen, du musst weiterkratzen. Wenn nicht mit einem echten Skalpell, dann mit dem Skalpell deiner Augen. Kratze tiefer. Bis das Bild, das dort hängt, dich selber kratzt und Schicht um Schicht der Leinwand freilegt, die du *Ich* nennst und glaubst so gut zu kennen wie die Hand vor Augen, dabei hast du keine Ahnung, was unter der Oberfläche schwappt, bedeckt von Farben, die du Tag um Tag aufträgst, du Schattentänzer, du, und ich auch.

In diesen Jahren entstanden so viele Bilder, dass Max kaum bemerkte, wenn seine Frau Marie-Berthe – aufgrund des chronischen Bargeldmangels – eines dieser Bilder stibitzte, um es ihrem kunstversessenen Coiffeur zu verkaufen, vielmehr zu schenken für einen Haarschnitt samt kosmetischer Behandlung. In Schönheitssalons konnte Marie-Berthe Stunden verbringen: sich die Haare machen und schminken lassen, Gesichtspflege, Mani- und Pediküre, Tilgung des misslichen Oberlippenbärtchens und der Bein-, Arm- und Achselbehaarung mittels Röntgenstrahlen. Während Max Farbschichten auf Leinwände trug, um sie anschließend abzukratzen, ließ Marie-Berthe sich Farbschichten ins Gesicht schmieren, um sich abends wieder abzuschminken. So viel Zeit verbrachte Marie-Berthe zur Herstellung ihres perfekten Äußeren, dass sie irgendwann dachte, es wäre vielleicht am besten, sie würde gleich in so einem Salon bleiben und dort arbeiten. Auf diese Weise könnte sie endlich auch mal ein bisschen Geld zum Haushalt beisteuern. Prompt ergatterte sie eine Stelle als Empfangsdame in einem Salon, ehe man sie – ein paar Tage später schon – dabei erwischte, wie sie sich während der Arbeitszeit die Zehennägel lackierte. »Aber es war gerade niemand da!«, sagte sie zu ihrer Chefin, doch Marie-Berthe wurde sofort wieder entlassen.

Ohnehin, dachte Max, wäre es besser, sie bliebe zu Hause. Sie sollte nicht auswärts arbeiten, und schon gar nicht sollte sie irgendwelche Besorgungen machen. Denn wenn Marie-Berthe mit Geld in den Taschen zum Einkaufen losging, kam sie ohne Geld zurück, aber auch ohne Einkäufe. Auf der Straße, sagte Marie-Berthe, habe sie einem Bettler das Geld gegeben …

»Alles?«

»Alles!«

… und sie habe ihn aufgefordert, mit ihr gemeinsam zu beten.

»Zu beten?«

»Zu beten.«

»Wofür?«

»Man kann nicht genug beten.«

Nein, seine Besorgungen konnte Max auch selber erledigen. Und wenn Marie-Berthe Beichtstuhl, Beten und Kirchenkerzen brauchte: Solange sie ihn nicht weiter damit behelligte, ging das für Max in Ordnung. Max wollte etwas anderes von ihr: Marie-Berthe sollte ihm diese grellen Träume erzählen, das, was sie angeblich sah und erlebte, während sie schlief oder döste: »Wie im Film«, sagte sie oft und dachte an die Filme ihres Bruders Jean. Diese Träume beschäftigten Max und führten ihn zu eigenen Bildern. Max bewunderte seine Frau dafür: Wenn Marie-Berthe ihre Träume tatsächlich geträumt hatte (wie sie stets behauptete), wäre sie ein Mensch mit erschütternd reichhaltiger Tiefe; wenn Marie-Berthe ihre Träume jedoch erfand (wie Max glaubte), wäre sie ein Mensch mit großen visionären Fähigkeiten, eine verlorene Schriftstellerin. Es kriecht eine Raupe durch das Ohr in den Kopf des Menschen, verpuppt sich schleierhaft, entfaltet sich zum Zungenschmetterling, gewinnt die Kontrolle übers Sprechen und Denken, und schon löst sich die Schubkarre aus der Hand des Bauern, um den Weg hinab zum Tal allein zurückzulegen, sie wird immer schneller und hebt schließlich vom Boden ab, fliegt, ohne zu wissen, wohin und was sie geladen hat, fliegt über einen vom Wirbelsturm getöteten Ochsen hinweg, hingestreckt liegt der da, auf vereistem Stoppelfeld, und der Ochse weht langsam, Pore für Pore, ins Kettenreich der Medusa, wo den Tieren ein Leben nach dem Tod beschert ist, weshalb dort alle Dinge rostrot leuchten …

Max lauschte und machte innerlich Skizzen.

Das Ehepaar ließ sich in Paris zwar überall sehen, lebte aber ansonsten bescheiden, weil von Marie-Berthes Eltern natürlich kaum Unterstützung zu erwarten war. Max verdiente gerade so viel, dass es zum Leben reichte. Dazu halfen ihm Ausstellungen wie in der Galerie Van Leer in Paris. Oder aber Auftragsarbeiten. Nur: Weder Max noch Marie-Berthe hatten einen Sinn fürs Haushalten. Das machte die Ehe nicht leichter. Doch die Liebenden lachten die Probleme weg, sie mochten witzige Filme, schauten im Kino die Marx Brothers, Charlie Chaplin, Harold Lloyd, Buster Keaton und Stan Laurel.

»Wer ist eigentlich dein Lieblingskünstler?«, fragte Marie-Berthe eines Abends.

Max stöhnte auf.

»Komm schon.«

»Apollinaire, Arnim, Baudelaire, Blake, Browning …«

»Hast du das auswendig gelernt?«

»… Carroll, Coleridge, Dostojewski, Goethe, Grabbe …«

»Alphabetisch?«

»… Heine, Hölderlin, Hugo, Jarry, Lautréamont …«

»Ich hatte eher an die bildende Kunst gedacht«, sagte Marie-Berthe und formte mit beiden Händen eine rasche Skulptur aus der Luft.

»Altdorfer, Bosch, Brueghel, Carpaccio, Chirico, Cosimo, Cran…ach!«, rief Max plötzlich. »Duchamp! Marcel Duchamp!«

Durch eine einzige Tat im Jahr 1917, zu einer Zeit, als Max

gerade auf Paul Éluard feuerte (und längst aufgehört hatte zu singen: *Siegreich woll'n wir Frankreich schlagen, sterben als ein tapf'rer Held*), stellte der junge Marcel Duchamp in Amerika alles in Frage und auf den Kopf, was als Kunst gegolten hatte. Eine Pioniertat, ein alles erschütternder Akt. Bislang hatte jedem Kunstwerk immer etwas Gestaltetes beigewohnt, es gab ein Material (und seien es nur Farben) sowie die Aneignung des Materials durch den Künstler. Duchamp aber schleppte 1917 eines seiner *Ready-mades* ins Museum, ein *Objet trouvé*, nichts Gestaltetes mehr, sondern etwas – Gefundenes, nichts Künstliches mehr, sondern etwas Natürliches, ein einfacher Gegenstand, im Fall von Duchamp: ein Urinal für Männer. Das kaufte er in einem Badewarengeschäft, stellte es – umgekippt – in die Ausstellung und nannte es *Die Fontäne*. Das Pissoir sollte zur Kunst werden allein durch diesen revolutionären Akt, durch die Tatsache, dass es als Kunst *bezeichnet* wurde, durch Duchamps Idee und durch die bodenlose Anmaßung des Künstlers, einen Alltagsgegenstand als Kunst zu deklarieren. »Genau das ist es!«, sagte Max zu Marie-Berthe und winkte dem Kellner. »Genau das!«

7

Nach der Rückkehr aus Saigon hatte sich Paul mit seinem Vater versöhnt, er hatte die Arbeit in dessen Immobilienbüro wieder aufgenommen und lebte mit Gala und Töchterchen Cécile in ihrem Haus in Eaubonne. Die riesigen Wandbilder erinnerten ihn an die Zeit mit Max, sie ließen sich nicht abhängen, man musste sie ignorieren oder aber: bedecken. Und genau das tat Paul, und zwar mit anderen Bildern, orientalischen Teppichen, afrikanischen Masken, mit ozeanischen Fetischen und präkolumbianischen Töpfereiwaren, alles Mögliche stellte, lehnte oder hängte er vor die Wandmalereien, auch Trödel, den er auf Flohmärkten oder bei Auktionen in den europäischen Hauptstädten erwarb. Paul brachte eine Systematik in seine Sammlung, er kaufte nicht nur, sondern verkaufte jetzt auch gezielt und gewinnbringend, er wollte sich unabhängig machen von der Arbeit beim Vater (und dessen Geld) sowie vom Einfluss seines Freundes Max.

Was aber blieb, war Pauls Lebensüberdruss.

Mit Breton verfasste Paul eine Reihe von automatischen Texten, *Schnellfeuertexte*, wie er sie nannte. Einerseits inspirierend, andererseits war ihm klar: Das automatische Schreiben kann Gedichte nicht ersetzen. Es führt zu neuen Erfahrungen, ja, vielleicht zum Eintauchen in Welten, die man nicht kennt, aber es darf nie zum Selbstzweck werden, muss immer Mittel bleiben für das eigentliche Gestalten, höchstens eine Startrampe zum Gedicht. Aber Pauls Schwermut legte sich jetzt auch auf den Akt des Schreibens: Was sollte das überhaupt? Die eigenen Gedichte erschienen ihm dumm, nichtig und falsch. Das Dichten überhaupt hatte rein gar nichts mit der Wirklichkeit zu tun, nichts mit dem Elend der Menschen. Dichten hieß, die Augen schließen und nichts sehen wollen von dem, was wirklich wichtig war. Hätte Paul einem Fischer in Saigon eines seiner Gedichte vorgetragen, was hätte der dazu gesagt? Lief man nicht Gefahr, schuldig zu werden an der Welt? Wenn man sich abkapselte von dem, worum es ging?

Hier traf sich Paul mit André Breton.

»Relevanz!« lautete eins von Bretons Lieblingswörtern.

»Rebellion!«, rief Paul.

»Revolution!«, sagte André.

Ja, André Breton war nach wie vor der Anführer. Er liebte es, die Richtung vorzugeben. Jeder hatte Respekt vor ihm. Wenn er das Café de Flore betrat, zog er sofort die Blicke auf sich. In der Theorie hasste er die Kontrolle und predigte Kontrollverlust. In der Praxis aber, wenn es um *seine* Gruppe ging, konnte er die Kontrolle keine Sekunde lang abgeben. Nur: Wie kann eine Gruppe von Menschen, die nach Spontaneität und Überraschung strebt, kontrolliert werden? Oder gar eingesperrt in ein einziges Wort: *Surrealismus*? Als wolle man das Meer in ein Einweckglas gießen. Wie organisiert man eine Gruppe, deren oberste Devise »Chaos« lautet?

Es war klar: Die Bewegung musste sich entwickeln. Sie brauchte eine neue Ausrichtung, André wollte den Surrealismus lösen vom Nischendasein in der Kunst, er wollte ihn hinein in die Gesellschaft tragen. Es reichte nicht, der Welt ins Gesicht zu schreien, wie Dada es getan hatte; es reichte nicht, die Kraft des Traumes und der Automatismen zu beschwören, wie der frühe Surrealismus es getan hatte; nein, man musste kämpfen, man musste sich einbringen, man musste etwas verändern: Relevanz, Rebellion, Engagement! Es lebe die Revolution: La révolution surréaliste!

Die Frage lautete nun mehr und mehr: Wenn man nicht bei einer ästhetischen Revolution stehen bleiben wollte, bei einer Veränderung des Inneren, wenn man die Fragen der Gesellschaft ernst nähme, müsste man dann nicht mitmachen bei der anderen großen Revolution, die gerade tobte: der marxistischen? Die ausgebeuteten Proletarier endlich zu gesellschaftlicher Bedeutung führen und ihnen zugleich neue Wege ins Innere zeigen? Am einfachsten wäre doch, die Surrealisten schlössen sich gemeinsam der marxistischen Revolution an: *le Parti Communiste*. Es wogte hin und her in der Gruppe. Mit Partei oder ohne Partei? Die einen wollten, die anderen zögerten. Ende 1926 wuchs der Druck. Paul Éluard ging mit gutem Beispiel voran und trat als Erster der Parti Communiste bei. Louis Aragon folgte ihm Anfang des nächsten Jahres. Dann Breton und die meisten anderen. Prompt wurden sie den Zellen zugewiesen: Breton den Arbeitern im Gaswerk. Éluard den Straßenbauern. Man gehörte dazu. Eine Verbrüderung! Nicht mehr dekadent in den Cafés rumhängen und Marc saufen. Nein! Arbeiten! Warum aber zögerte manch anderer? Was zum Teufel war mit Soupault los? Und mit dem schrägen Vogel Artaud? Wo blieben die? Warum traten sie nicht ein in die Partei? Und: Wenn sie nicht der Partei beiträten, sollte man sie dann ausschließen aus der Gruppe der Surrealisten?

Und was war überhaupt mit Max Ernst?

Max hatte Narrenfreiheit. Er hatte sich immer schon jedem politischen Engagement verweigert. »Ich bin und bleibe Einzelgänger«, sagte er. »Auch in der Gruppe. Da könnt ihr machen, was ihr wollt. Schmeißt mich ruhig raus. Ist mir egal. Ein Künstler muss autonom bleiben. Jenseits der Politik.«

»Schon gut, Max«, sagte André.

»Wenn man als Einzelner revoltiert, kann man die ganze Kraft seiner Persönlichkeit einsetzen. Sobald man sich der Disziplin einer politischen Partei unterwirft, wird man zum automatischen Infanteriegewehr.«

Ja: Max sprach nie viel.

Aber wenn er etwas sagte, so saß jedes Wort.

8

Nein, nein, nicht der Mont Blanc, nicht dieser Koloss von Mann, nicht jetzt, 1927, nicht so bald schon, nein, siebenundfünfzig Jahre war kein Alter für den Vaterberg. Paul saß am Bett und merkte, wie die Vaterhand langsam kälter wurde und trockener, Feuchtigkeit und Wärme zogen sich in den Körper zurück wie die Fühler einer Schnecke, und Paul war froh, dass es keinen Kampf gab, keine Tränen, nur die Nase des sterbenden Vaters wurde langsam immer weißer. Mit einem Ruck rissen Mont Blancs Augen noch einmal auf, nur kurz, er schaute nach oben, zur Decke, nicht zu Paul, der vor ihm saß, ehe das Mont-Blanc-Massiv endgültig einstürzte und in die Matratze sank. Paul blieb allein im Raum zurück, für immer allein jetzt, keiner mehr da, der ihm den Rücken freihielt, was auch passieren mochte, keiner mehr da, gegen den er würde kämpfen können. Paul nahm Clément die Augen vom Gesicht. Da schlüpfte aus der Nase des Vaters eine Kugel, eine kleine, schwarze Kugel mit Cléments Gesicht drauf, und Paul öffnete erstaunt den Mund, und die Kugel zwitscherte auf ihn zu, und Paul atmete sie ein, tief in seine Lungen, vollkommen machtlos.

Ohne den Vater musste Paul nicht mehr ins Büro und konnte tun, was er tun wollte: schreiben, Gala vergöttern, für die Arbeiterklasse kämpfen, Kunst kaufen und verkaufen, reisen, auf Auktionen Schilder hochhalten, Flohmärkte besuchen, Sex, Sex, Sex, also auch, mit Galas Einverständnis, andere Frauen verführen oder bezahlen, und Briefe schreiben, Briefe, Briefe, Briefe an Gala, an seine einzige Gala: »Ich schlafe nur mit anderen Frauen, Gala, verzeih mir, meine schöne, meine immerwährende Gala, damit ich umso schmerzlicher spüre, wie sehr du mir fehlst, denn bei jeder Frau, mit der ich zusammenliege, denke ich: Es ist nicht Gala, das bist nicht du.« Es tat ihm gut, das alles, ja, schon, auf der einen Seite, ja, ja, auf der anderen Seite aber spürte er die winzige Vaterkugel in seinem rechten Lungenflügel, so viel er auch rauchen mochte, die Kugel verschwand nicht wieder aus seiner Brust. Die Vaterkugel, dachte Paul, bliebe in ihm, bis er selber siebenundfünfzig Jahre alt sein und ebenfalls sterben würde, exakt im selben Lebensjahr wie sein Vater. Das war keine Ahnung für Paul, sondern eine Gewissheit: Auch bei ihm würden sich mit siebenundfünfzig Jahren die Flügeltüren seiner Lungen für immer schließen.

»Wirst du die neuen Gedichte deinem Vater widmen?«, fragte Max.

»Ich glaube nicht, dass man je etwas seinem Vater widmen sollte. Denn wir werden nie einen haben.«

Bei diesen Worten fühlte Max einen heftigen Stich. Und einen Tag später hielt er den schwarzen Hörer des Telefons dicht ans Ohr. Die Vermittlung hatte ihn verbunden mit seinem Elternhaus. Max lauschte dem Knistern und sah vor sich: wie sein Vater Philipp aufstand, zum Telefon schlurfte, gebeugt schon, in diesen stets alten Hausschuhen und seiner von Mutter gekürzten Hose, ein paar Krümel auf den Oberschenkeln, weil er gerade von den Plätzchen gegessen hatte, die seine Frau wöchentlich für ihn backen musste, einfaches Spritzgebäck, eigentlich Weihnachtsplätzchen, aber weil Philipp süchtig nach diesen Plätzchen war, buk Luise das ganze Jahr über für ihn. War sein ergrauter Schnurrbart frisch gestutzt? Drang aus den Achseln der Geruch des Alters? Nisteten in seinen Händen schon braune Flecken? Vaters Schopf war gewiss schon schütter. Wo der Verstand wächst, weichen die Haare, hatte Philipp Ernst gern gesagt.

»Hallo«, meldete sich die Stimme am anderen Ende.

»Vater?«, flüsterte Max.

»Ja?«

»Ich …«

»Wer ist da?«

»Ich.«

»Karl? Bist du das?«

Ja, dachte Max, sein Bruder Karl: ein rechtschaffener Bürger, ein Arzt, ja, aus dem war etwas Gescheites geworden, etwas, worauf der Vater stolz sein konnte. Karl würde eine Karriere hinlegen. Katholisch von der Geburt bis ins Grab. Keinerlei Zweifel. Später würde Karl sogar mit einer Kommission nach Lourdes fahren: um die Wunderheilungen zu prüfen, die sich dort angeblich und ständig ereigneten.

»Vater?«

»Max?«

»Ich bin es.«

»Max …«

Die Enttäuschung greifbar.

Die Stimme sank.

Als drehe jemand die Luft ab.

Und dann hörte Max das Tuten.

In das Tuten hinein sagte Max: »Ich hab dich …«

Dann legte er auf und ging irgendwohin.

Als der Mont Blanc buchstäblich vom Erdboden verschluckt wurde und der Sarg im Grab verschwand, stand Max dicht bei seinem Freund Paul, stützte ihn und legte ihm fest die Hand um die Schulter.

Nur zwei Wochen später schlug dieselbe Maxhand zu.

In Bretons Bude tagte die Truppe, gebechert hatte man zu viel. Man redete über dies und das, über Russland und die Folgen der Revolution, über die Russin Gala, die gerade dort weilte. Und

Marie-Berthe machte eine ungeschickte Bemerkung über Gala, verbunden mit einer Geste, die man durchaus missverstehen konnte. Und Paul missverstand Geste und Worte: Seine Reaktion fiel heftig aus, er schnauzte Marie-Berthe an.

Irgendwie war das ein bisschen viel gewesen.

Die letzte Zeit.

Für alle.

Das ging hin und her.

Max mischte sich ein.

Und dann der Schlag.

Max neigte nicht im Geringsten zur Gewalt. Aber plötzlich schnellte sein rechter Arm vor, im Hervorschnellen ballte sich seine Hand zur Faust und knallte mit voller Wucht gegen Pauls Auge. Das tat weh. Nicht nur Paul tat es weh, sondern auch Max spürte Schmerz in den Knöcheln. Es verstrichen drei Sekunden, in denen Max Paul ansah und Paul Max. Drei schäbige Sekunden, in denen Max beinah eine Entschuldigung gerufen hätte. Paul war mehr als überrascht von diesem Schlag – etwas, das er partout nicht hatte kommen sehen –, und er brauchte drei weitere Sekunden, ehe er sich auf seinen Freund stürzte: eine Schlägerei wie in einem Marx-Brothers-Film, nur dass die Schläge hier, im Wohnzimmer Bretons, echt waren und Spuren hinterließen.

Und das tat gut.

So richtig gut tat das.

Endlich mal was anderes als das ständige Gerede, das nutzlose Geifern, um irgendeinen Quark von sich zu geben: Max hatte genug davon. War es nicht viel schöner, den Körper zu spüren, und sei es im Dröhnen des Schmerzes? Schlag um Schlag statt Wort für Wort? Vielleicht könnte er so seinem Paul auch die verdammte Schwermut aus dem Leib prügeln, das Schwelgen in den Sinnlosigkeiten des Lebens. Nein, zack, der Schlag auf die Nase hier, der traf mit Sicherheit ins Schwarze.

»Es ist sechs Uhr früh«, schrieb Paul Éluard an Gala mit tamponierter Nase. »Ich habe nicht geschlafen, bin niedergeschlagen und traurig, traurig. Gestern Abend bei Breton habe ich mich mit Max Ernst, dem Schwein, geprügelt, das heißt, er hat mir plötzlich einen sehr heftigen Schlag aufs Auge verpasst; ich habe nichts mehr gesehen und blindlings zurückgeschlagen. Max werde ich niemals wiedersehen. Ich fühle mich im Innersten getroffen. Ich muss an das Schwein Verlaine denken, als der auf Rimbaud schoss und ihn verletzte. Was für ein erbärmliches Argument zwischen Max und mir: einen sauberen Fausthieb aufs Auge – das Argument eines Boxers. Und das angesichts der menschlich so hohen Ebene, auf der ich uns wähnte. Ich werde eine dunkle Brille tragen. Ich hätte das Schwein umbringen können, aber ich wollte dir nicht wehtun. Schreibe nicht an Max. Wir sind für alle Zeit zerstritten. Wir müssen vergessen, dass es ihn gibt. Bald wird ihn jedermann nur noch hassen. Ich liebe dich, ich liebe dich, ich liebe dich, ich liebe dich. Ich liebe dich über alles, das weißt du. Ich bete dich an wie das Licht, das du bist, wie das abwesende Licht. Du bist mein zartes, schönes kleines Mädchen. Ich küsse dich überall. Ganz allein der Deine, Paul.«

9

Kurz nachdem Lou 1933 ihre Stelle verloren hatte, sah sie ein Foto. In irgendeiner Zeitung. Die Hochzeit eines Parteifunktionärs der NSDAP. Die Gäste jubelten mit hochgereckten rechten Armen, der Bräutigam und die Braut standen strahlend vor der riesigen Hochzeitstorte, sie boten dem Fotografen und der Welt jetzt ein offenes Zeichen ihrer faschistischen Gesinnung, ein Zeichen, das nicht mehr versteckt werden musste, ein Symbol, für alle Welt sichtbar, eine Geste, die längst salonfähig war: Das frisch vermählte Paar schnitt die Torte nicht mehr mit einem Messer an, sondern mit einer Axt. Lou Straus-Ernst legte die Zeitung auf den Tisch. NSDAP: von achtzehntausend Mitgliedern auf über eine Million? In vier Jahren? Kein Deutscher schien etwas verpassen zu wollen, Arbeiter, Bauern, Beamte, Professoren, Dichter, Denker, Polizisten, Soldaten. Überall glänzten die frisch geputzten Abzeichen, damit keiner einen schief anschauen konnte, ja, damit man selber zu denen zählte, die andere schief anschauen durften. Jetzt also schon siebenstellige Nummern im Parteibuch. Wer eine vier- oder gar dreistellige Nummer besaß, zückte beim Abendessen gockelbrüstig das Büchlein und zeigte es stolz herum.

Nach dem Reichstagsbrand am Rosenmontag begannen die Verhaftungen. Durch die Straßen von Köln marschierten die Verkleideten, nicht in Karnevalskostümen, sondern in hellbraunen Uniformen mit einem hässlichen Kreuz am Bizeps. Durch Lous Wohnung trampelten Männer, zerschlitzten Matratzen und schmissen Bücher aus dem Fenster. Es wurde von Tag zu Tag schlimmer. Die Nationalsozialisten lockten zahlreiche Nichtwähler, und die hohe Beteiligung bei den Reichstagswahlen im März kam ihnen zugute: fünfundvierzig Prozent für die NSDAP und acht Prozent für die DNVP. Das Ermächtigungsgesetz am 23. März – endgültiger Beginn der Diktatur, die alte Ordnung fiel wie eine Reihe von Dominosteinen. Nach den Stadtratswahlen Ende März wurde morgens um vier Uhr der Oberbürgermeister von Köln zum Rücktritt gezwungen, und Adenauer dankte ab. Vom Rathausturm flatterte die Hakenkreuzfahne, ein brauner Bürgermeister namens Günther Riesen übernahm das Kommando, und die sogenannte *Säuberungswelle* begann, von oben hinab bis in die letzten Instanzen. Wenn jemand auch nur einen jüdischen Großvater hatte, so wurde er entlassen.

Der neue Kulturdezernent wollte die Chance nutzen und sich den Kölnern klügstmöglich präsentieren: Eine Kunstausstellung sollte eröffnet werden. Dazu brauchte er einen guten Redenschreiber. Die alte Sekretärin erinnerte sich an Lou Straus und schickte eine Nachricht. Lou tat das, was sie am besten konnte: Sie schrieb über Kunst. Als sie bei der Eröffnung in hinterster Reihe stand, huschte noch einmal die Ahnung eines Lächelns über ihre Lippen. Der Dezernent, dessen rechter Arm immer an den falschen Stellen in die Luft schnellte, verlas Lous Worte, die Worte einer Jüdin, eine letzte, winzige Ironie, über die keiner mehr lachen konnte. Zumal den selbsternannten Wächtern des Tausendjährigen Reiches jedweder Humor ein Dorn im Auge war, und statt des üblichen Aprilscherzes fiel am 1. April 1933 der Startschuss zur offenen Judenverfolgung. Kein Platz mehr in Deutschland für jüdische Autoren, weder bei den Zeitungen, die von Wolfgang Huck aufgekauft wurden, noch bei der Westdeutschen Rundfunk AG und dessen neuem Intendanten, dem Gaugeschäftsführer Heinrich Glasmeier. Als die *Dresdner Neuesten Nachrichten* Lou höhnisch anboten, einen Artikel zu schreiben mit dem Thema »Die Frau im Gartenbau«, war ihr klar: Es gab keine Zukunft mehr in Deutschland für sie, nicht als Mensch und schon gar nicht als kritische Journalistin. Sie musste weg hier. So schnell wie möglich. Und wohin? Es blieb nur Frankreich, gelobtes Land der Freiheit und der Brüderlichkeit, das seit jeher Flüchtlinge aufgenommen hatte. Dort kannte sie immerhin jemanden: ihren Exmann Max. Und Jimmy? Der war in einem Alter, in dem er eine vernünftige Ausbildung brauchte. Das ging für ihn besser in Deutschland. Lou würde ihn später nachholen. Vorerst schickte sie ihn in die Druckerei eines guten Freundes nach Glückstadt. Dort lernte Jimmy, dass man etwas gänzlich Fremdes und Unvertrautes (zum Beispiel chinesische Schriftzeichen) durchaus in die richtige Reihenfolge bringen konnte, auch ohne die geringste Kenntnis: Man musste sich nur Mühe geben.

Im Mai 1933 kam Lou in Paris an. Gern hätte sie vom Exil aus den Deutschen klargemacht, was gerade geschah in ihrem Land, sie aufgerufen zum Widerstand. Sie besaß eine schlagkräftige Waffe: Sie konnte schreiben, aufrütteln mit Worten. Doch was war mit Jimmy? Solange ihr Sohn in Glückstadt weilte, musste Lou vorsichtig sein. Oder sollte sie ihre Artikel unter falschem Namen veröffentlichen? Nein, die deutschen Spitzel würden es herausfinden. Und überhaupt: Welche Zeitung in Deutschland würde ihre Texte überhaupt noch drucken? Lou hatte am Radio den Worten von Otto Wels gelauscht, der für die Fraktion der Sozialdemokraten trotz Gefahr für Leib und Leben gegen das Ermächtigungsgesetz gestimmt und gerufen hatte: »Eine solche Allmacht der Regierung muss sich umso schwerer auswirken, als auch die Presse jeder Bewegungsfreiheit entbehrt.« Lou spürte eine lähmende Kälte den ganzen Sommer hindurch.

Als die Blätter der Bäume sich verfärbten und zu Boden glitten, lernte Lou einen Mann namens Fritz Neugass kennen. Die kurz aufflackernde Liebe zwischen ihnen wich rasch einer Art Kameradschaft, aber Lou fand das nicht schlimm, im Gegenteil, sie mochte es, ihren Kopf an seine Brust zu legen, Fritz war da, für sie, und das tat ungemein gut. Lou und Fritz zogen in einen »Kaninchenstall von einem Hotel«, so Lou, dort wimmelte es von Emigranten aus Deutschland und Italien und aus anderen Ländern. Es gab angesichts der vor dem Faschismus fliehenden Menschen inzwischen zahllose solcher Hotels. Die Flüchtlinge liefen mit Bauchläden und Kurzwaren durch die Straßen von Paris, einige bettelten, und vielen Pariser Bürgern gefiel das nicht. Auf Mauern und Bürgersteigen stand: *Nieder mit den Juden!* Und: *Ausländer raus!* Lou schüttelte sich. Auch hier? Und wann hatte das begonnen? Dieser Hass auf alles Fremde? Und warum? Und war das Fremde denn wirklich fremd? Oder nicht viel näher am Eigenen, als manch einer zugeben wollte? Und war dieser Fremdenhass nicht eigentlich Selbsthass?

In Lous Hotelzimmer standen Bücher neben Bildern und eine Schreibmaschine neben dem Wäscheständer. Ein paar Kisten für Geschirr samt Spirituskocher obenauf bildeten die Küche. Lou kochte Suppen (nach Rezept) für Emigrantenfreunde, die sie bezahlten oder – wenn sie selber nichts hatten – beim Spülen halfen. Immerhin gab es eine Zentralheizung, und das war billiger, als stundenlang in einem Café zu sitzen. Am Ende des Jahres feierte die Jüdin Lou: Weihnachten. Einfach, weil es sie an Deutschland erinnerte. In der Ecke stand ein trüber Baum mit einem Glasvogel auf der Spitze, ein paar Kerzen steckten in den Zweigen, es roch nach verbranntem Tannenreis und süßem Glühwein, ein Grammofon eierte mühsam und brachte die meisten zum Weinen. Ihr Gefährte Fritz Neugass schenkte ihr ein Buch. Rilke, sagte Fritz, habe genau hier gelebt, in diesem Hotel habe er an seinem *Malte Laurids Brigge* geschrieben. Und Lou schlug das Buch auf. Schon der erste Satz nahm ihr den Atem: »So, also hierher kommen die Leute, um zu leben, ich würde eher meinen, es stürbe sich hier.«

10

Je ungestümer Marie-Berthe in den ersten Ehejahren dem neu entdeckten Begehren freien Lauf ließ, umso deutlicher meldete sich ein Gegengewicht in ihr: Kindheit, Jugend, Eltern, Klosterschule, die katholische Erziehung und ein gut trainierter innerer Muskel namens Gewissen verstärkten das üble Gefühl, mit dem Künstler Max in einem Sündenpfuhl zu stecken. Zum Glück gab es die Beichte, die Marie-Berthe von jeher Erleichterung verschafft hatte. Sie beichtete mit seltsam vogel-leiser, mädchenhafter Stimme. Vornehmlich ihren unstillbaren Trieb beichtete sie, ihre himmelschreiende Lust, sodann diese Praktiken, von denen die Prostituierte Claire berichtet hatte, aber auch unschöne Details wie Schmerzen im Vaginalbereich.

»Haben Sie sich denn vorher nicht geweitet?«, fragte ein Priesterschatten aus dem Käfig des Beichtstuhls.

»Bitte?«

»Es ist durchaus rechtsgültig, dass eine zu enge Frau sich vor der Ehe durch den Beischlaf mit einem anderen Mann weitet.«

»Wie, ›weitet‹?«

»Das vordere Gefäß. Ausweitet. Das zu enge Zeugungsgefäß. Der Verkehr vor der Ehe ist zwar verboten, aber im Fall einer unnatürlichen Enge des vorderen Gefäßes wird das Ausweiten dieses Gefäßes toleriert, um die nokturnalen Bemühungen des Mannes zu erleichtern.«

»Die noktur... was? Es tut zwar weh beim Eindringen, aber der Schmerz birgt auch Lust. Ist das sündig? Und es stört meinen Mann nicht. Er stößt auch mitunter in mein Hinterteil.«

»Aber doch wohl hoffentlich ohne Verströmen der Samenflüssigkeit? Das Verströmen der Samenflüssigkeit in die hinteren Gefäße ist eine Todsünde, Madame.«

»Und wenn der Beischlaf im … hinteren Gefäß beginnt und im … natürlichen Gefäß endet?«

»Das ist auch eine Sünde, wenn auch keine Todsünde.«

»Das wusste ich nicht.«

»So sagt Seine Exzellenz Bouvier, Bischof von Le Mans, der die *Diakonale* verfasst hat. Ein Handbuch für Beichtväter.«

»Und wenn mein Mann mich nur von hinten stößt, aber direkt ins … natürliche Gefäß?«

»Wenn er von hinten ins natürliche Gefäß stößt, ist dies eine lässliche Sünde. Aber immer noch zu tadeln. Sie sind doch kein Hund, Madame. Gott wird über Sie richten.«

Das *Geheime Handbuch eines Beichtvaters* war zwar auf Latein verfasst, also ausschließlich für Priester und Diakone, es gab aber eine Übersetzung ins Französische, herausgegeben von der Librairie Anticléricale. Marie-Berthe, neugierig geworden, lieh das Buch aus, doch es war Max, der sich sofort in die Lektüre stürzte, während er Kaffee um Kaffee trank und ab und an laut auflachte oder »Heckmeck!« schrie oder die Hand auf den Tisch krachen ließ, und Max schrieb einen wilden, zynischen Gegentext, entsetzt über »diesen unsäglichen theologischen Quark, der im Übermaß die ganze Plumpheit, die ganze Abscheulichkeit der christlichen Moral in sich birgt«. Mit Hilfe des »Beichte genannten Einbruchsdelikts« dringe die Kirche ins »Bewusstsein und in das Unterbewusstsein des Menschen« ein, um »mühelos alles kaputtzumachen, was nach Liebe strebt«. Die »trübselige eheliche Pflicht« sei eine »bloße Fotografie, die dem Liebesakt nur ähnelt. Die Liebenden werden von der Kirche bestohlen.« Max nannte den Text: *Pollutionsgefahr*. Wie mit Zungen redete er auf Marie-Berthe ein, dass sie sich endlich lösen solle, nicht nur von der Beichte, auch von der Kirche, von diesem lächerlichen

Gelichter der Priester und Betwütigen, aber Marie-Berthe blieb ganz ruhig, als sie Max ansah, vielleicht zum ersten Mal ihm gegenüber ein deutliches »Nein!« aussprach und hinzufügte, das alles gehe ihn nichts an, die Religion sei ihre Sache, sie mache diesbezüglich, was sie wolle. Und übrigens könne sie im Bett nur all die Dinge tun, die sie tue, wenn sie anschließend ihre Sünden beichten dürfe. Max schaute auf. Diesem Argument hatte er nichts entgegenzusetzen. »Also gut«, sagte er. »Wenn's denn sein muss.«

Ein paar Tage später ging Max ins Café de Flore. Jemand hatte den Satz auf der Toilette endlich vervollständigt. *Das Leben ist* ____________________. Die Linie war seit Jahren leer geblieben, als wolle sich ganz Paris für eine sinnhafte Antwort alle Zeit der Welt nehmen; oder als wären hier einfach nicht genügend Leute des Deutschen mächtig. Jetzt aber prangte plötzlich in fetten roten Lettern das Ende des Satzes auf der Linie: *Das Leben ist nur ein Strich an der Wand*, stand jetzt dort. Es war ein Toilettenspruch, nicht mal ein origineller, es war die naheliegendste Instrumentierung jenes Striches, den Max gemalt hatte, aber der Satz stimmte, und Max hörte kurz auf zu atmen.

Irgendwann führte der Verkehr zwischen Max und Marie-Berthe in das von der katholischen Kirche vorgesehene Ziel: die Schwangerschaft. Weil Marie-Berthe aber noch nicht bereit war oder weil Max kein zweites Mal Vater werden wollte oder aus sonst einem Grund, den nur Marie-Berthe und Max kannten, suchte Marie-Berthe eine Klinik in der Schweiz auf, ließ das Erbsenkind wegmachen und entleerte ihre Augen von sämtlichen Tränen. Kurz darauf sprang sie unzähligen Selbstmördern hinterher in den Fluss mit dem Namen: la Seine. Doch das Wasser traf sie wie ein Schlag in dieser sternenklaren Nacht. Es schien ihr viel zu kalt zum Sterben. Obwohl Marie-Berthe gar nicht schwimmen konnte, paddelte sie – Lebensreflex – einem Hund gleich ans Ufer. Einige Retter wateten ihr entgegen, zogen sie aus den Fluten und brachten sie in die Klinik. Wieder allein, merkte Marie-Berthe, dass ihre Sehnsucht nach dem Ende durch den missglückten ersten Versuch keineswegs gestillt war. Sie stand auf und schlug so lange und so hart gegen ihren leeren Bauch, bis sie nach Luft schnappen musste, dann schlich sie ums Bett herum, öffnete das Fenster und sprang hinaus, nicht ins eiskalte Wasser diesmal, sondern in die laue Luft. Sie erreichte den Boden viel zu früh für einen möglichen Tod, brach sich beide Beine und schrie den Schmerz aus sich heraus. Das tat gut. Denn der Körperschmerz dämpfte den anderen. Vorläufig. Die Beine wurden geflickt, aber der Bauch blieb hohl. Und wenn Marie-Berthe allein war, redete sie oft mit dieser Hülle und gab ihr einen Namen, insgeheim und nur für sich: Josephine.

11

Max drehte das Glas. Der Wein schwappte hoch. Rote Schlieren blieben am Rand. Kirchenfenster: So sagten die Winzer. Weshalb trank alle Welt lieber Bordeaux statt den Loire-Wein aus Bourgueil? Zwar musste man einen guten Winzer finden, der diese widerspenstigen Cabernet-Franc-Trauben zu zähmen wusste, damit neben Kirsche, Himbeere oder Vanille auch jene überraschend grünen Aromen überm Glasrand wuchsen, aber *wenn* jemand dies schaffte, dann explodierte der Wein im Mund. Und in diesen Sekunden, da Max einen Schuss auf die Zunge nahm, ihn quietschen ließ und endlich schluckte, da war er da: der Vogel. Der irrlichternde Vogel. Max konnte ihn nicht sehen. Auch nicht, wenn er die Augen schloss. Ein Phantomvogel. Nichtsdestotrotz war er da. Geschlüpft in Max, geschlüpft aus Max. Und Max sprach mit ihm. Sofort. Wie selbstverständlich.

Wer bist du?

Ich bin Loplop.

Woher kommst du?

Aus dem Feuer.

Was willst du?

Alles.

Loplop, sagte Max.

Loplop, sagte Loplop.

Komischer Name. Was bedeutet der?

Loplop schwieg.

Max dachte nach. Loplop. Loplop. Loplop. Es gab diesen Monsieur Lop. Den kannte jeder. Monsieur Ferdinand Lop. Ein Pariser Straßenmusiker. Sinnlos verspottet von albernen Studenten.

»Lop! Lop!«, schallten die Rufe durch die Straßen. Aber nein, dachte Max, das war es nicht, das nicht. Das Naheliegendste bot selten die Lösung. Loplop. Hatte der Name etwas zu tun mit Hornebom, seinem Kindheitskakadu? Nein, auch das nicht. Es liegt mir auf der Zunge, dachte Max, die Erklärung für den komischen Namen liegt mir auf der Zunge, sie wird schon noch schlüpfen, muss nur lange genug brüten.

Du also wirst mein Totemtier sein?

Dein Alter Ego.

Mein Privatphantom?

Ich bin der Oberste der Vögel.

Du bist – ich selbst?, fragte Max.

So ist es. Ich werde unsichtbar sein, und du wirst sichtbar sein, Max.

Was soll ich tun?

Collagen, sagte Loplop. Richtige Collagen.

Was soll das heißen? *Richtige* Collagen?

Loplop krähte.

In der Tat: Bei seinen früheren Collagen hatte Max Fotos oder Holzstiche zerschnitten und zwei fremde Elemente, die absolut nicht zueinander passten, zusammengeklebt. Auf diese Weise hatte er aber nur die Maquette hergestellt, die Vorlage. Die Maquetten wurden noch einmal abfotografiert, wodurch ein sogenanntes *Klischee* entstand. Und dieses war dann gedruckt worden. Max hatte dadurch alle Klebestellen der Collagen unkenntlich gemacht, Spuren verwischt, Brüche verborgen und die widersinnigen Motive wieder zusammenwachsen lassen: Fremde Welten verschmolzen, natürlich, unauffällig, als gehörten sie zueinander.

Richtige Collagen?, rief Max.

Richtige Collagen, sagte Loplop.

Hier, jetzt, mit Loplop an seiner Seite, immer mehr gefangen in der langsam und zart sich dem Ende entgegenstürzenden Ehe mit Marie-Berthe, durften seine Collagen plötzlich atmen, sie durften das sein, was sie wirklich waren: Collagen mit all ihren Ecken und Klebekanten, mit Rissen, Brüchen und Trennwunden. Das tat gut.

Du hast recht, Loplop, ich werde nicht nur mischen, *was* zu sehen ist, ich werde auch mischen, *wie* etwas zu sehen ist. Ich werde die Formen mischen, Frottage, Grattage, Collage, Foto und Flachrelief. Dann müssen die Menschen das Sehen wieder neu lernen, Loplop. Und du? Du wirst das alles für mich präsentieren. *Loplop präsentiert eine junge Frau.* Wollen wir so anfangen? Du musst auf all das zeigen, was es gibt. Und das, was es gibt, ist alles schon mal da gewesen: Wir zitieren ausschließlich. Wir zitieren ein Leben lang. Alles, was wir tun, ist, Zitate zerreißen und sie in eine andere Ordnung fügen. Mehr bleibt nicht. Unser Original heißt: Kombination. Und dein Name, Loplop? Ist das auch ein Zitat? Nein. Irgendwer hat dieses Wort einmal gerufen: Loplop! Irgendwann. Nur wer? Ich weiß es nicht. Loplop. Dein Name schmeckt wie eine nicht ergriffene Möglichkeit, wie ein nicht eingeschlagener Weg. Hast du, Loplop, etwas mit meinem Vater zu tun? Der hasst mich, Loplop, ich kann nichts dazu. Er war mein Vorbild, Loplop, er hat mir alles gezeigt, er ist mit mir durch die Museen spaziert, da war ich sechs Jahre alt, ich erinnere mich, das Wallraf-Richartz-Museum, als Kind, und ich habe ihm gelauscht, ich habe nichts verstanden, aber ich habe andächtig zugehört, jaja, er war ein Indianer, er hat nie viel gesprochen, ein stolzer Indianer, aber wenn er vor Bildern stand, leuchteten seine Augen. Er hat mir gezeigt, wie man einen Pinsel hält und ins Wasser taucht, er hat mir gezeigt, wie man das Wasser leicht abstreift, wie man die Farben berührt. Und jetzt will er nichts mehr mit mir zu tun haben. Aber das stimmt nicht ganz, Loplop. Mutter Ey hat mir erzählt, mein Vater habe ein Bild gemalt. Von mir und Marie-Berthe. Ein Foto habe er abgemalt. Von uns beiden. Vielleicht ist er ja doch stolz auf mich. Insgeheim. Aber mit mir sprechen will er nicht. Stolz auf mich, aber zu stolz, mir zu verzeihen. Vater. Aber nein, auch daher kommt dein Name nicht, nein, nicht vom Vater, nein. Lass uns weitermachen, wir müssen arbeiten, es tut gut, dich an meiner Seite zu wissen, Loplop. Ich setze dich in die Collagen hinein, ich gebe dir Hände, ich gebe uns beiden Hände, denn Hände sind das Wichtigste, Hände können töten oder über Wangen streicheln, Hände können Daumen heben oder senken, Hände sind Henker oder Helden, ich gebe dir vierfingrige Hände, Loplop, und du kannst uns alles zeigen. Das Bild im Bild, die Täuschung in der Täuschung. Wir müssen die Hand abschlagen vom Arm, damit die Hand endlich zur echten Hand wird und nicht mehr am Arm baumelt wie ein Zwickwerkzeug, das nur dem Kopf gehorcht, das nur am Tropf des Kopfes hängt. Die Hand, sie muss sich lösen von Nervenbahn und Kopfgeheuer, die Hand, sie muss zu sich selber finden. Ich brauche Luft, Loplop. Ich brauche Luft zum Atmen. Die neuen Collagen sind frei, dürfen sein, was sie sind. Ich lege die Leinwand auf den Boden, Loplop, ich schwebe über der Leinwand wie ein Vogel, wie du! Ich bin du, ich bin der Oberste der Vögel, der über allem schwebt. Nenn mich ruhig selbstversessen. Das ist jeder Künstler in seinem Gefühl der Losgelöstheit, der Größe, des Schwingens, des Fliegens. Zugleich aber weiß er immer um die absolute Lächerlichkeit seines Tuns. Komm, denk nach, kokokomm, komm, mach weiter. Ich kann die Leinwand von allen Seiten beknien, ich bin befreit vom Einerlei des Vertikalen, befreit vom Korsett der Staffelei. Ein Vogel ist ein Phallussymbol. Sagt das Freud? Ja, die Energie ist dieselbe. Es ist das Fliegenwollen, das Besiegenwollen, das Liegenwollen, das Stoßenwollen, das Stöhnenwollen, das Tunkenwollen, das Spritzenwollen, es ist das Klecksenwollen, es ist der Flug der Farben in die Nacht der Ekstase. Das ist alles, Loplop. Halt mich nicht für verrückt. Meine Stirn ist nur aufgewühlt. Frau Holle hat die Kissen meines Geistes ausgeschlagen, jetzt fehlen mir Daunen. Aber dafür bist du ja da, du Federtier, du. Für mich geschlüpft. Loplop. Holleholle. Ich kann jetzt die Leinwand befliegen, kann von allen Seiten an sie ran, von überall kann ich sie begatten, meine Wand, meine Weinwand. Weißt du, Loplop, das ist nicht leicht mit Marie-Berthe. Meine letzten Hoffnungen liegen auf Lou. Sie ist der einzig vernünftige Mensch, den ich kenne. Lou und Jimmy. Aber Jimmy ist noch ein Kind. Lou ist eine besondere Frau, ein klarer Kopf, ich hoffe, dass Lou meine Marie-Berthe wieder zu Verstand bringt. Marie-Berthe. Ich komme nicht los von ihr, ich bin süchtig nach ihr, Loplop, hilf mir. Ich will weg von ihr. Ich will nicht weg von ihr. Ich will raus da. Ich will nicht raus da. Nie! Immer! Manchmal. Jederzeit! Brüche. Sichtbare Brüche. Wenn ich gehe, habe ich Angst, sie tut sich was an. Ich will bleiben. Ich liebe sie. Ich gehöre zu ihr. Sie ist so witzig. Findest du sie witzig? Sie ist so schön. Ich kann mir keine Schönere vorstellen. Marie-Berthe. Sie ist so unbeschwert, jedenfalls wenn sie will. Dann aber, manchmal, wenn ich sie heimlich betrachte, Loplop, erscheinen mir ihre Augen wie zwei große Tränen voll unteilbarem Schmerz. Was soll ich tun, Loplop, was soll ich tun?

12

Marie-Berthe erholte sich nicht wirklich. Ihr helles, klares Lachen erklang von Monat zu Monat seltener. Ihre wirbelnde Quicklebendigkeit ließ langsam nach. Weniger Witze, schlaffere Gesten. Stattdessen legte sich ein Schatten über ihr Gesicht, der nicht richtig zu ihr passen wollte. Sie trank jetzt viel, Wein und Schnaps, sie nahm Tabletten und Drogen und benebelte sich. Sie war oft allein, suchte aber eigentlich, ohne dass sie es wusste, einen Menschen, mit dem sie reden und dem sie sich öffnen könnte, einen, der sie vielleicht verstehen würde. Sie machte eine Analyse, was nicht viel half. Sie wurde Mitglied eines religiösen Zirkels: Die Frauen dort lasen aus der Bibel vor und beteten wie die Berserker. Das gab Marie-Berthe Halt und einen gewissen Sinn. Sie beichtete weiter mindestens einmal die Woche, hielt inzwischen verschiedene Beichtväter in Bereitschaft, denen sie im Wechsel einen Besuch abstattete. Sie schöpfte ihre Kraft nach wie vor aus dem Leben mit Max. Und Max gab sich mitunter Mühe, versuchte sie zu verstehen, setzte sich zu ihr, redete, lauschte, trank, schüttete Wein nach, wollte sie auf andere Gedanken bringen und ablenken.

Im siebten Jahr merkte Marie-Berthe, dass Max sie gar nicht kannte. Sie zweifelte daran, ob er sie überhaupt je gekannt hatte oder richtig hatte kennenlernen wollen. Zu sehr war Max mit eigenen Sachen beschäftigt. Vor allem, wenn er zum Sklaven neuer Ideen wurde, wie Marie-Berthe dachte, obwohl sie wusste, dass Max jede neue Idee ganz im Gegenteil als Befreiung feierte, als Chance zur Reinigung von Alteingesunkenem. Marie-Berthe schnaubte misstrauisch, als Max ihr mitteilte, seine Exfrau Lou

Straus-Ernst komme nach Paris. Nicht zu Besuch, sondern für immer, jedenfalls für die nächsten Jahre. Max hatte Marie-Berthe sehr viel über Lou erzählt: über ihre Klugheit, über ihre Intuition die Kunst betreffend, über ihren Humor und über ihre Unfähigkeit, einen Haushalt zufriedenstellend zu führen. Lou bliebe stets ein besonderer Mensch im Leben von Max: Marie-Berthe wusste das nicht nur, sie sah es an seinen Lippen, wenn er über Lou sprach, und am Schimmern im Blick. Marie-Berthe ließ es sich nicht nehmen, Max zu begleiten, als er Lou vom Bahnhof abholte, Ende Mai 1933. Die Jetztfrau half der Exfrau, all die Blumen aus dem Zug zu holen, die Lous Freunde ihr in Köln beim Abschied durchs Fenster gereicht hatten.

»So viele Blumen«, sagte Marie-Berthe. »Man muss Sie sehr lieben, Lou.« Dabei blickte sie fragend zu Max.

»Keine Angst«, sagte Lou, gab ihrer Max-Nachfolgerin französische Küsschen und flüsterte dabei mit einer Offenheit, die Marie-Berthe überraschte: »Der Künstler hier gehört ganz Ihnen.«

»Pardon?«

Lou zwinkerte ihr zu.

Marie-Berthe merkte rasch: Max wollte nichts mehr von Lou, und Lou wollte nichts mehr von Max. Sie stellte keine Gefahr dar. Weil Lou – neu in Paris – kaum jemanden kannte und weil Max eher wenig und Marie-Berthe eher viel Zeit hatte, gab Marie-Berthe die Fremdenführerin und zeigte Lou die Stadt. Das passte vortrefflich. Während Lou – etwas, das sie nach wie vor gerne tat – Kirchen besichtigte und die Höhe der Wölbungen über ihr bewunderte, Fenster, Altarbilder und Säulen, nutzte Marie-Berthe die Zeit für eine kurze Beichtstuhlvisite. Danach saßen die beiden in einem Café und plauderten. Die Gespräche zwischen ihnen drehten sich um Paris und um die Lage in Deutschland. Marie-Berthe konnte sich kein Bild machen von

Stechschritten, Schutzstaffeln, Sturmabteilungen und all dem anderen, was sich dort seuchenhaft auszubreiten schien. In den ersten Monaten war das Geweb aus Höflichkeit und förmlicher Distanz zwischen den beiden noch spürbar: Marie-Berthe hielt sich zurück, lobte immer wieder das exzellente Französisch ihrer Gesprächspartnerin, wechselte aber nicht zum Du. Ihre Vorsicht legte sich erst, als Lou im Herbst zu ihrem neuen Lebensgefährten Fritz ins Hotel zog. Marie-Berthes Besuche dort ähnelten nun mehr und mehr den Treffen zweier Freundinnen.

»Haben Sie jetzt eine Arbeit gefunden?«, fragte Marie-Berthe, nachdem die Frauen die erste Flasche Wein geleert hatten.

»Ja. Ich stopfe die Strümpfe von meinem Fritz«, raunte Lou. »Nein, im Ernst. Ich habe jetzt vier Schüler. Griechisch. Latein. Deutsch.«

»Und Ihre Artikel?«

Lou nickte. Es gab zwei Schweizer Magazine, die ab und zu etwas von ihr druckten. Und die Emigrantenblätter: *Pariser Tageblatt*, *Deutsche Freiheit*. Aber das machte ihr wenig Spaß. Sie konnte nicht so schreiben, wie sie schreiben wollte. Der Feind lauschte und las mit.

»Ich bewundere Sie«, sagte Marie-Berthe. »Wie Sie das alles schaffen. Ungewohnte Umgebung. Trennung von Ihrem Sohn. Neue Beziehung zu Monsieur Fritz. Arbeit. Kochen für die Flüchtlinge. Und Sie haben dabei stets ein Lächeln auf den Lippen.«

»Ich bin eine unverbesserliche Optimistin.«

Marie-Berthe sah Lou an. Ein bestimmtes Thema hatten sie bis jetzt gemieden. Lou wahrscheinlich aus Diskretion, Marie-Berthe aus einer gewissen Angst heraus. Jetzt aber dachte Marie-Berthe: Lou. Die erste Frau meines Mannes. Vielleicht ist diese Frau genau der Mensch, der mir helfen kann, genau der Mensch, der mich verstehen wird, genau der Mensch, der all das durchgemacht hat, was ich selber gerade erlebe. Marie-Berthe stellte ihr Glas auf den Tisch, kreuzte beide Hände über dem Herzen, als sei diese Geste ein Zeichen, um Eingeweihten mitzuteilen, sie spreche jetzt über den Mann, den sie liebe, und schließlich fragte sie rundheraus: »Wie haben Sie Max eigentlich kennengelernt?«

Lou sagte: »Na endlich, ich dachte, Sie würden mich das nie fragen.«

»Ich wusste nicht, ob Sie über Max sprechen wollen.«

»Ja. Nur vorher spülen wir das *Sie* mit einem Schluck Wein runter. Haben Sie schon mal Brüderschaft getrunken? Ich meine: Schwesternschaft?«

Von diesem Satz an änderte sich die Beziehung der beiden Frauen. Aus Freundinnen wurden beste Freundinnen. Die alles voreinander ausbreiteten, sich halfen und redeten, abendelang, im Rad der Wiederholung gefangen, denn wenn sie über alles gesprochen hatten, fingen sie wieder von vorn an, mit runderneuerter Grundlage fürs nächste Gespräch.

»Ich will es nicht sehen, aber ich sehe es«, flüsterte Marie-Berthe. »Die ganze Zeit über sehe ich es. Immer.«

»Ich weiß genau, was du meinst«, antwortete Lou. »Du kannst Max nicht einsperren. Wenn du ihm die anderen Frauen verbietest, ist er schneller weg, als du ›Sex‹ sagen kannst.«

»Aber wenn er sich dabei verliebt?«, fragte Marie-Berthe.

»Dagegen bist du machtlos.«

»Davor habe ich Angst.«

»Dann bete, dass es nicht passiert.«

»Ich bete eh schon viel zu viel.«

»Sagt Max?«

Und Marie-Berthe nickte.

»Tu das nicht«, sagte Lou.

»Was?«

»Auf ihn hören. Das war mein Fehler«, sagte Lou. »Damals.

Dass ich mich irgendwie aufgegeben habe. Ich wollte vielleicht zu sehr seinen Erwartungen entsprechen.«

»Das kenne ich«, sagte Marie-Berthe. »Das kenne ich gut.«

»Dann lass es, Marie-Berthe.«

»Wenn das so einfach wäre.«

13

Es gelang Lou, Marie-Berthes Humor wieder ein wenig freizulegen. Mit Lou konnte Marie-Berthe lachen, die beiden konnten albern sein und sich in ein Prusten und Sichkrümmen steigern.

»Das ist doch verrückt«, brach es einmal aus Marie-Berthe heraus.

Sie saßen in der Rue des Plantes. Max war ausgeflogen. Die Frauen hatten sich in jene heitere Stimmung getrunken, in der die ganze Welt von einem Augenblick auf den anderen vollkommen lächerlich erscheint, vom Schleier des Absurden umflort, und man trotzdem das Gefühl hat, zum Kern einer Wahrheit vorzudringen, die sonst für gewöhnlich von den Stacheln des Alltags geschützt wird.

»Alles, was er macht, der Max. Das ist … ich weiß nicht … so verrückt … Letzten Monat … im Eng… im Engadin … in der Schw… Schw… Schweiz …« Plötzlich platzte aus Marie-Berthe ein Lachen angesichts dessen, was sie gleich erzählen würde. Sie setzte immer wieder an, doch das Lachen hinderte sie am Weitersprechen, weitete sich aus zu einem Lachkrampf, dem sie hilflos ausgesetzt war. Ein ansteckendes Lachen: Lou musste mitlachen, obwohl sie noch gar nicht wusste, was Marie-Berthe sagen wollte.

»Da hat der …«

Marie-Berthe machte eine japsende Pause.

»Mit diesem … diesem … Giacometti!«

Marie-Berthe schüttelte sich, als sei der Name Giacometti allein schon ein Witz.

»Da haben die … Steine gefunden.«

»Steine!?«, rief Lou.

»Große Felsen, am Gle… Gletsch… Flu… Flu… Fluss!«

Lou rieb mit ihrem Zeigefinger ein Auge trocken.

»Und die Felsen«, sagte Marie-Berthe, »die sahen aus wie … wie …«

Der Lachkrampf setzte erneut ein, stärker noch als zuvor.

»… riesige Eier!«, schnaufte Marie-Berthe.

Lou verbarg ihr Gesicht in den Händen.

»Und dann haben die zwei …«

Japsen.

»Die Spezialisten!«

Kringeln.

»Die haben … weil die Felsen so schwer waren!«

Schütteln.

»Da haben die … mit … mit …«

Marie-Berthe brachte das Wort kaum über die Lippen.

»Pferden!!«

Ein neuer Lachschub bei Lou.

Tränen, Japsen, Wiehern.

»Die riesigen Steine!«

—

»Zu … zu … Giacometti!«

—

»Ins Haus gebracht! Ziehen lassen! Von Pferden!«

»Echt?«

»Die Felsen stehen jetzt da rum und heißen …«

Marie-Berthe konnte nicht mehr.

»Wie? Wie heißen die?«, rief Lou.

»Fu!«

»Was?«

»Fu… Fu… Fund!«

»Fund?«

»Fundobjekte!«

Sich kringelnd auf den Sesseln, machten sie weiter. Jetzt, einmal damit angefangen, schien alles, was Max tat, vollkommen irrsinnig, auf jeden Fall aber hanebüchen und mindestens lächerlich: »Da hämmert der mit Giacometti … an den Fundobjekten herum … Weißt du, was der sagt? … Bildhauerei ist wie die Liebe … Man braucht … pfff … beide Hände dafür … Und seit Neuestem … schlägt sein Herz … für diese … Décalc… Décalcomanie … Abklatsch… Abklatschtechnik … Einfach Farbe aufs Papier … Glasplatte drauf … platt drücken … abziehen … Da biste platt, was? … Abklatschen. … Wollen wir das auch mal machen? … Abklatsch-Abend?«

Die Frauen kamen nur mühsam zu sich.

Sie hatten das Gefühl, beinah erstickt zu sein.

Und atmeten wieder Ernsthaftigkeit in die Lungen.

»Hat Max das erfunden?«, fragte Lou, jetzt stiller.

»Nein. Oscar Dominguez. Mexikaner. Klatscht einfach so die Farbe ab.«

»Schluss jetzt! Nicht schon wieder. Ich kann nicht mehr. Ich lach mich sonst tot. Nein.«

»Komm«, sagte Marie-Berthe, »ich zeig dir die Sachen.«

Gemeinsam gingen sie nach nebenan. Max mochte es nicht, wenn jemand ohne ihn sein Atelier betrat, aber er bereitete gerade eine Ausstellung vor und würde erst in drei Tagen zurückkehren. Die Frauen hatten sich jetzt endlich vollkommen beruhigt und betrachteten die Bilder. Die Begeisterung sprang ihnen förmlich entgegen, mit der Max diese Abklatschtechnik des Kollegen aufgegriffen hatte. Noch vor wenigen Tagen hatte Marie-Berthe zugeschaut, wie Max eine Glasplatte auf die waagerecht liegende Leinwand gepresst und wieder fortgerissen hatte. Abklatsch, hatte Max gesagt, jede Kunst sei Abklatsch, ein Abklatsch der Wirklichkeit oder des Traums oder der Idee, warum nicht des Zufalls? Jetzt war Marie-Berthe überrascht, wie viele Bilder dieser Art Max in wenigen Wochen bereits beendet hatte. Dabei war das Abgeklatschte, man konnte es sehen, gründlich bearbeitet worden. Max hatte den Gebilden Gestalt und Grenze verliehen, hatte Schatten, Figuren und Risse entstehen lassen, und durch diesen Eingriff gewann jedes Bild an Verstörung und Beklemmung. Marie-Berthes Blick fiel auf ein heftkleines, rotes Bildchen, vielleicht nur eine Fingerübung, ein Vorexperiment. Sie nahm es vom Tisch und sah eine Erbse, die sich aus dem Rahmen des Blutes entfernte. Sofort schossen ihr Tränen in die Augen. »Josephine«, sagte sie, zog die Silben in die Länge und legte ihre Hände mittig auf den leeren Bauch.

»Was?«, fragte Lou.

»Nichts«, sagte Marie-Berthe, ließ das Bild fallen, presste ein Taschentuch vors Gesicht. »Nur gut, dass Max unseren Anfall von vorhin nicht mitbekommen hat.«

»Weiß nicht«, antwortete Lou. »Ich glaube, er hätte unser Lachen geliebt. Vielleicht hätte er gesagt: Endlich werden meine Werke so gesehen, wie ich es mir wünsche.«

14

Aufgrund ihrer Besessenheit von Max fühlte sich Marie-Berthe außer Stande, mit anderen Männern zu schlafen. Und was Max betraf, blieb ihr nichts übrig, als dessen Affären zu dulden. Solange er sich nicht verliebte in eine andere Frau, wollte Marie-Berthe ihm nichts verbieten. Nahm sie sich jedenfalls vor. Leider gelang ihr das nicht so richtig. Im Grunde genommen gelang es ihr überhaupt nicht. Wenn sie wieder mal eine andere Frau auf seiner Haut witterte, giftete sie, machte spitze Bemerkungen, die von Max abprallten, als hätte er sie nicht gehört. Der Teufelskreis der Aggression: Je unbeteiligter Max schien, umso heftiger wurden die Szenen, die Marie-Berthe ihm machte. Je heftiger die Szenen wurden, umso schneller schrie Max irgendwann: »Dann geh doch!« Und dieser Satz war ein Fanal, das Marie-Berthe schlagartig zu Sinnen brachte und bewirkte, dass sie ihre Tränen bekämpfte, sich ihrem Mann näherte und ihn berührte: Sie wusste inzwischen genau, wie und wo sie ihn zu berühren hatte, damit er sie mit Küssen erstickte und ihre Wäsche zerriss. Marie-Berthe hatte keine Ahnung, wer hier wem hörig war: sie ihm oder er ihr? Oder beide beiden?

Es wurde immer schlimmer. Marie-Berthe ignorierte Lous Rat, weniger zu trinken. Sie log Lou an, als sie die Frage verneinte, ob sie Tabletten nehme. Marie-Berthe blickte teilnahmslos in die Ferne, wenn das Gespräch nicht um Max kreiste. Den Glauben daran, dass man sie, Marie-Berthe, einst zur Königin von Frankreich krönen würde, hatte sie längst verloren. Und damit auch so etwas wie ihre Selbstachtung. Marie-Berthe wusste, dass es nicht ewig so weitergehen würde: die Szenen, die Drohungen, die Versöhnungen. Eine einzige Waffe blieb ihr noch: diese Erregung, diese enorme Erregung ihres Mannes, wenn Max nach Belieben über sie, Marie-Berthe, verfügen konnte; wenn sie all das tat und tun musste, was er von ihr verlangte; wenn sie sich erniedrigte, winselte. Doch auch bei diesen Spielen ließ Marie-Berthes Kraft nach, von Streit zu Streit und von Versöhnung zu Versöhnung. Ich bin zu einer Selbstverständlichkeit geworden, dachte Marie-Berthe irgendwann, als sie in einem wirren Zustand plötzlicher Klarheit ins Waschbecken starrte statt wie üblich in den Spiegel. Ich bin zu einem Accessoire geworden. Zu einem Hemd, das er anziehen kann und ausziehen. Ganz nach Belieben. Weghängen, wegwerfen, wieder aus dem Müll holen. Ich bin ein Mobilé, das sich nur regt, wenn er es anstupst. Ich muss zurück in den eigenen Stand. Fort mit dieser grenzenlosen Verfügbarkeit über mich. Steht es mir denn auf der Stirn geschrieben, dass ich ihn niemals verlassen werde? Ich muss den Spieß umdrehen. Ich muss ihm zeigen, dass er allein ist ohne mich. Dass er mich braucht. Ich muss es spielen, dieses lächerliche Spiel des Liebesentzugs, das sie alle spielen da draußen, um den eigenen Wert zu steigern. Die Liebe ist nur eine Falle. Du wirst gelockt vom Honig. Du klebst im Loch und kommst nie wieder raus. Teil dir den Honig gut ein. Mehr gibt es nicht.

Zu dieser Zeit erhielt Max die Nachricht, dass einige seiner Bilder in London ausgestellt werden sollten. Marie-Berthe wusste, wie viel Max das bedeutete. Sie sah seine Freude und witterte zugleich ihre Chance: Sie tat übertrieben gelangweilt, als Max mit dem Telegramm wedelte, ja, sie blickte kaum hoch von ihrem Magazin, murmelte einen Glückwunsch, sagte ganz beiläufig, sie komme nicht mit nach London, sie bleibe lieber hier in Paris, und mit leichtem Peitschengeräusch fetzte sie eine Seite des Magazins und ordnete ihr Haar.

Max reagierte zunächst wie erhofft, er schaute in den nächsten Tagen verwirrt, fast verstört, er beobachtete sie, er grübelte. Marie-Berthe gluckste vor Freude: Ihr Schachzug schien aufzugehen. Max würde, sollte, musste jetzt endlich bemerken, dass sie ihm nicht gehörte. Dann aber, kurz vor Eröffnung der Ausstellung, als Marie-Berthe ihre Absicht wiederholte, in Paris zu bleiben, zuckte Max nur mit den Schultern. Er versuchte nicht im Mindesten, Marie-Berthe umzustimmen. Und sie erbleichte. Warum bettelte er nicht? Sie hatte sich vorgestellt, wie er sie anflehen würde, ihn zu begleiten. Und sie, Marie-Berthe, würde großmütig einlenken und nachgeben und dem Künstler die Hand reichen. Doch nichts davon geschah. Max fuhr tatsächlich allein nach London. Er verabschiedete sich nicht mal richtig von ihr. Schlug die Tür zu. War weg. Einfach weg.

Marie-Berthe tat kein Auge zu. Sie lief durch die Wohnung, machte minütlich Halt vor irgendeinem Spiegel, um die Haare zu zerzausen und in ihre geschwollenen Augen zu blicken, Büßerin, barfuß. Was hatte sie getan? Hatte ihn von sich gestoßen, nach London! Hätte an seiner Seite sein müssen, bei einem solchen Ereignis! Und jetzt war Max dort ohne sie. Dazu diese Engländerinnen, die wie frivole Spinnen in ihren Netzen lauerten, um ihn auszusaugen, nicht nur für eine Nacht, vielleicht fürs ganze Leben. Sie kannte doch diese Schlampen. Aus ihrer Zeit in Jersey. Nach außen hin bieder und gesittet, aber kaum allein mit so einem Beute-Mann, stürzen sie sich auf ihn und beißen zu. Nicht mit ihr! Nein! Es war ein Fehler gewesen, hierzubleiben. Sie musste ihm nachreisen. Sofort! Marie-Berthe wählte die Nummer der Auskunft und ließ sich mit dem Hotel verbinden, in dem Max wohnte. »Zimmernummer? Was? Weiß ich doch nicht. Max Ernst. Der Künstler. Ernst! Ja, E-R-N-S-T! Der berühm… Der Künstler! Was? Warum kennen Sie den nicht? Nein. Ja.«

Freizeichen.

Atmen.

Freizeichen.

Atmen.

Was denn los sei, fragte endlich eine verschlafene Max-Stimme am anderen Ende der Leitung.

Es tue ihr leid, sagte Marie-Berthe, sie hätte ihn niemals allein gehen lassen dürfen, sie komme nach, sofort, zu ihm!

»Warte noch«, sagte Max.

Aber Marie-Berthe hatte schon aufgelegt.

15

Sie packte ihren Koffer, warf eine Pelerine über, ließ sich ein Taxi kommen und fuhr durch das nächtliche Paris zum Gare du Nord. Viel zu früh kam sie dort an, verbrachte einige Stunden in der Halle, ehe sie am Schalter endlich ein Ticket erwerben konnte. Sie fuhr mit dem Zug bis zur Fähre. Wartete wieder. Irgendwas lief hier schief. Viel zu langsam verstrich der Tag. Sie aß nichts. Sie trank nichts. Sie las nichts. Sie tat nichts. Sie wartete nur. Sie befürchtete nichts. Sie dachte nichts. Sie malte sich nichts aus. Dann ging es endlich weiter. Marie-Berthe ließ ihren Koffer auf der Fähre stehen, ob mit Absicht oder aus Versehen, Minuten später hatte sie es vergessen, zu aufgeregt war sie, viel zu aufgeregt. In England musste sie wieder warten, telefonierte im Bahnhof mit Max und gab ihm ihre Ankunftszeit durch. Endlich stieg sie in den Zug, ihr war mit einem Schub speiübel, sie hastete zur Toilette, erbrach sich, bis sie das Gefühl hatte, dass absolut nichts mehr in ihr steckte, sie sah sich im Spiegel an, lachte laut, giftig, diese blutunterlaufenen Augen, ihre vor der Abreise hübsch gezupften Haare, lächerlich, absolut lächerlich, und wieder zerzauste sie ihre Frisur, am liebsten hätte sie sich die Haare büschelweise ausgerissen. Im Abteil zog sie aus der Handtasche eine Nagelschere und zerschnitt ihr Kleid, langsam, aber gründlich, ohne Wut und Furor, mit verzweifelter Sorgfalt. Sie zerschnitt das Kleid systematisch, sie zerschnitt das Kleid, während sie es noch am Körper trug, sie zerschnitt es, als wolle sie ein Kostüm daraus machen. Sie wusste nicht, weshalb sie das tat, sie tat es einfach, sie zerschnitt das Kleid zum Fetzen-, zum Fransengewand. Der Zug fuhr ein. Das dauerte. Diese letzten Meter bis zum Halt. Sie konnte nicht mehr. Sie musste raus. Als der Zug mit einem Schnaufen stehen blieb und jemand die Tür öffnete, sprang Marie-Berthe ohne Koffer und im zerschnittenen Kleid durch den zischend weißen Dampf der Lok auf den Boden von London: Victoria Station. Sie sah ihn, sie ging Max entgegen. So, wie er sie immer gern hatte sehen wollen, dachte sie plötzlich, als Verrückte, zerrissen, aufgelöst, die Schminke zerflossen auf den Wangen, so also stand sie dort, breitete ihre Arme aus und sagte: »Da bin ich.« Max nahm sie in den Arm, Marie-Berthe sagte, sie habe Hunger, und Max warf Münzen in die Fruchtmaschine, zog zwei Äpfel und eine Banane heraus, und Marie-Berthe deutete auf den nebenstehenden Automaten mit Reeves Chocolate and Sweetmeats, Max kaufte ihr auch Schokolade, und Marie-Berthe verleibte sich alles ein. Max schwieg und ließ sie essen. Sie aß im Stehen. Marie-Berthe ließ seinen Blick über sich ergehen. In diesem Blick lag etwas Furchtbares, etwas jenseits ihrer Vorstellungskraft. Als Marie-Berthe die letzte Apfelkitsch weggeworfen hatte, fragte Max, was denn geschehen sei und weshalb sie so aussehe. Marie-Berthe raunte: »Unrein. Ich bin schmutzig! Das Äußere gleicht dem Inneren!« Sie strahlte, strahlte auch noch, als Max sie ins Hotel brachte und sich vor sie setzte, auf einen Sessel.

Und dann sprach er zu ihr.

Und Marie-Berthe trank.

Ein Glas nach dem anderen.

Für jeden Satz ein Glas.

Marie-Berthe hatte das Gefühl, etwas sitze in ihren Ohren: Denn die Worte, die Max von sich gab, waren unhörbar für sie, Marie-Berthe las den Sinn nur von seinen Lippen ab, und nachdem alles – zwar nicht durch ihre Ohren, wohl aber durch ihre Augen – zu ihr gedrungen war, in Marie-Berthes Kopf und Verstand, nachdem die Dimension dessen, was er gesagt hatte, auch in ihr Herz gesickert war, kicherte sie, faltete, ja, knetete ihre

Hände hart ineinander und erwiderte, das sei nicht möglich, sie dulde das keinesfalls, zu einer *Trennung* gehörten immer noch zwei, sie mache einfach nicht mit, das komme nicht in Frage, das Leben müsse weitergehen wie bislang, eins nach dem anderen, sie, Max und Marie-Berthe, sie hätten beieinanderzubleiben, und Marie-Berthe merkte, dass sie stammelte, sie riss sich zusammen, sagte, das könne man niemandem zumuten, sie wolle es zunächst noch einmal im Guten versuchen und ihm, Max, die Chance einräumen, hier und jetzt alles Gesagte zu widerrufen.

Max schüttelte den Kopf. »Ich kann das nicht mehr.«

»Was?«

»Ich bin zu müde, Marie-Berthe.«

»Was heißt das jetzt?«

»Es gibt kein Jetzt mehr für uns.«

Marie-Berthe lallte langsam, kaute auf irgendwelchen brotlosen Worten. Und dann ahnte sie plötzlich die Reichweite des Gesagten: Eine fette rote Schlange kroch durch ihre Lippen den Hals hinab. Marie-Berthe, unfähig, dieses Gefühl auch nur eine Minute lang zu ertragen, musste etwas tun, und sie griff plötzlich zum schwarze Cape ihres Mannes, das an der Garderobe hing, warf es sich über die Schultern, als suche sie einen Rest von Wärme, verließ taumelnd das Hotelzimmer, knallte die Tür und stürmte auf die Straße, in eine kalte Londoner Nacht. Draußen schmiegte sie sich in das Cape. Leichter Sprühregen nässte ihr Gesicht. Sie winkte, und endlich hielt ein Taxi. Marie-Berthe sprang hinein und sagte dem Fahrer, sie wolle beichten.

Der Taxifahrer blickte verständnislos.

Marie-Berthe wiederholte in ihrem gebrochenen Jersey-Englisch, er solle sie zu einer katholischen Kirche fahren.

Eine katholische Kirche?, lachte der Taxifahrer und blinzelte in den Rückspiegel. Nicht einfach. Man sei schließlich in London.

Eine katholische Kirche, fügte Marie-Berthe hinzu, mit einem Priester, der Französisch spreche.

Ob sie das ernst meine?

Todernst, flüsterte Marie-Berthe und warf alles Geld, das sie bei sich trug, auf den Beifahrersitz.

Der Fahrer schaute erstaunt in den Rückspiegel, schüttelte kurz den Kopf, fuhr dann aber zu einer Telefonzelle und telefonierte eine Weile, ehe er sich wieder hinters Steuer setzte und Marie-Berthe im Rückspiegel zunickte.

Einige Zeit später erreichten sie eine katholische Kirche. Man befand sich schon außerhalb Londons. Marie-Berthe bat den Fahrer zu warten und klingelte am Pfarrhaus. Der Priester öffnete, grauhaarig, dickbäuchig, pferdegesichtig. Marie-Berthe sagte, sie müsse beichten, sofort, es gehe um Leben und Tod. Der Priester nickte verschlafen, holte seine Stola und schlurfte voraus in Richtung Kirche. Marie-Berthe sah, dass er noch Pantoffeln trug. Der Priester schloss die Tür zur Sakristei auf und machte Licht. Als sie in der Kirche den Tabernakel passierten, beugten beide die Knie und bekreuzigten sich.

Im Beichtstuhl, nur im Beichtstuhl, fühlte Marie-Berthe sich wohl, da war sie in ihrem Element, jetzt, wo sie ihre Finger durch die Löcher des Gitters bohren konnte, als klammere sie sich fest, jetzt, da sie das schwere Atmen des müden Pfarrers hörte, hier, in der Aussicht, alles abladen zu können, was sie bedrückte, hier kehrte Ruhe ein, gleich wäre sie erlöst von ihren Sünden, von ihren Sorgen. Sie redete schon und steuerte ihre Worte durch die Tiefen des Selbsthasses, sprach endlich von ihrer Ehe und davon, wie ihr Mann, sie könne es kaum aussprechen, sich soeben von ihr getrennt habe. »Noch ist es nicht so weit. Das lasse ich nicht zu. Da kennt der mich schlecht. Der kennt mich überhaupt nicht! Der Max! Mein Max! Maxmax! Nicht im Geringsten! Wenn mein Mann. Wenn der glaubt. Dass ich das einfach so schlucke! Ich schwöre. So wahr mir Gott helfe: Zeit meines Lebens, Hochwürden, werde ich keine Sekunde lang ruhen, ihn wieder zu mir zurückzubeten! Was Gott gefügt hat, darf der Mensch nicht trennen. Und ich, Marie-Berthe Aurenche, ich habe den mächtigsten Verbündeten, den ein Mensch nur besitzen kann: das Gebet. Und ich sage es Ihnen hier: Ich werde Max zu mir zurückbeten, ich werde auf den Knien liegen, und Gott wird, Gott muss mich erhören. Meine Hände werden sich nicht mehr voneinander lösen, sie werden verschränkt bleiben, so lange, bis er wieder da ist. Und wenn das Beten nicht reicht, werde ich pilgern, ich werde Max zu mir zurückpilgern, nach Lourdes werde ich pilgern, den Jakobsweg, ich werde beten, bitten, pilgern und an den Wallfahrtsorten Kerzen aufstellen, bis der warme Wind meines Flehens Max so stark ins Gesicht bläst, dass er zu mir zurückfliegt. Hochwürden, ich werde – durch mein Gebet und durch meine Taten – dafür sorgen, dass keine andere Frau, die er sich an seine Seite holt, auch nur den kleinsten Funken eines Glückes verspüren wird. Ich werde jede mögliche Beziehung zwischen meinem Mann und *irgendeiner anderen* im Keim ersticken. Das werde ich. Mit aller Kraft und mit allen Mitteln, die mir zur Verfügung stehen. Und spüren Sie diese Kraft, Hochwürden? Spüren Sie meine Kraft? Ich wünschte, Sie könnten meine Kraft spüren! Meine tiefe Entschlossenheit. Ich wünschte, mein Mann könnte sie spüren, diese Kraft. Dann würde er sich *niemals* von mir trennen. Er würde zittern. Jetzt erteilen Sie mir die Absolution. Bitte. Die Liste meiner Sünden ist lang. Und ich kann nur in *reinem* Zustand beten. Ich kann Max nur zu mir zurückbeten, wenn ich gereinigt bin von aller Last. Nackt und ein frisch geborenes Lamm. Josephine. Nackt und offen für neue Schuld, Hochwürden. Ich bitte Sie, nackt, ein Lamm. Ich will ein Lamm sein. Machen Sie mich endlich zum Lamm. Bitte. Jetzt.«

LEONORA

1

Und dann ging es los: Die hübsche Französin Marie-Berthe Aurenche gegen die schöne Engländerin Leonora Carrington. Beide Frauen zählten zwanzig Jahre, als Max sie kennenlernte. Bei Marie-Berthe war Max selber fünfunddreißig, bei Leonora sechsundvierzig. Marie-Berthe Aurenche wollte die Männer um Max beeindrucken, und sie schaffte es auch; Leonora Carrington beeindruckte die Männer, ohne es zu wollen. Marie-Berthe trug ihre Haare kurz und keck geschnitten; Leonora ließ gerne eine wilde Mähne wuchern. Marie-Berthe Aurenches Verrücktheit wirkte aufgesetzt und spielerisch-spleenig; in Leonora Carringtons Miene dagegen lauerte schon sehr früh die Möglichkeit eines restlosen Absturzes. Marie-Berthes katholisches Gemüt wurde immer enger und enger mit der Zeit; Leonoras katholischer Blick dagegen wandelte sich mehr und mehr in einen rebellischen Atheismus, garniert von Esoterik und Alchemie. Marie-Berthe sah sich lieber als Nixe, Leonora als Hexe. Marie-Berthe las aus der Hand, Leonora aus den Augen. Beide liebten das Spirituelle: Marie-Berthe dessen schillernde Oberfläche, Leonora den soghaften Strudel. Marie-Berthe erfand und träumte ihre Träume für Max, Leonora erfand und träumte ihre Geschichten und Bilder für sich selbst. Marie-Berthe konnte sich stundenlang um ihre äußere Erscheinung kümmern, ließ sich schminken, frisieren und einsprühen mit teuren Parfums, sie trug den letzten Schrei und glitzerte an manchen Abenden wie eine Girlande; Leonora verwirrte die Männer mit schrägen, unweiblichen Klamotten und mit dem kaum übertünchten, scharfen, aber betörenden Geruch ihres Körpers. Marie-Berthe mochte eher zarte Stoffe, Leonora rohe Nacktheit. Beide konnten ihre Krallen ausfahren wie Katzen. Marie-Berthe spielte aber öfter das scheue Reh; und Leonora warf, als stolzes Pferd, den Kopf zurück wie keine Zweite. Marie-Berthe tigerte gern an den Gittern innerer Gehege vorbei; Leonora liebte die endlose Prärie der Freiheit. Während Marie-Berthe ihr Leben als einzigen Auftritt sah und den Applaus der anderen suchte und brauchte, konnte Leonora ihrem Gegenüber Blicke wie Pfeile schicken, mit betäubendem Gift und Widerhaken, beobachtend, stets rauchend, abwartend und lauernd, bereit zum Sprung, und der Sprung kam immer unerwartet, aber er kam. Und Max? Max glaubte in Leonora genau die Frau zu finden, die Marie-Berthe gern für ihn gewesen wäre. »Max Ernst hat keine andere Frau so sehr geliebt wie Leonora«, sagte André Breton. Und Jimmy Ernst würde über seine erste Begegnung mit Leonora schreiben: »Sie hieß Leonora Carrington, und ihre dunkle, glutvolle Schönheit riss mich so hin, daß es mir schwer fiel, zusammenhängend mit ihr zu reden.«

Die Industriegrafschaft Lancashire erblickte das schwarz gelockte, neugeborene Mädchen, das auf den Namen Leonora Mary Carrington getauft werden sollte, erstmals am 6. April 1917. Das Kind lag in einer üppig mit Tüll berüschten weißen Wiege, in der schon Leonoras älterer Bruder Patrick gelegen hatte und auch Mutter Maureen und deren Geschwister. Die Wiege galt als heiliger Schatz, sie hatte der ganzen Familie Glück gebracht – bislang. Um das Baby glitten die Diener und Mägde über frisch gewienerte Parkettböden und befolgten gewissenhaft die Befehle der Herrschaften im Haus Westwood, in dem die schwerreiche Familie Carrington zunächst residierte, später dann in einem echten Schloss, wie der Vater es stolz nannte, einem viktorianischen, neugotischen Herrenhaus namens Crookhey Hall in Cockerham, südlich von Lancaster, vom Architekten Alfred Waterhouse entworfen. Die dafür nötigen Millionen waren durch den einen der beiden Großväter in die Taschen der Carringtons gespült worden. Denn der hatte schon früh den Kern der Industrialisierung erkannt: Schnelligkeit. Der Großvater erfand einen Webstuhl, mit dem man – eben – schneller weben konnte als üblich, und wer schneller webte, webte mehr, und wer mehr webte, verkaufte auch mehr. Leonoras Vater Harold musste jetzt nur noch das florierende Textilveredelungsgeschäft Carrington Cottons an einen Chemiekonzern verkaufen und dessen Hauptaktionär bleiben, schon floss das Geld wie von allein. Fantasielos, aber effizient. Leonoras Mutter Maureen verfügte über wesentlich mehr Einbildungskraft. Sie behauptete nicht nur, dass ihre Tante auf den Namen Maria Edgeworth höre, eine berühmte Romancière (»Genauso berühmt wie Jane Austen!«), und dass ihr Onkel in der Studienzeit mit James Joyce befreundet gewesen sei, nein, Maureen erdichtete – genau wie Marie-Berthes Mutter – sich selber und ihrer Tochter eine royale Herkunft. Während Marie-Berthe Aurenche die legitime Nachfolgerin französischer Könige sein sollte, reichte im Fall von Leonora Carrington der Stammbaum angeblich bis zurück zum österreichischen Kaiser Franz Joseph sowie zum irischen König Malcolm. Leonora aber glaubte, im Gegensatz zu Marie-Berthe, kein Wort dieser Mär und fand später heraus, dass die Moorheads (so der Name der Mutter) in Wirklichkeit nichts weiter gewesen waren als mittellose Vagabunden.

Und dann diese Gegend. Einerseits das Frische, Offene, der endlose Blick auf die Irische See und auf die Morecambe Bay. Andererseits das Dunkle, das Mystische im Hinterland: Pendle Hill, jener Ort der Pendle-Hill-Hexen aus dem 17. Jahrhundert, fand sich in knapp fünfzig Meilen Entfernung. In den Wäldern und über den grünen Hügeln lag ein Flaum des Unheimlichen. Leonoras irisches Kindermädchen Mary Kavanaugh verstärkte dieses Gefühl noch. Jeden Abend musste sie vorlesen oder erzählen. Noch eine Geschichte, bitte, Mary! Nur noch eine, please,

please, please! Und Leonora lauschte Märchen und Gruselgeschichten oder der Erzählung über jene junge Frau, die einst im Wald des Hinterlands spazierte und einen Krämer, der ihr entgegenkam, um Geld bat. Als der Krämer sie nicht beachtete, murmelte die Frau einen Fluch …

»Was ist ein Fluch, Mary?«

»Wenn man jemandem etwas Böses will.«

»Und wie geht so ein Fluch?«

»Ich will, dass du sofort tot umkippst. Walla Katanga!«

Mary fuhr die Klauen ihrer Finger aus.

Leonora murmelte das Gehörte sofort nach, um es sich einzuprägen. »Und dann?«

»Dann fiel der Krämer tatsächlich zu Boden und war tot. Und die junge Frau stellte fest: Sie gehörte zu den Hexen, die übernatürliche Kräfte besaßen.«

»Und dann?«

»Jetzt wird es Zeit zu schlafen, Leonora.«

Mary Kavanaugh glaubte selber mit Haut und Haar an die zerstörerischen Zauberkräfte der Hexen. Und sie hatte eine Heidenangst vor diesen finsteren Wäldchen, die zwischen den Hügeln in der Nähe lagen. Hinter einem dieser Wäldchen hatten Hexen einst einen Steinkreis errichtet. So die Legende. Der Steinkreis befand sich immer noch dort. Bei ihrem letzten Besuch, Jahre zuvor, hatte Mary ein lähmendes Gefühl gepackt: Irgendjemand oder irgendeine Kraft schien sie an diesen Ort gelockt zu haben, um sie hinabzuziehen ins grabschwarze Erdreich. Und das streng abergläubische Kindermädchen Mary Kavanaugh zuckte zusammen, als Leonora im Alter von acht Jahren den Wunsch äußerte, sie wolle unbedingt jenem teuflischen Steinkreis einen Besuch abstatten.

»Mit mir?«

»Mit dir, Mary.«

2

Um halb drei stiegen sie in den nagelneuen Bentley. Der Chauffeur mit dem sprechenden Namen Herb Pretty fuhr sie wortlos ans Ende der befestigten Wege.

»Wollen Sie nicht mitkommen, Herb?«, fragte Mary.

Herb lächelte nur, stieg aus, lehnte sich ans Auto, zündete eine Zigarette an und steckte die linke Hand in die Hosentasche. Mary und Leonora betraten allein den Wald. Dort schwitzten Pilze. Der Boden war seifig vom Regen der letzten Nacht. Leonora konnte förmlich fühlen, wie sich der feuchte Dreck in die Ritzen ihrer Schuhsohlen quetschte. Sie liebte alles Matschhafte und hätte sich am liebsten sofort die Schuhe abgestreift. Bei jedem ihrer Schritte hörte sie einen Specht schlagen. Wenn sie eine kurze Pause machte, schwieg der Specht. Wenn sie rannte, hämmerte der Specht schneller. Immer im Rhythmus ihrer Schritte. Leonora bildete sich das nicht ein, es war wirklich so: Ihr schien, als werde sie vom Specht beobachtet, der ihren Lauf mit seinem Pockpockpock untermalte. Manchmal knackten Äste, ohne dass ein Tier sich zeigte. An einer Stelle wuchsen die Bäume so dicht über ihnen zusammen, dass es kurz stockdunkel wurde. »Hier also versteckt sich die Nacht, wenn es Tag ist«, sagte Leonora.

Nach einer Viertelstunde traten die beiden aus dem Wald und erreichten ihr Ziel: den Steinkreis am Fuß einer hügeligen Wiesenlandschaft.

»Erzähl mir endlich, was genau das ist«, sagte Leonora und deutete auf die Steine. »Du hast es mir versprochen. Du hast gesagt: Wenn ich älter bin! Hast du gesagt. Jetzt bin ich älter. Acht Jahre.«

Als Leonora diese Worte von sich gab, erhob sich plötzlich der Wind. Vom Wald her. Mary fuhr herum, weil ihr Rock sich wölbte. Bäume senkten ihre Kronen im aufbrausenden Sturm. Eine Ecke des Himmels hatte sich violett verfärbt, wohl während ihrer Walddurchquerung. Der Wolkenbrand wütete. Jetzt wollte Mary Kavanaugh Leonora zurufen, es sei Zeit, nach Hause zu gehen. Doch als ihr Blick auf Leonora fiel, löste sich ein Schrei von Marys Lippen: Das Mädchen stand mitten im Steinkreis der Hexen, dort, auf dem wuchernden Gras, die Arme waagerecht von seinem Körper gestreckt, als wolle es etwas abwehren oder zu sich heranziehen. In Marys Richtung wiesen die Hände, und Leonoras Haare, die langen, schwarzen, lockigen Mähnenhaare, verbargen ihr Gesicht, und alle Anzeichen des Kindlichen verschwanden unter dem dichten Haar, doch Leonora schien nichts davon zu merken, sondern stakste langsam und stockend auf Mary zu, die sich nicht mehr regte, als Leonora über die Steine zu ihr kam, immer noch mit ausgestreckten Händen, das weiße Kleidchen, die schwarzen Haare, das verschluckte Gesicht, und Mary hob ebenfalls die Hände, zur Abwehr gegen das Kind, das sich ihr näherte, Hexenschritt für Hexenschritt. Als Leonora das Kindermädchen erreichte, blieb sie dicht vor ihm stehen, hob das Gesicht mit den Haaren, höher und immer höher, bis ihr verborgener Blick Mary traf. Leonoras Hände schoben die Haare jetzt wie einen Vorhang auseinander. Mary griff sich ans Herz: Für einen Augenblick schienen die Finger des Mädchens uralt, knochengrau und faltig.

Leonora öffnete die Augen.

Schaute Mary an.

Und lächelte plötzlich.

»Hattest du Angst vor mir?«, fragte Leonora.

»Nein, mein Kind. Wieso?«, stotterte Mary.

»Du bist bleicher als die Wäsche in der Sonnerei.«

»In der Sonnerei?«

»Hier liegt Trauriges«, flüsterte Leonora und deutete zum Steinkreis, ohne Mary aus den Augen zu lassen. »Ich habe es gefühlt, Mary. Dort drinnen. Dort unten.«

Leonora übte gerade, ihr Gegenüber direkt und lange anzublicken. Sie liebte das Spiel *Welche Wimper zuckt zuerst?*, das sie mit ihren Brüdern spielte. Sie stellte sich gern vor, was der andere wohl gerade dachte, wenn sie ihn ansah. Erst vor kurzem hatte sie eine beiläufige Bemerkung ihres Hauslehrers aufgeschnappt: Der Mensch habe immer das Gefühl, er blicke in beide Augen des Gegenübers. Dies sei aber unmöglich. Der Mensch sei gezwungen, immer nur in eins der beiden Augen zu blicken. Solche Sätze, solche scheinbaren Kleinigkeiten hakten sich immer tief in Leonoras Kopf. Wenn sie fortan jemanden anblickte, schaute sie meist sehr bewusst und kontrolliert in eines der beiden Augen. Später würde sie feststellen: Sah sie ins linke Auge, wurde ihr Blick milder, herzlicher, sanfter, aber auch oberflächlicher; sah sie ins rechte Auge, wurde ihr Blick ernster, härter, trauriger, aber auch tiefer; sah sie aber in die Mitte zwischen die Augen, hörte sie gar nicht richtig zu, was der andere sagte, dann war sie viel eher bei sich und ihren eigenen Gedanken.

»Was meinst du?«, fragte Mary.

»Tote Menschen«, sagte Leonora. »Frauen.« Sie drehte sich zum Steinkreis. »Zehn.« Leonora blickte Mary ins rechte Auge. »Waren das Hexen?«

»1612 hat man zwölf Hexen verurteilt. Aber nicht …«

»Sie sind hier begraben. Unter diesem Kreis aus Steinen. Ich habe zehn Leichen gezählt. Zehn Skelette. Nicht zwölf.«

»Pendle Hill liegt fünfzig Meilen entfernt …«

»Sind sie nicht hier im Schloss verurteilt worden? Bei uns? In Lancaster Castle?«

»Ja. Schon, aber …«

»Ich fühl das. Die Toten. Und … da war auch eine Hand, Mary«, sagte Leonora. »Unter der Erde. Die hat nach mir gegriffen.«

»Los!«, rief Mary. »Nichts wie weg hier!«

Und schon liefen sie durch den Wald zurück zum Chauffeur.

In der Nacht, heimlich, als alle schon schliefen, stand Leonora noch einmal auf. Sie ging vor dem Bett in die Knie und holte ein Buch aus dem Schummer: *Die Hexenprozesse von Pendle Hill im 17. Jahrhundert*. Leonora schlich mit einer Lampe durch die Flure in die Bibliothek, stellte das Buch in die Lücke, die sie sich gemerkt hatte, kehrte den Regalen den Rücken, wollte schon gehen, hielt aber noch einmal inne. Griff sich ans Herz. Eine versprengte Träne weigerte sich, die Wange hinabzulaufen. Mit dem Zeigefinger tupfte Leonora die Träne auf und betrachtete sie im Schein der Lampe. Dann legte sie die Fingerkuppe auf die Zunge, zögerte, drehte sich noch mal um, nahm das Buch wieder aus dem Regal, plötzlich wild entschlossen, huschte durch die Flure, diesmal in eine andere Richtung.

Als sie den Dienstbotentrakt erreichte, sah sie ein Licht auf sich zuschweben, den langen, dunklen Gang entlang, es war Mary Kavanaugh, wohl auf dem Weg zur Toilette.

»Was machst du denn hier?«, fragte Mary.

»Ich«, sagte Leonora leise, »wollte zu dir.«

»Um diese Zeit?«

»Es ist *so*«, sagte Leonora. »Heute Mittag hab ich dir Angst machen wollen. Bei den Hexen. Ich weiß nicht, warum. Ich sag aber nicht Entschuldigung. Weil: Ich konnte nichts dafür. Das kam aus mir raus. Du musst mich so nehmen, wie ich bin, Mutter. Hier.« Leonora reichte ihrem Kindermädchen das Buch und lief zurück in ihr Zimmer.

»›Mutter‹?«, fragte Mary noch. »Wieso denn ›Mutter‹?«

Leonora aber war bereits verschwunden.

Mary stand dort mit ihrer Lampe. Sie wusste nicht, was tun. Also schlug sie das Buch auf und blätterte eine Weile. Ihr Blick blieb hängen an einer Doppelseite mit zwei Fotos. Links ein Verlies, in dem man Hexen gefoltert hatte: graue, feuchte Steinquader, fensterlos, mit grässlichen Instrumenten an den Wänden, auf dem Boden verstreute Strohhalme. Die Bildunterschrift: »Der Kerker von Pendle Hill«. Auf der rechten Seite stand eine erwachsene Frau im Hochzeitskleid. Lange, schwarze Haare bedeckten ihr Gesicht, die Hände hatte sie weit nach vorn gestreckt.

3

Wie so viele neureiche Unternehmerfamilien wollten auch die Carringtons dazugehören: zur upper class. Auch ohne Adelstitel passten sie sich den Gepflogenheiten jenes Standes an und imitierten das Earl-und-Duke-Verhalten aufs Beste. Leonora sah ihre Mutter Maureen folglich nur ein einziges Mal am Tag, beim Fünf-Uhr-Tee.

»Guten Tag, Leonora.«

»Guten Tag, werte Mutter.«

»Den Knicks nicht zu tief.«

»So besser?«

»Wie geht es dir?«

»Wie soll's mir schon gehen?«

»Das ist eine unschickliche Antwort.«

»Es geht mir bestens.«

»Danke, es geht mir sehr gut, sagt man.«

»Danke, es geht mir sehr gut.«

»Et ton français? Il fait des progrès?«

»Je parle comme une poisson dans la Seine.«

»Pourquoi la Seine?«

»Pourquoi pas, maman?«

Leonora besaß ein eigenes Shetlandpony namens Black Bess, auf dem sie stundenlang durch die Hügellandschaft ritt, und ein geliebtes, riesengroßes weißes Schaukelpferd namens Tartar, das im Zimmer stand und immer für sie da war, ein Freund, mit dem sie sich unermüdlich austauschte: Tartar war viel größer und hatte stets ein offenes Ohr für Leonora, obwohl oder gerade weil er aus Holz war. Die Carringtons beschäftigten eine französische Gouvernante und einen englischen Hauslehrer. Leonora mochte beide nicht. Am Hauslehrer schätzte sie immerhin dessen Versessenheit in puncto Astronomie. Sie konnte ihn stundenlang über dieses Thema ausquetschen. Ohne das Reiten auf Black Bess, ohne die endlosen Gespräche mit Tartar und ohne ihr Kindermädchen Mary Kavanaugh wäre alles öde und langweilig gewesen. Leonora wusste wirklich nicht, weshalb sie Mary hatte Angst machen wollen beim Steinkreis. Sie war aber auf jeden Fall froh, dass Mary zwar streng sein konnte, aber nie in irgendeiner Form nachtragend. Mary erzählte ihr weiterhin Märchen und Gruselgeschichten. Oder las aus Büchern vor wie *Alice im Wunderland*. Leonora schloss beim Zuhören gern die Augen. Wenn Mary eine Pause machte, um zu horchen, ob das Kind schon schlief, sagte Leonora mit geschlossenen Augen: »Ich bin noch wach. Mehr bitte! Weiter! Weiter!« Und Leonora purzelte in verschiedenste Weltenlöcher. Später malte und zeichnete sie all die Dinge, die sie beim Zuhören wie greifbar vor sich sah. Sie schrieb eigene kurze Geschichten. Was gab es Schöneres, als Dinge zu erzählen, die anderen Menschen Schauer auf den Rücken zauberten? Dieses angenehme Kribbeln und Krabbeln eines wohligen Entsetzens? Katze, o Katze, sie schleicht durch das Gras, und die Zähne vom Sturme zu Zinken gebogen, sie ragen weit über die Lippen hinaus, und über dem Rücken der Katze ein Schildkrötenpanzer, jetzt sieht sie dich, Katze, sie richtet sich auf, sie steht auf zwei Beinen, sie zieht ihren Panzer, rabrab wie 'nen Hut, verbeugt sich, doch als sie den Blick hebt, da leuchten die Augen, die Katze stürmt los, sie will ihre Zähne, die schiefen, die Zähne, die Mistgabelzähne, hinein in den Bauch, will sie rammen, mit Wucht, mit der Wucht, mit der Wucht des Vertrauens …

Solche Fantastereien standen einem kleinen Mädchen nicht gut zu Gesicht. Zumal man die Absicht trug, sie ins Kloster Holy

Sepulchre zu bringen, wo die Nonnen die junge Wilde geradebiegen sollten. »Leonora, Sie verstehen, Mutter Oberin, meine Tochter, sie ist kein leichter Fall, sie versinkt ständig in Brütereien über Dinge, die es nicht wert sind. Sie kniet draußen im Dreck, Mutter Oberin, und formt aus dem Schlamm kleine *Skulpturen*, wie sie sagt. Sie tanzt um diese widerlichen Figuren herum wie die Israeliten um das Goldene Kalb, und sie weint bitterlich, wenn der nächste Regen die Skulpturen wieder auslöscht. Sie liest heimlich Bücher, die wir als nicht empfehlenswert erachten, wir haben keine Ahnung, wie sie überhaupt an solche Bücher kommt. Und dann schreibt und zeichnet sie so seltsame Dinge, schwarze Männer mit abgetrennten, blutigen Köpfen, Mutter Oberin, und das ist nichts gegen die Erläuterungen, die neben den Bildern stehen, ich habe Ihnen hier ein Exemplar ihrer Ergüsse mitgebracht, Mutter Oberin, lesen Sie selbst, wir geben sie in Ihre Obhut, es geht darum, dass Leonora wieder erkennt, was wirklich wichtig, was wirklich richtig ist im Leben und was nicht.«

Doch in Chelmsford in der Grafschaft Essex, am anderen Ende der Insel, lernte die junge Leonora nicht das, was sie dort lernen sollte (recht schreiben, recht rechnen und recht lesen). Nein. Sie verweigerte sich. Das Gegenteil dessen tun, was man von ihr verlangte, wurde ihr Lieblingsantrieb und ihr Lebenselixier. Erwartete man eine hübsche, geschwungene Schreibschrift von züchtiger Kleinmädchenhand, so schrieb Leonora einfach alles wild und sturmzerzaust und immer verkehrt herum: in Spiegelschrift. Erwartete man eine aufrechte Haltung beim Schreiben, krümmte sich Leonora auf dem Tisch wie ein schiefer Schimpanse. Erwartete man das Schreiben mit der anständigen rechten Hand (während die schmutzige linke Hand auf dem Papier ruhen sollte), schrieb Leonora spielend leicht mit links, und das trotz der Stockschläge. Irgendwann wusste die

Lehrerin nicht mehr weiter und holte die Mutter Oberin. Deren strenger Blick schien Leonora gefügig zu machen. Denn Leonora griff mit der rechten Hand sofort zum Stift und sagte, es tue ihr leid, sie wisse eigentlich ganz genau: die rechte Hand sei die wichtigere der beiden Hände. Das habe schon ein Dienstmädchen in Crookhey Hall gesagt.

»Ein Dienstmädchen?«, fragte die Mutter Oberin. »Was für ein Dienstmädchen?«

»Ich habe gelauscht. Wie ein Dienstmädchen zu einem anderen gesagt hat: Die rechte Hand ist die wichtigste, weil, die braucht man zum Masturbieren. Was heißt denn *Masturbieren*, Mutter Oberin?«

Leonoras Augenaufschlag wirkte perfide eingeübt, aber die Mutter Oberin tat so, als hätte sie die Frage nicht gehört und als sei sie überzeugt davon, dass Leonora die Bedeutung dieses sündigen Wortes nicht im Entferntesten verstand. Schon hüpfte Leonoras rechte Hand mit dem Stift über die Linien des Heftes, die Mutter Oberin nickte, wollte sich entfernen, als plötzlich etwas Ungewöhnliches geschah: Leonoras linke Hand, von ihr unter das Pult gezwungen, schoss nach oben, als wolle sie nicht länger im Trüben tauchen. Wie ein Schwanenschnabel schnappte sich die linke Hand nun – während die rechte immer noch schrieb – einen zweiten Stift, und schon fiel die linke Hand ins Schreiben ein, schrieb genauso schnell wie die rechte, schrieb gleichzeitig mit der rechten, schrieb in Spiegelschrift genau das, was die andere Hand ganz korrekt schrieb. Und Leonora rief, während sie schrieb: »Ich kann nichts dafür, das passiert von allein, das muss raus, Mutter Oberin, sehen Sie das nicht, meine Schwanenhand?«

Doch die Mutter Oberin sah nur Leonoras tiefgreifende Lese- und Rechtschreibschwäche, ihr fehlendes Verständnis für die allereinfachsten grammatikalischen Regeln und diese widerliche

Schrift, ja, für sie war diese Beidhändigkeit nichts als Teufelszeug. »Schluss!«, rief sie.

Leonora ließ beide Stifte fallen. Die Mutter Oberin dachte einen Augenblick nach. Und in die Stille hinein sagte Leonora: »Ich verspreche Ihnen, ich werde alles tun, um eine Heilige zu werden!«

Die Mutter Oberin runzelte die Stirn.

»Darf ich Ihnen zeigen, warum?«, fragte Leonora.

»Zeigen?«

»Kommen Sie! Bitte!« Und Leonora führte die Mutter Oberin nach draußen, zur vier Meter hohen Klostermauer, zeigte auf die Kante oben und sagte: »Sehen Sie?« Und im gleichen Augenblick kletterte Leonora die schlanke Kastanie hoch, die dicht an der Mauer wuchs. Die Mutter Oberin rief, sie solle wieder runterkommen. Doch Leonora stieg weiter, bis sie die Kante erreichte. Oben angekommen, spazierte sie ein Stück auf der Mauer entlang, ehe sie die Augen schloss, die Arme vor der Brust kreuzte und einen irischen Riverdance aufführte, den Mary Kavanaugh ihr beigebracht hatte, nachdem sie einmal zu viel Kilkenny getrunken hatte. Als Leonora auf diese Weise – blind und kaum in der Lage, das Gleichgewicht zu halten – auf der Mauer tanzte, bekreuzigte sich die Mutter Oberin und betete lautstark, dass Leonora nichts passieren möge. Die aber rief von oben hinunter: »Was beten Sie, was beten Sie? Ich bin eine Heilige, mir wird nichts passieren. Heilige können doch schweben, oder? Durch die Lüfte. Fliegen! Hurra! Wissen Sie das nicht?«

Als Leonora von der Mauer heruntergeklettert war, gab die Mutter Oberin ihr eine Ohrfeige, packte sie am Schlafittchen und zog sie mit sich. Sie telefonierte sofort mit Crookhey Hall. Sie könne die Verantwortung für das unmögliche Gör nicht länger übernehmen, rief sie ins Telefon. Leonora sei ganz und gar geistesgestört, und das Mädchen bleibe – damit es kein weiteres

Unheil anrichten könne – so lange bei ihr sitzen, bis der Chauffeur von Crookhey Hall eingetroffen sei.

»Na endlich«, murmelte Leonora. »Bin lange genug hier. Ein ganzes Jahr, oder was?«

4

Doch Leonora hatte es noch nicht geschafft. Sie kam in ein zweites Kloster. Der durch Spenden gefügig gemachte Bischof von Lancaster setzte sich persönlich für Leonora ein. Diesmal ging es nach St. Mary's in Ascot. Das war nicht unpraktisch. So konnte Mutter Maureen ihre Tochter besuchen, wenn sie zu den Pferderennen anreiste, bei denen sich eine Frau ihres Standes regelmäßig zu zeigen hatte. Die Nonnen in der Klosterschule St. Mary's duldeten Leonoras Betragen immerhin satte zwei Jahre, ehe sie Leonora hinauswarfen. Und jetzt? Noch einmal in ein Kloster? Aussichtslos. Leonora hatte die Nonnen ein für alle Mal abgefrühstückt. Man brauchte eine zivile Person, eine strenge, harte Rute auf der einen Seite, aber auch jemanden, der ein Händchen für die Aufsässige haben könnte. Man wollte der Tochter ein Stück entgegenkommen und suchte einen Ort, an dem sich Leonora vielleicht würde wohlfühlen können, einen Ort, der sie würde interessieren oder begeistern können, einen Ort, der ihr viel von dem bot, was sie so sehr zu lieben schien: die Kunst.

Leonoras Eltern trafen ins Schwarze, als sie ihre Tochter nach Florenz schickten, zu einer Miss Penrose. In der Toskana fühlte Leonora zum ersten Mal etwas, das sie mit dem Wort *Freiheit* bezeichnen könnte. Sie lebte an der Piazza Donatello, entdeckte die Museen der Stadt, die Bilder der Künstler Uccello, Arcimboldo und Pisanello. Sie und Miss Penrose legten per Handschlag fest: Solange Leonora die ihr gestellten Aufgaben zur Befriedigung löste, durfte sie in ihrer Freizeit tun, was immer sie wollte. Die Florentiner Jahre glichen einem Schweben: Das Selberschreiben führte Leonora zum Lesen; das Selbermalen führte sie zum Betrachten der Bilder in den Museen; und das Masturbieren führte sie zu den Männern. Sie betrat – vielleicht mit sechzehn Jahren – das Atelier eines blutjungen, noch nicht erfolgreichen, ein wenig schüchternen, aber gut aussehenden, dunkelhaarigen Künstlers.

Leonora fragte: »Darf ich zuschauen?«

Und zuckte zusammen.

Wieder war es eine scheinbare Nebensächlichkeit, die sie ihr Leben lang nicht vergessen würde. Darf ich zuschauen? Ihre Stimme, ihre eigene Stimme klang bei diesem Satz vollkommen anders als je zuvor: wärmer, tiefer, intimer, sonorer, ein rohes, wohliges, kratzendes, aber sanftes Dröhnen. Darf ich zuschauen? Wo war die helle, kitzlige, schwingende, singende Kinderstimme hin? War sie jetzt ein Mann geworden? Diese neue Stimme wollte Leonora sofort noch einmal hören. Deshalb fügte sie in hinkendem Italienisch hinzu: »Ich habe noch nie mit einem Mann geschlafen. Willst du der Erste sein?«

Der junge Mann glaubte sich verhört zu haben. Dann aber sah er Leonoras Blick. Ohne ein weiteres Wort schloss der Junge die Tür zum Atelier ab, schon flogen Kleidungsstücke durch die Luft, die beiden rollten über den Boden, Leonora schrie wie ein Tier und wälzte den Jungen mit aller Kraft zur Staffelei, die mit Leinwand, Palette und Farbtuben über den Körpern zusammenkrachte. Leonora quetschte eine der Tuben aus und schlug die Fingernägel in den nackten Rücken des Italieners, bis künstliches Blau sich mit echtem Rot mischte: zu surrealem Dunkelgrün. Leonora strich dem hart keuchenden Jungen eine Locke aus der Stirn. Luigi sein Name, oder hieß er Paolo? Egal. Sie ging nicht wieder hin. So schön es auch gewesen war. Denn Leonora wollte zwar Erfahrungen sammeln und alles in sich aufsaugen, was ein junges Mädchen aufsaugen konnte, sie wollte aber vor allen Dingen eins: unabhängig bleiben.

Stattdessen suchte sie häufig den Künstler Marco Picadelli auf, ebenfalls unbekannt, aber ein alter Mann schon, über siebzig, dessen Atelier schräg gegenüber der Wohnung von Miss Penrose lag. Körperlich schien er seltsam erloschen. Unter dieser Erloschenheit aber schlief eine Schicht Ruhe, die etwas überaus Anziehendes hatte. Als wüsste er genau Bescheid, was im Leben als Nächstes käme. Als könne ihn nichts mehr überraschen. Als wäre diese Gelassenheit genau das, was er zeit seines Lebens gesucht hatte.

Marco Picadelli zeigte Leonora eine uralte Technik. »Die Italiener haben sie erfunden«, seufzte Marco. »So sagen die Italiener. Die Holländer haben sie erfunden. So sagen die Holländer.«

Leonora sah zu und lernte schnell. Sie half dem Alten schon bei ihrem nächsten Besuch, setzte eine Schüssel ins kochende Wasserbad, schlug Eier auf, trennte Eiweiß vom Eigelb, gab die Dotter in die Schüssel, fügte ein paar Eierschalen destilliertes Wasser hinzu. Jetzt noch ein Schütteln, vielleicht Quirlen, Signor Picadelli? Und mehr noch: Leonora durfte mit dieser Ei-Tempera, wie Marco Picadelli den gelblichen Matsch nannte, die komplette weiße Leinwand des Künstlers bestreichen. Auf diese Weise bekam der Untergrund einen Gelbstich. Danach erst begann Picadelli mit dem Malen. Wenn Picadelli seine Tagesmüh vollbracht hatte, trug Leonora das Bild nach draußen, an die Sonne. Dort saß sie auf der heißen Straße, Sonnenbrille über den Augen, den knappen Rock hatte sie hochgeschoben, um ihre immer noch weißen Beine bis zu den Lenden zu bräunen und um den vorübereilenden Männern Gelegenheit zu geben, Blicke auf ihre fehlende Unterhose zu werfen; außerdem liebte sie es, wenn der körnige Dreck des Pflasters an ihrem nackten Hintern klebte. Die blassgelbe Grundierung des Bildes zog sich langsam zurück. Als ginge sie in Deckung und wollte nicht mehr gesehen werden. Die Farben blieben davon unberührt. Unverändert. Und zwar – wie Leonora erfuhr – für immer. Das war der Sinn der Ei-Tempera: naturgetreuer Erhalt der Farben. Die nicht mehr vergilben würden. Oder ermatten. Oder erbleichen. Mittels Ei-Tempera würde jeder künftige Mensch das Bild so anschauen können, wie es einst gemalt worden war.

»Bis in alle Ewigkeit, Signor Picadelli?«

»Bis in alle Ewigkeit, kleine Leonora.«

5

Doch plötzlich fiel Leonora aus der Zeit. Einfach so. Sie wurde zurückgerufen. An den Hof. Die Jahre in Italien waren viel zu schnell vergangen. Die Eltern wollten endlich nachschauen, was Miss Penrose aus Leonora gemacht hatte. Mit siebzehn Jahren sollte die junge Dame, der eine ausnehmende, ja eine herausragende Schönheit bescheinigt wurde, verlobt werden, und zwar am liebsten mit einem Vertreter des echten Adels. In letzter Zeit waren einige dieser Häuser in finanzielle Schieflage geraten. Sie suchten das Geld, das die Carringtons im Überfluss besaßen. Und die Carringtons suchten für ihre Tochter den adligen Namen, der ihnen selber fehlte.

Leonora reiste mit der Familie nach London, zum Hof des Königs George V. Eine Debütantin. Wenn Leonora den Saal betrat, konnte man das Raunen nicht nur hören, sondern schier mit Händen greifen. Es gab jede Menge Festivitäten und Bälle sowie königliche Gartenpartys, und Leonora fuhr zu den Rennen nach Ascot, wenngleich sie, wie sämtliche anwesenden Frauen – und darüber ärgerte sie sich maßlos –, weder wetten noch auf den Sattelplatz durfte, um die Pferde vor oder nach dem Rennen zu betrachten und einzuschätzen. Ihre Eltern waren mehr als nur stolz: Leonora schwebte auf ihren putzigen Schühchen mit Verehrern über die Tanzflächen oder spazierte untergehakt und mit aufgespanntem Schirm durch die streng frisierten Gartenlandschaften. Weder aus ihrem Zopf noch aus den Buchsbaumbällchen verirrte sich ein einziges Härchen ins Freie. Leonora lächelte galant, machte freundliche Gesten, schmiegte sich an die hübschen, jungen Männerkörper, und

Harold und Maureen Carrington strahlten vor Begeisterung. Es war jetzt nur noch eine Frage der Zeit, bis einer dieser Verehrer mit hochrotem Kopf und klopfenden Schläfen zu ihnen kommen und um die Hand ihrer Tochter anhalten würde. Wie sie flirten konnte! Hier eine leichte Berührung, dort ein Lächeln, hier ein Klimpern. Wo sie das nur gelernt hatte? In Florenz? Bei den Italienern? Zu gern hätten die Eltern mit angehört, worüber genau ihre Tochter redete mit den Kandidaten. Während aus der Ferne Leonoras blütenweiße Zähne blitzten, während Leonoras Lippen auf dem italienisch angebräunten Teint rot erglühten, war es den Jünglingen vorbehalten, die Worte der jungen Dame zu vernehmen. – William war der Name? Haben Sie schon mal mit einer Frau geschlafen, William? Ich deute Ihr Schweigen als Nein. Wie schade. Ich aber auch erst mit sieben Männern. Bin noch fast jungfräulich also. Eins habe ich aber gelernt. Ich bevorzuge Erfahrung. Ältere Männer. Sagen wir: zwischen dreißig und fünfzig. Das ist genau mein Ding. Die wissen nämlich, was sie tun. Meistens. Daher kommen Sie, werter William, für mich leider nicht in Frage. Viel zu jung. Übrigens: Diese Konversation hat niemals stattgefunden. Wir spielen noch eine Partie Flirt, damit unsere Eltern da drüben ihren Spaß haben, capisce? Lächeln, lächeln, winken, Contenance. – Charles, Sie riechen so gut, sind Sie etwa in ein Bassin mit Eau de Toilette gefallen? Ich mag keine Parfums. Das ist so eine Sache, die ich Ihnen nicht verheimlichen kann. Ich mag Schweiß. Ich mag den Gestank des Körpers. Ich mag das Ungewaschene, denn nur das heißt Leben, Wildheit. Masturbieren Sie? Wie oft in der Woche? Mit der rechten oder mit der linken Hand? Warum sagen Sie nichts? Soll ich Ihnen was beichten? Ich habe an Sie gedacht beim Masturbieren, Charles. Eben, hier, vorhin, auf der Toilette. Dabei hab ich geschrien wie ein gestochenes Schwein. Meine Hand habe ich danach nicht gewaschen. Küssen Sie sie, los, machen Sie schon, ein

Handkuss, das sehen alle gern. Und? Haben Sie was gewittert? Mögen Sie meinen Geruch? Das ist wichtig. Für eine künftige Ehe. Dass man sich riechen kann. Können *Sie* mich riechen? Sehen Sie, ich bin eine Hyäne. Nicht so schnell. Bleiben Sie noch. Das fällt sonst auf. Ja, ich verspreche Ihnen, ich führe jetzt nur noch eine adäquate Konversation, adäquat, adäquak, quak, quak … – Elias? Was für ein schöner Name. Schauen Sie meine Fingernägel. Hier: Die werden in der Nacht zu Klauen, zu Krallen, so spitz, dass sie die Haut eines Menschen aufschlitzen können. Ich will Ihnen nicht das Herz herausreißen müssen. Also gehen Sie lieber. Aber erzählen Sie mir erst drei Anekdoten aus Ihrem stocklangweiligen Leben. Come on, Elias, talk to the bitch.

Nach der Saison warteten die Eltern eine Zeit lang. Keiner der ins Visier genommenen Verehrer meldete sich bei ihnen. Man rätselte. Man telefonierte. Alle hielten sich bedeckt. Hin und wieder flatterte ein loses Gerücht an die Ohren der Eltern. Leonora dementierte stets. Stattdessen streifte sie durch die Gärten von Crookhey Hall, meist barfuß, egal, bei welchem Wetter. Sie liebte dreckige Fußsohlen. Sie setzte sich gern auf den roten Plüschsessel im Salon, legte das rechte Bein übers linke Knie und besah sich die staubigen, schwarzen Füße. Statt sie zu waschen, stieg sie lieber mit ihnen ins Bett, damit das Laken am Fußende morgens staubgrau war.

Endlich setzte sich Leonora zu den Eltern ins Kaminzimmer und teilte ihnen mit, dass sie lange genug gewartet habe auf das Erscheinen eines Verehrers. Sie, Leonora, sei wahrscheinlich zu hässlich, innerlich wie äußerlich, einer der Kandidaten habe sie gar *Pferdefresse* genannt, sie wolle aber keine Namen nennen. »Ich habe mich eurem Unfug gefügt«, sagte Leonora. »Jetzt machen wir die Sache so, wie sie *mir* vorschwebt. Jetzt mache ich, was *ich* will, verstanden?« Die Eltern wagten nicht zu fragen, was ihre Tochter denn wolle. Sie warteten, bis Leonora von sich aus fortfuhr: »Ich will Künstlerin werden.« Maureen und Harold sahen in lichterlohe Augen, und sie wussten: Gegen diesen Blick war kein Hexenkraut gewachsen.

6

Immerhin besorgte der Vater ihr einen Platz in der Chelsea School of Art. Leonora wohnte in einer Künstlerbude in London, briet Rühreier und aß ungewaschenen Salat, malte bis in die Nächte hinein, traf sich mit anderen Künstlern, vorwiegend männlichen, tauschte sich aus, in jeder Beziehung, in der man sich austauschen kann, lebte, lachte und rülpste glücklich. Nach einem Jahr erfuhr sie, dass der bekannte Künstler und Lehrer Amédée Ozenfant in London eine Kunstschule eröffnen wollte. Eine vielversprechende Kunstschule. Nicht so bieder wie die Chelsea School of Art. Leonora ging sofort hin und sah sich das Ganze an. Es stellte sich heraus, dass die Kunstschule von Ozenfant bislang nichts weiter war als eine alte Scheune in West Kensington. Leonora strahlte. Das war genau richtig. Der Gestank der Schweine, der noch in der Luft lag. Einzelne Strohhalme auf dem Boden. Hier konnte man malen. Auch die neu ins Dach gebrochenen Fenster, die den Raum von Schummrigkeit befreiten, schufen eine andere Stimmung als die marmorne Steifheit in Chelsea. Es gab etliche Künstlerkandidaten, die sich um die zehn Plätze bewarben, die Ozenfant fürs Erste bewilligt hatte. Das lag an dem Ruf, den sich Ozenfant in Frankreich erworben hatte: streng, klar, exakt. Hier würde Leonora die Grundlagen des Zeichnens und Malens auf eine Weise lernen, die sie gesucht hatte.

»Aha«, sagte Ozenfant, als er Leonoras Bilder mit leicht abfälligem Augenaufschlag betrachtete. »Soso. Nun ja. Ab jetzt wird richtig gearbeitet.«

Leonora schuftete. Sie wusste genau: Je mehr Techniken sie

lernte und beherrschte, umso mehr Möglichkeiten böten sich für ihre eigenen wilden und chaotischen Bilderorgien. Und um nichts anderes ging es ihr: das Ausbreiten dessen, was – irgendwie aber traute sie diesem gängigen, psychoanalytisch geprägten Bild ihrer Zeit nicht so recht – tief in ihr drinnen verborgen lag.

Und plötzlich der Apfel. Dieser eine rote Apfel. Amédée Ozenfant hatte den Apfel auf ein hohes Schränkchen gelegt, mittig im Raum. Die Studenten stellten ihre Tische wie eine Wagenburg um den Apfel, der atemlos dort lag und darauf wartete, gezeichnet zu werden.

»Sie nehmen einen Bleistift, Stärke 9H«, sagte Ozenfant.

»9H?«, platzte Leonora hinein. »Das fühlt sich an, als hätte ich ein Stück Stahl in der Hand.«

Ozenfant rückte seine Nickelbrille zurecht. »Leonora, bitte fragen Sie nicht so viel, machen Sie einfach, glauben Sie mir, alles, was ich Ihnen sage, alles, was ich hier tue, alles, was vor allem Sie hier tun, ergibt einen Sinn. Und wenn es keinen Sinn ergibt, ist eben genau das der Sinn: die völlige Sinnlosigkeit, das Fehlen von Sinn. Auch das muss man lernen. Auch das muss man aushalten lernen. Jetzt legen Sie los. Aber wehe, einer von Ihnen löst die Mine des Bleistifts auch nur für eine Sekunde vom Blatt! Das ist die Regel.«

»Wie soll das gehen? Wenn wir ihn ausmalen wollen?«

»Ausmalen!!?? Allmächtiger Goya! Sie machen bitte eine Strichzeichnung. Den Apfel in einem einzigen Strich erfassen. Auch beim Verfertigen der Innenstruktur des Apfels bleibt der Stift immer auf dem Papier. Hören Sie? Stellen Sie sich vor, der Bleistift sei eine Nabelschnur. Und das Blatt sei das Baby im Bauch der Mutter. Und wenn Sie die Nabelschnur wegnehmen, wird das Baby verhungern. Verstanden?«

Alle nickten brav.

»Sie müssen sich nicht beeilen, Sie können sich Zeit lassen, aber es ist immer nur ein einziger Strich, ja?«

»Kapiert.«

»Los geht's!«

Ozenfant, der Purist, der den Kubismus von jedweder Dekoration befreien wollte, spazierte an seinen Schülern vorbei und schüttelte den Kopf, wann immer er den Kopf schütteln konnte. »Konzentration! Fokus!«, lauteten die Schlachtrufe. Während die Schüler zeichneten, hielt er seine Vorträge und erzählte ihnen alles Mögliche, zum Beispiel über die chemische Zusammensetzung von synthetischen Farbstoffen. Leonora verkniff sich die Bemerkung, wie man sich denn fokussieren, konzentrieren solle auf den Apfel, wenn er, Ozenfant, ständig neben und hinter einem herumtrampele und einen nimmermüde mit seinen Vorträgen befeuere. Sie ahnte, dass Ozenfant nur auf diese Frage lauerte, um kontern zu können: Sie müssen sich fokussieren *trotz* der Ablenkungsversuche! Oder so was in der Art.

Zwischenrufe aber konnte sich Leonora hin und wieder nicht verkneifen. »Alizarin, sagen Sie?«

»Genau, Leonora.«

»$C_{14}H_8O_4$?«

»Ja. $C_{14}H_8O_4$.«

»Danke. Das hilft mir jetzt echt weiter.«

»Gerne.«

Aber der Apfel. Der Apfel wich nicht aus der Scheune. Der Apfel lag dort. Jeden, jeden, jeden verdammten Tag. Jeden Tag aufs Neue. Immer derselbe Apfel. Zwei Stunden Apfelzeichnerei. Wenn nicht drei. Der Apfel. Der Apfel blieb. In der Mitte des Raums. Der Apfel. Während Ozenfant redete. Jetzt nicht mehr über die chemische Zusammensetzung der Farbstoffe, sondern über die chemische Zusammensetzung von Bleistift und Papier. Jeden Morgen lag der Apfel unberührt dort, immer derselbe Apfel, und jeden, jeden Morgen mussten die Schüler mit neuen Zeichnungen beginnen, und jeden Morgen hatte sich Ozenfant einen neuen Vortrag zurechtgelegt. Jeden, jeden, jeden elenden Morgen. Leonora hörte immer weniger auf das, was Ozenfant sagte. Blickte erbittert und beharrlich zum Apfel. Wollte nach vier Wochen nicht mehr den Apfel, sondern das Wesen dieses Apfels auf den Block bannen.

Die Essenz.

Die Apfelessenz, dachte sie und lachte kurz auf.

»Lachen ist gut!«, rief Ozenfant. »Lachen beim Malen befreit den Geist von jedweder aufgesetzten Künstlichkeit.«

Leonora suchte in ihrem Kopf beim Malen nach immer neuen Wortspielen, ich sauge ihn aus, den Apfel, ich dringe vor bis zu seinem Kern, ich verbeiße mich in den Apfel, meine Augen verschlingen den Apfel mit Haut und na ja, ich muss seine Schale durchdringen, zum Fruchtfleisch gelangen. Und die Studenten stöhnten jeden Morgen aufs Neue über den Apfel, malten aber weiter. Immer weiter. Schon bald fielen Leonora minimale Veränderungen auf. Das Schrumpeln, das die Haut des Apfels sanft überzog, kaum bemerkbar am Anfang, nur, wenn man näher heranging. Er lebt, dachte Leonora, man hat ihn gepflückt, den Apfel, man hat ihn vom Ast gerupft, aber er lebt. Er lebt immer noch. Der Apfel. Er schrumpelt. Er wird alt. Er gehört mir. Ich kann ihn retten vorm Vergessenwerden. Vorm Gegessenwerden. Ha! Indem ich ihn zeichne. Und zu einem Leben nach dem Leben verhelfe. Du gehörst mir. Ich will dich. Ich will dich so erkennen, wie du wirklich bist. Ich will jede deiner Veränderungen auf meinem Block. Und der Apfel wurde im Lauf der Zeit kleiner, hutzeliger. Einem Außenstehenden wäre dies kaum aufgefallen, aber für Leonora und die anderen, die Tag für Tag stundenlang auf den Apfel starrten, bedeutete das Schrumpfen eine enorme Veränderung. Nicht nur das Kleinerwerden, auch der Verlust der

Farbe. Der Apfel bekam bald braune Altersflecken, die auf seinen Wangen wuchsen wie Vorboten einer Krankheit. Leonora versuchte, die Flecken einzufangen: durch den Druck auf ihren Bleistift entstand die Ahnung einer Farbe.

Die Apfelzeit zog sich hin. Leonora fügte sich irgendwann. Sie begriff, dass sie den Kampf nicht gewinnen konnte. Dass sie entweder Ozenfant in seinem Apfelwahn folgen oder aber die Schule verlassen musste. Die Sinnlosigkeit als Übungsform. Dachte Leonora. Sie konzentrierte sich auf den Apfel, auf die Frucht, wie sie dort lag, inzwischen komplett braun angefault, und manchmal glaubte Leonora, den Apfel riechen zu können, den jetzt endlich toten, verwesenden, sich langsam zersetzenden Apfel, der sich immer mehr mumifizierte, und plötzlich, nach gut einem halben Jahr, verlor der Apfel seinen Stiel. Der Stiel brach und fiel lautlos auf das Schränkchen. Alle hörten auf zu zeichnen und hielten den Atem an. Ein Schluchzen erklang. Leonora drehte sich zu ihrer Nachbarin Ursula. Der platzte eine Träne aufs Papier.

»Stopp!«, rief Ozenfant. »Aufhören! Sofort!« Ozenfant eilte zu Ursulas Block, riss ihn an sich, zeigte auf die Träne und rief: »*Das* ist der Apfel.«

Die Studenten schauten ihn fragend an.

Leonora stöhnte: »Och nö. Das ist nicht Ihr Ernst, oder?«

»Gehen Sie nach Hause«, sagte Amédée. »Morgen gießen wir Öl. Nicht ins Feuer, sondern auf die Leinwand. Möchte jemand den Apfel mitnehmen?«

7

Leonora malte lässig. Eine Zigarette wippte ihr pausenlos zwischen den Lippen. Der Rauch, der ihr in die Augen kniff, vernebelte den Blick nicht, sondern beflügelte ihn. Ozenfant war zufrieden mit den Fortschritten, die sie machte. Leonoras drei Freundinnen in der Akademie hießen Stella Snead, eine ernste, zurückhaltende, seriöse brünette junge Frau, der Leonora ihr ganzes Leben lang verbunden blieb, ein Anker, auf den sie sich verlassen konnte; sodann Catherine Yarrow, mit der Leonora stunden-, ach, tagelang hätte reden können, in einem aberwitzigen Fluss aus Wiederholung und Verfestigung, beste Freundinnen, wie sie sich nannten; und schließlich Ursula Goldfinger, die Leonora in Kürze Max Ernst vorstellen sollte. Doch noch war Max Ernst nur ein Name, eine Ahnung. Leonora lernte begierig, was es zu lernen gab. Die chemische Zusammensetzung der Farben, über die Ozenfant immer noch gerne dozierte, führte Leonora zur Alchemie, zu den okkulten Meistern, das Malen war nicht nur ein chemischer, sondern auch ein alchemistischer Prozess, eine magische Verwandlung, Anverwandlung des Gegenstandes durch den Künstler, Malen hatte etwas mit Transformation zu tun, mit Transmutation, mit Verdichten, mit Kochen, Einkochen, Reduzieren, aber auch mit Gewalt, mit Leidenschaft, mit Hingabe und Erniedrigung, und für Leonora verschmolz alles zu einem einzigen Klang: Malen, Magie, Chemie, Alchemie, Kochen, Sex, Liebe und Schreiben.

Und dann kamen sie, die Surrealisten, im Sommer 1936: Leonora war gerade mal neunzehn Jahre alt. *The International Surrealist Exhibition* fand in London statt. Die Kritiker rümpften nur die Nase und gingen mit spitzen Fingern und Stiften durch die Galerie in den Burlington Gardens. Das alles hatte mit Kunst nicht wirklich was zu tun. Neben den Bildern von Picasso, Klee, Magritte, Ernst und anderen gab es auch noch ozeanische, afrikanische und amerikanische Objekte sowie Bilder von psychisch Kranken, ja, das konnte man durchaus sehen. Das Publikum aber liebte die Ausstellung.

Als erste Sommergewitter dafür sorgten, dass der Andrang nachließ, ging auch Leonora hin und verlor komplett ihre Sprache. Sie wollte, nein, sie konnte mit niemandem reden. Stand einfach nur vor den Bildern. Sah sie an. Vergaß ihre Freundin Ursula neben ihr. Als diese sich bemerkbar machte, schüttelte Leonora stumm den Kopf. Ursula nickte und ließ Leonora allein. Erst am Abend konnte Leonora wieder sprechen. Sie telefonierte. Und zwar – mit ihrer Mutter. »Ich will dir schon lange was sagen«, begann Leonora. »Eine Mischung. Eine Gefühlsmischung. In mir. Zwei Pulver, Mutter, die sich nicht vertragen. Heute hab ich das kapiert. Heute, in den New Burlington Galleries. Da ist was gerissen. Ich hätte gern als Kind mehr Zeit mit dir verbracht, Mutter. Das wollte ich dir sagen. Wir haben uns kaum gesehen. Ich kenne dich nicht. Ich weiß nicht, wer du bist. Und wenn ich nicht weiß, wer du bist, weiß ich auch nicht, wer *ich* bin. Ich möchte es aber wissen. Weißt du, was das Merkwürdige ist, Mutter? Obwohl ich dich nicht kenne, liebe ich dich. Habe ich dir das je gesagt?«

Maureen Carrington weinte, als sie den Hörer auflegte. Dann setzte sie sich hin und schrieb einen Brief an ihre Tochter. Dem Brief legte sie ein Buch bei, ein Buch des Kunsthistorikers Herbert Read, ein Buch über die Surrealisten. Und als Leonora in dem Buch blätterte, explodierte ihr Leben, genau auf Seite 90, Tafel 3. Dort sah sie: *2 Kinder werden von einer Nachtigall bedroht*, ein Bild von Max Ernst. Sie konnte den Blick nicht mehr abwenden. Es war im Grunde nicht möglich, aber sie kannte das Bild. Obwohl sie es nie gesehen hatte. Sie kannte das Gefühl des Bildes. Es war mehr als ein Wiedererkennen. Das Bild berührte Leonora buchstäblich. Es war, als hätte der Künstler ihr einen Besuch abgestattet, ihrem Kopf, ihren Ängsten, ihrem Hass, ihren Zweifeln, um dann, im Anschluss, alles, was er gesehen und gespürt hatte, zu einem einzigen Bild zu fügen: Pass auf, Mensch, pass auf, da kommt sie, da fliegt sie, die Nachtigall, pass auf, jetzt nimm das Messer und versuch, das Biest vom Himmel zu schlachten, aus dem Blau zu schneiden, ich nehme die Kleine, sie schläft, ich hüpfe hoch aufs Haus des Metzgers, um den Alarm zu beknöpfen und aus dem Bild zu türmen, niemand soll gemeißelte Geheimnisse entschlüsseln, ich habe sie versteckt, in der rechten Ecke des Himmels stehen die Hieroglyphen des Widersinns, komm schon, weck den Hund, die Hyäne, den Löwen, weck ihn, weck ihn, er liegt vor den Stufen des Metzgers, wo ist Leonora?, schau nach unterm Haus, dort rieche ich ihren Schatten, pass auf, die Bomben fallen aus dem Schnabel der Nachtigall, sie prasseln wie Puderzucker zwischen deine Augen, flieh nach Frankreich, zum Triumphbogen der Liebespilze, den die Nachtigall bezirzt, komm schon, lass ab von der Kindheit der Schornsteine und folge mir, auf einem Bein tanze ich über dem Strudel des Metzgers, komm, Frau, wenn du die Nachtigall nicht töten kannst, sieh zu, dass sie uns nicht tötet …

Und Leonora las: Das Nachtigall-Kunstwerk war ein Ölbild auf Holz, ein Relief. Einige Elemente, hieß es, sprängen aus dem Bild hervor. Und welche? Das Gitter, die Klingel, das Häuschen?

Als die noch nicht mal zwanzigjährige Leonora Carrington schließlich ein Foto von Max Ernst fand, lachte sie sofort auf. Sekunden später hielt sie inne. Als gefriere ihr Lachen in kalter Nachtluft. Ihr Mund blieb offen. Schräger Säbelschlag des Lächelns. Sie fuhr mit der Fingerkuppe über Augen, Stirn, Hals und Haare des Künstlers. »Dich krieg ich«, wisperte sie, und es klang wie der Fluch einer Pendle-Hill-Hexe. »Dich muss ich kriegen. Du entkommst mir nicht, Nachtigall.«

8

Max Ernsts Werke wurden nicht nur in London gezeigt, sondern auch in Deutschland. Zumindest einige seiner zahllosen Bilder. *Die schöne Gärtnerin* war Teil der Münchener Ausstellung *Entartete Kunst*. Die selbsternannten nationalsozialistischen Verteidiger des deutschen Kulturguts deuteten angewidert auf das »Geschmiere dieser geistesgestörten Künstler«. Sie wollten den Deutschen die »Abartigkeit der Bilder« zeigen und sie dann vernichten oder an einen Ausländer verkaufen, der dämlich genug wäre, für so etwas Geld auszugeben. Eine Propaganda gegen den Schmutz und für die Reinheit, fort mit dem Unrat der sogenannten Avantgarde, her mit den Klassikern, her mit der echten, der richtigen Kunst, ins Feuer mit der falschen, der nichtigen.

Auch Jimmy Ernst konnte das Bild seines Vaters sehen, und zwar in Hamburg. Denn es wurde eine Wanderausstellung organisiert, ein Lastwagen, der durchs Heimatland fuhr, von Stadt zu Stadt. Der Andrang war groß. Die Besucher standen Schlange, sie stiegen in den Lastwagen, gingen an der Reihe der Bilder vorbei und schüttelten entsetzt den Kopf. Jimmy aber konnte nicht genug bekommen vom Bild seines Vaters. Er stellte sich wieder und wieder in die Schlange am Lastwagen – der Eintritt kostenlos, denn für so etwas dürfe kein gesunder Mensch auch nur einen Reichspfennig zahlen müssen –, er stieg über die kleine Treppe in den Rückraum des Wagens und blieb beim Bild des Vaters stehen, bis er ein Drängeln im Kreuz spürte und weitermusste. Irgendwann aber schöpfte der Mann am Einstieg Verdacht und schaute Jimmy komisch an. Jimmy hätte am liebsten gerufen: Ja, meine Mutter ist Jüdin! Ja, mein Vater ist Künstler! Ja, er hat dieses Bild da gemalt! Ja, ich bin sein Sohn! Ja, ich verabscheue euch! Aber auch Jimmy hatte Angst. Und fuhr zurück nach Glückstadt. *Die schöne Gärtnerin* aber verschwand spurlos von der Bildfläche.

In Paris setzte Max der Ausuferung des Faschismus sein eigenes, persönliches Zeichen entgegen: 1937 malte er das Bild *Der Hausengel*. Er schrieb einen Text, in dem er Bilanz zog über all das, was er bislang geschaffen hatte: *Jenseits der Malerei*. Er gestaltete das Bühnenbild für Alfred Jarrys *Ubu enchaîné*. Er arbeitete und arbeitete und versuchte so wenig wie möglich an die Umwälzungen zu denken, die im Gange waren.

Ein Jahr nach der Gruppenausstellung in den Burlington Gardens kam es zu einer Einzelausstellung seiner Werke in der Mayor Gallery in London. Mit dabei: sein langjähriger Freund Roland Penrose.

Max wurde zu einem Abendessen eingeladen.

Na, immer doch.

Sofort sagte er zu.

»Mein Name ist Ursula Goldfinger«, begrüßte ihn die Gastgeberin.

»Ernö Goldfinger«, ergänzte der Ehemann.

»Enchanté«, rief Max durch den Raum und machte eine ironische Verbeugung inklusive Handkuss.

In der Ecke, an der Bar, drehte sich eine junge Frau um.

Blicke trafen sich.

Max ließ die Gastgeber stehen.

Und ging sofort zu ihr hin.

Leonora Carrington legte eine Hand in die offenen, ein wenig zerzausten Haare, führte ihre Flasche Bier an die Lippen und nahm einen Schluck. Dabei ließ sie den herannahenden Künstler nicht aus den Augen. Als sie die Flasche absetzte, tat sie es zu abrupt: Aus der Öffnung quoll Bierschaum und drohte, am Hals der Flasche hinunterzulaufen. Doch Max war schon da. Er steckte den Zeigefinger in die Öffnung der Flasche und ließ ihn dort, während er und Leonora sich in die Augen schauten. Ohne etwas zu sagen. Leonora hatte erstmals in ihrem Leben das Gefühl, einem Menschen gleichzeitig in beide Augen sehen zu können. Sie zuckte nicht, sie flackerte nicht. Aber auch Max zuckte nicht, flackerte nicht. Das Spiel der beiden endete unentschieden. Irgendwann ploppte Max den Finger aus dem Flaschenhals.

»Augenblick!«, sagte Leonora, führte den schaumfeuchten Finger ihres Gegenübers zum Mund und steckte ihn zwischen die Lippen. »Das Bier gehört mir. Man soll nichts verkommen lassen.«

Max lachte nicht. »Ich hätte den Schaum nicht aufhalten dürfen«, sagte er.

»Ich suche ein Schaukelpferd«, flüsterte Leonora.

»Man muss alles rauslassen. Laufen lassen. Immer.«

»Stell dir vor, es hangelt sich eine Spinne in die Bierflasche.«

»In Mexiko regnet es Blumen.«

»Spinnen sind Selbstmörder. Spinnen seilen sich ab, nachts, von der Decke, in die Mäuler schnarchender Menschen. Oder in Bierflaschen. Spinnen wollen nicht leben. Maulwürfe dagegen schlagen Räder unter der Erde.«

»Weil sie blind sind?«

»Weil sie es können.«

»Und was willst du?«, fragte Max.

»Vielleicht will ich dich.«

»Mich wollen alle«, sagte Max und breitete die Arme aus.

»Aber nur wenige können dich aushalten.«

»Woher willst du das wissen?«

»Deine Selbstverliebtheit, die sich in Bescheidenheit sonnt.«

»Sagt wer?«

»Leonora Carrington.«

»Ich mache mir nichts aus den Blicken der anderen«, sagte Max.

»Gibt's hier ein Zimmer für uns?«

»Hier nicht. Wir müssen erst essen.«

»Der Löwe bindet sein Brüllen zu einem Blumenstrauß?«

»Augenblick«, sagte Max und schaute Leonora immer noch an.

»Ja?«

»Das erste Wort aus deinem Mund, das ich gehört habe: Augenblick.«

»Hast du schon mal jemanden getötet, Max?«

»Vierhundert Läuse in den Schützengräben.«

»Ich werd dich nie heiraten.«

»Mir reichen zwei Ehen.«

»Ich mag es, wenn ich irgendwann das Gefühl dafür verliere, ein Mensch zu sein. Wenn ich irgendwann merke, ich bin kein Mensch, ich bin ein Tier. Aber ich bin mehr als ein Tier, ich bin ein blutrünstiges Tier, ein Mörder, ein Killer. Ich gehe gern barfuß und lecke mir den Staub von den Sohlen.«

»Hast du dir die Fußnägel geschnitten?«

»Warum rauchst du schwarze Zigaretten?«

»Deine Eltern werden mich hassen. Kannst du kochen?«

»Ich bin verfressen. Man sieht's mir nicht an.«

»Wie viele Bilder hast du schon gemalt, Leonora?«

»Gemalt? Ist das dein Ernst? Und deine Falten? Ironie oder Alter, Max?«

»Kein Kakadu kann tauchen.«

»Du verlierst den Knopf da. Darf ich?«

»Das ist ein Zitat von Buñuel.«

»Ich zitiere nie.«

»Es ist besser, den Knopf zu verlieren als den Kopf.«

»Hoho. Das eine Auge ist ein Teleskop, das andere ein Mikroskop.«

»Das hast du von mir geklaut!«, rief Max.

»Mein Bier ist leer, du Gentleman.«

»Ich schau an der Bar nach, ob es noch Spinnen gibt.«

»Spinnen sind aus – leider«, flüsterte Leonora.

»Faden verloren?«

»Ich werde dir nie gehören, Max.«

»Das sehe ich.«

»Eifersucht ist immer nur gespielt.«

»Und Liebe nicht?«

»Du bist alt, Max. Ich bin jung. Du bist der Tod. Ich das Leben. Deshalb gehören wir zusammen.«

»Gut gebrüllt.«

»Ich bin eine Hyäne«, sagte Leonora. »Eine Hyäne muss nicht brüllen. Sie ist gewohnt, alles zu bekommen, was sie will.«

9

An der Küste Cornwalls stellte Roland Penrose den beiden Liebenden ein Landhaus zur Verfügung. In Lamb Creek verbrachten Leonora und Max ein paar Sommerwochen, redeten, schwammen, wanderten, malten, zeichneten, schrieben und körperten. Leonora wusste, was sie wollte und wen sie wollte und wo sie wollte: Malen, Max, Paris. »Ich werde zu dir kommen, Max, aber ich komme, wann ich will!« Sie kehrte zunächst von Cornwall zurück ins Schloss ihrer Kindheit, nach Crookhey Hall. Sie streifte ein paar Tage lang durch Flure und Zimmer, um sich zu verabschieden und auf das neue Leben vorzubereiten, überrascht, wie schwer ihr der Schritt fiel. Ihr geliebtes weißes Schaukelpferd Tartar, aus fernen Kindheitstagen, stand still in ihrem Zimmer. Ein riesiges Pferd war das. Der Sattel reichte Leonora immer noch bis zum Bauchnabel. Groß genug für die Zwanzigjährige, aufzusteigen und zu schaukeln. Für gewöhnlich hasste sie Sentimentalitäten. Jetzt aber redete sie mit Tartar, hielt sich an seinem Hals fest, wippte vor und zurück, ihr Leben lang hatte sie dies getan, nicht nur als Kind, auch während der Klosterzeit, auf Besuch zu Hause, immer war sie als Erstes in ihr Zimmer gegangen, um Tartar zu begrüßen, und immer hatte Tartar aus seinen klugen schwarzen Augen zu ihr geschaut und fröhlich gewiehert, und nichts gab es in ihrem Leben, das sie mehr beruhigt, ja mit mehr Sinn erfüllt hätte, als das Hin und Her des Schaukelns: eine Bewegung, ein Pendeln, ein behagliches Gefühl des Auf-der-Stelle-Wippens, das Einlullen, die Geborgenheit, die Wärme. Leonora stieg ab, setzte sich vor das Pferd, schob es sanft an, erblickte von unten Tartars Lächeln, das immer wieder auftauchte und verschwand und auftauchte und verschwand. »Tartar«, sagte Leonora, »ich werde gehen, aber ich lasse dich nicht zurück, keine Sorge, ich lasse dich nicht allein hier bei Vater und Mutter, du wirst der Mittelpunkt meiner neuen Wohnung sein in Paris. Du wirst immer bei mir bleiben. Menschen kommen und gehen, aber wir zwei sind unzertrennlich, du bist mein Anker, Pferdchen.« Tartar strahlte und zog den Kopf zurück, strahlte und zog den Kopf zurück, strahlte und zog den Kopf zurück, endlos. Leonora suchte Mary auf. Das Kindermädchen, das längst nicht mehr als Kindermädchen gebraucht wurde. Man hatte andere Aufgaben für Mary gefunden. Leonora sagte ihr, dass sie gehe, bald, nach Paris, und dass es ihr leidtue, wenn sie als Kind mitunter gemein zu ihr gewesen sei. Sie habe eine Bitte: »Kannst du dich darum kümmern, dass mir Tartar nachgeschickt wird? Nach Paris?« Mary nickte, während Leonora sie in den Arm nahm und merkte, dass es jetzt so weit war.

Der Abschied von Mary fiel ihr schwerer als der Gang in den Salon, in dem die Eltern saßen, Leonora wusste, was kommen würde, wenn sie ihnen eröffnete, dass sie zu einem Mann gehe, ohne die geringste Absicht, ihn zu heiraten. Und dann auch noch nach Paris, dem Synonym für *Sündenpfuhl*. Empört über den Entschluss seiner Tochter rief ihr Vater Harold: »My door will never be darkened by your shadow again.« Leonora würde auch diesen Satz nicht vergessen. Weder den Ton noch den Schmerz noch den Blick des Vaters noch den Ort, an dem der Vater stand, als er den Satz rief: unmittelbar vor der goldbraunen Standuhr neben dem Kamin. Das Pendel fauchte wütend, als Leonora den Salon verließ.

Sie fuhr nach Lancaster, um Sachen zu kaufen und die Reise vorzubereiten. Sie wusste, die Unterstützung ihrer Eltern war passé. Als sie zurückkam, ging sie mit zwei neuen Kleidern zu Mary in die Küche, um sie zu fragen, welches von beiden sie anziehen solle, um Paris zu erobern. Mary sagte: »Du bist so schön, du brauchst nichts!« Leonora lachte, ehe ihr auffiel, dass Mary nicht in ihr Lachen einstimmte. Im Gegenteil. Mary streckte langsam und trübsinnig ihren Arm aus, zeigte nach draußen und stammelte: »Dein, dein, dein Vater.« Leonora folgte der Richtung des Zeigefingers: Im Küchenhinterhof kokelte noch ein Haufen Asche. Leonora trat ans Fenster. Als sie das weiße Ohr sah, kletterte sie sofort hinaus, lief hin und beugte sich über das verbrannte Schaukelpferd Tartar. Der Schmerz traf sie mit einer solchen Wucht, dass für Tränen kein Raum war. Sie drehte sich um und blickte zu Mary ans Fenster, deren Lippen ein »I'm sorry« formten. Leonora ging jetzt los, sie ging sofort und endgültig, sie ging ohne Gepäck und ohne alles, sie ließ sich nicht mehr vom Chauffeur zum Bahnhof bringen, sondern sie nahm einen Bus zur Victoria Station, zu jenem Ort, an dem Marie-Berthe Aurenche einst Max verloren hatte.

Leonora teilte weder Max noch sonst jemandem mit, dass sie nach Paris fuhr. Sie wollte nicht abgeholt werden. Sie wollte allein in der neuen Stadt ankommen. Sie stieg ab im Hôtel du Nord, lauschte einem Koitus im Nachbarzimmer und den früh morgens ein- und abfahrenden Zügen. Sie machte kein Auge zu. Sie stand lange vor dem Frühstück auf. Dann ging sie los, durch Paris, ohne Plan, sie ließ sich treiben. Im Jardin du Luxembourg hielt sie inne. Fühlte sich plötzlich wie ein kleines Mädchen. Hure. Hatte die Mutter sie nicht genannt. Aber gedacht. Hure. Hatte im Ausdruck ihrer Augen gelegen. Hure. Die nach Paris geht. Zu einem Mann. Unvorstellbar für die erzstrenge Katholikin Maureen Carrington. Leonora saß auf der Bank. Im Kopf reiste sie noch ein letztes Mal zurück nach London, zog sich an wie eine gesittete Dame, ein Kleid, das die Männer anlocken, nicht abstoßen sollte, sie begab sich auf einen Ball, es näherte sich ein gewisser James, ein junger, hübscher Mann, der sich vor sie kniete und um ihre Hand anhielt, Leonora heiratete ihn, und James war liebevoll und zärtlich, fürsorglich und vorsichtig, behutsam fast, er behandelte Leonora wie kostbarstes Porzellan, im elterlichen Schloss lebten sie, und Leonora bekam ein Kind, und Mary Kavanaugh hatte wieder eine richtige Aufgabe, und es folgten drei weitere Kinder und ein unbeschwertes Leben, das nur vom Tod der Eltern und vom Tod Mary Kavanaughs durchbrochen wurde und von den Augenblicken, an denen sich ihre vier Kinder nach und nach aus dem Schloss stahlen in die Welt, ehe sich Leonora im Alter von siebenundsiebzig Jahren auf ihr Sterbebett legte, und dort, auf dem Sterbebett, entschlüpfte ihr ein übles Aufstoßen, ganz und gar nicht damenhaft, und Leonora wollte sich bei der umstehenden Familie für diese Ungehörigkeit entschuldigen, als sie merkte, dass jenes Aufstoßen zugleich ihr letzter Atemzug gewesen war.

Leonora schreckte auf. Sie saß immer noch im Jardin du Luxembourg. Sie legte ihr Gesicht zwischen die Handflächen, schnäuzte die Nase, und weil sie kein Taschentuch dabeihatte, strich sie die silbrigen Fibrillen des Schleims in ihr Kleid. Sie dachte an Tartar, ihren ermordeten Freund. Die Tränen kamen endlich, und Leonora beruhigte sich nur schwer. Das Schloss Crookhey Hall aber zerbröckelte in ihrem Kopf Stück für Stück und ließ schmierigen Staub rieseln: auf eine vergiftete Kindheit in Cockerham.

Drei Tage später – hatte Max ihr am Telefon erzählt – gab der Designer Marcel Rochas eine Party. Dort wären sie alle versammelt, die surrealistischen Männergötter, angefangen von André Breton über Louis Aragon bis hin zu Man Ray und Max Ernst, Luis Buñuel, gar Pablo Picasso oder Salvador Dalí? Am Abend bestellte Leonora ein Taxi. Als sie einstieg, trug sie ihre flachen Espadrilles, die sie am Tag zuvor gekauft hatte. Sie mochte keine hohen Schuhe: »Fußknast«, sagte sie, »ich bin doch kein Flamingo.« Sie hatte einen Poncho übergeworfen gegen die möglicherweise einbrechende Kühle der Nacht. Und auf dem Sitz neben ihr stand eine Einkaufstasche, darin: das Hotelbettlaken.

Als sie vor der Villa hielten, streifte Leonora ihr Kleid ab. Noch im Taxi. Saß auf der Rückbank: in Unterwäsche. Und während sie den Daumen ans Schlüsselbein unter den Riemen des Büstenhalters schob, fing sie den Blick des Fahrers im Spiegel ein und sagte: »Entweder ich zahle Sie in bar oder Sie dürfen für die nächsten Minuten in den Rückspiegel schauen. Was ist Ihnen lieber?«

»Rückspiegel«, ächzte der Fahrer.

»Aber die Hände bleiben auf dem Lenkrad!«

Leonora vollendete ihr Werk, sagte zum Fahrer, er solle warten, dann stopfte sie ihre Klamotten in die Einkaufstasche, stieg aus und näherte sich der Villa. Als sie die Halle betrat, in der die Gäste munter palaverten, wandten sich alle Blicke zu ihr. Leonora stand jetzt dort, eine Statue, reglos, unnahbar, ins weiße Bettlaken gehüllt. »Du bist so schön, du brauchst nichts!«, hatte Mary ihr gesagt. Und Leonora atmete durch.

10

Die Lage in Deutschland wurde immer erdrückender. Wie konnte man von Frankreich aus versuchen, den Menschen dort zu helfen? Wohin konnten sie fliehen? Juden, Sozialisten, Kommunisten, Gewerkschaftler, Intellektuelle, Linke, Künstler und so weiter. In vielen Ländern hieß es: Die Obergrenze ist längst erreicht, die Aufnahmefähigkeit erschöpft. Wie in Wartezimmern saßen verfolgte Deutsche in Paris oder in Schanghai, in Santiago, London oder in Havanna und hofften, endlich nach Amerika einreisen zu können. Aber in Amerika war nach der Depression die Arbeitslosenquote immer noch enorm hoch. Wenn jetzt auch noch Flüchtlinge kämen, mit denen man um die Arbeitsplätze buhlen müsste? Das ginge nicht gut, hieß es.

»Einmal die Woche geht Jimmy ins amerikanische Konsulat«, sagte Max, an Aragon gewandt. »Jedes Mal heißt es: Noch nichts! Wir holen ihn erst mal hierher. Nach Paris.«

»Wann?«, fragte Louis.

»Keine Ahnung. So bald wie möglich.«

»Wie alt ist er jetzt eigentlich?«

»Er wird siebzehn in ein paar Wochen.«

»Schau mal!«, sagte Aragon und zeigte zur Tür.

Max drehte sich um.

Dort stand Leonora.

Im Bettlaken.

Kerzengerade.

Wo zum Teufel kam die jetzt her?

Leonora Carrington hatte ihre tiefe, wie ein sanfter Bohrer rotierende Stimme kultiviert. Die Stimme schmiegte sich an die

Ohren der Anwesenden, als sie nun sagte: »Ich bin jetzt hier! Bei euch. In Paris. Allein. Ohne alles.«

Mit diesen Worten ließ Leonora das Betttuch fallen.

Darunter trug sie – nichts.

Aragon bekam runde Augen, schmunzelte und murmelte: »Mon Dieu! Mon Dieu!« Dabei schüttelte er langsam den Kopf. Die Anwesenden schauten sich vielsagend an. Ein paar müde Pfiffe wehten durch den Raum.

Wo bleibt der Jubel?, dachte Leonora. Der Jubel der Männer?

Stattdessen: gequältes Husten.

Endlich eilte Max an ihre Seite.

»Das«, sagte er zu den Gästen, »ist Leonora Carrington. Künstlerin aus Lancaster. England.«

Er legte ihr den Arm um die nackte Schulter.

Die Leute nahmen langsam ihre Gespräche wieder auf.

»Hab ich mir jetzt irgendwie anders vorgestellt«, raunte Leonora zu Max.

»Mhm«, sagte Max. »Leider sind das nicht meine Freunde.«

»Nicht?«

»Jedenfalls nicht nur.«

»Sondern?«

»Mäzene, Investoren, reich, schwer reich, verstehst du?«

»Shit.«

»Modeleute. Die mit dem Geld. Die sehen ein nacktes Modell dreimal am Tag.«

»Suchen wir uns ein weißes Schaukelpferd?«

»Dein Kleid steht dir gut.«

»Sonst kann ich nicht bleiben in Paris.«

Max bückte sich, hob das Bettlaken auf und legte es Leonora wieder um. »However, nice try«, sagte er.

Der Gastgeber, Designer Rochas, trat jetzt zu Leonora und fragte sie, ob sie nicht mal als Modell für ihn arbeiten wolle.

»Als Mannequin?«

»Exakt.«

»Bei meinen Eltern war ich lange genug Püppchen«, sagte Leonora. »Ich bin hier, um ein Schmetterling zu werden.«

»Das ist meine Leonora«, sagte Max.

Leonora blickte ihn an. Sie zögerte. Dann murmelte sie: »Siehst du ein Preisschild auf meiner Stirn?«

»Bitte?«

»Auf meinem Nacken? Auf meiner Schulter? Auf meiner …«

»Ist schon gut«, rief Max. »Ich hab's verstanden.«

»Ich bin nicht *deine* Leonora. Let's go.«

»Viel Spaß euch!«, rief der Designer.

Leonora und Max bummelten in den nächsten Tagen durch Paris und fanden auf einem Flohmarkt in Saint-Denis ein Schaukelpferd, das jenem Kindheits-Pferd namens Tartar wie ein Ei dem anderen glich. Max bestand darauf zu bezahlen. Sie schleppten das Schaukelpferd in ihre neue Wohnung: 12, Rue Jacob. Max sah zu, wie Leonora einmal am Tag minutenlang auf dem Pferdchen schaukelte. Er verkniff sich die Frage, warum sie das mache. Schaukelpferdchen, dachte Max, Dada, immer diese Schaukelpferdchen.

11

Ja, sie war eine Zwanzigjährige, und sie sah aus wie eine Zwanzigjährige, sie bewegte sich wie eine Zwanzigjährige, und sie dachte wie eine Zwanzigjährige, sie war übermütig wie eine Zwanzigjährige, aber in ihren Augen lag etwas anderes: eine Zeitlosigkeit. Ein Überbrücken der Jahrhunderte. Als leuchte aus Leonoras Blick noch das Echo eines uralten Lichts, das nur von ihr und von niemandem sonst aufbewahrt werden konnte und das nur für Max und für niemanden sonst strahlen wollte. Max hätte sie stundenlang anschauen können. Aber sooft er versuchte, Leonoras Licht auf die Leinwand zu bannen, schüttelte er stets den Kopf. Er schaffte es nicht. Nein, nicht bei Leonora.

»Wie ist es eigentlich, wenn man schon Opa sein könnte?«, fragte Leonora, die Max gern wegen seines Alters hänselte.

»Wie war denn die Beziehung zu deinem Vater, Leonora?«

»Soll ich mich auf die Couch legen?«

»Nein, ich hole Wein.«

»Hol lieber einen Weinberg.«

»Brustwarzen sind die Fühler der Liebe.«

»Gut, dass du dein bisschen Geld mit Malen verdienst und nicht mit Schreiben.«

»Und du? Was schreibst du die ganze Zeit?«

»Geheimnis.«

»Auch für mich?«

»Die Buchstaben auf dem Papier kämpfen ständig.«

»Gegen wen?«, fragte Max.

»Das wissen sie selber nicht, aber ich stehe mitten im Schlachtfeld.«

»Ich stand auch schon mal mitten im Schlachtfeld …«

»Von Kriegsgeschichten kriege ich Durchfall. Gießt du mir nach?«

»Und womit kämpfen die Buchstaben?«

»Mit ihren Fäusten.«

»Buchstaben haben Fäuste?«

»Und Haare«, sagte Leonora. »Man muss sie kämmen von Zeit zu Zeit. Und auf Läuse untersuchen. Buchstabenläuse sind wichtig. Aus einer louse wird schnell ein loud-louring-loutish-lough.«

»Ein was?«

»Ein lauter-finsterer-flegelhafter-Meeresarm«, sagte sie.

»Ein flegelhafter Meeresarm?«

»Ich lasse nur das stehen, was mich überrascht. Das Problem ist: Ich kann meine Texte nicht überarbeiten. Beim zweiten Lesen ist die Überraschung weg. Eigentlich will ich was schreiben, und das, was ich schreibe, nie wieder lesen. Nur so – hab ich das Gefühl – bleibt es frisch. Wenn ich es lese, wenn ein Schriftsteller das selber Geschriebene wieder liest, verwelkt es unter seinen Augen wie eine Pflanze, verschrumpelt wie ein … Apfel. Ach, der Apfel. Ich kapier es langsam. Je öfter man ihn malt, umso welker wird er, der Apfel.«

»Was faselst du?«

»Nichts, erzähl ich dir später. Will sagen: Es gibt nichts Schlimmeres als einen Schriftsteller, der seine eigenen Texte lesen muss. Immer und immer wieder. Das ist Folter und Galeerenschinderei, er wird fortgepeitscht von so was wie dem guten Geschmack und den Augen der anderen. Das Unbändige wird gebändigt, das Ungezähmte wird gezähmt, der wild rauschende Strom wird begradigt, ekelhaft, mit jedem Setzen eines Kommas verfliegt der Reiz des Rohen. Ich glaube, das ist der Grund, weshalb ich alles wegschmeiße: Ich will das nicht noch mal lesen müssen.

Wie soll das auch gehen? Zeig mir, wie man sie einsammelt, die Krümel einer Explosion.«

»Dann leg's doch einfach ins Regal oder gib's mir.«

»Max Ernst«, sagte Leonora, »ist nur eine Farbe.«

»Welche, Leonora?«

»Wenn Er das nicht weißt, kann ich Ihm auch nicht helfen.«

»Du jedenfalls bist dunkelgrün«, sagte Max.

»Mit Sicherheit.«

Ja, das Dunkelgrün der Algen, des bemoosten Waldes, das Dunkelgrün einer magischen Weinflasche. Es zog ihn etwas hinab, das er nicht kannte, aber unbedingt kennenlernen wollte. Ihm war, als könne er mit Leonora endlich jene Verschmelzung erreichen, die er bei Lou, Gala und Marie-Berthe gesucht und nicht gefunden hatte und die von den Alchemisten beschrieben wurde, die Vereinigung von Mann und Frau, Sonne und Mond, von Schwefel und Quecksilber. Mit, bei, in Leonora stieg er aus sich selber heraus. Das war kein Verlust, sondern Erweiterung. Doch je tiefer er tauchte, umso dunkler wurde es. Zwischen den fädrigen Algen in bodenloser Wassertiefe verfing er sich manchmal. Die Algen wandelten sich zu schwarzen Haaren, und an den Haaren hingen Hände und Schnäbel, die so laut schrien, dass Max auftauchen musste, von Leonora fortrollte und einmal sogar aus dem Bett fiel. Er blickte nach oben: Leonoras Haare schoben sich langsam über den Rand der Matratze, gefolgt von ihrer Stirn, den wundersamen Augen und dem warmen Regen eines Lachens über den Tollpatsch Max, ein Lachen, das in diese Welt der Körper zurückführte, ihn aufstehen ließ, Leonora umarmen, so fest es ging, das Schreckbild verlieren. Verschmelzung würde also schmerzen? Ganz egal. Max nahm sich immer wieder vor, den Schnäbeln und den Algenhänden beim nächsten Mal nicht auszuweichen. Dann und nur dann könnte sich vielleicht etwas ereignen, nach dem er sein Leben lang gesucht hatte.

»Kannst du heute noch ein zweites Mal deinen unehelichen Pflichten nachkommen, Max? Obwohl du die Fünfzig schon im Ausguck erkennst?«

Jaja, er war alt, Max wusste das. Spätestens, seit er gemerkt hatte, dass die Zecke Zeit ihren alten Taschenspielertrick auch ihm nicht vorenthielt: Je älter er wurde, umso schneller zogen Tage, Wochen und Monate an ihm vorüber. Für Leonora und Max war das erste Jahr ein Jahr voll ungeahnter, satter, bestürzender Erfahrungen, die sich wie Kerben in sie eingruben, doch während Leonora das Gefühl hatte, die Welt stehe still, war das Jahr für Max wie ein Klacks auf der Leinwand: Kaum getrocknet, schon vorbei.

12

Seit Lou in Paris lebte, besuchte Jimmy seine Eltern in den Ferien. Max nahm ihn gern mit zu Freunden, stolz, solche Freunde zu haben, die er dem Sohn vorstellen konnte, aber auch mehr und mehr stolz, einen solchen Sohn zu haben wie Jimmy. Das war neu, dieses echte Vatergefühl. Das hatte mit Verantwortung zu tun: Im Hintergrund versuchten Lou und Max, für Jimmy ein Einreisevisum nach Amerika zu bekommen. Das aber, merkten sie schnell, würde schwierig werden.

Im Juni 1937 feierte Jimmy seinen siebzehnten Geburtstag in Paris. Max hatte alle zusammengetrommelt. Sogar den Star der letzten Wochen: Pablo Picasso. In dessen Gefolge befand sich – uneingeladen – ein Mann, den Max nicht kannte. Wer war das? Dieser Kerl! Ein Spanier? Ein Mexikaner? Ein Südamerikaner? Etwa vierzig könnte er sein. Der Mann schleppte mit Pablo ein Fässchen spanischen Wein in die Wohnung.

Erst am Tag zuvor hatte Jimmy die Weltausstellung besucht. Vor Picassos Bild *Guernica* hatten sich Menschenmassen geknubbelt. Ein wahres Monstrum von Bild, fast acht Meter lang und dreieinhalb Meter hoch, ein Bild, in dem es vor abgeschnittenen Schreien geradezu wimmelte. Der Luftangriff der deutschen Legion Condor und des italienischen Corpo Truppe Volontarie auf die Stadt Guernica war Auslöser gewesen für die aktuellen Wirren in Spanien.

»Ich liebe Ihr Bild!«, sagte Jimmy jetzt stotternd zu Picasso, mit einem scheuen Seitenblick zu seinem Vater. »Wie macht man überhaupt so ein riesiges Werk?«

Max ließ unterdessen diesen Mann, Pablos Begleitung – ein

Mexikaner, hatte er gesagt, wie war sein Name? Leduc? Renato Leduc? –, nicht aus den Augen. Denn der zwubbelige Kerl hatte gleich Leonoras Hand geküsst, übertrieben, aber gewandt, robust, körperlich. Er flüsterte Leonora etwas ins Ohr. Leonora – immer noch jung, wirr und windig –, Leonora lachte und leckte sich über die Lippe. Max hielt das kaum aus. Er hätte sich am liebsten sofort auf Leonora gestürzt, vor allen Gästen, um dieses Glänzen zwischen seine eigenen Lippen zu nehmen und ... Leonora setzte sich zu Leduc, ja, ha!, neben ihn, aufs Sofa, und sie wandte sich Leduc zu, schenkte ihm ihre ganze Aufmerksamkeit, ja legte ihre Beine auf das kleine Tischchen, nacktfüßig, jetzt, im Sommer, und ihre Sohlen waren nicht schmutzig, aber durch das Schlendern übers Parkett hatte sich ein Hauch Staub daraufgelegt, und Max musste tief Luft holen, um die Bilder aus seinem Kopf zu verbannen, die Bilder, wie er sich neben sie setzt, die Füße in den Mund nimmt und seine Zähne langsam an ihren Beine hochwandern lässt, eine rote Druckspur bis zur Gabelung. Nein, ganz klar, Leonora, sie vernachlässigte die übrigen Gäste. Leduc und Leonora verfielen in ein angeregtes Gespräch wie in einen Trab, doch die Reiterin Leonora wählte bald eine schnellere Gangart, Galopp, Galopp, Galopp. Max hätte zu gern gewusst, worüber die beiden da sprachen, die Engländerin und der Mexikaner.

»Mensch Max«, sagte Lou, die plötzlich neben ihm stand. »Wenn du dich sehen könntest. Deinen Blick. Ich habe das Wort *Eifersucht* nie verstanden, Max. Was hat dieses Gefühl mit Eifer zu tun? Und was mit Sucht?«

»Eifersucht? Ich? Nein, Lou. Jeder ist ein freier Mensch. Und kann lieben und körpern, wen er will.«

»Auch Leonora?«

»Wir sind ja gerade erst zusammen.«

»Ein Jahr.«

»Hast du nichts mehr zu trinken? Ich hol dir was.«

Ab und an berührten sich Leduc und Leonora sogar. Wie unabsichtlich. Leducs Hand mit Haaren auf den Fingerknöcheln streifte ihren Arm. Nur kurz. Dozierende Finger tanzten vor ihrer Nase, wenn Leduc offensichtlich einen besonders wichtigen Satz sagte. Das Lachen, das von Leonoras Lippen spritzte. Leduc schien ihren Humor zu treffen. Dieser stete Wechsel von Ernsthaftigkeit, Erstaunen, Kichern, Nicken und Kopfschütteln.

»Und?«, fragte Max seine Exfrau Lou und reichte ihr ein Glas Wein. »Was macht Fritz?«

»Sommergrippe. Kann nicht kommen.«

»Was Neues vom Konsulat?«

»Immer noch nichts. Danke, dass du Pablo eingeladen hast. Jimmy freut sich wie verrückt.«

Max hatte Mühe, dem Gespräch zwischen Pablo und seinem Sohn zu folgen, dem die meisten der anderen Gäste zuhörten. Das Entstehen von *Guernica* sei untypisch gewesen, sagte Pablo. Er zeichne oder male sonst gerne verschiedene Varianten und wähle aus. Das aber sei nicht möglich bei so einem großen Bild.

»Was sagen denn *Sie* überhaupt dazu? Sie sind doch Spanier, oder?«, fragte Max, wandte sich an Renato Leduc und unterbrach über die Köpfe der anderen hinweg das Tuscheln zwischen Leonora und dem Mexikaner.

»Ich?«, fragte Leduc.

»Ja, Sie!«

»Ich bin Mexikaner.«

Renato Leduc stand auf und wich einen Schritt von Leonoras Seite. Er sprach jetzt. Über Guernica. Und Pablo. Und tat sich hervor als Kenner des Picasso'schen Werkes. Nach einer Weile machte Leduc eine angedeutete Verbeugung in Richtung der Gäste, zum Zeichen, dass sein Vortrag beendet sei. Einige applaudierten sogar.

»Können Gemälde eigentlich den Krieg aufhalten?«, fragte Jimmy plötzlich in eine kurze Stille hinein.

Jetzt riss Max das Wort an sich. Sprach ebenfalls ein paar Minuten lang. Wild gestikulierend, untypisch für ihn. Seine Rede mündete in die Worte: »Der Verrücktheit der Welt unsere eigene Verrücktheit entgegenspucken. Jaja, das machen wir, das können wir. Aber wozu, Pablo? Du bildest dir doch nicht ein, auch nur irgendjemanden oder irgendetwas ändern zu können? In Deutschland? Oder in Spanien?«

»Ein Künstler«, sagte Pablo, »lebt mit und von geistigen Werten. Wenn die geistigen Werte auf dem Spiel stehen. Wenn der Faschismus sie bedroht. Dann müssen wir als Künstler da sein. Wenn mein Bild nur fünf Menschen innehalten lässt, ja, wenn es nur einen einzigen Menschen innehalten lässt, ist es nicht umsonst gewesen. Veränderung ist kein Flächenbrand, sondern das Aufflammen eines Streichholzes. Und Streichhölzer können wir entzünden. Die Künstler. Mühsam. Aber wirkungsvoller, als du denkst, Max.«

»Nein. Man müsste *wirklich* was tun! Man müsste mit den eigenen Händen anpacken, um die Welt zu verändern.«

»Das finde ich stark!«, rief Leduc. »Das gefällt mir! Und Sie? Was tun Sie, Monsieur Ernst? Wo packen Sie an?«

Immer dieser Leduc, dachte Max. Ich kenn den doch gar nicht. Leduc, Leduc. Wie kommt Pablo dazu, den Kerl einfach so mitzuschleppen? Ein unangenehmer Typ. So aufdringlich. Und Max rief: »Wenn man wirklich etwas tun will, muss man in den Krieg ziehen. Kämpfen! Gegen den Horror! Gegen den Faschismus!«

»Sei nicht verrückt!«, rief jemand.

»An der Seite unserer republikanischen Brüder!«, rief Max. »Müssten wir kämpfen. Gegen Franco! Frontkämpfer! Was sagen Sie, Renato? Machen Sie mit? Wir zwei?«

»Ich bin dabei!«, sagte Renato.

In dieser Sekunde wäre Max am liebsten tatsächlich sofort losgestürmt. Die Möglichkeit einer schieren Tatkraft nahm ihm kurz den Atem. Und seine Freunde würden ein paar Tage brauchen, um Max zur Vernunft zu bringen. Noch aber standen seine Worte klar im Raum, und alle schwiegen kurz.

Da meldete sich plötzlich Leonora. »Was ist mit der Liebe?«, fragte sie, wie aus dem Nichts. Alle drehten sich zu ihr um. »Die Liebe: Ist das keine Waffe?«

»Pass auf mit der Liebe!«, sagte Max. »Liebe ist die schlimmste aller Geschlechtskrankheiten.«

Und alle lachten.

13

Marie-Berthe Aurenches Platz im Kreis der Surrealisten blieb nicht lange verwaist. Leonora nahm ihn ein, sie verzichtete aber auf das allzu Schrille, das Hysterische, auf das Sich-Ereifern, sie wollte nicht im Mittelpunkt stehen wie Marie-Berthe, sie hielt sich zurück, sie beobachtete lieber. So jung sie auch war: Ihrem Blick hielt keiner stand. Die Freunde liebten sie. Nicht als Kindfrau wie Marie-Berthe, sondern als Zauberin, als Verzauberin der Sinne. Leonora zeigte endlich ein paar Bilder und Texte her. Letztere beeindruckten sogar Breton: wilde Geschichten, rauschhaft und chaotisch genug, und einen dieser Texte wählte er aus für seine *Anthologie des Schwarzen Humors*.

Max aber wäre am liebsten mit Leonora allein gewesen. Fern von Paris. Stattdessen steckte er mitten im Getümmel. Von allen Seiten ging man auf ihn los. Leonoras Vater, Harold Carrington, wollte gegen Max und das »gesamte Surrealistenpack«, wie er schnaubte, klagen, natürlich wegen Pornografie, jaja, das kannte Max. Und die britisch-katholische Familie Carrington fand Verbündete in der französisch-katholischen Familie Aurenche. Mit vereinten Kräften verleumdeten sie Max. Dieser Künstlerteufel habe zwei Töchter aus gutem Haus auf dem Gewissen, habe sie besudelt, verführt, habe sie auf jeden Fall verhext, er besitze Kräfte, einer Frau den Kopf so zu verdrehen, dass sie macht- und willenlos werde und alles tue, was dieses Ungeheuer von ihr verlange. Wenn man seine Existenz als Künstler vernichtete, dachten die Eltern wohl, vielleicht käme Marie-Berthe über den Verlust hinweg und die junge Leonora wieder zu Sinnen und zurück in den Schoß der Familie? Und auch Marie-Berthe war immer noch außer sich. Sie lauerte Max ein paarmal auf, machte ihm Szenen in aller Öffentlichkeit, flehte ihn an, endlich zu ihr zurückzukehren, sie, seine Marie-Berthe, werde alles für ihn tun, was er verlange, sie wolle ihm nie wieder ein Widerwort geben, sie wolle ihm jeden Wunsch von den Lippen lesen, sie sei bereit für die absolute Unterwerfung, sie wolle, dass er sie bestrafe, erniedrige, sie wolle eingesperrt, gefesselt, geknebelt werden … Max ließ sie einfach stehen, nicht ohne eine gewisse Erregung zu verspüren, die er so nicht kannte. Weil Max nicht zu ihr zurückkehrte, kniete Marie-Berthe auf dem Holzboden in einer ausgeweideten Kapelle, betete dreimal das Confiteor und schnatterte ohne Unterlass den Rosenkranz: Für das Ende der Liaison zwischen Max und Leonora betete sie, und für die Rückkehr von Max zu ihr betete sie, trotz bereits vollzogener Scheidung, sie wollte einfach nicht wahrhaben, dass es vorbei war. In ihrer Wut klaute sie das Jagdgewehr vom Vater und schoss zweimal auf das Doppelporträt, das Max von ihnen beiden gemalt hatte. Aber sie verfehlte Max auch hier und traf nur sich selbst.

Ein Haufen Bilder stapelte sich in der Rue Jacob, Bilder, die Max nicht mehr verkaufen konnte. Warum? Weil der Erfolg in London längst verpufft war? Weil die Galerien Angst hatten, ihn auszustellen? Weil der Einfluss der Carringtons und der Aurenches langsam Früchte trug? Weil das allgemeine Interesse am Surrealismus abflaute? Oder weil seine Bilder einfach zu hässlich-entsetzlich waren, zu fürchterlich-grauenvoll?

Ein Königreich für einen klaren Kopf.

»Ich wäre gern allein mit dir«, sagte Max zu Leonora.

»Dann lass uns abhauen!«, antwortete sie.

Im Spätsommer 1937 verließen die beiden Paris.

Sie hatten es niemandem angekündigt.

Das Ganze glich einer Flucht.

»Irgendwohin?«, fragte Leonora.

»Irgendwohin!«, sagte Max.

Spätestens am Bahnhof musste das Irgendwohin einen Namen bekommen.

Gen Süden?

Leonora nickte.

Und sie landeten in einem Dorf mit dreihundert Einwohnern: Saint-Martin-d'Ardèche. Der heilige Martin.

»Martin«, sagte Max zu Leonora, »hat Lou mich manchmal genannt. Ich glaube, sie mochte den Namen Max nicht sehr.«

»Und du?«, fragte Leonora.

»Ich ziehe Loplop vor.«

»Loplop?«

»Loplop.«

»Was bedeutet Loplop?«, fragte Leonora.

»Wenn ich das wüsste.«

»Du weißt es nicht?«

»Es liegt meinem Geist auf der Zunge.«

»Denk nicht dran. Dann fällt es dir wieder ein.«

Die beiden mieteten ein Dachzimmer in einer Kaschemme. Wirtin war ein Weib namens Alphonsine Garrigou, genannt: Fonfon. Sie bediente in Hemdsärmeln. Eine ausgebrannte halbe Zigarette klebte ihr wie ein schäbiges Schmuckstück im Mundwinkel. Fonfon trug Männersandalen, Wollsocken und weite Röcke. Sie sagte genau das, was sie dachte, und freute sich über jeden Gast, auch über den weißhaarigen, schlanken Kerl mit der viel zu jungen Engländerin. Die Liebe war doch frei wie der Wind, oder nicht? Auch wenn Max Leonoras Vater hätte sein können. Abartigkeiten aller Art boten eine willkommene Abwechslung zum Dunst des Alltags. Einen Blick in die Küche riskierte man besser nicht.

Paradiesisch kam es ihnen vor: Leonora und Max endlich allein. Ohne Störfeuer von außen. Leonora malte *À l'auberge du*

Cheval d'Aube: ein weißes Schaukelpferd, eine Hyäne mit Zitzen plus Selbstporträt. Die Titel der Bilder von Max entsprachen seiner Stimmung: *Die Bekehrung des Feuers* oder *Die Lebensfreude* oder *Der Triumph der Liebe*. Vor allen Dingen aber hatten Max und Leonora Angst davor, nüchtern zu werden. Sie blieben berauscht, so gut es ging: Rausch der Bilder und Buchstaben, Rausch ihrer Leiber, Rausch des Sommers, Rausch des Weins, den sie abends im Bistro tranken. »Immer rein mit dem Zeug, das macht gesunde Zähne«, sagte Fonfon ständig, ein Satz ohne Sinn und Verstand, und gerade deshalb gefiel er den beiden so sehr. Dazu die brütende Hitze, das dunkelgrüne Ardèche-Wasser, die kalkweißen Steinufer, die Erhabenheit der Felsen, der Tumult der Fliegen, das Gewimmel der Käfer, die alten Ziegenböcke mit Augen aus der Urzeit, die Suche nach den Verstecken der Schnecken und der Kampf gegen Skorpione. Das Dachzimmer über der Kneipe wirkte durch seine Enge umso romantischer auf die Liebenden, die ohnehin nur Augen füreinander hatten und für das, was sie schufen. Leonora mochte Dreck ohnehin, und Max gewöhnte sich daran. Dass auch noch Sperrmüll im Zimmer stand, der einmal polternd umkippte, als Max und Leonora die auf dem Boden liegende Matratze zum Stauben brachten, dafür konnten sie nichts. Sollte Fonfon den Krempel doch endlich auf den Schrottplatz bringen lassen. Der Schweiß ihrer Körper vernebelte die Stickigkeit des Zimmers, mischte sich in die weißen Knoblauchzehen, die gebündelt von der Decke baumelten, und diejenigen, die Fonfons geliebte Knoblauchsoße eines Tages äßen, würden sich auch ein Stück von Max' und Leonoras Liebesdunst einverleiben. Diesen Gedanken dachte Leonora oft, wenn sie eng neben dem laut atmenden, schlafenden Max lag und in der Zimmerhitze nach oben schaute, an die Decke wie an den inneren Rand ihres Kopfes, und sie wusste nicht, ob sie lachen oder weinen sollte, so jung, so fern von allem, was sie kannte, über und neben ihr nur Neues, Unerlebtes. Leonora verkroch sich gern in der Achselhöhle ihres Geliebten, lag auf dem Rücken, beobachtete die Nacktheit der beiden Körper, winkelte das linke Bein an und kratzte mit den Fingernägeln fünf rote Hexenspuren in den Männeroberschenkel, die rasch wieder verblassten. Sie schaute auf das Geschlecht neben ihr, nahm es kurz in die Hand und ließ es zurückplumpsen, ohne dass Max aufgewacht wäre, sie kräuselte die ergrauten Schamhaare und bohrte ihre Zeigefingerspitze sanft in das verknotete Nabelloch, das im flach atmenden Bauch spross wie eine Knospe. Leonora hatte das Gefühl, sie könne den Körper neben ihr erst entdecken, wenn er schliefe. Sie wusste nicht wirklich, ob sie glücklich war oder melancholisch oder beides zugleich. Sie dachte: Vielleicht gilt es, genau das zu lernen und auszuhalten – glücklich und melancholisch zugleich zu sein, weil beides immer da ist und immer da sein wird.

Das Zimmer war hellhörig: Es schien wenig sinnvoll, sich zum Schlafen zurückzuziehen, wenn in der Kneipe unten noch Gäste lärmten. Das kam oft vor. So blieben Max und Leonora fast immer, bis Fonfon absperrte. Befand sich aber unter den Gästen ein Pärchen auf der Durchreise, zog Leonora ihren Max schon früh am Abend ins Zimmer. Während die Neuankömmlinge unten die Weinbergschnecken pulten, drang das tiefe, kehlige Brüllen Leonoras aus dem Dachzimmer zu ihnen hinab, aus dickichter Ferne zwar, denn zwischen Gastraum und Dachzimmer lag noch ein ganzes Geschoss, aber Leonora schrie laut genug und lange und ausdauernd. Danach betrat sie – die schwarzen, schweißnassen Haare im Nacken mit einer Spange spärlich gebändigt und ihre Klamotten am Körper klebend – barfuß den Gastraum, allein, und sie stellte sich an die Theke und leerte das schmierige Glas, das Fonfon ungespült aus einem Kübel gefischt und mit Wasser gefüllt hatte, heftig glucksend und mit solcher

Gier, dass glitzernde Fäden von ihren Lippen über Kinn und Hals zur Bluse sickerten. Sie knallte das Glas auf die Theke, wischte sich den Mund, nahm Fonfon die brennende Zigarette ab, tat einen tiefen Zug, legte die Hand auf den Bauch, zwinkerte dem Pärchen zu und sagte: »Das tat gut!«

Leonora und Max schlossen Freundschaft mit einem alten Pfarrer im Ruhestand. Er lebte in einem der Nachbardörfer, Jacques hieß der Mann, Jacques oder: der Abt. Dessen einzige Freude bestand darin, auf einem Esel nach Saint-Martin zu reiten und bei Fonfon seine Marcs zu kippen, als handle es sich um eine lebensnotwendige Medizin. Mit dem klugen Abt konnte Max vortrefflich diskutieren und streiten: über Politik, Kunst, Wissenschaft. Paff, paff, paff ging das, und Max mochte Jacques' Härte und Schnelligkeit und Geradlinigkeit, er bewunderte den Wissensfundus, den der alte, dicke Mann im Laufe seines Lebens angelegt hatte: Nichts schien er je zu vergessen, manchmal dachte Jacques nach, und das sah aus, als wühle er in seinem Kopf wie in einem riesigen Speicher, bis sich seine Augen erhellten und er mit dem gefundenen Wissensstück zu Max zurückkehrte und es ihm, leicht verstaubt, aber intakt, präsentierte. *Blitzgescheit* war das Wort, das Max bei Jacques in den Sinn kam. An einen personalen Gott schien der alte Priester ebenso wenig zu glauben wie Max, verpackte seinen Atheismus nur ein bisschen besser. Auch Jacques schien höchst zufrieden darüber, hier unten endlich einmal auf Menschen zu treffen, die ihm etwas zu sagen hatten. Damit Max und Leonora ihm nicht von der Angel sprangen, lud der Abt die beiden nach kurzer Zeit schon zu sich ein, nach Aiguèze. Zum Essen. Vier Gänge sollte es geben. Jacques besaß leider nur drei Teller, da er – wie er sagte – schon lange nicht mehr auf Besuch eingerichtet sei. Es öde ihn an, das Gewäsch der Menschen im Umkreis eines Eselrittes. Von daher musste Jacques seine drei Teller selber säubern in der Küche: und zwar nach jedem Gang. Max wunderte sich, wie schnell der Abt mit den gesäuberten Tellern zurückkam. Nach dem dritten Gang folgte Max ihm heimlich in die Küche: Und die hauseigene Spülmaschine entpuppte sich als ein Hund, der mit langer und sabbernder Zunge die Teller genüsslich abschleckte. Max musste lachen. Der Abt drehte sich um und hob entschuldigend seine Arme. »Das ist Talacasse!«, sagte er und zeigte auf den Hund, der mit munteren Augen in Richtung Max hechelte. Ja: Dort lebten sie, in Saint-Martin-d'Ardèche, Leonora und Max, sie brieten in der Sonne, sie schwammen, sie streichelten Ziegenböcke, sie beobachteten Straßenköter, die vom Himmel gefallene Tauben fraßen, sie liefen oft zu einem leer stehenden Häuschen in der Nähe und stellten sich vor, wie es wäre, dort zu leben, sie sahen den Reben und Oliven beim Wachsen zu, der warme Mistral föhnte ihre Haare, der kalte Mistral trieb ihnen Schauer auf die Haut, sie lauschten dem Rikidiki der Zikaden und befreiten jede Einzelne von ihnen, die sich verfangen hatte im Spinnennetz vor dem Fenster ihrer Rumpelkammer.

14

Es hätte ewig so weitergehen können. Doch an einem Abend im Oktober, als die Blätter in den Wäldern schon fielen, wurde die Tür zum Gasthaus der Wirtin Fonfon aufgestoßen, und eine Frau betrat den Raum. Die Frau hatte offenbar eine weite Reise hinter sich gebracht: Sie kam aus Paris. Im Gastraum saß niemand. Fonfon gondelte in einem ächzenden Schaukelstuhl beim noch stillen Kamin, las in der Zeitung und rauchte. Sie hob den Kopf, grüßte die neu angekommene Frau und ging an ihren Platz hinter der Theke, band sich die Schürze um, streifte die Glut von der Zigarette, sodass die Kippe erlosch, aber nicht zerknickt wurde, steckte den Stummel an seinen festen Platz im linken Mundwinkel, es sah so aus, als gäbe es dort eine vorgefertigte Stelle, die es zu finden galt, das Ganze wirkte sehr mechanisch, als stecke Fonfon eine Schraube in einen Dübel. Endlich schaute sie hoch, mit zufriedenem Augenaufschlag, musterte die Frau, die vor der Theke stand, und fragte sie, was sie wünsche. Fonfons Lippen bewegten sich kaum beim Reden. Dazu der südfranzösische Akzent: nicht einfach, die Worte der Wirtin zu verstehen.

Die neu eingetroffene Frau entgegnete: »Ich suche Max Ernst.«

»Le Max?«, fragte Fonfon. »Der Künstler mit der schönen, jungen Engländerin?«

»Jung, ja. Aber schön?«

»Sicher. Sie brennt von innen. Ihre Augen ziehen dich in einen Strudel, wenn du zu lange hineinblickst. Ihr Körper ist makellos. Wenn ich ein Mann wäre, ich würd mir einen Finger abhacken, nur um einmal zu ihr ins Bett kriechen zu dürfen.

Leider ist sie zu jung für diesen Deutschen. Aber auf mich hat noch nie jemand gehört.«

Die Frau schaute Fonfon an. Eine solche Rede schien ihr völlig bizarr. »Also sind sie hier, die beiden?«, fragte sie.

»Sie wohnen unterm Dach. Wer will das wissen?«

»Ich bin die Frau von Max. Marie-Berthe Aurenche.«

Fonfon nahm ein Tuch aus dem Gürtel und wischte kurz über die Theke. »Er ist verheiratet?«, fragte sie.

»Die beiden kommen oft nach unten?«

»Jeden Abend. Sie gehen schwimmen, sie malen, sie vögeln, sie essen, sie saufen, sie rauchen, sie schlafen. Ich weiß, die Wahrheit tut weh, aber besser, Sie erfahren alles auf einmal als scheibchenweise, oder nicht? Möchten Sie was trinken? An Ihrer Stelle würde ich wieder abziehen. Sie haben Max längst verloren.«

Marie-Berthe bestellte eine große Karaffe Wein und das Tagesgericht. Es war vier Uhr. Fonfon schnaufte.

»Mein hoch dekorierter Koch kommt erst um sechs«, sagte Fonfon mit ironischer Etikette. »Maître Jean de la Saloperie. Also muss ich wohl selber in die Küche.« Fonfon brachte den Wein und verschwand durch eine dunkle Tür hinter der Theke. Marie-Berthe hatte nicht vor, sich zu betrinken. Sie ließ die Karaffe unberührt. Als das Essen kam, blickte sie kurz auf das angelaufene Besteck und den am Rand schmutzigen Teller, auf den in Olivenöl ertränkten Salat und die traurigen, schief geschnittenen Tomaten, auf ein in der Pfanne zum zweiten Mal getötetes, undefinierbares Stück Fleisch und die leicht angekokelten Bratkartoffeln. Sie schob den Teller ein Stückchen in die Tischmitte und faltete die Hände. Hunger kannte sie ohnehin kaum noch. Abgenommen hatte sie, obwohl sie schon immer rebschlank gewesen war. Marie-Berthe hatte zuletzt als junges Mädchen so wenig gewogen. In diesem Punkt konnte die ordinäre Leonora sie nicht schlagen. Die englische Hure war ein verfressenes Miststück. Man sah es ihr nicht an, weil sie so verdammt jung war, aber warte mal ab, Max, in ein paar Jahren bläht sich deine Kleine zum Zeppelin.

Und dann kam sie. Leonora. Nach unten. Allein. Sie bemerkte Marie-Berthe nicht, sondern ging barfuß zur Theke, um Fonfon nach einem Stück Olivenkuchen zu fragen. Fonfon sagte keinen Ton, nahm den Stummel aus dem Mund und deutete mit ihm zum Tisch, an dem Marie-Berthe saß, im Schatten eines Stützpfeilers. Als Leonora jetzt hinsah, beugte sich Marie-Berthe langsam vor, sodass zuerst ihre Nase in Leonoras Blickfeld erschien, dann ihr Gesicht, dann der ganze Kopf.

»Ach«, sagte Leonora.

»Du«, sagte Marie-Berthe.

Beide sprachen sehr leise.

Leonora überlegte kurz. Aber ihr blieb nichts übrig, sie musste sich stellen. Früher oder später. Marie-Berthe hatte sie gefunden. Jetzt hieß es: kämpfen. Dann her mit dem Säbel.

»Une bouteille de Marx«, sagte Leonora zu Fonfon. Sie nannte den Marc gerne *Marx*, Fonfon hatte das noch nie lustig gefunden, dennoch wiederholte Leonora diesen Witz immer und immer wieder, als würde er, wenn sie ihn nur oft genug von sich gab, schließlich doch noch lustig werden, vielleicht, sagte Leonora einmal zu Max, müssen auch Witze reifen wie Äpfel.

»Zwei Gläser«, fügte Leonora hinzu.

»Bist du sicher, kleine Engländerin?«, fragte Fonfon.

Leonora nahm Flasche und Gläser und schlenderte los. Ihr Rock war sehr lang und streifte beinah den Boden, ein schneeweißer Carlington-Rock mit violetten Tupfern: Leonora hatte ihn bei einer Kostüm-Auktion aus dem Fundus des Saint-Jacob-Theaters in Marseille erstanden. Ihre Bluse schimmerte ebenso durchsichtig wie der Rock. Sie fand ihre Brüste schön und klein und fest genug, um ohne diese Büstenhalter auszukommen, und sie mochte es, wenn die Augen der Männer – entweder im misslingenden Versuch, es unauffällig zu tun, oder aber in tölpelhaftiger Schamlosigkeit – die Form ihres Körpers nachzogen. Leonora stellte Schnaps und Gläser auf Marie-Berthes Tisch ab, schob einen Stuhl fort und holte stattdessen den Hocker vom Kamin. Der sah aus wie ein Klavierschemel. Leonora pflanzte sich darauf, hob ihre Beine an, hievte sich in den Schneidersitz, sodass Marie-Berthe, als sie sich vorbeugte, Leonoras schwarze Fußsohlen sah.

»Marie-Berthe«, sagte Leonora.

»Leonora.«

»Du bist hier.«

»Sieht so aus.«

»Und willst mir die Augen auskratzen?«

»Nein. Ich bin ganz ruhig. Ich hab das nicht nötig.«

»Max ist weg, Marie-Berthe. C'est passé!«

»Le passé est toujours dans mon cœur. Et il sera là-bas jusqu'à la fin de mon souffle.«

»Frisst du das nicht?«

»Nein.«

»Dann bitte danke.«

Leonora nahm Marie-Berthes Teller und das Besteck, seilte einen Spuckefaden auf Gabel und Messer, wischte beides mit dem Saum ihrer Bluse sauber, sodass Marie-Berthe kurz Leonoras Nabelloch sehen konnte und ihren straffen Bauch ohne jede Wellung eines Bindegewebes, und dann aß Leonora den Teller leer, das ging sehr schnell. Währenddessen sagte keine von ihnen ein Wort. Leonora liebte das Essen bei Fonfon: die knusprig gebratenen Kartoffeln und den herzhaft und mit köstlichstem Olivenöl angemachten Salat. Das Fleisch dagegen rührte Leonora nicht an. Im Augenblick aß sie nichts mehr, was schon mal geatmet hatte. Eine Ausnahme bildeten Weinbergschnecken. Denen konnte auch Leonora nicht widerstehen. Als sie den Schnaps in die Gläser kippte und ihres zum Prosten in die Luft hob, sagte Marie-Berthe: »Ich glaube nicht, dass ich mit dir anstoße.«

»Prost«, sagte Leonora und stürzte zuerst ihr eigenes und dann auch noch Marie-Berthes Glas hinunter.

»Ich werde Max wieder mitnehmen«, sagte Marie-Berthe, und sie sagte es so, als handle es sich um ein Gepäckstück.

Leonora hustete. »Dann bitte!«, sagte sie. »Geh hoch und sag es ihm.«

»Ich habe Möglichkeiten, ihn zu überzeugen.«

»Magst du Schnecken?«

»Zehn Jahre älter zu sein, hat nicht nur Nachteile, Leonora. Ich bin jetzt dreißig. Ich weiß: Deine Haut ist viel reiner, also jedenfalls, wenn du dich waschen würdest.«

»Du erinnerst mich an eine Schnecke. Weiß auch nicht, weshalb. Darf ich dich mal probieren?«

»Deine Brüste sind straffer, dein Po hat bestimmt noch keine einzige Falte. Wenn er seine Hände drauflegt, hat mein Mann das Gefühl …«

»Ich dachte, ihr seid geschieden?«

»Was Gott vereint hat, kann der Mensch nicht trennen. Auch nicht das Standesamt.«

»Eine Schnecke, die ihr Haus verloren hat.«

»Ich kenne ihn besser als du. Ich kenne ihn seit zehn Jahren. Und ich bin bereit …«

»Jetzt geh schon. Dachzimmer. Stör ihn ruhig. Max wird das hier nicht aufgeben. Für eine Frau, die er hasst mittlerweile.«

»Er hasst mich? Gut. Hass ist ein Bruder der Liebe.«

»Oho.«

»Beides sprüht Funken. Ich muss nur das Vorzeichen ändern.«

»Du langweilst mich. Red nicht drüber, tu's!«

Mit einem Ruck schnellte Marie-Berthe hoch. Leonora zuckte

zusammen und wäre beinah vom Schemel gekippt. Sie balancierte sich aus und schob die Füße auf den Boden, blieb aber sitzen. Marie-Berthe nahm die grifflose Karaffe mit dem Weißwein, streckte sie über Leonoras Kopf, kippte sie langsam aus, und der Weißwein gluckerte über Leonoras Haare, über ihre Wangen, über ihr Gesicht, über ihren Hals auf die weiße Bluse, die jetzt noch durchsichtiger wurde, als sie ohnehin schon war. Leonora ließ das Fließen des Weins über sich ergehen. Ja, sie öffnete sogar ihre Lippen, um ein wenig mit der Zunge aufzufangen. Dann drehte Marie-Berthe die leere Karaffe um und hielt sie am Hals wie einen bauchigen Knüppel. Leonora schaute aus feuchten Augen (vom Wein, nicht vom Weinen) hoch. Marie-Berthe hob die Karaffe, Leonora ging nicht in Schutzhaltung. Sie sah nur fest und starr in Marie-Berthes rechtes Auge, immer nur ins rechte Auge. Dazu murmelte Leonora etwas, das Marie-Berthe nicht verstehen konnte, zu leise, zu leise. Bald darauf ließ Marie-Berthe den Arm sinken, stellte die Karaffe auf den Tisch, drehte sich um und verließ den Gastraum.

15

Leonora atmete durch. Jetzt hieß es warten. Bis Max käme. Und ihr sagen würde, Marie-Berthe sei da gewesen, bei ihm, oben, in der Dachkammer, er habe sie wieder fortgeschickt, nach Paris. Leonora holte Block und Bleistift. Sie zeichnete eine Skizze, merkte aber nach ein paar Minuten, dass sie nichts zustande brachte. Also schrieb sie. Beim Schreiben fühlte sie sich freier. Das Zeichnen und Malen hatte sie von Anfang an gelernt, in sich selber groß gezogen, gefüttert, aufgepäppelt bei Ozenfant. Das Schreiben dagegen war ein Vogel, für den es keinen Käfig gab, der Vogel flatterte zu ihr hin und fort von ihr, wann immer er Lust und Luft hatte, er durfte tun, was er wollte, sie schrieb mit beiden Händen, ich hab keine Angst, Angst, da müsste schon ein fetter Keiler kommen, Yams, Yams, damit ich Angst habe, mitten im Raum müsste er stehen, der Keiler mit Hauern, oder vielleicht der Wladotsch, der Wladotsch kriecht in der Nacht durchs Fenster zu dir und steckt dir seine Zunge in den Mund, sodass dir die Luft vergeht, der Wladotsch ritzt mit den Nägeln seiner Finger deine Haut und zieht sie ab vom Fleisch, faltet sie wie ein Tischtuch, geht tiefer, legt die Knochen frei, schiebt sich Knochen um Knochen zwischen die Zähne, bis nichts mehr dort liegt als der zitternde Kern deiner selbst, und wann kommt Max und erlöst mich von meinem Warten? Ich bin eine Hyäne, ich kriege alles, was ich will, Tartar, Tartar.

Max kam.

Er trat in den Gastraum.

Allein.

Ohne Marie-Berthe.

Aber mit einem Koffer.

Leonora schaute immer nur auf den Koffer.

All diese Sachen im Koffer.

All diese Worte aus Max.

Worte, Worte, Kofferworte.

Dass er nicht anders könne, sagte Max.

Dass sie die Einzige sei, sagte Max.

Wer? Ich?

Ja, sie, Leonora.

Aber?

Kein Aber.

Und?

Kein Und.

Die Verantwortung. Kofferverantwortung. Nicht möglich. Unmöglich. Impossible. Dasselbe Wort wie im Englischen. Impossible-Koffer. So völlig unvorbereitet traf es Leonora. Die Schnallen des Koffers, den Max in Paris gekauft hatte. Braunweiß gescheckt. Wie ein Pferd. Kurz vor ihrer Abreise. Nach Saint-Martin-d'Ardèche. Heiliger-Martin-Koffer. Pferdefresse. Selbstmord. Selbstmord. Selbstmordkoffer. Die Gefahr.

Marie-Berthe werde sich etwas antun.

Dieser Satz von Max.

Marie-Berthe drohe, sich umzubringen.

Er könne nicht anders, so Max.

Er müsse ihr helfen.

Er müsse das klären.

Der Umbringkoffer. Dieses Wort. Klären.

Nach dem Klären komme er wieder zurück zu ihr.

Zu wem?

Zu ihr: zu seiner Leonora.

Auf jeden Fall?

Sie müsse jetzt stark sein.

Ein Wort von Marie-Berthe genügt, ein Blick. Selbstmord. Eine Drohung. Sie will sich umbringen? Wenn er nicht zu ihr zurückgeht? Diese fanatische Marie-Berthe? Er will in ihre geölte Vagina zurück, das will er doch, in ihre saubere, geruchsneutrale, sichere und nichtbissige Vagina. Raus aus dem Dreck will er, aus dem Schmutz, aus dem echten Blut, aus dem Schmerz. Rein in die völlige Verfügbarkeit.

Warum ihre Bluse denn nass sei, fragte Max.

Jetzt. Nach dem Selbstmordkoffer. Jetzt erst. Nachdem er gesprochen hat. Über Marie-Berthe. Sieht er ihre nasse Bluse. Und? Holt er ein Tuch von Fonfon? Nein. Das nicht. Nässe im Oktober. Die Zikaden schweigen bald. Allein hier im Heiligen-Martin-Dorf? Mit dem Wladotsch, der sie holen wird? Leonora zog ihre Unterhose aus und nutzte sie als Tuch, sich trocken zu tupfen, sie saß jetzt nackt unterm Rock auf dem Schemel, und das tat gut und gab Kraft, sie spürte das Holz und die Splitter und das Kratzen und den Dreck. Hau ab! Geh endlich! Geh! Ich werd nicht zusammenbrechen, das weiß ich. Die Schnecken sind meine Zeugen. Ich werd bleiben. Allein. Bis morgen oder bis zum Ende meiner Tage. Vielleicht ist beides dasselbe.

Nachdem Max den Raum verlassen hatte, trat Leonora ans Fenster. Die Unterhose zerknüllte sie in den Fingern wie ein Papier mit missratenen Sätzen. Sie blickte ihm nach. Aus dem Schatten stakste Marie-Berthe auf ihn zu. Max nahm ihr den Koffer ab. Trug nun zwei Koffer. In jeder Hand einen. So gingen sie. Bis die Nacht sie aus Leonoras Sicht schnitt.

»Ich bin bald zurück« war der letzte Satz, den sie von Max gehört hatte. Leonora klammerte sich an diesen Satz. Alles, was sie aufgebaut hatte: fort. Ihre Stärke bröckelte, zarter Zement. Ein Kind. Ein zwanzigjähriges, ein spielendes Kind. Marie-Berthe? Eine Frau. Eine verrückte, eine fanatische zwar, aber immerhin: eine Frau. Leonora setzte sich auf den Boden, schob sich die

Unterhose zwischen die Zähne wie einen Knebel und schrie, so laut sie konnte, doch keiner hörte sie.

Allein hier zu leben: das Grauen. Leonoras Schulden bei Fonfon häuften sich. Manchmal kamen reiche Einzelmänner auf Durchreise. Die Rechnung war einfach: »Mach dich schön, Leonora!«, sagte Fonfon. »Wenn du die Kerle zum Champagnertrinken bringst, streich ich was von deinem Zettel. Hör auf, deine Aussprache zu verbessern. Der englische Akzent macht die Männer ganz verrückt.« Ja, Leonora brachte die Männer zum Champagnertrinken. Reichlich. Während Max in Paris seinen »genitalen Verpflichtungen« nachging, wie Leonora es sich von der Seele schrieb, versuchte sie selber, die Männer zu verführen. Ich bin eine Edel-Hure, flüsterte sie mitunter. Mein Name ist Belle-de-Jour. Zum Glück hatte Max ein paar Opiumkügelchen dagelassen, die Leonora über einer Lampe erwärmen und inhalieren konnte. Alles veränderte sich: innen, außen: Körper, Geist: Gitter, Tür. Das Wasser der Ardèche war eiskalt und schlammig braun nach den Regenfällen. Leonora ließ ihre Zehennägel wachsen. Riesige Lastwagen mit Trester röhrten durch den Ort. Und Leonora kippte den Tresterbranntwein wie Wasser. Manchmal stand sie am Bahnhof und starrte dem Rapide nach Paris hinterher. Wenn sie einschlief, hielt sie Ausschau nach einer Spinne. Araignée du soir, espoir; araignée du matin, chagrin. Doch der Spruch stimmte nicht. Sah sie eine Spinne am Abend, gab es keine Hoffnung, sah sie eine Spinne am Morgen, erst recht nicht. »Drei Tage«, so Max, »dann bin ich zurück.« Oder hatte Leonora sich das eingebildet? Jedenfalls wurden aus drei Tagen drei Wochen und drei Monate.

Leonora hielt sich in dieser Zeit am Schreiben fest, nein, sie kroch ins Schreiben hinein wie in eine Hütte, nein, nein, sie schrieb wie die wilden Regengüsse, die in die Ardèche prasselten und das träge Flüsschen in einen gierigen Strom verwandelten, der einmal sogar den Dorfplatz überschwemmte. Leonora schrieb auf Französisch, schrieb sie auf Französisch? Um noch freier zu werden für das Neue? In einer Sprache, die nicht die ihre war? Die sie nicht korrigieren konnte, musste? Nein, sie schrieb in einem Kauderwelsch, halb Französisch, halb Englisch, halb rechts, halb links, halb Bild, halb Gedanke, mal zu verstehen, mal nicht, mal geordnet, mal wirr, mal einer Spur folgend, mal ausufernd, abspaltend und unvereinbar, mal zerstörerisch, wütend und schrill, immer aber stimmig und unstimmig zugleich. Leonora schrieb, um nicht tun zu müssen, was sie insgeheim tat: warten. Denn wenn Leonora eines nicht konnte, dann war es genau das: warten. Auf die Rückkehr warten. Auf seine Rückkehr warten. Zumindest auf ein Zeichen von ihm. Eine Nachricht. Sie hatte nie so enden wollen, nein, nicht sie, nicht Leonora. Nicht dem verdammten Postboten auflauern und ihm den Postsack entreißen wollen auf der Suche nach einem Fetzen Maxpapier. Nicht aufs Amt gehen wollen, nach Telegrammen fragen. Nicht um das Telefon bei Fonfon schleichen und vom Klingeln träumen in der Nacht. Aber nichts. Max schwieg. Maxlosigkeit. Nur am Anfang eine kurze Nachricht: »Brauche Zeit. Dauert länger. Komme so schnell wie möglich zurück zu dir.« Kein *In Liebe*, kein nichts. Leck mich, Köter. Zeit aus dem Herzen schreiben, Zeit aus dem Körper vögeln. Zeit aus dem Kopf saufen. Zeit. Zeit. Zeit. Tick. Tack. Tick. Eine Zigarette brannte jetzt immer zwischen ihren Fingern. Und woher hat Marie-Berthe überhaupt gewusst, wo wir uns befinden? Das Schwein muss ihr einen Brief geschrieben haben. Er muss sie hergelotst haben, der Max. Ich bin doch wer ohne den Kerl? Bin ich wer ohne den Kerl? Ich war doch wer ohne ihn? Wer bin ich jetzt? Als hätte man mir die Beine abgeschnitten. Ich rutsche, eine Schnecke, über seifigen Grund, quietsche zu den Rasiermessern, blass bedacht und naturbelassen, nichts bin ich mehr ohne ihn. Der

Dreck, der mich hält. Das lasse ich nicht auf mir sitzen. Sie müssen mich siezen, miezen, Miezekatze, grauenvoll im Traum der Wirklichkeit, komm zurück, ich nicht, SOS, das verdammte Warten ist ein Geier, der mir täglich ein Stück meiner Jugend aus dem Körper hackt. Aus der jungen wird eine alte Hexe. Irgendwann. Ich muss mich lösen. Muss ich das? Noch kann die Nachricht kommen. Noch kann alles gut werden. Gutgutgut Goodgoodgood, gurrt die Taube, die nach ihrem Täubchen ruft. Das aber gammelt längst im Magen der Katze, Fratze.

16

Ein Dschungel. Feuchtes Laub, ja, Büsche auf dem schiefen Boden. Verfaulter, modriger Atem. Das Gekreisch von Vögeln, Affen. Fauchen: Jaguar? Es knackte, wenn man sich vorantastete. An der Decke zwölfhundert Kohlesäcke. Die Tierstimmen kamen vom Tonband. Alles fand statt in der Galerie Beaux-Arts. Ausstellung in Paris: Rue du Faubourg Saint-Honoré. Organisiert von André und Paul. Sechzehn Mannequins bildeten das Spalier: Schaufensterpuppen. Über Hans Arps Puppe hing ein schwarzer Sack. Sie hieß: *Schmetterling*. Max hatte eine *Fröhliche Witwe* dekoriert. Mit lila Höschen. Im lila Höschen eine blinkende Glühbirne. André Breton hatte darauf bestanden, die Glühbirne wegzunehmen. Es war zu einem heftigen Streit gekommen. Zwischen Max und ihm. Heute fehlte André. Und heute leuchtete gar nichts. Heute war es stockdunkel in der Galerie. Heute war es sinnlos, *sich vor die Bilder zu stellen*, heute bliebe nur, *sich die Bilder vorzustellen*. Heute und hier drehte sich nichts mehr um die Exponate, heute drehte sich alles um die Menschen, vor allen Dingen um *einen* Menschen, um eine Frau. Ja, heute herrschte höllische Finsternis. Heute blieb einem nur der Tastsinn. Kein Zutritt für das zahlende Publikum. Eine geschlossene Gesellschaft. Max und Marcel Duchamp hatten das ausgeheckt. Marcel aus künstlerischen Gründen: Was für ein Akt der Rebellion! Eine Ausstellung, in der man *gar nichts sah*! Kein einziges Bild! Max dagegen hatte persönliche Gründe.

»Wünsch mir Glück«, sagte Max.

»Hopphopp!«

»Sind alle drinnen?«

»Alle«, sagte Marcel.

»Und Marie-Berthe?«

»Fort.«

»Nach Lourdes?«

»Nach Lourdes.«

»Dann mögen die Spiele beginnen.«

Et voilà. L'entrée. Max betrat als Letzter den Raum. Vom Licht in die Finsternis. Seine Augen, dachte er, müssten sich erst an die Dunkelheit gewöhnen. Aber Irrtum. Da gewöhnte sich gar nichts. Die Dekorateure hatten ganze Arbeit geleistet. Das Schwarz walzte wahrlich alles platt. Uferlos. Da gab es nichts, woran sich die Augen hätten festhalten können. Die Tonbänder mit den Tierstimmen hatte Marcel abgeschaltet. Man hörte nichts, außer den minimalen Geräuschen der Freunde, müde Schritte, manchmal unterdrückte Schreie. Wenn zwei sich trafen. Oder aneinanderstießen. Mitunter Tuscheln. »Nur der Hauch eines leise wispernden Flüsterns ist erlaubt!«, hatte Duchamp gesagt. Max schloss die Lider. Wenn man gar nicht erst versuchte, etwas zu erkennen auf die gewöhnliche Art des Augentiers, würden die übrigen Sinne noch mal geschärft werden. Davon war er überzeugt. Und ging los. Das war schwieriger, als er gedacht hatte. Zu vertrauen auf nichts als die Hände. Und das Hören. Am liebsten wäre er in den Vierfüßerstand gesunken, gekrochen wie eine Schildkröte. Max tastete sich an der Wand entlang. Hier ein Rahmen. Max befingerte das Bild. Vorsichtig. Hatte keine Ahnung, was genau dort hing. Weiter. Jetzt stieß er sich das Knie an einem Kohleofenkunstwerk, das im Raum stand. Er wandte sich nach rechts: dort eines der vier Betten. Weiter. Eine Drehtür. Max ließ sie links liegen. Holzbrüchige Schritte. Die Büsche unter seinen Füßen knackten. Max rutschte aus. Feuchtes Laub. Seine Hand patschte in den kleinen Teich, den man in der Mitte angelegt hatte. Endlich ein nahes Geräusch. Ein anderer Besucher. Das tat gut. Nicht mehr allein und verloren in der Dunkelheit. Wer war das? Max streckte die Hände aus. Tasten, Zupfen, Streicheln, ein Mann, Schnurrbart, aha.

»Salvador?«, fragte Max.

»Mhm«, raunte der Mann. »Max?«

»Wie hast du mich erkannt?«, wisperte Max zurück.

»Du bist dünn wie ein Gerippe.«

Und beide tapsten weiter.

Max taumelte zu Leonor Fini und Meret Oppenheim, zwei seiner Ex-Affären, die sich aus Angst vor der Dunkelheit untergehakt hatten und jetzt Max von vorn und hinten in die Zange nahmen. Eine biss ihm ins Ohr, die andere kniff ihm so schmerzhaft in den Hintern, dass Max aufschrie, sich losriss und auf den Boden warf, um aus der Gefahrenzone zu robben. Kurz: das Blitzen einer Granate, die neben ihm einschlug, die Erde schmeckte nach verwesendem Pferd. Weiter. Max stieß an ein Paar Frauenschuhe, hangelte sich langsam hoch, kurze Beine, Rock, bisschen pummelig.

»Lou?«, flüsterte er.

»Max?«

Sie umarmten sich.

»Hast du Leonora gesehen?«

»Gesehen?«

»Gehört, meine ich.«

»Nein.«

»Und Jimmy?«

»Gibt nichts Neues.«

Weiter.

Hier.

Ein anderer.

Ein Mann.

»Hans?«

»Max?«

Hans Arp und Max Ernst umarmten sich kurz.

»Ich sehe dich«, flüsterte Max.

»Im Finstern?«, fragte Hans.

»Im Finstern zeigt sich alles in seiner ganzen Wucht und Wirklichkeit.«

»Ach so«, raunte Hans. »Und wie seh ich aus?«

»Du siehst aus wie das blühende Leben!«

»Na, das passt doch gut«, antwortete der Arp. »Denn du, mein Lieber, siehst aus wie der welkende Tod.«

Max kicherte.

»Hab dir eine fette Überraschung mitgebracht«, hauchte Hans. »Musst du selber suchen. War eben hier links neben mir. Immer dem beißenden Schnaufen nach.«

Max tastete nach links, hörte tatsächlich ein Schnaufen und ein Grummeln, das ihn an einen Bären erinnerte, den er mal mit Jimmy im Zoo gesehen hatte. Endlich erreichte er das Wesen und tastete es gründlich ab: fett und rund und schwitzig. Max lächelte, als er der Frau ins Ohr flüsterte: »Mutter Ey! Endlich mal eine Frau im Raum, mit der ich noch nicht geschlafen habe.«

»Och, mein Mäxchen«, sagte Mutter Ey. »Ich für meinen Teil bin offen für alles, auch wenn ich jenseits der siebzig bin.«

Max lachte still und ging weiter. Irgendwann musste er sie doch finden: Leonora. Vielleicht, wenn er noch mehr seiner Nase vertraute. Er ließ sich jetzt nicht mehr aufhalten, verzichtete auf das Tasten. Wer auch sonst noch seinen Weg kreuzte, Max ließ alle links liegen. Es wurde immer stiller um ihn her. Je weiter er vordrang in die Galerie. In den Dschungel der Galerie. Er sog die Luft ein, als hätte er Nüstern. Und dann roch er sie tatsächlich. Er roch sie, ehe er sie atmen hörte. Oder bildete er sich das ein? Ein Geruch nach Erde, Brot, Mehlstaub, ein wenig

Vanille, Bier, Benzin, frischen Pilzen, Butter, dazu Kirsche? Und Kernseife. Aber das waren alles nur Worte, Krücken für diesen Geruch, kein Duft. Ihr Atem ging schnell. Sie musste aufgeregt sein. Und hockte dort, an die Wand gelehnt, am Boden. Max sank auf die Knie. Er streckte seine Hand aus. Legte ihr eine Locke hinters Ohr.

Leonora schob die Hand fort.

Und schlug ihm mit der anderen ins Gesicht.

So fest sie konnte.

Max stöhnte auf.

»Ich hab das einfach klären müssen«, sagte er.

»Fonfon hat mich jeden Tag Kartoffeln schälen lassen.«

»Die Sache mit Marie-Berthe.«

»Gestern habe ich im Zug ein lila Schwein gesehen.«

»Jetzt aber ist es vorbei. Endgültig. Ich hatte einfach Angst, dass Marie-Berthe sich was antun wür...«

»Ich hab die ganze Fahrt über gesungen. Zehn Stunden lang. Hoch, nach Paris. Innerlich gesungen. Äußerlich war ich still.«

»Ich will zurück mit dir, Leonora, nach Südfrank...«

»Unser Dachzimmer ist voller Spinnen, Schnecken und Käfer. Ich koche sie jeden Tag zu einem brockigen Brei, aber es werden immer mehr, obwohl ich fresse wie ein Dromedar.«

»Ich weiß, was du durchgemacht ...«

»Du weißt nicht den Dreck zwischen meinen Zehen.«

»Ich habe zwei Bilder. Von dir. Aus der Rue Jacob. Ich wollte dich überraschen, Leonora. Ich habe zwei deiner Bilder hier aufgehängt. In der Ausstellung.«

»Ich hab mir die Nägel wachsen lassen.«

»Und deine Geschichten, die du mir geschickt hast. Ich habe noch nie ...«

»Spar dir das Einseifen. Ich rasier mich nicht.«

»Ich habe die Geschichten einem Verleger gezeigt. Er wird sie drucken. Beide. Diesen Herbst noch.«

»Hättest du die Geschichten wirklich gelesen, wärst du sofort in den Zug gestiegen. Zu mir. Zurück. Statt mir so ein Telegramm zu schicken.«

»›Komm – mit deinen Kleidern – nach Paris‹. War das nicht lustig?«

»Nicht die Spur.«

»Können wir noch mal von vorn anfangen?«

»Hier«, sagte Leonora. »Fühlst du das? Meine Hand? Mein Handgelenk?« Leonora schwieg kurz, dann flüsterte sie: »Keine Handschellen mehr. Ich bin jetzt wer ohne dich. Ich bin eine dunkelgrüne Birne, die ausgequetscht wurde. Aber es gibt noch eine Menge Fruchtfleisch, genug, um die Wespen anzulocken. Aber pass auf, dass dich keine sticht, kleiner Max. Sonst kommt am Schluss ein riesiger Dachs und macht dich platt.«

17

Jimmy reiste gerade noch rechtzeitig nach Paris. Ein paar Deutsche kippten am Grenzübergang sein Gepäck aus und marschierten mit frisch gewichsten Stiefeln durch seine Wäsche. Jimmy kam mit dem Schrecken davon. Und im Juni 1938 verabschiedeten die Eltern ihren Sohn. Endlich war ein US-Visum für ihn eingetroffen. Max, Lou, Leonora, die Freunde von Man Ray bis Hans Arp, sie alle saßen in einem Café am Bahnhof, tranken, rauchten und warteten auf den Schiffszug, der Jimmy nach Le Havre bringen sollte. Dort lag die MS Manhattan vor Anker, Ziel: New York. Auch Marie-Berthe erschien. Jimmy hatte sie immer gemocht. Marie-Berthe hatte ihm vor einigen Monaten nicht nur ein Sexheft zugesteckt, das er wie im Rausch zerfleddert hatte, sie hatte ihm auch eine Frau aufs Zimmer geschickt, spezialisiert auf Entjungferungen aller Art. Jimmy ging zu Marie-Berthe hinaus und umarmte sie. Marie-Berthe weinte, sagte, sie wolle für ihn beten, machte ihm ein Kreuzzeichen auf die Stirn, rannte aber rasch davon, ehe Jimmy etwas hätte erwidern können.

Der Zug fuhr ein.

Max reichte Lou ein Taschentuch.

Und Leonora stand hinter ihnen.

Sie wusste: Jetzt bin ich an der Reihe.

Ich und nur ich.

»Am 15. August 1938 kaufte« – laut Grundbucheintrag – »Leonora Mary Carrington, geboren in Clayton Green Chorley (England), wohnhaft und niedergelassen in der Rue Jacob Nummer zwölf im sechsten Arrondissement in Paris, vom Kleinbauern Roumaigne Fontenille ein Haus mit verschiedenen Nebenbauten und 260 Hektar Land in Les Alliberts bei Saint-Martin-d'Ardèche für 2000 anciens Francs.« Das Geld hatte Leonora wohl von ihrer Mutter bekommen, die den Kontakt zur Tochter nie hatte abbrechen lassen wollen und insgeheim schwer verliebt war in die Schönheit ihres Schwiegersohns Max Ernst und somit ihre Tochter gut verstehen konnte. Bei dem gekauften Haus handelte es sich um jenes kleine Weinbauernhäuschen, das Max und Leonora schon während ihres Sommeraufenthalts im Jahr zuvor immer wieder angeschmachtet hatten, in der Hoffnung, dort leben zu können. Zum Haus gehörte ein Gemüsegarten und die Karikatur eines Weinbergs. Zunächst musste es renoviert werden. Und während Chamberlain, Daladier, Hitler und Mussolini den Vertrag unterzeichneten, der Deutschland erlaubte, das tschechoslowakische Grenzgebiet in Böhmen und Mähren zu besetzen, fegten Max und Leonora die Spinnweben fort und untersuchten die alten Sachen, die sich im Haus angesammelt hatten: Nägel, Schlüssel, Häkchen, Drähte, Scherben, alte Werkzeuge, Max sammelte alles und warf nichts weg, für die Kunst taugt noch die verbeulteste Stange. Ein altes Haus war das, aus dem 17. Jahrhundert. Es hatte so lange leer gestanden, dass der Zustand mehr als schlecht war. Die Lage versprach immerhin ein bisschen Ruhe. Das Dorf lag zehn Minuten entfernt. Das Haus war klein und eng, Küche, maroder Steinboden, versiffter Ausguss, im Obergeschoss aber schlugen sie eine große Fensteröffnung in die Mauer, sodass eine Loggia entstand: ein grandioser Blick auf das nächstgelegene Dorf mit dem Namen Aiguèze, wo ihr Freund Jacques wohnte, der Abt, mit seinem Spülhund Talacasse.

Das Haus in Stand setzen war die eine Sache; ein eigenes Nest bauen die andere. Es bedurfte einer künstlerischen Anverwandlung. Bald lugten von überall her Masken und Köpfe ins Freie, Hände, Gesichter, Geister, Sirenen und Zwerge, Zementreliefs, gruselige Skulpturen an den Mauern und Einfriedungen, ein

Meergott und eine Meerjungfrau, Gestalten, die von den Nachbarn nur ein Kopfschütteln ernteten, wohl weil sie noch nicht wussten, dass drei dieser Skulpturen fünfzig Jahre später für drei Millionen Schweizer Franken versteigert werden würden. Dazu gab es jede Menge Malereien im Innern und das Fledermausmosaik auf dem Boden, ja, die alte Kate ähnelte mehr und mehr einem Zauberhaus. Es war, als wollten Max und Leonora dämonische Wächter schaffen, die sie beschützen sollten vor den Nachstellungen einer Marie-Berthe, die jetzt wusste, wo die beiden lebten; vor den verärgerten Eltern Leonoras; vor Streitereien mit den Surrealistenfreunden; und vor dem langsam dunkler werdenden Schatten, den die Veränderungen in Deutschland und Europa vorauswarfen. Die beiden bauten ihre eigene Welt, aus Stein und Zement, aus Farben und Wörtern, aus ihren Körpern und aus dem, was sie miteinander redeten, in diesen eigenen, leicht verschrobenen Sätzen, der Hauch einer Geheimsprache, die ihre Herzen beflügelte und von der sie sich mitreißen ließen: Ein Sinn war nicht wichtig. Wenn Max und Leonora abends bei Fonfon getrunken hatten, glich der Weg zurück aus dem Dorf nach oben in ihr Haus einem wahren Balanceakt. Sie klammerten sich aneinander fest. Sie taumelten. Lachend. Quakend. Unsinn brabbelnd. Die Sterne hatten sich in Schale geworfen. Die Stolpernden ließen ihre Taschenlampen meist aus: Max wollte die schwarz behaarten Spinnen nicht sehen, die nachts auf die Ufersteine krochen und sich an die gespeicherte Sonne des vergangenen Tages schmiegten. Als Kind hatte Max einmal eine Jacke angezogen und auf der Schulter einen Schatten bemerkt. Vater Philipp hatte den Schatten mit der Hand fortgewischt: Eine dicke, braune Laufspinne war zu Boden gefallen und irre schnell davongekrabbelt. Seitdem hasste Max Spinnen. »Manchmal, wenn ich male«, sagte er zu Leonora, »sehe ich die Spinne auf meiner Schulter. Aber immer nur aus den Augenwinkeln.«

Max ließ sich anstecken von Leonora. Den Sommer über gingen beide oft nackt hinunter zur Ardèche. Ihre Badehosen trugen sie auf dem Kopf und flachsten. Ehe sie ins eiskalte Wasser stiegen, zogen sie die Badehosen an. Leonora planschte gern ohne Oberteil. Sie mochte das Ziehen und Stechen der Haut, wenn ihre Brustwarzen hart wurden. Sie posierte gerne, wenn Max fotografierte, immer mit ihrer geliebten Nach-der-Kälte-Zigarette in der Hand. Wenn sie aus dem Wasser stieg, brauchte sie Glut. Die andere Hand legte sie auf den unteren Bauch. Die Winzer und Bauern beobachteten das seltsame Paar. Geheuer war ihnen das nicht. Haben die zwei nichts zu tun?, dachten sie vielleicht. Ja, wovon leben sie überhaupt, diese Spinner? Gut, sie schreiben, sie malen, aber richtiges Geld kann das doch nicht einbringen. Dazu müsste man die Bilder erst mal verkaufen. Dennoch: Die Weinbauern des Umlands halfen Max und Leonora beim Bestellen ihres winzigen Weinbergs. Diese Künstler mit den unegalen Händen: Das schienen die Winzer einfach nicht mit ansehen zu können. Sie zeigten ihnen den Rebschnitt, das Binden, sie halfen beim Schneckensammeln und beim Giftsprühen. »Ruhe«, sagten die Winzer, »Ruhe ist erste Pflicht des Weinbauern.« Wenn alles getan und vorbereitet war, gingen die Winzer jeden Morgen aus dem Haus und schauten nach oben, zum Wetter. Sie schüttelten die Köpfe und sagten: »Nein, heute noch nicht.« Drei Tage lang. »Nein, heute noch nicht.« Sieben Tage lang. »Nein heute noch nicht.« Zehn, zwölf Tage lang: Wetterschauen, Kopfschütteln, Nichtstun. Das schien die wichtigste Arbeit des Winzers. Das Nichtstun. Das Warten. Das Aushalten. Das Abwägen. Das Abschätzen. Das Zeichenlesen. Das Deuten. Das Vorhersagen. Das Wahrsagen. Alchemisten sind das doch, diese Winzer, dachte Leonora. Dann aber, plötzlich, wenn letzte Sonnensüße in die Reben geflossen war, sagten sie: »Jetzt!« Und dann ging es zügig. Innerhalb kürzester Zeit.

Ende des Jahres kam Peggy Guggenheim nach Paris, jene allen bekannte steinreiche Erbin und Kunstsammlerin. Max erfuhr, dass Peggy sich für seine Bilder interessierte. So reiste er mit Leonora nach Paris zur Wohnung in die Rue Jacob, die als Lagerraum diente. Als Peggy das Studio betrat, sprang ihr als Erstes die schöne, junge Engländerin ins Auge. Damit hatte Peggy nicht gerechnet. Sie war enttäuscht, eine Frau bei Max anzutreffen. Sie wäre gern allein mit dem Maler gewesen. Peggy interessierte sich nicht nur für die Bilder eines Künstlers, sondern oft auch für den Künstler selbst. Aus ihrer Enttäuschung machte Peggy keinen Hehl. Ihr doppeltes Interesse schlug um in Trotz. Und Peggy kaufte kein einziges Bild von Max, wohl aber eins von Leonora. »Ihr beiden«, sagte Peggy am Schluss mit einer Unze Gehässigkeit, »erinnert mich an Nelly und ihren Großvater in Charles Dickens' *Raritätenladen*.« Schon war der Besuch passé.

Max freute sich für Leonora, die ein Bild zu einem guten Preis verkauft hatte, etwas, das sie anspornte. Zurück in Saint-Martin, stellte sie sich wieder an die Staffelei und malte ihre Chimären und Pferdfische. Wenn die beiden ein paarmal ein Bild an den Mann brachten, kamen sie einigermaßen über die Runden. Hier, in Südfrankreich, konnten sie tun, was sie wollten. Wenn Max den ganzen Tag mit den alten Männern Belote spielen wollte vor Fonfons Kneipe, dann tat er das. Und Max wurde ein sehr guter Belote-Spieler. Er dachte nicht mehr viel nach. Sondern nahm alles, wie es kam. Leonora war da, bei ihm, mit ihm, geschnitzt aus, schrieb er im Vorwort zu Leonoras *Das Haus der Angst*, »dem Holz ihres intensiven Lebens, ihres Geheimnisses, ihrer Poesie. Sie hat nichts gelesen, doch sie hat alles getrunken.« Während Leonora in den nächsten Monaten gierig lernte von Max, Techniken, Haltungen, Komposition und Zusammenstellung von Farben, lernte auch Max von Leonoras körperlicher Klugheit und unschuldiger Perversion, von ihren Versuchen, das

Feuer zu bekehren, und von ihrer Versessenheit, vor allem aber von ihrem offenen Blick, den noch keine Erfahrung und keine Konvention, keine Zensur und keine Tradition verhärmt und vernarbt hatte. Wenn Leonora nicht malte, schrieb sie. Zwischendurch empfingen die beiden immer wieder Freunde aus Paris, die sich ein Bild machen wollten von der »Idylle«, in die sich die Künstler geflüchtet hatten. Leonora betätigte sich als Köchin. Sagokörner mit Tinte stellte sie den Gästen als Kaviar hin. Und in der Nacht schnitt sie den schlafenden Freunden ein paar Haare ab und mengte sie am nächsten Tag unters Essen: »Damit jeder immer auch ein Stück von sich selber frisst«, sagte sie zu Max. Leonora, in Ironie und gespielter Unnahbarkeit, trug Roben aus Spitzen und Fransen. Sie schrieb existenzielle Horrorgeschichten mit schwarzem Humor. Und einmal, als sie besonders übermütig waren, da kippten sie eine Ladung flüssigen Zement auf den Boden des Gartens, und Max drückte seine Hand hinein und Leonora zeitgleich ihren nackten Fuß, und beide sahen sich an dabei und konnten nicht glauben, dass es so etwas gab. Ja, bis in den Spätsommer 1939 feierten Max und Leonora sich selbst im Süden Frankreichs, sich selbst, ihre Körper, ihre Werke und die überwältigende Natur: die Ardèche in den steil abstürzenden Felslandschaften und Weinbergarsenalen sowie die atemberaubenden Tropfsteinhöhlen von Aven d'Orgnac und Aven Marzal, die ganz in der Nähe lagen und in denen Max und Leonora oft wie paralysiert standen, sich bei den Händen hielten und einfach nur sahen, horchten, atmeten.

Und Max malte in dieser Zeit ein Bild.

Ein wenig Ruhe nannte er es.

Am 1. September 1939 stellte er das Bild fertig.

Jedenfalls die erste Version.

Und dann war sie plötzlich vorbei: die Ruhe.

18

Zwei Monate zuvor hatte sich eine junge Frau aus Amerika auf den Weg nach Europa gemacht. Sie entstammte einer schwedischen Familie und hieß Dorothea Tanning. Sie mochte es nicht sonderlich, wenn man ihren Namen amerikanisch aussprach, doch blieb ihr in Amerika nichts übrig, als sich daran zu gewöhnen. Hätte man Dorothea gefragt, was ihre größte Fähigkeit sei, so hätte sie – nach kurzem Zögern – geantwortet: »Warten!« Und das stimmte auch. Denn warten konnte sie. Dorothea wäre aus diesem Grund sicher eine ausgezeichnete Winzerin geworden. Wie ein Bussard in der Luft, stets den Boden taxierend, wartend auf den Augenblick, die Spur der Maus zu sehen. Warten. Warten. Auf eine bessere Zukunft hoffen. Auf den Startschuss. Auf den Beginn des eigentlichen Lebens. Schon in ihrer Heimatstadt Galesburg, Illinois, hatte Dorothea zwei Jahrzehnte lang herumgesessen und darauf gewartet, endlich erwachsen zu werden. Was sonst hätte sie in Galesburg, Illinois, tun können, außer darauf zu warten, endlich rauszudürfen aus diesem verschlafenen Kaff? Dorotheas großes Erweckungserlebnis in Galesburg, Illinois, sah so aus: Mit zwölf Jahren saß sie im Kino und verknallte sich in den Räuber auf der Leinwand. Zu Hause malte sie ein Bild von ihm. Und ihr Herz klopfte: Statt des Räubermantels malte Dorothea dem wunderschönen Mann einen Pyjama auf den Leib. Mit ihrem Malkasten voller Wasserfarben pinselte sie die Zeichnung vierfarbig aus, verlieh dem Pyjama sexy Streifen und dachte mit roten Wangen: Wäre doch schön, richtig malen zu können.

Um der Nachdrücklichkeit ihres Wunsches auf den Zahn zu

fühlen, suchte Dorothea Tanning die Abgeschiedenheit. In ihren Ferien verbrachte sie zwei mühsam vom Mund abgesparte Wochen am Lake Bracken. Und zwar allein, in einer Hütte, ohne Freundin, ohne Schwester, ohne Jungs. Während andere Teenager sich zu dieser Zeit heillos ineinander verknäuelten, entrollte Dorothea ihren eigenen, einsamen Faden. Sie legte säuberlich Papiere, Blöcke, Farben, Stifte und so weiter auf einem Brettertisch zurecht: ein Tisch, wie für sie gemacht, wie für das Malen geschaffen. Dann wartete sie und stellte sich vor, dass irgendetwas Musenhaftes sie bald küssen würde, ehe es losginge. Doch das Trampeltier der Inspiration erwies sich als scheues Reh: Es zeigte sich nicht. Stattdessen wurde Dorotheas blasse Mädchenhaut von Mücken traktiert, hier, am See. Da sie aber eine hervorragende Warterin war, wartete sie weiter. Allein wartete sie, an ihrem Brettertisch wartete sie, auf der Veranda wartete sie, beim Schwimmen wartete sie und auch beim Spazierengehen. Sie wartete beim Waschen und beim Einkuscheln in die warme Decke, beim Reiben der Salbe auf die roten und vom steten Kratzen entzündeten Stiche, doch nichts zeigte sich. »Es gab keine Angst, keine Langeweile; nur die bleierne Hohlheit, wo sich Fülle nicht einstellen wollte«, schrieb sie später. Sie *wollte* so gern: malen, kreieren, erschaffen, herbeizaubern. Nur: Was, wenn man will, aber nicht kann? Was macht der Mensch denn dann, du Dachs? Nur die allerwenigsten, dachte Dorothea, können das aushalten. Die meisten stürzen sich in eine Arbeit oder betäuben sich. Die allerwenigsten können so lange warten, bis endlich das kommt, worauf sie hoffen. Irgendwann wird der Knoten schon platzen, dachte sie. Ganz bestimmt. Oder nein. Eher die Sache mit der Ketchupflasche: Erst käme lange nichts und dann alles auf einmal.

Als Dorothea in den dreißiger Jahren nach Chicago zog, lernte sie ein älteres Dichter-Ehepaar kennen, das uhuhaft vor sich hin kritzelte: mit dicken Nickelbrillen auf den Nasen. Es kam zu Dorotheas bis dahin allergrößtem Trauma: Mit den Dichtervögeln hatte sie minutiös eine New-York-Reise geplant. Sie konnten aber nicht fahren, denn die erbarmungslosen Mechaniker in der Werkstatt sagten ihr am Telefon, der Wagen, den sie hatten nehmen wollen, tauge nicht mehr für eine solche Fahrt. Und sie mussten die Reise zu Dorotheas Entsetzen – verschieben. Dorothea musste ihren Koffer – wieder auspacken. In der ihr eigenen melodramatischen Bewältigung eines Alltags, der sich irgendwie mit Bedeutung aufladen musste, um nicht ins Belanglose zu zerbröseln, schrieb sie: »Hast du jemals einen Koffer – den Koffer, den du wochenlang mit deiner irdischen Habe gefüllt hast – wieder ausgepackt, bevor er seine Reise gemacht hat? Die bloße Möglichkeit einer solchen Kehrtwendung war unvorstellbar. Mit jedem Gegenstand steckte ein Stück meiner Beständigkeit und Entschlossenheit im Koffer, und müsste nun alles herausgenommen werden, herumgeworfen, zurückgelegt in aufgegebene Schubladen und leer geräumte Schränke, dann würde ich selber zurückgeworfen, zerschmettert, hoffnungslos zerrieben wie ein geschlagenes Heer, dem nichts übrig bleibt als die Kapitulation.« Dorothea hatte schwer daran zu knabbern, den Koffer wieder zu leeren. Denn dort, in New York, hätte eigentlich ihre Zukunft beginnen sollen. Und jetzt das? Wann ging das verfluchte Leben endlich los? Hatte denn das Warten auf den Anfang des Lebens, auf das Leben selbst nie ein Ende? Irgendwann musste doch das Stichwort fallen! Ihr Stichwort, bei dem sie endlich hinaus auf die Bühne durfte. Um sich der Welt zu zeigen.

Als Dorothea zwei Jahre später doch noch nach New York kam, hatte sie das Warten inzwischen so sehr verinnerlicht, dass dieses Warten auf eine goldene Zukunft zum erfüllenden Sinn geworden war. Sie konnte träumen. Pläne machen. Ja, Pläne machen: Das liebte sie. Je wilder die Pläne, umso glücklicher Dorothea. Außerdem: War das Pläne-Schmieden nicht schöner als das Pläne-Erfüllen? Das Träumen nicht herrlicher als das Wahrwerden-Lassen? Verwirklichte sich ein Traum, dann konnte er ja nicht mehr geträumt werden. Wichtige Fragen, fand Dorothea, denen man sich zu stellen hatte. Während nach außen hin die Jahre in New York der Ereignislosigkeit ihres bisherigen Lebens in nichts nachstanden, so waren sie doch nach innen hin gefüllt mit Hoffnungen und Sehnsüchten und Es-wird-einmal-Wünschen. Sie schrieb hin und wieder ein Gedicht oder malte ein Bild, ansonsten schlug sie sich durch und fertigte Illustrationen an, Karikaturen oder auch Zeichnungen für Markenprodukte, talentiert und erfolgreich, für Magazine wie *The Coast*, *Vogue* und *Harper's Bazaar*: »Öde Jobs, vergeudete Abende, besessene Verehrer, Techtelmechtel, Rückzug ins heimische Zimmer.« Ihre Universität waren die zahllosen Kunstgalerien auf der 57. Straße, in der sie lebte. Dort sammelte sie Bilder (in Herz, Hand und Hirn) und hörte Eröffnungsvorträge, mitunter im Schneidersitz auf dem Parkett hockend. Als sie glaubte, endlich lange genug gewartet zu haben, geübt und gemalt, als sie glaubte, dass sie ein paar halbwegs vorzeigbare Bilder besitze, war sie kurz davor, den Schritt zu wagen, ihre Werke einmal einem Menschen zu zeigen, der sich in solchen Sachen auskannte. Doch da stolperte sie an einem Tag des Jahres 1936 in die Ausstellung *Fantastic Art, Dada and Surrealism*. Und was Dorothea Tanning sah, trieb ihr die Tränen in die Augen. Nicht nur weil sie viele dieser Werke von Tanguy, Arp, Dalí, Picasso, Ernst erschütterten, nein, nein, vor allen Dingen weil Dorothea Tanning einmal mehr feststellte, dass ihr eigenes kärgliches Werk vollkommen wertlos war. Es konnte nicht annähernd *dem da* standhalten. Es war einfach nicht gut genug. Das aber bedeutete: Dorothea musste weiter warten. Sie durfte das Eigene noch niemandem zeigen. Sie musste es verstecken, vielleicht fortwerfen. Sie musste üben, üben, üben. Und warten, warten, warten.

Nach drei Jahren des Probierens, Dauerscheiterns und (Ver-) Zweifelns beschloss Dorothea, an die Quelle zu gehen und sich von den Meistern des Surrealismus persönlich zeigen zu lassen, wie das eigentlich ging, was sie da machten. Dorothea wollte dorthin, wo das Herz der Kunst schlug: nach Paris. Hatte Leonora Carrington das Gefühl, die Bilder von Max Ernst *zu kennen*, so hatte Dorothea Tanning das Gefühl, die Bilder der Surrealisten *kennenlernen zu wollen*. Warum? Um dadurch das Geheimnis dieser Bilder zu entschlüsseln und ihnen auf den Grund zu gehen? Um danach ebensolche Bilder malen zu können? Nein, bloße Nachahmung ist für einen Künstler untragbar, nein, nein, Dorothea wartete von Anfang an auf diese eine, einzige Idee zu etwas Neuem, aber sie wollte herausfinden, wie jene großen Künstler die Zeit des Wartens gefüllt hatten, bis für sie jener magische Augenblick gekommen war. Vielleicht hatte sie Glück, und einer der begnadeten Maler würde sie in Paris empfangen.

Im Juni 1939 traf Dorothea Tanning mit ein paar Empfehlungsschreiben am Gare de l'Est ein. Doch wie so oft war Dorothea entweder zu früh oder zu spät dran. Sie suchte jetzt nach den Künstlern, in Museen und Cafés, an Orten, die man ihr genannt hatte, aber keiner war zu Hause: Im Sommer herrschte Künstler-Ebbe in Paris, alle flohen aufs Land, im Sommer glich die Stadt einer Wüste aus flirrendem Staub. Dorothea irrlichterte allein durch Paris, ein bisschen kopflos, schien ihr, überhaupt war alles so anders, als sie es sich vorgestellt hatte. Sie suchte und wartete, sie zeichnete, aber alles in allem nur flüchtige Skizzen vom Fenster ihres Hotels aus. Irgendwie fühlte sie sich nicht wohl. Was mache ich hier eigentlich?, fragte sie sich. Was soll das Ganze? Ein Schlag ins Wasser – das musste sie sich eingestehen. Wie üblich. Sie war es gewohnt. Sie seufzte. Sie beschloss, diesmal nicht sinnlos herumzusitzen und auf ein Wunder zu warten. Sie kapitulierte schnell. Doch um das Gesicht zu wahren und um nicht vollkommen umsonst die Strapazen einer solchen Mammutreise auf sich genommen zu haben, folgte sie der Einladung eines Onkels aus Stockholm. Dorothea fuhr quer durch Deutschland über Dänemark nach Schweden. »Ihr Amerikaner!«, keiften Hitlerkinder in kurzen Khakihosen. »Ihr denkt, ihr habt eine Luftwaffe? Wir holen eure Flugzeuge runter wie die Enten!« Dorothea beachtete sie nicht. Sie besuchte ihren Onkel und kehrte – angewidert vom braunen Mief in Europa – auf der Gripsholm von Göteborg aus zurück nach Amerika. Im Spätsommer malte sie wieder Modeanzeigen für Macy's. Von irgendwas musste sie ja leben. Viel Geld allerdings war nicht drin bei diesem Job. Sie musste sparen, wo immer es ging. So stürzte sich Dorothea am 1. September 1939 unter die Schnäppchenjäger im Billigladen Klein's, um eines der begehrten Fünf-Dollar-Kleider zu ergattern. »Hier ließ«, schrieb sie, »ein Getümmel von Frauen die Röcke und Unterröcke fallen, klemmte die Handtaschen zwischen Knie oder Zähne, entblößte das jämmerliche Fleisch vor den anderen …« Ja, hier rissen sich die Frauen gegenseitig die Kleider aus den Händen, ja, hier gönnte niemand dem anderen etwas, hier galt nur das Territorium der eigenen Haut, die möglichst günstig bedeckt werden musste, hier ging es ums Erobern des schönsten Stoffes, hier hörte man sogar Schreie vor Schmerz und Wut und Kampfeslust, ja, am 1. September 1939 herrschte Krieg in Amerika.

19

Das Bild war fertig. *Ein wenig Ruhe*, endlich. Max mochte seinen inneren Zwang, fertig werden zu wollen. Ohne es je schaffen zu können. Er wusste nicht, ob das eine Stärke oder Schwäche war. Es gibt immer was zu tun. Das hatte Max von seiner Mutter. Was du heute kannst besorgen, das verschiebe nie auf morgen. Denn der nächste harte Tag kommt mit neuer Müh und Plag. Endgültig fertig wird man nur, dachte Max, wenn man nichts mehr in den Korb legen kann. In den Brustkorb: Atem und so 'n Zeug. Das hier wäre ein schöner Augenblick, um die Augen zu schließen. Das Bild war sehr groß, untypisch für seine sonstigen Werke. Es hing in einer halbmondförmigen Nische gegenüber dem Eingang im ersten Stock. Diese Unruhe im Gitterwald: eine Angst vor dem, was gerade in der Welt geschah? Demgegenüber bunte Vögel und eine still lächelnde Yin-und-Yang-Schnecke, die über dem Chaos schwebte: seine beglückende Zeit mit Leonora? Max hasste solche Erklärungen. Aber manchmal kamen sie auch ihm. Deutungsversuche sind Mordversuche. Wer hatte das noch mal gesagt? Max zog seine Sandalen an und ging nach draußen. Die Sommerhitze verebbte langsam, doch die Bodenkruste hatte so viel Sonne geschluckt, dass Leonora noch eine Weile barfuß würde laufen können. Max blieb stehen, schaute den Fliegen zu und tat nichts. Einfach mal nichts.

Ein paar Tage später schlurfte Max allein hinunter zu Fonfon. Als er die Kneipe betrat, richteten sich alle Blicke auf ihn. Die Gespräche verstummten. Fonfon lotste Max mit einem Fingerhaken zu sich. »Komm, komm!«, sagte sie. »Wo warste die letzten Tage? Lass dir nicht in die Suppe spucken. Kannst nichts dafür, dass du Deutscher bist. Hör zu. Du gehst gleich ins Hotel. Zu Malada. Hängt eine Nachricht für dich. Musste selber lesen, musste selber sehen, musste selber wissen, ob du dich meldest. Komm nachher noch mal vorbei. Aber geh jetzt!«

Max hatte keine Ahnung, was los war. Er verließ die Kneipe. Das Hôtel des Touristes, der erste Gasthof im Dorf, glitzerte im Gegensatz zu Fonfons Bude stets blitzblank. Die Besitzerin, Madame Malada, sprang sofort hoch, als Max den Gastraum betrat. Wenig los für diese Zeit. Max wunderte sich. »Ach, da setzt der Künstler den Fuß in unser bescheidenes Heim statt wie üblich in die Hütte von Fonfon?«, sagte Madame Malada, und dabei zerhackte sie mit sinnlosen Pausen ihren Satz. Sie war ein wenig zu dick, doch der Versuch, ihre Fülle mit enger Kleidung zu kaschieren, scheiterte kläglich und machte die Sache nur schlimmer. Ihre Haare trug Malada unmodisch lang und streng nach hinten gebunden. Wenn eine Strähne sich aus dem Zopf löste, zuckte ihre Hand hoch und legte sie wieder zurück. Man hatte den Eindruck, dass sie die widerspenstige Strähne am liebsten abgeschnitten hätte. Unter der schwarzen Bluse trug sie ein hochgeschlossenes weißes Unterhemd, Max musste an einen Priesterkragen denken. Ihr Rock endete züchtig unterhalb der Knie, und die Schuhe strahlten, als würden sie dreimal am Tag geputzt. Dabei hatte sich Madame Malada viel zu aufreizend geschminkt. Max hatte den Eindruck, sie wolle ihr Gesicht verbergen.

»Schauen Sie«, sagte Madame Malada. »So was hängt jetzt überall.« Und sie pikste mit dem Zeigefinger in Richtung Max, während ihre Augen sich auf die Tür in seinem Rücken richteten. Max drehte sich um. Ein rotes Plakat. Ein Anschlag. Ein Aushang. Er trat näher und las. Und dann las er noch einmal. Und es wurde ihm kalt. Und er wusste nicht, was tun. Als Antwort auf die Blicke von Madame Malada und ihren drei versprengten Gästen hob er nur die Hände und sagte: »Interessiert mich nicht.«

»Wie? Interessiert Sie nicht?«

»Ich lebe seit achtzehn Jahren in Frankreich«, sagte Max. »Ich fühle mich als Franzose. Ich spreche wie ein Franzose. Ich träume auf Französisch. Ich habe nichts zu tun mit den Nazis. Ich habe sie immer verachtet. Ich ...«

»Besitzen Sie die französische Staatsbürgerschaft?«

»Nein.«

»Wieso nicht? Wenn Sie seit achtzehn Jahren hier leben?«

»Jemand hatte was dagegen.«

»Wer?«

»Der Vater meiner Exfrau Marie-Berthe.«

Um ein weiteres Gespräch gar nicht erst aufkommen zu lassen, verließ Max das Hotel und ging zurück in sein Haus, ohne noch einmal bei Fonfon vorbeizuschauen. Er trat hinter Leonora, die immer noch malte. »Störst du mich«, sagte sie, ohne sich umzudrehen, »stoß ich dir den Pinsel ins Auge.«

Ich bin fertig, hätte er jetzt gern zu Leonora gesagt, mit meinem Bild, seit ein paar Tagen schon, ich bin fertig und hätte jetzt Zeit, aber es war sehr schwierig, zwei Schübe der Inspiration unter einen Hut zu bekommen. Also ging er ins Bett. So früh. An Schlaf war nicht zu denken. Dann eben hier liegen und grübeln. Und atmen. Zur Ruhe kommen. Das monotone Metronom des Herzens. Statt Schafe, die über Gatter springen: Schläge in der Brust zählen. Eins, zwei, drei, die Schläge des Hammers, der den Meißel trifft, vier, fünf, sechs, die Schläge der Pauken bei Richard Strauss, siebzehn, achtzehn, neunzehn, die Schläge auf Pflöcke, an die man Reben bindet, vierzig, fünfzig, sechzig, die Schläge von Fäusten an einem Tor, hundert, zweihundert, dreihundert, Schläge von Menschen, die unbedingt hineinwollen. Max fuhr hoch. Dunkelheit. Diese Schläge hatten mit seinem Herzen nichts mehr zu tun. Es waren keine inneren Schläge. Sie kamen tatsächlich vom Tor her.

Max machte Licht.

Neben ihm lag Leonora.

Auch sie wachte auf.

»Was ist los?«, atmete sie.

»Sie kommen«, sagte Max.

»Wer kommt!?«, rief Leonora. »Wer?«

Max stieg aus dem Bett. Unter die Schläge mischten sich Rufe. Max lief die Außentreppe hinab, durchquerte den Innenhof und öffnete mit nacktem Oberkörper das Tor. Zwei Polizisten standen dort. »Dürfen wir eintreten?«, fragte einer. Seine Stimme klang ruhig, friedlich, unaufgeregt sickernd, wie eine fast ausgetrocknete, flache Ardèche nach einer langen Zeit ohne Regen. Max ließ die beiden herein. Die Polizisten sahen sich um. Leonora stand oben, auf der Treppe, mit einem Überwurf und nacktbeinig.

Es tue ihm leid, sagte der Polizist, aber im Radio und durch die Aushänge sei hinlänglich bekannt: Alle deutschen Staatsangehörigen männlichen Geschlechts hätten sich in die Sammellager zu begeben.

»Wieso das denn?«, rief Leonora.

»Vorsichtsmaßnahme«, sagte der Polizist. »Wir befinden uns im Krieg. Jeder deutsche Mann zwischen siebzehn und fünfundfünfzig, der in Frankreich lebt, wird inhaftiert. Vorerst. Es könnte sich bei den Männern um Spitzel handeln, um Spione. Die Sicherheit unseres Landes ist in Gefahr.«

»Aber mein Mann ist Künstler!«, rief Leonora.

»Mein Mann?«, fragte Max leise und drehte den Hals zu Leonora, sodass ihm ein kleiner Stich in den Nacken fuhr.

»Der hat überhaupt kein Interesse an Politik«, sagte Leonora und beachtete seine Frage nicht, dachte aber selber kurz: Mein Mann? Wieso hab ich das denn jetzt gesagt?

»Ich verstehe Ihre Aufgebrachtheit«, sagte der Polizist. »Aber bitte beachten Sie auch unsere Lage.«

»Er ist ein ausgewiesener Antifaschist!«, rief Leonora.

Der Polizist schwieg kurz. Dann deutete er auf die Treppe nach oben und fragte, ob er dort einmal hinaufdürfe. Als Max zögerte, fügte der Polizist langsam hinzu, er wolle die Sache hier wirklich im Guten regeln, er sei ein Polizist aus Berufung, jeder Bürger liege ihm am Herzen, egal, welcher Couleur, er verabscheue daher aufs Tiefste die Methoden der deutschen Gestapo, und daher wäre er dankbar, die beiden würden ihm ein Stück weit entgegenkommen. Max schaute Leonora fragend an, sie zuckte mit den Schultern, und Max stieg den Polizisten voraus die Treppe hoch.

»Hab ich mir gedacht«, sagte der Polizist, als er die Loggia sah und den Blick auf das nächstgelegene Dorf richtete. »Sehen Sie das?«, fragte er Max und Leonora. »Das Dorf dort drüben. Sie wissen, warum niemand mehr dort lebt?«

Ein Geisterdorf, hatte Fonfon geflüstert, ein Geisterdorf ohne Seelen, verloren, verwunschen, ausgestorben.

»Alle Männer des Dorfes sind im Ersten Weltkrieg gefallen«, sagte der Polizist. »Und ich meine: alle. Auch mein Vater. Und meine drei Onkel.«

Max und Leonora schwiegen und blickten hinaus.

»Und wir möchten nicht, dass so was noch mal geschieht. Verstehen Sie das? Deshalb sind wir vorsichtig. Wir haben keine guten Erfahrungen gemacht. Mit den Deutschen.«

Max schaute den Polizisten lange an. Dann sagte er: »Es tut mir leid, dass ich mich nicht gemeldet habe. Ich packe ein paar Sachen. Wo geht es hin?«

20

Mein lieber Freund, es ist jetzt der 11. November 1939, Fest des heiligen Martin, ich kann nicht mehr, ich gehe hier unten vor die Hunde, ich brauche deine Hilfe, ich schreibe dir, ohne zu wissen, ob der Brief dich je erreichen wird, vielleicht kann ich ihn rausschmuggeln. Im September hat man mich ins Lager nach Largentière gebracht. Als der Kommandant dort ein Bild von mir sah, zischte er: Sie haben nicht das Recht! Sie haben nicht das Recht, solche Bilder zu malen! Jetzt sind wir in Les Milles. Wir leben wie der Staub auf der Erde. Bedenke, Mensch, du bist Staub, und zum Staub wirst du zurückkehren. Das liegt an der Umgebung, eine Ziegelfabrik in Les Milles, eine ehemalige Ziegelfabrik, bei Aix-en-Provence. Im Oktober hat man uns hierhergebracht. Ich bin die Nummer 298. Zum Glück gibt es Schwarzhändler. So kommen wir an Zigaretten. Das Geld hat man uns genommen, wir können es in Rationen abholen, alle vierzehn Tage, aber nur einen kleinen Teil und nach ewigem Anstehen. Stell dir vor: Du hast 77 Zentimeter Platz. Lion Feuchtwanger hat es ausgemessen. Mit einem Lineal. In dem Raum, in dem wir schlafen sollen, liegen wir Seite an Seite und Sohle an Sohle und Schopf an Schopf. Links, rechts, über und unter dir liegt einer. Es sei denn, du hast einen Rand- oder Eckplatz. Den verteidigst du bis aufs Blut. Dann kannst du deine Hand ausstrecken und auf die poröse Wand legen und sie streicheln oder an ihr kratzen. Manchmal lege ich mich unten in die alten Brennöfen: regelrechte Särge. Obwohl früher mal Öfen, ist es dort kälter als sonst wo. Ich liege auf dem Rücken und greife mit den Händen nach oben und taste die Mauerdecke über mir ab und stelle mir vor, ich läge unter einer Schicht Erde. Dann bist du wieder froh, wenn du in der Nacht zig Menschenkörper um dich weißt, denn obwohl sie rotzen, röcheln, schnarchen und stinken, sie sind immerhin lebendig. Kennst du Bellmer? Den Maler? Hans Bellmer? Wir verstehen uns gut. Ist ein Trost in dieser roten Zeit. Der rote Staub der Ziegel kriecht in jedes einzelne Loch meines alten Körpers. Mir ist klar geworden, wie alt ich bin. Ich sah mich im Spiegel eines matten Fensters, und ich sah Falten auf meiner Stirn, Krater, Schützengräben des Todes, das Alter ist eine Schlacht, nur die Gräben meiner Falten werden rot vom Staub der Ziegeltrümmer, man hat den Eindruck, wir werden selber zu Trümmern, zu Menschentrümmern, und wenn sich ein Wind hebt, wird alles noch schlimmer, und jetzt mogelt sich langsam noch die Kälte ins Rot. Am Abend hat man viel Zeit. Hier liegen auch Kabarettisten und Schauspieler. Kennst du die Architekten Konrad Wachsmann und Werner Zippert? Der eine: Rom-Preisträger. Der andere: Erbauer vom Berliner Tempelhof-Flughafen. Unter ihrer Leitung haben wir vier echte Latrinen hochgezogen, ein Getüftel, kann ich dir sagen, kein Wunder, dass der Flughafen Tempelhof so viel später eröffnet wurde als geplant. Jedenfalls sind die hässlichen Erdlöcher verschwunden, in die wir zuvor defäkiert haben. Hans Bellmer. Er hat ein Porträt gemalt. Von mir. Sagte ich das schon? Und mein Gesicht besteht dort aus schweren, roten Ziegelsteinen, Ziegel, Ziegel, Ziegel. Wir sind selber rot im Innern, das kommt nicht nur vom Staub, auch vom Brom, das man uns ins Essen mischt, da kann man nichts tun, man muss das Brom mitfressen, wenn man nicht verhungern will, aber das Brom dämpft, es dämpft nicht nur unsere Lust und unseren Trieb, es dämpft auch unsere Wahrnehmung, unsere Lebensfreude, das rote Brom, das rote Chaos, der Staub, die Läuse, die Flöhe und Wanzen werden rot, wenn man sie tötet. Ich erinnere mich an unsere Zeit im Krieg. Auch ihr habt Läuse geknackt damals. Die französischen Läuse, die deutschen Läuse. Sie unterscheiden sich nicht, wenn man sie aufknackt. Die französischen Köpfe, die deutschen Köpfe, aus beiden quillt die gleiche Hirnmasse. Sind wir wieder so weit? Hört das nie auf? Ich malezeichne. In jeder freien Sekunde. Ich habe keine Leinwände und Zeug. Ich zeichne mit ein paar schwarz gekauften Stiften, ich male auf die Böden von Käseschachteln. Ich bettele mir nach jedem Essen die Schachteln der Männer zusammen, denn die Böden der Schachteln sind kalkweiß. Wie schön Weiß ist. Die Farbmutter. Ohne Weiß wären wir verloren. Ohne Weiß keine Geburt. Das Weiß ist die Ermutigung und der Ansporn. Der Wink. Das Weiß muss geliebt werden, auch wenn es einen erzittern lässt. Hier, in Les Milles, muss ich mich beeilen, denn wenn ich zu lange warte, wird das Weiß vom Rot gestochen, das sich auf alles legt und jedes Bild verstellt, noch ehe ich begonnen habe, daher denke ich nie nach, wenn ich male und zeichne, ich lege gleich los, und ich zeichne immer dasselbe, ich zeichne Leonora, Kopf, Haare, Augen und das, was dahinter schimmert, das, was ich nicht kenne, das Unnahbare, das, was ich gerne kennenlernen würde: Es hat mit dem Wahnsinn zu tun, ich weiß es, ich habe Angst davor, das habe ich noch nie einem Menschen gesagt. Ich zeichne einfach, um dem Brom etwas entgegenzusetzen, um endlich wieder an meine Wut, an meinen Schmerz, an meine Lust zu gelangen, alles ist übertüncht, ich zeichne, um dem Hunger zu entgehen, ich zeichne, während die anderen sich unten, in den Katakomben, ablenken, sie spielen Karten, würfeln, lungern auf Trümmern herum, die sie zu Möbeln getürmt haben, sie vermieten ihre Zeitungen für zwei Francs und bleiben neben dem Lesenden stehen, damit die Leihzeit von zwei Minuten um keine Sekunde überschritten wird, und man schmatzt Gerüchte wie Kaugummis, bläht sie auf, alles zerplatzt irgendwann, ich zeichne, dieses ständige Gehen und Schlurfen der Schlaflosen macht mich kirre, bei Wind ist der Staub ein Drachenhauch. Könnte ich nur Leonora sehen. Manchmal laufen ein paar Frauen am Lager vorbei, immer in einiger Entfernung. Dann hechten die Männer nach oben, an die Fenster, drängeln sich, bis sie einen Blick auf ihre Geliebte tun können, nein, Leonora habe ich noch nicht gesehen, sie ist nicht da. Du freust dich auf deinen Kaffee am Morgen. Der Kaffee aber schmeckt wie die Zwiebelsuppe, die du gestern gelöffelt hast. Aus demselben Napf. In allem der Geschmack des Broms, und ich schreibe dagegen an, schreibe gegen die Lustvernichtung, schreibe mich in Elan und Raserei, aber ich weiß, ich tue nur so, eigentlich bin ich betäubt, ein Loplop in Fesseln, der zwar noch fliegt, aber weiß, dass er abstürzt, weil die Schwinge sich nicht öffnet. Was machen deine Gedichte? Soll ich dir sagen, woher das Wort *Loplop* stammt? Ich weiß es jetzt, ich weiß es! Ich habe es noch keinem erzählt. Ach nein, dieser Brief ist nicht der rechte Ort. Ich erzähl es dir später. Ich ziehe mich vor den anderen zurück. Ich bin froh, dass ich mein schwarzes Cape habe. Sie nennen mich: *Ritter von der traurigen Gestalt*. Ich sage: *Ritter von der schaurigen Gewalt*. Doch gibt es einige, zu denen ich mich hingezogen fühle. Hardekopf, ein junger Dichter, mit ihm diskutiere ich über Gide, Malraux, Maupassant, Zola. Malraux. Malraux! Weißt du noch, lieber Paul: wir, Gala und ich, damals in Saigon? Und wir hatten keine Ahnung, dass Malraux sich ganz in der Nähe befand, festgesetzt, so wie ich jetzt gerade. Was meinst du, was man alles nicht weiß? Gerade jetzt, in dieser Sekunde, in der ich dir schreibe? Was da nebenher geschieht? Wer stirbt und geboren wird und eine geniale Idee hat? Während ich hier rote Bröckel in Schrift verwandle, kauft unsere Gala in New York einen neuen Lippenstift und jemand erfindet eine Bombe, die das Ende der Menschheit bedeutet. Was wissen wir schon? Wir sehen nur den eigenen Horizont. Wir sind nur Männer, die hocheilen zu den Fenstern, wenn ihre Frauen sich auf staubiger Straße zeigen. Wir sind nur Männer, die den Frauen etwas zurufen, ohne dass diese es je verstehen könnten, denn die Entfernung ist viel zu groß. Wir sind nur Männer, Paul. Ohne alles. Ich liebe dich, dein Max.

21

Paul und Max hatten sich längst miteinander versöhnt. Der Streit zwölf Jahre zuvor war schnell vergessen gewesen. Dieser Faustschlag auf Pauls Auge mit der folgenden Prügelei blieb allenfalls eine anekdotenhafte Erinnerung. Paul hatte zwar lange geschmollt, doch schließlich gemerkt, dass ein Leben ohne Max einfach nicht möglich war für ihn. Vor allen Dingen so unmittelbar nach dem Tod des Mont Blanc. Wie gern hätte Paul seinem Max zum Beispiel von den Funden erzählt, die er beim Ordnen der Vaterpapiere gemacht hatte: Kinderzeichnungen von ihm, von Paul! Vater Clément hatte sie jahrzehntelang aufgehoben. Und dann fiel ihm eine Geschichte in die Hände, die der kleine Paul als Junge geschrieben haben musste, aufbewahrt von seinem Vater, der sich nach außen hin immer nur für Geld, Vermögen, Grundstücke interessiert hatte. Sein Freund Max fehlte Paul auch beim Ordnen des wirklichen Erbes: mehr als eine Million Francs in Aktien. Paul stellte entsetzt fest, dass sich darunter auch Obligationen der Kongo-Bahn, der Lens-Minen und diverser Kautschuk-Plantagen befanden. Dort aber, wusste er, wurden Arbeiter schonungslos ausgebeutet. Für einen Kommunisten wie ihn: untragbar. Er stieß die Aktienpakete ab, wurde dabei von geldgierigen Finanzmenschen über den Tisch gezogen, wobei er »geldgierige Finanzmenschen« schon längst für eine Tautologie hielt, und verlor mehr und mehr seines Erbes, zumal er auch Skulpturen und Bilder sowie Kleider und Schmuck für Gala kaufte und selber gerne und oft reiste. In Marseille lernte Paul die Kunst des pornografischen Films kennen, »eine wilde Kunst«, schrieb er begeistert, die man »in allen Kinosälen und Schulen vorführen« sollte. Und in Arosa, wo er sich auskurierte, weil er wieder mal kränkelte, kam es schon Ende 1928 zur Versöhnung zwischen ihm und Max. Denn auch Max hielt das Schweigen nicht mehr aus und kündigte kurzfristig seinen Besuch an. Paul widersprach nicht. Die Freunde fielen sich in die Arme, als sie sich sahen, ohne ein Wort, sie standen dort, minutenlang, und hielten sich fest. Hans Arp, den Max als Vermittler mitgeschleift hatte, musste gar nichts tun, Hans schüttelte aber den Kopf und sagte: »Ihr zwei, o, ihr zwei. Wenn euch einer versteht, dann der heilige Spiegel vom Ei.«

Trotz des gescheiterten Ménage-à-trois folgten Gala und Paul weiter dem Idealbild einer uneingeschränkten Liebe. Nicht nur die sexuelle Freiheit, auch die Liebesvielfalt. Man konnte, man durfte andere Menschen gleichzeitig lieben, die Polyamorie war der verschüttete Naturzustand des Menschen. Die Liebeleien häuften sich. Sowohl auf Galas als auch auf Pauls Seite. Und Anfang der Dreißiger kam es zum Ende ihrer Liebesbeziehung. Denn aus einer von Galas Techtelmechteln schlugen plötzlich Flammen.

Gala sah keine andere Möglichkeit mehr, sie konnte nicht bei Paul bleiben, sie war dem anderen heillos verfallen, und dieses Mal verließ Gala den Schriftsteller endgültig zugunsten eines Malers: Salvador Dalí.

Gala würde keine Sekunde mehr von Dalís Seite weichen. »Gala wurde«, schrieb Dalí, »das Salz meines Lebens, das Härtebad meiner Persönlichkeit, mein Leuchtfeuer, meine Doppelgängerin – Ich.« Gala und Dalí würden zu einem *Galí* zusammenwachsen. Die zweite Silbe ihres Namens, den Gala immer nur ausgehaucht hatte, fand endlich eine Betonung. 1940 würden die beiden von Lissabon nach Amerika fliehen. Gala würde eine sagenhafte Hysterie um den Künstler Dalí entfachen. Sie würde Dalí vermarkten, wie noch nie ein Künstler zuvor vermarktet worden war, ja, Gala würde sich plustern: zur größten Managermuse der Kunstgeschichte.

Der Zwist unter den Surrealisten verschlimmerte sich unterdessen. Bretons Hoffnung ruhte längst auf Trotzki. Er hatte Stalin den Rücken gekehrt. Es kam zu einer Art Gerichtsverfahren, bei dem die Haltung der surrealistischen Künstler geprüft wurde: Jeder sollte Trotzkist werden. Jeder. Unbedingt. Weil Paul Éluard sich weigerte, rief Breton dazu auf, Pauls Lyrik zu sabotieren oder aber nicht mehr zu beachten. Entweder ich oder er. Entweder Paul oder André. Trotzki oder Stalin. Wer nicht für mich ist, ist gegen mich.

»Dann«, sagte Max, »bin ich gegen dich, André. Schon weil ich mir von keinem vorschreiben lasse, was ich zu lesen und wen ich zu mögen habe.«

»Also aus Prinzip?«

»*Auch* aus Prinzip. Aber Paul ist mein Freund. Ich halte zu ihm. Ich würde ihn nie verraten.«

»Dann adieu, Max.«

Das war im Winter 1938 gewesen.

Jetzt, in Les Milles, bat Max Paul um Hilfe. Und der inzwischen nicht mehr unbekannte Dichter Éluard schrieb sofort einen Brief an den Innenminister Albert Sarraut, bürgte für Max und erwirkte auf diese Weise, dass sein Freund aus dem Lager entlassen wurde.

Einen Tag vor Weihnachten kehrte Max nach Saint-Martin-d'Ardèche zurück. Gänzlich erschöpft. Alles, was Max noch wollte, war, auf einem stabilen Sessel sitzen und sauberes Wasser trinken und eine reguläre Toilette aufsuchen. Gern hätte er Paul jetzt bei sich gehabt. Doch exakt am Tag seiner Entlassung aus Les Milles wurde Paul eingezogen, der Oberleutnant Grindel musste wieder zum Militär. Gegen die Deutschen. Wie schon beim letzten Mal. Max döste auf dem Sessel und hielt sich an

Visionen, sah mit geschlossenen Augen den Lebensfreund Paul im Raum stehen wie eine Erscheinung, eine Marienerscheinung. Max erinnerte sich im Dösen daran, wie sehr er sich als Kind gefürchtet hatte vor Marienerscheinungen, zu einer Zeit, da er noch an all diese Dinge geglaubt hatte. Bitte, hatte er immer zu Gott gefleht, mach, dass mir keine Maria erscheint! Die Vorstellung war für ihn unerträglich gewesen, plötzlich eine Frau mit Umhang in seinem Zimmer stehen zu sehen, die munter vor sich hin leuchtete. Jetzt aber stand da keine Marienerscheinung, sondern eine Paulerscheinung. Max stand auf, näherte sich seiner Vision und nahm den Freund mit geschlossenen Augen in den Arm. Während er sich an Paul festhielt, fühlte er dessen Körper erschlaffen, als ginge ihm die Luft aus. Pauls Kleidung zerbröselte, der Anzug, das Hemd, die Wäsche. Das nackte Fleisch unter Pauls Haut schälte sich in Streifen ab, bis Max nur noch ein Gerippe umarmte, das mit einem letzten Stöhnen zerpuffte.

22

Gala, Gala, Galalith, atemlos, der Paul, er schrieb ihr weiterhin Briefe, auch Liebesbriefe, sein Leben lang, Gala, die Omnipräsente, auch nach der Trennung und der Dalíisierung ankerte Gala in ihm. Wenn sie fünf Jahre lang nichts von sich hören ließ (wie im Krieg), tat es seiner Liebe zu ihr keinen Abbruch. Glücklicherweise fand Paul in der Fülle seiner anderen Liebesspiele ebenfalls eine neue große Liebe, die – im Unterschied zu Gala – anwesend war, eine Frau namens Maria Benz, die Nusch genannt werden wollte. Und glücklicherweise hatte Paul auch Freunde wie Roland Penrose, die ihn unterstützten und Bilder aus seiner Sammlung kauften, wenn er in finanzielle Schieflage geriet. Paul trug die Uniform nur kurz, denn den Deutschen gelang der Durchmarsch, und so kehrte Paul als Zivilist mit seiner Nusch in ein besetztes Paris zurück. Gala und Salvador waren schon fort. Paul goss in Salvadors Wohnung die Blumen und verkaufte ab und an eines der dort stehen gelassenen Bilder, um die Miete zu begleichen. Der Widerstand begann. Die Poeten der Résistance wurden zu Meistern des Verschlüsselns. Die deutsche Zensur kontrollierte nur Bücher mit Auflagen von mehr als fünfhundert Stück. Paul veröffentlichte ein »offenes Buch«, knapp hundertfünfzig Exemplare, er rief die Menschen zum Durchhalten auf, in verklausulierter Form brachte er kommunistische Parolen unter und allerhand Dinge, die seinen Freund Louis Aragon begeisterten, der sogleich schrieb: »In dieser Erschütterung der Welt« könne es dem Dichter nicht darum gehen, inspiriert zu werden, sondern er müsse selber die Menschen inspirieren und ihnen die Schreie entreißen, die »das Echo unseres

Lebens« seien, »Echo des Horrors und Echo des Wunderbaren, des Unbegreiflichen und des Erduldeten.«

Im Juni 1941 feierte Paul mit seinen Freunden ein Fest, weil die verrückten Deutschen mit den nicht minder verrückten Italienern sage und schreibe drei Millionen Soldaten und zehntausend Panzer gen Russland schickten! Ja, das musste doch unweigerlich das Ende von allem sein! Noch der letzte Kommunist würde sich jetzt endlich der Résistance anschließen. Dass die Deutschen ein halbes Jahr später in der Pearl-Harbor-Euphorie auch noch Amerika den Krieg erklärten, damit hatte keiner gerechnet. Unfassbar, dass sie sogar Langstrecken-U-Boote nach Florida schickten und dort, vor der Küste, amerikanische Handelsschiffe versenkten, ja noch unfassbarer, dass kein Wehrmachtsgeneral endlich diesen absurden Größenwahn durchschaute und einen Widerstand formierte.

Als Ende Mai 1942 drei Kommunisten standrechtlich erschossen wurden, schrieb ein erschütterter Paul Éluard das Gedicht *La Dernière Nuit*. Und je mehr solcher Gedichte Paul schrieb, umso fetter wurde sein Name auf den Listen der Besatzer unterstrichen. Seine Lage spitzte sich zu, und die Polizei kontrollierte schon Pauls Post, er musste untertauchen beim Buchhändler Lucien Scheler und später in einer psychiatrischen Heilanstalt, wo er und Nusch unter falschem Namen – offiziell aufgrund einer leichten Neurose – in einem Nebengebäude lebten, sechs Monate lang. Und dort, von Verrückten inspiriert, dichtete auch Paul wie ein Verrückter.

Nach dem Krieg wurde Paul Éluard gefeiert als Poet des Widerstands. Sein Gedicht *Liberté* erstrahlte über allem, ein Zeichen für die Wiedergeburt der Moral in der Poesie. Paul konnte plötzlich vom Verkauf seiner Gedichte leben. Die Kommunisten in Italien feierten ihn wie einen Popstar. Sein ehemaliger Freund Prévert allerdings ging harsch mit ihm ins Gericht: Das

Litaneienhafte des Gedichts *Liberté* erinnere ihn zu sehr an die verseuchte Form des Gebets, und Aragon und Éluard seien nichts als »Bigotte, Hurra-Patrioten, Stalinisten und Verräter der Dichtung«. Das mit dem Stalinisten blieb ein wunder Punkt für Paul: Aragon bat ihn, eine Ode an Stalin zu verfassen. Ein wütender André Breton erinnerte seinen ehemaligen Freund Paul in einem offenen Brief an den Unterschied zwischen dem idealen Kommunismus und dem Kommunismus, der Gestalt angenommen habe in der Wirklichkeit und der vor keiner Gräueltat zurückschrecke.

Paul lotete ein weiteres Mal die Tiefen einer schweren Depression aus, nachdem seine Frau Nusch ein unerwarteter Tod ereilte. »Liebe Gala. Das Leben ist sehr schwer für mich. Ich spreche jeden Tag von Dir, sogar mit Unbekannten. Aber ich glaube, ich werde nicht mehr schreiben. Ich träume oft von Dir, ich habe aber Angst, Dich nicht mehr wiederzusehen. Es war während der letzten Monate sehr kalt. Die Erde ist noch gefroren. Aber ich hatte immer ein kleines Feuer an.« Er spürte ein langsames Versiegen seiner Schaffenskraft. Er bekam Aufbauspritzen und machte täglich einen Gang zum Tabac, für eine Packung Gauloises und für die Menschlichkeit, die er unterm Arm mit nach Hause nahm, so der Name der Zeitung, die er las: *Humanité*. Sinnlichkeit und Frauen führten ihn noch einmal ins Leben, ob sie Diane oder Jacqueline hießen oder zuletzt Dominique, die er bei einem Kongress in Mexiko kennenlernte.

»Ich heiße eigentlich Odette«, sagte Dominique.

»Ich heiße eigentlich Eugène«, antwortete Paul.

»Mein Nachname ist Lemort«, sagte Dominique.

»Dann ist es nur noch ein letzter Schritt.«

»Wohin?«

»Von Lemort zu Lamort. Nur der Wechsel des Artikels. Nach dir kommt der Tod. La mort.«

Leben ist nichts als vom Körper ins Nichts gehen
Von der Form in die Nacht und vom Sinn ins Vergessen

Ein letztes Mal stürzte sich Paul ins Getümmel einer Schlacht. Nach der Schlacht des Ersten Weltkriegs, in der er den Sterbenden die Worte von den Lippen pflückte ... nach der Schlacht des Spanischen Bürgerkriegs, an der sich Paul aus der Warte des linken Intellektuellen beteiligte ... nach der Schlacht des Zweiten Weltkriegs, die für die Franzosen innerhalb kürzester Zeit schon vorüber war ... nach der Schlacht in der Résistance, die ihn mit Leben erfüllte ... nach der Schlacht für einen ideellen Kommunismus, der an der Wirklichkeit scheiterte ... war Pauls letzte Schlacht eine Bücherschlacht, zu der seine Freunde und er genau diejenigen Menschen einluden, um die es ihnen ging: die Fabrik- und Landarbeiter, die Ungebildeten, das sogenannte Proletariat. Mit ihnen diskutieren wollte Paul. Über die Klassiker. Über eigene Texte. Doch wer verstand ihn? Einige unterhielten sich lautstark, während Paul sprach und las. Einige deuteten auf ihre aufgerissenen Mäuler: wohl um zu zeigen, dass Fressen wichtiger sei als Lesen. Einer ließ die Hose runter: wohl um zu zeigen, dass Paul ihm die ganze verdammte elitäre Literatur in genau jenen Körperteil schieben könne, und damit basta.

Paul aber verfasste noch ein letztes Gedicht, bei dem er sich ins Innerste eines Tiers imaginierte, um Schweigen und Kerkerhaftigkeit einer bewusstseinslosen Kreatur zu erkunden, und dann rief er am 18. November 1952 um neun Uhr den Namen seiner letzten Frau: »Dominique!« Er holte noch einmal tief Luft und sackte tot zusammen, ehe er den Nachnamen Dominiques hätte aussprechen können, mit dem richtigen Artikel an der Front: *Dominique, la mort!*

23

Leonora zeigte jetzt eine Seite, die Max nicht kannte. Sie umsorgte ihn, ja päppelte ihn regelrecht auf. Brachte sie ihm das Frühstück ans Bett, vergaß sie nie den Traubensaft und die Vase mit Blumen.

Schon zwei Wochen nachdem Max aus Les Milles entlassen worden war, sagte er, das reiche ihm jetzt, wenn sie ihn weiter so pflege, fühle er sich bald wie sein eigener Großvater, außerdem sei die Wirkung des Broms jetzt endgültig verflogen, er sei wieder bereit für alles Denkbare, woraufhin Leonora sofort zu Max sprang, ihn nackt machte und mit den Lippen an seinem Hals hauchte: »Wäre der Leib eine Leinwand, o, welche Farbe trüge deine Brust?«

»Blau.«

»Und meine Lippen?«, fragte Leonora.

»Rot.«

»Wie originell!«

Die Kriegsstimmung im Land war förmlich zu hören. Sie glich dem Knarren eines gespannten Drahtseils. Beide Seiten zogen daran, beide Seiten warteten aufs Schnalzen. Die Franzosen wussten nicht genau, was tun, und dachten eher defensiv, die Deutschen hielten sich zurück, feuerten lediglich aus ihren Stellungen am Rhein mittels riesiger Lautsprecher immer ein und denselben deutschen Schlager auf die Franzosen, reine Zermürbungstaktik im Sitzkrieg. Im April 1940 feierten Leonora und Max noch ihre Geburtstage (dreiundzwanzig und neunundvierzig), dann schlugen die Deutschen zu: Sie stürmten nach Dänemark und Norwegen, und aus dem Sitz- wurde ein Blitzkrieg, sie überrannten Belgien und Luxemburg, und schon standen sie in Frankreich.

Max hatte Hunger. Zu essen gab es immer weniger, und Max schlief schlecht. In der Nacht stand er auf, um sich die Füße zu vertreten. Draußen war es warm gewesen den Tag über, ein Vorgeschmack auf den kommenden Sommer, am Abend aber war ein wilder Platzregen auf die staubige Erde geprasselt. Max stieg in seine Gummistiefel, verließ das Haus, schnappte sich den Eimer, der neben der Tür stand, und stapfte in Richtung Reben. Er fuhrwerkte dabei mit einer Taschenlampe herum. Der Lichtkegel wanderte mal nach unten, zwischen die Gräser, mal hoch, auf die Blätter. Als Max die erste Schnecke sah, sammelte sich Wasser auf seiner Zunge. Er dachte an Fonfons Knoblauchsoße, die sie zu den Schnecken reichte. Für fünfzig eingesammelte Schnecken erhielten Max und Leonora ein Gratis-Essen plus zwei Gläser Hauswein. Max klaubte die Schnecke vom Blatt, sammelte zwanzig weitere ein und kehrte nach kaum einer Stunde ins Haus zurück.

Am Morgen hämmerten Männerstimmen ans Tor. Es waren zwei französische Soldaten diesmal, und sie warteten nicht auf Antwort, sie drangen gleich ein, hoch bis ins Schlafzimmer, Waffen im Anschlag. Statt der Freundlichkeit der Polizisten blitzten jetzt Handschellen. Max wurde auf den Boden gedrückt, Leonora stand daneben und schrie, der zweite Soldat hielt ihr den Mund zu und umklammerte ihren Körper, nicht den Bauch, nein, die Brust, nicht mit dem Arm, nein, mit der Hand, die unter Leonoras Nachthemd wanderte und ihre nackte linke Brust knetete. Leonora roch ein Rülpsen. Der erste Soldat rief jetzt: »Verräter!« Max habe in der Nacht dem Feind geheime Lichtzeichen gegeben. Max sei beobachtet worden, im Weinberg. »Das waren Morsezeichen. Sie sind verhaftet! Wir können keine deutschen Spitzel gebrauchen!« Der eine zog Max aus dem Haus, der andere ließ Leonora los und lachte, als hätte jemand einen derben Witz gerissen.

Leonora eilte dem Militärfahrzeug hinterher, lief ins Morgenlicht und fiel auf die Knie, als der Wagen verschwand. Dort, wo sie hockte, hatte der Regen eine Pfütze gebildet, Leonora schürzte ihre Lippen und beugte Kopf und Oberkörper zur Pfütze, bis ihr Gesicht in der Lache verschwand und sie den Schlamm auf dem Grund spürte und in den Mund nahm, sie tauchte auf, warf den Kopf in den Nacken, sprühte den Schlamm aus den Lippen in die Luft und ließ ihn sich ins Gesicht regnen. Doch Leonora wollte die Kontrolle nicht verlieren. Sie stand auf und stellte den Blick scharf. Sie musste was tun. Sie musste was. Sie musste. Sie. Nachrichten. Auf dem Laufenden bleiben. Über alles, was geschah. In Frankreich. In Deutschland. Nachrichten. Am besten bei Madame Malada im Hôtel des Touristes.

Leonora mochte Madame Malada nicht sonderlich, aber sie fand ein paar Zeitungen, sogar die *Times*, und sie hörte im Radio, dass der Feind, von dem die Soldaten gesprochen hatten, noch viel zu weit entfernt lag, als dass man ihm hätte Lichtzeichen geben können. Was sollte überhaupt diese hanebüchene Erklärung, ja, Rechtfertigung der Soldaten für die Verhaftung? Sie hätten Max ohne ein einziges Wort einfach so mitnehmen können. Denn gerade – erfuhr Leonora bei Malada –, gerade jetzt, nach dem Einmarsch der Deutschen, da wurden *alle* deutschen Männer und Frauen, die in Frankreich lebten, festgenommen, egal, ob Nazis oder Faschistenfeinde, Sozialisten oder Juden. Selbst die deutschen Antifaschisten, die – vor Mussolini fliehend – aus Italien ins Land strömten und aus Überzeugung gegen die Nazis kämpfen wollten, wurden in Nizza abgefangen und in Lager gebracht. Deutschstämmige Fremdenlegionäre, die mehr als dreißig Jahre lang für die Franzosen gekämpft, ja die ihre Gliedmaßen verloren hatten im Marokko-Krieg und keine

Silbe Deutsch mehr sprachen, selbst die wurden interniert. Blut ging über Gesinnung, Herkunft über Standpunkt. Man hatte keine Zeit für Differenzierung. Es schien leichter, *alle* Deutschen in Frankreich festzunehmen, statt sich mit jedem Einzelnen auseinanderzusetzen. Überall hingen rote Plakate. *Deutsche: Meldet euch sofort in der nächsten Präfektur.*

Leonora saß stundenlang bei Malada und trank und lauschte und las und informierte sich. Das Hôtel des Touristes quoll über vor Menschen.

»So voll war's hier noch nie!«, sagte Malada.

Belgier, Holländer, Nordfranzosen aus dem besetzten Teil des Landes. Dazu verfolgte Deutsche und Italiener. Trotz Internierungsgefahr flohen sie nach Frankreich. Besser in Frankreich interniert als in Deutschland. Saint-Martin und die anderen Dörfer und Städte im Süden Frankreichs schwappten geradezu über vor Menschen.

»Es gäbe Möglichkeiten«, sagte Madame Malada.

»Helfen Sie mir?«, fragte Leonora.

»Na klar doch.«

»Danke, Madame Malada.«

»Es entstehen ein paar Unkosten. Nichts Weltbewegendes. Sagen Sie, Leonora. Das Haus da oben. Ihr Haus. Wem gehört das eigentlich?«

»Uns natürlich.«

»Max und Ihnen?«

»Ja.«

»Aber wer genau ist als Eigentümer eingetragen?«

»Ich.«

»Gut. Das ist gut.«

»Warum?«

»Jetzt trinken Sie erst mal noch was.«

24

Leonoras Magen verknotete sich: allein, allein, hier, in der Pampa, an der Ardèche, in den Monts Garrigues, südlich vom Plateau des Gras, nördlich von diesem düsteren Volkslied *Sur le pont d'Avignon*, ausgesetzt jetzt, und Max lag in Fesseln, weit weg. Leonora wollte den Knoten in ihrem Bauch lösen. Sie würgte. Da musste was raus. Doch sie erbrach nur Luft. Leonora schluckte ein bitteres Gesöff aus Orangenblüten, ihr Magen ballte sich zusammen, ehe sie endlich spuckte, und sie wollte genau das: Auskotzen, Angst, Panik, Pläne und ihre gesammelten Werke der Hilflosigkeit, alle Selbst- und Sehnsucht, ihre Liebe, ihr Alleinsein, die Übelkeit, raus damit, auf den fruchtbaren Boden der Ardèche-Gegend, damit ein galliger Wein dem Auswurf entwüchse, der nach Schrecken schmeckte. Leonora stürzte sich in die Arbeit und lief in den Weinberg hinein: Die Reben blühten und mussten mit Kupfersulfat besprüht werden. Die Giftkanne wog schwer, von Rebe zu Rebe wurde sie leichter, je mehr Gift Leonora verspritzte. Wer den Wein irgendwann trinkt, dachte sie, weiß nicht das Geringste vom Gift, das die Trauben tragen, und die Farbe des Gifts gleicht seinen Augen: türkisblau. Leonora warf die leere Kanne beiseite, ging mit einer Grabegabel in den Gemüsegarten und erntete erste Kartoffeln, frühe Kartoffeln, viel zu frühe Kartoffeln. Nachdem sie ein paar Strünke aus dem Boden gezerrt hatte, hielt sie inne, kniete sich ins Getümmel der Erdkörner und warf die Erde hinter sich, sie buddelte mit den Händen eine längliche Vertiefung, ehe sie Hunger spürte und sich eine der kleinen, rohen, fleckigen Kartoffeln zwischen die Zähne schob, und das Knirschen im Mund wurde von leichten Schmerzen begleitet. Leonora grub weiter. Die deutschen Soldaten, Maschinen, Roboter, seelenlose Töter und Zerstörer, die weitermarschieren würden in den Süden, die immer näher kamen, während Leonora in einem Albtraum gefangen war, sie wollte fliehen, aber sie trat bei jedem Schritt auf der Stelle: ein Treibsand aus Handlungsstille. Wie ein Maulwurf mit Grabeschaufeln warf Leonora den Dreck hinter sich. Und so, wie sie grub, so schrieb sie auch. Innerhalb kürzester Zeit hackte sie ein Theaterstück in die Tasten, tippte mit vom Graben wunden, schwarzen und ungewaschenen Fingerkuppen dunkle Sätze. Die Manuskripte, dachte sie, tragen meine Abdrücke. Auf den Blättern: meine dreckigen Fingerabdrücke. In den Wörtern: meine dreckigen Seelenabdrücke. *Das Fest des Lamms*, so nannte sie ihr Stück, in dem ein arktischer Vampir eine vokalgleiche Frau namens Theodora aussaugt und ihr sagt, sie müsse am Rand der Hölle leben, dort, wo sich Leonora befand, seit Max fort war, am Rand der Hölle, am Rand des Wahnsinns, das hatte Max gesagt: Hineinschauen, niemals springen, hatte er gesagt. Nein, keiner von diesen Surrealistenmännern, weder Max noch Breton noch sonst wer, hat den Sprung vom Rand des Wahnsinns *in den Wahnsinn hinein* jemals gewagt, diese Schwächlinge, sie haben immer nur reingeschaut und geraunt, keiner von ihnen hat den Mumm gehabt, es wirklich zu tun. Leonora legte sich in die Grube, die sie ausgeworfen hatte, sie spürte den Biss der Kälte im Rücken und breitete die Arme aus, die über den Rand ragten, noch zu flach, das Grab, dachte sie und spielte ein Spiel, das sie *Engelchen* nannte: Als Kind hatte sie dazu im Schnee gelegen, jetzt lag sie in der Erde und wedelte mit den Armen. Sie sah den Himmel so nah über sich, als könnte sie ihn berühren, sie streckte die Finger aus, spürte aber weder Stahl noch Blau noch Himmel noch Luft.

Springen, dachte sie, springen …

»Leonora!«

… wirklich springen …

»Leonora!«

… verschwinden in eigener Finsternis …

»Leonora Mary Carrington!!«

Leonora öffnete die Augen nach außen. Sie lag im Gartendreck. Jemand fasste sie bei den Schultern. Es dauerte eine Weile, ehe Leonora die andere Frau erkannte, die sie auf die Beine zog und umarmte.

»Catherine?«, flüsterte Leonora und kam nur langsam zu sich.

»Leonora.«

Vor ihr stand Catherine Yarrow, ihre Londoner Freundin, ihre beste Londoner Freundin, mit der Leonora endlos hatte reden können während des Studiums bei Ozenfant, über das Diktat der Mode und Konventionen, über Kindheit und Wetter, über Sex, Zyklusschmerzen, Rezepte und Jazz, über Hexen und über Pentagramme, über keltische Mythologie und Käsefondues, Catherine Yarrow. Langsam erlangte Leonora wieder Sicht über die Dinge. Da hinten, schräg hinter Catherine, stand noch ein Mann: Michael. Catherine hatte von ihm geschrieben. Ihr Freund. Der Hintergrund-Michael. Leonora schüttelte ihre Mähne, sie schlug sich mit den flachen Händen vor Brust und Bauch, und ein wenig Dreck staubte von ihrer Bluse. Jetzt wieder hier sein. Bei Sinnen. Wie ging das noch mal? Genau, ja, die beiden hatten sich angekündigt. Catherine Yarrow und Michael Lukas. Sie hatten gesagt, sie wollten zu ihr kommen, zu Leonora. Sich gemeinsam durch Frankreich schlagen. Aber heute schon? Zuckten auf den Uhren jetzt schnellere Zeiger?

»Was ist los mit dir?«, fragte Catherine.

»Ich wollte mich nur ein bisschen in die Erde tunken«, antwortete Leonora. »Sonst scheint die Sonne zu hell.«

Catherine strich sich eine Strähne hinters Ohr und drehte sich um, nicht zu Michael, der rauchend, eine Hand in der Tasche, Leonora nur mit einem Nicken begrüßte und einfach so dastand wie ein Baum, nein, Catherine schaute sich um mit einer seltsamen Panik im Blick, sie schaute sich um, als werde sie verfolgt. »Wir müssen weiter«, sagte Catherine. »So schnell wie möglich. Nach Madrid. Wenn wir Glück haben, schaffen wir es. Wir können hier nicht bleiben.« Das war ihr Plan. Vor den Deutschen fliehen, raus aus dem Land, über Spanien nach Portugal und von Lissabon nach Amerika, falls man ein Visum bekam.

»Und Max?«, fragte Leonora leise.

Catherine sprach einfach weiter. »Um reisen zu können, durch Frankreich, brauchst du einen Passierschein, eine Reiseerlaubnis. Und ein Transitvisum. Für Spanien. Und eins für Portugal.«

»Das«, sagte Leonora, »hat auch Madame Malada gesagt.«

»Wer?«

»Die Wirtin aus dem Hôtel des Touristes.«

»Dann glaub ihr.«

»Die Klapperkiste da drüben: Ist das euer Auto?«

Catherine nickte.

»Ich will auf Max warten«, sagte Leonora. »Vielleicht entlässt man ihn wieder.«

»Du kannst nicht auf Max warten«, sagte Catherine. »Der kommt nicht. Du musst dich erst mal selber in Sicherheit bringen.«

»Und dann?«

»Das sehen wir später.«

Mit ihrem scheppernden, blassblauen Fiat-Coupé fuhren Catherine, Michael und Leonora nach Bourg-Saint-Andéol und beantragten eine Reiseerlaubnis für Leonora. Die aber wurde verweigert. Auf die Frage nach dem Warum erhielten sie keine Antwort.

Folglich hieß Leonoras letzte Hoffnung: Madame Malada.

Die hatte geduldig auf ihren Augenblick gewartet.

Und alles vorbereitet.

Ein Notar, sagte Malada, sie kenne einen Notar, Albert Joseph Aimé Pagès. Der habe bislang immer noch einen Ausweg gewusst. Der werde helfen. Auch eine Lehrerin kenne sie, eine Grundschullehrerin, die einen Passierschein ausstellen könne. Leonora verstand nichts von dem, was hier geschah. Über ihren Kopf hinweg. Was hatte die Grundschullehrerin mit dem Notar und der Reiseerlaubnis zu tun? Es war ihr auf seltsame Weise egal.

Gemeinsam mit Madame Malada suchte Leonora den Notar auf, bei dem sie Papiere unterschrieb, eine Art Vollmacht, wie man ihr sagte. Mit dieser Vollmacht durfte Madame Malada Leonoras Winzerhaus und Grundstück sowie alles, was sich im Haus befand, verkaufen, also auch die Kunstwerke.

»Das Geld«, sagte Malada, »bekommst du aber erst, wenn du wieder zurück bist, hier, in Frankreich, nach dem Krieg.«

»Eine Vollmacht?«, fragte Leonora müde.

»Du musst das Haus ohnehin zurücklassen«, sagte Madame Malada. »Und wenn ich es nicht nehme, kriegen es die Deutschen.«

Leonora nickte.

Und unterschrieb.

Madame Malada atmete tief ein, als sie das schnörkelige Gewusel einer Unterschrift sah, die Leonora mit ihrer linken Hand aufs Papier setzte.

»Linkshänderin?«, fragte Malada und legte langsam Daumen und Zeigefinger an die obere Kante der Papiere, um sie, kaum war der letzte Buchstabe gesetzt, sofort zu sich zu ziehen.

»Die Nonnen haben versucht, mir die Teufelshand auszutreiben«, sagte Leonora. »Es ist ihnen nicht gelungen.«

»Mit dem Geld«, sagte Madame Malada, »also, wenn ich das Haus überhaupt verkauft bekomme, bezahle ich erst mal deine Schulden hier und bei Fonfon, Leonora. Ist das in Ordnung? Den Rest hebe ich für dich auf.«

»Und die Bilder?«

»Die auch. Wenn du zurückkommst, werde ich hier sein. Du kannst mir vertrauen.«

Leonora war erleichtert, seltsam froh. Irgendwie fiel das Haus wie eine Schale von ihr ab, aus der sie schlüpfte und neugierig auf den Weg sah, der vor ihr lag. Sie ging zurück in ihr Haus und packte. Nachdem sie drei Koffer mit Kram und Klamotten vollgestopft hatte, fragte sie sich, was davon sie wirklich brauchte. Als sie das nächste Stück hineinstopfte, packte sie dafür gleich zwei Sachen wieder aus. Das tat sie so lange, bis nur noch ein einziger kleiner Koffer vor ihr stand: Leichtes Gepäck, das täte ihr gut. Sie schaute einer Sonne zu, die sich krampfhaft bemühte, noch ein Weilchen am Himmel zu bleiben. Ehe Leonora das Haus endgültig verließ, schrieb sie einen Zettel für Max: »Fahre mit Catherine Yarrow über Spanien nach Portugal. Erwarte dich in Lissabon. Die Deutschen sind schon in der Nähe. Leonora.«

25

Richtung Nîmes wollten sie, dann über Montpellier nach Barcelona. Leonora saß im Fiat, in diesem immer noch scheppernden, immer noch blassblauen Fiat-Coupé, fiat voluntas tua, dein Wille geschehe, Catherine fuhr los mit quietschenden Reifen, als sei der Feind schon in Sichtweite, sie wäre gern schneller gefahren, doch die flüchtenden Menschen vor und neben ihnen ließen sie nur schleppend vorankommen. Und nach zwanzig Minuten war die Fahrt fürs Erste beendet. Der Wagen bockte wie ein störrischer Esel und rührte sich nicht mehr von der Stelle. Qualm stieg auf, nicht vom Motor, von den Reifen her. Michael Lukas krempelte die Ärmel hoch und öffnete die Haube: Der Motor schien in Ordnung. Die Bremsscheiben klemmten und schleiften. »Wird dauern«, sagte Michael.

Leonora ging ein paar Schritte ins Feld. Ich kann das, ich kann das lösen, dachte jemand in ihr, ich kann das, ich kann die Bremse lösen, wir müssen fort von hier, ich bin doch kein Pferd, Max ist ein Vogel, ich bin kein Pferd, Catherine ist eine Schnecke, ich bin kein Pferd, ich bin eine Fledermaus, wenn überhaupt, und Leonora schickte ihre Gedanken gen Wind, es fühlte sich gut an, die Reifen rochen rot vom Blut überfahrener Insekten, die Scheiben schmeckten leise nur nach dem Geräusch der im Herbst bald abfallenden Blätter, es fühlte sich richtig an, den Gedanken endlich den Auslauf zu gewähren, den sie seit jeher gefordert hatten, fern jeglichen Sinns, die fette, krauchende, stets fressende, schlingende und Staub kauende Raupe des Verstandes ver- und entpuppte sich und löste sich auf in den schwerelosen Schmetterling der Halluzination. Geist, befreit von Gittern. Letzte Bastion, die ihn bannte: der Körperkäfig. Gequetscht sind wir worden in den Matsch aus Fleisch, Knochen, Blut, Haut. Das. Das hier. Das hier nicht. Das hier nicht mehr. Das hier nicht mehr ertragen. Das hier nicht mehr ertragen müssen. Ausbrechen gleich einbrechen gleich zusammenbrechen. Der Kopf hat aufgehört, mit Messer und Gabel zu essen, das Hirn hat die Serviette weggelegt, frisst jetzt mit nackten Händen, schiebt sich's rein ins Unersättliche und schlingt und schlingt. Ich mag nicht mehr. Ich mag nicht mehr denken. Ich mag nicht mehr fühlen müssen.

Leonora: Schlief sie, träumte sie Wunderbares, das sogleich ins Loch des Vergessens rutschte, wenn sie zu sich kam. Kam sie aber zu sich, wirkte die Welt allenfalls wie ein Traum. Immer seltener wurden die Augenblicke, die Leonora im Zustand der Klarheit verbrachte.

»Wo sind wir?«, fragte sie einmal mit trockenen, aufgesprungenen Lippen, als ihre Augen ins Licht blinzelten.

»Wir sind in Perpignan, Leonora«, antwortete Catherine.

»Was ist mit mir?«

»Ich habe keine Ahnung. Es geht dir nicht gut.«

»Was geschieht mit mir?«

Catherine und Michael schauten sich an.

»Habt ihr Wasser für mich?«, fragte Leonora.

Und als Catherine und Michael Leonora allein zurückließen im Auto, um ein paar Einkäufe zu tätigen – nachdem sie ihr gesagt hatten, sie solle schlafen, auf der Rückbank, warten, keinesfalls aussteigen –, da war Leonora, als werde das Auto, in dem sie saß, immer kleiner, die Sitze, die Seitentüren, das Dach, Leonora bekam kaum noch Luft, und so sprang sie aus dem Auto und lief auf irgendeinen Menschen zu, der gerade die Straße überquerte, und Leonora rief: »Sagen Sie, können Sie mir helfen? Ich brauche Ihren Rat, ja, Ihren, Madame, laufen Sie nicht weg! Ich beiße nicht, jedenfalls nicht sofort! Dann eben Sie, ja, hallo, warten Sie! Oder Sie? Danke! Hier! Die Frage, die Sie mir beantworten müssen, hat damit zu tun, ob wir die Sonne an dem Platz belassen, an dem sie üblicherweise und Tag für Tag hängt, da oben nämlich, oder ob wir sie nicht lieber einholen sollten, vom Himmel herunter, in einen kleinen Kasten stecken mit Klappe, dann können wir den Kasten öffnen, wann immer wir die Sonne brauchen, und sind nicht länger angewiesen auf ihre Launen, glauben Sie an Gott?«

Schon legten Catherine und Michael ihre Arme um sie. Schon führten sie Leonora zurück ins Auto. Schon ging es weiter. Und immer weiter. Alles im Zeitlupenraffer. Eine Faust, die Leonora packte und durch die Welt warf, die Faust war sie selber, sie packte sich selber, warf sich selber durch die Welt. Und in Andorra gab ihr Geist auch den Körper auf, so ganz losgelöst schwebte Leonora jetzt, keinerlei Kontrolle mehr, weder über ihre Gedanken noch über ihre Schritte, ihre Bewegungen nurmehr froschlaichähnlich, sie wabbelte und kroch den Berg hinan, musste, wollte, musste sehen, was hinter den Bergen lag, jenseits der Berge, mussmuss willwill wissen, ob dort ein König auf mich wartet. Und Michael und Catherine sammelten sie wieder ein. Die Worte der anderen schienen mit einer schmierigen Schicht bedeckt.

»Michael muss zurückbleiben«, sagte Catherine irgendwann.

Leonora schnaufte teilnahmslos.

»Er hat kein Visum, Leonora, verstehst du mich?«

Nein. Leonora verstand nichts mehr.

»Dein Vater hat Visa besorgt. Für dich. Für mich. Ein Ausreisevisum, ein Transitvisum. Du kannst nach Madrid. Ich auch. Michael ist Ungar. Er hat keins. Verstehst du mich!?«

»Was?«

»Verstehst du mich, Leonora? Wir reisen weiter.«

»Ein Gott muss nicht reisen«, murmelte Leonora. »Ein Gott ist sich selbst genug, ein Gott kann aushalten, was immer ihm auferlegt wird.«

»Leonora. Wir müssen weiter!«

»Ich kann das Universum auslöschen.«

Löschen, löschen, halt durch, Leonora, und sie fuhr jetzt allein mit Catherine, zwei Frauen, weiter, weiter, weiter, und das Summen der Räder auf der Straße glich dem Summen der Gedanken in ihrem Kopf, die keine Gedanken mehr waren, sondern eine Suppe, die aufkochte und wieder kalt wurde und manchmal beides zugleich. Und Leonora schlief unterwegs in schäbigen Hotels, und während sie schlief, saß sie am Bett ihres eigenen Körpers und hielt sich selber die Hand, als plötzlich vier Soldaten auftauchten und feststellten, dass eine Frau nur über drei Körperlöcher verfügt, in die man zeitgleich stechen kann. Leonora hockte wie im Innern einer Träne, und die Haut der Träne schützte sie schalenhaft, ließ nichts heran von dem, was mit ihr geschah, weder Schmerz noch Ekel noch …

Die Verfrachtung des Körpers: Leonora sah die Münder von Menschen, hörte aber nichts von dem, was die anderen sagten, sie hörte nur die Hände der Menschen, die sie an den Schultern packten und irgendwohin zurückrufen wollten, nur wohin? Die weißen Wörter aus den weißen Mündern der weißen Männer wurden zu weißen Ketten, zu weißen Buchstaben, zum weißen Kittel eines einzelnen bärtigen Mannes: Leonora lag auf einem weißen Klinikbett und erschnüffelte die weißen Lederfesseln, die man ihr an weiße Handgelenke und weiße Fußgelenke gestrafft hatte. Nackt lag sie. Schrie, schrie, schrie. Der eigene Kot unter ihr wurde nicht weggemacht. Sie suhlte sich in ihm. Der Kot war nicht schlimm. Sie mochte den Dreck als Teil ihrer selbst. Viel schlimmer: die Attacken der Mücken. Rüssel saugten sie aus. Stiche auf der Haut, Wulste, Pusteln. Scheiß Maria und Josef! Wär ich mal tot und begraben!

Wer ist das?

Wer kommt da?

Wer nähert sich?

Eine Krankenschwester?

»Sind Sie klar, Leonora?«, fragte die Krankenschwester mit der weißen Haube und dem weißen Gesicht und dem weißen Kleid und den weißen Schuhen, die Leonora nicht sehen konnte.

»Wo bin ich?«, fragte Leonora und zitterte in einem kurzen, inneren Licht der Klarheit, von dem sie spürte, dass es nicht länger brennen würde als ein Streichholz.

»In einer Klinik. In Santander. Bei Doktor Don Mariano.«

»Eine Klinik?«

»Für Geisteskranke.«

»Dann bin ich am Ziel?«

»Was?«

»Da, wo ER immer hinwollte?«

»Wer?«, fragte die Krankenschwester.

»Und Sie? Wer sind Sie? Auch eine Hexe?«

»Ich bin Frau Asegurado, ich bin Ihre Wärterin, Ihre Krankenschwester, A-se-gu-ra-do, mein Name, es wird Ihnen nichts geschehen, wenn ich hier bin.«

»Nichts? Ach, wie schade.«

Mit dem letzten Wort erlosch das Streichholz, und Leonora atmete tief ein und wurde erneut erstickt vom Schlamm ihres Kopfes, und Tag für Tag lag sie jetzt in diesem engen Klinikzimmer in Spanien mit einem Fenster und einer Tür: Und das Fenster zeigte nicht nach draußen, sondern in die Nachbarzelle, aus der hin und wieder das Stöhnen einer anderen Gefangenen drang, die man *Patientin* nannte. Nacht für Nacht lag Leonora hier, ihr leerer Blick ging zur Tür, und die Tür führte vielleicht auf einen Gang, und der Gang führte wohl zu einer zweiten Tür, und die zweite Tür verhieß den Weg nach draußen. Bin ich erst mal draußen, dachte Leonora, kann ich die Welt vernichten. Kraft meiner göttlichen Allmacht werde ich alles ausschnipsen, das Universum, die Sonne, die Deutschen, mit meinen Fingern, einfach so, schnipp, schnapp, die Welt, die Menschen, Ende, aus. Es wird Zeit. Dass einer, dass jemand, dass ich dies tue. Nur: Wie komme ich hier raus? Nie. Nie mehr?

Leonora lernte die Angst. Die wirkliche Angst. Mit Frau Asegurado. Tat sie ihr etwas? Nein. Aber Asegurado *konnte* ihr etwas tun. Jedes Mal, wenn Frau Asegurado die Zelle betrat, trug sie diesen kalt gestrichenen Blick unter der Stirn, in dem die Worte lagen: Du gehörst mir, Leonora, und ich mache mit dir, was ich will, Leonora, du bist gefesselt, und ich kann mir die Fingernägel wachsen lassen, bis sie fünf Zentimeter aus meinen Kuppen stehen, und ich kann meinen Zeigefingernagel an dein Kinn legen, Leonora, und langsam hinunterfahren und dich aufschlitzen, Kehle, Brust und Nabelloch, aus dem die Fledermäuse schlüpfen, ich kann das alles tun, ich kann deine Zunge packen und zwischen deinen Zähnen herausziehen, ich kann sie so lange festhalten, bis du sie selber durchbeißt, die Zunge, nur, damit du endlich wieder den Mund schließen kannst, der vollläuft mit deinem Blut, deinem Zungenblut, ich kann dir meine Hände auf die Schultern legen, Leonora, und mein Gipsgesicht deinem Atem nähern und dich nach unten drücken, sodass wir beide fallen, du und ich, Leonora, und wir fallen durch das Bett und den Boden und die Erde und die Hölle hindurch an den Ort, an dem dein Vater dich gern sähe, darkened by your shadow, denn du bist schon lange kein Mensch mehr, Leonora, nur noch ein Schatten deiner selbst, und wenn ich beginne, diesen Schatten zu quälen, wirst du verstehen, was Angst wirklich bedeutet – Körperschmerzen lassen sich aushalten, Seelenschmerzen lassen sich aushalten, Schattenschmerzen aber nicht, meine Liebe, und ein Schatten ist das, was du wirklich bist.

Vier Monate lang.

Leonora wachte auf und schlief wieder ein.

Leonora schlief ein und wachte wieder auf.

Leonora wachte ein und schlief wieder auf.

Leonora schlief auf und wachte wieder ein.

Vier Monate lang.

26

»Da ist Besuch für Sie«, sagte Frau Asegurado.

...

»Eine Miss Mary Kavanaugh.«

...

»Sie sagt, sie sei Ihre Nanny gewesen.«

...

»Damals, als Kind.«

...

»Miss Carrington? Haben Sie mich verstanden?«

...

»Hallo?«

...

Mary Kavanaugh stand schon hinter Asegurado in Leonoras Zelle. »Lassen Sie mich allein mit ihr«, sagte Mary.

»Nein«, zischte Frau Asegurado. »Niemals.«

Mary Kavanaugh trat jetzt neben Frau Asegurado. Sie sah: Dort lag tatsächlich ihre Leonora, allein, gefesselt, an Armen und Beinen, wie eine Verbrecherin, frisch gewaschen offensichtlich, denn das Laken glomm weiß und auf dem Boden neben der Pritsche sah Mary Kavanaugh die Spuren von Wassertropfen, aber über allem lag noch der Geruch von Kot und Urin. Mary war zu erschrocken, um ein Gefühl zeigen zu können. Sie stand reglos vor Leonora. Nach einer Weile legte sie eine Hand auf Leonoras Arm und sagte: »Ich hol dich hier raus, Liebes!« In diesem Augenblick spannte sich Leonoras Körper wie ein Bogen, der Kopf zuckte ein Stück in die Höhe, der Unterleib brach fast durch, Leonora schnellte ins Hohlkreuz, am Hals traten die Sehnen hervor und drohten zu reißen, die Augbälle quollen aus dem hageren Knochengesicht, die Zähne traten fleischlos hervor, und Leonora schrie nicht, sie stammelte leise, und dieses Stammeln klang für Mary weitaus schrecklicher als das lauteste Gebrüll: »Hau ab, Mutter, hau ab, du hast hier nichts zu suchen, lass mich in Ruhe, lass mich krepieren, hast dich dein Leben lang einen Dreck geschert um mich, geh, lass mich, will dich nie wieder sehen, geh, allein will ich sein.« Damit flappte Leonora zurück auf die Pritsche. Ihre Augen kippten hintenüber. Mary weinte, als sie sagte: »Ich bin nicht deine Mutter, Leonora, ich bin Mary, deine Nanny!« Aber sie merkte, dass Leonora sie nicht mehr hörte, sie merkte, dass Leonora ganz woanders lag jetzt, in einem Reich jenseits ihrer kühnsten Vorstellungskraft.

PEGGY

1

Peggy blies in den tiefen Teller. Die Suppe teilte sich, und Peggy musste ans Rote Meer denken. Sie schob einen Löffel in den Mund, schluckte und sagte: »Papa, du hast bestimmt eine Geliebte, weil du nachts so oft weg bist.«

Peggy war sieben Jahre alt.

Ihre Mutter Florette hustete.

»Auf dein Zimmer!«, sagte Vater Benjamin.

»Aber warum? Was hab ich denn …?«

»Jetzt!«

Die kleine Peggy ließ den Löffel in die Suppe fallen, sprang vom Stuhl und rannte durch das riesige Haus in Manhattan: vorbei am stets flusenfreien und perfekt gestimmten Flügel im Empfangssalon, vorbei an den Tierfellen, vor denen sie Angst hatte – ein Bär streckte ihr die Zunge raus, ein Tiger schaute immer so, als könne er jede Sekunde zum Leben erwachen –, vorbei an der finster-gruseligen Dienstbotentreppe. In ihrem Zimmer schaute Peggy aus dem Fenster. Die Familie wohnte in der East Seventy-second Street, neben den Rockefellers und den Stillmans. Auf dem Balkon gegenüber saß Tante Julia: So nannte Peggy die weißhaarige Witwe des Präsidenten Ulysses S. Grant. Peggy wollte nicht weinen. Sie hatte keine Ahnung, weshalb sie vorhin diesen Satz gesagt hatte. Vielleicht aus einer mädchenhaften Eifersucht heraus? Denn Peggy vergötterte ihren Vater Benjamin, ein charmanter Mann, streng, aber liebevoll, er sah blendend aus, duftete nach Vanillecreme und konnte so laut lachen, dass der Kronleuchter über ihren Köpfen ins Zittern geriet.

Als Benjamin Guggenheim sechs Jahre später ohne seine Familie nach Europa fuhr, um dort eine Firma zu gründen und Aufzüge in den Pariser Eiffelturm einbauen zu lassen, stand die dreizehnjährige Peggy am Kai und winkte mit nassen Wangen. Umso mehr freute sie sich auf die Rückkehr des Vaters nach acht langen Monaten ohne ihn. Es hätte auch alles wunderbar geklappt, und Peggy hätte ihren Vater wieder in die Arme geschlossen, wenn, ja wenn nur diese Heizer nicht gewesen wären, die Heizer jenes Dampfschiffs, das Benjamin Guggenheim nach New York hätte zurückbringen sollen. Weil aber die Heizer aus einem für Peggy nicht nachvollziehbaren Grund auf die Idee gekommen waren, unbedingt *streiken* zu müssen, war ihr Vater gezwungen, sich ein anderes Schiff zu suchen: Und das war die RMS Titanic. Die pubertierende Peggy träumte sehr lange vom Tod des Vaters, von der Eiseskälte des finsteren Atlantiks und den gewaltigen Algen-, Tang- und Krakenarmen, die den Vater in die Tiefe zogen, vom Wasser, das durch die Lippen in seine Lunge drang, bis das Zappeln endete. Während der Körper ihres Vaters im Atlantik aufquoll und den Haifischen als Futter diente, erlebte Peggy die Verwandlung ihres eigenen Körpers: Das Gemisch aus Blutungen, Brustwachsen und Gefühlswallungen machte ihr Angst, und sie wollte damit absolut nichts zu tun haben. Um sich von Vatertod und Geschlechtsreife abzulenken, suchte Peggy irgendeine Beschäftigung und begann – zu stricken. Zunächst wollte sie das Stricken aus einer Neugier heraus einfach nur lernen, dann beschloss sie, den Sommer über durchzustricken, und zwar immer, wenn sie im Schatten saß, anschließend strickte sie eine Zeit lang weiter, um die Berge an Wolle loszuwerden, die Mrs. Mack, der gute Geist der Guggenheims, für sie gekauft hatte, und schon war – ohne dass Peggy es bemerkt hätte – das Stricken zu ihrer ersten Sucht geworden, und Peggy klickerte die gesamten vier Jahre des Ersten Weltkriegs über mit ihren Stricknadeln.

Die Tendenz zur Sucht schien ebenso in der Familie Seligman-Guggenheim zu liegen wie eine planlose Hartnäckigkeit, ein vehementer Ehrgeiz, eine engstirnige Dickköpfigkeit und eine an Narretei grenzende Verschrobenheit. Peggys erster Großvater Seligman war in einem Stall zur Welt gekommen und Dachdecker geworden, er hatte Uniformen für die Union Army angefertigt, bei den Sezessionskriegen gut an den Mann gebracht und als Bankier später ein kleines Vermögen verdient. Klein war sein Vermögen aber nur verglichen mit den immensen Reichtümern des zweiten Großvaters, Meyer Guggenheim: Der hatte den Amerikanischen Traum als Hausierer begonnen und scheffelte später durch Kupferabbau so viel Geld, dass die Streiks seiner Arbeiter gar nicht auf solch blutige Weise hätten niedergeschlagen werden müssen, wie er es hatte anordnen lassen. Und die sonstige Verwandtschaft? Eine von Peggys Großmüttern war von der Welt des Geschlechtlichen derart besessen, dass sie ständig alle möglichen Leute fragte: »Was glauben Sie, wann mein Mann das letzte Mal mit mir geschlafen hat?« Und eine von Peggys zahlreichen Tanten schmetterte Arien auf offener Straße und bedrängte fremde Menschen mit ihrer Federboa; ihr Mann schaute sich das dreißig Jahre lang an, ehe er zu einem Golfschläger griff, seine Frau zu erschlagen versuchte und sich – als das nicht gelang – in einem Stausee ertränkte. Ein anderer Onkel schob sich stets Eiswürfel in den Mund, weil ihn das Zerknacken so beruhigte und er seine Zahnstumpen säubern wollte, die meist rabenschwarz glänzten, denn neben Eiswürfeln lutschte er gern Kohlestückchen, und Peggy war kaum überrascht, als auch dieser Onkel sich tötete. Krankhafter Geiz, chronische Melancholie und monströse Waschzwänge schienen alles andere als ungewöhnlich bei den zahlreichen Mitgliedern der Familie Seligman-Guggenheim. Und jener Onkel, der schauderhafte Theaterstücke schrieb, ohne dass je ein Mensch auch nur in

Erwägung zog, sie aufzuführen, war noch der Harmloseste von allen.

1916, mitten im Stricken und im Krieg, starb Großvater Seligman. Peggys Mutter war plötzlich mehr als nur Millionärin: Sie wurde zu einer der reichsten Frauen der Stadt. Die Familie konnte jetzt in die Park Avenue ziehen.

Peggy selber durfte ihr Erbe erst mit einundzwanzig antreten. Zunächst lediglich vierhundertfünfzigtausend Dollar auf Treuhandkonten. Auch wenn Peggy niemals auf die Annehmlichkeiten verzichtet hätte, die der Reichtum mit sich brachte, sehnte sie sich manchmal nach einer Romantik der Gewöhnlichkeit. Daher nahm sie – aus einer puren Laune heraus – einen Job als Buchhändlerin an, ohne jeden Lohn: Den hatte sie nicht nötig. Mit Perlohrringen, im Tausend-Dollar-Kleid, umwölkt vom teuersten Duft aus dem Parfumhaus Cartier und in schneeweißen Schnabelschuhen, die mehr kosteten als alle Bücher im Schaufenster, betrat sie ihre Arbeitsstelle und wartete schmökernd oder fächelnd auf die Kunden. Ihre verrückten Tanten trippelten prompt herbei, um bei der Nichte einzukaufen. Sie brachten Zollstöcke mit und erwarben die Bücher gemäß dem freien Platz in ihren Regalen zu Hause und der Farbe bereits erworbener Buchrücken. Peggys Mutter hasste es, ihre Tochter so zu sehen – arbeitend! –, und sie brachte ihr Galoschen und ein Cape, wenn mitten am Tag das Wetter umschlug und Regen auf die New Yorker Straßen prasselte.

Doch Peggy wurde rasch langweilig. Arbeiten hieß ja: immer und immer wieder dasselbe tun! Nein, das wollte sie nicht, sie wollte lieber Veränderung, Neues, frische Luft. Arbeiten hieß ja: bleiben! An ein und demselben Ort. Entsetzlich! Beim Bleiben geschah doch nichts. Nein, alles musste in Bewegung sein und aus der Bewegung heraus geschehen. Wie beim Tennis: hinlaufen, nur kurz stehen bleiben, in die Knie gehen, schlagen, weiterlaufen. Das Leben ein Tennismatch. Tack, tack, tack. Wohin jetzt? Go see. Now we go see the Pyramides. Tack, tack, tack. Bewegung, Schnelligkeit: ihr Lebenselixier. Schon ihre Geburt habe sich im »üblichen raschen Tempo« vollzogen, wie sie später schrieb: Peggy war rausgeflutscht, als die Hebamme gerade eine neue Wärmflasche richtete. Ja: Schnelligkeit, Wandel, Abenteuer. Nur keine Stagnation, nur kein Stillstehen, sich nur nicht umdrehen, immer nach vorn sehen. Wer sich umdreht, läuft Gefahr, zur Salzsäule zu erstarren: Peggys Albtraum. Zeitverlust: die oberste Todsünde. Wenn möglich, immer mehrere Dinge zugleich tun. Das Tempo hochhalten. Mailand, London, Paris, Capri, Venedig, Florenz, Kairo, Bozen, St. Moritz, Hispano, Marseille, Algier, Porquerolles, Biskra, Constantine, Karthago, Wien, Berlin, Korsika, Norwegen, Schweden: Wie eine Flipperkugel schoss Peggy mit Entourage, fünfzehn Koffern und siebenundzwanzig Sonnenbrillen schon früh durch Europa und die ganze Welt. Sie liebte die Sonne. Die auf- oder untergehende Sonne. Die Sonne des Zwischenbereichs. Die orange Sonne, der sie gerade noch so ins Auge sehen konnte. Im nächsten Augenblick würde sie aufgehen und blenden, und man müsste wegschauen. Oder aber sie würde untergehen und verschwinden, und man wäre allein in der Nacht. Diese Farbe. Orange: grell aufreizend oder blass besänftigend. Zweideutig: orange eben. Nicht gelb, nicht rot, aber irgendwie beides, orange, ja, denn Zweideutigkeit bedeutet Vielseitigkeit, Vielseitigkeit bedeutet Abwechslung, Abwechslung bedeutet Überraschung, Überraschung bedeutet Leben.

2

Im bereits fortgeschrittenen Alter von dreiundzwanzig Jahren entdeckte Peggy bei einem Besuch in Florenz wunderschöne Fresken, auf denen die geschlechtliche Vereinigung von Männern und Frauen in den verschiedensten Stellungen abgebildet war. Peggy erkannte endlich die Bedeutung der Kunst für das Leben. Denn sie war sofort inspiriert und dachte: Es wird endlich Zeit, *das da*, was ich an den Wänden sehe, auch mal zu versuchen. Damals hatte Peggy gerade einen Mann namens Laurence Vail kennengelernt. Sie kippte am Abend einen Porto Flip auf ex, nahm Laurence mit in ihr Hotelzimmer, wo sie lang und breit die Fresken beschrieb und ihn genau instruierte, was er zu tun hatte und wie sie sich die Sache in etwa vorstellte. Laurence gab sein Allerbestes. Nachdem es vorbei war, sprang Peggy auf und schüttete eine halbe Flasche Lysol in ihre Vagina, ein überaus starkes Desinfektionsmittel, um Geschlechtskrankheiten, aber auch Schwangerschaften fernzuhalten. Denn Peggy hatte ihr Leben lang Angst vor Geschlechtskrankheiten. Eigentlich auch vor Schwangerschaften. Vielleicht hatte sie daher auch so lange auf diesen ersten Akt gewartet. Als Laurence Vail ihr einige Monate später auf der Aussichtsplattform des Eiffelturms einen Heiratsantrag machte, wenn auch eher aus Spaß, sagte Peggy sofort Ja, und zwar im Ernst, denn beim Betreten des Aufzugs hatte sie ihre Tränen unterdrücken müssen, weil sie an den Mann dachte, der die Aufzüge hier hatte einbauen lassen: an ihren Vater Benjamin.

Peggys Mutter ihrerseits konnte sich nicht beherrschen und schnupperte nach der Hochzeitsnacht an ihrer Tochter, um die

Lysol-Fährte aufzunehmen. »Wie oftoftoft hast du's benutzt, Peggy?«, fragte sie.

Mutters Tick bestand darin, alles dreimal zu sagen.

Peggy schüttelte den Kopf und antwortete: »Warum wollen eigentlich alle in dieser Familie ständig über Sex reden?«

»Was soll ich dirdirdir dieses Jahr schenken?«, fragte Mutter Florette. »Einen Pelzmantel oder ein neuneuneues Automobil?«

»Von beidem je drei«, sagte Peggy mit schläfrigem Lächeln.

Peggys Sohn Sindbad wurde 1923 geboren, »süß, aber hässlich«, schrieb Peggy. Sie und Laurence lebten in London, später in Paris, wo sie die Abende in wechselnden Cafés verbrachten, dem Café du Dôme, La Coupole, Select, Dingo, Deux Magots, Bœuf sur le Toit. Bevor sie in ein Haus nach Südfrankreich zogen, warfen sie bei ihrem Auszug aus dem Boulevard Saint-Germain all ihre Bücher aus dem Fenster. Unten standen Freunde und fingen die Bücher auf, mit einem Bettlaken. Peggy blickte von oben auf das Bettlaken herunter, lachte und dachte plötzlich: In diesem Bettlaken hat bislang noch kein anderer Mann geschlafen. Immer nur Laurence Vail.

Und einige Zeit nach der Geburt ihrer Tochter Pegeen im Jahr 1926 hatte Peggy die Nase voll von Laurence Vails ewig gleichem Lakengehampel und richtete – in Abwesenheit ihres Ehemanns – eine Party aus, bei der sie zum ersten Mal mit einem anderen Mann schlief als mit Laurence, es war ein Mann, an dessen Namen sie sich schon einige Wochen später nicht mehr erinnern konnte. Peggys Lebensmantra (die Vielseitigkeit) erreichte nun auch (zaghaft, sich steigernd) den Bereich des Geschlechtlichen: Die junge Frau wollte mehr. Mehr Sex, mehr Abwechslung, mehr Abenteuer, mehr Erregung. Sie war inzwischen achtundzwanzig Jahre alt und hatte viel zu viele Gelegenheiten verstreichen lassen. Die Männer machten ihr doch vor, wie es ging! Die Kerle wechselten ihre Betthäschen viel schneller, als sie *Chlamydien* hätten buchstabieren können! Je älter Peggy wurde, umso mehr wollte sie ausprobieren, nicht nur mit einem anderen Mann, sondern mit noch einem und noch einem und noch einem, ein Rausch, ein Sammelrausch, ein Männerrausch.

Peggy hatte ein Faible für Künstler. Laurence Vail, John Holms, Douglas Garman waren allesamt scheiternde oder gescheiterte Schriftsteller. Laurence Vail, Vater von Peggys Kindern Sindbad und Pegeen, galt als Bohemien par excellence, trug hellblondes, schütteres, aber immer noch wehendes Haar, ein Nonkonformist: Peggy hatte noch nie einen anderen Mann gesehen, der auf der Straße keinen Hut trug, ein Freiheitsbiest, das sich so wenig wie möglich um die Blicke der anderen scherte, nackte Füße in Sandalen, was für ein Skandal, aber Vail hasste fest geschlossene Schuhe, die seinen Füßen die Luft raubten, Vail, amerikanischer Franzose mit rollendem r im Mund, der fast sein ganzes Leben in Frankreich verbracht hatte, Vail, von dem Peggy dachte: Wenn ein Wind aufkommt, wird er davongetragen, so leicht ist Vail, so frei und zügellos und schleiergleich, ein sprechender Name, veil, der Schleier, Vail, Vail, dessen von Alkoholsucht zerfressene Fratze langsam zum Vorschein trat: Peggy trennte sich erst von ihm, als er ihr offen ins Gesicht schlug. (Doch auch nach der Scheidung von Laurence kamen die beiden nicht voneinander los, und Laurence folgte Peggy wie ein Hündchen überallhin.) Danach kam John Holms, der geniale Denker, den man schon mal Holmes nannte, Sherlock, Holms mit e also, der allen anderen half, nur nicht sich selbst, der Intellektuelle, der zu allem etwas sagen konnte, der alles gelesen zu haben schien, Holms, der vor Esprit und klugem Witz sprühte und dessen Herz überraschend bei einer Routine-Operation zu schlagen aufhörte. Schließlich Douglas Garman, der vom Marxismus Besessene, Garman, der versuchte, aus Peggy eine Kommunistin zu machen und sie für die Proletarier zu begeistern, für Gewerkschaften und das Recht auf Streik ... *Streik!?* – Ja! – Was? Wie? Themawechsel! Sie alle genossen das Leben in Saus und Braus an Peggys Seite. Doch keiner dieser drei Schriftsteller schrieb eigentlich wirklich. Laurence Vail hatte viel zu viele Ideen, so viele, dass er gar nicht wusste, wo und vor allem wie er anfangen sollte; John Holms entwickelte kaum eigene Ideen, sondern durchdachte nur die Gedanken von anderen, so lange, bis sie untauglich für das eigene Schreiben als zerkauter Brei in seinem Hirn lagen; und Douglas Garman verschrieb sich einer einzigen Idee, der des Marxismus, er ließ sich derart von ihr in Beschlag nehmen, dass keine Zeit und keine Kraft und kein Raum mehr blieb für irgendetwas anderes.

Der Sex wurde nach Stricken und Reisen Peggys dritte und größte Sucht. Sie konnte nicht genug bekommen. Dabei war sie oft sehr direkt. Und sendete deutliche Signale. Sie liebte es aber auch, mit den Männern zu spielen. Vor allem mit solchen, die ein wenig schüchterner wirkten. Einmal, nach einem Essen mit Freunden und dem einen oder anderen Gesicht, das sie nicht so gut kannte, hakte sie sich bei einem Mann unter, der sie den ganzen Abend über nicht aus den Augen gelassen hatte, seltsam gehemmt.

»Kann ich Sie nach Hause bringen?«, fragte der Mann endlich.

»Aber klar«, flüsterte Peggy schelmisch.

Vor ihrer Wohnung trat der Kerl unschlüssig von einem Bein aufs andere, ehe er sich einen Ruck gab und fragte: »Kann ich mit hochgehen?«

»Aber ja doch!«, sagte Peggy, jetzt deutlich zwinkernd.

Oben, in der Wohnung angekommen, druckste der Mann ein weiteres Mal herum, ehe er sagte: »Kann ich mich zu dir aufs Sofa legen?«

»Natürlich«, grinste Peggy und wäre beinah in lautes Lachen ausgebrochen.

Als der Mann fünf Minuten später immer noch keine Anstalten machte, sie auszuziehen oder endlich abzuknutschen, rief Peggy: »Ja, Mensch, worauf wartest du denn?«

»Tun wir das nicht alle?«, fragte der Mann.

»Was denn?«

»Warten.«

Peggy nickte.

Der Name des Mannes war Samuel Beckett.

Peggy schlief in den nächsten Jahren – unter vielen anderen – mit dem Besitzer einer Schwertlilienfarm namens Cedric Morris, mit einem gewissen Brian Coffey, mit E. L. T. Mesens, dem erfolglosen surrealistischen Dichter und Leiter der London Gallery, mit dem Purzelbaum schlagenden John Tunnard, mit dem surrealistischen Maler Yves Tanguy und mit Roland Penrose, der Peggy und seine sonstigen Affären ans Bett zu fesseln pflegte. Als Peggys Freundin Wyn Henderson aber eines Tages in einem längeren Gespräch sämtliche Männer aufzählte, mit denen sie bislang verkehrt hatte und – etwas außer Atem – bei der Zahl Hundert stockte, weil ihr Mund zu trocken war, wurde Peggy neidisch. O Gott, dachte sie, was habe ich bis jetzt schon alles verpasst?

3

An einem Montagabend um zwanzig nach acht beschloss Peggy Guggenheim plötzlich und ohne erkennbaren Grund, eine Sammlung aufzubauen. Was für eine? Aktuelle, moderne, neue Kunst. Warum? Vielleicht in Konkurrenz zu ihrem alternden Onkel Solomon Guggenheim? Dabei hatte Peggy anfangs keinen Schimmer von Gegenwartskunst. Sie mochte das Zeug auch nicht besonders. Ihr Herz schlug mehr für die Klassiker. Genau wie in der Musik. Lieber Bach als Baker. Miller? Nein, Mozart. Und Peggys Zugang zur Kunst war alles andere als intuitiv. Während Leonora Carrington sich von einem Bild regelrecht erdolchen lassen konnte, betrachtete Peggy ein Kunstwerk mit den Augen des bekannten Kunstkritikers Berenson. Der hatte fein säuberlich sieben Kriterien aufgestellt, nach denen – wie er schrieb – ein jedes Kunstwerk beurteilt werden könne. Das gefiel Peggy sehr: Ordnung, Objektivität, Klarheit und Vielfältigkeit (denn es handelte sich ja um *sieben* Kriterien). Fiel ihr Blick auf ein Bild, bemaß sie es sofort mit Berensons Theorien. Entdeckte sie zum Beispiel taktile Werte, hellte sich ihre Miene auf. Das gab ihr Sicherheit. Und Sicherheit verlieh Würde.

Dennoch wusste Peggy genau, was sie konnte und was nicht: Wenn sie eine Kunstsammlung mit moderner Kunst aufbauen wollte, brauchte sie den Rat von Experten. Und je besser diese Experten sich auskannten, umso höher wäre die Aussicht auf Erfolg. Daher engagierte Peggy einen der fähigsten Kunstkenner, den väterlichen Freund Herbert Read, sowie einen richtigen Künstler: Marcel Duchamp, den sie schon in den frühen Zwanzigern kennengelernt hatte. Reads und Duchamps Urteil bezüglich moderner Kunst vertraute Peggy bedingungslos. Ermutigt und unterstützt sammelte Peggy jetzt wie verrückt: Picabias, Brâncuşis, de Chiricos.

Im Jahr 1939 ging Peggy mit ihrer Sammlung endlich dorthin, wohin sie schon immer hatte gehen wollen: nach Paris. Dass die deutsche Wehrmacht bis hierhin kommen könnte, lag außerhalb ihrer Vorstellungskraft. »Als Hitler in Norwegen einmarschierte, ging ich in Légers Atelier und kaufte für tausend Dollar eines seiner wunderbaren Gemälde aus dem Jahr 1919«, schrieb sie. Und Léger wunderte sich, wie Peggy Guggenheim *jetzt noch* an den Erwerb von Bildern denken konnte, in dieser Zeit. Peggy war das egal. Ihr war stets egal, was man von ihr dachte. Das Leben ist zu kurz, um es den Blicken der anderen zum Fraß vorzuwerfen. Einer ihrer Sprüche. Den sie von Laurence Vail gelernt hatte. Sie scherte sich nicht um Politik, sammelte ungeniert ihre Kunstwerke und schlief gerade mit irgendeinem Mann, der wahrscheinlich auf den Namen Bill hörte. »Wir saßen in Cafés und tranken Champagner. Jetzt verstehe ich nicht mehr, warum ich mich damals so idiotisch benahm, während ringsum Not und Elend herrschten. Immer wieder kamen Züge in Paris an mit verzweifelten Flüchtlingen und den Leichen der Menschen, die man unterwegs mit Maschinengewehren erschossen hatte. Warum ich diesen Unglücklichen nicht half, ist mir rätselhaft. Ich tat es einfach nicht.« Nein, stattdessen kaufte sie weiter Bilder. Immer mehr. Jeden Tag eins. Sie hatte das Gefühl: Der Zeitpunkt war günstig, die Künstler brauchten Geld, sie wollten, sie mussten verkaufen. Also schlug sie zu.

Peggy suchte noch kurz vor dem Einmarsch der Deutschen in Paris nach Räumen für ihre Sammlung. Eine Galerie. Die Menschen sollten kommen und sich mit dem beschäftigen, was sie erst zu Menschen machte: mit der Kunst. Also her mit der Galerie. Wenn Peggy etwas wollte, war sie unschlagbar schnell.

Ruckzuck besichtigte sie ein geeignetes Appartement an der Place Vendôme.

»In diesen Räumen«, sagte der Makler, »ist Frédéric Chopin gestorben.«

»Der Klempner?«, fragte Peggy gähnend.

Der Makler fügte hinzu: »Und der Schneider O'Rossin hat hier gelebt.«

»O'Rossin? Sagenhaft! Ich habe drei Kleider in seinem Stil. Mein Mann. Also mein Exmann hat ... ach egal. Ich nehme das Appartement.«

»Bitte?«

»Nehm ich. Nehm ich.«

Der Makler schaute verblüfft. Er hatte so was noch nie erlebt. Dass jemand ein Appartement *nehmen* wollte wie ein Baguette beim Bäcker. »Ja, haben Sie sonst keine Fragen?«, stammelte er.

»Was denn für Fragen?«

»Zum Beispiel hinsichtlich der Geldbeträge.«

»Sie hauen mich doch ohnehin übers Ohr, oder nicht?«

Der Makler hustete.

An dem Tag also, an dem die Deutschen in Norwegen einrückten, kaufte Peggy nicht nur das Bild von Léger für tausend Dollar, sondern sie mietete auch das Appartement an der Place Vendôme. Ein Anwalt regelte rasch die Formalitäten. Der renommierte Architekt Georges Vantongerloo sollte die Räume neu gestalten: Peggy wollte hier wohnen und zugleich ein Museum errichten. Alles sollte zunächst neu gestrichen, die alten Stuckengel sollten entfernt und später wieder angebracht werden. Doch der Hausbesitzer schritt ein und sagte, man müsse noch warten. Solche Veränderungen zum jetzigen Zeitpunkt? Die Deutschen stünden kurz vor Paris.

»Könnte man nicht im Keller das Museum einrichten?«, fragte Peggy.

»Nein!«

»Warum nicht?«

»Den Keller braucht man während der Luftangriffe.«

»Luftangriffe?«

Peggy plumpste auf einen Sessel.

Und begriff endlich.

Diese Deutschen. Vielleicht wurde man sie doch nicht so schnell los. Und wenn sie einmal in Paris wären? Könnten sie all ihre Kunstwerke zerstören? Oder mitnehmen? Rauben? Zu Geld machen? Von irgendwas mussten die Deutschen ja ihre horrenden Kriegskosten bezahlen! Die Bilder: Mussten sie nicht irgendwohin verschwinden? In Sicherheit gebracht und gerettet werden vor den Barbaren? Peggy suchte das Büro des Louvre auf und erkundigte sich nach der Vorgehensweise des Museums. Sie erfuhr: Es gab – verborgen auf dem Land – einen Schutzraum, in den die Schätze des Louvre nach und nach und schon seit einiger Zeit gebracht wurden.

»Da«, sagte Peggy, »schließe ich mich doch an. Mit meiner Sammlung.«

»Unser Platz ist begrenzt. Was für Bilder haben Sie denn?«

»Kandinsky, Klee, Picabia, Braque, Miró, Ernst, Dalí, Magritte.«

Man schüttelte den Kopf: »Zu modern!«

Peggy blieb die Luft weg.

»Michelangelo«, sagte man ihr, »Delacroix, Dürer, Rubens, Rembrandt. Wen würden Sie eher retten? Soll ich fortfahren?«

Nachdem Peggy wutentbrannt den Louvre verlassen hatte, ließ sie ihre Sammlung zu einer Freundin bringen. Nach Saint-Gérand-le-Puy bei Vichy. Die hatte dort ein Château gemietet. Peggys Bilder landeten sicher verpackt und versteckt in der Scheune eines dortigen Schweinezüchters.

Immerhin hatte Peggy in ihrer Entourage ein paar fähige

Leute, die mitdachten und vorsorgten, die wochenlang Benzin in Kanistern auf Peggys Terrasse horteten und die irgendwann handelten: Peggy verließ die Stadt mit ihren Kindern und Freunden und den Perserkatzen Anthony und Maude genau an dem Tag, an dem die Italiener den Franzosen den Krieg erklärten, kurz vor Einmarsch der Deutschen in Paris.

Vier Reihen Autos, die Straße nach Fontainebleau war völlig verstopft. Was die Menschen hatten mitnehmen können, hatten sie mitgenommen. Als müssten sie nicht nur ihr nacktes Leben retten, sondern auch so etwas wie den Sinn dieses Lebens. Dieser Sinn steckte in den Dingen, die man, zu wackligen Konstruktionen getürmt, auf die Dächer der Autos geschnallt hatte. Und das war merkwürdig: Über allem lagen schwarze Rauchwolken. Nicht von Geschossen oder Granaten, dachte Peggy, sie hatte keine Ahnung, woher das kam. Der Ruß setzte sich auf den Menschen ab wie ein widerlicher Film und verschmutzte die Flucht. Unterwegs rumorte überall ein Gebräu aus Gerüchten, Ahnungen und Verwirrungen. Hunger wuchs in der Bevölkerung, aber Peggy hatte immer genügend zu essen dabei. Ab und an fielen Bomben. Dann erreichten sie ein Sommerhaus am Lac d'Annecy, das Peggy angemietet hatte. Damit befanden sie sich – nach dem Einmarsch der Deutschen in Paris – immerhin außerhalb der besetzten Zone.

Lieber Max, das ist nicht mehr das alte Haus Hans, der dir schreibt, nein, nicht mehr dein Arp, hoho, Junge, ich nenn mich jetzt Jean, mon ami. Ich hasse die Deutschen. Ich habe lange nimmernix von dir erhorcht und mach mir Sorgenkompott, ich birne immer noch als der Chaot, die zeitverfressene Sau, Tieridoo. Wir befinden uns zu dieser Stund am Wunderrund des Lac von Annecy. Wohin soll ich das Briefchen schnicksen? Das Letzte kam uneröffnet zurück. Ich fürchte, ich hab dich verloren, du Ei, du. Ich hasse die Deutschen so sehr, ich kann nicht mal mehr

Beethoven hören. Du aber bist naturellement die Ausnahme, Max. Bist für mich eh nie ein Deutscher gewesen. Le Max, der Franzooos mit dem rheinischen Akzent eines Räuberhauptmanns. Adlernase obenauf. Jetzt haben wir den Salat: Krieg. Und mir ist langweilig. Das Leben rollt sich weiter vor uns aus wie ein Meter Einlegeware. Peggy Guggenheim hat mich und meine Sophie hierhergelotst. Peggy ist Peggy. Wir sind allesamt peggyisiert. Wir können nichts dagegen tun. Das erste Stück ihrer Sammlung war – weißt du das? – eine Bronze von mir. Wenn meine Sophie nicht vor Ort hier präsentillo wäre, Peggy würde mich glatt vergletschern. Guggenheim jeune denkt pausenenthüllt an Männer. Ob Fischer, Krämer oder Künstler. Sie ist nicht wählerisch. Neuerdings schläft sie glatt mit dem Friseur. Dafür kriegt sie jeden Tag kostenlos eine neue Haarfarbe. Ich wusste nicht, dass es so viele Farben gibt. Für die Haare. Da denkt man, man kennt sich aus mit Farben, als Maler und Palettentrüffeltier, da kommt die Peggy Guggenheim und lässt Nuancen schillern, die man nicht für möglich, ach, schreib ich wirklich verständlich? Ich hasse verständliche Sätze. Ihre Kunstsammlung muss raus aus Europa. Keine Zeichnung vom Aaaap. Schmäh und Schmach und schmachtende Schmolle. Jetzt stehen wir hier mit dem Kunstschmu und wissen nicht weiter. Vom Krieg kriegen wir nix mit. Nur ihr Kater ist hier gestorben. Peggys Perserkater namens Anthony. Peggy weinte Bitterblech. Dann kam Lefebvre-Foinet. Kennst du. Der hatte eine geniale Idee: Peggys Bilder, die ganze Sammlung, einfach als Haushaltsgegenstände deklarieren und flutsch nach Amerika verschiffen. Gesagt, getan. Noch ein paar Klingelingeling-Teller und Tassen und Zeuch dazu, Kisten, Kisten, sag du mir! Schon holte man die Bilder ab wie die Schweine. Ab ans Meer und rauf aufs Schiff und raus in die Welt zum alten Howard Putzel nach New York, MoMA und Konsorten. Hoffentlich klapperts. Natürlich bezahlte Peggy für

Lefebvres Idee naturalissimo. Unersättlich: Das Wort hat für mich eine neue Bedeutung bekommen. Seit ich Peggy kenne. Weißt du, sie schaut mich an, und wenn sie mich anschaut, glaube ich, die denkt die ganze Zeit an nichts anderes als an Verkehr. Ob mit mir oder dem Hüttenwilly aus Sankt Moritz, das ist ihr ganz Banane. Aber. Jetzt wird es ernst hier, Ernst. Schluss mit lustig. Ich denke, sie kann dir helfen. Auch du musst raus, Max. Raus aus Frankreich. Noch schneller als schnellstmöglich. Und Peggy hat das Geld. Sie hat den Einfluss. Auch sie wird in ein paar Monaten das Frankreichland verlassen. Schreibe ihr. Schreibe auch Varian Fry nach Marseille. Sieh zu, dass du rauskommst. Und Lou. Vor allen Dingen Lou. Denk an Lou. Wann hast du sie das letzte Mal gesehen? Ich habe das Gefühl, ich schreibe gegen eine weiße Wand. Ich weiß nicht, ob du meinen Brief hier bekommst. Ich weiß eigentlich überhaupt nicht viel. Ich wollte gerade den Brief abschicken, als ich erfuhr: Kay Sage, Tanguys Frau, sie hat eine Liste gemacht. Sie hat Peggy gebeten, fünf Leute mitzunehmen nach Amerika: André Breton, Jacqueline Breton und Tochter Aube, Max Ernst und Doktörchen Mabille. Ich freue mich für dich. Beeil dich. Melde dich. Es gibt eine reelle Chance. Du musst auch Varian Fry frei heraus schreiben, dem Engel der Flüchtigen. Sagte ich das? Er koordiniert alles von Marseille aus. Schreibe ihm ins Büro in die Rue Grignan Nummer 60. Ich denke noch oft an unseren Sommer vor dem ersten Krieg. Wolkenpumpernickel. Max, das Wiedersehen wird fürstlich sein. Dein Jean. Arp. Jean d'Arp. Hoho. Meld dich. Flieh. Schreib. Tu was. Arsch hoch. Kopf voran. Reh. Scheu. Es lebe Maupassant. Flop. Flop. Frosch. Fratz. Dein Jean.

4

In einer Sackgasse, in einer ruhigen Sackgasse, im letzten Haus einer ruhigen Sackgasse in Cannes, am Mittelmeer: Dort hatten sich Lou Straus-Ernst und ihr Gefährte Fritz Neugass eingemietet. In der Villa Brise d'Orient. So weit wie möglich im Süden. Doch auch in Cannes wurden die Plakate geklebt, die allen deutschen Männern befahlen, sich mit höchstens dreißig Kilo Gepäck ins nächstgelegene Lager zu begeben. Fritz musste ins Fort Carré bei Antibes. Acht Kilometer nur entfernt von Cannes: Lou konnte ihn gut besuchen. Sie mischte sich unter die Frauen vor dem Lagerzaun. Die Wachen gewährten den Pärchen täglich fünf Minuten, um durch das Gitter miteinander zu sprechen. Fünf Minuten? Das war nichts! Aber wenn Lou an der Reihe war, wussten weder sie noch Fritz, was genau sie sagen sollten. Die Wichtigkeit dieser windigen Minuten ließ jedes Wort unerträglich hohl erscheinen. Das waren Phrasen: Es geht schon. Das wird. Das kann nicht ewig so bleiben. Gut, dass es nicht regnet. Da schwiegen sie lieber und hielten sich bei den Händen, die zwei Lebenskameraden, Lou fragte Fritz noch, was sie am nächsten Tag mitbringen solle, und schon war die Zeit vorbei.

Als die Gefangenen von Antibes ins Lager Les Milles verlegt wurden (wo Fritz auch Max traf), hörten die Besuche zwangsläufig auf, denn Les Milles lag zu weit entfernt und ohne Passierschein durfte Lou ihr Departement nicht verlassen. Fritz aber wollte partout nicht auf den Ziegelsteinen sitzen und auf die Deutschen warten. Jeder Stillstand und jede Bewegungslosigkeit waren ihm verhasst und brachten seine Muskeln zum Zucken. Er musste was tun. Er wollte sich beteiligen am Kampf gegen die Deutschen. Und Fritz meldete sich als bewaffneter Arbeitssoldat: Er bekam kaum Sold, aber etwas Tabak und eine Uniform, er durfte raus aus dem Lager, um Hilfsdienste für die echten Soldaten zu leisten. Das bedeutete zwar Gefahr für Leib und Leben, aber alles, wirklich alles war für Fritz besser, als untätig hier im Lager zu sitzen und nicht zu wissen, wohin mit den Beinen, die Nacht für Nacht aufgrund des Mangels an Bewegung unaufhörlich zappelten. Fünfundsechzigtausend Internierte meldeten sich wie Fritz zum Kriegseinsatz, und es entstand eine paramilitärische Einheit der Freiwilligen. Fritz kam nach Manosque, Region Basse-Alpes. Dort lernte er in seiner freien Zeit den Schriftsteller Jean Giono kennen. Von ihm hatte Fritz zwei Romane gelesen, und Giono empfing den Deutschen gern, immer offen für Bewunderer aller Art. Dass seine Bücher in Deutschland gerade in dieser Zeit so hohe Auflagen erzielten, störte Giono nicht im Geringsten.

Als die Front in Sedan durchbrochen wurde und die Wehrmacht ins Land quoll, wurden sofort neue Plakate geklebt: Jetzt sollten auch alle in Frankreich lebenden deutschen Frauen interniert werden, aus Angst vor einer möglichen fünften Kolonne deutscher Spitzel und Spione. Also traf es auch Lou Straus-Ernst. Doch von Anfang an ließ Lou sich nicht unterkriegen. Sie setzte dem, was geschah, ihre ganze Kraft entgegen, ihre ganze Lebensfreude. Auf der Ladefläche des Lastwagens, der sie ins Lager nach Gurs brachte, rief sie den anderen Frauen zu: »Seht doch, die herrliche Landschaft! Seit über einem Jahr bin ich nicht mehr verreist!« Die anderen musterten sie verwundert. Und Lou sagte: »Es ist alles eine Frage der Einstellung.« Als Lou in Gurs die langen Reihen der schäbigen Holzbaracken sah, verlor auch sie ihr Lächeln. Aber nur kurz. Es ist alles eine Frage der Einstellung, dachte sie, wieder und wieder. Hier, in Frankreich, saß sie in einer Baracke: weil sie eine feindliche Deutsche war. Dort, in

Deutschland, säße sie in einer Baracke: weil sie eine verhasste Jüdin war. Keine Frage, welche Baracke sie vorgezogen hätte, wenn sie hätte wählen dürfen. Mit ein paar Lothringerinnen griff Lou forsch zu Lumpen und Wasser, um summend die Böden zu schrubben. Die Frauen schliefen nur auf trostlosen Strohsäckchen: Da war es besser, wenn der Boden frisch glänzte und gut roch. Die internierten Frauen wuschen sich an Futtertrögen, über denen eine Leitung verlief. An manchen Stellen gab es Löcher im Rohr, aus denen kümmerliche Rinnsale tropften. Die Frauen mussten sich ausziehen, und die Wachsoldaten schauten zu. Blasse Körper blitzten in der Sonne. Manche Frauen schämten sich und hielten sich gegenseitig beim Waschen Kleider vor. Andere blendeten die Blicke der Männer aus. Eine Wienerin namens Anna-Maria sagte: »Nit amal ignorieren.« Füße, die nach einem Regenguss in den Barackenmatsch gesunken waren, wusch man nicht, konnte aber den Matsch in der Sonne trocknen lassen und ihn dann Stück für Stück entblättern.

Zum Glück tauchte nach einigen Wochen Fritz Neugass auf. Er hatte von einer neuen Richtlinie gehört und sofort Urlaub beantragt. Von Pau war er ins Lager nach Gurs getrampt. Er meldete sich dort beim Kommandanten, legte seine Papiere auf den Tisch, deutete auf seine Uniform. Er sei hier, um seine Frau abzuholen. (Dabei war er gar nicht mit Lou verheiratet.) Die Frauen von Soldaten der französischen Armee, sagte Fritz – so laute die neue Richtlinie –, müssten, auch wenn sie Deutsche seien, umgehend aus dem Lager entlassen werden. Das stimmte. Der Kommandant nickte. Papiere hin oder her. Er war um jede einzelne Frau froh, die er loswurde. Es waren ohnehin zu viele. Fritz lief ins Lager, rief nach Lou, und Lou glaubte nicht, was sie sah, warf sich – unter dem Applaus der anderen Frauen – in Fritzens Arme, raffte rasch ihre Sachen zusammen, ohne zu wissen, wo es hinging, und dann bestieg sie mit Fritz mal wieder die Ladefläche eines Lkw.

Eine befreundete Insassin rief noch hinterher: »Wo kann ich Sie finden, Lou? Wenn ich selber hier rauskomme?«

Und Lou antwortete lachend: »Auf einem Lastwagen!«

5

In Les Milles kannte Max sich aus. Die geregelte Sinnlosigkeit: Max und die anderen mussten Ziegel schleppen, von einem Platz zum anderen, nur um die Ziegel am nächsten Tag wieder an ihren alten Platz zurückzuschleppen. Das geregelte Essen: Die Männer schöpften Suppe aus dem Gruppeneimer in ihre Gefäße. Das geregelte Nichtstun: Aus dem Nichts schlüpften Gerüchte über die Deutschen und den Krieg und den Waffenstillstand und das unerbittliche Vorrücken der Wehrmacht Richtung Süden. Wo sollte das bloß enden? Was geschähe, träfen sie hier ein? Das geregelte Anstehen: an den Latrinen, an der Essensausgabe, an der Anmeldung, selbst an der Wäscheleine stand man an und sah den flatternden Hemden und Hosen beim Trocknen zu, und als Wäscheleine diente der südliche Stacheldraht. Die Abende verstrichen mit der Vorbereitung für die Nacht: Viel mehr Männer als beim ersten Mal lagen in Les Milles. Nachts hörte Max die Beichten der Mitliegenden, die nicht schlafen konnten, im Bedürfnis, jedem – egal, wem – alles – egal, was – zu erzählen. Das Lagerleben glich einem stillen Massaker, einem Zeitmassaker, einem Lustmassaker, einem Selbstmassaker.

Lion Feuchtwanger bat den Kommandanten um ein Gespräch. »Die meisten von uns«, sagte er, »sind Antifaschisten. Wenn die Deutschen das Lager hier einnehmen, werden sie uns an die Wand stellen.«

Der Kommandant rieb sich das Kinn.

»Schauen Sie aus dem Fenster!«, rief Feuchtwanger. »Ich meine nicht irgendeine Wand, sondern genau diese Wand da drüben! Zweitausend Tote im Namen des Terrors. Herr Kommandant. Bringen Sie uns fort von hier. Schützen Sie uns. Schützen Sie uns Deutsche vor den Deutschen.«

»Das wird eine Weile dauern«, murmelte der Kommandant, »zu prüfen, welche Gefangenen Antifaschisten sind und welche nicht.«

»Lassen Sie uns selber entscheiden. Einfach so mit dem Zug fortfahren, das macht nur jemand, der sich in Lebensgefahr befindet.«

»Es herrscht Chaos in Frankreich. Alles, was Beine hat, ist unterwegs.«

Das Telefon klingelte. Der Kommandant hob ab. Nachdem er aufgelegt hatte, hustete er, als habe er durch den Hörer Staub eingeatmet. Er flüsterte: »Die Deutschen stehen bei Andance-sur-Rhône.«

»Mein Gott«, flüsterte Feuchtwanger. »Sie müssen was tun!«

»Keine Angst«, sagte der Kommandant. »Ich lasse Sie nicht im Stich.«

Zwei Tage später traf der Zug ein, den der Kommandant organisiert hatte. Ein paar Personenwaggons und dreißig Güterwagen mit der Aufschrift: *Acht Pferde oder vierzig Mann*. Die längliche Lok stöhnte wie ein erschöpfter schwarzer Drache. Schwere Schiebetüren ratterten zur Seite. Um hinauf- und hineinzukommen, musste man sportlich sein. Max erklomm einen Waggon, streckte die Hand aus und half den Älteren hoch. Mit Max und Feuchtwanger stiegen zweitausendfünfhundert deutsche Faschistenfeinde in einen Zug, der nur eintausendzweihundert Männern Platz bot. Das Ziel: unbekannt. Man munkelte: ein Hafen. Keiner wusste Genaues. Der Zug hielt an jeder Milchkanne. Überfüllte Gleise überall. Nein, das war nicht der Weg nach Marseille. Sie fuhren nach Norden. Nach Norden? Den Deutschen entgegen? Oder suchten sie eine Brücke, die von der italienischen Luftwaffe noch nicht zerstört worden war? In der Tat: Als sie endlich die Rhône überquert hatten, atmeten alle auf, denn jetzt ging es nach Westen. Nach Westen? Nicht nach Marseille? Nein, definitiv nicht nach Marseille. Nach Carcassonne? Ja. Ein Wispern. Ein Gerücht. Carcassonne, Carcassonne, flüsterten die Waggons. Carcassonne, Carcassonne. Le carcasse sonne. Carcassonne, Carcassonne. Wollte man zum Atlantikhafen? An die Biskaya? Dieses stete Halten und Losfahren und Halten und Losfahren. Immer weiter weg von Leonora? Was sie wohl machte gerade? Wo befand sie sich? In Saint-Martin-d'Ardèche? Oder war auch sie schon auf der Flucht? So wie er? Carcassonne, Carcassonne.

Unterwegs verkauften ihnen die Bauern unreifes Obst. Eigentlich hätte man vier Stunden gebraucht bis nach Carcassonne, jetzt stand man wieder mitten in der Pampa. Die Wachsoldaten versuchten, die Lage so erträglich wie möglich zu gestalten. Wenn man länger hielt, durften die Gefangenen sich die Beine vertreten, ehe der Zug wieder anfuhr. Vergèze, Montpellier, Narbonne, Carcassonne. Um zu schlafen, bildete man Gruppen. Zwanzig Mann durften im Wechsel an den Wänden des Waggons sitzen und dösen, die anderen blieben stehen. Nachts war es stockdunkel. Nur an den Längsseiten gab es zwei Luken. Tagsüber, während der Fahrt, ließen die Wachsoldaten die seitliche Schiebetür offen, so konnten ein paar Gefangene dort sitzen und die Beine baumeln lassen. Man fuhr langsam genug, und die frische Luft wirkte Wunder. Mitunter hielt der Zug an einer Landstraße, und Prozessionen zogen vorbei: Bollerwagen, Fahrräder, Autos vom Ford bis zu einem scheppernden, blassblauen Fiat-Coupé, ferner gab es Reiter und eine nicht enden wollende Schlange von Fußgängern. Max drehte sich weg.

Das Kommando über den Zug führte ein Capitaine, der gerne scherzte, zur Auflockerung, wie es schien. Die Gefangenen mochten ihren Henri, wie sie ihn nannten, weil dieser Name klang wie »on rit«: Man lacht. An einem Kontrollpunkt eröffnete er den Gefangenen das Ziel der Reise: Über Carcassonne, Toulouse, Tarbes und Pau fahre man weiter nach Bayonne, an den Golf von Biskaya. Dort stehe ein Schiff bereit.

»Ein Schiff? Was für ein Schiff?«

»Ein Schiff der Handelsmarine.«

»Wohin geht das Schiff?«

»Nach Casablanca.«

»Warum nicht von Marseille aus durchs Mittelmeer?«

»Die italienische Flotte. Wollt ihr versenkt werden?«

»Aber der Atlantik?«

»Das Meer bedeutet immer Risiko.«

Gerüchte über Flüchtlinge, die im Atlantik oder im Mittelmeer ertrunken waren, sollte man besser nicht beachten, dachte Max, ehe er und die anderen wieder einstiegen, weiter, weiter, immer weiter. Tag. Nacht. Tag. Nacht. Tadamm. Tadamm. Dreißig Kilometer südlich musste schon Gurs liegen. Man wusste: Dort gab es ein Internierungslager, in das man deutsche Frauen gebracht hatte. *Ihre* Frauen. So nah, so fern. Deutsche Frauen? Also auch Lou? Max wusste es nicht. Doch er verstand den Impuls der Männer, aus dem Zug zu springen und hinzulaufen, nach Gurs, zu ihren Frauen, aber sie taten es nicht, denn die Landschaft war zu bergig, ihre Schuhe zu schlecht und die Ungewissheit zu groß, ob die Frauen sich wirklich noch in Gurs aufhielten. Und selbst wenn sie ihre Frauen in Gurs träfen: Was würden die Männer schon tun können? Sie wussten sich nicht mal selber zu helfen.

Als man sich Bayonne näherte, ließ Capitaine Henri noch einmal halten: am vorletzten Kontrollpunkt. Er ging zum Streckenfernsprecher, kurbelte und kurbelte und ließ sich mit dem Bahnhof in Bayonne verbinden. Er wollte die Ankunft seines

Zuges ankündigen. In Bayonne mussten schließlich zweitausendfünfhundert Menschen in Empfang genommen werden. Da hieß es Suppe aufsetzen und sich um ein Lager kümmern bis zur Abfahrt des Schiffs und all diese Dinge. Henri lauschte dem Knacken. Der Apparat funktionierte nicht richtig. Man hatte Henri schon vor zwei Minuten mit Bayonne verbunden. Er wollte gerade auflegen, da erscholl doch noch die glockenhelle Stimme eines Mannes am anderen Ende: »Bahnhof Bayonne. Sie sprechen mit dem Telefonisten Jean Amolie. Was kann ich für Sie tun?«

Capitaine Henri nannte seinen Namen und die Nummer des Zuges, PO MIDI 141-706, während er zeitgleich zu seinen Buchstaben und Zahlen drei knackende »Hallo?« am anderen Ende hörte. Offensichtlich verstand dieser Jean Amolie kein Wort von dem, was Henri sagte. Also fügte Henri lautstark hinzu: »In Kürze kommen wir nach Bayonne, mit zweitausendfünfhundert Deutschen. Treffen Sie alle Vorkehrungen.« Er schrie die Sätze, damit der andere wenigstens *diese* Information verstünde.

»Vraiment?«, hörte Henri noch.

Anschließend brach die Leitung zusammen. Dass Henri seine Sätze noch zweimal wiederholte, spielte keine Rolle mehr, es war nur noch ein Echo ins Nichts. Henri gab dem Zugführer den Befehl, weiterzufahren, Richtung Bayonne-Stadtbahnhof.

Der Telefonist in Bayonne namens Jean Amolie hatte in den Nächten zuvor wenig geschlafen: Das lag nicht nur an seinen Frauengeschichten, sondern vor allem an seiner übergroßen Panik vor den deutschen Soldaten. Wo stehen sie? Wann kommen sie? Wann erreichen sie Bayonne? Was werden sie tun, wenn sie hier sind? Jetzt also dieser Anruf. Jean fragte noch mal nach, doch der andere hörte ihn nicht mehr. Es blieb dem Telefonisten nur das Starren auf die Wörter, die er gerade noch so hatte notieren können: *Ankunft, 2500 Deutsche, Vorkehrungen*. Jean Amolie las die Wörter genau sieben Mal. Dann lief er schnurstracks zum Bahnhofsvorsteher, platzte in dessen Büro und rief: »Die Deutschen! Sie nähern sich! Ein Bataillon der Wehrmacht! Zweitausendfünfhundert deutsche Soldaten! Sie werden bald hier eintreffen!« Der Bahnhofsvorsteher sprang auf. Dabei rammte er seinen Schreibtisch, die Schale mit dem Milchkaffee schwappte über. Es spielte keine Rolle, woher die Nachricht kam, ob sie stimmte oder nicht. Man musste auf alle Fälle handeln: Vorsichtsmaßnahmen.

Wenig später trudelte auch noch ein Zug im Bahnhof ein. Der Vorsteher schaute durchs Fernglas auf das Schild vorn an der Lok: PO MIDI 141-706. Er blätterte hastig in einem Heft: Das war der Zug mit den Gefangenen aus Les Milles! Mit den *deutschen* Gefangenen aus Les Milles. Mit den Antifaschisten! Auf der Flucht vor der deutschen Armee. Nicht auszudenken, was geschähe, wenn diese armen Teufel dem Bataillon der Wehrmacht in die Hände fielen, das bald hier einträfe. Das musste verhindert werden. Unbedingt. Der Vorsteher lief mit einigen seiner Mitarbeiter zum Bahnsteig. Der Zug wurde schon langsamer, noch hatte er das Ende des Bahnsteigs nicht erreicht, doch die Bahnhofsbeamten von Bayonne riefen dem Zugführer zu: »Ihr müsst zurück! Ihr könnt hier nicht bleiben! Die Wehrmacht nähert sich! Ein Bataillon! Ihr müsst zurückfahren! Sofort!«

In Windeseile wurde die Lok entkoppelt und ans Ende des Zuges rangiert, und das Ende des Zuges wurde jetzt zum Anfang, und schon fuhren sie zurück, denselben Weg, den sie gekommen waren, die Flucht der Deutschen vor den Deutschen, über Pau in Richtung Lourdes, Heilige Maria, Mutter Gottes, weiter, immer weiter, den ganzen verdammten Weg wieder zurück, zurück, zurück.

Etwa hundert Kilometer vor Lourdes hielten sie an einem Streckenposten, weil der Maschinist endlich einmal ein Stündchen am Stück schlafen wollte. Henri telefonierte wieder und zog Erkundigungen ein. Anschließend versammelte der Capitaine die Männer und erklärte ihnen, sichtlich bleich und schwitzend, was genau in Bayonne geschehen war. »Ein Missverständnis«, sagte Henri. »Es gab gar keine deutschen Soldaten. Es gab nur Sie, meine Herren: deutsche Gefangene im Zug nach Bayonne.«

Henri hatte gesagt: 2500 Deutsche kommen nach Bayonne.

Der Telefonist hatte gehört: 2500 Deutsche kommen nach Bayonne.

Henri hatte gemeint: 2500 deutsche Gefangene.

Der Telefonist hatte verstanden: 2500 deutsche Soldaten.

»Also«, sagte Max, nachdem er alles begriffen hatte, »sind wir im Grunde vor uns selbst geflohen?«

Henri nickte. Er versuchte, ernst zu schauen. Doch seine Mundwinkel zuckten. Tagelang in einem Zug gehockt, hungrige, dreckige und stinkende Männer, aneinandergequetscht. Alles umsonst? Die Sinnlosigkeit schmerzte. Max aber sah Henris Zucken. Er spürte sofort denselben Impuls. Von unten quoll etwas Seltsames hoch, das Blubbern eines Geysirs kurz vor dem Ausstoß. Als es den Hals erreichte, zerplatzte es zwischen den Lippen, in die Mienen der Männer hinein: ein Lachen, ein ansteckendes Lachen, ein Lachen, das langsam um sich griff und von Mann zu Mann sprang, ein Stan-Laurel-Lachen, ja, die Männer lachten über den Zug, den es gar nicht gab, sie lachten darüber, vor sich selbst geflohen zu sein, sie lachten aus Erleichterung, sie lachten, weil sie sonst nur hätten weinen können, sie lachten, weil es die letzte Möglichkeit war, der Verrücktheit der Welt die Stirn zu bieten.

6

Ein Nachtzug fuhr in den Bahnhof von Lourdes. Als Erstes verließ eine überaus gut aussehende und tadellos gekleidete Frau Mitte dreißig den vordersten Waggon. Sie winkte einen bestellten Gepäckträger herbei. Während die Koffer aus dem Zug gewuchtet wurden, griff die Frau nervös zum Rosenkranz, legte ihr Täschchen auf den Gepäckwagen, sodass sie im Gehen die Hände frei hatte. Frisch parfümiert war sie: Kurz vor der Ankunft hatte sie noch einmal die Toilette aufgesucht. Jetzt wollte sie keine Minute in Lourdes verstreichen lassen, ohne zu beten. Auf dem Bahnsteig gegenüber stand ein seltsamer Zug, halb Personen-, halb Güterzug. Davor standen Soldaten und hielten Wache. Aus den Waggons drangen Schnarchen, Atmen, Japsen, ab und an ein Stöhnen und ein kernig-herber Schweißgestank. Die Schiebetüren der Waggons standen offen, und heraus baumelten die Beine von Gefangenen. Die betende Frau ließ ihren Rosenkranz über das Daumengelenk rutschen, streckte die Zeigefinger aus, legte den rechten über den linken: So entstand ein Kreuz, das sie dem Zug entgegenhielt wie einem Vampir. Dabei richtete sie den Blick gen Boden und murmelte ihre Lieblingslitanei.

»Marie-Berthe!«, hörte sie plötzlich eine Stimme.

Marie-Berthe Aurenche blieb stehen.

Sie sah zu dem Mann, der sie gerufen hatte. Der saß in einem der Waggons. Seine Beine hatte er an die Brust gezogen. Jetzt stand er auf. Dieser Mann: Das war Max. Ihr Ehemann. Ihr ehemaliger Ehemann. Es gab keinen Zweifel für Marie-Berthe. Sie erkannte ihn sofort. Zugleich wusste sie: Das konnte nicht sein. Und sie lachte schrill auf.

»Was ist das für ein Zug?«, fragte sie einen der Soldaten.

»Sie können hier nicht stehen bleiben!«, sagte der Soldat.

»Wollen Sie mich daran hindern?«

Marie-Berthe bedeutete dem Gepäckträger zu warten. Sie schloss die Augen. Sie hatte einen Entschluss gefasst: Sie würde zwei Ave-Marias beten und danach die Augen wieder öffnen. Falls ihr Max immer noch dort säße, so wäre er weder Wunsch noch Wachtraum noch Erscheinung, sondern …

»Marie-Berthe!«, hörte sie noch einmal seine Stimme.

»Ruhe!«, rief einer der Soldaten.

Als Marie-Berthe die Augen öffnete, war Max immer noch da, er stand aufrecht und machte jetzt Zeichen. Marie-Berthe ging langsam zu ihm hin. Beide wussten nicht, was sie sagen sollten.

»Gehen Sie weiter«, raunte ein Soldat. »Bitte.«

»Das ist mein Mann«, sagte Marie-Berthe.

»Der Zug fährt gleich los. Sie haben fünf Minuten.«

Max fühlte sich irgendwie schuldig. Es lag ihm auf der Zunge, sie um Verzeihung zu bitten, aber er wusste nicht, wofür, und so schwieg er. Marie-Berthe dagegen wollte ihn fragen, wie es ihm gehe, doch schien ihr die Frage überflüssig: Wie sollte es einem Mann schon gehen, als Gefangener in einem Zug mit Gestank und Hunger und Flöhen? Als sie beide endlich den Mund öffneten zu einem ersten Wort, klammerten sie sich unisono an einen anderen Menschen, den sie kannten und liebten.

»Lou?«, fragte Max, und Marie-Berthe sagte zeitgleich: »Lou!«

Sie lächelten kurz, ehe Marie-Berthe hinzufügte, Lou sei in Sicherheit, Fritz Neugass habe sie aus dem Lager Gurs befreit und kümmere sich um sie.

»Sie war in Gurs?«

»Ja. Wusstest du das nicht?«

Max schüttelte den Kopf.

Es tat gut, nicht über sich, sondern über andere zu sprechen.

Dennoch zuckte Max zusammen, als Marie-Berthe fragte: »Wo ist Leonora?«

»Leonora?«, sagte er. »Ich weiß es nicht.«

»Das tut mir leid«, sagte Marie-Berthe, und in diesem Augenblick meinte sie, was sie sagte.

»Und Paul?«, fragte Max.

»Immer noch in Paris.«

»Kommt er klar?«

»Ich hoffe es.«

»Und du?«

»Ich«, sagte Marie-Berthe, »bin jetzt hier.« Dabei hob sie den Rosenkranz, an dessen einem Ende eine silberne Maria schaukelte. Marie-Berthe lächelte, als sie fragte: »Was macht Loplop? Wie geht es ihm?«

Max sagte: »Er war lange nicht mehr bei mir.«

»Wo ist er?«

»Loplop mag keine Käfige.«

Der Gefangene, der neben Max stand, fragte: »Wer ist Loplop?«

Noch ehe Max hätte antworten oder mit Marie-Berthe weiterreden können, wurden die Schiebetüren der Waggons eine nach der anderen verschlossen, und Max hörte die Rufe: »Weiter! Weiter! Wir fahren weiter!« Fieberhaft überlegte er, was er Marie-Berthe noch fragen könnte, aber ihm fiel nichts mehr ein.

»Ich bete für dich«, sagte Marie-Berthe und machte ein paar rasche Schritte rückwärts. Dabei streckte sie die Hände aus und neigte den Oberkörper ein wenig nach vorn. Es sah fast so aus, als verbeuge sie sich.

7

Nachdem der Zug verschwunden war, eilte Marie-Berthe zu den heiligen Quellen und trank Lourdes-Wasser, das schon so viele Menschen geheilt hatte und laufend Wunder bewirkte. Marie-Berthe flehte: Gib mir Max zurück, heilige Bernadette! Ich bitte dich. Ich habe ihn vorhin gesehen, auf dem Bahnhof. Ein Wunder. Eine Vision? Ich weiß, dass ich ihn und nur ihn an meiner Seite haben möchte. Rette ihn vor Unbill und Gefangenschaft und führe ihn mir wieder zu. Marie-Berthe betete sich mehr und mehr in eine Rage, am frühen Morgen schon kaufte und zerlutschte sie die letzten drei Zucker-Bernadettes, die sie bei einem Bäcker in der Auslage fand, um immer noch mehr Durst zu bekommen und immer noch mehr heiliges Wasser trinken zu können, und Marie-Berthe betete weiter, watete regelrecht durch Fluten von Gebeten, die niemals versiegen würden, nicht nur jetzt, hier, in Lourdes, nicht, sondern auch in den nächsten zwanzig Jahren nicht, zeit ihres Lebens. Nein, sie hörte einfach nicht auf zu beten. Auch nicht, als sie einen anderen Mann kennenlernte, den Maler Soutine, der drei Jahre später schon starb, woraufhin Marie-Berthe dachte: Ich werde bestraft. Auch während der Zeit mit Soutine vergaß Marie-Berthe nie das Leben mit Max. Denn Max blieb als Klang im Ohr, als Biss in der Haut, als Gift im Geist, als Ablagerung im Herzen. Marie-Berthe pilgerte weiter. Nach dem Krieg ging sie den Jakobsweg, doch Max kam nicht zu ihr zurück. Die letzten Reste ihres heiteren, glitzernden Gemüts, ihrer Verspieltheit, ihrer klirrenden Lebensfreude und ihres Perlenlachens wurden nach und nach erstickt von einer anderen Kraft, die nach Zerstörung trachtete, nach

Selbstzerstörung. Ihr Bruder Jean kümmerte sich zwar um seine Schwester, aber in den letzten fünfzehn Jahren ihres Lebens versank Marie-Berthe hinter einem Schleier aus Bewusstlosigkeit. Eine Geisteslöschung durch Drogen, Alkohol, Tabletten, Ablenkung. Ihre Gebete wurden zum rituellen Gemurmel, das dem Schlucken der Tabletten vorausging. Marie-Berthes Miene zerlief in Aufgedunsenheit und Leere. Ihre Hände hörten nicht mehr auf zu zittern. Im Jahr 1959, im Alter von dreiundfünfzig Jahren, erwachte Marie-Berthe an einem ruhigen Sonntag aus dem Dämmer, blickte in den Spiegel und erschrak vor der Masse der verstrichenen Jahre, die in ihren Falten nistete. Sie setzte sich hin und schrieb einen langen Brief an ihren Exmann Max. Sie begann damit, dass der Krieg zwar vorbei sei, schon lange, dass sie jedoch oft an ihn denke, an ihren Max, und sich freuen würde, ihn wiederzusehen. Eine gemeinsame Zukunft, schrieb sie, mit ihm, mit Max. Und dann schrieb sie plötzlich wodkaschroff: Ob er denn noch die Scheidungsunterlagen besitze? Oder ob sie im Krieg verloren gegangen seien? Denn, denn, denn: Wenn er die Papiere nicht mehr besitze, wenn er ihr nicht umgehend eine Kopie zusenden könne von jenen Dokumenten, dann gebe es nur eine Antwort auf das Schicksal: Ohne Scheidungspapiere seien er und sie, Max und Marie-Berthe, immer noch Mann und Frau. Jetzt und hier. Dann müsse er sofort zu ihr zurückkommen. Um die Ehe mit ihr wieder aufleben zu lassen. In Liebe, Marie-Berthe. Sie zerriss den Brief, ließ aber von ihrem Anwalt ein offizielles Schriftstück aufsetzen und abschicken, in dem Max tatsächlich aufgefordert wurde, die Ehe mit ihr wiederaufzunehmen, sofern die Scheidungspapiere nicht vorlägen. Als endlich eine beglaubigte Kopie jener Dokumente eintraf, aus Köln, von der Galerie Der Spiegel, die wohl im Auftrag von Max die Papiere ausfindig gemacht hatte, da wuchs Marie-Berthe eine düstere Kälte im Bauch. Sie schüttelte sich und versank erneut im tröstenden Treibsand der Tabletten. Einige Zeit später schluckte sie eine ganze Handvoll Schlafmittel mit reichlich Wasser, schraubte die Dose zu, stellte sie säuberlich ins Schränkchen zurück, musste noch einmal lachen, ihr helles, schönes, lange verlorenes Lachen, dann beruhigte sie sich und dachte: Wenn es dieses Mal klappt. Wenn ich also endlich Ruhe finde. Und einschlafe. Und nicht wieder aufwache. Ist es das erste Mal. In meinem Leben. Dass mir. Wirklich. Etwas. Gelingt.

8

Der Zug mit Max und den Internierten erreichte ein Behelfslager in Saint-Nicolas bei Nîmes. Max hatte doppeltes Glück im Unglück. Denn zum einen war das Lager alles andere als ein Gefängnis: Es gab kaum Wachen, keine Zäune, und sowohl Zelte als auch Stacheldrähte sollten erst später geliefert werden. Zum anderen lag Saint-Martin-d'Ardèche nur rund achtzig Kilometer entfernt. Eine solche Gelegenheit würde sich nicht noch mal bieten. Max wollte abhauen, sofort, er wollte nach Hause, denn vielleicht war Leonora noch dort. Und dann fiel ihm eine Zeitung in die Hände, die Titelseite schwarz umrandet wie eine Traueranzeige: Das Waffenstillstandsabkommen war unterzeichnet worden. Zwischen Vichy und den Deutschen. Der stolze Ruf »Freiheit, Gleichheit, Brüderlichkeit« war einem Untertanenhecheln gewichen: »Arbeit, Familie, Vaterland«. Und, so hieß es, im Vertrag solle es einen Passus geben, der es der Gestapo erlaube, jeden in Frankreich lebenden Deutschen zu verhaften und nach Deutschland zu bringen.

Die Flucht gelang leichter als gedacht: Spätabends spazierte Max nah am Gebüsch vorbei, ließ die Wachen ablenken durch einen inszenierten Tumult seiner Gefährten, duckte sich, verschwand, robbte und kroch, rannte gebückt und aufrecht, immer dem Nordstern nach, und zum Glück hatten die Wolken gerade etwas anderes vor.

Loplop wäre zu gern geflogen.

Aber Loplop besaß keine Flügel.

Dennoch: Zwei Tage später erreichte Max sein Ziel.

Er hatte Hunger. Es wurde dunkel. Wind zupfte an seinen

Haaren. Zur Rechten lag das Dorf Saint-Martin-d'Ardèche. Zur Linken hoch oben: das kleine Leonora-Haus. In einiger Entfernung leuchteten die Lichter von Aiguèze. Max dachte nach. Ein Skorpion kroch an seinem Fuß vorbei. Ein schwarzer Skorpion. Das Tier knarpste seine Kneifer prüfend auf und zu, als wolle es Max eine Nachricht übermitteln. Dann verschwand es unerwartet rasch unter einem Stein. Max sah an sich herab. Ein paar Löcher in der Hose, ein zerfetzter Ärmel, alles starrte vor Dreck, die Schuhe staubgrau. Max musste vorsichtig sein. Er hatte keine Ahnung, was genau hier geschehen war in seiner Abwesenheit. Er wollte zunächst Erkundigungen einziehen. Und so lenkte Max seine Schritte nach Aiguèze, zu seinem Freund Jacques, dem Abt.

Er klopfte an die Tür. Nichts tat sich. Max ging ums Häuschen herum. Draußen, neben dem Stall, stand der Esel. Max streichelte ihn kurz, kehrte zurück, klopfte erneut. Diesmal mit der Faust. Er hörte empörtes Bellen, langsame Schritte, die Tür öffnete sich, und heraus schaute ein Doppelkinn unter einem mondgleichen Gesicht. Der Abt hatte sich einen Mantel über den Pyjama geworfen.

»Le Max?«, sagte der Abt.

»Oui, mon saint esprit!«

Max hätte den Abt gern umarmt. Doch dessen Hund, dieser flinke, pfiffige, immer hungrige Mischling namens Talacasse, sprang laut bellend, fast zornig vor Freude, an Max hoch. Max hatte sich eine Scheibe Wurst abgespart und hielt sie Talacasse vor die Nase. Der hellbraune Hund winselte, schnappte die Scheibe und schleckte sie mit einem Happs runter, schaute sofort wieder mit leicht geneigtem Kopf, bettelndem Hecheln und steinerweichendem Blick zu Max. Der lachte und strich dem Hund über das kurze Fell. Dabei spürte er den Schädel von Talacasse. Der Abt legte Max beide Hände an die Oberarme und musterte ihn von oben bis unten. Dann schüttelte er den Kopf, brummte etwas von fehlender Substanz und führte seinen Freund ins Wohnzimmer. Während Max aß, ja beinah fraß, alles, was der Abt ihm vorsetzte, redete Jacques. Substanz, wiederholte der Abt sein Lieblingswort. Man betrachte nur Thomas von Aquin. Einer der hellsten Denker und härtesten Grübler aller Zeiten. Dazu fett wie ein Ochse. Fetter als er, Jacques, der Abt. Das müsse man sich vorstellen, wie der Aquinat seine berühmten Gedanken zur Ethik aufschreibe und dabei schwitze wie ein Schwein, weil sein Körper einfach schwitzen müsse angesichts dieser immensen Fülle. Aus der Fülle des Leibes entstehe die Fülle des Denkens, und Jacques dozierte noch eine Weile über den Zusammenhang von Körper und Geist, ehe Max ihn unterbrach und ungeduldig nach Leonora fragte. Endlich erfuhr er, dass sie fort war, geflohen, irgendwohin, und der Abt erzählte Max alle Einzelheiten über Leonoras Panikverkauf des Häuschens, denn Madame Malada hatte im Nachbardorf damit geprahlt.

Max konnte es kaum glauben. Er hielt den Löffel neben den Stuhl. Talacasse sprang herbei und schleckte ihn sauber. Zu viel gegessen, dachte Max. In viel zu kurzer Zeit. Die Zigarette glich einem Strohhalm, an den er sich klammerte. Zwei Schnäpse reichten nicht gegen das Völlegefühl. Er lehnte sich zurück, Zigarette zwischen den Lippen, die Schnapsspur in der Speiseröhre, Rauch in seinen Augen, Gedankenblasen, die sich füllten, er tat eine Weile nichts als rauchen und verdauen. Talacasse hatte sich neben Max gelegt und schlug ab und zu lautlos mit dem Schwanz auf den Boden, das war alles andere als ein Wedeln, es sah eher so aus, als hätte Talacasse den beiden eine wichtige Mitteilung zu machen. Etwas wie: Ich wär viel lieber eine Katze!

»Das heißt, die Bilder hat sie mit verkauft?«, fragte Max.

Jacques nickte.

»Wie kann sie so was tun?«

Jacques schüttelte den Kopf.

Talacasse bellte.

»Und wo sind die Bilder?«, fragte Max.

»Wohl noch im Haus.«

»Lebt dort jemand jetzt?«

»Zwei Männer. Sie helfen Malada in der Wirtschaft. Sie haben sich die kleinen Finger abgeschnitten. Kriegsuntauglich. Das haben viele Franzosen gemacht, die nicht kämpfen wollten. Die Angst vor den Deutschen ist zu groß.«

»Ich muss raus hier«, sagte Max. »Raus aus Frankreich.«

»Nichts schwerer als das«, murmelte Jacques.

»Aber vorher hol ich mir die Bilder zurück. Unsere Bilder. Meine Bilder. Ihre Bilder. Aus unserem Haus. Hilfst du mir?«

Jacques strich sich über den Bauch, grunzte, griff zur Weinflasche und füllte die Gläser. Max kippte den Wein mit einem heftigen Ruck. Vier Tage später schlug er zu.

9

Nach und nach klärte sich etwas. Leonora Carrington kaute auf einem Stückchen Kontrolle, ehe sie die Mücken bespuckte. Ihr Augenaufschlag kam ihr theatralisch vor. Dabei reichte der Blick nur bis zur Decke. Was tun? Sie konnte nicht mehr. Sie sehnte sich nach Klarheit, nach Freiheit, und sie hoffte auf ein Wunder, und das Wunder geschah: Wie durch Zauberhand tauchte plötzlich ein Cousin von ihr auf. Der arbeitete anscheinend hier, in der Anstalt in Santander. Warum hatte er sich so lange im Verborgenen gehalten?

»Ich hol dich hier raus«, sagte er zu Leonora, vollkommen unvermittelt.

Leonora nickte wild. Ihr Cousin telegrafierte. Und Leonora riss sich zusammen. Sie unterließ jedwedes Toben, Schäumen, Beißen und Spucken. Sie sah immer öfter ein weißes Männernicken vor sich. Sie wurde begutachtet. War sie wieder zurechnungsfähig? Transportbereit? Konnte sie entlassen werden? Verlegt? Leonora wurde befragt, und sie nickte oder schüttelte den Kopf. Ihre Zunge mochte noch nicht ganz gehorchen. Leonora wurde zurechtgemacht, gewaschen und angezogen. Sie ließ alles mit sich geschehen. Und dann, als sie endlich die Klinik verließ und in einem Zug saß, da konnte sie ihr altes, ihr klares Bewusstsein beinah wieder riechen. Die Zeit der Umnachtung neigte sich dem Ende zu. Sie streckte den Kopf aus dem Sumpf. Sie konnte wieder etwas erkennen. Noch lebte sie als Getanwerden, sie wurde geschoben, verfrachtet, platziert, doch Leonora war keine Hülle mehr, die Hülle füllte sich allmählich mit so etwas Ähnlichem wie einem Willen.

Begleitet wurde Leonora von Frau Asegurado.

»Das fand ich gut«, sagte Frau Asegurado im Zug und reichte Leonora ein Stück Brot.

»Was?«, flüsterte Leonora, und es war, als taste sie jedes Wort ab, ehe sie es aussprach.

»Wie Sie Ihre Nanny abgekanzelt haben«, sagte Asegurado.

»Habe ich das?«

»Können Sie sich nicht erinnern?«

»Nein.«

Leonora hörte genau zu. Sie verstand jetzt alles, was Frau Asegurado ihr sagte. Offensichtlich war Mary Kavanaugh in Santander gewesen. Die Eltern hatten Mary zu ihr geschickt. Und in der unerbittlichen Logik des Irrsinns hatte Mary den gesamten Hass Leonoras abbekommen, der eigentlich ihren Eltern galt. Frau Asegurado blickte, ja starrte Leonora die ganze Zeit über genau an. Mit zusammengekniffenen Augen fast. Als könne sie etwas nicht richtig erkennen. Als liege zwischen ihr und Leonora eine schmierige Fensterscheibe. Ihr Blick sagte: Du gehörst mir. Du bist meine Patientin. Da lasse ich keinen zwischen. Jetzt endlich betrachtete auch Leonora ihre Wärterin. Wie alt mochte sie sein, diese Asegurado? Vierzig? Höchstens. Hohe Statur, gewelltes Haar, das an der Haube herausbrechen wollte. Frau Asegurados Finger waren hässlich, viel zu kurz und viel zu dick, es war, als stecke die Hälfte noch tief in den Händen wie die fetten Fühler einer irren Schnecke.

»Wo fahren wir hin?«, fragte Leonora.

»Es geht Ihnen besser, wie ich sehe?«

»Nur der Kopf noch ein bisschen piep«, sagte Leonora.

Asegurado nickte.

»Wann sind wir?«, fragte Leonora.

»Bitte?«

»Welchen Tag haben wir? Kalender.«

»Silvester.«

»Nicht möglich.«

»Dochdoch.«

Vor einem Jahr war noch alles in Ordnung gewesen, Max soeben befreit aus Les Milles, durch Pauls Fürsprache, er hatte sich erholt, tanzende Tage, dachte Leonora und erschrak, weil alles so deutlich vor ihr stand. Die Erinnerung schien den Staub aus den Kleidern zu schütteln. Leonora war tatsächlich auf dem Weg zurück ins Klare. Doch beinah hätte ein einziger Augenblick wieder alles zerstört.

Der Zug hielt.

Mitten in Spanien?

Ein Bahnhof?

Ein Güterbahnhof?

Leonora witterte.

»Was ist das?«, fragte Leonora.

»Was meinen Sie?«

»Das Geräusch, Frau Asegurado.«

»Welches Geräusch?«

»Es ist kalt.«

»Was?«

»Hören Sie die Kälte nicht?«

»Wo gehen Sie hin? Warten Sie!«

»Kommen Sie mit, Frau Asegurado.«

Das hatte Leonora noch nie gesagt zu Asegurado, und Asegurado war so überrascht, sie konnte nicht verhindern, dass Leonora das Abteil verließ, durch den Zug lief, die Tür öffnete, hinabsprang. Vom Gleis gegenüber kam das Geräusch. Gegenübergeräusch: Menschenschmerz: aus Güterwaggons. Offene, einsehbare Güterwaggons. Leonora lief durch die Dunkelheit, vorbei am Bahnhofsschild Ávila, sie näherte sich, aber das waren keine Menschen auf den Waggons, das waren Schafe in eisiger

Nacht. Leonora dachte keine Sekunde lang nach, sie kletterte hoch, wie einst auf die Mauer des Klosters, ich kann fliegen, ich kann schweben, ich bin eine Heilige, die heilige Teresa von Ávila. Sie starben, die Schafe, Todesblöken, einige lagen schon auf dem Boden mit erfrorenen Zungen, andere schrien: Leonora, Leonora. Die flackernden Augen der Tiere, gedrängte Körper, weißer Atem vor den Mäulern, Schaben und Schieben. Leonora schwang sich zu ihnen hinein, sie ging in die Knie, suchte und fand den Riegel, das Gatter ratterte zur Seite, die Schafe sprangen vom Sterben hinab auf den Bahnsteig, und sie rissen Leonora mit, die beinah auf den Hinterkopf gefallen wäre, doch etwas Wolliges fing sie auf, die Rücken zweier Schafe, sie glitt sanft auf den Boden des Bahnsteigs, ehe Asegurado kam und sie zurück zu ihrem Zug und ins Abteil schleifte.

Asegurado schimpfte.

Leonora lauschte den Tiraden.

Die Verwirrung in ihrem Kopf wich weiter.

»Wo bin ich gewesen?«, fragte Leonora endlich. »In einer Klinik?«

»In einer Klinik für geistig kranke Menschen.«

»Wo genau?«

»In Santander.«

Leonora merkte, dass Asegurado sie neugierig anblickte.

»Man hat mich vergewaltigt?«

»Mit Sicherheit nicht.«

»Das heißt?«

»Folgen des Cardiazols: Wachträume, Angstvorstellungen.«

»Und jetzt?«

»Was ›jetzt‹?«

»Fahren wir wohin?«

»Nach Madrid.«

»Nach Madrid.«

»Aber wenn Sie noch mal solche Sachen machen wie mit den Schafen …«

»Welche Schafe?«

»Sie haben keine Erinnerung mehr daran?«

»Woran?«, sagte Leonora.

Sie unterdrückte ein freudiges Glucksen, das ihr das Spiel mit Asegurado bereitete: So zu tun, als wäre sie immer noch eine orientierungslose, verwirrte Frau, obschon sie doch alles längst klar durchschaute und durchdachte und ihre nächsten Züge bereits berechnete.

10

In Madrid bezogen die beiden Frauen ein teures Hotel. Sie teilten sich eine Suite. Asegurado schloss die Tür von innen ab und hängte sich den Schlüssel um den Hals. Nachts band sie Leonora mit einer Schelle ans Bett.

»Das ist nicht nötig«, sagte Leonora.

»Ist es«, fratzte Asegurado.

»Ich bin ganz folgsam jetzt.«

»Sind Sie?«

Als Leonora das Hotel sah, die Teppiche, den Marmor, die vergoldeten Klinken, den Stuck, da wusste sie sofort: Ihr Vater steckte dahinter. Nur Harold Carrington besaß das Geld für so ein Hotel. Die Annehmlichkeiten taten gut im Anschluss an diese – wie sie erschrocken ausgerechnet hatte – mehr als vier Monate in einem schäbigen Klinikzimmer.

Sie setzten sich in ein Lokal und aßen, Leonora ahnte nichts Schlimmes, doch plötzlich war er da: dieser Mann. Ein verheirateter Mann. Ein Mann mit Ehering am fetten Finger. Ein Mann, der sich ungeniert setzte, neben sie, ein Mann, der Leonora taxierte wie ein Stück Fleisch: Brust, Lende, Rücken. Ein Mann, der krachend schmatzte beim Essen, mit einem Bauchwabern über dem Gürtel. Aus seinen Absichten machte er keinen Hehl. Offen – und vor den Augen Asegurados – legte er Leonora die Hand auf den Schenkel. Der Mann arbeitete für Imperial Chemicals Industries, die Firma ihres Vaters und jetzt sagte er, Asegurado solle sich draußen ein wenig die Füße vertreten.

»Bitte?«, fragte Asegurado.

»Jetzt!«, sagte er.

Der Mann hieß Josephus Lonnevault.

Asegurado stand auf und ließ Leonora allein mit ihm.

Josephus kam gleich zur Sache. »Hören Sie«, sagte er zu Leonora. »Sie wissen, dass Ihr Vater mich bezahlt. Ich will Ihnen ganz offen die beiden Möglichkeiten vor Augen führen, zwischen denen Sie wählen können.«

Leonora nickte vage und zurückhaltend.

»Ihr Vater hat soeben ein U-Boot geschickt«, sagte Josephus.

»Ein U-Boot?«

»Ist Krieg da draußen. Keine gute Zeit für Schiffe. Er will Sie rausbringen aus Madrid. Aus Spanien. Aus Europa.«

»Nach England?«

»Nein. Nach Südafrika.«

Leonora schwieg, Josephus kaute.

»In Südafrika«, fuhr Josephus fort, »gibt's 'ne Irrenanstalt. Besser als die in Santander. Dorthin will er Sie bringen lassen.«

Leonora zitterte kurz und heftig, als sie das Wort hörte: *Irrenanstalt*.

»Nur ruhig«, sagte Josephus und zerknackte mit den Zähnen den Knochen eines Hähnchenbeins, um das weiße Fleisch besser abschlürfen zu können. Er legte die blanken Knochenhälften auf den Teller und trank ein ganzes Glas Rotwein. Rund um seine Lippen schimmerte es schmierig. »Ich bin ja da«, sagte er. »Ich will offen sein. Ich werde Ihrem Vater Harold sagen, Sie seien mir entkommen. Verstehen Sie?« Josephus lachte und fetzte mit einer Serviette das Fett vom Mund. »Das U-Boot fährt zurück nach England. Und du, meine Liebe, du bleibst hier in Madrid, und ich miete dir ein Zimmer. Du hast alle Freiheiten. Ein bisschen Geld. Immer was Schickes zum Anziehen. Und ein paarmal die Woche komme ich kurz vorbei. Wie hört sich das an?«

»Sie kommen kurz vorbei, um was zu tun?«

»Stell dich nicht dumm. Aber eins kann ich dir sagen. Ich bin kein Stecher. Dazu bin ich zu dick. Hab keine Kondition. Strengt mich zu sehr an. Heißt: Gegen ein paarmal Schwanzlutschen die Woche kriegst du von mir ein neues Leben. Kein schlechtes Geschäft, oder? Für eine Irre wie dich.«

Leonora ging zur Toilette. Sie warf Wasser gegen die Wangen, als gehörten die Wangen nicht ihr. Sie betrachtete den Rand des Spiegels, aber nicht das Spiegelbild, das darin wohnte. Unter dem Spiegel befand sich ein Loch. In dem Loch steckte ein Dübel. Der Dübel war staubig-leer. Irgendwas hätte hier angeschraubt werden sollen. Irgendwas war hier schiefgegangen. Leonora dachte nach. Ganz ruhig. Als sie die Toilette verließ, trat sie kurz an die Luft. Nach draußen. Dort vorne stand Asegurado. Sie ließ Leonora nicht aus den Augen. Keine Möglichkeit zu fliehen. Es kam ein komischer Wind auf, als würde es gleich zu regnen beginnen. Leonora hörte ein Klirren, ein Rasseln, und dann krachte etwas neben ihr auf den Boden. Ihre Eltern schämten sich, sie wollten sie loswerden, sie wollten sie verschiffen nach Südafrika, ihr Vater schickte ein U-Boot. Leonora drehte sich zur Seite: Neben ihr lag ein Schild auf dem Boden, das scheppernde Schild des Hotels, das große, schwere Eisenschild mit dem Namen des Hotels darauf, jenes Schild, das eigentlich über ihrem Kopf hätte hängen sollen, lag nun neben ihren Füßen. Um ein Haar wäre alles vorbei gewesen, ein Windstoß, das lose Schild, der Sturz des Metalls auf ihren Kopf. Sie trat mit dem Fuß auf das Schild, um das Scheppern nicht mehr hören zu müssen. Ein Hotelangestellter lief zu ihr und fragte, ob alles in Ordnung sei, doch Leonora beachtete die Frage nicht, sondern ging zurück zu dem Grinsen, das Josephus ihr über den Tisch schickte. Leonora setzte sich, legte ihre Hände auf den Tisch, schaute Josephus ins rechte Auge und sagte: »Nein.«

Josephus starrte sie an, sein Grinsen soff ab.

»Nein«, wiederholte Leonora. »Ich fahre weiter nach Lissabon.«

»Sie sind wahnsinnig.«

»Das ist offensichtlich, oder?«

Ein Entschluss ist rein, ist heilig. Seine Energie kann Wunder wirken. Eine Entscheidung spült Folgen in die Welt. Auf magische Weise wirft die eigene innere Kraft das Äußere durcheinander. Daran glaubte Leonora. Niemals aber sah sie ihren Glauben auf eine solche Art bestätigt wie in dieser Sekunde: Denn nachdem sie ihre Entscheidung kundgetan und Josephus noch einmal ihr lautes »Nein!« ins Gesicht gebrüllt hatte, drehten sich alle Gäste im Restaurant zu ihr um, und es knirschte ein Stuhl über den Boden, und ein Schatten stand auf und trat hinter Josephus. Für Leonora bildete der Schatten zunächst nur ein störendes Fleckchen im Augenraum, eine Trübung der Linse. Dann fokussierte sie ihren Blick und wandte ihn von Josephus ab und schaute zu dem Schatten, der jetzt dort stand, im Rücken von Josephus. Der Schatten war ein Mann, Leonora sah sein Gesicht, sein Lachen, sie kannte den Mann: Renato, Renato Leduc, er war weißhaarig inzwischen, Renato, der Mexikaner, jener Freund von Picasso, Renato Leduc, den Leonora bei Jimmys siebzehnten Geburtstag kennengelernt und mit dem sie damals offen geflirtet hatte, zum Unwillen von Max.

»Leonora Carrington?«, rief Renato.

»Renato Leduc?«

»Was machen Sie hier?«

»Und Sie?«

»Bin auf dem Weg nach Lissabon«, sagte Renato.

In diesem Augenblick beendete Josephus den Wortwechsel, indem er aufstand, die fettigen Finger an der Serviette abwischte und sich bei Leonora einhakte. »Ich weiß nicht, wer Sie sind, mein Herr, ich will es auch nicht wissen. Aber ich denke, es ist gut für uns, wenn wir das Lokal jetzt verlassen.«

»Morgen Abend gibt es einen Tanztee«, sagte Renato.

»Was?«, rief Josephus.

»Ich lade Sie ein, Leonora. Sie kommen doch? Warten Sie. Hier.« Renato zog einen Zettel aus der Tasche und kritzelte eine Adresse darauf. »Sie müssen einfach kommen.«

»Klar. Ich werde kommen«, sagte Leonora.

»Das wüsste ich aber«, sagte Josephus, packte Leonora am Oberarm und schob sie hinaus. Der Zettel blieb in Renatos Hand: eine Frage ohne Antwort. Leonora blickte über ihre Schulter zurück und warf aus ihren Augen einen stummen Hilfeschrei, während ihre Lippen ein einziges, deutlich erkennbares Wort formten: Lissabon. Renato stand dort und nickte ihr zu.

11

Leonora dachte an nichts anderes als an Flucht. Nur nicht nach Südafrika. Ins *mental asylum*. Nur nicht in Vaters U-Boot steigen. Doch der rotgesichtige Josephus und die weiße Frau Asegurado nahmen Leonora jetzt in die Zange. Sie hakten sie unter, einer links, einer rechts, sie führten sie am nächsten Tag zum Bahnhof, den Gepäckträger im Schlepptau. Nach endlos scheinender Fahrt erreichten sie das Ziel, Lissabon. Doch sie blieben nicht dort. Nicht mal für eine Nacht. Es ging sofort weiter, zu einem kleinen Haus in Estoril, nahe der Küste. Alles vom Vater Harold geplant und von Imperial Chemicals Industries umgesetzt. Eine Flucht aus diesem Haus schien unmöglich. Leonora lag die ganze Nacht über wach und dachte nach. Erst als sie das Fenster öffnete und ihr ein Kälteschauer über den Rücken lief, kam ihr ein Gedanke. Sie lächelte, weil sie das Gefühl hatte, dem Wahnsinn endlich etwas entgegensetzen zu können: Schach dem Schlaf.

»Ich brauche Handschuhe«, sagte Leonora beim Frühstück. »Es ist zu kalt. Ich kann ohne Handschuhe nicht reisen. Und ohne Hut. Und ohne Mantel. Das verstehen Sie doch, Frau Asegurado?«

Tatsächlich fuhren Asegurado und Josephus mit Leonora in die Stadt. Neben Handschuhen kaufte Leonora noch andere Dinge, die sie gut würde brauchen können auf der Reise. Ihr Vater ließ sich nicht lumpen. Wenn er sie schon in eine Irrenanstalt schickte, dann wenigstens gut gekleidet. Leonora fragte endlich, ob sie sich bei einem heißen Kakao ein wenig aufwärmen dürfe. Ja, sagte Josephus. Eine kleine Eckkneipe lehnte Leonora ab mit den Worten, dort sei es ihr zu zugig. Asegurado zuckte mit den Schultern. Und so betraten sie ein riesiges Café zwei Straßen weiter. Leonora zog ihre neuen Handschuhe aus und legte sie neben den Kakao auf den Tisch. Sie trank. Sie konzentrierte sich. Es musste *jetzt* gelingen. Das hier war ihre einzige Chance. Sie ging im Kopf alles durch, was sie tun wollte, während sie Frau Asegurado in ein belangloses Gespräch verstrickte. Josephus las Zeitung, schien nicht interessiert und biss in ein halbes Brötchen.

»Darf ich … kann ich zur Toilette?«, fragte Leonora.

Frau Asegurado nickte.

Leonora stand auf und ging los. Frau Asegurado setzte sich so, dass sie den Eingang des Toilettenflurs im Blick behalten konnte. Leonora drückte die Tür auf, und die Tür fiel hinter ihr zurück ins Schloss. Sie hatte Glück: Das Café war so groß, dass der Flur zur Toilette von zwei Seiten betreten werden konnte. Leonora dachte keine Sekunde lang nach, sondern nahm die zweite, die gegenüberliegende Tür und lief durch einen Hinterausgang des Cafés auf die Straße, ohne dass ihre Wärter dies hätten sehen können. Leonora rannte. Das Rennen liebte sie, kopfloses Rennen, Rennen um jeden Preis, Rennen, bis alle Luft im Kopf sich auflöst. Aber das ist falsch, dachte sie plötzlich, als sie gebeugt und keuchend und mit den Handflächen kurz oberhalb der Knie dastand. Erst fragen, dann rennen, dachte sie. Immerhin hatte sich Leonora ein Stück vom Café entfernt. Jetzt ging sie – vor Atemnot stammelnd – auf die Menschen der Straße zu und fragte sie nach dem Weg: »Mexican Embassy! Mexican Embassy!«, rief sie. Es dauerte, ehe sie jemanden fand, der ihr half. Ein Mann mit Strohhut, Spazierstock und Gamaschen. Er redete Englisch: erste links, zweite rechts, geradeaus. Leider führte der Weg, den er wies, direkt zurück in die Richtung, aus der Leonora gekommen war. Es half nichts, sie musste dorthin, Asegurado und Josephus saßen bestimmt nicht mehr im Café und warteten auf sie, sie waren sicherlich schon draußen, in der Stadt, rennend und suchend. Leonora lief los, sie merkte, dass sie nicht in Form war, kein Wunder, ihre Muskeln wachsweich vom monatelangen Liegen in der Anstalt. Noch zweimal fragte sie nach dem Weg, dann fand sie endlich die richtige Straße. Leonora lief weiter, obwohl sie kaum noch Kraft hatte. Ich sauge, dachte sie, mit jedem einzelnen Schritt einfach die Kraft der Straße in meine Beine. Und dann stand plötzlich Frau Asegurado neben ihr, weiß, bleich, ehern, Leonora schrie und konnte nicht weiter, wie gelähmt stand sie dort, wartete darauf, dass Frau Asegurado ihre Hände nach ihr ausstreckte. Aber nein. Leonora fokussierte den Blick: Das war nicht Asegurado, das war irgendeine Statue, ein kleines Denkmal, dort, neben der Mauer.

Und Leonora lief weiter. Als sie die mexikanische Botschaft erreichte, stand am Gittertor ein Mexikaner in Uniform, Schusswaffe umgehängt.

»Renato Leduc!«, rief Leonora. »Ich bin hier verabredet mit Renato Leduc.«

»Renato Leduc?«, fragte der Soldat.

»Ja.«

»Kenne ich nicht.«

»Dann, dann warte ich.«

»Sind Sie Mexikanerin?«

Leonora hustete. Sie fühlte einen seltsamen Stich in der Lunge. Das Rennen hatte sie erschöpft. »Ich bitte Sie«, flüsterte sie zum Mexikaner. »Lassen Sie mich rein. Lassen Sie mich hier auf ihn warten. Schicken Sie mich nicht fort.«

Der Mexikaner runzelte die Stirn. Leonora hob ihre eiskalten Hände und wollte sie falten, wie um den Mexikaner anzuflehen. In diesem Augenblick merkte sie, dass sie die Handschuhe, die neu gekauften Handschuhe auf dem Tisch im Café hatte liegen lassen. Doch nicht nur die Handschuhe fehlten, auch ihre Hände waren verschwunden: Leonora sah zwei abgehackte, blutige Stumpen. Zitternd brach sie vor dem Gitter zusammen.

12

Die Kleidung des Abtes taugte nicht zum Verliehenwerden: Für den hageren, abgemagerten Max war sie viel zu groß (Elefant und Klappergaul). Außerdem würde eine schwarze Soutane Max eher hindern bei dem, was er vorhatte. Der Abt beschaffte Max eine alte Hose, ein Hemd, neue Wäsche, Socken, eine Jacke, ein langes, schwarzes Cape und Schuhe. Mit Taschenlampe und Messer sowie einer alten Weinkraxe auf dem Rücken stieg Max in die Ardèche, mitten in der Nacht, und die Kälte des Wassers traf ihn wie ein Schock. Er stand eine Weile still, ehe er vorwärtswatete, er biss die Zähne zusammen und kam nach ein paar Minuten am anderen Ufer an, er schüttelte sich und lief durch die Weinberge. Die Taschenlampe benutzte er nicht. Schon einmal hatte Licht ihn verraten. Max schlich leicht gebückt und näherte sich langsam, stetig steigend, seinem Haus, ihrem Haus, Leonoras Haus. Max lauschte, er konnte nichts hören, die zwei Männer ohne kleine Finger, die jetzt hier wohnten, schienen zu schlafen. Es war weit nach Mitternacht, Max kannte jede Ecke des großen Grundstücks, tastete sich an der Mauer entlang und kam zu dem schmalen Schlitz, der in den Keller führte, er setzte die Kraxe ab, quetschte sich durch den Schlitz in den Keller, griff von innen zur Kraxe, zog sie zu sich, und schon kamen die Erinnerungen: Leonora. Max schloss die Augen, die Ohren, den Kopf, er atmete ein und riss sich zusammen, ließ den Erinnerungskeller zurück und stieg die Treppen hoch, leuchtete mit der Taschenlampe. Bis auf *Ein wenig Ruhe* waren alle seine und Leonoras Bilder abgehängt worden. Die Bilder standen in einer Ecke des Wohnzimmers, noch auf ihre Rahmen gespannt. Max machte sich sofort an die Arbeit, löste die Bilder, rollte die Leinwände zusammen und schob sie in die Kraxe. Das dauerte. Von den zwei Männern: keine Spur. Zum Schluss ging Max zu jener Nische, in der das Bild *Ein wenig Ruhe* hing. Er schaute es lange an. Nein: Es war zu groß. Unmöglich, es mitzunehmen. Für einen Augenblick passte er nicht auf, und Erinnerungen tropften aus dem Bild: Leonora, wie sie sang, ein monotones irisches Lied, das Mary Kavanaugh ihr beigebracht hatte, Leonoras nackte Haut, eine Skulptur, mit der Max niemals fertig wurde, ihre lockige Mähne, ihr spöttisches Lächeln, die Hand auf dem Bauch, wenn sie sich zum Spaß in Pose warf, diese geschmeidigen Beine, ihre Schreie, ihr Eintauchen, ihre buschigen Augenbrauen, die immer buschiger wurden, je mehr sie schrieb und malte, weil sie das Zupfen vergaß, die vielen Mußestunden mit Leonora, wenn sie rauchend neben ihm saß und ihren Kopf an seine Schulter lehnte ... Sein Blick fiel auf ein Stück Papier. Oben in der Ecke des Bildes. Kaum sichtbar. Max frickelte es heraus und erkannte Leonoras Schrift. Er las ihre Nachricht an ihn: »Fahre mit Catherine Yarrow über Spanien nach Portugal. Erwarte dich in Lissabon. Die Deutschen sind schon in der Nähe. Leonora.«

Sein Herzschlag zog an.

Spanien.

Portugal.

Lissabon.

Die Namen weckten eine Sehnsucht in ihm, nach etwas, das er gar nicht kannte. Er sah Don Quijote und die Weiten der spanischen Prärie. Er sah Pferde und Windmühlen. Er sah Staub und Stierkämpfe und das Meer.

Max schloss die Augen.

»Hast du die Pferde gesattelt, Leonora?«

»Ich habe dich gesattelt, Max.«

»Hast du die Pferde getränkt?«

»Ich habe die Pferde getrunken.«
»Hast du die Vögel geköpft?«
»Ich habe sie zurück in die Schalen gestopft.«
»Morgen gehe ich nach Jerusalem.«
»Die Königin wird dir den Kopf ködern.«
»Liebst du mich?«
»Steine werfen kann jeder, du Frosch.«
»Ich werde dich finden, Leonora«, flüsterte Max. »Halt durch!«

Die nächsten Wochen verstrichen mit der Vorbereitung der Flucht. Max nahm langsam und innerlich Abschied von den Reben und der Ardèche, von ihrem kleinen Haus, von schmackhaften Schnecken, Oliven, Wein und Sonne, von der Zeit mit Leonora. Da er sich niemandem zeigen durfte, blieb er in Jacques' Haus und malte: eine zweite Version von *Europa nach dem Regen* sowie *Die Einkleidung der Braut*. Von Jacques wurde er auf dem Laufenden gehalten, was politische Veränderungen und aktuelle Kriegsentwicklungen betraf. Der Abt erkundigte sich nach den Möglichkeiten von Flüchtlingen und potenziellen Exilanten. *Amerika* wurde für Max in diesen Wochen mehr und mehr zu einem Wort der Verheißung, und Max wusste, er brauchte Hilfe, allein würde er das niemals schaffen. Den ersten Brief schrieb er an Peggy Guggenheim. Der Abt hatte in Erfahrung gebracht, dass Peggy derzeit am Lac d'Annecy wohnte. Max bat Peggy um Geld, er beschrieb die Bilder, die er gemalt und gerettet hatte (»gestohlen«, sagte der Abt, zuckte dabei aber nicht im Geringsten), und Peggy antwortete tatsächlich: Im Tausch gegen einige Bilder wolle sie seine Ausreise finanzieren. Sie schickte Max sechstausend Francs und freundliche Grüße von Hans Arp, der nun Jean genannt werden wolle und schon mehrere Briefe an Max nach Saint-Martin-d'Ardèche geschickt habe. Ob Max die Briefe nicht bekommen habe? Nein, Max hatte die Briefe nicht bekommen. Max schrieb auch an Varian Fry und an Jimmy in Amerika, schrieb mit der Bitte, sich um Visa und um die Überfahrt per Schiff zu kümmern: für Max und Lou. So schnell wie möglich. Das Geld solle Jimmy sich leihen. Irgendwoher. Max werde später all seine Schulden begleichen. »Aber deine Eltern sind in Gefahr, Jimmy«, schrieb Max. »Lou noch mehr als ich. Bitte hilf uns.« Und dann fragte Max im PS, ob Jimmy irgendetwas darüber wisse, wo Leonora Carrington sich aufhalte. Und ob Leonoras reiche Eltern sich um ihre Ausreise gekümmert hätten. Aber Max hoffte nicht wirklich auf eine Antwort in diesem Dschungel aus Flucht und Krieg.

Mit dem Geld von Peggy in der Tasche suchte Jacques den Unterpräfekten von Ucel auf und erhielt – für dreitausend Francs konnte man ein Auge zudrücken – einen Sauf-conduit für Max, ja, mit diesem Passierschein durfte Max endlich legal und offiziell durch Frankreich reisen. Obwohl: Das Papier war für den ersten Blick gedacht. Es würde einer gründlichen Prüfung nicht standhalten. Aber welcher Gendarm hatte in diesen Tagen schon Zeit für eine gründliche Prüfung? Max musste auf die Flüchtigkeit der überforderten Polizisten hoffen, die nur einen kurzen Blick warfen, *vite, vite*, auf ein Papier, mit dem sie am liebsten nichts zu tun haben wollten, die Flüchtigkeit der Beamten, die lieber durchwinkten, als komplizierte Fragen zu stellen, eine vage Hoffnung, besser als nichts. Und so steckte Max die gerollten Leinwände in eine Umhängetasche, nahm den Koffer in die Hand, und Jacques brachte ihn zum Bahnhof. Beim Abschied tänzelte Talacasse um Max herum, traurig mit dem Schwanz wedelnd, wie ein richtiger Hund, als wolle er sagen: Wenn du bleibst, werd ich mir Mühe geben, ganz ehrlich.

13

Im Dezember 1940 erreichte Max Marseille, entschlossen, Europa den Rücken zu kehren. Städte waren gefährlich für ihn. Hier, in Marseille, gab es laufend Razzien und Kontrollen auf offener Straße: um deutsche Spione zu enttarnen. Max folgte daher den Anweisungen seines Freundes Jacques und huschte durch den Bedienstetenflur ins Bahnhofsrestaurant des Hôtel Terminus. Dort aß er etwas, hungrig, aber appetitlos. »Wenn du im Hotel bist«, hatte Jacques gesagt, »kannst du es wie jeder andere Gast verlassen: durch den Hauptausgang.« Max zahlte und trat mit Koffer und Tasche in einen kalten Marseiller Dezembertag. Auf der pompösen Bahnhofstreppe mit vierarmigen Leuchtern, Statuen und geschwungenen Geländern drängelten sich die Leute, Marseiller und Flüchtlinge aus allen möglichen Ländern, dazu Polizisten und jede Menge Soldaten aus den unterschiedlichsten Gebieten: wattierte Lederhelme, bunte Turbane, leuchtende Fese, Pluderhosen, schwarze Schärpen, olivgrüne Uniformen. Das hier drüben mussten Freiwillige der Fremdenlegion sein, mit Képis. Die verstaubten Typen: wohl Schanzarbeiter aus den Tunneln der Maginotlinie, sie trugen graue Pullover. Das Gewimmel griff auch auf den Boulevard d'Athènes über, laute Rufe, Laufschritte, Hupen und Bimmeln, das schiere Chaos. Und jetzt? Zu Fuß? Entlang der Eisenbahnlinie Marseille–Toulon? Nein. Max kaufte eine Zeitung, fragte nach der Straßenbahnhaltestelle, eilte weiter und stieg in die Tram Nummer 14.

Das Schwierigste lag hinter ihm. Er entspannte sich. Sein Ziel: *La Pomme.* Ein kleiner Vorort von Marseille. *La Pomme.* Der Apfel. Leonora. Ihre Zeit bei Ozenfant. Über die sie ihm so viel erzählt hatte. *La Pomme.* Die Zeitung, die Max sich vors Gesicht hielt, bestand nur aus vier Seiten. Irgendwann verstand er, was er da las. Vornehmlich Vermisstenanzeigen: »Suche meinen Jungen, Arno, vier Jahre alt, verloren zwischen Avignon und Perpignan, blond, blaues Jäckchen mit weißem Kragen, gelbes Stoffpferdchen, schwarze Schuhe, bitte melden Sie sich bei …« Zwei Seiten voll von solchen Anzeigen, und Max las mit angehaltenem Atem, schweifte immer wieder ab und stellte sich seine eigenen Worte vor, die er wählen würde, gäbe er selber eine Anzeige auf: »Suche *die eine Frau*, Leonora Carrington, schwarze Mähne, mokantes Lächeln, Haut wie Seide, wild und ungestüm wie der Schatten eines Indianerpferdes, kann sich verlieren in Weiten und Tiefen, nimmt dich mit, wenn du sie bittest, mit ihr besteht die Möglichkeit, der Zeit ein Schnippchen zu schlagen, mit ihr kannst du sie finden, die Chance dieser einen Sekunde Ewigkeit …« Max riss sich aus den Träumereien, faltete die Zeitung zusammen und steckte sie ein. Dann hielt die Straßenbahn, und Max stieg aus.

Ihn umfing eine gespenstische Ruhe. Zwei uralte Platanen standen am Straßenrand, wohl über zweihundert Jahre alt. Dort die Unterführung einer Eisenbahnstrecke und eine Schotter-Allee mit jüngeren Bäumen. Die Villa Air-Bel lag auf einem Hügel, und Max konnte ihr Dach zwischen den Bäumen aufblitzen sehen. Ein Gittertor stand offen, über dem Griff klebte ein bekritzeltes Pappschild: *Château Espère-Visa*. Niemand war zu sehen, als er die Villa erreichte, ein dreistöckiges Gebäude ohne Schnickschnack, quaderhaft, rechteckig. Second Empire? Die Bewohner der Villa lagen vielleicht in ihren Betten beim Mittagsschlaf oder dösten vor einem glühenden Kamin. Auch auf der Terrasse wuchsen Platanen und Zedern, eine Kinderschaukel hing an langen Seilen von einem der starken Äste. Max blickte in Richtung Mittelmeer, doch das Blau der See konnte er nur ahnen. Er stand zwischen zwei Pfeilern mit Vasen, an den Treppen, die in einen verwilderten französischen Garten hinabführten: zum Fischteich, der geformt war wie ein vierblättriges Kleeblatt. Ein paar schimmernde Goldfische zockelten durchs flache Seerosenwasser. Max hörte Scharren von Sohlen. Er drehte sich um. Aus der Villa kam jemand auf ihn zu.

André?

André Breton?

Ja, sie lagen im Streit, ja, sie hatten sich voneinander entfernt, ja, Max stand auf Paul Éluards Seite, aber alles hatte sich verändert in den letzten Monaten. André lächelte, als er Max erkannte, sie umarmten sich. Egal, was früher war, jetzt müssen, jetzt werden wir zusammenhalten.

Max begrüßte auch die anderen, die in der Villa Air-Bel Unterschlupf gefunden hatten und ihm nach und nach entgegentraten, zunächst Bretons stets auf und ab hüpfende, fünfjährige, künstlerisch schon jetzt – wie Breton später immer wieder ausrief – überaus begabte Tochter namens Aube sowie seine Frau Jacqueline, die dicke Tigerzähne um den Hals und Spiegelscherben in ihren blond gefärbten Haaren trug. Dann ein Mann namens Victor Serge mit Anhang sowie Freunde und Mitarbeiter von Varian Fry: Beamish, Mary Jane, Miriam, Danny. Amerikanische Namen schwirrten wie Pfeile an Max vorbei, alles fühlte sich amerikanisch an hier, alles roch hier amerikanisch, nach Pancakes und Kaffee und gebratenem Speck, wenn es auch von alldem nichts gab hier, in der Villa.

Einzig Varian Fry zeigte sich nicht.

»Er ist meistens in der Stadt«, sagte André. »Er bezieht gerade sein neues Büro am Boulevard Garibaldi. In einem ehemaligen Schönheitssalon. Er empfängt die Flüchtlinge jetzt zwischen Föhn und Dauerwellenhauben. Die Vormieter haben ihr Zeug noch nicht abgeholt.«

André gab Max sofort eine Führung durch die Villa und machte zu jedem Zimmer eine kurze, süffisante Bemerkung. Der edel-goldene Empfangssaal im Erdgeschoss? »Die schrecklichen Landschaftsbilder musst du dir wegdenken. Haben wir kein Holz mehr, werden die sofort verbrannt.« Das melancholische Esszimmer aus Kastanie? »Das ist kein braunes Leder an den Wänden, das sind alte Tapeten.« Die Küche mit großem Kohleherd und Specksteinausguss? »Hier gibt's Wasser. Kein warmes. Kaltes. Aber fließend immerhin. Sofern der Brunnen nicht ausgetrocknet ist.« Das Badezimmer mit Zinkwanne und geschwungenen Wasserhähnen? »Pass bloß auf, ich hab in der ersten Nacht hier einen Skorpion in der Wanne gefangen.« Die Schlafzimmer? »Die Öfchen kann man beheizen. Dann musst du nicht im Mantel schlafen.« Nur in der Bibliothek schwieg André. Empire-Möbel, schwarz-weiße Bildertapeten und in Leder geschlagene Bücher sprachen für sich. Max legte seine Hand an die Brust, als wolle er die Herzschläge dämpfen angesichts der bald zu erwartenden Lesestunden in einem Sessel hier oben.

»Das Emergency Rescue Committee hat die Villa gemietet«, sagte André. »Ist gar nicht so teuer. Der Vermieter ist an die neunzig Jahre alt. Als er den Mietpreis nannte, hat er sich sofort entschuldigt. Wegen des Wuchers, hat er gesagt. Dabei ist das spottbillig. Wir vermuten, der Alte denkt immer noch in den Kategorien von 1870. Irgendwie ist er stehen geblieben in der Zeit.«

Nach der Führung zeigte André Max seine Sammlungen, die er angelegt hatte: alte Magazine, aus deren Bildern man an langweiligen Sonntagen Collagen würde anfertigen können; vom Wasser des Mittelmeeres glänzend geschliffene Porzellanstücke; Insekten, allen voran riesige Gottesanbeterinnen, die er im Garten aufgegriffen und in ein Glas gesperrt hatte und mit Fliegen oder Käfern fütterte. Viele waren schon eingegangen. Max sah ihn fragend an. »Man hat ja sonst nichts zu tun hier«, sagte André, aber es klang eher anklagend denn entschuldigend. André schien glücklich. Er wohnte bereits seit geraumer Zeit in Marseille und erwartete in den nächsten Tagen die Visa für sich, Jacqueline und Aube. »Varian Fry«, sagte André zu Max. »Du musst dich an Varian Fry halten. Er weiß, was du zu tun hast. Er kennt alle Tricks und Schliche. Er ist der Größte. Legal oder illegal: Varian weiß alles. Ohne ihn sähe es düster aus. Er hat schon Hunderten zur Flucht verholfen.«

Doch dieser Varian Fry zeigte sich immer noch nicht. Auch nach drei Tagen in der Villa Air-Bel war Varian Fry nur ein Name für Max, ein Schatten. André riet Max davon ab, in die Stadt zu fahren, um Fry dort aufzusuchen, im Büro. »Zu gefährlich!«, sagte André. »Du wirst ihn schon noch kennenlernen. Nur Geduld. An den Wochenenden erholt er sich hier draußen. Von seinen Vierundzwanzig-Stunden-Tagen. So gut es geht. Der Kerl ist ein Tier. Er ist mehrere Tiere. Er schuftet wie ein Büffel. Wie eine Büffelherde. Ist hartnäckig wie ein Elefant und listig wie eine Eidechse.«

Die erste Begeisterung über Mahagonibett und Möglichkeiten wich schnell einer Ernüchterung: Es gab hier kaum noch was zu essen. *Rationierung* hieß das Zauberwort. Steckrüben? Ekelhaft, aber immer noch besser als nichts. Eine Geheimkuh im kleinen Stall, sprich: eine unregistrierte Kuh, deren Milch man für sich selber nutzen konnte? Ja. Schon. Aber die fünfjährige Aube und zwei befreundete Nachbarjungs hatten die Milch nötiger als die Erwachsenen. Max schaute Aube gerne zu, wenn sie die frisch gemolkene Milch trank und sich mit einem »Ahhh!« die Lippen wischte. Ces messieurs, nos bons maîtres, die Deutschen, sie waren als Kartoffelkäfer hier eingefallen, hatten alles weggefressen. Brot wurde knapp und die Schlange vor den Geschäften länger. Fleisch? Fehlanzeige. Artischocken, ja, wenn man Glück hatte, in Wasser gekocht. Einmal saß Max sogar vor zwei sauber gebratenen Fischfiletstücken: Wo kamen die jetzt her? Goldfische aus dem Gartenteich. Immerhin. Das Brot wurde in einen Schrank geschlossen und streng rationiert.

In der Nacht auf den Samstag lag Max lange wach. Sein Magen revoltierte. Schon beim Abt hatte er täglich weniger zu essen bekommen. Auch unterwegs war es schwierig gewesen. Jetzt erreichte er einen Punkt, an dem er einfach nicht mehr konnte. Er musste etwas essen. Sofort. An Schlaf war nur zu denken mit zumindest oberflächlich gefülltem Bauch. Die Vorstellung eines duftenden, knusprigen Brotes wuchs in seinem Kopf zu einer Verheißung, zu einem Lockruf, der ihn wie fremdgelenkt aufstehen ließ. Er schlüpfte in seine Schuhe und schlich hinunter, verließ die Villa und wartete eine Minute, ehe die Augen sich an die Dunkelheit gewöhnt hatten. Er lief durch das Törchen in den kleinen Stall, streichelte kurz die Geheimkuh namens Féline, die ihn trübe anglotzte, nahm aus dem Regal mit Werkzeugen einen Schraubenzieher und eilte zurück. Im Empfangsraum – ohne Licht zu machen, ohne nach links und rechts zu blicken – schraubte er das Scharnier des Schranks mit dem streng rationierten Brot ab, der von Frys Stellvertreter, einem strahlend gut gelaunten Mann mit dem Spitznamen Beamish, verschlossen worden war. Max nahm die Stifte heraus, klappte die Tür auf, ja, da lag das Brot. Das Wasser schmolz ihm auf der Zunge. Er wollte schon zugreifen, als er hinter sich eine Stimme hörte: »Was tun Sie da?«

Max fuhr herum.

Auf dem steifen Ledersessel beim Kamin saß ein Mann, der jetzt aufstand, während der schwere Sessel ein tadelndes Knautschen von sich gab. Max konnte nur die Umrisse des Mannes erkennen. Die Messinguhr auf dem Kamin schien den Kopf zu schütteln über Max und dessen dreiste Tat. Ihr plumpes Ticken geisterte durch den Raum.

14

Max ging zum Lichtschalter. Der Mann aber sagte leise: »Lassen Sie es aus. Wir müssen Strom sparen.« Und Max gehorchte.

»Wer sind Sie?«, fragte der Mann.

»Max Ernst«, sagte Max und trat einen Schritt auf den anderen zu.

»Mein Name ist Fry. Varian Fry«, hörte Max die Stimme.

Jetzt stand er ihm gegenüber. Der Mond schaute hinter den Wolken hervor, und Max sah ins Gesicht eines schmächtigen, bebrillten Mannes, der ihn an Harold Lloyd denken ließ oder an einen Stummfilmkomiker der zwanziger Jahre, durch deren Humbug immer zugleich die Tragik schimmerte.

Max reichte dem anderen die Hand. »Es tut mir leid«, sagte Max. »Ich wollte mir meine Ration Brot für morgen aus dem Schrank holen.«

Varian Fry lächelte und hob halb ertappt seine Linke, in der noch der Rest einer Rinde lag. »Ich hatte dieselbe Idee. Machen Sie ruhig weiter.«

Max schaute ihn kurz an, sah sein stetes Lächeln, das nicht aus dem Gesicht schwinden wollte, dann kehrte er zurück zum Schrank und vollendete sein Werk. Er hörte, dass Varian Frys Sessel wieder knarrte. Mit seinem Stück Brot in der Hand wollte Max hoch ins Schlafzimmer, doch Varian Fry rief: »Kommen Sie, setzen Sie sich doch.«

Max näherte sich und ließ sich auf einem Stuhl neben Fry nieder, während er das Brot verspeiste, viel schneller, als er es sich vorgenommen hatte. *Langsam kauen* heißt eine Grundregel, die man im größten Hunger oft vergisst.

»Wein?«, fragte Varian Fry, als Max fertig war.

Max nickte.

»Burgunder ist der König der Weine, Bordeaux nur ein ärmlicher Ersatz. Sagt mein Mitarbeiter Danny.« Varian Fry angelte ein zweites Glas vom Bord und schüttete es Max randvoll, ehe er sich wieder setzte. »Franzosen!«, rief er aus. »Nichts zu essen, aber Wein gibt es immer. Neben dem Burgunder haben wir Hermitage, Mercurey, Moulin-à-Vent, Juliénas, Chambertin, Bonnes Mares und Musigny. Was sagen Sie dazu?«

»Und Zigaretten?«, fragte Max.

Varian lachte, wickelte aber ein Tuch auf mit bröckligen Gebilden, die mit etwas Fantasie als Zigaretten durchgehen konnten. »Eukalyptusblätter und Salbei. Das Nikotin hat der Gärtner draufgesprüht. Mittels Zerstäuber. Ich hoffe, da war vorher kein Pflanzengift drin oder so was.«

Die Männer rauchten. Max sagte für eine Weile nichts. Auch Varian Fry schwieg. Jeder hing seinen Gedanken nach. Varian Fry auf dem Ledersessel, leicht lächelnd immer noch, Max auf einem kleineren, ebenso steifen Stuhl unter dem goldgerahmten Spiegel. Plötzlich sagte Max: »Komm ich hier raus? Aus Frankreich? Was denken Sie?« Im nächsten Moment hätte er sich am liebsten auf die Zunge gebissen, weil er die Situation begriff: Varian, der den ganzen Tag über für die Flüchtenden geschuftet hatte und jetzt, am Abend, in aller Ruhe ein Glas Wein trinken und einen Kanten Brot essen wollte, und dann kam er, Max, und fragte ihn nach Fluchtwegen. »Nein«, fügte Max hinzu. »Vergessen Sie's. Es tut mir leid. Genießen Sie Ihren Feierabend.«

Varian Fry horchte auf. Er lehnte sich ein Stückchen vor. »Château Espère-Visa«, sagte er laut und deutlich. »So nennen wir den Laden hier. Alle warten auf ihr Visum. Das ist absurd. Alle denken, sie brauchen *ein* Visum. Dabei brauchen sie fünf.«

»Wie, ›fünf‹?«

»Ja. Zuallererst: ein amerikanisches Visum.«

»Hab ich nicht«, sagte Max und breitete die Arme aus.

»Dachte ich mir. Ohne ein Einreisevisum kommen Sie gar nicht nach Amerika. Dann brauchen Sie einen Sauf-conduit. Einen Passierschein. Mit dem Sie durch Frankreich reisen dürfen.«

»Habe ich.«

»Wasserdicht?«

»Wahrscheinlich nicht.«

»Hm. Drittens brauchen Sie ein Ausreisevisum. Sonst dürfen Sie – zumindest laut Gesetz – Frankreich gar nicht verlassen.«

»Ich weiß. Und wo bekomme ich das Ausreisevisum?«

»Schwer. Die Franzosen stellen die Dinger fast gar nicht mehr aus.«

»Und wie soll man dann rauskommen?«

»Jedenfalls nicht auf legalem Weg.«

Max atmete aus. »Per Schiff?«

Varian Fry schüttelte den Kopf. »Am Anfang haben wir britische Soldaten nach Syrien verschifft und nach Nordafrika, auch das geht nicht mehr. Die italienische Flotte. Unfälle. Die scharfen Kontrollen an den Häfen. Der Landweg bleibt wohl die beste Möglichkeit.«

»Also?«

»Angenommen, Sie schaffen es, mit Ihrem Passierschein durch Frankreich zu reisen. Angenommen, Sie schaffen es auch, die Grenze nach Spanien zu passieren. Gut. Dann brauchen Sie noch ein viertes und ein fünftes Papier: Durchreisevisa. Transitvisa. Eins für Spanien und eins für Portugal. Sonst kommen Sie nicht nach Lissabon. Und nur von Lissabon aus geht es einigermaßen gut nach Amerika.«

Max schwieg.

»Jetzt kommt die Pointe«, sagte Varian Fry und prostete Max endlich mit dem Weinglas zu. »Spanien stellt Ihnen ein Transitvisum nur aus, wenn Sie ein portugiesisches haben. Und Portugal stellt Ihnen ein Transitvisum nur aus, wenn Sie ein gültiges Übersee-Einreisevisum haben.«

»Womit wir wieder am Anfang wären.«

»Und Sie brauchen bezahlte Schiffskarten. Verstehen Sie? Kein Land will diese Flüchtlinge haben. Alle wollen die Leute so schnell wie möglich wieder loswerden.«

Ausgerechnet Frankreich steckte in dieser demütigenden Lage. Frankreich, das Eldorado für Flüchtlinge. Liberale, Republikaner, Sozialisten, Linke, Weißrussen, Deutsche, Österreicher, Tschechen, Polen, Holländer, Belgier, Spanier: Frankreich hatte immer Unterschlupf geboten. Jetzt aber stand im Waffenstillstandsabkommen mit den Deutschen dieser Artikel 19: Die Franzosen mussten den deutschen Besatzern – auf Verlangen – alle in Frankreich lebenden Deutschen ausliefern. Als dieser Surrender-on-demand-Artikel öffentlich wurde, gründeten einige Demokraten in Amerika aus heller Empörung über die Aushebelung des Asylrechts im Hotel Commodore das Emergency Rescue Committee. Sie konnten die Präsidentengattin Eleanor Roosevelt als Verbündete gewinnen, beschafften Geld und suchten jemanden, der den Mut hatte, nach Marseille zu fahren und – legal oder illegal – zumindest den politischen Flüchtlingen und verfolgten Künstlern zu helfen. Sie fanden: Varian Fry, Journalist und bubihafter Harvard-Absolvent, Demokrat und Bewunderer der Schönen Künste, eher Schreibtischtäter als Held. Mit Geheimauftrag und einer Liste von zweihundert Namen reiste Fry nach Marseille und suchte nach geeigneten und sprachgewandten Leuten, die ihm helfen würden. Als Tarnung eröffnete er ein offizielles Wohlfahrtsbüro: Centre Américain de Secours. Harmloses Quäker- und Gutmenschenzeug in den Augen der französischen Beamten. Aber eine Tarnung brauchte er dringend: Die Deutschen durften nicht wissen, was er tat; die

Vichy-Franzosen durften nicht wissen, was er tat; die amerikanische Regierung durfte nicht wissen, was er tat, denn die Amerikaner unterstützten Vichy zu dieser Zeit noch offiziell. Eleanor Roosevelt lenkte die ganze Sache direkt an der Nase ihres Mannes vorbei. Oder aber Franklin stellte sich dumm. Das wusste man nicht so genau.

Varian Fry legte dennoch los wie die Feuerwehr. Schon nach kurzer Zeit stellte er fest, dass die mickrigen drei Wochen, die man ihn hier vor Ort lassen wollte, vorne und hinten nicht reichten: Flüchtlinge rannten ihm die Türen ein. Von überallher. Denn es sprach sich schnell herum, dass ein Held aus Amerika ihnen, den Flüchtlingen, helfen wolle. Die Liste der zweihundert Leute (Politiker, Künstler, Aktivisten), die Fry retten sollte, war lächerlich kurz im Vergleich zu den Millionen von Menschen, die hätten gerettet werden müssen. Was war mit all denen, um die sich niemand kümmerte? Mit all denen, die keiner auf dem Zettel hatte? Die aber ebenso verfolgt wurden?

»Ich«, murmelte Varian Fry in die Dunkelheit, »habe immer allen sofort gesagt: raus hier. So schnell wie möglich. Lieber in Lissabon auf das US-Visum warten als in Marseille.«

»Nur wie?«

»Anfangs ging es ganz gut mit gefälschten Pässen. Vor allen Dingen mit tschechischen Pässen. Nur fiel das irgendwann auf. Dann haben wir mit den Konsuln vor Ort verhandelt: Einige Flüchtlinge bekamen chinesische oder siamesische Visa. Mit einem Visum für China wurden ihnen auch die Durchreisevisa für Spanien und Portugal ausgestellt. Aber das geht alles nicht mehr. Fest steht: Sie brauchen ein US-Visum, Herr Ernst. Sonst wird es schwer. Das wird hier unsere Aufgabe sein in den nächsten Wochen.«

»Und was muss ich tun?«

»Auf ein reguläres Quotenvisum müssten Sie mehrere Jahre

warten. Es geht hier um ein Notvisum: Special Emergency Visitor Visa for Endangered Persons. Mrs. Roosevelt sei Dank. Dazu brauchen Sie nur vier Dinge.«

»Nur vier?«

»Ein Gutachten eines US-Bürgers zu Ihrer Person.«

»Ich kenne in Amerika ein paar Leute.«

»Einen Nachweis der akuten Gefährdung durch die Nazis.«

»Bilder von mir waren Teil der Ausstellung *Entartete Kunst*.«

»Ein Affidavit of Sponsorship. Eine eidesstattliche Erklärung. Wieder von einem US-Bürger. Am besten von einem Prominenten, der für Ihre Integrität bürgt, für Ihre politische und moralische Integrität. Und ein Affidavit of Support: eine zweite eidesstattliche Erklärung. Ein US-Bürger bürgt in finanzieller Hinsicht. Er steht im Notfall mit seinem Geld für Sie ein.«

»Peggy«, murmelte Max sofort.

»Peggy Guggenheim? Sie hat schon einigen geholfen. Ein guter Mensch. Macht aber nie Aufhebens darum.«

Max erhob sich. Er nickte Varian Fry zu. Der stand auf, sein Sessel gab ein kurzes, erschrockenes Uff von sich, Fry trat nah an Max heran und sagte: »Sie haben es bis hierher geschafft. Nach Marseille. Allein und ohne Hilfe. Jetzt sind Sie nicht mehr allein. Jetzt haben Sie Hilfe. Morgen fangen wir an. Gute Nacht. Ich freue mich, dass Sie hier sind.«

Es war wundersam still in der Villa. Ab und an klackerte ein Zug vorbei. In einem Marseiller Hotel wäre es sicher viel lauter gewesen, dachte Max, kurz bevor er einschlief. Doch schon am nächsten Morgen erfuhr er: In Marseille herrschte in den Nächten eine noch viel gespenstischere Ruhe als hier draußen. Die Regierung hatte die Zeit zwischen Waffenstillstand und Frieden zur Staatstrauerzeit erklärt. Streng untersagt waren Tanz, Musik und alle sonstigen Vergnügungen.

15

Die Vichy-Regierung erließ ein »Judenstatut« und strebte eine radikale »Säuberung der Verwaltung« und der staatlich kontrollierten Berufe an. Dazu mussten die deutschen Verbündeten kaum Druck ausüben. Man beteiligte sich freiwillig: »Die ausländischen Staatsangehörigen jüdischer Rasse (ressortissants étrangers de race juive)«, hieß es, »können mit Verkündung des vorliegenden Gesetzes aufgrund einer Entscheidung des Präfekten des Departements, in dem sie ihren Wohnsitz haben, in besondere Lager (Camps spéciaux) eingewiesen werden.« Und Lou Straus-Ernst dröhnte der Knall des Stempels noch im Ohr. In ihrem Ausweis stand dieses Wort: *Juif*.

Doch dann erreichte sie ein Brief.

Ein Brief von Jimmy.

Und Lou Straus-Ernst durfte nach Marseille reisen.

Ins Konsulat.

Sie hielt den Blick auf den Boden gerichtet. Ihre Haltung der letzten Monate: nur nicht auffallen, nur keine Blicke auf sich ziehen. Lous Sohlen schabten leise über die steinernen Treppen des Jugendstilgebäudes. Sie bog um die Ecke und ging an der langen Reihe der Wartenden vorbei. Die Stühle im Flur waren alle belegt. Zusätzlich lehnten die Wartenden an den Wänden oder hockten auf dem Boden, die Raucher standen an den Fenstern. Lou stockte, sie blieb kurz stehen, dann lächelte sie, erhöhte die Frequenz ihrer Schritte und ging zielstrebig auf einen Mann zu, der sich aus dem letzten Fenster am Ende des Flurs gelehnt hatte.

»Heute schon was vor?«, fragte sie.

Max drehte sich um. Er ließ die Zigarette in den Hof fallen und nahm Lou in den Arm. Es schien, als wolle er sie nicht mehr loslassen.

»Lou«, sagte Max und gab ihr einen Kuss auf die Wange.

Und dann sprachen sie über Jimmys Plan.

Allen war klar: Das Interesse der Amerikaner galt Max, dem Künstler. Lou war weder berühmt noch reich genug für eine mögliche Rettung. Sie war keine Dichterin, Malerin oder Denkerin und kein politischer Flüchtling. Max hatte nur ein Visum bekommen, weil es in Amerika ein paar Kulturmenschen an wichtigen Stellen gab, die seine Werke schätzten: Alfred Barr zum Beispiel, Direktor des Museum of Modern Art, für den Jimmy gerade arbeitete. Lou aber gehörte zur Masse der unbekannten und – die Wahrheit klang für sie noch nicht einmal zynisch – bedeutungslosen Menschen, die man zwar alle gern gerettet hätte, aber nicht retten konnte, schon allein aus Kapazitätsgründen. Jimmy hatte daher für seine Mutter nur eine einzige Möglichkeit gesehen: Er wollte Lou *als Frau des Künstlers Max Ernst* in die Staaten holen. Sein Plan beruhte auf einer äußerst vagen Hoffnung: Die Scheidungsdokumente seiner Eltern hatte Jimmy mit nach Amerika genommen. Vielleicht, dachte er und sagte es auch Alfred Barr, seinem Chef, sind diese Unterlagen nie ins Französische übersetzt worden? Max und Lou könnten einfach so tun, als seien sie noch verheiratet. Zu behaupten, dass alle Papiere im Kriegschaos verloren gegangen seien, klang nicht übertrieben. Das amerikanische Einreisevisum, das Jimmy seinen Eltern besorgt hatte, war demnach ausgestellt auf die Eheleute Maximilian Maria Ernst und Luise Straus-Ernst.

Endlich wurden sie aufgerufen. Der Beamte musterte die beiden. Er sah müde aus, seine Wangen hingen herab, er bemühte sich um einen Hauch Freundlichkeit. »Mir liegt hier ein Visum für Sie vor«, sagte er. »Ein Einreisevisum nach Amerika. Selten gesehen. Antragsteller: Hans-Ulrich Ernst. Ihr Sohn?«

»Ist der Vizekonsul nicht im Haus?«, fragte Max. »Varian Fry hat gesagt, dass ich …«

»Ich bitte Sie, meine Fragen zu beantworten. Es tut mir leid. Sehen Sie nicht, was hier los ist? Also: Hans-Ulrich Ernst ist Ihr Sohn?«

»Ja. Hans-Ulrich klingt komisch. Wir nennen ihn Jimmy.«

»Ihr gemeinsamer Sohn?«

»Ja.«

»Wohnhaft in New York?«

»Ja.«

»Einundzwanzig Jahre alt?«

»Ja.«

»Und Sie sind seine Eltern?«

Max stockte. Lou runzelte die Stirn. »Wenn er unser gemeinsamer Sohn ist«, sagte Lou, »macht uns das nicht zwangsläufig zu seinen Eltern?«

»Antworten Sie bitte auf meine Frage.«

»Ja.«

Der Beamte blätterte jetzt lustlos in seinen Papieren. Er ruckte auf dem Stuhl ein wenig hin und her, und plötzlich erhellte sich sein Blick. Er förderte ein Dokument zutage und hielt es ins Licht, als wolle er es auf seine Echtheit prüfen. Dann schüttelte er den Kopf. Der Beamte sagte: »Interessant.« Lou und Max warteten auf eine Fortsetzung. »Das Einreisevisum in die USA«, sagte der Beamte, »das mir vorliegt, gilt für die *Eheleute* Maximilian Maria Ernst und Luise Straus-Ernst. Davon, dass Sie geschieden sind, sagt das Visum nichts. Sehen Sie?«

Jimmys Plan löste sich mit einem Schlag in Luft auf.

»Ich hoffe, das stellt kein Problem dar?«, fragte Max.

»Doch, doch, das stellt ein großes Problem dar. Aus dem Land ausreisen darf nur Max Ernst mit seiner Frau, keinesfalls aber Max Ernst mit seiner geschiedenen Frau. Das ist ein Unterschied.«

»Könnten Sie das«, sagte Max, »vielleicht einfach ändern? Formlos? Ein kleiner Vermerk? Geschieden? Stempel und …« Schon während er sprach, merkte er, wie lächerlich das klang.

Der Beamte schüttelte gelangweilt den Kopf.

»Und was jetzt?«, fragte Lou.

»Sie«, sagte der Beamte und deutete auf Max, »könnten das Land verlassen mit dem Visum.«

»Ich?«, rief Max.

»Sie«, fügte der Beamte hinzu und zeigte auf Lou, »leider nicht.«

»Weil Lou Jüdin ist?«, fragte Max tonlos. »Ist es das?«

Der Beamte reagierte nicht.

»Weil sie nicht bekannt genug ist?«, rief er plötzlich. »Nicht berühmt genug?«

Der Beamte notierte irgendwas.

»Ja, glauben Sie etwa, *ich* bin bekannt!?« Max ignorierte den Ellbogenstoß seiner Exfrau. »Glauben Sie, *ich* sei es wert, gerettet zu werden? Glauben Sie, *ich* kann von meinen Bildern leben? Glauben Sie, *mich* erkennt irgendwer auf der Straße? Es gibt nur ein paar Museumsdirektoren, die denken, ich sei ein Künstler. Das ist alles. Was tue ich denn? Ich schmiere Farbe auf Leinwände. Zerschneide Prospekte und klebe sie wieder zusammen. Ich pause Holzböden ab. Das macht jedes kleine Kind! Dann müssten Sie auch jedem kleinen Kind ein Visum …«

»Bitte mäßigen Sie sich, Herr Ernst«, sagte der Beamte, jedoch mit nachsichtigem Augenaufschlag.

Max schwieg. Es dauerte eine Weile, ehe er sich wieder beruhigt hatte. Währenddessen tat der Beamte nichts, er schien darauf zu warten, dass die beiden endlich aufstanden und den

Raum verließen, aber irgendwie traute er sich nicht, das zu sagen.

»Moment«, rief Max plötzlich, als habe ihn etwas gestochen. »Sie haben doch gesagt, das Visum gilt für die *Eheleute* Ernst?«

»So ist es.«

»Und wenn die *Eheleute* Ernst vor Ihnen säßen, würden Sie ihnen das Visum auch aushändigen, das gemeinsame Visum?«

»Ja. Das würde ich.«

»Mit anderen Worten: Wenn ich meine geschiedene Frau wieder heirate, wäre das alles kein Problem?«

Der Beamte schaute überrascht hoch, verbarg seine Nase ein paar Sekunden hinter einem Papier, ehe er sagte: »Das wäre eine Möglichkeit, der ich nichts entgegensetzen könnte.«

Im selben Augenblick sprang Max auf. Er fasste Lou bei der Hand und verließ mit ihr das Konsulat, indem er an der Tür dem Beamten zurief: »Wir sind bald wieder da!«

16

Der Frühling kroch aus den Löchern, und die Mauern strotzten vor Testosteron. *Vivent les pineurs!* stand dort, es leben die Sexprotze, die Stecher, die Vögelnden, da musste was raus, da wachte was auf, da rührten sich Säfte. Doch Peggy Guggenheim las auch andere Sprüche auf den Mauern: *Vive Pétain* kritzelten die Freunde der Kollaboration. Manche beschränkten sich auf das V-Zeichen für *Victoire*. Die Anhänger von Charles de Gaulle, der geduldig von England aus versuchte, die Franzosen zum Widerstand zu animieren, wurden von der BBC per Radio dazu aufgefordert, hinter das V-Zeichen ein H zu machen, und H stehe für *Honneur*, für die Ehre, die man gewönne, böte man den deutschen Staubsaugern weiterhin die Stirn in Maquis und Résistance. Peggy Guggenheim schaute sich um. An den Fenstern der Bäckereien hingen amerikanische Fähnchen. Die Amerikaner liebten den Zuckerbrotkrieg, sie hatten den hungernden Franzosen haufenweise Mehl geschenkt, und nun hofften sie auf die Zuneigung und Unterstützung der Zivilisten. Doch die Kriegsveteranen-Legion Pétains war schon unterwegs, die Fähnchen wieder abzuhängen.

Ein wenig pikiert angesichts der Tatsache, dass keine Taxis frei waren, saß Peggy Guggenheim Ende März 1941 – nachdem sie ihren Platz mit einem Taschentuch bedeckt hatte – mit spitzen Fingern in der Tram Nummer 14, in der es keine Erste-Klasse-Abteile gab wie im Zug. Und den Zug hatte Peggy nur genommen, weil sie keine Lust mehr hatte auf die zähe Fahrt in einem Auto durch den Stau der Flüchtlinge, der sich immer noch nicht auflöste.

Peggy war schon mal hier gewesen, in Marseille, in der Villa Air-Bel, noch im letzten Jahr, sie hatte auch André Breton und seine Familie getroffen. Breton: Löwe und gleichzeitig Dompteur. Ein Widerspruch in sich. Peggy mochte André nicht. Er glich einem Schauspieler mehr als einem Dichter. Bewegte sich aber steif und ungelenk, irgendwie gewollt royal. Peggy fiel kein besseres Wort ein, wenn sie an ihn dachte. Pompös. Aufgesetzt pompös. Polternd und tamtam-pompös. Bei Peggys erstem Besuch hatten alle noch andächtig Bretons Worten gelauscht. Was Peggy am meisten störte: Breton hatte in ihren Augen nicht den geringsten Funken Humor. Dadurch – so ihre Erklärung – war er vom Liebhaber der Spontaneität zum Dogmatiker geworden. Und seine Frau Jacqueline, diese ehemalige Unterwassertänzerin, die war doch nichts als ein affektierter Affe. Das Kind tat Peggy leid, wie hieß sie noch gleich? Aube? Morgendämmerung? Jedes ihrer Strichmännchen, das sie fabrizierte, wurde wie ein neuer Picasso herumgereicht und mit einem Feuerwerk des Lobes gefeiert. Und Aube stolzierte wie ein Pfau davon, um rasch ein neues Machwerk zu kritzeln und die Anerkennungsdosis zu erhöhen. Kinder, dachte Peggy, sollten niemals gelobt werden. Lobhudelei ist der erste Schritt zur Lebensunfähigkeit. Schon allein dieser Name. Aube! Und ausgerechnet André und Jacqueline hatten über die Namen Sindbad und Pegeen die Nase gerümpft? Irgendwie war Peggy froh, dass Breton schon fort war mit seiner Familie, auf der Capitaine Paul Lemerle, Richtung Martinique.

Wow, diese Männer, diese jungen Männer, die in den Platanen saßen und altes Zweigwerk entfernten. Peggy blickte auf die Muskeln, die sich beim Schnipsen, Sägen und Festklammern spannten. Eidechsen schlüpften aus Felsenverstecken, Fuchsien und Mimosen und Fliederbüsche blühten in den Wäldern, auch Vögel flatterten schon. Endlich stand sie vor der Villa Air-Bel, sie wandte dem Eingang den Rücken zu, erblickte eine Bank, Schaukeln, die Treppen in den Garten und den Teich: Fette Krötenweibchen schleppten ihre winzigen Männchen huckepack durchs Wasser. Peggy wusste ihren Auftritt gut zu inszenieren, sie hatte nur eine einzige Tasche dabei, der Rest lag in ihrem Marseiller Hotel, sie hatte nicht vor, hier zu übernachten. Jetzt setzte sie sich auf die Bank, öffnete die Tasche, zog einen fetten Batzen heraus und wickelte das Schutzpapier ab. »Bitte! Hier! Echter Yorkshire-Schinken!«, rief sie Richtung Haus und legte den Batzen auf das Schutzpapier neben sich. Die Bewohner der Villa glitten aus dem Haus wie die Haie. Peggy fütterte jeden Einzelnen von ihnen, schnitt mit einem Taschenmesser grobe Stücke ab und reichte sie herum. Sie hatte sich vorgenommen, Max Ernst keine übergroße Aufmerksamkeit zu schenken. Wenn sie ihn rumkriegen wollte, musste sie seine Eroberungsinstinkte wecken. Doch als sich Max näherte, leicht zitternd, nicht weil es zu kalt gewesen wäre, sondern wahrscheinlich weil er in diesen Tagen unablässig hungerte, vergaß sie ihre Strategie, stand auf und umarmte ihn zur Begrüßung, etwas fester als nötig.

»Danke«, sagte Max. »Für das Geld, das Sie mir geschickt haben.«

»Keine Ursache. Ich kriege ja Ihre Bilder dafür. Und sprechen Sie ruhig Französisch. Sie sind noch nicht in Amerika. Essen Sie erst mal.«

Peggy sah zu, wie Max sich den Schinken zwischen die schmalen Lippen stopfte und mit halb geschlossenen Augen kaute. Die übrigen Bewohner zogen sich in die Villa zurück. Nur Max blieb draußen.

»Wie ist die Lage?«, fragte Peggy.

Max nickte. »Gut«, sagte er mit vollem Mund. »Ich habe das US-Visum.«

»Glückwunsch.«

»Aber ich brauche noch Transitvisa. Nach Lissabon zu kommen wird schwierig genug, sagt Varian.«

»Was macht die Kleine? Leonora? Wie heißt sie noch? Carrington? Die ich bei Ihnen in Paris getroffen habe. Sie wissen schon, ich hab ein Bild von ihr gekauft. Das mit den vier Pferden.«

»Fünf. Es waren fünf Pferde.«

»Von Beruf Erbsenzähler?«

»Ich weiß nicht, wo Leonora steckt. Sie wollte nach Lissabon.«

Peggy schwieg eine Weile, dann frage sie: »Und Lou?«

Max schaute auf. »Lou?«

»Ja, Lou.«

»Es gab ein Visum für sie. Als meine Frau.«

»Aber Sie sind doch geschieden?«

»Das war das Problem. Ich hätte sie noch mal geheiratet. Aber Lou wollte nicht.«

»Nein?«

»Sie mag keine Betrügereien. Sie hat gesagt: Das wird nicht nötig sein. Ihr Lieblingssatz: Ich bin eine unverbesserliche Optimistin.«

»Eine Optimistin heute ist blind oder naiv«, sagte Peggy. »Wo ist sie jetzt?«

»Zurück in Cannes, bei ihrem … bei Fritz Neugass.«

»Was starren Sie denn so die ganze Zeit?«, fragte Peggy plötzlich.

»Ihre Ohrringe dort.«

»Ach so. Das sind kleine Bilder. Fünf auf drei Zentimeter. Yves Tanguy hat sie gemalt. Das war mein vorletzter Liebhaber. Drittletzter. Entschuldigung. Ich habe den Überblick verloren.«

Max betrachtete die Tanguys genauer. Dabei lehnte er sich nah zu Peggy hinüber und merkte, dass ihr Atem so rasch ging, als wäre sie gerade die Treppen hochgelaufen.

»Herbert Read«, rief Peggy. »Kennen Sie doch. Der sagte, das seien die besten Tanguys, die er je gesehen habe!« Peggy lachte, Max schwieg, er mochte das dreckige Lachen von Peggy, das aus ihrer Altstimme drang, er lehnte sich zurück und schluckte den letzten Schnips Schinken. »Und was ist mit meiner Nase?«, rief Peggy. »Sie schauen doch die ganze Zeit auf meine Nase.«

Max schüttelte den Kopf.

»Schönheitsoperation in Cincinnati. Ich wollte immer so eine schlanke, niedliche Nase haben wie meine Schwestern. Es gab Komplikationen, die Schmerzen waren so stark, dass ich dem Chirurgen gesagt habe, er solle sofort aufhören und alles lassen, wie es sei.«

»Ihre Nase stört mich nicht.«

»Seitdem schwillt die Knolle an. Bei schlechtem Wetter. Ist gar nicht so unpraktisch. Ich habe immer ein Barometer dabei.«

Max zog ein Taschentuch aus dem Mantel und trötete hinein, dabei blähten sich seine Wangen. »Geschenk aus dem Ersten Weltkrieg«, sagte er. »Ein Pferdetritt. Ich habe mich einem belgischen Hengst von hinten genähert. Seitdem plustert sich mein Gesicht beim Naseputzen.«

Peggy zog ihre Bluse hoch, sehr viel höher, als es hätte sein müssen, sodass Max nicht nur den unteren Bauch und das Nabelloch sah, sondern auch den Rand ihres Büstenhalters. Peggy deutete auf eine Narbe.

»Blinddarm«, sagte sie. »Als Kind. Ich bin in der Nacht aufgewacht und habe meinen Eltern gesagt: Wenn ich nicht sofort ins Krankenhaus komme, muss ich sterben.«

Max beugte seinen Kopf zu Peggy, hielt ihn über ihre Brust, sodass sie ihm auf die Haare sehen konnte, die er mit den Händen teilte, und sagte: »Rückstoß von einem Gewehr. Fragen Sie nicht. Ich hab mich ziemlich albern angestellt im Krieg. Im Grunde war ich selber gefährlicher für mich als jeder Feind.«

Peggy öffnete den Mund und sagte: »Zahn verloren. Bei einem Reitunfall. Der hier ist falsch.«

Max zog seinen Mantel aus und das Hemd, er saß mit nacktem Oberkörper vor Peggy und drehte ihr den Rücken zu. »Hier hat mich ein Hund gebissen.«

»Wo?«

»Sieht man es nicht mehr?«

»Hier?«

»Bisschen tiefer. Ja, da.«

»Ach so, hier, ja?«

»Ja. Genau. Da. Eine Bestie von Dogge. Ich habe mich auf den Bauch geworfen, das Gesicht mit den Händen geschützt. Zum Glück war der Besitzer in der Nähe. Ein Uhrmacher aus Österreich. Er hat mir danach drei Uhren geschenkt.«

»Drei Uhren?«

»Immerhin das.«

»Drei Uhren für ein und dieselbe Zeit. Komisch, oder?«

»Wie viele besitzen Sie, Peggy?«

»Keine Ahnung. Zwanzig?«

Peggy zog ihren linken Schuh aus, löste einen Strumpf vom Strumpfhalter und rollte ihn langsam nach unten, bis endlich ihr nackter Knöchel zu sehen war. »Beim Schlittschuhlaufen«, sagte sie. »Und hier, mein Kinn: Das war mal gebrochen.«

»Sie haben gewonnen, Peggy«, sagte Max und zog Hemd und Mantel wieder an. »Übermorgen habe ich Geburtstag. Ich werde fünfzig. Da gehen wir alle was essen. In der Stadt. Am Vieux Port. Kommen Sie mit?«

Ehe sie in der Villa verschwanden, blieben sie noch eine Weile eng nebeneinander stehen. Sie blickten auf den Teich und den französischen Garten. Der war ganz und gar nicht mehr verwildert. Die Bewohner des Château Espère-Visa hatten inzwischen einiges angepflanzt. Bald würden sie beginnen, die ersten Sachen zu ernten: Tomaten, Rettich, Salat und grüne Bohnen. Aus einem der Bewässerungsbecken könnte man gut ein Schwimmbad machen. Fast wäre es ein Paradies, dachte Max. Wenn einem nur nicht die Deutschen im Nacken säßen.

17

Peggy Guggenheim redete manchmal gern, und dabei konnte es durchaus vorkommen, dass sie ihr Gegenüber beim Reden einfach vergaß und nur noch für sich selber sprach, ihr Schwung riss sie mit, eine Lawine, über die sie die Kontrolle verlor, und der andere musste sich ihr mit aller Gewalt in den Weg stellen, wenn er noch zu Wort kommen wollte. Aber Peggy konnte auch zuhören, schweigen, lauschen, die Augen direkt auf den anderen gerichtet, ergründen, verstehen, erahnen. Sie konnte andere Menschen pointiert skizzieren, in trockenen Worten, in präzisen, lakonischen, süffisanten Sätzen; sie konnte den, über den sie gerade sprach, exakt auf den Punkt bringen, wobei sie ihre Urteile gern in Fragen kleidete oder mit einem angeklebten »nicht wahr?« nach Bestätigung trachtete. Am liebsten aber horchte sie die Leute aus. Ein rasches Frage- und Antwortspiel, das eher einem Verhör glich als einem Gespräch. Vornehmlich wenn es um Sexuelles ging. Da war sie direkt und unverblümt. Das hatte sie von ihrer Großmutter und ihrer Mutter. Vor allem mit Männern redete sie gern über Sexuelles, allen voran mit jenen Männern, mit denen sie noch nicht geschlafen hatte, mit denen sie aber in Kürze schlafen würde, weil einfach kein Weg daran vorbeiführte. Mit Männern wie Max zum Beispiel.

Die beiden saßen in der Bibliothek der Villa und tranken Wein, während sie – auf Peggys Initiative hin – mit geradezu chirurgischer Präzision alle möglichen sexuellen Praktiken besprachen. Es glich einem Quartettspiel. Verschiedene Arten der Lusterzeugung; verschiedene Stellungen (Max räumte ein, dass Peggy – offensichtlich durch die Lektüre des Kamasutra – einen

Vorsprung hatte); Schärfe, Härte, Zärtlichkeit; Hingabe, Dominanz, Rohheit; die Orte, an denen man es getrieben hatte (als Peggy die Aussichtsplattform des Eiffelturms nannte, sagte Max: »Das ist nicht zu übertreffen!«).

Peggy ließ nicht locker. Sie wollte einfach alles wissen. Und diese obszönen Worte kribbelten ihr wohlig auf der Zunge, und die Vorstellung, Max Ernst durch diese Worte zu erregen, wärmte ihren Bauch.

Endlich ging es ins Detail.

»Jetzt bitte: genaue Beschreibungen«, sagte sie. »Worte finden für die, sagen wir, vier intensivsten Erlebnisse mit Frauen.«

»Warum gerade vier?«, fragte Max.

»Keine Ahnung. Lieber acht?«

»Nein, vier reichen.«

Also gut.

Max fing an.

Er nannte keine Namen.

Dachte aber an Lou, Gala, Marie-Berthe, Leonora.

Bei Lou waren es vor allem die Kontraste. Lous Unschuld auf der einen Seite. Auf der anderen Seite ihr kluger Kopf, den Max so bewunderte. Ein abwartendes Tasten, auf Körperkontrolle bedacht, konnte völlig unerwartet kippen und der Kopfmensch Lou wurde zu einem Stier, der außer sich geriet. Dann wieder lächelte sie wie ein Kind, dem man ein Eis schenkte, oder sie sah Max mit großen Augen an, als wolle sie ihm ihre Liebe mit direkten Blicken zuwerfen und zugleich sein Herz mit staunenden Fragen löchern.

Mit Gala dagegen war es eher ein Tanz der Eleganz. Gala beherrschte ihren und seinen Körper: Das mochte an den Ballettstunden liegen, die sie als Kind gehabt hatte, an ihren sportlichen Ertüchtigungen, an ihrem natürlichen Körpersinn. Max fühlte sich manchmal als Teil einer Choreografie, die Gala spontan für ihn erdachte, auf angenehme Weise geführt. Mal wilder, mal ruhiger, mal zackiger, mal geschmeidiger.

Marie-Berthe gab sich vollkommen auf. Sie erniedrigte sich. Jedenfalls zuletzt. Und sie tat alles, was Max von ihr verlangte. Je schrecklicher oder schmerzhafter oder demütigender die Dinge waren, die sie – seinen Befehlen folgend – für ihn tun musste, umso erregter wurde sie, eine bittere Erregung, die wie eine Flamme auch auf Max übergriff, beide stürzten in Fallen ihrer Fantasien, von denen sie nicht gewusst hatten, dass es sie überhaupt gab.

»Konkreter«, schimpfte Peggy und wischte Spucke von der Unterlippe.

»Ein bisschen was«, sagte Max, »muss man immer auch der Einbildung überlassen. Sonst verhungert sie.«

»Was? Wer verhungert sonst?«

»Die Einbildung.«

»Sie sind ein Feigling.«

»Ich bin ein Künstler.«

Schließlich Leonora. Auch ihren Namen verschwieg Max. Leonora, ja, mit ihr hatte Max beinah das erlebt, was man wohl *Verschmelzung* nannte.

»Beinah?«, fragte Peggy und schüttelte den Kopf. »Wie kann man beinah etwas erleben? Wenn ich sage, ich war beinah auf dem Matterhorn, dann war ich trotzdem nicht oben.«

»Aber Sie haben den Gipfel gesehen, Peggy.«

»Ts. Werden Sie mal genauer, Monsieur Max.«

Ob im Mischen der Farben, im Vermengen der Zutaten und Gewürze in der alchemistischen Küche, im Chemielabor, im Liebesakt: Alles Leben, alle Veränderung, alle Entwicklung, alles Neue entsteht aus Verschmelzung. Die Verschmelzung, gelänge sie vollkommen, davon war Max überzeugt, wäre kein sexueller Akt mehr, sondern eine mystisch-magische Erfahrung, ein neuer

Weg der Erkenntnis, ein spiritueller Augenblick, der Max nicht nur Leonora berühren ließe, sondern die ganze Welt, ein Blitz, durch den Max alles in einem neuen Licht sehen würde, eine Erleuchtung. Und wenn er alles in neuer Weise sehen würde, dann würde er auch ganz anders malen können. Max musste lachen. Ihm erschienen seine Worte zu abstrakt, zu ungreifbar, zu vage. Worte waren für ihn ohnehin nichts als Kleider der bloßen Gefühle. Daher der Ausdruck: *etwas in Worte kleiden*. Ja. Worte schützten, sie wärmten, aber sie verbargen auch die Empfindsamkeit der Haut. Sprache war nur ein Schleier für das Unmittelbare. Ein Bild dagegen konnte etwas aufreißen, Musik auch, aber ein Satz verdeckte bloß, ein Dichter ist ein Bauer, der Erde umschichtet.

»Ich glaube, Sie verlieren gerade den Faden«, sagte Peggy.

Wenn Max an die Nächte mit Leonora dachte, sah er zunächst ihre Augen vor sich. Max kam es vor, als würde Leonora während des gesamten Ringens nicht eine Sekunde lang ihre Lider schließen. Selbst den Lidschlagreflex hatte sie ausgeschaltet. In ihrem Blick blitzte immer ein flüchtiges Erstaunen über das, was gerade geschah, auf, eine heimliche Freude, eine Ungläubigkeit, die Max beglückte: Ich, Leonora, schlafe mit ihm, mit Max. Aber das erwuchs nicht aus irgendeiner Bewunderung der ehrfürchtigen Schülerin für den Meisterkünstler. Nein, Max dachte: Sie sieht mich. Sie sieht mich an. Sie sieht mich an und will mich so sehen, wie ich bin. Zugleich lockt sie mich hinein. Will mir etwas zeigen, das ich nicht kenne. Will mich irgendwohin führen. »Worte!« Max zündete sich eine Zigarette an. »Wieder nichts als Worte. Ich kann diese Frau nicht malen. Ich kann sie nicht beschreiben. Ich kriege sie nicht zu fassen.«

»Sprechen Sie von Leonora?«, fragte Peggy.

»Namen nenne ich nicht.«

»Vielleicht ist es ja auch nur das, was die Menschen seit Hunderten von Jahren als *Liebe* bezeichnen.«

»Liebe? Auch so ein hohles Wort. *Liebe*, *Seele*, *Herz* und *Zeit*: Jeder benutzt die Worte, keiner kennt ihre Bedeutung.«

»Also gut«, sagte Peggy. »Das ist es? Fassen wir zusammen: Kontrast, Schönheit, Erniedrigung, Verschmelzung?«

»Wenn Sie so wollen.«

»Und Paul?«

»Was ist mit Paul?«, fragte Max und schaute überrascht.

»Wie war es mit Paul?«, fragte Peggy.

»Sie haben drei Bilder von mir gekauft. Peggy. Aber das waren alles *alte* Bilder. Wieso eigentlich? Was ist mit den neuen Bildern? Was ist mit meinen Décalcomanien?«

»Mit denen kann ich nichts anfangen.«

»Warum nicht?«

Peggy lächelte. »Da ist nur Leonora drauf zu sehen. Auf den neuen Bildern. Immer nur Leonora.«

Max blickte Peggy lange an.

Dann nickte er.

»Morgen werde ich fünfzig«, sagte Max.

»Sagten Sie schon. Ich hab eine Flasche Wein dabei. Aus Saint-Martin-d'Ardèche.«

»Jetzt sind Sie dran, Peggy: Ihre vier – wie haben Sie das genannt? –, Ihre vier intensivsten Erlebnisse.«

»Na, dann passen Sie mal auf, Sie Künstler, Sie.«

18

Sie schaufelten Meeresfrüchte im Basso am Vieux Port, und Peggy zahlte. Nachdem sich die anderen Geburtstagsgäste verabschiedet hatten, hakte sich Peggy bei Max unter und führte ihn in ihr prächtiges Hotel. Dort entdeckte Max jetzt die Peggy-Variante des Verkehrs. Hätte sie ihn danach gefragt, hätte er gesagt: Durst. Peggy schien ihm wie eine Verdurstende, die er retten musste. Er kam nicht darum herum, Peggy das zu geben, was sie von ihm verlangte. Max hatte noch nie eine Frau erlebt, der es in solcher Ausschließlichkeit um ihre eigene Lust ging wie Peggy. Sie hatte nichts anderes im Sinn. Max musste auf jede Regung Peggys horchen und jedem Rhythmus folgen, teilweise gab Peggy Kommandos, tiefer, rechts, links, nicht stoßen, bitte kreisen, komm schon! Das Befolgen der Anweisungen erregte Max auf neue Weise. Denn auch er zeigte die Eitelkeit eines Liebhabers: Ein gutes Zeugnis wirkte Wunder gegen postkoitale Traurigkeit.

Ein paar Tage später wurden die Juden aus den Marseiller Hotels »gescheucht«, wie Peggy schrieb, und an »spezielle Orte« gebracht. Und an Peggys Tür stand eines Morgens ein Polizist in Zivil. Als Peggy öffnete, trat er ungeniert herein und verlangte die Papiere.

»Weshalb?«, sagte Peggy.

»Guggenheim?«, sagte der Polizist. »Das klingt jüdisch.«

»Ein Schweizer Großvater«, sagte Peggy. »Wie heißt Ihr Vorgesetzter? Warum sind Sie allein hier?«

»Die Papiere!«

Peggy gehorchte.

»Sie kommen jetzt mit«, sagte der Polizist.

»Soll ich Ihnen im Bademantel folgen?«

»Ziehen Sie sich an. Ich warte unten.«

In der Lobby trat zum Glück ein zweiter Polizist zu Peggy, entschuldigte sich für das Fehlverhalten seines Untergebenen und gab Peggy die Papiere zurück. Als Amerikanerin habe sie keine Schwierigkeiten zu erwarten. Die Amerikaner seien Freunde. Erst gestern sei wieder ein Schiff mit Lebensmitteln hier eingetroffen. Man beendete die Razzia. Peggy zitterte vor Wut, vor Angst, verlangte, die Hotelmanagerin zu sprechen, fauchte: »Wie können Sie so was zulassen?«

»Och, das ist nicht so schlimm«, sagte die Managerin, »die sammeln nur alle Juden ein.«

Die sammeln nur alle Juden ein.

Peggy starrte sie entgeistert an.

Die sammeln nur alle Juden ein.

Dieser Satz.

Die sammeln nur alle Juden ein.

Aus dem Mund einer Französin.

Die sammeln nur alle Juden ein.

Aus dem geschminkten Mund einer kultivierten Französin.

Die sammeln nur alle Juden ein.

Einer Hotelmanagerin.

Verstanden hatte sie es längst, jetzt aber *fühlte* Peggy endlich, welches Grauen sich gerade anbahnte. Viel zu spät, dachte sie, wir sind viel zu spät dran, es muss schneller gehen mit der Ausreise. Schon am nächsten Morgen hieß es in den Zeitungen: »Die Behörden verschärfen das Judenstatut.« Peggy musste Druck machen, sie musste die Sache beschleunigen, sie musste ihre Kontakte spielen lassen, nach Amerika, sie musste telegrafieren. Den Tag über verbrachte sie im Hotel, sie wagte sich nicht auf die Straße. Erst in der anbrechenden Dunkelheit ging sie aufs Telegrafenamt, jenseits des verlassenen Platzes hinter der Börse. Der Nachtschalter war nur eine winzige Öffnung in der hölzernen Trennwand. Nachdem Peggy geklingelt hatte, schob sich eine Klappe hoch. Peggy legte ihre Zettel hin, zwei haarige Hände nahmen die Papiere entgegen, sonst sah Peggy nichts, nur diese Hände, lange, schwarze Haare auf jedem Finger, auch auf dem Daumen. Die linke Hand lag schwer auf dem Tisch, der rechte Zeigefinger rutschte über die Zeilen des Textes und zählte die Wörter. Die Quittung wurde ausgestellt, eine Hand drehte sich um, Peggy ließ Geld hineinfallen, und beinah war sie überrascht, dass auf der Handfläche keine Haare wuchsen. Dann knallte die Klappe zu.

19

Lous Hoffnung erlosch langsam. Jimmy, Varian Fry, sogar Vizekonsul Hiram Bingham: Alle nahmen mit der Spitze des Emergency Rescue Committee Kontakt auf. Um Lou doch noch irgendwie auf das gemeinsame Visum ausreisen zu lassen. Schließlich schaltete sich die Präsidentengattin Eleanor Roosevelt persönlich ein, und der Puritanismus besiegte die Menschenfreundlichkeit: Es sei und bleibe nun mal absolut illegal, ein geschiedenes Ehepaar auf ein gemeinsames Visum reisen zu lassen. Punkt. Schluss. Varian Fry telegrafierte von Marseille nach New York: *Eleanor bestätigt Lou Ernst unmöglich noch als Ehefrau Max auszugeben.* Dieser Weg war also verbaut, aber in Amerika gab man nicht auf: weder Jimmy noch Alfred Barr, man beschaffte in Amerika neue Bürgen für sie, redete, schrieb, telegrafierte, kämpfte um Lou, sie sei Schriftstellerin, sie habe zahllose Artikel geschrieben, eine bekannte Kulturjournalistin, die Flüchtlingsorganisation HIAS bezahlte Lous Schiffspassage, und in der Tat erhielt Lou zwei Monate später die Nachricht: Ihr neues Visum, diesmal regulär und auf sie allein ausgestellt, könne im Konsulat in Nizza abgeholt werden. Als Lou den dortigen Konsul aufsuchte, sagte man ihr, sie müsse nur noch kurz warten auf die Zuweisung der Quotennummer, und in ein paar Tagen schon könne sie abreisen.

Lou spazierte aus dem Konsulat, setzte sich in ein Café und genoss das Licht. Sie stellte sich vor, wie es wäre, an Deck eines Schiffs zu steigen. Sonnenliegen und -schirme, Essen, Musik, Tanz, Tang, Algen, hitzesatter Wasserdunst. In New York würde Jimmy sie begrüßen. Wie lange hatte sie ihren Sohn nicht mehr gesehen? Sie, Lou Straus-Ernst, hatte es geschafft, sie würde gerettet werden. Aber sie merkte sofort: Etwas stimmt hier nicht. Was wird aus all den anderen Juden und Verfolgten, um die sich keiner kümmert? Aus denen, die niemanden kennen, der für ein Visum bürgt? Die Aussicht auf ein eigenes Visum ließ Lou zwar erleichtert durchatmen, fühlte sich aber zugleich fremd und kalt und falsch an. Lou versuchte, ihre Gedanken zu verscheuchen, es gelang ihr nicht.

Ein paar Tage später suchte Lou erneut das Konsulat auf, um – wie angekündigt – ihre Quotennummer abzuholen. Eine reine Formalität, hatte man ihr gesagt beim letzten Besuch. Jetzt aber verfinsterte sich die Stirn des Beamten mit überraschender Endgültigkeit. »Tut mir leid«, sagte er. »Die Einwanderungsgesetze der Vereinigten Staaten haben sich in den letzten Tagen von Grund auf geändert.«

»Das heißt?«

»Ihr Visum ist ungültig beziehungsweise ausgesetzt.«

»Warum?«

»Sie brauchen *mehr* Bürgen jetzt.«

»Die Schiffspassage ist bereits bezahlt!«

»Das zählt nicht viel.«

»Aber …«

Lou wollte es nicht wahrhaben. Sie fragte noch eine Weile nach. Doch auch in Amerika schienen die Juden mittlerweile unerwünscht zu sein, es sei denn, sie brächten viel Geld ins Land. Lou ahnte: Der Weg dorthin war versperrt.

Womöglich für immer.

Sie saß fest.

Visum hin oder her: Jedes amerikanische Konsulat besaß das Recht, eine Ausreise zu blockieren.

»Also keine Chance?«, fragte Lou am Schluss.

»Ich fürchte, nein«, sagte der Beamte.

Da stand Lou mit einem Ruck auf und sagte: »Dann ist es so. Dann bleibe ich eben. Dann wird mein Platz hier sein. Bei den anderen. Die keiner haben will. Und bei Fritz. Dann ist es so. Vielleicht ist es auch gut so, wie es ist. Und die Hoffnung lasse ich mir nicht nehmen von einem fehlenden Stempel.«

20

Am Tag vor seiner Abreise saß Max mit Varian Fry zusammen. Varian hatte eine gewisse Distanz gewahrt. Noch nie hatte er mit ihm über Illegales gesprochen. Einfach immer nur über Visa, Bürgschaften, Affidavits, über offizielle Dinge. Immer ganz Sachlichkeit. Jetzt aber drückte Varian seine Zigarette aus, stand auf und bedeutete Max, ihm zu folgen. Er ging ins Badezimmer, setzte sich auf den Rand der Zinkwanne und drehte den Wasserhahn auf. Dann ließ er die Zeigefinger vor seinen Ohren kreisen. Varian Fry sprach ein exzellentes Französisch und ein gutes Deutsch. »Der Vorteil ist das Durcheinander«, sagte er, während Max auf einem Hocker Platz nahm und sich fragte, was dieser Ort hier sollte. »Jeder Vorteil kann aber immer auch ein Nachteil sein. Jede Situation kann ins Gegenteil umschlagen. Das müssen Sie verinnerlichen: Es kann immer alles passieren. Sie müssen mit allem rechnen. Heute winkt man Sie durch, morgen werden Sie verhaftet. Heute ist die Grenze offen und morgen geschlossen. Heute schlafen die spanischen Polizisten auf den Bahnhöfen, weil sie in der Nacht zuvor gesoffen haben, morgen laufen sie vielleicht mit Gewehr laut brüllend durch den Zug. Wer weiß das schon. Es ist alles möglich. Behalten Sie die Ruhe. Laufen Sie nicht weg. Schauen Sie stets fest und klar. Tun Sie, als sei alles, was geschieht, das Gewöhnlichste auf der Welt. Wenn Sie an der Grenze kontrolliert werden, von den Franzosen, zeigen Sie zuerst das US-Visum. Das US-Visum ist Gold wert. Es macht Eindruck. Auch wenn es auf Sie und Ihre Frau ausgestellt ist. Sagen Sie, Ihre Frau sei schon in Lissabon. Dann zeigen Sie – nur wenn Sie aufgefordert werden – Ihre Transitvisa für Spanien und Portugal. Erst am Schluss den schwachen Passierschein und das gefälschte Ausreisevisum. Sie müssen verinnerlichen: Es ist Glückssache. Heute geraten Sie an einen Franzosen, der Mitleid hat mit Flüchtlingen, morgen geraten Sie an einen Kollaborateur. Aber auch wenn Sie verhaftet werden, ist nicht alles verloren. Wir werden Sie nicht im Stich lassen. Wo immer Sie stecken. Der Vizekonsul wird tun, was er kann. Vertrauen Sie uns. Wir schaffen das. Sie müssen jetzt einfach va banque spielen. Draußen gibt es falsche Schlepper und Schleuser. Die versprechen Ihnen sonst was. Die riechen förmlich, dass Sie ein Flüchtling sind. Geben Sie denen kein Geld. Lassen Sie sich nicht bequatschen. Wir haben hier in Marseille einmal einem Schiffskapitän zweihundertfünfundzwanzigtausend Francs gezahlt. Fünfundvierzig feine, saubere Fünftausend-Francs-Scheine. Er wollte unsere Leute außer Landes schaffen. Er ist nie aufgetaucht mit seinem Phantomschiff.« Varian machte eine Pause und hielt die rechte Hand unter den Wasserstrahl. Er drehte den Hahn ein wenig zu, als komme ihm erst jetzt in den Sinn, dass man mit dem Wasser sparsam umzugehen hatte. »Über den Friedhof von Cerbères geht es im Augenblick nicht«, fuhr er fort. »Sie nehmen die Route über Toulouse und Campfranc. Sie bleiben im Zug. Kein Bus. Kein Auto. Der Zug. Sie ziehen den Anzug an, den Mary Jane für Sie gekauft hat. Sie müssen gut gekleidet sein. Putzen Sie Ihre Schuhe. Putzen Sie jeden Tag Ihre Schuhe. Rasieren Sie sich. Achten Sie auf Ihr Äußeres. Und immer ein Hut. Nie ohne Hut. Sollten Sie es über die Grenze schaffen, gehen Sie sofort und ohne zu zögern zu den spanischen Grenzbeamten. Sie müssen den Entrada-Stempel bekommen. Den Eintrittsstempel nach Spanien. Wenn Sie diesen Stempel nicht haben, wird es gefährlich. Greift man Sie ohne einen Entrada-Stempel auf, mitten in Spanien, werden Sie als illegaler Einwanderer zurückgeschickt. Die Spanier interessieren sich nicht für französische

Ausreisevisa. Sie interessieren sich nur für das spanische Transitvisum. Und für Ihr Geld. Zeigen Sie ihnen offen alles Geld, das Sie bei sich tragen. Zahlen Sie, was man verlangt. Sie dürfen nicht zu wenig, nicht zu viel mitnehmen. Nehmen Sie zu wenig mit, werden Sie in Frankreich festgenommen: wegen Vagabondage. Nehmen Sie zu viel mit, werden Sie festgenommen wegen Verdacht auf Geldverbrechen. Mal durchsucht man Ihr Gepäck gründlich. Mal gar nicht. Auf keinen Fall dürfen Sie Geld verstecken. Bei Geld immer offen und klar bleiben. Wir geben Ihnen amerikanische Dollar. Französisches Geld nutzt in Spanien nichts. Die wollen dort nur Dollar. Rechnen Sie mit Flöhen in der dritten Klasse. Hier ist eine Salbe. Gegen die Stiche. Reagieren Sie niemals überrascht. Wenn Sie in Frankreich übernachten: tun Sie dies auf keinen Fall in einem Hotel. In einem Hotel müssen Sie Meldezettel ausfüllen. Die Zettel werden sofort der Gestapo geschickt. Senden Sie keine Telegramme, führen Sie keine Telefonate, alles wird abgehört. Wir stöpseln in unserem Büro das Telefon aus, wenn wir Illegales besprechen. Die Wanzen funktionieren auch bei aufgelegtem Hörer. Es herrscht die totale Überwachung. Merken Sie sich das. Was meinen Sie, warum wir hier sitzen? Was meinen Sie, warum hier das Wasser läuft? In einem Badezimmer, bei laufendem Wasser, da kann man nicht abgehört werden. Das Wassergeräusch ist Gift für die Wanzen. Also noch mal: kein Hotel. Gehen Sie am besten in ein Bordell. Übernachten Sie dort. Die Frauen wissen Bescheid. In einem Bordell ist die Gefahr am geringsten. Haben Sie acht auf die Falangisten, auf die spanischen Faschisten. Seit Himmler in Madrid war, sind die Spanier begeistert von ihm. Erst wenn Sie in Lissabon ankommen, haben Sie es geschafft. Sie müssen nur noch auf den Platz im Flieger warten, auf Peggy. In Lissabon gehen Sie zur Western Union und holen Peggys Geld ab. Schicken Sie uns Rasierklingen, Seife und Zucker. Schicken Sie uns, so viel Sie kaufen können. Leiern Sie Peggy noch ein bisschen mehr aus der Tasche, entschuldigen Sie, wenn ich das so offen sage. Ach so. Noch etwas: Ich habe hier eine präparierte Tube mit Zahncreme. Die haben wir unten aufgeschnitten und einen zusammengerollten Zettel eingelegt, geschützt mit Gummischlauch. Die Tube geben Sie in Amerika dem Büro des Emergency Rescue Committee. Keinem Beamten und auch nicht irgendeinem Mitglied der Regierung. Nur jemandem aus dem Committee. Die haben ihr Büro gegenüber vom Hotel Commodore. Das finden Sie. Es handelt sich um Informationen, die nicht in fremde Hände geraten dürfen. Und Sie nehmen Zigaretten mit. Gitanes und Gauloises. Ich habe Ihnen je eine Stange besorgt. Wenn Sie merken, ein französischer oder spanischer Polizist ist unschlüssig und weiß nicht, was er tun soll: Rauchen Sie! Schaut der Polizist Sie lange und trüb an, reichen Sie ihm eine Zigarette. Zucken Sie irgendwann beiläufig mit den Achseln und geben Sie ihm die ganze Packung. Machen Sie das nicht zu auffällig. Nicht so, als würden Sie ihn bestechen wollen. Sondern elegant, als sei es eine Tat der Nächstenliebe, als hätten Sie so viele Zigaretten, dass Sie die Packung mühelos entbehren könnten. Rauchen Sie, Mister Ernst. Wenn Sie nicht rauchen, gefährden Sie Ihr Leben.« Varian Fry schaute auf. »Ich hätte gern mehr Menschen geholfen«, sagte er. »Ernst Weiß, Walter Benjamin, Carl Einstein, Willi Münzenberg, Walter Hasenclever. Sie alle haben sich selbst getötet.«

»Und die Namenlosen?«, fragte Max. Er wusste: Varian bekam alle paar Minuten einen Hilfeanruf und fünfundzwanzig Briefe am Tag, Varian arbeitete immer noch von morgens früh bis spätnachts, Varian würde nicht allen helfen können. Bei jedem Flüchtling, der sich an sein Büro wendete, könnte es sich um einen Gestapo-Spitzel handeln. Alles musste genau geprüft werden. Um einem Flüchtenden zu helfen, musste dieser jemanden kennen, den auch die Leute im Büro kannten. »Es sind so viele«, sagte Varian.

»Wie lange werden Sie noch bleiben?«

»Man hat mich wieder abberufen. In New York sagen sie, ich stünde auf der Gestapo-Liste, aber ich gehe nicht, ich bleibe, zumindest so lange, bis mein Nachfolger hier ist. Das kann dauern.«

Max stand auf, er wollte Varian sagen, wie dankbar er sei und wie sehr Varians Nachname ihn an das deutsche *frei* erinnere, aber jeder denkbare Satz schien ihm zu schwach angesichts dessen, was Varian Fry tat, und so zog er Varian hoch, zu sich, an die Brust, und Max umarmte ihn lange und fest und verließ das Badezimmer ohne ein weiteres Wort.

21

Max erreichte nach zehn Stunden Fahrt die Grenze bei Campfranc. Dort betraten Polizisten den Zug und kontrollierten die Reisenden. Das ging verhältnismäßig schnell. Jedenfalls bei den anderen. Ein Blick in den Pass, in den Sauf-conduit, ein prüfender Augenkontakt, ein Nicken, die Rückgabe der Papiere. Nicht so bei Max: Der Polizist schob den Pass mit dem US-Visum zurück und verlangte den Passierschein. Max biss sich auf die Unterlippe, steckte eine Zigarette an und hielt dem Polizisten die Packung hin. Der schüttelte den Kopf. Max holte seinen Sauf-conduit heraus. Der Polizist nahm das Papier entgegen, musterte es, schüttelte den Kopf, griff zum Pass, steckte beides in seine Jacketttasche und hieß Max, ihm zu folgen. Sofort. Max durchquerte mit dem Polizisten den wimmelnden Bahnhof und betrat die Zollhalle, in der sich nicht minder viele Menschen befanden, ein beständiges Raunen und Palavern der Wartenden, ein Auf und Ab der Sprachmelodie: Fragen und Antworten. Hier saßen und standen Spanier, die man nicht ins Land hinein-, und Deutsche, die man nicht aus dem Land herauslassen wollte, umrahmt und eskortiert von Polizisten, Zollbeamten und Soldaten. Der Raum roch nach Angst und Waffenpulver. Max wurde zu einem der übergroßen Schreibtische geführt, dort saß inmitten des Lärms ein Mann mit den Streifen eines Leutnants auf Hut und Uniform.

»Danke«, sagte er zum Polizisten, der Max hergeführt hatte und sich jetzt wieder entfernte. Der Leutnant prüfte die Papiere. »Der Passierschein ist ein Witz«, sagte er schließlich und blickte Max lange an.

»Ich weiß nicht, wovon Sie sprechen«, flüsterte Max.

»Ich muss Sie zurückschicken zur Präfektur in Pau.«

Max schwieg.

»Ihr Koffer!«, sagte der Leutnant.

Max öffnete den Koffer mit seinen paar Sachen. Der Leutnant wühlte ein wenig herum und schloss den Koffer enttäuscht. »Und was haben Sie in der Tasche?«, fragte er. »Was ist da drin?«

Max spürte Schweiß. »Bilder«, hauchte er.

»Was für Bilder?«

»Eigene.«

»Wie, ›eigene‹?«

»Bilder, die ich selber gemalt habe ... Décalcomanien.«

Der Schnurrbart des Leutnants glänzte pomadig. Seine Augen waren hart wie Panzerschalen. Selbst wenn man mit einem Stein dagegenklopfen würde, dachte Max, sie würden nicht knacken. Der Leutnant stand auf, er war groß, wohl über einen Meter neunzig, hielt sich stockgerade und wirkte imposant, souverän und jederzeit Feldherr der Lage.

»Ein Künstler also?«, fragte er.

Max nickte.

Der Leutnant rieb sich das Kinn, seine linke Hand nahm kurz die Kappe ab und setzte sie wieder auf. »Auspacken!«

Max stöhnte leise und erinnerte sich an den Aufschrei des Kommandanten in Largentière: »Sie haben nicht das Recht! Sie haben nicht das Recht, solche Bilder zu malen!« Er entrollte die Bilder und legte eins über das andere auf den Tisch. Damit die Bilder nicht wieder einschnappten, beschwerte er sie mit einer Lampe und einem Kasten aus Messing. Der Leutnant schaute ihm zu.

Als alle Bilder auf dem Tisch lagen, schloss Max die Augen.

Das Bahnwärterhäuschen als Kind, die Telegrafendrähte bei den Schienen in Brühl, sein Fernweh mit fünf Jahren. Und jetzt?

Als fünfzigjähriger Mann? Das Bahnwärterhäuschen von damals hatte sich in eine Bahnhofs- und Zollhalle in Campfranc verwandelt. Ein Zug hatte ihn hergebracht. Aber von Freiheit und Weite war nichts zu spüren. Man würde ihm die Bilder abnehmen, man würde ihn auslachen, man würde den Pass einkassieren und ihn zurückschicken in die Präfektur nach Pau, von wo aus er in eines der Lager käme.

Max hörte Stimmen. Er öffnete die Augen. Seine Bilder lagen nicht mehr auf dem Tisch, sie wanderten durch die Hände der Spanier, die neben ihnen gewartet hatten und jetzt in Rufe ausbrachen, die klangen wie »Bonito, bonito«. Sie pinnten die Bilder an die Wände der Zollhalle, mit Reißzwecken, all diese Bilder verschiedenster Größe, zumeist in Abklatschtechnik angefertigt, Bilder, von denen Max sich nicht hatte trennen können, auch nachdem Varian Fry ihm gesagt hatte, es sei besser, sie per Postpaket in die Staaten zu schicken, nein, hatte Max gesagt, er lasse die Bilder nicht allein durch Europa reisen, seine Bilder, auf denen der Zufall des Abgeklatschten von Max in Wälder verwandelt worden war, in dunkelgrüne Unterholzsümpfe, in Basilisken, in Augen, die hinter Zweigen und Bäumen hervorlugten, Bilder, die eine wuchernde Natur zeigten, eine außer Kontrolle geratene Landschaft, Abgründe mit Monstern und Skeletten.

Der Leutnant hielt ein längliches Bild in Händen, das für Max noch gar nicht fertig war: *Europa nach dem Regen zwei.* Max trat neben den Leutnant. Die Form des Bildes war ungewöhnlich: anderthalb Meter lang, fünfundfünfzig Zentimeter hoch. Ein breites Rechteck. Ungefähr in der Mitte des Bildes ragte ein grünlich-schwarzer Obelisk in die Höhe, in dem sich verschlungene Korallen- und Muschelgebilde öffneten. Daneben standen zwei Figuren. Die armlose Büste einer jungen, schwarzhaarigen Frau mit keckem Männerhut, die in die Ferne schaute. Obwohl der Betrachter ihr Gesicht nicht sehen konnte, war die Sehnsucht der Frau geradezu spürbar. Neben der Frau stand ein Mann, der einen Vogelkopf mit geöffnetem Schnabel auf den Schultern trug, ganz so, als sei es ein Helm. So wie die Frau in Stein gemeißelt schien, konnte auch der Vogelmann nicht fort vom Platz, an dem er stand: Eine lanzenähnliche Leine durchbohrte am Rücken seinen Körper und verband ihn nach unten mit dem Boden, nach oben mit der Mündung eines Kanonenrohrs, über das wie Wäschestücke die Schalen von Menschen hingen. Die Kanone stand auf dem Dach einer Hütte, und von diesem Dach bis an beide Enden des Bildes spross jetzt der Tod in Form von korallenhaften, kriechenden Gebeinen einer Landschaft, die verwüstet dalag, Knochen, Wurzeln, abgestorbene Bäume, tote Triebe, die sich trotz ihrer Leblosigkeit weiter voranschoben, die immer noch in Bewegung waren, auch nachdem die Farbe getrocknet und das Ende eines jeden lebenswerten Zustands erreicht schien. Land und Menschen und alles Lebensmögliche wurden überwuchert, das Verderben mehrte sich wie knöchernes Feuer. Auf der anderen Seite des Bildes bröselten die Reste eines zertrümmerten Schlosses, und eine Felslandschaft konnte sich nur mühsam aufrecht halten, dazu blutrotes Leichenfleisch, bewacht von einer dunklen Nonne, deren Habit schillerte wie die Flügel einer Schmeißfliege, doch man sah nur den Rücken der Nonne, ihr Kopf steckte tief im Blutbad und schlürfte und schlürfte und schlürfte.

Max schaute zum Leutnant. Dessen Schnurrbart zitterte, seine Augen glitzerten, seine Brust bewegte sich viel zu schnell. Max sagte, das Bild sei noch nicht fertig. Er wolle hier, links der Mitte …

»Ach was«, murmelte der Leutnant. »Wie heißt das Bild?«

»*Europa nach dem Regen … zwei.*«

»Wieso denn *zwei*?«

»Es gibt schon ein erstes Bild mit demselben Titel.«

Der Leutnant blieb noch eine Weile so stehen, er nahm sich Zeit, die er eigentlich gar nicht hatte. Die Menschen in der Halle wogten an den übrigen Bildern vorbei, die jetzt an den Wänden hingen. Von den Spaniern erschollen hie und da Rufe der Begeisterung. Max fühlte Hände, die ihm auf die Schultern klopften. Nach einigen Minuten kam der Leutnant wieder zu sich. Er schaute sich um und befahl mit lauter Stimme, die Bilder abzuhängen und *vorsichtig* einzupacken. Dann aber wandte er sich wieder *Europa nach dem Regen zwei* zu, versponnen, als träume er von etwas, das niemals zu erreichen wäre. Als die übrigen Bilder schon in Max' Tasche steckten, rollte der Leutnant auch das Europa-Bild ein, hielt es aber fest: als könne er sich nicht davon trennen.

»*Europa nach dem Regen zwei*?«, murmelte er.

»Wollen Sie es behalten?«, fragte Max und hörte für zehn Sekunden auf zu atmen.

Der Leutnant sah Max an, beachtete aber seine Frage nicht. Er tupfte das Bild behutsam zu den anderen in die Tasche, drückte Max die Papiere in die Hand, nahm dessen Koffer und sagte: »Allez, Monsieur.«

Und Max folgte ihm.

Als sie auf den Bahnsteig traten, blieb der Leutnant stehen und fragte: »Also Max Ernst ist Ihr Name?«

»Ja.«

»Ich bewundere Ihre Fähigkeiten. Sehen Sie. Das Bild: *Europa nach dem Regen … zwei*. Wie soll ich sagen?« Es dauerte eine Weile, ehe der Leutnant die richtigen Worte gefunden zu haben schien. »Die meisten«, sagte er und hob den Blick, »die meisten malen entweder das, was sie *hier* sehen« (er legte die freie Hand auf sein Herz), »oder sie malen das, was sie *dort* sehen« (er wies mit der Hand in die ferne Weite eines unbestimmten Draußen der ganzen Welt). »In Ihrem Bild hier, Monsieur Ernst, da steckt beides drin. Zugleich.«

Stolz auf diese Erklärung ging der Leutnant weiter.

Zwischen den Gleisen 2 und 3 setzte er den Koffer ab und sagte: »Trotzdem kann ich Sie auf keinen Fall nach Spanien lassen. Das ist gegen die Vorschrift. Ich schätze Ihre Arbeit. Sie sind ein … Sie sind ein Künstler. Das ändert aber nichts daran, dass Ihr Passierschein falsch ist. Vom Ausreisevisum ganz zu schweigen. Schauen Sie!« Der Leutnant legte Max den Arm auf die Schulter und drehte ihn zu den Gleisen. »Hier«, sagte er, »auf Gleis 2, da steht Ihr Zug. Der wird Sie auf direktem Weg nach Pau zurückbringen. Sie melden sich dort umgehend in der Präfektur. Im Zug werden Soldaten sitzen und ein Auge auf Sie werfen. Wie es weitergeht für Sie, in Pau, das weiß ich nicht.«

Max senkte den Blick.

»Und bitte«, sagte der Leutnant und deutete auf Gleis Nummer 3, »steigen Sie nicht in diesen Zug dort, Max Ernst. Auf keinen Fall. Denn der Zug auf Gleis Nummer 3 geht direkt nach Madrid.«

Der Leutnant zwinkerte Max zu, verbeugte sich, drehte sich um und federte davon. Max blieb allein auf dem Bahnsteig zurück. Er schaute auf die beiden Züge vor ihm, die Tasche mit seinen Bildern fest an die Brust gepresst. Er bückte sich und nahm den Koffer in die Hand. Der Griff war noch warm. Zaghaft stieg Max in den Zug nach Spanien.

DOROTHEA

1

Zwei Stunden lang rührte sich nichts. Max hockte reglos im Abteil und rechnete damit, dass man ihn doch noch herauszerren würde. Das aber geschah nicht. Er dachte an die Worte von Varian Fry: Wem man an der Grenze begegne, sei immer eine Frage des Glücks. Als der Zug endlich losfuhr, atmete Max tief ein. Beim ersten spanischen Bahnhof kletterten abgemagerte Kinder am Waggon empor und streckten ihre Hände durchs Fenster. Max verteilte etwas Geld und besorgte sich den Entrada-Stempel, er kam ohne Zwischenfälle nach Madrid und reiste sofort weiter nach Portugal.

In Lissabon herrschte vollkommenes Chaos. Kaum aus dem Zug gestiegen, wurde Max schon fortgerissen von der Menschenmenge. Dagegen war selbst Marseille harmlos gewesen. Eine Feder im Fluss: zwecklos, sich zu wehren. Vor dem Bahnhof löste sich die Menge auf und versickerte nach und nach in den Straßen der Stadt. Bei seinen ersten Schritten in Lissabon bemerkte Max eine eigenartige Melancholie, einen Hauch, der wie ein Schleier über der Stadt lag. Max fühlte sich gehemmt, seine Bewegungen hatten an Kraft verloren und an Geschmeidigkeit. Nach einigem Suchen erreichte Max ein kleines Hotel in der Baixa. Peggy hatte dem Manager Geld angewiesen für einen Dachkammer-Unterschlupf. Max ließ sich auf die Matratze fallen und schlief zwanzig Stunden am Stück.

Ein mörderischer Hunger weckte ihn, er wusch sich gründlich an einem Waschbecken im Flur und eilte in die Stadt. Die Sonne warf mit der Wärme noch ein wenig Zähe vom Himmel, und die Menschen, dachte Max, taten alles eine Spur langsamer, minimal narkotisiert. Max setzte sich in eine Tasca und bestellte das Gericht, das Peggy ihm empfohlen hatte. Während er wartete, kramte er Leonoras zerknitterten Zettel hervor: »Fahre mit Catherine Yarrow über Spanien nach Portugal. Erwarte dich in Lissabon. Die Deutschen sind schon in der Nähe. Leonora.« Nur: Wo genau in Lissabon sollte er sie suchen? Hatte Leonora es überhaupt bis hierher geschafft? Mit Catherine? Oder allein? Der Kellner brachte nach zwanzig Minuten den Stockfisch, der so gut schmeckte, dass Max gleich eine zweite Portion verlangte. Danach fühlte er sich fett wie Jacques, der Abt. Er legte die Hände über den Bauch und döste, während er Wein schlürfte und von den zwei Stangen Zigaretten rauchte, die er auf seiner Flucht gar nicht gebraucht hatte. Geschafft. Jedenfalls bis hierher.

Max hob bei der Western Union Peggys Geld ab, ging einkaufen und schickte zwei Pakete an Varian Fry. Er trieb die Zeit wie ein Schaf vor sich her, spazierte, las portugiesische Wörterbücher und französische Romane, kaufte einen neuen Anzug und stellte fest, dass der Stockfisch jedes Mal anders schmeckte. Von einem britischen Geschäftsmann erfuhr er den Grund: Je nachdem, wie stark man den Bacalhau pökelte und wässerte, schmeckte er eben salzig oder weniger salzig. Mit Peggys Geld musste er haushalten. Er wusste nicht, wann seine Geliebte hier auftauchen würde.

Seine Geliebte?

Peggy?

Das klang sonderbar.

Denn statt an Peggy dachte Max fortwährend an Leonora. Alles, was er sah, erinnerte ihn an Leonora. Auch diese merkwürdige Melancholie: Sie lag auf Gesichtern, Gebäuden und Straßen, eine dünne Schicht, die alles verklebte. Die Menschen hier mochten ihre Traurigkeit darüber, am Leben zu sein.

Der britische Geschäftsmann, mit dem Max sich beim Bacalhau-Essen anfreundete, stellte sich vor als Fleming, Ian Fleming, und die Tatsache, dass er Geschäftsmann sei, betonte er auffallend oft.

»Welche Branche?«, fragte Max.

»Knöpfe«, sagte Ian Fleming.

»Sonst nichts? Nur Knöpfe?«

»Bedenken Sie, wie viele Knöpfe ein Mensch in seinem Leben braucht!«

»Und wie viele Knopflöcher erst.«

Von Ian Fleming erfuhr Max: Sollte er tatsächlich von Lissabon nach Amerika fliegen, dann würde es Zwischenstopps geben, zum Tanken, wohl auf den Azoren und den Bermudas. »Auf den Bermudas«, sagte Fleming, »sitzen gerade meine Landsleute. Sollten Sie Schwierigkeiten bekommen, mit gewissen … sagen wir … Beamten der britischen Regierung, berufen Sie sich auf mich. Nennen Sie meinen Namen. Sagen Sie: Wir sind befreundet. Das könnte hilfreich sein. Ich kann Ihnen leider nichts Schriftliches geben.«

Max nickte.

Eigentlich, flüsterte Fleming plötzlich, wolle er schreiben, Romane, über einen Geheimagenten vielleicht, aber er wisse nicht, wie er anfangen solle.

»Mit dem Namen«, sagte Max. »Dem Namen des Agenten.«

»Den habe ich schon.«

»Und?«

»Bond, James Bond. Ich dachte, ich lasse den Anfang hier spielen, in Portugal, vielleicht bei einem Stierkampf? Haben Sie Lust, sich einen Stierkampf anzusehen?«, fragte Ian Fleming. »Morgen?«

Max hasste es, wenn Tiere gequält wurden, aber sich selber ein Bild zu machen war immer besser, als dem zu glauben, was man hörte. Und gehört hatte Max genug: von Pablo und von Salvador. Die Stierkämpfe in Madrid, der Staub der Arena, das Gejohle der Zuschauer, das Schaben der Hufe, das Tropfen des Schaums, die Eleganz des Matadors und die scheinbare Nichtbeachtung des Stiers, dieses lockere Ihm-den-Rücken-Zukehren, der höchstmögliche Mut, die gesamte Choreografie des Tötens bis zum umjubelten Todesstoß, dem Zusammensacken und dem Abschneiden der Stierhoden, die zu horrenden Preisen verkauft wurden.

Das Stadion in Lissabon war ausverkauft. Der Stier tat Max von Anfang an leid, und als er in die Arena getrieben wurde, erinnerte sich Max an das, was er tags zuvor Ian Fleming gesagt hatte: die Wichtigkeit eines Namens für jede Geschichte. Und so taufte Max den Stier, sofort, im Stillen, für sich, er nannte ihn Gustavo. Mit dem Namen bekam der Stier einen Charakter und eine Tragik. Das war nicht mehr der starke, vor Muskeln, Wut und Angriffslust bebende Tausend-Kilo-Bulle, der seine Masse zu einem gehörnten Geschoss bündeln konnte, nein, unter der stählern glänzenden Haut steckte Gustavos Kern, ein träumender, lieblicher, einsamer, junger Stier auf der Suche nach dem Glück, ein Wesen, das hier, jetzt, in der Arena, gehetzt und gejagt werden sollte. Der Kampf begann mit einem Aristokraten hoch zu Ross, der Gustavo Lanzen in die Flanken stach, um ihn zu schwächen; und der Kampf endete mit den Forcados, acht Männern von niedrigem Stand, die sich in einer langen Reihe dem Stier von vorn näherten, zu Fuß, das Fußvolk eben. Der vorderste dieser Forcados packte Gustavo buchstäblich bei den Hörnern, während die anderen den Stier umzingelten, am Schwanz zogen und sich auf ihn warfen, um ihn ruhigzustellen. Gustavo hatte nicht den Hauch einer Chance. Je länger die Tortur dauerte, umso erschöpfter wurde Gustavo. Max dachte, dass man dem Stier jetzt bald den Todesstoß versetzen würde, doch plötzlich geschah so etwas wie ein Wunder: Die Forcados ließen Gustavo los und rannten fort, der Stier zitterte und blieb allein zurück. Lebend. Aufrecht. Man hatte ihn nicht getötet. Nur verletzt. Schon öffnete sich das Gatter, und drei Kühe trotteten herein mit Kuhglocken um den Hals.

Max dachte an Marc Chagall, vor kurzem, in Marseille.

»Gibt es in Amerika Kühe?«, hatte Chagall Varian Fry gefragt.

Fry hatte genickt.

Und Chagall hatte gesagt: »Gut. Dann fahre ich hin.«

Jetzt erkundigte sich Max, was denn die Kühe dort sollten.

Fleming sagte: »Das sind keine Kühe, das sind Ochsen mit Kuhglocken.«

Gustavo – so erschöpft er auch war – blickte auf, schnaubte, brüllte.

»Sie sollen ihn wieder aus der Arena locken«, fügte Ian hinzu.

Max versuchte jetzt, das Läuten der Kuhglocken durch die Ohren Gustavos zu hören, denn mit seinen blutunterlaufenen Augen würde Gustavo kaum noch etwas sehen können. Das Glockengeräusch würde Bilder in Gustavo wachrufen, Bilder von tänzelnden Kuhfrauen mit langen Wimpern und betörenden Augenaufschlägen. Gustavo trottete los. Seine Erschöpfung schien verflogen. Er trabte und erhöhte das Tempo, immer in Richtung der Glockentöne. Die Ochsen aber flüchteten, und Gustavo folgte ihnen durch das Gatter und wurde durch kleine Tore in eine andere Richtung gelotst. Die Zuschauer applaudierten. Und Max erfuhr erst jetzt von Ian Fleming, dass es bei einer Corrida in Portugal verboten war, den Stier – vor den Augen der Zuschauer – zu töten.

»Und in Spanien ist es erlaubt?«, rief Max.

»In Spanien? Ja. Klar.«

»Wer erlaubt denn so was?«

»Bitte?«

»Als ob es so was geben könnte: eine Lizenz zu töten.«

Ian Fleming sah Max beinah erschrocken an: »Was haben Sie gesagt?«

»Ich sagte: eine Lizenz zu töten. So was gibt es nicht.«

Ian Fleming blickte noch ein paar Sekunden ins Leere, dann schlug er Max anerkennend auf die Schulter, strahlte, als hätte er soeben sämtliche Rätsel der Welt gelöst, und wiederholte flüsternd: »Wunderbar, Mister Ernst: the licence to kill. Einfach wunderbar.«

2

Das Beste hob Max sich auf: Erst nach zehn Tagen fuhr er zum Museu Nacional de Arte Antiga. Er wusste genau, was er dort sehen wollte. Max hatte einen Katalog aufgetrieben. Ja, Raffael, Zurbarán oder Velázquez, auch Dürers *Der heilige Hieronymus*, alles schön und gut, aber es war ein anderer Hieronymus, auf den Max es abgesehen hatte. Er sprang in die Straßenbahn, die ihre Passagiere über die sieben Hügel kutschierte. Und in der Bahn schien die Melancholie der Menschen einem kurzen Lächeln zu weichen: Die Leute wurden gefahren, sie wurden bewegt, sie kamen voran, es geschah etwas mit ihnen, jemand packte sie beim Schopf und setzte sie von A nach B, das zähe Auf-der-Stelle-Treten war aufgehoben – zumindest für die Dauer dieser Fahrt. Und das, obwohl die elektrischen Bahnen so quälend langsam fuhren. Jede Bahn bestand aus einem einzigen Waggon, auf dem eine Werbung klebte. Meist für kühle Getränke. Coca-Cola, Carlsberg, Heineken. Das bot sich an im Sommer. Max schaute aus dem offenen Fenster. Wenn auf dem parallelen Gleis ein Waggon in Gegenrichtung vorbeizockelte, wurde Max vom kindlichen Impuls gepackt, den Fahrgästen drüben zuzuwinken. So wie damals, als Kind, wenn er am Rhein mit den Eltern und Geschwistern Steine über den dunkelgrünen Strom flitschen ließ und den Passagieren eines Ausflugsschiffes mit beiden Händen überm Kopf Zeichen machte. Max riss sich zusammen, winkte nicht, blickte aber weiter in die Gesichter der Vorbeifahrenden, und er malte sich aus, was für Menschen das sein könnten.

Dieser schnauzbärtige, korrekt gekleidete Beamte war vielleicht auf dem Weg zum fünften Geburtstag seiner Nichte, um eine Weile mit ihr zu spielen, sich anschließend müde in einen Schaukelstuhl fallen zu lassen und Ginger-Ale zu trinken. Der etwa siebzehnjährige Junge mit Fußball auf dem Schoß und Flecken in der Kleidung und im traurigen Gesicht hatte mit Sicherheit das Spiel verloren und würde zu Hause darüber fluchen, sich waschen zu müssen, ehe er etwas zu essen bekäme. Diese junge Frau dort drüben sah aus wie seine Leonora Carrington, nicht überraschend für Max, denn er sah Leonora überall, nicht nur in den Gesichtern anderer Frauen, auch in Bäumen, in Wolken und im kaum wahrnehmbaren Wehen des Windes. Die Affäre mit Peggy war für Max nur die oberste Schicht der Leinwand. Er musste nicht mal kratzen, um Leonora unter der Farbe zu erkennen. Dass Leonora seit Monaten verschollen war und Max daran zweifelte, sie je wiederzusehen, hatte nichts an seiner lächerlichen Sehnsucht geändert: Von Marseille aus hatte Max sogar Leonoras Eltern in Crookhey Hall angerufen, war aber nicht dazu gekommen, seine Frage nach Leonora zu beenden. Das Geräusch, mit dem Vater Harold Carrington die Leitung gekappt hatte, glich dem Zischen einer Guillotine. Und im Marseiller Hotel hatte Max bei einem Abendessen Peggy so lange von Leonora und ihrer gemeinsamen Zeit in Saint-Martin-d'Ardèche erzählt, dass er gar nicht merkte, wie Peggys Miene sich verfinsterte, bis sie die Geduld verlor und sagte: »Entweder du lebst im Jetzt oder im Damals. Beides geht nicht. Wenn du im Jetzt leben willst, dann lass uns nach oben gehen.«

Das nächste Gesicht in der Straßenbahn gehörte einer etwa achtzigjährigen Frau, die lässig eine Zigarette rauchte. Max konnte nichts dafür: Aber auch bei dieser uralten, faltigen Frau musste er an Leonora denken, Leonora in sechzig Jahren. Vielleicht würde sie genauso aussehen, rauchend, im Kreis der Enkel sitzend, über ihr Leben sinnierend, und die Enkel würden der achtzigjährigen Leonora gebannt zuhören. Wie sie es geschafft hatte, nach Amerika zu fliehen; wie sie dort Max wiedergefunden hatte; wie sie ...

Da hörte Max ein Wort.

Hörte einen Namen.

Hörte: »Max!«

Hörte den eigenen Namen.

Aus dem Mund einer Frau.

Noch befand sich die Straßenbahn gegenüber auf Augenhöhe.

Max schaute zu diesem Leonora-Gesicht. Nicht zum alten Leonora-Gesicht, nein, zum jungen Leonora-Gesicht. Von vorhin. Die junge Frau, die er für Leonora gehalten hatte, war aufgesprungen, hatte sich aus dem offenen Fenster gelehnt und die Hände ausgestreckt. Die eine Bahn schob sich unendlich langsam an der anderen vorbei, und die junge Frau lief jetzt durch die Reihen ans Heck ihres Wagens. Max verstand nicht, dass diese Frau dort drüben nicht nur aussah wie Leonora Carrington, nein: Diese Frau war tatsächlich Leonora Carrington. Wo sein Kopf versagte, handelte sein Körper. Etwas in ihm sprang hoch und hangelte sich – ebenso wie Leonora im anderen Waggon – zum Heckfenster. Ein Bursche, der dort lehnte, machte rasch Platz. Max legte die Hände gegen die Scheibe, Leonora hatte dasselbe getan. Sie rief immer wieder seinen Namen. Leonora, lächelte, winkte, und Max wusste plötzlich: Es stimmt. Sie ist es wirklich.

Leonoras Straßenbahn wurde von der Kuppe eines Hügels geschluckt. Max zählte die Sekunden, ehe sein eigener Waggon zum Stehen kam. Er sprang hinaus und stürmte zurück, immer die Schienen entlang. Leonora würde ihm entgegenfliegen, dachte er. Seine Augen richteten sich strikt nach vorn, Richtung Hügel, hinter dem Leonoras Waggon verschwunden war. Und endlich sah er sie. Ihren Schopf, ihre Haare. Als stiege sie aus der Unterwelt empor. Stirn, Augen, Nase, Lippen, Hals.

Doch Leonora sprengte nicht etwa heran wie ein wildes Pferd, obwohl sie nichts lieber tat, als so schnell wie möglich zu rennen, nein, sie schlenderte, gemütlich fast, nachdenklich. Leonora strahlte nicht, sie lächelte nur. Sie rauchte. Sie musste aus der Straßenbahn gestiegen sein und sich zuerst eine Zigarette angezündet haben. Und als Max Leonora endlich in den Arm nahm, merkte er sofort, dass etwas nicht stimmte.

Ihre Umarmungen hatten immer etwas geöffnet, nein, aufgerissen, eine Flügeltür, in ihren Umarmungen hatte jeder den Raum des anderen betreten und ihn durchmessen, in den Umarmungen hatten sie für kurze Zeit ihre inneren Plätze getauscht. Jetzt aber blieb die Tür zu. Max stieß mit der Stirn dagegen. Er wich zurück, hielt Leonora bei den Schultern, schaute sie fragend an. Ihre Augen wirkten, als sei etwas in ihnen geplatzt. Max hielt dem Blick nicht stand. Er verbot sich das Nachdenken.

Jetzt flogen Wörter zwischen ihnen hin und her: Saint-Martin, Malada, Catherine Yarrow, Anstalt, Santander, Freiheit – Lager, Lager, Lager, der Abt, Lou, Jimmy, Bilder: Die beiden erstickten beinah an den Neuigkeiten, sie schüttelten ihre Köpfe und immer wieder zwitscherten sie vor Lachen. Mitten auf der Straße standen sie und redeten. Einfach nur das. Kein Café, kein Essen, kein Sitzen, nur Reden. Irgendwann griff Erschöpfung um sich, die beiden holten tief Luft. Und jetzt?

»Wo wolltest du gerade hin?«, fragte Leonora.

»Ins Museum.«

Leonora packte Max bei der Hand und rief: »Dann nichts wie los!«

Sie gingen und schwiegen. Leonora trug ein Sommerkleid und Espadrilles, Max seinen neuen Anzug. Zum Rasieren war er in den letzten Tagen zu faul gewesen. Spärliche Stoppel sprossen. Zurück Richtung Haltestelle gingen sie, an der Max vorhin ausgestiegen war, und noch ein Stückchen weiter, ehe sie das Museum erreichten. Max löste den Eintritt für sich und Leonora, fragte einen Wärter nach dem Weg, ließ die Vitrinen mit den diamantbesetzten goldenen Kreuzen und Kelchen links liegen und schenkte auch dem antiken Porzellan keine Beachtung. Und dann sah er das Bild: *Die Versuchung des Heiligen Antonius*. Das Triptychon eines Malers, den Max mehr als nur bewunderte: Hieronymus Bosch. Max schleifte eine Bank aus der Ecke des Raums vor das Bosch-Bild. Die metallische Bank schepperte so laut, dass ein Museumswärter den Raum betrat, um nach dem Rechten zu sehen. Max hob entschuldigend die Hand, setzte sich auf die Bank vor das dreiteilige Altarbild und zog Leonora auf seinen Schoß.

3

Leonora blickte auf Max hinab. Sie strich ihm durch die weißen Haare, drückte Lippen auf Schopf, Stirn, Nase und Mund. Dabei legte sie ihm die Hände fest an die Ohren. Sie schob sich plötzlich ein Stückchen weg. Und betrachtete ihn. Ihr Kopf ruckte wie der eines Vogels zur Seite. Kurz. Schnell. Eckig. Schrill. Nach einer Weile stand sie auf und trat vor Boschs Altarbild. Max stellte sich neben sie und legte ihr den Arm um die Schulter, während Leonoras Arm sich um seine Hüfte schob. Das passte. Es war, als schnappe etwas zu.

»Es war nicht dunkel dort«, sagte Leonora.

»Die Details. Die Drolerien. Hier. Und hier. Schau mal.«

»Eher blendende Helle.«

»Der gebogene untere Schnabel, der den Brief ersticht.«

»So blendend, dass ich nichts sehen konnte zunächst.«

»Die Schlappohren unterm blauen Trichter. Der kleine Ast, der hier abgestorben herauswächst. Der heilige Antonius ist nicht der Mittelpunkt.«

»Ich bin noch am Leben.«

»Die Ablenkung ist der Mittelpunkt«, sagte Max.

»Alles ist falsch. Alles verzerrt.«

»Ja. Die Figuren sind grotesk, verletzt, entstellt, aus dem Zusammenhang gerissen, müde, erschöpft, gefoltert, zerfetzt, voller Schreie, Schmerzen und Hässlichkeiten.«

»Alle?«, fragte Leonora.

»Nicht alle.«

»Wer nicht?«

»Ich sehe drei gesunde, drei natürliche Figuren.«

»Der heilige Antonius?«

»Nein. Auch der schaut am Schluss gequält, ein Auge auf die nackte Frau gerichtet. Siehst du?«

»Ich habe den Verstand verloren«, sagte Leonora langsam, »so, wie man einen Schlüssel verliert, Max.«

»Fantasien, Visionen, Ängste. Die Figuren ziehen oder werden gezogen. Alle sind verloren. Nur drei nicht. Willst du wissen, welche drei?«

»Und man kommt nicht mehr rein. Oder raus.«

»Auf jedem Altarflügel eine. In der Mitte, hier, das Rotkehlchen.«

»Wo?«

»Unter der männlichen Rippennonne, die im Korb aus der riesigen Erdbeere hervorgondelt. Siehst du? Und auf dem rechten Flügel, hier, der Specht. Auf dem Ast. Die Vögel passen nicht zu all den Monstern und Kreaturen, zu den Schweinepriestern und Schnabelschwänen.«

»Und auf dem linken Flügel?«

»Da oben. Das Allererste, was du siehst. Wenn du das Bild aufschlagen würdest wie ein Buch. Wieder Vögel. Vögel, Vögel. Winzig klein. Sie fallen kaum auf. Zwei sind nur eine Ahnung in der Himmelsferne. Der dritte aber sitzt auf dem längsten Schwanzflossenschleier des berittenen Fischs. Vögel. Vögel. Vögel. Er muss Vögel geliebt haben, Hieronymus.«

»Ich habe drei Monate lang nicht geblutet. In der Anstalt. Aber dann kam das ganze Blut auf einmal.«

»Was hast du gesehen, Leonora?«

»Dinge, die es nicht gibt. Mich. Halluzinationen. Ich war selber eine. Und dieses Gefühl: absolute Allmacht. In mir. Ich war kein einziges, winziges, mickriges Wesen mehr. Ich war Alles. Ich bin Alles. Alles auf einmal. Das war entsetzlich und schön zugleich. Das passiert, wenn man springt, Herzchen.«

Max schwieg.

»Ich werde heiraten«, sagte Leonora.

Sein Blick wollte zu ihr, der Hals gehorchte nicht.

»Wen?«, flüsterte Max.

»Renato Leduc.«

»Den Spanier?«

»Mexikaner, Max. Er nimmt mich mit. Wir fahren nach New York. Mit der Exeter. In ein paar Wochen.«

»Und wir?«

»Was heißt: ›wir‹?«

»Wir zwei? Du und ich? Wenn wir in New York sind?«

»Siehst du den Frosch? Den gekreuzigten Frosch? Den der Antonius mit gefalteten Händen beschützen will? Das war ich. Monatelang. Jetzt bin ich wieder klar bei Verstand, wie man sagt. Aber ich habe keine Ahnung mehr, wer ich vorher war. Leonora als einzelner Mensch. Leonora vor Allmacht und Ohnmacht. Leonora mit Max. Ich weiß es nicht. Ich fühle es nicht. Was ich fühle, ist nur eine Erinnerung.«

»Du bist das Rotkehlchen.«

»Ich habe Haare geschluckt.«

»Erzähl mir alles von Anfang an.«

»Ich kenne keinen Anfang mehr. Ich weiß nicht, ob es überhaupt so etwas gibt wie einen Anfang. Ich kann das nicht.«

»Versuch es.«

»Du bist alt geworden, Max.«

»Ich bin in einem Geisterzug vor mir selber geflohen.«

»Wenn es keinen Anfang gibt, war alles schon da und ist es immer noch. Die Anstalt. Der Absturz. Alles. Es gibt keine Geschichte, keine Folge, es gibt nur Gleichzeitigkeit. Wie Zimmer eines Hauses. Sie existieren nebeneinander, aber ich kann mich immer nur in einem von ihnen aufhalten. Trotzdem weiß ich, dass die anderen da sind. Dass es sie gibt. Ich bin nur von einem

Raum in den anderen gegangen. Das ist alles, Max. Und dabei habe ich etwas verloren.«

»Wie bist du rausgekommen aus der Anstalt?«

»Ein Matsch von Zufälligkeiten.«

»Ich will alles wissen.«

»Es gibt kein A, kein B, kein C. Keine Kette. Nur Matsch. Matsch. Matsch.«

»Und was hast du verloren?«, fragte Max.

Leonora wandte sich ihm zu und sah ihn lange an, ehe sie lautlos ihre Lippen zu einem *You?* formte, und sie strich Max eine Strähne zurück und sagte: »Verfressen bin ich immer noch. Hab gehört, der Stockfisch hier ist irre gut.«

»Kommt auf den Koch an. Und darauf, wie lange man den Fisch liegen lässt … im Salz.«

»Es ist alles eine Frage der Zeit. Wie immer.«

»Wie immer, Leonora.«

4

Es war nicht einfach, Peggy Guggenheim vom Bahnhof in Lissabon abzuholen. Die zahllosen Koffer, ihre beiden Kinder Sindbad und Pegeen, der Exmann Laurence Vail mit dessen zweiter Exfrau Kay Boyle und deren fünf Kindern. Insgesamt also sieben Kinder und drei Erwachsene und zig Koffer. Die fünfzehnjährige Pegeen und Kays älteste Tochter mussten sich um die kleineren Kinder kümmern. Max stemmte sich dem Strom der Reisenden entgegen, knuffte sich zu Peggy durch, gab ihr keinen Kuss, nahm sie in den Arm und konnte nicht anders, als gleich loszupreschen: »Ich muss dir was Schlimmes erzählen.«

Peggy schaute erstaunt und fragte: »Was ist passiert?«

Max atmete ein paarmal ein, ehe er sagte: »Ich habe hier, ich habe Leonora getroffen, hier, in Lissabon.«

»Wie?«

Der Lärm der Menschen.

Das Zischen der Züge.

Das Pfeifen, das Rufen.

»Ich habe Leonora getroffen. Hier. In Lissabon.« Max schrie jetzt.

Peggys Blick vereiste: als wäre die Temperatur von einer Sekunde auf die andere unter den Gefrierpunkt gesunken. Sie schien zu überlegen. Max ließ sie nicht aus den Augen. Ein Funke. Ein Zittern, als müsse Druck entweichen. Dann ihre alte Schnippischkeit: »Welche Leonora?«

Max lächelte nicht.

»Gut«, sagte Peggy und hakte sich bei Max ein. »Dann Leonora. Wie geht es ihr?«

»Sie will heiraten.«

Peggy schnaufte, nicht erleichtert, eher überrascht. »Dich?«

»Renato Leduc«, sagte Max.

»Muss ich den kennen?«

»Ein Mexikaner.«

»Warum?«

»Nur so kommt sie von hier fort.«

»Also Flucht-Ehe?«

Max antwortete nicht, und Peggy winkte den Kindern, den Gepäckträgern und den gemieteten Dienern. Die Kind-Koffer-Karawane setzte sich in Bewegung. Max begrüßte erst jetzt die anderen, wenn auch nur mit kurzem Nicken. Er wich nicht von Peggys Seite. Er half ihr, sich im Hotel zu installieren. Er wollte ehrlich sein. Er konnte Peggy nichts vormachen. Er konnte nicht so tun, als sei alles noch wie in Marseille. Er hätte Peggy am liebsten zugewiehert, dass er Leonora lie-hie-be, ach, was für ein Wort, liebe, dass er sie vergöttere, ach was, vergöttere, dass ihm noch nie ein Mensch so sehr gefe-heh-lt habe wie Leonora, ach was, gefehlt habe, vergöttere, liebe: all diese ausgelatschten Pfade, um das Funkelndste fassbar, habhaft, sprachklar zu machen, obwohl das Funkelndste nur dem verständlich wird, der es selbst erlebt, und auch dann nur in dem Augenblick, in dem es geschieht, und sonst nicht. Basta. Die unüberbrückbare Kluft zwischen Sprechen und Leben. Ja, es gibt einen Steg aus denkbaren Wörtern. Ja, ich kann ein paar Schritte laufen auf diesem Steg. Ja, ich kann ein paar Sätze machen. Aber irgendwann endet der Steg, einfach so, in der Luft, im Nichts: Und die Worte fehlen, auf die ich treten und die mich weitertragen könnten.

Alles kam anders, als Max es sich vorgestellt hatte. Peggy bestand darauf, Leonora zu treffen. Die beiden Frauen saßen sich im Café gegenüber. Und Peggy entspannte sofort die Lage:

»Leonora, Sie können mit uns fliegen. Es gibt noch einen Platz im Clipper nach New York.«

Leonoras Überraschung, ihr Augenaufschlag. »Danke, Peggy. Aber das nehme ich nicht an. Den Platz im Clipper kriegt ein anderer. Wir haben zwei Tickets für die Exeter. Ich fahre mit Renato Leduc. Ich werde ihn heiraten. In ein paar Tagen schon.«

Max war nicht hin- und hergerissen, er wusste genau, was er wollte und wen er wollte: Leonora. Er versuchte alles, sie zu sich zurückzuziehen. Er wich nicht von ihrer Seite. Er beschwor eine Armada von Erinnerungen. Er hielt ihre Hand. Er küsste sie. Er umarmte sie. Er umgarnte sie. Er umtanzte sie. Und er streichelte sie. Er merkte, dass Leonora fast wie eine Puppe alles mit sich geschehen ließ, aber aus der Haltung der Staunenden heraus, ja, Leonora hatte sich kolossal verändert, ihre Sicht auf sich selbst und auf Max, ihr Gefühl für sich selbst und für Max. Natürlich: einverleibt und ausgespien von einer Hölle, die sie *Unten* nannte, wenn sie darüber sprach, und Leonora sprach gerne darüber, als würde das, was geschehen war, im Sprechen erst stofflich und greifbar und dadurch der Möglichkeit des Vergehens übergeben. In Max tobte währenddessen ein einziger Gedanke: Es durfte nicht vorbei sein, Leonoramax, jetzt, wo er sie wiedergefunden hatte, im aberwitzigen Licht dieses Zufalls. Dazu standen Max die Monate in Saint-Martin-d'Ardèche noch viel zu lebhaft vor Augen: Leonora und Max in ihrem selbst gestalteten Haus, mit Farbe und Leinwand, Stift und Papier, Händen und Haut. In Lissabon dagegen reichte es für Leonora und Renato nicht mal zu einem Fingerhut dieses Gefühls. Das musste doch jeder sehen!

»Ich weiß nicht, wie es weitergeht«, lautete sein Mantra Peggy gegenüber. »Ich kann nichts versprechen. Ich muss mich mit Leonora treffen. Ich kann nicht anders.«

»Ihr müsst euch entscheiden«, sagte Peggy.

»Die Entscheidung ist eine grüne Orange.«

Da legte sich Leonoras Körper ins Krankenhaus. Eine Brustoperation. Keiner wusste Genaues. Leonora sprach nicht darüber. Die Ärzte hielten sich bedeckt. Leonora befingerte mit langen, klaren Blicken die Decke über ihrem Krankenbett. Sie wartete darauf, dass etwas in ihr donnerte. So ganz anders lag sie dort als in Santander. Ganz *langsam* lag sie dort. In der Anstalt in Spanien hatte sie zügig und schnell gelegen. Hier aber, in Lissabon, schlug sie sich mühsam durch die Zeit wie durch einen Dschungel. Jeder Ruck des Zeigers glich dem Schlag einer Machete, gefolgt von einem schleppenden Schritt. Max saß an ihrem Bett, sooft es ging, und Leonora lag da und dachte nach, nein, sie fühlte nach, richtete ihre Augen wie Scheinwerfer auf den Sitzenden, sie durchmaß jeden Zentimeter seines Gesichts, seiner Haare, seiner Augen. Dann zersplitterten in ihrem Kopf die Felsen. Ich. Ich bin. Ich bin eine. Ich bin eine Frau. Ich bin eine Frau, die sich selber genug ist. Ich brauche keinen anderen als mich selbst. Diese Kluft. Zwischen mir und ihm. Die, die, die denken doch, von außen, die Peggy, die anderen, die denken doch alle, ich kleines, ich armes, ich Mädchen, ich. Doch ist es nicht so. Ich hab von Anfang an gewusst, wuff, wuff, gewusst, was ich tat. Die Liebe kam nicht nur als romantische Keule, sie kam als Eintrittskarte: Ich wusste ja, wer er war, wer Max war, Max, das Bild, okay, die Nachtigall, okay, Max, okay, aber mit ihm, da stand mir alles offen. Ich brauchte nur durch die Türen zu schlüpfen, die er mir aufhielt. Denken, denken, die denken doch, ich sei verrückt geworden nach seiner Verhaftung. Die denken doch, ich hab ihn suchen wollen. Die denken doch, dass ich ihn dort habe suchen wollen, wo er selber gerne gewesen wäre: im Herzen des Irrsinns. Die denken doch, ich habe getan, was er nie wagte: zu springen. Nein. So war es nicht. Es war anders. Wie war es? Vielleicht. Wir sind. Wir sind Planeten. Nein. Wir sind Paletten. In Saint-Martin-d'Ardèche. Er ist meine. Ich bin seine. Wir tupfen uns auf. Wir tupfen nicht nur die Farbe aus dem anderen, wir schöpfen nicht nur das Papier aus den Kehlen der Keller, wir krallen uns aus den Seelen des anderen das, was man *Einhauch* nennt. Das ist alles. Und damals, da war es so: Ohne Max, da zieht er sich langsam zurück, der Einhauch. Da stürze ich. Da stolpere ich. Kann nichts dafür, verliere nicht den Kopf, verliere den Stand. Primel. Da weiß ich jetzt, wie gefährlich es ist, den Max zu grasen, ich Schaf, ich. Doch immer noch gibt's da etwas, das ich nicht von mir schieben kann. Immer noch zieht mich etwas zu ihm hin. Das liegt an der langen Leine, die unsere Nabellöcher verknüpft. Ich muss sie jetzt durchtrennen. Sehe alles klar. Sehe: dass ich keine Ahnung habe, was tun. Renato, Max, Malen, Paris, Schreiben, New York, Mexiko, Kinder, Peggy, Lissabon, Krankenhaus. Sehe, sehe nur: dass ein Scheunentor nicht dem entspricht, was der Traktor sich vorstellt, wenn er, gelenkt von der Biene des Dotters, den ersten Gang über die Schulter wirft, die Schnüre stiefelt und Gas gibt, bis der Arzt kommt, Amigos.

5

Peggy wachte auf. Alles war schwarz. In ihrer Hand ein feuchtes Feuerzeug. Sie ließ es schnipsen. Neben ihr lag Max. Die Dinge waren außer Kontrolle geraten. Peggy quälte sich hoch, geriet ins Schwanken. Im Kopf hämmerte es. Sie drückte die Schläfen fest zusammen. Als könne sie sich den Schmerz aus der Stirn quetschen. Nicht nur ihr Kopf, auch ihr Magen tat weh. Langsam klärten sich die Dinge hinter den Brauen. Sie befanden sich … wo? In einem Hotel in Estoril, außerhalb von Lissabon, in Strandnähe, sie, das hieß Peggy, Max und die ganze Gruppe. Seit Peggy in Lissabon war, hatte Max sie nicht angerührt. Diagnose: Leonora-Obsession. Doch hier, in Estoril, hatte Max ihr seine Zimmernummer gesagt und hatte Peggy in der Nacht an seine Tür geklopft. Endlich, dachte Peggy, die Geschichte zwischen uns, sie fängt neu an. Auch wenn Max mich heute Nacht eher mechanisch geliebt hat, dachte Peggy, fast hydraulisch. Auch wenn ich mich angepasst habe, meine Beine wie Schraubschlüssel um ihn, nicht loslassen, sein Aufstöhnen, als hätte er schlecht geträumt. Dann das Lysol.

»Du immer mit deinem Lysol«, sagte Max.

»Ich hatte schon sieben Abtreibungen. Oder sechs. Weiß nicht mehr genau.«

»Und warum glaubst du dann noch an dieses Lysol?«

»Die meisten mit John Holms. Er wollte keine Kinder.«

Die Abtreibungen lagen weit entfernt. Manchmal leuchteten im Traum noch Augen, die schauten, als wollten sie raunen: Wir hätten es beinah geschafft zu dir in den Schoß.

Danach das Gelage.

Die beiden tranken.

Sie löschten keinen Durst.

Sie löschten Erinnerungen.

Peggy hangelte sich an der Wand entlang, trat auf den Balkon, es war dunkel, noch mitten in der Nacht? Der Himmel voll wilder, angeklebter Sterne. Das Meer schnurrte wie ein zahmer Panther. Peggy setzte sich auf eine Liege, fischte Zigaretten vom Tisch. Feuer. Inhalieren. Ihr wurde schwindlig. Erst als ihr der schwache Wind etwas Asche auf den Oberschenkel zupfte, merkte sie, dass sie nackt war. Puzzlestücke flatterten um ihren Kopf, Puzzlestücke, die sich langsam fügten. Die Fahrt nach Lissabon, Max am Bahnhof, sein Satz: Leonora ist hier. Peggys Nüchternheit, okay, dann die Treffen mit Leonora, Max und Renato, in den Bars von Lissabon, im Leão d'Ouro, alle vier und die Überraschung der anderen, darüber, dass sie, Peggy, so über den Dingen zu schweben schien. Was man nicht ändern kann, muss man hinnehmen, und zwar so schnell wie möglich, lautete Peggys stoisches Lebenscredo. Und Max? Furchtbar peinlich in seiner Versessenheit. Leonora selber schien das zu genießen, obwohl sie Max anschaute, als glaube sie ihm kein Wort seiner Gefühle. Peggy steckte sich eine neue Zigarette an, sie rauchte gern Kette, wenn es sich ergab. Ihr Kopf klammerte sich an etwas Festes, Klares, an Buchstaben zum Beispiel, als wolle sie sich auf diese Art zwingen, nüchtern zu werden. Leonora: eingeklemmt zwischen Max und Renato, zwischen M und R. Zwischen M und R lagen NOPQ. Not Our Personal Queen. MNOPQR. Wie hypnotisiert schien Leonora Carrington, eine Maschinenfrau, deren Wünsche ferngesteuert werden. Sie kann sich nicht entscheiden, sie weiß nicht, was sie will, sie wartet auf einen Mann, der ihr die Entscheidung abnimmt, sie braucht niemanden, der ehrfürchtig zu ihr hochschaut, sondern einen, der auf die Leiter steigt und sie pflückt. Im Krankenhaus hatte Max die ganze Zeit über wie ein Hündchen vor Leonoras Bett gesessen und sich von ihr Geschichten diktieren lassen oder gemalt oder zugesehen, wie Leonora malte. Sie störten sich nicht daran, wenn sie, Peggy, im Raum war oder Leduc, der nachdenklich sein Kinn rieb. Sofort nach Leonoras Genesung war es zur Hochzeit gekommen, ohne jedes Tamtam, fast keine Gäste, ruckzuck, Leonora und Renato, und Max hatte verloren. Denn nun wich dieser Renato Leduc keine Elle mehr von Leonoras Seite. Am liebsten hätte er seine Leonora eingekerkert, er hielt den Daumen auf das Geschenk, das er *meine Frau* nannte, band die Schleife fest zu: Luft bekam Leonora kaum. Max schien das alles nicht auszuhalten, er wollte fort von einer unerreichbaren Leonora, wollte raus aus Lissabon, und so zogen sie um: nach Estoril. Gestern angekommen, hatten Peggy und Max am Nachmittag den Strand aufgesucht und eine geschützte Stelle gefunden, an der sich kein Mensch zeigte. Verbotenerweise hatten sie nackt gebadet, plötzlich war die Polizei aufgetaucht, und Peggy und Max waren zu den Büschen hinter der Straße geflohen. Sie versteckten sich dort, schlüpften in ihre Badesachen, doch die Polizisten spürten sie auf und näherten sich mit einem Maßband.

»Was soll das werden?«, fragte Peggy.

Und ein Polizist legte das Maßband an Peggys Kinn und zog es hinab bis zum Ansatz ihrer Brust.

Einer von ihnen murmelte eine Zahl.

Der andere schüttelte den Kopf.

»Was?«, fragte Max.

»Zehn Zentimeter nackte Haut zu viel«, sagte der erste.

Und sie maßen auch den Abstand zwischen Peggys Brust und Bauch und sagten, das verstoße gegen portugiesische Richtlinien für Badeanzüge, und Peggy musste sich etwas überwerfen.

Ich habe genug davon, mich zu bedecken, dachte Peggy jetzt, auf dem Balkon. Sie erdrückte ihre zweite Zigarette. Der Mond zuckte zusammen. Ich habe genug von Masken, dachte sie. Ich will endlich Klarheit. Ich will Max bei mir haben. Die ganze Zeit. Denk sie ruhig, die Worte *in love*. Ich will Teil seiner Welt werden. Ich will, dass Max endlich Bilder *von mir* malt, weil seine Hand nicht anders kann, ich will, dass er aufhört, Leonora-Bilder zu malen, ich will, dass er anfängt, Peggy-Bilder zu malen. Max und Peggy. M und P. Dazwischen liegen nur N und O. No. Peggy lachte gequält und schlug sich vor die Stirn. Dabei zerquetschte sie zufällig eine Mücke. Sie betrachtete das Blut auf ihren Fingern. Max wird Zeit brauchen, dachte sie. Sein Lachen klingt im Augenblick wie Glas, das platzt. Noch ist er nicht bei der Sache. Nicht bei mir. Bald aber wird Leonora fort sein. New York. Dann Mexiko. Ich bin ein großes Mädchen. Ich kann warten. Ich weiß, dass die Stunden vergehen. Die Tage und Wochen auch. Ich weiß, dass aus einem No schnell ein Yes werden kann. Ich bin so etwas Ähnliches wie glücklich.

6

Am Morgen des 13. Juli 1941 stieg Max in den Clipper der Pan American Airways nach New York. Max flog ohne seine erste Frau Lou, die schon bald in einem Hotel in Manosque leben würde. Ihr Nachbar, der Schriftsteller Jean Giono, würde Lou und ihr Schreiben unterstützen.

»Ich habe so viele Pläne«, würde Lou sagen. »Helfen Sie mir?«

»Soweit ich kann«, würde Giono entgegnen.

»Zuerst beende ich meine Lebenserinnerungen.«

»Mir gefällt Ihr assoziativer, ungeordneter Stil.«

»Er klebt mir zu sehr am Eigenen. Ich will raus. Ich will der Fantasie das Tor öffnen.«

»Die Fantasie kann gefährlich sein.«

»Nicht gefährlicher als die Wirklichkeit.«

Am Morgen des 13. Juli 1941 stieg Max in den Clipper der Pan American Airways nach New York. Max flog auch ohne Leonora Carrington, die kurz zuvor bereits die Exeter bestiegen hatte und sich gerade auf dem Deck sonnte, neben ihrem neuen Mann Renato Leduc.

»Übrigens liebe ich dich nicht«, sagte Leonora zu Renato und nippte an ihrem Kaffee.

»Ich weiß«, sagte Renato. »Solange du bei mir bleibst, macht das aber nichts.«

»Es tut mir leid. Und es liegt nicht an dir.«

»Sondern?«

»Es liegt an der Liebe. Ich habe verlernt, was das ist.«

»Lieben verlernt man nicht. Wie Schwimmen.«

»Es sind schon viele ertrunken, die so gedacht haben.«

Am Morgen des 13. Juli 1941 stieg Max in den Clipper der Pan American Airways nach New York. Max flog mit Peggy Guggenheim, den sieben Kindern, mit Kay Boyle und mit Laurence Vail, der wie üblich Sandalen trug.

Die Gruppe war abgeholt worden. Chauffeure von Pan Am hatten sie zum Aeroporto Marítimo de Cabo Ruivo gebracht. Dort hatte Max alle Formalitäten erledigt. Das von Peggy bezahlte Sechshundertfünfundsiebzig-Dollar-Ticket steckte in der Innenseite seines Jacketts, gemeinsam mit dem Pass. Jetzt fuhr man sie Richtung Rio Tejo. Von weitem sah Max schon den Clipper. Ein gewaltiges Biest, das im Wasser des Flusses lag, ohne zu schaukeln, das Flugboot. Max dachte aber weniger an ein fliegendes Boot als an einen grauen Wal mit Flügeln. Ihn fröstelte, und er schlug den Kragen seines Jacketts hoch. Dabei lag kaum Wind auf dem Rio Tejo, karg kräuselte sich das Wasser, der Morgen verströmte eine sommerliche Honigmilde. Erst jetzt, da er sich dem Flugzeug näherte, wurde Max klar, dass er bald den festen Boden unter seinen Füßen verlieren würde. Aber so gern er zeit seines Lebens ein Vogel gewesen wäre, so gern er sich selber Loplop nannte, den Obersten der Vögel: Plötzlich schien es ihm undenkbar zu fliegen. Wie sollte dieses tonnenschwere Monster dort in die Luft gelangen? Mit den vier Propellern? Als Max die quadratische, schwimmende Plattform erreichte, die zum Einstieg ins Flugzeug führte, musste er unter einer riesigen Tragfläche hindurchgehen und blickte hoch. Ja: Wie sollten diese Dinger sie denn halten? Dort oben? In einer Geschwindigkeit, die jede Vorstellungskraft überstieg?

Zwei Stewards begrüßten Peggys Gruppe per Handschlag. Die gesamte Mannschaft trug, ihren Vorbildern folgend (der Besatzung der Clipper-Schiffe des 19. Jahrhunderts), maritimblaue Uniformen und weiße Mützen. Max nahm alles wie durch Milchglas wahr, das Willkommen der Crew, der Satz, es sei eine exzellente Wahl gewesen, sich für Pan Am zu entscheiden, denn hier, in diesem Flugzeug, gebe es nur eine einzige Klasse, und zwar die erste. Einer der Stewards ging voran und führte die neuen Passagiere in eins der fünf großen Abteile. Die Sitze glichen bequemen Kaminsesseln. Etwa dreißig Passagiere, erfuhr Max, waren bereits eingestiegen und saßen in zwei anderen Abteilen. Dreißig weitere Passagiere würden auf den Bermudas hinzukommen. Damit sei die Kapazität von vierundsiebzig Plätzen erschöpft.

Max setzte sich. Neben ihm schaute Peggys Teenager-Tochter Pegeen aus dem Fenster. Schräg gegenüber saß Peggy und lächelte sanft, als wolle sie ihm Mut machen. Einer der Stewards schien eigens für sie abgestellt zu sein, er redete mit einem Strahlen auf den Lippen und erklärte technische Details, Boeing 314, Wright-Twin-Cyclone-Sternmotoren, Sea Wings, Flügeltanks, 16000 Liter Flugbenzin, ein Techniker an Bord. Max zuckte zusammen. Man kann die Triebwerke während des Flugs reparieren? Den Motor ausschalten, in einen Segelflug gleiten, der Mechaniker kriecht durchs Innere der Tragflächen und kann den ausgefallenen Propeller von dort aus begutachten und gegebenenfalls wieder zum Laufen bringen? Aber die Tragfläche vorhin war gar nicht so dick gewesen, dass ein Mensch hätte hindurchkriechen können. Oder doch? Max schüttelte sich. Für solche Dinge fehlte ihm das Verständnis. Die Propeller sprangen endlich an. Max hatte nicht mit dieser sagenhaften Lautstärke gerechnet. Ein fortwährendes Dröhnen. Jetzt schob sich der Wal durchs Wasser und wurde nur langsam schneller. Gut, dass man sich auf einem endlos langen Fluss befand. Es dauerte. Max hatte kurz das Gefühl, man würde gar nicht nach Amerika fliegen, sondern schwimmen. Da hoben sich endlich die beiden Sea Wings, verloren den Kontakt, tatschten noch einmal kurz das Wasser, und das fliegende Boot gewann unendlich mühevoll an

Höhe, eine gigantische Kraftanstrengung, ein ächzender Klimmzug gen Himmel mit Muskeln aus Stahl. Der Druck in den Ohren stieg, Max nahm ein Kaugummi von Pegeen entgegen, sein Magen fühlte sich löchrig an, er schloss die Augen, lehnte sich zurück, wollte von alldem um ihn her nichts mehr wissen, er war gerettet, nach Internierung, Flucht, Geisterzug, Villa Air-Bel und Lissabon ging es jetzt endlich Richtung Amerika, Richtung Freiheit, Richtung Leben, Richtung Jimmy, Richtung Neuanfang. Doch Max spürte kaum Erleichterung oder Euphorie, eher die Klebrigkeit des Verlusts: Er verließ seine Heimat, verließ Frankreich, Europa. Mit fünfzig Jahren. Ein Küken, das aus dem Nest fällt und hofft, dass es fliegen kann.

Neben ihm kotzte Pegeen in eine Tüte und schluchzte. Der Gestank des Erbrochenen mischte sich mit klimatisierter Luft. Max beugte sich zu ihr und sagte: »Wenn wir die ... die Flughöhe ... erreicht haben, wird's besser gehen. Hat der Steward gesagt.« Dabei kämpfte Max selber gegen den Brechreiz. Pegeen nickte und kotzte noch einmal. Sie atmete ihre Tränen auf, tupfte sich mit einem Tuch den Mund von innen sauber. Dabei erschrak sie plötzlich, wie Max an ihrem Blick sah. Sie flüsterte ihm zu: »Meine Spange. Sie ist ... ich ... hier ... hab sie ...«

»Was ist los?«, fragte Peggy.

»Ihre Spange«, sagte Max.

Pegeen wurde rot, sie rollte die Tüte mit dem Erbrochenen an der Öffnung zusammen, setzte sie Max in den Schoß und drehte sich zum Fenster. Max betrachtete die Tüte. Dann öffnete er sie und holte mit einer Daumen-Zeigefinger-Pinzette Pegeens Spange heraus.

»Mein Gott«, sagte Peggy.

Max saß dort, die Spange in der Hand. Er lachte plötzlich. Endlich kam der Steward und sagte, man könne jetzt aufstehen, sich bewegen und alsbald auch den Speiseraum aufsuchen.

»Und die Toiletten?«, fragte Max und deutete auf die Spange.

»Das erledigt der Steward!«, sagte Peggy laut, und der Mann streckte sofort seine weiße Handschuhhand aus, in die Max die Spange gleiten ließ, während er sich fragte: Wo bin ich? Was mache ich hier?

Alles ging zügig weiter: Max säuberte seine Finger und schlug eine Zeitung auf, bis er und alle anderen im Abteil vom Steward (»Call me John!«) aufgefordert wurden, mitzukommen. John führte sie zum Speisebereich. Dabei kamen sie an einer Bar vorbei. Dort tummelten sich zehn, elf, nein, zwölf Passagiere, die wohl schon vor ihnen gegessen hatten und nun rauchten, Max sah spitzenbesetzte Kleider, Ringe, Schmuck, Pailletten, die Schminke der Frauen, perfekt sitzende Frisuren, blitzende Zähne, kostbare Schuhe und Smokings. In Schale geworfen. Schale, Schale: schal, Schale, schaler. Max schaute sich um und sah, dass auch Laurence Vail seine kurzen Hosen und Sandalen im Abteil gegen einen Smoking getauscht hatte. Max konnte kein Wort sagen, ihm steckte ein Wurm im Hals. Auf den Tischen des Restaurants lagen die Menükarten, und noch während Max las, brachte man den Gruß aus der Küche, ein Sechs-Gänge-Menü lag vor ihnen, zubereitet von einem Sternekoch und serviert von steifen, korrekten Kellnern. Und kurz nach dem Essen setzte schon der Sinkflug Richtung Azoren ein. Verloren und einsam gondelten die Inselchen im Atlantik. Dort tankte man auf. Peggy freute sich, als sie einen überdimensional großen und überdimensional teuren Hut erwarb. »Schau nur, Max, der Hut. Habe ich für die Reporter in New York gekauft.« Erste Klasse in die Freiheit. Eine Stunde Aufenthalt auf den Azoren: Als man ins Flugzeug zurückkehrte, hatte die Mannschaft die Sitze schon in exquisite Schlafplätze umgebaut, jede der Kojen wurde durch einen Vorhang geschützt. Max konnte es nicht fassen. Er lag in einem Palast der Lüfte, *die anderen* dagegen in Les Milles auf weniger als siebzig Zentimetern. Wie viele von ihnen hätten sie mitnehmen können? Wie viele von diesen *anderen*?

Max schlief nicht, er döste nur und stellte sich vor: Wie die vier Propeller plötzlich aufhörten, den Wind zu verdreschen, wie das Dröhnen nachließ, wie eine sagenhafte Stille Einzug hielt, geboren aus nichts als dem reinen Gleiten, das zugleich Absturz und Ende bedeutete, und wie ein emsiger Techniker durchs Innere der Tragflächen kroch und durch eine Klappe nach draußen trat, und der Techniker sah aus wie Harold Lloyd, dort stand er, auf der Tragfläche, ein wenig gebeugt zwar, mitten im Flugwind, doch der Strohhut, den er trug, flog nicht weg, saß wie angeklebt auf seinem Kopf, und dann legte Harold auf der Tragfläche einen Stepptanz hin, und immer wenn er mit beiden Fersen gleichzeitig aufstampfte, sprang einer der kaputten Propeller wieder an, und zum Schluss zog Harold den Strohhut und verbeugte sich, ehe eine feiste Wolke ihn mit sich riss, und Harold lag dort wie in einem blendenden Schneefeld und winkte und winkte, und Max weinte jetzt, aber nur kurz, denn in sein Dösen tröpfelte doch noch der Schlaf.

7

Aufschlag der Augen. Zwei Kinder schrien. Waren sie schon in New York? Am Marineflughafen? Nein. Bermudas. Erneutes Tanken, Max zog sich an, folgte der Meute hinaus, die feuchte Hitze raubte ihm die Luft, Saigon, dachte er, Saigon, Paul, Gala.

Jetzt die Überprüfung.

Britischer Geheimdienst?

Schwitzen, Angst, Erinnerung.

»Ich … ich kenne einen Ihrer Landsleute, Ian Fleming, er ist ein guter Freund von mir.«

»Mister Fleming?«

Nicken, Atmen, Aufenthalt, Nicken, Atmen, Nicken, Rückkehr ins Flugboot, Ian, Ian. Knöpfe, hatte Ian gesagt, er stelle Knöpfe her. Oder arbeitete Ian Fleming etwa selber für den britischen Geheimdienst?

Max ließ sich in die Polster fallen.

Ein erneuter mühevoller Start in die Lüfte.

Kurze Zeit später rief der Steward: »Wenn Sie aus dem Fenster blicken, sehen Sie die Exeter auf ihrem Weg nach New York. Das Schiff ist früher aufgebrochen als wir. Dennoch werden wir es in Kürze überholen.«

Max eilte zu einem der freien Fenster und schaute nach unten. Die Exeter. Dort stünde Leonora, würde von der Reling zu ihnen hochblicken, gen Himmel, das Dröhnen des Clippers unüberhörbar für sie. Max blieb so lange am Fenster, bis die Exeter nicht mehr zu sehen war, schloss sich für eine halbe Stunde auf der Toilette ein, saß einfach nur dort und dachte nach. Als er wieder hinaustrat, lag Entschlossenheit in seinem

Blick. Er ging zu Peggy und sagte: »Wir werden uns eine Wohnung suchen. In New York. Ohne deine Familie. Nur wir zwei. Du und ich.«

»Bist du sicher?«

»Sicher war ich noch nie in meinem Leben.«

Max lehnte sich zu Peggy und gab ihr einen Kuss, ließ Peggy aber keine Zeit, den Kuss zu erwidern, sondern löste sich wieder. Er hörte Peggys Atemlosigkeit hinter den Lippen.

Das Flugzeug näherte sich endlich New York. Man konnte den Jones Beach aus der Luft erkennen. Der Anflug dauerte extrem lange. Max krallte sich in die Lehnen seines Sitzes. Das Fliegen war ihm keinen Deut geheurer geworden unterwegs. Er dachte: Je weiter wir sinken, desto mehr steigt die Wahrscheinlichkeit, nicht abzustürzen. Noch hundert Meter, noch fünfzig, noch zehn, noch fünf, sie wasserten, das Dröhnen wurde zum Brummen, das Brummen zum Tuckern, das Tuckern zum Stottern, sie schipperten zur Anlegestelle, stiegen aus und wurden zum Flughafengebäude gebracht.

Menschen stürzten auf sie zu. Noch vor den Ankunftskontrollen. Journalisten mit blitzenden, puffenden Kameras. Max dachte: Was wollen die? Und wie kommen die hier rein? Wer hat im Clipper gesessen mit uns? Ein Boxer? Ein Footballstar? Ein Sänger? Aber die Journalisten warteten – auf Peggy Guggenheim und ihn. Auf die berühmte reiche Erbin und Sammlerin mit dem deutschen Surrealisten Max Ernst im Schlepptau. Die Blitze irrlichterten über ihre Gesichter, Max blieb stehen, hielt sich die Hand vor Augen, Fragen prasselten:

»Wie war der Flug?«

»Werden Sie heiraten, Peggy?«

»Werden Sie Max Ernst wirklich heiraten?«

»Werden Sie in New York eine Galerie eröffnen?«

»Waren Sie auf dem Eiffelturm?«

»Was sagen Sie zu den Aufzügen, die Ihr Vater dort eingebaut hat?«

»Sind Sie verliebt, Peggy?«

»Wie haben Sie es geschafft, der Gestapo zu entkommen?«

»Wie genau sieht es gerade aus in Deutschland?«

»Sind Sie für oder gegen eine Beteiligung Amerikas am Krieg?«

»Wo haben Sie denn diesen sündhaft großen Hut gekauft?«

»Und die Perlenkette?«

Peggy sagte ein paar freundliche Worte zu den Journalisten, sie lachte und zeigte dabei ihre Zähne, ehe sie Howard Putzel entdeckte, den Mann, dem sie aus Frankreich ihre Kunstsammlung geschickt hatte. Sie umarmte ihn, erkundigte sich nach den Exponaten, alle hundertsiebenundfünfzig, bestätigte Howard ihr ein weiteres Mal, seien sicher und unversehrt bei ihm eingetroffen.

Und dann kamen Beamte, Polizisten, sie nahmen Max in die Mitte und zogen ihn fort, zu einer Milchglastür, schoben ihn hindurch: ein Raum, ein Büro, Tische, Schalter, grelle Lichter überall. Die Reporter folgten ihnen, sie erhielten ohne Probleme Einlass, sie befragten die Beamten, sie notierten, sie fotografierten ungeniert, es war, als hätten die Polizisten ihre Versuche, sie abzuschütteln, längst aufgegeben.

Max musste sich setzen. Sein Pass war einkassiert worden. Die Männer – drei schwarz gekleidete Beamte – entfernten sich ein Stück von ihm, sie gingen zum nächsten Tisch und schauten sich in Ruhe die Papiere an und redeten miteinander. Max nagte am Nagel seines Zeigefingers und löste den Rand, der ihm an der Unterlippe kleben blieb. Er blies ihn fort. Der Nagelrest fluderte wie ein winziger weißlicher Halbmond auf den grauen Stoff seiner Hose. Eine Muschelrinde, dachte Max, sieht aus wie eine Muschelrinde, wie der letzte Rest einer Muschel vorm endgültigen Versanden, Muscheln, dachte Max, sind die Fingernägel des Meeres, und das Meer nagt unablässig an ihnen. Und alles, was Max wollte, war: auf den zu Sand geknabberten Muscheln eines Strandes stehen, den Wellen zuschauen und wissen: Ich kann mich gleich hineinstürzen und einfach nur schwimmen und tauchen.

Max saß seitlich zum Schreibtisch. Als die Tür wieder aufging, die Milchglastür, sah er aus den Augenwinkeln seinen Sohn Jimmy, der sich durch die Traube der Reporter drängte. Jetzt blickte Max genauer hin. Jimmy wurde hereingelassen. Max fehlte die Kraft, aufzustehen. Aber sein Blick wich nicht von Jimmy: einundzwanzig Jahre alt, ein strotzender, junger Mann, ein schöner Mensch, ein Bursche, der nun zum ersten Mal in seinem Leben um seinen Vater kämpfen musste. Jimmy näherte sich den drei Beamten am Tisch, er musste seinen Pass zeigen, dann fragte er: »Was ist hier los?«

»Ist das Ihr Vater?«

»Ja.«

»Wir können ihn nicht ins Land lassen.«

»Warum nicht? Er hat ein Visum!«

»Das Visum ist in Ordnung. Aber er hat einen deutschen Pass. Er lebt schon lange in Frankreich. Warum hat er keinen französischen Pass? Wir können ihn mit einem deutschen Pass nicht einfach so ins Land lassen. In jedem Fall können wir das hier nicht entscheiden.«

»Die Deutschen werden ihn erschießen, wenn Sie ihn zurückschicken.«

»Es tut mir leid. Ich folge nur den Vorschriften.«

»Die Vorschriften ändern sich scheinbar jede Minute?«

»Junger Mann, mäßigen Sie sich.«

»Und was passiert jetzt?«

»Wir bringen ihn nach Ellis Island.«

Max hatte alles mit angehört. Kalkbleich saß er dort, stand jetzt mühsam auf, hatte kaum Kraft. Nicht noch einmal in den Clipper, dachte Max. Zurück nach Frankreich. Oder schlimmer: nach Deutschland. Max breitete die Arme aus. Sein Sohn glitt sanft in die Umarmung hinein. Das fühlt sich merkwürdig an, dachte Max. Wie etwas, das man nicht kennt und trotzdem vermisst hat.

»Hello Jimmy, how are you?«, sagte Max, und er wusste nicht, weshalb er Englisch sprach.

»Und Mutter?«, fragte Jimmy. »Was ist mit Mutter?«

8

Lous Lage spitzte sich immer mehr zu. Sie und Fritz wurden ausgewiesen aus Cannes. Man drohte Lou, sie in eines dieser »speziellen Lager« zu deportieren oder den Deutschen auszuliefern. Fritz konnte das gerade noch verhindern, indem er sich an den Schriftsteller Jean Giono wandte, den er – bei seinem Aufenthalt in Manosque – vor kurzem erst kennengelernt hatte. Giono lud die beiden tatsächlich ein: Sie erhielten eine Aufenthaltserlaubnis für die Region Basses-Alpes. Dort, im Hôtel du Nord im Städtchen Manosque mit seinen sechstausend Einwohnern, kamen Lou und Fritz zur Ruhe, und Lou begann zu schreiben: ihre Erinnerungen mit dem Titel *Laut gedacht*. Jean Giono würde ihr diesen Titel ausreden und ändern in: *Nomadengut*.

Doch ab Dezember schon war Lou allein. Denn Fritz schaffte es nach Amerika. Durch nichts weiter als durch einen dummen Zufall. Er hatte eigentlich nur jemandem eine Zeitung geliehen. Eine englische Zeitung. Irgendeiner Nachbarin hatte er sie gegeben. In irgendeinem Bus. Und irgendein Spitzel hatte das gesehen. Und hatte Fritz verraten. Fritz war sofort verhaftet worden. Grund: ausländisch infiltrierte Propaganda, Verteilen von Flugblättern. Das aber bedeutete: Fritz befand sich in größter Gefahr. Seine Familie und Freunde jenseits des Atlantiks erwirkten ein Not-Visum für ihn: Am selben Tag, an dem Deutschland den USA den Krieg erklärte, am 11. Dezember 1941, bekam Fritz das Visum, er zögerte keine Sekunde, schiffte sich sofort ein und floh über Casablanca und Kuba in die Staaten, Lou aber blieb in Manosque zurück, bei Jean Giono, und Fritz versprach ihr, alles dafür zu tun, sie so schnell wie möglich nachzuholen.

Das aber klappte nicht.

Nicht in den nächsten Wochen.

Nicht in den nächsten Monaten.

Nicht in den nächsten Jahren.

Mal brachte der Gendarm eine neue Aufenthaltserlaubnis für Lou, mal brachte er ihre Ausweisung nach Deutschland. Dann erhob Lou Einspruch, die Ausweisung wurde aufgehoben und eine Verlängerung der Aufenthaltserlaubnis erwirkt.

Erlaubnis.

Ausweisung.

Einspruch.

Verlängerung.

Der Mistral wehte eisig. Und Lou ging los.

»Wo willst du hin?«, fragte sie sich selbst.

»In die Berge«, antwortete sie sich selbst.

»Bei solchem Wind tut man das nicht!«

»Ich möchte wissen, was jenseits der Berge liegt.«

Lou stieg die Berge hoch, und sie war allein, und sie wusste, dass die Blicke der Leute ihr folgten, seit Generationen lebten die Menschen hier, in diesem Städtchen, wahrscheinlich waren sie auch seit Generationen nicht mehr hier oben gewesen, um zu sehen, was jenseits der Berge lag, und Lou setzte Schritt vor Schritt, ging langsam, als sei sie eine geübte Bergwanderin, der Anstieg war nicht steil, aber anstrengend für ihren von Kriegsjahr zu Kriegsjahr schwächer werdenden Körper, sie musste ab und an stehen bleiben, um sich die Kältetränen von den Wangen zu wischen, und obwohl sie sich ständig bewegte, wurde ihr nicht wärmer, so was tut man nicht bei diesem Wind, so was tut man nicht, doch als Lou endlich oben stand, auf dem Gipfel des kleinen Berges, atmete sie den Wind ein, der drohte sie umzublasen, sie schaute und schaute, atemlos, und sie wusste endlich, was jenseits der Berge lag.

»Und? Was liegt dort?«, fragte Jean Giono.

»Das kann man nicht beschreiben«, sagte Lou. »Das muss man sehen.«

»Ich fürchte, ich verstehe Sie nicht, Madame Ernst.«

»Ich fürchte, Monsieur Giono, ich verstehe Sie auch nicht.«

Lou verschickte viele Briefe, und sie schrieb ihre Memoiren, Monat um Monat verstrich, Jahr um Jahr, und sie wurde immer kränklicher. Alles, was um sie her geschah, lähmte sie. Erlaubnis. Ausweisung. Einspruch. Verlängerung. Die Monotonie dieses Vierklangs. Dass sie für ein neues Visum nach Nizza hätte fahren müssen. Dass sie gar nicht nach Nizza fahren durfte ohne Passierschein: Sie klebte fest im Spinnennetz der Paradoxien.

Inzwischen war Varian Fry abberufen, das Emergency Rescue Committee geschlossen und Bingham, der menschenfreundliche Vizekonsul, ersetzt worden durch Hugh S. Fullerton, dessen harte Hand mit Vichy gemeinsame Sache machte. Und warum verlor Lou den Kontakt zu Jimmy? Bekamen Familie und Freunde dort drüben nicht mit, was hier los war? Dass dieser Judenhasser Pierre Laval von den Deutschen wieder ins Amt gehievt worden war? Dass Laval schon früh den Präfekten befohlen hatte, ihm die Namen aller Juden ihrer Gemeinden zu nennen? Dachte man in Amerika vielleicht, dass man in Manosque, in diesem winzigen Städtchen, gar nicht nach Juden suchen würde? Dass Lou schon irgendwie durchkäme? Unentdeckt? Doch mit Laval an der Spitze legte Vichy erst so richtig los. Man begann in Paris. Zweiunddreißigtausend Juden wurden nach Drancy gebracht und von dort nach Auschwitz. Warum hörte man Lou nicht in Amerika? Kamen sie überhaupt an, ihre Briefe? Einer von ihnen wenigstens musste doch sein Ziel erreichen!

Endlich wurde von Amerika aus ein Dringlichkeitsvisum für Lou nach Frankreich telegrafiert: ein paar Tage zu spät. Jetzt stand auch der ganze Süden unter Besatzung der Deutschen, das amerikanische Konsulat wurde endgültig geschlossen, jedes Visum war nur noch ein unnützer Wisch. Lou würde bleiben müssen. Egal, was geschähe. Und sie hielt sich an Jean Giono und übersetzte dessen neues Buch ins Deutsche, obwohl es von Vichy-Anhängern gefeiert wurde. Lou brauchte das Geld, das Giono ihr zahlte, doch sie entfernte sich mehr und mehr von diesem Mann, aus dem sie nicht klug wurde. Einerseits gab er sich als Pazifist und Menschenfreund und half ihr, Lou, einer Jüdin, er lobte ihre Memoiren, ermutigte sie zu größerer Authentizität, denn nur das wirklich Erlebte zähle, wie er sagte; andererseits war da seine Unterstützung der Kollaboration, seine Ablehnung der Résistance, seine Judenfeindlichkeit.

Lou konnte noch einmal durchschnaufen, denn die Gegend um Manosque wurde zunächst von den Italienern kontrolliert: Offiziere mit Tirolerhüten erweckten eher einen harmlosen Eindruck. Zahllose Juden flüchteten jetzt hierher, in den italienisch besetzten Teil des Landes, ein Sammelbecken mit mehr als fünfundzwanzigtausend jüdischen Flüchtlingen im Jahr 1943. Das Sammelbecken aber wurde zur Falle, als Italien das Bündnis mit Deutschland brach und sich den Alliierten ergab. Kurz nachdem die Italiener abgezogen waren, donnerten schwarze Lastwagen mit gelben Rädern durch Manosque. Wer über die Alpen fliehen wollte, wurde abgefangen. Lou schnappte nach Luft. Sie verließ ihr Hotel nicht mehr, und sie zitterte, wann immer sie Schritte auf der Treppe hörte, atmete durch, wenn die Schritte an ihrem Zimmerchen vorbeigingen, und sie lebte von dem, was Bekannte ihr zusteckten.

Als hätten die kriegswütigen Deutschen nichts Besseres zu tun gehabt, erreichte im April 1944 ein Trupp von sechshundert Soldaten Manosque. Die Gegend wurde durchkämmt. Nach Juden. Die Schritte auf der Treppe des Hotels klangen jetzt anders als sonst: ein Stampfen und Rennen zugleich. Lou schlüpfte unters Bett, hielt sich an den Ärmelzipfeln fest und betete: Wird doch wohl der Bäcker sein! Wird doch wohl der Metzger sein! Obwohl niemand klopfte, sprang die Tür auf, ein Handschuh stürmte herein, krallte sich fest in Lous Haaren und riss sie unterm Bett hervor. Lou konnte nicht schreien. Sie wurde nach Marseille gebracht. »Heute Nacht hat man Madame Ernst in ihrem Hotel verhaftet«, trug Giono in sein Tagebuch ein und wechselte rasch das Thema. Von Marseille aus karrte man Lou nach Drancy. Dort saß sie in Zelle Nummer 12 und hoffte darauf, dass die Alliierten bald einträfen. Um sie und alle anderen hier zu befreien.

9

Jimmy und Peggy setzten sich mit ganzer Kraft für Max ein. Nach drei Tagen auf Ellis Island wurde er tatsächlich entlassen. Er durfte in Amerika bleiben. Max zog sofort in Peggys Hotelsuite und erholte sich langsam. Er traf in New York auch Breton, der sich strikt weigerte, Englisch zu sprechen, sowie Luis Buñuel, den Arzt Dr. Mabille und andere Surrealistenfreunde. Nur Marcel Duchamp weilte noch in Europa. Alle klagten über die in New York fehlende französische Kaffeehaus-Kultur. Ohne Cafés, wussten sie, würde ihre Bewegung wohl endgültig im Sande verlaufen.

Max stand in Peggys Suite hinter der Bar und mixte Cocktails, indem er die schüttelnden Bewegungen der Barkeeper imitierte, die er sich abgeschaut hatte, dann verteilte er die Gläser, Breton nippte und nickte anerkennend.

»Wann kommt Marcel?«, fragte André.

»In London ist er sicher«, sagte Peggy. »Nächstes Jahr vielleicht? Er hat wieder eine neue Idee.«

»Was denn diesmal?«

»Die Idee für eine Kunstaktion.«

Marcel Duchamp persönlich, so die Idee, wolle für ein Jahr mit all seinen Sachen, mit Sack und Pack, mit Möbeln, dem gesamten Bade-, Schlaf- und Wohnbereich, mit Küche, Atelier und allem Pipapo in einen Flügel des Museum of Modern Art ziehen, dort also richtig wohnen, sich niederlassen, ohne die üblichen Mauern, Türen und Fenster, die einen vor den Blicken der anderen schützten. Marcel Duchamp wolle sich ein ganzes Jahr lang beim Wohnen, Leben, Arbeiten, Essen, Waschen, Duschen und auch Schlafen zuschauen lassen. Der Künstler als Ausstellungsgegenstand.

»Ein Jahr lang gefangen?«, fragte Breton.

»Nein. Er darf das MoMA jederzeit verlassen, für Einkäufe, Feste, Reisen et cetera. Wie im echten Leben: Kommen die Zuschauer, während er nicht da ist, haben sie Pech gehabt. ›Kunst ist Illusion‹, sagt Marcel. Aber alle Welt glaubt an den Künstler. Warum also nicht gleich den Künstler selber zeigen? Anstelle der Kunst?«

»Klingt zwingend.«

In diesem Augenblick klopfte es.

Jemand ging hin, öffnete.

Und Leonora Carrington betrat die Suite.

Max hatte sie noch nicht gesehen, seit die Exeter eingetroffen war. Für den heutigen Abend hatte er sie eingeladen. Auch gegen Peggys Grummeln. Jetzt erschien Leonora in der Haltung einer Königin, aber – in Peggys Augen – grauenvoll gekleidet. Leonora blieb kurz stehen, schaute sich flüchtig um, musterte die Freunde, die jetzt aufstanden, um sie zu begrüßen, schaute niemandem direkt ins Auge, außer Peggy, der sie zunickte. Leonora lächelte. Max kannte dieses Lächeln. Ein schalkhafter Schatten in ihren Augen. Leonora durchquerte den Pulk der Surrealisten und ging ohne ein einziges Wort ins Badezimmer. Die Männer hörten, wie die Dusche aufgedreht wurde. Einige Minuten lang geschah nichts. Alle lauschten auf das Wasser. Dann öffnete sich die Tür zum Badezimmer, und Leonora trat wieder hinaus in den Salon. Sie trug noch all ihre Klamotten: die unmodische, hässliche graue Männerhose, über die Peggy bei ihrem Eintritt die Nase gerümpft hatte; das schneeweiße Herrenhemd mit Kragen und Manschetten; das rote Jäckchen, das absolut nicht zu Hose und Hemd passen wollte; dazu der winzige und alberne Hut, der jetzt durch das Wasser verrutscht war:

Denn Leonora war von oben bis unten klatschnass. Sie hatte sich wohl in voller Montur unter die Dusche gestellt. Jetzt tropfte sie auf die Männer zu und hinterließ eine dunkle Spur. In ihren Schuhen quatschte das Wasser. Sie ging nicht zu Max. Nicht zu Peggy. Nicht zu Breton. Sie näherte sich Luis Buñuel, setzte sich neben ihn, zog die Nase hoch, nahm den Hut vom Kopf, wrang ihn aus und warf ihn achtlos hinter sich. Dann lehnte sie sich zu Buñuel und sagte so laut, dass alle ihre Worte verstehen konnten: »Sie sehen gut aus, Luis. Sie erinnern mich an meinen Wärter. Da unten. In Santander.« Dabei fiel von ihrem Kinn ein Wassertropfen und zerplatzte auf dem Oberschenkel des Spaniers.

Leonora stand den ganzen Abend über im Mittelpunkt. Mit durchsichtigem Hemd erzählte sie unermüdlich. Die Anstalt. Visionen. Halluzinationen. Sie gab alles preis. Bis ins Detail. Max hatte Leonora noch nie so erlebt, aber er hing – wie alle anderen – an ihren Lippen. Dabei klang das, was Leonora erzählte, wirr und zusammenhanglos, Perlen, die ständig von der Kette rutschten und wieder aufgefädelt werden mussten, was ihr nicht gelang, was sie auch gar nicht wollte, sie tauchte genau durch jene Uferlosigkeit, in der sie gelebt hatte, vier Monate lang, sie lotste die anderen mit der Art und Weise, wie sie erzählte, hinein ins Zentrum des Wahnsinns, der nicht unterschied zwischen Erlebnissen und Gedanken, Gesehenem und Gefühltem.

Breton flüsterte schließlich: »Sie müssen das aufschreiben, Leonora.«

Leonora schaute ihn blinzelnd an.

»Unbedingt!«, fügte Breton hinzu.

Währenddessen dachte Max die ganze Zeit über: Ich hab sie verloren. Es ist vorbei. Es ist zu Ende. Ich weiß es genau. Und diese Gewissheit war erdrückend und fühlte sich an wie schwarzer Sand, der ihn langsam unter sich begrub. Max hätte jetzt gerne geweint, wäre er allein gewesen. Aber hier, unter den anderen, wollte er sich keine Blöße geben. Er schob die zwei vorderen Tränen mit den Fingern in die Augen zurück und arretierte sie dort. Klick. Klick. Die Tränen konnten sich so nicht mehr rühren. Sie mussten warten. Auf eine neue Gelegenheit zur Flucht.

10

Aber war es wirklich vorbei? Max wehrte sich gegen dieses Gefühl der Gewissheit, er wollte es nicht wahrhaben, er wollte tun, was er immer tat: kämpfen, kämpfen. Dieses Mal um Leonora. Noch war das Ende nicht ausgesprochen. Irgendwann stand Leonora auf und sagte, sie wolle gehen.

Max federte hoch. »Ich bring dich zur Tür!«, rief er, lauter als nötig.

Als Max mit Leonora hinaus auf den Hotelflur trat, sagte Leonora: »Bis hierhin und nicht weiter.«

»Jede Ringelnatter hat ein Nest.«

»Eine Blume blüht, solange sie atmet.«

»Ich will nicht, dass es vorbei ist«, sagte Max.

»Ich will nicht, dass du solche Sätze sagst.«

»Was für Sätze?«

»Pulp-Sätze«, sagte Leonora.

»Pulp? Was heißt Pulp?«

»Sätze aus solchen Romanen.«

»Du meinst: Schundromane?«

»Schund?«

»*Schund* auf Deutsch, das kommt von *geschunden*.«

»Sprich Englisch«, sagte Leonora.

»Du hast eine graue Strähne.«

»Jeder Salat, den ich esse, schmeckt nach Schnecken.«

»Liebst du mich nicht mehr?«, fragte Max und kam sich albern vor, denn das ironische Schmachten, mit dem er diese Worte hatte salben wollen, war irgendwo zwischen seinen Lippen versandet.

»Schon wieder so ein Satz«, murmelte Leonora.

»Irgendwoher müssen solche Sätze kommen.«

»Du bist und bleibst eine Droge, Max. Man kommt nur schwer von dir los. Obwohl man weiß: Wenn man dich eingeworfen hat, folgt immer ein Kater.«

»Heute geben die Spinnen ein Fest.«

»Als Festtagsbraten stehen wir auf der Liste: du und ich.«

»Ich werde gern eingewickelt.«

»Und ausgesaugt, ich weiß.«

Leonora schaute Max lange an. Sie deutete mit dem kleinen Finger auf ihre Brust, aber Max wusste nicht, ob das eine Geste sein sollte oder ohne Absicht geschah. Sie standen immer noch im Hotelflur, dicht vor der Suite, drinnen das Geplapper der anderen, und Leonora musste plötzlich lachen, nahm Max in den Arm und gab ihm einen Kuss, einen langen Kuss. Ich habe mich getäuscht, dachte Max während des Kusses, sie kommt zu mir zurück, es wird alles gut, und er lächelte kurz und öffnete die Augen, und er sah Leonoras fest geschlossene Lider, und er hätte gern einen Bleistift genommen und die Lider mit raschen Strichen schraffiert, um herauszufinden, was hinter den Augen lag, eine Frottage des Blicks: Aufgelöstsein, Sehnsucht oder Eigenwille? Doch dann wollte Max einfach nur hier sein, bei ihr, in diesem Augenblick, er kappte den Blick, und für drei Sekunden schaffte es Max, an gar nichts zu denken.

Als hätte Leonora dies gemerkt, trennte sie sofort ihren Mund von seinem. Sie sah Max erstaunt, fast erschrocken an, lächelte dann fröhlich und traurig zugleich und murmelte: »Lass uns abhauen!«

»Wohin?«

»Irgendwohin.«

»Irgendwohin?«

»Wir brauchen Bier.«

»Kauf ich unterwegs.«

»Hol einfach zwei Flaschen aus der Bar. Beeil dich.«

»Bin gleich wieder ...«

Ehe Max das letzte Wort aussprach, drehte er sich um und flog in die Suite zurück, beachtete die anderen nicht, die immer noch im Salon saßen, schnappte zwei Flaschen Bier aus der Bar, suchte verzweifelt den Öffner, fand ihn endlich, öffnete die Flaschen – ohne einen Blick für Peggy –, und dann stürmte er zurück zur Tür, die Leonora hinter ihm geschlossen hatte. Weil Max in jeder Hand eine Flasche hielt, versuchte er jetzt, die Klinke mit dem Ellbogen herunterzudrücken. Das klappte nicht. Er nahm beide Flaschen in die Linke. Dabei schwappte ein wenig Bier auf seinen Zeigefinger.

Max erschrak, als er den Schaum spürte.

Ihr erstes Treffen.

Max und Leonora.

In London.

»Augenblick!«, hatte Leonora gesagt.

Damals.

Ihr erstes Wort.

Nach dem Quellen des Bierschaums.

Max ahnte jetzt, nein, er wusste, was gleich Wirklichkeit werden würde: Als er mit der Rechten die Tür aufstieß, war der Flur leer und Leonora fort. »Lass uns abhauen!« Ihr Satz war nichts weiter als ein Zitat gewesen, aus einer Vergangenheit, die noch nicht allzu lange zurücklag, aber den Eindruck erweckte, sie gehöre in ein anderes Leben, jene Zeit in Paris, kurz bevor er mit Leonora nach Saint-Martin-d'Ardèche geflohen war. Leonoras unsichtbare Kusshand schwebte auf Max zu, ihr unsichtbares Auge zwinkerte ihm zu, ihr unsichtbares Lächeln hing in der Luft, ihr unsichtbarer Schalk löste sich langsam auf. Max stand da und kippte eins der Biere. Dabei sah er die Anzeige des Aufzugs leuchten. Sieben, sechs, fünf, vier, drei. Gleich hätte Leonora es geschafft. Zwei, eins. Unten würde die Aufzugstür Pling machen und auseinanderfauchen, Leonora aber würde mit klarem Blick durch die Lobby in die Nacht schreiten und genau wissen, was sie tat.

Viel Glück dir, murmelte Max stumm.

Und dann trank er auch das zweite Bier.

»Wenn du es schaffst, loszulassen«, hatte die kleine, junge Leonora ihm irgendwann mal zugeflüstert, als verfüge sie über die gesammelten Weisheiten der Welt, »dann gewinnst du die Ewigkeit. Beim Sterben, verstehst du? Diese eine Sekunde, wenn du loslässt, ich meine: wirklich loslässt. Wenn du sagst: Es ist gut so. Es ist gut, ich habe gelebt. Komm, Tod, nun bist du dran. Komm, spiel dein Spiel. Und treib mich aus mir raus. Es ist in Ordnung so. Hier. Jetzt. Diese Sekunde, das ist genau das, was die Christen *Ewigkeit* nennen, ewiges Leben, Himmel, Paradies. Nur diese eine Sekunde, Max. Nicht irgendein zäher, unendlicher Aufenthalt in Milk-and-Honey-County, wo dir Täubchen um die Ohren und ins Maul fliegen, nein, nein, das wäre tödlich langweilig und eher Hölle als Himmel: Es geht nur um diese einzige letzte, erste Sekunde. Die Sekunde des Loslassens ist genau das: die Ewigkeit.«

Max hatte diese Worte immer für esoterischen Firlefanz gehalten, jetzt aber hing dieser Kuss von vorhin noch dort, und er dachte: Eine Trennung ist nichts anderes als der Vorbote des Todes. Max schloss die Augen, und er stellte sich das auf immer verlorene Leben mit Leonora vor, schöne und schreckliche Stunden, traurige und quatschhafte Tage, langsame und rasche Monate, leuchtende und dunkle Jahre. Dann ging er in die Suite zurück. Die Tür fiel ins Schloss wie ein Schuss. Letztes Gebrüll des Löwen in Freiheit. Der betäubte Koloss schleppte sich Richtung Käfig. Max war nach irgendeiner radikalen Geste zumute:

die leeren Flaschen in den Spiegel werfen. Aber er tat es nicht. Er wollte Leonoras Auftritt von vorhin nicht übermalen. Stattdessen ging er zur Bar, stellte die Flaschen ab, nahm zwei neue heraus, öffnete sie, ging zu Peggy, reichte ihr eine, setzte sich neben sie, prostete ihr zu, prostete sich selber zu, trank einen Schluck und machte demonstrativ »Aaah«, um zu zeigen, wie gut es ihm ging. Dann erst suchte er Peggys Blick, scheu wie ein Reh, schuldig wie eine Elster.

»Du weißt doch«, zischte Peggy, »dass ich kein Bier mag.«

11

Leonora und Max trafen sich noch ein paarmal in New York, sie gingen essen und redeten wie Freunde. Doch das Liebesleben zwischen ihnen blieb beendet. Obwohl es schmerzlich war für Max, brauchte er diese Nachmittage, um irgendwie loszukommen. Ein langsamer Abschied. Schnitt für Schnitt.

»Mein Vater ist tot«, sagte Max im Februar 1942. »Ich weiß nicht, mit wem ich sonst …«

»Sprich los.«

»Mutter hat vorgestern angerufen. Sag jetzt nicht: Es tut mir leid.«

»Es tut mir leid, Max. Wie geht es dir?«

»Ich bin auf eine in mich gekehrte Weise außer mir.«

»Wann hast du deinen Vater das letzte Mal gesehen?«

»Lange her. Es gibt ein frühes Bild: *Die Kreuzigung*. Kennt keiner. Maria in Pumps vor dem Kreuz. Das hat ihn schon maßlos aufgeregt damals. Und dann noch: *Die Jungfrau züchtigt das Jesuskind vor drei Zeugen*.«

»Weißt du«, sagte Leonora, »zu der Zeit, als du dieses Bild gemalt hast, saß ich im Kloster Holy Sepulchre. Wurde von den Nonnen gezüchtigt. Wenn auch nur mit einem Lineal.«

»Nachdem ich die *Jungfrau* gemalt hatte, war es endgültig vorbei. Ich bin exkommuniziert worden für das Bild, wusstest du das?«

»Erzähl mir von deinem Vater.«

»*Vorbild* ist ein schönes Wort. Er hat mich zum Malen gebracht. Ich habe ihm stundenlang zuschauen können.«

»War er ein guter Maler?«

»Ja. Er hat sich alles selber beigebracht.«

»Hast du ihm das mal gesagt?«

»Ja. Als Kind.«

»Und weiter?«

»Ich habe nicht seinen Vorstellungen entsprochen.«

»Niemand ist dazu da, Vorstellungen zu entsprechen.«

»Landschaftsmaler. Porträtmaler. Kunstmaler. Vater brauchte immer ein Motiv. Wenn ihm was nicht passte, am Motiv, dann ging er hin und änderte es. Einmal habe ich gesehen, wie er einen Baum abmalte. Und dann schüttelte er den Kopf, lief hin und knickte einen Ast ab. Weil der Ast ihn störte. Weil der Ast nicht seiner Vorstellung vom Baum im Kopf entsprach.«

»Verstehe.«

»Wäre ich das Motiv gewesen, hätte mein Vater viele Äste abknicken müssen. Viel Unkraut ausrupfen. Aus mir. Ich habe ihn ewig nicht mehr gesehen. Aber immer noch geistert er herum als ferne Person.«

»Als blasses Abbild der im Dunst verschwundenen Kindheit?«

»Du bist die Dichterin.«

»Hast du geweint am Telefon?«

»Ich bin bei seinem Tod nicht dabei gewesen.«

»Du hast dich nicht mit ihm ausgesprochen.«

»Keine Versöhnung mitten im Krieg.«

»Und deine Mutter?«

»Sie hat am anderen Ende immer wieder ›Pschtpscht‹ gemacht.«

»Auch abwesende Väter sind immer da, Max.«

»Jetzt aber ist er fort und ausgeblasen.«

»Es tut mir leid, Max.«

»Die Kerze qualmt nicht mehr.«

Leonora ruckelte jetzt in aller Ruhe den Stuhl zur Seite, streckte ihre Beine aus, pfropfte mit den Fußspitzen die Schuhe von den Hacken, raffte den Rock, löste die Strumpfbänder, rollte einen Strumpf nach dem anderen auf und zog sie aus. Die Leute an den umliegenden Tischen schauten pikiert oder neugierig. Nacktbeinig saß Leonora dort und lehnte sich zurück. Mit einem Griff über den Tisch hinweg angelte sie sich den Senfkrug, der dort stand, tönern und grau. Sie zog den Krug heran, schob ein Messer tief in den Senf und holte eine Klinge voll heraus. Dann schmierte sie den Senf in aller Ruhe auf ihren rechten Spann, machte munter weiter, bis beide Füße vom Senf ummantelt waren und der Krug fast leer.

Sie stand auf und rief: »Komm!«

Max nahm Leonoras Schuhe und Strümpfe und folgte ihr.

»Max?«, sagte sie draußen. »Ich gehe.«

»Wann?«

»In zwei Wochen.«

»Endgültig?«

»Nach Mexiko.«

»Und ich?«

»Du bleibst.«

»Dann sei es so.«

»Aber Peggy«, sagte Leonora. »Ich glaube nicht, dass sie es ist, Max.«

Max schwieg.

»Am Ufer wachsen Bananen.«

»Und was soll ich tun deiner Meinung nach?«, fragte Max.

»Menschen mit großer Einbildungskraft bleiben immer allein. Kein Platz für die Wirklichkeit. Und du, Max, du hast für mich die ungeheuerlichste Einbildungskraft, die ich mir vorstellen kann.«

»Also werde ich ungeheuerlich allein bleiben?«

»Vielleicht.«

»Vielleicht?«

»Es sei denn«, sagte Leonora, »es kommt eine Frau, die einen Raum öffnet. Keinen Raum, in dem du dich verlieren kannst. Sondern einen Raum, in dem du dich geborgen fühlst.«

»Mach's gut, Leonora. Ich wünsch dir gelbe Tomaten.«

»Die Spinnen warten nicht auf uns.«

»Der Fisch des Grauens bohrt sich durch die Lüfte.«

»Und zwar ohne jeden Besen.«

»Aber mit dem Benzin der Eingeweide.«

»Kuss?«

»Kuss.«

Leonora würde nach Mexiko gehen, sich von Renato Leduc trennen und den Fotografen Chiki Weisz heiraten, mit dem sie zwei Kinder bekäme, die ihr Halt verleihen würden für das, was sie weiterhin tun wollte wie nichts anderes: Malen, Schreiben und aus inneren Quellen schöpfen. Ihre Mutter Maureen würde 1946 aus England nach Mexiko kommen, bis zu ihrem Tod bei Leonora wohnen und (»Wenigstens das«, sagte sie) für ihre beiden Enkelkinder da sein. Leonora würde nie herausfinden, woher genau das kam, dieses Archaische in ihr, die Spurrillen des Spirituellen. Aber sie würde es hervorholen müssen, geradezu zwanghaft, immer und immer wieder – und immer und immer wieder neu. Mexiko war genau der richtige Ort für sie, um dies zu tun, ein Land, in dem die Toten noch unter den Lebenden weilen und der Día de los Muertos ein freudiges Fest ist, ein Land, in dem das Fantastische mit gleicher Kraft glüht wie das Wirkliche. Sie würde dort unglaubliche Bilder malen, und ihr Freund Octavio Paz würde alle Betrachter ermahnen, diese Bilder niemals zu enträtseln, nein, man müsse vielmehr die Farben hören und mit den Formen tanzen, ja die Bilder machten Angst in der Finsternis. Leonora Carrington würde weiterhin Erzählungen schreiben, einen Roman, Theaterstücke, sie würde Ideen fangen wie Schmetterlinge, die Idee zum Beispiel, den

Zuschauern im Theater vor der Vorstellung Masken zu geben. Sie würde nach wie vor und trotz ihres Absturzes in Santander der Alleinherrschaft der *einen* Vernunft den Kampf ansagen, und sie würde verschiedene andere Vernünfte beschwören, von der Vernunft der Haarspitzen bis hin zur Vernunft der Zehenspitzen. Sie würde in einer winzigen Küche sitzen und Tee trinken und später am Tag kühlen Tequila, und sie würde auch als Neunzigjährige noch ihre Besucher durch den Garten mit den fein angelegten Cannabis-Rabatten führen und sagen: »Die Angst ist nichts, dem man zu entfliehen hat, im Gegenteil. Wer mit der Angst einverstanden ist, wird verborgene Möglichkeiten entdecken.« Sie würde als Oma noch ihre Joints anzünden und all die vielen Ängste spitzfindig ordnen: die sportliche Angst (Panik) und die wollüstige Angst (Hysterie) und die Angst in der Offenbarung (Rausch) und die Angst in der Ruhe (Horror) und die prähistorische Angst (Terror). Sie würde sagen, dass es keinen Unterschied gebe zwischen dem Gedachten und den Dingen in der Welt. Zwischen dem Sicht- und dem Vorstellbaren. Und sie wusste: »Die Vergangenheit stirbt nur, wenn die Gegenwart ihr die Kehle durchschneidet.« Sie würde wahrlich steinalt werden in ihrer Calle de Chihuahua im Viertel Colonia Roma und – was sie bedauerte – den Kontakt zu Max gänzlich verlieren. Weshalb, würde sie nicht sagen können. Vielleicht lag es an Worten, die sie irgendwann mal geschrieben hatte; vielleicht hatte Max auch nur Angst davor, was geschehen könnte: bei einem Wiedersehen. Sie würde sich an ihre Schlammskulpturen erinnern, die sie einst gefertigt hatte, als Kind, mit sechs Jahren, und sie würde irgendwann sagen: »Ich bin heute verrückter als damals, bei den Verrückten in Santander.«

Am 25. Mai 2011, im Alter von vierundneunzig Jahren, lag Leonora Carrington in einem Krankenhausbett. Auf dem Nachttisch schwebte ihr Gebiss im Glas. Eine Tablette brachte das

Wasser zum Sprudeln. Trotz ihrer Lungenentzündung redete sie – wie üblich – noch kurz mit ihren dritten Zähnen: »Morgen müssen wir freundlicher sein. Zur Krankenschwester. Sie heißt ja nicht Asegurado. Sie schaut schon so komisch. Ohne dich, mein Gebiss, kann ich nicht lächeln. Ich weiß, du hasst es, wenn die Schwester dich ins Glitzerwasser wirft. Ich weiß, du schläfst viel lieber in deiner himmelblauen Plastikschachtel. Doch reiß dich ein bisschen zusammen, amigo, verzichte aufs Blecken, wir sind, wie du siehst, nicht allein auf der Welt.« Dann löschte Leonora das Licht, schlief ein und wachte nicht mehr auf. Als die Krankenschwester sie fand, am nächsten Morgen, tot, hatte das Wasser im Glas noch nicht aufgehört zu knistern.

12

Endlich fand Peggy einen Bundesstaat – ausgerechnet Virginia –, in dem eine Trauung des Deutschen und der Amerikanerin gesetzlich möglich war. Sie heirateten, so schnell es ging. Max ließ alles geschehen. Auf der Suche nach einem Domizil fuhren sie durch Amerika, fanden aber nichts Geeignetes. Erst nach der Rückkehr erwarb Peggy ein wunderschönes Gebäude am East River. Ein grandioses Haus aus Sandstein. Doch von Anfang an stimmte etwas nicht. Das Haus lag am Beekman Place. Max hatte gestrahlt und gerufen: »Hier soll Loplop leben, der Oberste der Vögel, der Schnabelmann, der Schnabelmax, hier, am Beekman Place, am Schnabelmann-Platz!« Erst später merkte er, dass sich *Schnabel* im Englischen *beak* schrieb, nicht *beek*.

»Willst du mir nicht verraten, woher der Name Loplop kommt?«, fragte Peggy und kraulte die Lehne ihres Sessels.

»Das«, sagte Max, »werde ich nur einem einzigen Menschen sagen.«

»Und wer soll das sein?«

»Derjenige, der das Wort vor langer Zeit gerufen hat: Loplop.«

»Leonora!?«, schnaufte Peggy.

»Nein. Es ist nicht alles Leonora.«

Neben dem Beek-beak-Irrtum verrutschte den beiden noch ein weiterer Buchstabe. Ihr neues Haus (ein dreigeschossiges sogenanntes *Triplex*) wirkte so majestätisch, dass seine früheren Besitzer ihm einen sprechenden Namen verliehen hatten: *Hale House, Kräftiges Haus*. Für Peggy und Max hätte der Name *Hate House* besser gepasst: *Hasshaus*. Die Ehe zwischen ihnen entwickelte sich zu einer Kette von Streitereien, Zank, Zorn und Dramen. Die Gründe dafür konnten banal sein: Max benutzte Peggys Schere; Max ließ Peggy nicht ans Steuer; Peggy hatte eine Grippe; Max kam mit Senfflecken auf der Hose nach Hause; Max fand Geschmack an exklusiven Restaurants.

»Wer soll denn das bezahlen?«, fragte Peggy.

»Du«, sagte Max.

»Ich bin nicht so reich, wie du denkst.«

»Schade.«

»Du trinkst zu viel.«

»Findest du?«

»Schon am Mittag. Heute bestellst du bitte nur eine halbe Flasche, Max.«

»Ich denke nicht, dass auf der Weinkarte halbe Flaschen stehen.«

Peggy und Max stritten im Bett, am Tisch, im Salon, stritten rauchend, trinkend, stritten in der Öffentlichkeit. Oder sie sprachen nicht miteinander, manchmal zwei Tage lang.

Wenn Max nicht arbeitete, saß er auf einem zwei Meter hohen Thron im Salon und rauchte. Den Thron hatte er selber gekauft. Wie um aller Welt zu zeigen: Seht her, ich bin jetzt endlich größenwahnsinnig und selbstverliebt wie jeder andere Künstler auch. Wenn ich schon in einem Käfig leben muss wie einst Hornebom, mein Kindheitskakadu, dann soll der Käfig auch golden sein. Zum ersten Mal in seinem Leben genoss Max die Vorzüge finanzieller Freiheit. Die Bilder, die er mit nach Amerika gebracht hatte (die kleineren im Clipper, die größeren mit Leonora auf der Exeter), verkauften sich nicht schlecht. Die Neugier auf den deutschen Surrealisten und seine amerikanische Frau war so groß, dass auch Galeristen und potenzielle Käufer angelockt wurden. Max gab nun den genialen Künstler, ließ sich ablichten auf seinem Thron mit den Schwaden der Zigarette, sprach in jedes Aufnahmegerät, das man ihm hinhielt, nahm Einladungen an, ja, fand Max, er hatte zu lange gedarbt, als dass er den unerwarteten Erfolg nicht hätte genießen können. Peggy fuchste es über die Maßen, dass Max trotz seiner Einkünfte keinen Cent in die Haushaltskasse einzahlte. Bedienstete, Instandhaltung, Essen, Reisen, Kleidung: Das blieb mehr oder weniger an ihr hängen. Als wäre sie ein unerschöpfliches Geld- und Goldfass. Stattdessen frönte Max einer Sucht, einer Leidenschaft, einem neuen Blitz im Kopf: dem Sammeln. Vornehmlich die Kunst der Eingeborenen. Und er raffte zusammen, was er kriegen konnte. Sobald er eins seiner eigenen Bilder verkauft hatte, gab er das ganze Geld wieder aus. Er lief zu Trödelhändlern, die immer neues Zeug herankarrten, und kaufte alle möglichen Figuren, Masken, Katchina-Puppen und Statuen, die ihm in die Finger fielen. Begeistert begrüßte er Peggy mit den Worten, er habe eine Entdeckung gemacht, eine Überraschung, er habe etwas gefunden, ein wahres Kunstwerk, schau mal! Und Peggy schrie auf: Ein sieben Meter hoher Totempfahl mit Adlerschwingen und -schnabel, Grinsegesichtern und in buntestem Farbenwirrwarr stand auf der Veranda. Doch Max störte Peggys Entsetzen nicht: Schon am folgenden Tag wurde der nächste Totempfahl geliefert.

Ja, Peggy sonnte sich in Max, in seiner Kunst, in seinem Körper, in seiner Schönheit, in dem Geheimnis, das ihn umflorte. Aber mit Totempfählen hatte sie nicht gerechnet. Totempfähle überstiegen ihre Vorstellungskraft. Doch sie hatte keine Wahl. Max bestand auf dem Zeug. Je zorniger Peggy wurde, umso zorniger wurde auch Max. Je zorniger Max wurde, umso weniger konnte er arbeiten. Stattdessen lief er durch die Stadt. Und je länger er dies tat, umso mehr Schnickschnack kaufte er. Es half nichts. Ein Teufelskreis, aus dem Peggy aussteigen musste. Besser, Max sammelte Totempfähle als diese verdammten Holzpferde, die er heimgebracht hatte, nachdem Leonora endgültig nach Mexiko verschwunden war. Überall in der gemeinsamen Wohnung standen massenhaft diese Holzpferde. Als ob Peggy nicht gewusst hätte, dass Leonora Pferde liebte. Als ob Max nicht absichtlich, und nur um Peggy zu verletzen, solch eine küchenpsychologische Verlustbewältigung inszenieren würde, jaja, nur um sie zu demütigen. Die beiden stritten weiter: wenn nicht über Alltagsgewusel, dann über das Layout des Katalogs *Art of This Century*. Oder darüber, dass Max seine Peggy, wenn er mit ihr Französisch redete, immer noch siezte und ihr eine Ausgabe seines mit Paul Éluard geschriebenen Buches *Die Unglücksfälle der Unsterblichen* signierte mit den gesetzten Worten: *Für Peggy Guggenheim, von Max Ernst*. Das glich in Peggys Augen einem Todesurteil. Zumal sie wusste, mit welch überquellenden Worten Max das Buch für Leonora signiert hatte. Aber zum Leben mit ihr, mit Peggy, passten die *Unglücksfälle*, die *Unsterblichkeit* dagegen zum Leonora-Bild, das, wenn überhaupt, nur langsam verblasste. Ja, eine leichte Entspannung der Beziehung stellte sich erst ein, als Peggy eines Morgens auf einem neuen Bild von Max sich selber entdeckte: ja, das da, was Max gemalt hatte, das war sie, Peggy, aber nicht die gegenwärtige Peggy, sondern Peggy als kleines, als achtjähriges Mädchen.

»Hast du in meinen Fotos geschnüffelt?«, rief Peggy.

Max schüttelte den Kopf. »Nein. Ehrlich nicht.«

»Aber wie kannst du wissen, wie ich aussah als Kind?«

»Keine Ahnung.«

Und Peggy umarmte Max.

Wenn Max nicht sammelte, arbeitete er. Seine Décalcomanien wurden mit Öltechnik verfeinert. Es entstanden Bilder: *Napoleon in der Wildnis*, *Totem und Tabu*, *Der gestohlene Spiegel*, *Der Gegenpapst*, *Der Surrealismus und die Malerei*. Und wenn Max nicht arbeitete, las er Bücher über Astronomie, Geologie oder

Indianer oder über die Kunst anderer Völker. In Japan, las er, lernen junge Maler das Malen bewusst peu à peu. Zunächst müssen sie ganz aus dem Handgelenk heraus malen. Dann dürfen sie den Arm bis zum Ellbogen hinzunehmen. Schließlich bis zur Schulter. Warum dort aufhören?, dachte Max. Warum nicht den Körper, den ganzen Körper in die Bewegung mit hineinnehmen? Max legte die Leinwand flach hin, holte eine leere Konservenbüchse, band eine Schnur an die Dose, bohrte ein Loch in den Dosenboden, füllte die Dose mit Farbe, ließ sie auf die Leinwand rinnen, träufeln, tropfen, ja machte kreisende Bewegungen mit dem Oberkörper und erfand sich noch einmal neu: Dieses Schwanken, Schweifen, Oszillieren! Dieses Pendeln! Das Gegenteil der Klarheit und Ordnung und Kontrolle! Es sprengte die Grenzen der Leinwand: Wenn Max ein Oval fuhr mit der Dose und immer größere Wellen schlug, kam es vor, dass die Farbe die Leinwand verließ, um sie an einer anderen Stelle wieder zu betreten, und der Zuschauer konnte die fehlende Rundung des Ovals nicht sehen, aber erahnen, jenes fehlende Stückchen, das vom Atelierboden des Künstlers aufgefangen worden war und für alle Zeit vom Bild getrennt bliebe.

Jemand klopfte.

Max begrüßte noch farbverschmiert den Gast.

Von Peggy angemeldet als »ein Bewunderer«.

Der junge Mann bedankte sich.

Dafür, dass er, Max Ernst, sich Zeit für ihn nehme.

»Keine Ursache«, sagte Max. »Sagen Sie, wie war noch mal Ihr Name?«

»Paul«, sagte der Mann. »Paul Jackson Pollock.«

»Guter Name«, sagte Max. »Kommen Sie rein.«

Zielstrebig näherte sich Pollock dem Bild, das auf dem Boden lag. Er betrachtete es staunend und umkurvte es. »Dieses Bild? Diese Ovale? Wie, wie heißt das Bild?«

Max überlegte, betrachtete Pollock eine Weile und sagte: »Es gab keinen Titel bisher. Aber jetzt nenne ich es: *Junger Mann, verwirrt durch den Flug einer nicht-euklidischen Fliege*. Wollen Sie wissen, wie es entstanden ist?«

Pollock nickte.

Und Max zeigte es ihm.

»Das ist doch ein Kinderspiel, oder?«, fragte der junge Mann.

»Alles ist immer nur ein Kinderspiel, Mister Pollock.«

»Und wie nennen Sie diese Technik?«

»Weiß nicht.«

»Vielleicht *Dripping*?«

»*Dripping* klingt gut.«

Jackson Pollock wusste zu diesem Zeitpunkt noch nicht, dass er selber die Technik des Dripping so brutal radikalisieren sollte, dass man ihm später sogar einen Spitznamen verleihen würde: »Jack the Dripper«.

So pendelte sich das Leben im Hasshaus am Schnabelmannplatz in der Einundfünfzigsten Straße ein (auch Max wurde gerade einundfünfzig), zwischen Streit und Versöhnung, Palaver und Pardon, Malen und Reden. Jimmy Ernst arbeitete als Peggys Sekretär; und Alfred Barr, Chef des MoMA, der ein bisschen so aussah wie Abraham Lincoln, kaufte ein paar Bilder von Max, nur um sie gleich in den Fundus zu sperren. Peggy veröffentlichte den Katalog *Art of This Century* und eröffnete ihre Galerie mit dem gleichen Namen. Die oberste Etage des Hauses Nummer 30 an der West Fifty-seventh Street widmete sich ausschließlich der neuen Kunst. Die dritte Ausstellung würde den Titel *31 Women* tragen und sollte den so vernachlässigten weiblichen Künstlern endlich zu ihrem Recht verhelfen. Ein wichtiges Anliegen für Peggy. Und Max ließ es sich nicht nehmen, die in Frage kommenden Künstlerinnen persönlich zu besuchen, um mit ihnen die Bilder zu sichten, auf der Jagd nach passenden

Exponaten. Peggy dagegen würde sich noch oft dafür verfluchen, die Ausstellung nicht 30 *Women* genannt zu haben, denn die einunddreißigste Frau war eine Frau zu viel.

Ihr Name: Dorothea Tanning.

13

Die Vokale blieben.

Aus Leonora wurde Dorothea.

Zweimal o, einmal a, einmal e.

Und aus Carrington wurde Tanning.

Einmal a, einmal i.

Das ist alles.

Nur ein kleines o, das fehlte.

Das kleine o war das Loch.

In dem Leonora Carrington verschwand.

Aus dem Dorothea Tanning auftauchte.

Und Luftholen.

14

Dorothea öffnete die Tür. Sie wusste, wer vor ihr stand: Sie kannte Fotos von Max Ernst und war ihm einmal schon begegnet, flüchtig nur, in der Galerie Levy, Max dürfte sich kaum daran erinnern. Seine Haare leuchteten: feucht vom Schneegestöber in den Winterstraßen New Yorks und weiß vom Alter, das von der Lebhaftigkeit seiner Augen gänzlich geschluckt wurde. Dorotheas Atemzüge verrutschten kurz, sie überspielte die Aufregung und bat Max herein. Er trat an ihr vorbei in den Flur und hinterließ glitzernde Stapfen auf dem Holzboden. Kahle, fast leere Zimmer: Die Wohnung war viel zu groß für Dorothea. Die Miete zu zahlen brachte sie an den Rand der Belastbarkeit. Dorothea führte Max ohne ein weiteres Wort in ihr Atelier. Sie wusste, dass Max auf der Suche war nach Künstlerinnen für Peggys Ausstellung. Dorothea hatte gehofft, bei dieser Ausstellung dabei sein zu können: Ein paar ihrer bisherigen Bilder waren Peggy nicht entgangen, ja, Peggy hatte Dorothea einmal sogar als *begabt* bezeichnet. So hatte sich Dorothea die letzten Wochen und Monate ins Zeug gelegt. Auf einer Staffelei stand ein fast fertiges Selbstporträt: die barbusige Dorothea vor einer Reihe von Türen, die sich ins Endlose hinein öffneten; sie trug ein Wurzelkleid; vor ihren Füßen hockte ein Fabelwesen, eine Art Katzengreif mit Eselsohren und Affengesicht.

Max blieb stehen.

Er rührte sich nicht.

Blick.

Glück.

Blick.

»Das Bild hat noch keinen Titel«, flüsterte Dorothea.

Max zählte innerlich bis drei. Jede Idee, die sich nicht innerhalb von drei Sekunden zeigt, ist von der Zensur des Verstandes verseucht und somit zu verwerfen. Hatte das nicht Luis Buñuel gesagt? Ideen haben kurze Lunten. Zwischen zwei und drei platzte es aus Max heraus: »*Birthday*«, sagte er. »Nennen Sie es *Birthday*.«

»Wollen Sie was ... trinken?«, fragte Dorothea.

Max antwortete nicht. Er schaute weiter zum Bild. Und blieb einfach stehen. Dorothea ließ Max allein und ging in die Küche, setzte sich an den Tisch und baute Schachfiguren auf. Sie spielte gern gegen sich selbst. Als sie die erste Partie beendet und das Spiel erneut vorbereitet hatte, stand Max im Rahmen der Tür. Dorothea blickte zur Uhr. Mehr als eine Stunde hatte Max vor dem Bild verbracht. Jetzt nahm Max die Flasche Wein vom Bord, füllte zwei Gläser, setzte sich, trank, ohne anzustoßen, steckte sich eine Zigarette an und tat einen doppelten ersten Zug: in die Lunge und auf dem Schachbrett. Dorothea erwiderte sofort. Beide bauten eine gesicherte Stellung auf, ehe Max attackierte, Dorothea parierte und ein Angebot machte, das Max nicht ausschlagen konnte. Er geriet in eine Sackgasse, aus der er nur mit einem Opfer herauskäme, das er verweigerte. Max zog den Turm zurück und haderte mit seiner Feigheit, als Dorothea schwungvoll in seine Reihen fuhr und ein Massaker begann, das seinesgleichen suchte. Sie spielten sich in eine Raserei, Figur um Figur wurde weggefegt, ehe beide nur noch die Könige und zwei Bauern besaßen und sich einander näherten und zeitgleich die Könige aufs Brett legten wie zum Schlafen. Es folgten weitere Spiele, den Nachmittag und Abend lang. Das Vor und Zurück und das Ahnen dessen, was der andere tat, das Atmen und das Gegenatmen, das Warten, das Schauen und das Zustoßen. Als es stockdunkel war und der Schneefall sich längst gelegt hatte, erhoben sich Max und Dorothea fast gleichzeitig. Sie hatten kaum ein Wort gewechselt. Max gab Dorothea an der Tür Abschiedsküsse auf die Wangen.

Dorothea sagte: »Touch – move! Berührt – geführt!«

Und sie schmiegte sich an ihn.

Und ließ ihn nicht los.

Eine Woche später wohnte Max schon bei ihr.

15

Aber Dorothea wusste nicht wirklich: Wohnte er *bei* ihr oder *in* ihr? Max nahm alles in Beschlag. Nicht nur die Zimmer, in die er mit Sack und Pack einzog: mit den eigenen Bildern und Skulpturen, mit seiner Sammlung indigener Kunst, ja sogar mit seinem Hündchen Katchina, das er eigentlich für Peggy gekauft, aber nach der Trennung an sich gerissen hatte. Vor allem zog er bei Dorothea ein mit seinen Lebensabenteuern, die – nachdem er sie erzählt hatte – in den Zimmern dauerhaft nachklangen, während Dorotheas eigene, spärliche Lebensgeschichtchen fast lautlos verhallten. Dorothea aber fand das gut so. Ihr Raum, ihre Wohnung, die Stille, ihr Denken, ihr Werkeln, ihr Leben, die Leere, ihr Warten: Alles wurde gefüllt mit Max, der ihr Bild *Birthday* regelrecht anhimmelte. Als ein möglicher Käufer verdächtig lange um das Bild herumscharwenzelte, sagte Max: »Das Bild bleibt hier. Es wird nicht verkauft. Egal, was die Künstlerin sagt. Ich liebe Dorothea. Ich will mit ihr den Rest meines Lebens verbringen. Das geht nicht ohne *Birthday*.« Dorotheas Warten hatte sich gelohnt: Max Ernst hielt eins ihrer Bilder für gelungen, für originell. Und Max ermutigte sie weiter und schüttelte den Kopf, als er sah, dass sie immer noch Werbezeichnungen für Macy's anfertigte.

»Machst du das gerne?«, fragte er.

»Nein.«

»Warum lässt du es nicht?«

»Ich brauche das Geld.«

»Du musst malen, Dorothea. Nichts sonst.«

»Du glaubst, ich habe Talent?«, fragte Dorothea.

Max verzog die Lippen. »Mehr als ich.«

»Jetzt übertreibst du.«

»Nur in der Übertreibung liegt so etwas Ähnliches wie Wahrheit. Auch bei den Bildern ist das so. Will man die Wahrheit zeigen, wie sie ist, entzieht sie sich. Der Realismus verdeckt unter Umständen mehr, als er enthüllt. Er richtet den Blick auf das Bekannte und lullt uns ein.«

»Ach.«

»Immer vorausgesetzt, es gibt so etwas wie Wahrheit. Meistens ist das ein Biest mit neun Köpfen. Schlägst du einen ab, wachsen zwei neue.«

Dorothea hörte zu. Sie war gerne *ganz Ohr*. Max schien jetzt, jenseits der fünfzig, endlich Worte zu finden für das, was in seinem Leben geschehen war. Er merkte nicht, wenn er dieselbe Geschichte mehrmals erzählte. Und dann auch noch in unterschiedlichen Versionen. War Marie-Berthes Vater jetzt Rechtsanwalt gewesen? Oder Polizeidirektor? Oder Bürokrat? Hatte ihnen damals ihr Freund Paul Éluard geholfen? Oder André Breton? Im Café de Flore oder in einem Taxi? Und am Tag der Trennung von Marie-Berthe: Hatte Max sie damals allein von der Victoria Station abgeholt? Oder mit Roland Penrose? Seine Kriegsverletzung am Kopf: Rührte sie vom Tritt eines belgischen Hengstes? Oder von einer Granate? Fragte Dorothea nach, sagte Max: »Es geht nie um Einzelheiten, es geht immer ums Ganze.«

»Das gilt nicht nur fürs Leben«, sagte Dorothea, »sondern auch für die Kunst, nehme ich an?«

»Du sagst es.«

»Soll ich mir das aufschreiben?«

Max lächelte. Er mochte Dorotheas Humor, sanft und beiläufig, kaum bemerkbar, hauchzarte Sticheleien, die sich gern auf das Sentenzhafte bezogen, das sich mit den Jahren an seine Sprache heftete: Vielleicht hatte Max so oft über Kunst und Leben nachgedacht und diskutiert, so viele Schriften gelesen, so viel mit angehört, dass alles in seinem Kopf gereift war und der Rahm abgeschöpft werden konnte. Intuition ist eingesickerter Gedanke. Wahrheit: geblendete Erinnerung. Und so weiter.

Je mehr Geschichten Dorothea über Leonora Carrington, Marie-Berthe Aurenche oder Peggy Guggenheim und ihre verrückte Verwandtschaft hörte, umso langweiliger kam ihr das eigene Leben vor. Schon wollte sie Max zurufen, dass sie sich wünsche, ein bisschen was von der Verrücktheit seiner früheren Frauen und Geliebten zu besitzen, da ahnte Max schon Flug und Richtung ihres Satzes und fauchte sie an: Alles, nur das nicht! Er habe genug von diesen Verrücktheiten, er wolle eine normale Frau, gewöhnlich und geerdet, er wolle ... Dorothea nickte ihm das Wort aus dem Mund.

In der Tat war Dorothea anders als seine Frauen bislang. Zum Beispiel in ihrem Verhältnis zu Haushalt und Häuslichkeit. Lou hatte sich zwar immer bemüht, war aber – in den Augen von Max – diesbezüglich grandios gescheitert; Gala hatte, wann immer das Wort *Haushalt* fiel, ihre manikürten Fingerchen der einen Hand ausgestreckt und mit den anderen ihre Hüfte getätschelt, um anzudeuten, was man verpassen könnte, müsste sie sich mit solchem Zeug herumschlagen; auch Marie-Berthe konnte haushaltstechnisch fast nichts außer, wenn Gäste eintrafen, Fischsuppe kochen, und je mehr Gäste kamen, umso mehr Wasser goss sie in den Topf, sodass die Suppe immer dünner wurde, bis sie nur noch nach Wasser schmeckte, was daran lag, dass sie auch nur noch aus Wasser bestand; Leonora tischte einmal einen Hasen mit Austern auf, jenes Rezept aus dem 16. Jahrhundert, eine Delikatesse, wie sie mit gespieltem Entzücken sagte, ein Mahl, das für André Breton zu einer traumatischen Erfahrung wurde; Peggy Guggenheim schaute, wann immer sie irgendetwas wollte, über die Schulter: Wo steckten die Dienstboten jetzt schon wieder, verdammt noch mal? Ja, Peggy hatte in dieser Hinsicht sogar einen Tick: Jeden Tag mittags um zwölf Uhr blickte Peggy kurz nervös zur Tür, als warte sie auf jemanden, ein Opfer der Gewohnheit, denn in ihrer Kindheit und Jugend war eben jeden Tag Schlag zwölf Mrs. Mack erschienen und hatte alle Dinge notiert, die gebraucht wurden: ein Tiegel Kleister, acht Paar Strümpfe, Nähseide, Bananen oder eine grüne Hutfeder.

Dorothea dagegen konnte sehr gut kochen, amerikanische Country-Küche mit schwedischem Einschlag. Außerdem hatte Dorothea ihre New Yorker Wohnung trotz aller Kargheit sinnlich und elegant eingerichtet, mit wenig Dekoration und ein paar gut platzierten Kunstwerken an den Wänden. Wenn Dorothea im Badezimmer zwei Duftkerzen in ein Schälchen mogelte, dann strahlte der Raum sofort eine seltene Wärme aus. Als Max mit seinen siebenundsiebzig Sachen in ihre Wohnung einfiel, verteilte Dorothea mit viel Geschick alles, was er mitbrachte. Und das Wichtigste: Dorothea konnte mit Geld umgehen. Eine gute Eigenschaft. Vor allem, wenn man kein Geld besaß.

Ja, Leonora hieß jetzt Dorothea.

Max bewunderte ihre sanfte, aber entschiedene Art, die von Jahr zu Jahr immer entschiedener wurde, immer selbstbewusster, später einkesselnder, matronenhafter, Max bewunderte ihre Pragmatik, ihren Sinn fürs Schöne.

Leonora.

Dorothea.

Das klang wie ein gekipptes Echo.

Leonora war umklammert gewesen von etwas Ungreifbarem, etwas Geheimnisvollem, etwas, das Max immer auch Angst gemacht und ihn daher umso stärker in seinen Bann geschlagen hatte. Leonora hatte mit einem Bein im Vergangenen gestanden, hatte trotz ihrer Jugend bestialische Bilder hervorrufen können,

Max war ihr nah gekommen wie keiner anderen Frau zuvor und danach, aber die Einsamkeit war geblieben: Leonora und Max hatten sich Linderung verschafft im Teilen der Einsamkeit, ohne sie je wirklich überwinden zu können.

Dorothea dagegen gab Halt. Mit Dorothea stand Max auf festem Boden. Aber die beiden konnten zugleich von diesem Boden abheben und schweben. Ins Blassblaue. Leichtigkeit und Schwere zugleich: Leichtigkeit, weil er sich getragen fühlte von Dorothea? Schwere, weil er Dorothea trug? Aus Dorothea sprudelte die Sicht auf eine Zukunft ohne Einsamkeit, aufgehoben, nicht mehr ausgesetzt: War Dorothea bei ihm, fühlte er sich nicht mehr allein.

16

Schuld an der Bilderflut mit dem Titel *Die Versuchung des Heiligen Antonius* im Jahr 1945 war ein Wettbewerb zu eben jenem Thema. In der Jury saß unter anderem Marcel Duchamp. Max schrieb als Beigabe zu seinem Beitrag die Worte: »Ausgestreckt über das düstere Gewässer seiner dunklen kranken Seele schreit der heilige Antonius nach Hilfe und Licht. Als Antwort erhält er das Echo seiner Angst, das Gelächter der Ungeheuer, der Geschöpfe seiner eigenen Visionen.« Ein Kritiker nannte das Bild »geradezu widerlich«; der heilige Antonius sehe aus »wie ein halb gar gekochter Hummer«. Und kurz danach erschien Peggy Guggenheims Autobiografie: Sie ging nicht zimperlich mit ihnen um, weder mit Max noch mit Leonora noch mit Dorothea. Sie legte alles offen, auch das Intimste. »Normalerweise war er kalt wie eine Schlange«, schrieb Peggy über Max, aber »er konnte nicht verbergen, wie verrückt er nach Leonora« war. Und über Dorothea giftete Peggy: »Eine gewisse Dorothea Tanning, ein hübsches Mädchen aus dem Mittelwesten, war arrogant, langweilig, dumm, vulgär und schrecklich geschmacklos gekleidet, aber recht begabt. Da sie Max' Stil imitierte, fühlte er sich geschmeichelt.« Im Gegensatz zu Marie-Berthe Aurenche machte Peggy Max keine Szenen in aller Öffentlichkeit. Sie hatte andere Mittel und Wege, sein *Standing* in Amerika zu untergraben. Eigentlich musste sie nicht viel tun: Ohne ihre Hilfe war Max verloren auf dem Rummel der Willkür und Eitelkeiten namens Kunst. Und wenn es dennoch zu Ausstellungen kam, lautete das Fazit von Max immer öfter: »Presse feindlich. Publikum bockig. Verkäufe null.«

Doch Max gewann den Antonius-Wettbewerb trotz der Kritik, setzte sich durch gegen die anderen Künstler, die man zu diesem Wettbewerb eingeladen hatte, darunter Salvador Dalí, Leonora Carrington und Dorothea Tanning. Jetzt wollte er raus aus New York, wollte fliehen aufs Land, wollte Peggy und der feindlichen Presse aus dem Weg gehen, wollte endlich wieder: ein wenig Ruhe. Und so kauften Max und Dorothea mit ihren insgesamt dreitausendfünfhundert Dollar Start- und Preisgeld des Wettbewerbs ein Grundstück in Sedona, Arizona. Max sehnte sich nach jener Landschaft, die er vor Jahren gemalt hatte, in Europa, zu einem Zeitpunkt, da er gar nicht wusste, dass es diese Landschaft wirklich gab, hier, in Arizona, und Max erlebte ein Nachhausekommen anderer Art, ein Heimkehren ins Innere seiner Vorstellung. Er hatte draußen in der Welt genau das gefunden, was er in sich selbst gesehen hatte. Dorothea und Max wollten für sich sein. Sonst nichts. Sie wollten bei null anfangen. Max könnte sich auf seine Arbeit konzentrieren. Und Dorothea brauchte viel frische Luft: Sie hatte gerade mit knapper Not eine Hirnhautentzündung überstanden.

Die beiden besaßen nur das Grundstück in Sedona. Sie nahmen kaum etwas mit aus New York und ließen alles hinter sich. Das hatte etwas Reinigendes. In Sedona wurden sie angenehm geblendet vom Ockerrot der Erde, vom Weinflaschengrün der Büsche, vom Stahlblau des Himmels und der rosafarbenen Rinde einiger Bäume, deren Namen sie noch nicht kannten. Solche Sattheit hatten sie nie gesehen in der Natur. Sie stiegen eine Anhöhe hinauf und blickten zum Oak Creek, der sich unter ihnen schlängelte. Bei jedem Schritt klopfte es hinter Max' Stirn: Hügel, Oak Creek, Sedona. Hügel, Ardèche, Saint-Martin. Hügel, Fluss, Ort. Felsen, Klippen, Steilheit. Sonne, Wasser, Erde. Oben angekommen, durchmaßen die beiden die Fläche ihres Grundstücks: Groß war das nicht.

Wie fängt man jetzt an? Und wo? Sie mussten das Kraut sensen und die Büsche killen, sie mussten der Natur zu Leibe rücken und die Wildnis dem Erdboden gleichmachen. Max zog sein Hemd aus. Mit Arbeitshandschuhen, in Shorts, Sandalen und nacktem Oberkörper verwandelte er sich in einen Gärtner. Sein Hund Katchina sprang herum und bellte die Tiere weg: Giftige Spinnen, Skorpione, Echsen und anderes Gekreuch queckten genervt, als sie aus ihrer angestammten Heimat verscheucht wurden. Nachdem der Boden so flach und platt gewalzt war, wie er nur sein konnte, kaufte Max Holz, Holz und wieder Holz. Denn es gab kein fließendes Wasser und somit auch keine Möglichkeit für Zement. Jetzt wurde Max Zimmermann.

Sedona war nicht mal ein Dorf. Nur ein paar Häuschen, aber immerhin mit Lebensmittel- und Gemischtwarenladen. Verstreut in der Nähe wohnende, neugierige Nachbarn – sechzehn Häuser zählte Dorothea – brachten ihnen vom Großeinkauf in Flagstaff allerhand Dinge mit. Hilfsarbeiter mussten Max unter die Arme greifen: Er baute zum ersten Mal eigenhändig ein Haus. Das wurde klein und eng, mit einem Dach aus Teerpappe, die tragenden Holzteile ineinander verschraubt, im Innern zwei Zimmer, eins für ihn und eins für Dorothea. Max ließ die Haare wachsen, entfernte sich von der Zivilisation, suchte in allem das Gegenteil seines Käfigs in New York: Der dortige Luxus hatte die Selbstüberschätzung zu einem Automatismus gemacht. Ob mit oder ohne Ironie war letztlich nicht wichtig: Sein Triplex-Thron wich im Sedona-Haus einem Kapitänsstuhl aus knorrigen Brettern.

Am Postamt unten im Dorf hing ein Cola-Automat. Das war schon alles. Je weniger sie hatten, umso weniger brauchten sie für die Vollkommenheit des Augenblicks. Sie gingen gemeinsam, Hand in Hand, nach schwerer Arbeit, in Schweiß und mit

Schwielen an den Fingern und Schmerzen an den Sohlen hinunter. Der Oak Creek an ihrer Seite plätscherte immer lauter, je tiefer sie stiegen. Die Hitze glich einem Sirup, durch den sie wateten, die Kehlen trockener als das Kojotenskelett dort drüben. Kakteen standen fünfzehn Meter hoch im Hintergrund, zwei Antilopen tranken am Wasserlauf, ein Luchskopf lugte argwöhnisch aus dem Gebüsch, Roadrunners querten ihren Weg. Katchina hatte Begleitung gefunden, inzwischen sprangen zwei von diesen kleinbeinigen Wesen um sie her und kläfften. Dann erreichten sie das Postamt. Max legte eine Hand auf den staubigen Automaten, als sei der Kasten ein guter Freund. Er warf Münzen ein und zog zwei Flaschen Cola heraus: eisgekühlt. Sogleich perlten Tropfen am Glas. Ein Öffner neben dem Automaten an einer Schnur, zwiefaches Zischen, die Kronkorken fielen in die Tonne, Max reichte Dorothea eine Flasche, sie stießen an. Die schwarze, kalte Flüssigkeit gluckerte ihre Kehlen hinab, gluckgluck, glückglück, sie ließ den Schweiß hinter den Stirnen gefrieren. Max und Dorothea setzten gleichzeitig die Flaschen ab, stellten sich Arm in Arm mit dem Rücken zum Automaten, schauten auf die überwältigende Landschaft vor ihnen, die seit Ewigkeiten hier ruhte und noch Ewigkeiten hier ruhen würde, wenn sie beide längst das Atmen aufgegeben hätten. Was wollten sie mehr?

Manchmal zeigte die Natur ein anderes Gesicht. Kugelblitze schwebten nach Gewittern im Türrahmen. Oder aber: Es kam der rote Wind. Max und Dorothea hatten gar nicht gewusst, dass es so etwas gab wie einen roten Wind. Sieben Tage lang hielt der rote Wind sie in der Hütte fest. Zum Glück hatten die Nachbarn sie vorgewarnt. Sie knabberten an ihren Vorräten wie die Mäuse, malten, spielten Schach, liebten sich bis zur Erschöpfung und kämpften gegen das Getier, das Zuflucht suchte. Die Klapperschlange im Besenschrank hätte den Tod bringen können, auch die Schwarze Witwe, die sich von der Decke seilte, Richtung Dorotheas Schulter, der Skorpion musste getötet werden, obwohl sie nicht wussten, ob er zu den gefährlichen zählte, Taranteln dagegen waren träge Trottel, die man mit dem Turnschuh aus der Tür treiben konnte. Nabelschnur nach draußen blieben die Fenster, durch die sie – ohne die Augen zusammenzukneifen – in die Sonne schauen konnten, denn der Wind begehrte auf und warf den gesamten roten Ockerstaub des toten Bodens der Sonne entgegen, sodass diese kaum sichtbar war. Als der Wind sich legte und sie die Hütte wieder verlassen konnten, erinnerten nur noch die gefärbten Planken daran, dass Max und Dorothea eine Woche lang sich selber ausgesetzt gewesen waren, Gefängnis zu zweit, sie hatten sich umklammert und festgehalten und dem anderen unausgesprochen und ständig gesagt: Ich lasse dich nicht los, nie mehr.

Dann dieser tägliche Umschlag des Klimas, das bedingungslose Löschen der Sonne: Wenn sie weg war, war sie weg. Sie stieß die Hitze des Tages in den Abgrund. Die Temperatur sank mit einem Schlag um zwanzig Grad. Als wolle die Sonne ihnen sagen: Seht nur, was ihr ohne mich seid, ihr Sklaven der Wärme. Am Tag war es so heiß, dass sich Max und Dorothea kaum bewegen konnten in der Glut, sie sprangen höchstens mal kurz raus und verjagten ein verirrtes Rind, füllten die Vogeltränke oder pflückten blühende Zinnien. Die Nacht dagegen barg schäbige Kälte. Nach der Sonnenflut war die Haut darauf kaum vorbereitet. Am Tag wünschten sie sich eine Klimaanlage, in der Nacht eine Heizung. Am Tag liefen sie halbnackt herum, in der Nacht konnten sie nicht genügend Decken bekommen. Am Tag war es zu heiß zum Arbeiten, in der Nacht zu kalt. Sie arbeiteten dennoch. Unermüdlich. Dieses Leben zwischen den Extremen beflügelte sie. Wenn sich endlich Sterne ans Firmament tupften, standen sie einfach nur da, frisch verheiratet, Dorothea und

Max, in Decken gehüllt, winzige Mikroben, sie starrten hoch und verloren den eigenen Blick aus den Augen, sie hielten einander bei den Händen, sie konnten nichts anderes tun angesichts der Sterne über ihnen.

Mit Leonora Carrington hatte Max immer gedacht, Verschmelzung müsse ein einziger Augenblick sein, der ihre beiden Leben verrücke, ein wuchtiger Paukenschlag der Erleuchtung, der alles anders klingen und aussehen lasse als zuvor, ein Strahl, der ihre Existenz hochreiße von der Erde und auf immer über die Dinge erhebe. Die Liebe in der unbelebten Welt. Doch irgendwann unterwegs hatte Max den Glauben an einen solchen Augenblick verloren. Wenn es so etwas wie Verschmelzung überhaupt gab, musste sie nicht viel eher aus einer Summe von Augenblicken erwachsen, die man zeit seines Lebens sammelte? Statt Blitz: ein Puzzlespiel, in dem einzelne Jetzte an ihren rechten Platz gelegt wurden? Ohne zu wissen, ob alle Jetzte auch da waren und wie viele von diesen Jetzten es überhaupt gab und noch geben würde? Ein Leben aus Suchen und Fügen, aus Irren und Probieren? Man begann mit dem Rand und tastete sich immer weiter in die Mitte hinein, Richtung Herz?

Ein Jahr lang schleppten Dorothea und Max das heilige Wasser aus dem Oak Creek herauf. Als sie einen Brunnen angelegt hatten und Wasser aus dem Hahn tröpfelte, jubelte Max und kaufte sofort einen Betonmischer. Jetzt konnte er Zement anrühren. Endlich. Denn Zement brauchte er dringend: für seine Skulpturen.

Die Geräusche der Natur mischten sich mit den Geräuschen der Kunst. Auf der einen Seite das Kricksen der Grillen, das Krähen der Vögel, das Grunzen der sich paarenden Katzen, das Hundegebell und das Geheul der Kojoten, das Rauschen des Windes, das Oak-Creek-Plappern und die sengende Sonne; auf der anderen Seite das Schaben von Spachtel und Messer, das

Wischen, Klopfen, Anrühren, Meißeln, Schlagen und Hämmern, wenn Max die Bilder mit Lattenverschlägen vernagelte, ehe sie auf den Versandhausanhänger gehievt und festgezurrt und nach New York gekarrt wurden, wo niemand sie kaufen wollte. Aber war das schlimm? War das nicht das perfekte Sisyphos-Leben? Hin mit den Bildern, zurück mit den Bildern, weitermachen, immer weiter. Und konnte man den Leuten vorwerfen, dass sie seine Bilder nicht mochten? Nein. Sie hatten keine Ahnung, wo sie die Bilder einordnen sollten. Max' Experimentierfreude war ungebrochen, auch jetzt noch, er kam immer mit neuen Dingen daher. Suchten die Menschen in der Kunst nicht lieber die Windstille des Gewohnten, um in aller Ruhe und mit bestätigendem Nicken auf ein Werk blicken zu können? Mieden sie nicht lieber die Unruhe des Sturms, der sie an einen Ort zerren könnte, an dem sie sich verloren fühlten, einsam und fremd, ausgesetzt dem Chaos? Doch Max kümmerte das nicht. Kommerzieller Erfolg hin oder her. Hätte er etwa sein Leben lang diese Muschelblumen fabrizieren sollen? Die sich in den zwanziger Jahren ganz gut verkauft hatten, weil sie über eine gewisse Schmuckhaftigkeit verfügten? Nein. Max tat, was er tat, weil er das, was er tat, tun wollte, tun musste, süchtig war er danach, und Schluss.

Als das Es-werde-Licht aus der Hand der Natur in die Hand des Menschen wechselte und Max und Dorothea die Lampen elektrisch anknipsen konnten, feierten sie ein Fest und hörten fortan Platten von Igor Strawinsky. Sie verwiesen die Natur immer weiter in ihre Schranken: Einebnen der Wildnis, Errichten der Hütte, Wasser, Kunst, Licht und Musik. Und wussten plötzlich nicht mehr, ob sie das so gut fanden. Welches Kunstwerk könnte in einem Menschen hervorrufen, wozu die Natur im Stande war? Welches Kunstwerk könnte eine ähnliche Wirkung auf den Menschen erzielen wie die Erhabenheit eines Frühlingserwachens in Arizona? Welches von Menschenhand erschaffene Kunstwerk könnte Boshaftigkeit besser in Szene setzen als die Natur? Dorothea öffnete eines Morgens die Tür und hörte das erschöpfte Blöken einer Kröte, die schräg dort hockte, dicht vor ihr, ohne Hände, ohne Füße, die abgeknabbert worden waren in der Nacht, von einer grausamen Katze, ja, es klang wie ein Hilferuf: Töte mich, Dorothea, töte mich.

17

Die wenigen Nachbarn blickten neugierig, staunend und kopfschüttelnd auf das, was der Deutsche und seine Frau da den ganzen Tag fabrizierten. Sie kapierten es nicht, sooft sie auch nachfragten.

Bilder?

Wozu das denn?

Und warum denn keine richtigen?

So Dinger, die man aufhängen kann?

Die irgendwie schön aussehen?

Dazu trafen auch noch ständig andere, nicht minder komische Vögel ein, aus dem Osten, zu Besuch in der engen Hütte. Einer von ihnen lief die ganze Zeit herum, sieben Tage lang, und redete irgendetwas vor sich hin, wobei er wilde Gesten gen Himmel warf.

»Er deklamiert«, stöhnte Max zu einem der Nachbarn, der vorbeikam, um ihm eine größere Säge zu bringen. »Tag und Nacht deklamiert er.« Der Nachbar verstand statt *declaims* wohl irgendwas mit *claims*, was ihn fragen ließ, wo denn die *claims* lägen, die Goldfelder, und ob auch was für ihn drin sei.

»Nein«, sagte Max, »Er de-klamiert. Sein Name ist Dylan. Er schreibt, während er spricht.«

Der Nachbar sah Max ratlos an.

»Dylan Thomas«, sagte Max. »A poet.«

»Oh. Pot«, sagte der Nachbar. »All right. Can I have some?«

»What?«

»Some pot.«

»Pot?«

»Marihuana!«

»No, no! *Poet!*«, rief Max und musste lachen.

Der Nachbar verstand nicht, weshalb.

»Seit sieben Tagen hören wir uns das an«, sagte Max. »Ein Monolog nach dem anderen. Unglaublich. Er kommt einfach nicht zur Ruhe.«

»Dann gib ihm doch eine aufs Maul.«

Max nickte.

»Soll *ich* das für dich besorgen?«, fragte der Nachbar.

Max schüttelte den Kopf.

Schon kam der Nächste, es ging Schlag auf Schlag: Nach zackigen Worten der Begrüßung schaute sich Marcel Duchamp um, zog sein Schachbrett hervor, stellte die Figuren auf und legte los, noch ehe Max sich hätte setzen können. Die Einwände seitens Max, er wolle noch ein wenig arbeiten zwischen den Schachpartien, ließ Marcel nicht gelten.

»Arbeiten, du immer mit deinem Arbeiten. Ist das typisch deutsch?«

»Und du?«, fragte Max. »Was macht die Kunst?«

»Ich hab jetzt alles eingepackt. Meinen ganzen Kram.«

»Wie das?«

»Schachtel im Koffer. *Boîte-en-valise*. Neunundsechzig meiner Kunstwerke: als Miniaturen in einer Schachtel. War 'ne Heidenarbeit, sage ich dir. Und dann hab ich die Schachtel in einen Koffer gestopft. Und kann das Zeug jetzt überallhin mitnehmen. Gut, was? Niemand braucht Originale. Wer will das Zeug schon schleppen? Ein Urinal und so was.«

»Ich werd neidisch. Nichts mehr schleppen müssen. Manchmal frage ich mich, ob wir Künstler sind oder eher Möbelpacker.«

»Nöch, nöch«, grunzte Duchamp. »Gibt's da 'nen Unterschied?«

»Und? Was Neues im Visier?«, fragte Max mit gedehnter Ironie.

»Ach, die verhasste Frage, Max. Sieh nur, die einzige Möglichkeit des Künstlers, etwas zu schaffen, ist, nichts mehr zu schaffen. Daran führt keine Wahrheit vorbei.«

»Dann hast du gerade die höchste Form der Kunst erreicht?«

»Sieht so aus. Auch wenn das keiner versteht.«

»Noch einen Teller Zwiebelsuppe?«

»Das Leben ist so wunderbar«, sagte Marcel Duchamp, »wenn man nichts zu tun hat.«

In Arizona erfüllte sich Max seinen Wunsch nach restloser Unabhängigkeit. Nicht angewiesen sein. Weder auf Geld noch auf *Anker-Nennung*, wie Hans Arp gerne statt *Anerkennung* sagte. Anker-Nennung. Ja. Drauf gepfiffen, auf jeden Anker und darauf, dass man Jahr für Jahr vom Publikum in New York abgewiesen wurde. Die Blicke der anderen, das Abschätzen und Abwägen, das Einordnen, Beurteilen, Taxieren, das Für-Kunst-Halten und Angewidert-fallen-Lassen durften keine Rolle spielen beim Prozess des Malens. Stell dir vor: Hätte Strawinsky beim Komponieren die ganze Zeit über an den Applaus der Massen gedacht, dann wäre keine einzige Note erschienen, weder in seinem Ohr noch auf dem Papier. Sich lösen. Schauen, was geschieht. Max formte die riesige Skulptur *Capricorn*. Er schien der König seiner selbst zu sein, er sagte, wo es langging, er, Max, der Steinbock mit dem Stab in der Hand. In Wahrheit sah Max sich nur als die offene Röhre des staunenden Mundes, der einfach etwas wiedergab, worüber niemand verfügen konnte, auch Max nicht. Warum aß er an jenem Morgen, an dem er den Stab der Skulptur beenden wollte, das allerletzte Ei aus dem sechsmuldigen Eierkarton? Warum warf er den leeren Eierkarton zunächst achtlos fort? Und warum blieb Max stehen, auf dem Weg hinaus, zu seinem Werk? Warum kehrte er zurück? Warum kramte er den

Karton wieder aus der Mülltüte und gipste ihn ein? Hoch oben, an den stahlharten Stab des Königs? Warum das alles? Max wusste es nicht. Jetzt aber schaute ein hart gewordener Eierkarton den Betrachter an mit sechs zornigen, gleichwohl leeren Augen.

Ja: War das hier nicht ein paradiesischer Zustand? Keine Miete, keine Versicherung, kaum Unkosten. Sie konnten sich teilweise selber versorgen durch ihren kleinen Garten. Wenn Max ein einziges Bild verkaufte, reichte das Geld fast ein Jahr lang: für neues Material, Leinwände, Gips und was sie sonst noch brauchten. Und er konnte jeden Morgen genau das tun, was er wollte: Er stand auf. Der Tag lag vor ihm, in unausgefüllter Unschuldigkeit, nur für ihn bestimmt. Er verließ die Hütte und betrat seinen kleinen Atelierschuppen in der Gewissheit, in den nächsten Stunden dort allein zu sein. Er ordnete die Dinge, die er brauchte, ob Pinsel, Glasplatten, Schaber, Spachtel, Farben oder Bretter. Begann er etwas Neues, konnte er stundenlang in einer Art Inspirationsstarre vor der Leinwand stehen, beinah erschrocken: Er lernte immer wieder neu, dass man keine Angst davor haben durfte. Wartete im Atelier aber eine bereits angefangene Arbeit auf ihn, so war es einfacher. Er sparte sich am Vortag immer einen Rest auf, der ihm am nächsten Morgen half, loszulegen. Einen Ideenrest oder einen Materialrest, das Fitzelchen einer Schnur. Mitten im Werk schien ihm, als säße er in einem Kanu auf dem reißenden Wildwasser, er wurde zwar hin- und hergeworfen und musste einige Eskimorollen hinlegen, aber es gab eine grobe Richtung, und er war nicht allein: Bruder Zufall übernahm immer dann das Kommando, wenn Max entweder nicht weiterwusste oder die Kontrolle zu stark an sich riss. Merkte Max, dass er etwas *sagen* wollte, etwas *erreichen*, so schloss er sofort die Augen und versuchte zu vergessen, was er da tat. Er drehte sich ein paarmal im Kreis. Wenn er die Augen wieder öffnete, nahm er den erstbesten Gegenstand, der ihm in die Hände fiel, und fragte ihn: Was würdest du jetzt tun an meiner Stelle? Und dann tat Max genau das, was der Gegenstand ihm sagte, sei es Löffel, Stift, Kissen, Feuerzeug oder eins jener Seidentaschentücher, die Peggy ihm vor Jahren geschenkt hatte. Und Max war glücklich. Er war glücklich, weil er nicht wusste, was er wollte. Denn ein Maler, dachte Max, ist verraten und verkauft, wenn er weiß, was er will.

18

Müdigkeit breitete sich aus. Das Leben auf dem nackten Land bekam mit der Zeit etwas Zermürbendes. Die Surrealismus-Bewegung wurde von einem Kongressabgeordneten als »fremd, unamerikanisch und subversiv« bezeichnet und verlief wie vorausgeahnt im Sand. Dorothea und Max waren froh um jede Abwechslung. 1952 hielt Max Vorträge in Honolulu. Er improvisierte, sprach frei und schöpfte aus dem Füllhorn seiner Erfahrungen. Als man ihn bat, die Prüfungen abzunehmen, weigerte er sich mit den Worten, Kunst könne nicht examiniert werden.

Im selben Jahr starb sein Freund Paul Éluard.

Loplop, bist du noch da?

Ja, immer.

Siebenundfünfzig ist Paul geworden. Exakt so alt wie sein eigener Vater.

Ich weiß.

Das hat Paul immer gesagt, geahnt, gewusst: Ich werde genauso alt wie mein Vater, wie Mont Blanc, so seine Worte, Pauls Worte.

Ich weiß.

Wir haben es ihm nicht geglaubt, er aber hat recht behalten. Kennst du seinen Satz?

Welchen Satz?

Pauls Satz. Der Satz, um dessentwegen er gelebt hat.

Sag ihn mir.

Man kann ihn nicht oft genug wiederholen, Loplop: »Es gibt keine totale Revolution, es gibt nur *die Revolution*, die immerwährende Revolution, wahres Leben, gleich der Liebe immerzu leuchtendes Leben.« Das ist sein Satz. Das ist der Satz, die Brücke zwischen ihm und mir, Loplop.

Und Max rief plötzlich nach Dorothea.

Als Dorothea erschien, sagte er: »Ich habe keine Lust mehr!«

»Worauf, mein Goldspatz?«

»Auf dieses Schleppen.«

»Welches Schleppen?«

»Das Schleppen: unsere Bilder nach New York.«

»Und was heißt das jetzt?«

»Dass wir es sein lassen.«

»Und?«

»Wir fahren ohne Anhänger nach New York.«

»Um was dort zu tun?«

»Wir verkaufen die hier!«

Max zeigte auf eine Zigarrenkiste.

»Deine Mikroben?«

»Ja.«

Inzwischen waren einige Mikroben dazugekommen. Winzige Bilder, briefmarkenklein, schon dreißig Stück an der Zahl.

»Die kauft doch keiner, Goldspatz.«

»Unseren anderen Mist auch nicht, Dorothea.«

»Max.«

»Mach dir doch nichts vor.«

»Und was ist mit …?«

»Die Mikroben, sonst nichts. Kommst du mit?«

»Ja. Ich komme mit.«

»Stell dir das vor: Zum ersten Mal seit Jahren muss ich nicht mehr nageln! Keine Lattenverschläge, keine Särge mehr um unsere Bilder, keinen Schutz mehr, keine Watte und Wolle mehr. Nur noch eine Zigarrenkiste.«

»Max.«

»Nur noch eine Zigarrenkiste. Und wenn ich die Mikroben

verkaufe, werden wir genau so viel Geld verdienen, dass wir die ganze Zigarrenkiste wieder auffüllen können! Bis obenhin. Mit echten Zigarren! Aus Havanna.«

»Max!!«

»Und die rauchen wir dann auf dem Rückweg. Ist doch ein toller *deal*, wie ihr sagt, ihr Amerikaner! Und wenn wir wieder hier sind, ist die Kiste leer.«

Und Max und Dorothea fuhren los.

Der Staub wölbte sich wie ein Schleier.

Unter den Rädern des schwarzen Ford.

Ohne Anhänger.

»Halt an!«, rief Dorothea kurz vor Albuquerque.

»Warum?«

»Wir nehmen ihn mit«, sagte Dorothea.

»Wen?«

»Dort steht er!«

»Wer?«

»Der Hopi.«

»Welcher Hopi?«

»Patupha Itamve.«

Dorothea lächelte. Max stieg auf die Bremse, und als das Auto stand, schaute er aus dem Beifahrerfenster, sah aber niemanden.

Dorothea öffnete die Tür und rief: »Kommen Sie!«

Dann wartete Dorothea.

Und Max schwitzte.

Er lauschte auf Schritte.

Hörte aber nichts.

Dorothea wandte sich nach rechts und sagte aus dem offenen Fenster ins Nichts hinein: »Wo wollen Sie hin?«

Stille.

Dorothea: »Wir fahren nach New York.«

Stille.

Dorothea redete mit nackter, flirrender, heißer Luft.

»Alles klar«, sagte sie. »Dann leben Sie wohl.«

Max hielt sich am Lenkrad fest.

Der Ford tuckerte im Leerlauf.

»Du kannst fahren«, sagte Dorothea. »Er kommt nicht mit dieses Mal.«

»Warum nicht?«, fragte Max.

»Er sagt: Weil *ich* bei dir bin.«

Dorothea streckte ihre umgedrehte Hand über den Schalthebel. Max schob seine Finger zwischen die Finger Dorotheas. Sie hielten sich eine Weile fest. Max drehte sich nicht zu ihr, als er sagte: »Danke!«

»Wofür?«

»Ich weiß nicht«, sagte Max.

Die Mikroben wurden tatsächlich gekauft.

Und sie brachten Geld ein.

Zwei Tickets für ein Schiff nach Europa.

19

Die Nachricht ereilte Max unverhofft: Er bekam den *Großen Preis für Malerei* auf der Biennale in Venedig. Wer diesen Preis gewinnt, der hat es geschafft, so sagte man. 1954 war Max dreiundsechzig Jahre alt: Hinter ihm lag eine Zeit mit Erfolgen, Ausstellungen und Verkäufen, aber zugleich eine Zeit voller Entbehrungen, Ablehnungen und Enttäuschungen, Jahre, in denen er trotzdem festgehalten hatte an dem, was er tat. Jetzt also, sehr spät, die endgültige Anerkennung der Kunstwelt, der Öffentlichkeit. Eine politische Entscheidung, hieß es in den Gazetten, der Surrealismus werde endlich als Epoche in der Geschichte der Kunst etabliert, jetzt, wo er vorbei zu sein schien. So erklärten sich auch die beiden anderen Preise: Joan Miró erhielt den Preis für Grafik, Hans Arp den Preis als Bildhauer. Max wusste genau: Der Wert seiner Bilder würde jetzt steigen. Eine Kurve nach oben, Ende offen. Er wusste: Er würde jetzt gut von dem leben können, was er ... machte (war er ein Manager?) ... tat (war er ein Mörder?) ... schuf (war er ein Gott?) ... fabrizierte (war er ein Fließbandarbeiter?) ... kreierte (war er ein Koch?) ... schöpfte (war er ein Papierfabrikant?) ... anfertigte (war er ein Designer?) ... herstellte (war er ein Handwerker?) ... Er würde mit Dorothea vielleicht endgültig nach Europa zurückkehren, nach Südfrankreich, er würde sich ein wunderbares Häuschen kaufen, aber was genau würde sich ändern? Jetzt, nach der endgültigen Anerkennung? Nach der sogenannten Kanonisierung? Kanonisierung, ha, die Kanonen schießen wieder! Jetzt haben sie mich erwischt. Nein. Ich werde auch künftig nichts anderes tun als das, was ich mein Leben lang getan habe: malen, bildhauern, mir etwas vorstellen, mich mit dem Zufall paaren, denken, Ideen melken, Neues suchen, mich leiten lassen von dem, was ich sehe, in mir, außer mir: Vision und Wahrnehmung. Eine wilde Erdbeere ist mir lieber als alle Lorbeeren der Welt.

Dennoch war er nervös. Im Hotel Danieli in Venedig herrschte der pure Luxus. Dorothea band ihm die Krawatte. Sie blickten sich an. Sie nahmen sich in den Arm. Sie lächelten. Venedig! Biennale! Großer Preis! Sie verließen das Hotel am Abend. Über Venedig glühte eine peinliche Sonne, die wie in einem Groschenroman erlosch. Sie waren spät dran. Die Biennale fand statt in den Gärten Venedigs. Die berühmten Giardini beherbergten achtundzwanzig Pavillons: In jedem Pavillon zeigte ein anderes Land ausgewählte Künstler aus seinen Reihen. Zwei Soldaten in weißen Uniformen kontrollierten die Gäste. Sie schauten in die Einladungen, nickten und ließen die Zuschauer passieren. »Max Ernst«, sagte Max. »Das ist Dorothea Tanning, meine Frau.« Max nickte den Beamten zu.

»Haben Sie eine Einladung?«, fragte einer der Soldaten.

»Nein. Ja. Nein. Keine Einladung. Ich habe das Telegramm, in dem steht, dass ich den Preis gewonnen habe. Primo premio!«

»Wo ist denn Ihr Telegramm?«, sagte der Soldat leicht genervt.

Max suchte seine Jacketttaschen ab, wandte sich an Dorothea. »Es«, sagte Max, »es liegt wohl noch im Hotel.«

»Dann«, sagte der Soldat, »kann ich Sie nicht reinlassen.«

»Aber«, rief Dorothea, »mein Mann bekommt den Preis für Malerei. Er muss da rein!«

»Tut mir leid«, sagte der Beamte. »Die Nächsten bitte.«

»Ich nehme ein Taxi«, rief Dorothea. »Ich fahre ins Hotel. Ich bin so schnell wie möglich wieder zurück.«

»Nein«, sagte Max. »Nein. Lass uns doch einfach was essen gehen. Den Preis kriege ich eh. Wir sparen uns den Firlefanz. Passt doch wunderbar.«

»Können Sie nicht jemanden holen?«, wandte sich Dorothea an einen der Soldaten. »Jemanden, der meinen Mann kennt? Vielleicht einen Veranstalter? Oder Peggy Guggenheim? Sie lebt hier. In Venedig. Sie ist bestimmt …«

»Peggy?«, fragte Max. »Wirklich?«

»Sie sehen doch, was hier los ist«, sagte der Soldat.

Max zog Dorothea vom Gitter weg. »Komm«, sagte er, »wir gehen zu Luigi. Da wollte ich mit dem Arp hingehen. Danach. Er wird uns dort suchen. Wenn alles vorbei ist.«

Sie gingen zu Luigi und aßen schweigend ihre Pasta und Oliven, und sie aßen den Nachtisch, und sie tranken Kaffee, und Max rauchte. Als endlich der Arp kam, begrüßte er Max und nahm ihn fest in den Arm. Dann trat er zurück.

Hinter ihm stand Peggy Guggenheim.

»Peggy?«, murmelte Max.

»Max«, sagte Peggy, lächelte aus ihren schläfrigen Augen, holte tief Luft, ging die letzten Schritte auf Max zu, zog ihn hoch, umarmte ihn und sagte: »Es tut mir leid.«

Max wunderte sich über diese Worte. Keinesfalls war es Peggys Art, sich für etwas zu entschuldigen. Außerdem konnte sich nichts daran geändert haben, dass – in Peggys Augen – Max die Trennung herbeigeführt hatte: wegen Dorothea Tanning, der Peggy bislang noch keine Beachtung geschenkt hatte. Aber durch die Länge und die Wärme von Peggys Umarmung verstand Max plötzlich: Peggy meinte etwas anderes. Sie wollte sich nicht entschuldigen, sie wollte Anteilnahme ausdrücken. Jetzt hätte es nicht mehr jener zwei Worte bedurft, die Peggy hinzufügte: »Wegen Lou.« Peggy gab sich einen Ruck, drehte sich zu Dorothea und reichte ihr die Hand, und sie schaute dabei ein klein wenig gequält.

»Winnetou!«, rief der Arp. »Wo hast du gesteckt bei der Reisverpeilung?«

»Bei der was?«

»Bei der Preisverleihung?«

Und Max erzählte.

»Weißt du was?«, lachte Hans, als Max geendet hatte. »Hast keine Bohne verpasst. Die haben uns nicht mal auf die Bühne gerufen. Die haben nicht mal unsere Namen genannt. Die haben nur sich selber gefeiert. Pah, diese sogenannte Kunstelite! Sei froh, dass du nicht da warst. Was wollen wir trinken? Griechischen Wein?«

»Wieso denn griechischen Wein?«

»Keine Ahnung. Eine Art höhere Eingebung.«

Peggy erzählte nun von ihrem Traum, den sie sich erfüllt hatte: Seit fünf Jahren hing ihre Sammlung im Palazzo Venier dei Leoni und gewann Tag um Tag und Jahr um Jahr an Wert.

»Alle unsere Bilder«, seufzte Max.

»Ja, und?«

»Für ein paar Dollar gekauft.«

»Jetzt untertreib mal nicht. Ich hab euch einen guten Preis gezahlt.«

»Mitten im Krieg?«

»Das, was damals drin war. Ich habe jeden Tag ein Bild gekauft.«

»Ich weiß.«

»Und wenn du die Bilder siehst«, sagte Peggy, »die jetzt hier hängen, dann vergiss nie die Hunderte von Bildern, die *nicht* hier hängen. Die Bilder, die es nicht geschafft haben. Von Künstlern, die in der Versenkung verschwunden sind. Die keiner sehen will. Die armen Schweine. Viele von denen hätten genauso gut Meister werden können wie ihr zwei. Aber irgendein Zufall hat das verhindert. Fragt mich nicht, welcher und warum, aber die sieben Kriterien zur Beurteilung eines Kunstwerks, das habe ich gelernt, sind Humbug, Max. Ihr habt den Zufall in die Malerei gebracht. Genau derselbe Zufall herrscht auch im Kunstbetrieb. Völlige Willkür. Gänzlicher Wahnsinn. Blanker Nonsens.«

»Meinst du das ernst?«, fragte Max.

»Nein.«

»Schade.«

»Aber es tut gut, das auszusprechen.«

»Erzähl mir von deinem Palazzo.«

»Es gibt eine wunderbare Skulptur, Max. Die wird dir gefallen. *Der Stadtengel* von Marino Marini. Ein Pferd. Und auf dem Pferd sitzt ein Reiter. Und der Reiter ist ein Mann. Und der Mann ist nackt. Und aus dem nackten Mann wächst ein erigierter Penis. Groß. Riesig.«

»Na, das war ja klar, Peggy.«

»Die Skulptur habe ich an der Kanalseite aufgestellt. Dass jeder sie sehen kann. Sie ist mein Ein und Alles. Ich liebe sie. Aber das Beste kommt noch.«

»Was denn?«

»Hier in Italien ist man immer noch ziemlich prüde, Max. Wenn der Kardinal uns besucht, dann schraube ich den Penis vorher ab.«

»Man kann ihn abschrauben?«

»Ja. Gut, was?« Peggy fügte flüsternd hinzu: »Leider geht das nur bei einer Bronzeskulptur.«

Max kippte einen Espresso. Er hatte genug jetzt, stand auf und ging in die Dunkelheit. Er wollte allein sein, lehnte sich an eine Brüstung und schaute hinab ins Wasser. Max griff in die Innentasche seines Jacketts und zog das Preisträger-Telegramm heraus, mit dem er sich vorhin so leicht hätte Einlass verschaffen können: Er lächelte und ließ das Papier ins Wasser trudeln. Die dunklen Fluten trugen es mit sich, es verschwand unter der nahen Brücke. Peggys Worte von vorhin klangen Max noch wie ein Echo im Ohr.

Wegen Lou, wegen Lou, wegen Lou.

Im Juni 1944, vor zehn Jahren, war Lou deportiert worden. Von Drancy nach Auschwitz. Mit dem vorletzten Konvoi.

»Nenn mich einfach Lou, Max.«

»Lou?«

»Ja.«

»Lou. Lou. Das klingt gut. Lou. Wie ein Kieselstein.«

Max drehte sich um, sah die anderen im Schein der Kerzen lachen, und langsam ging er zu ihnen zurück.

20

Dorothea schüttelte sich kurz, als sie das neue Ziel erfuhr: Saint-Martin-d'Ardèche. Sie saß auf dem Beifahrersitz des Deux Chevaux, hielt wie eine tüchtige amerikanische Touristin den Reiseführer auf den Knien, ihre Sonnenbrille dekorativ ins Haar geschoben, nackte, schlanke Füße in schwarzen Sandaletten, die vorn offen waren und den Nagellack erkennen ließen. Den leichten Rock hatte sie bis zu den Leisten gerafft. Es war heiß. Saint-Martin-d'Ardèche. Sie wusste, was dieser Ort für Max bedeutete. Er wollte sich noch einmal stellen. Der Vergangenheit. Behutsam musste sie sein. Vorsichtig. Es durfte nichts zu Bruch gehen. Die beiden hatten soeben beschlossen, in Frankreich zu leben. »Ein Emigrant ist ein Mensch, der keinen Augenblick vergisst, dass er Emigrant ist«, sagte Dorothea.

Zunächst hielt Max bei den gigantischen Tropfsteinhöhlen, deren Gebilde in so viele seiner damaligen Bilder eingeflossen waren. Aven d'Orgnac. Ganz in der Nähe. Die Anzahl der Touristen hatte sich vervielfacht. Es gab vor den Höhlen eine Hütte, in der man zu essen und zu trinken bekam. Dorothea nahm Max fest bei der Hand. Drinnen war der Boden schlüpfrig. Max lauschte dem Tröpfeln. Es war kaum noch zu hören unter den Schritten der Menschen. »Lass uns wieder gehen«, sagte er.

»Bist du sicher?«

Max nickte. Er hätte gern seine Gedanken geäußert: Dass Leonora Carrington ihn an einen von der Decke hängenden Tropfstein erinnere, der jederzeit herabfallen und ihn unter sich begraben könne. Dorothea Tanning dagegen stehe ruhig und erdverbunden aufrecht, wachse von unten nach oben. Nonsens, dachte Max und strich die Gedanken fort. Schäbige Versuche, Ordnung bringen zu wollen ins Chaos des Lebens.

Sie schauten nur ganz kurz bei Fonfon vorbei. Dabei erfuhr Max, dass Madame Malada, die Leonora damals das Haus abgeluchst hatte, inzwischen im Gefängnis saß. Wegen irgendwelcher anderer dubioser Geschichten.

»Und unser Haus?«, fragte Max.

»Steht leer.«

»Das ist übrigens meine Frau: Dorothea Tanning.«

»Angenehm.«

»Amerikanerin.«

»Sie sehen Leonora ein bisschen ähnlich.«

»Wirklich?«, sagte Dorothea.

»Und Jacques, der Abt?«, fragte Max.

»Tut mir leid«, sagte Fonfon und schüttelte den Kopf.

»Wann?«

»Letztes Jahr.«

»Woran?«

»Herzschlag.«

»Zu viel Schnaps?«

»Nein. Sein Hund. Talacasse.«

»Talacasse?«

»Weggeschwemmt. Nach schweren Regenfällen. Vom Fluss. Ist ertrunken, der Hund. Jacques hat das nicht verkraftet. Tragisch, Monsieur Max.«

Und Max schwieg.

»Wollen Sie nichts essen?«, fragte Fonfon und drehte sich schon halb zur Küche. »Schnecken?«

»Nein danke. Wir kommen später vorbei. Oder auch nicht.«

»Leben Sie wohl, Monsieur Max.«

»Fonfon? Ich sag mal Adieu.«

Dorothea und Max stiegen den Hügel hinan.

Mit jedem Schritt verfing sich Max in den Spinnweben der Erinnerung.

»Es ist klein«, sagte Dorothea, als sie das Haus sah. Sie atmete kaum. »Viel kleiner, als ich es mir vorgestellt habe.«

Das Tor war nur angelehnt. Sie durchquerten den Hof und gingen die Außentreppe hoch. Im Haus schlug ihnen der Modergestank des Schimmels entgegen. Max hustete. Dorothea wusste genau: Leonora war nicht herauszureißen aus ihm. Nicht aus seiner Erinnerung, nicht aus seinen Gedanken. Leonora, Mythos, Erscheinung. Je länger die Zeit mit ihr zurücklag, umso verklärter schien Max sie zu sehen. Es half nichts. Dorothea musste sich stellen. Sie musste tiefer ins Haus hinein. In Leonoras Haus. Keine Ahnung, was sie erwartete. Dorothea nahm seinen Arm und zog ihn voran. Und plötzlich sah sie es. Das Bild: *Ein wenig Ruhe.* Das riesige Bild, eine Leinwand, in der Nische. Max hatte das Bild damals nicht mitnehmen können. Es war viel zu groß. Dorothea wusste: Dieses Bild hier war kein Bild für Max, sondern die zu Farbe geronnene Zeit mit Leonora. Dorothea schwitzte. Dieses Bild. Der Dschungel, die Wipfel wie geflochten aus Rattan, wie geknickt aus Papier, alles algengrün (Leonoras Farbe), dazwischen Brauntöne und Vogelköpfe.

Max drehte sich um. »Kommst du?«, flüsterte er und deutete zum Ausgang.

»Warte!«, sagte Dorothea.

Irgendetwas musste geschehen jetzt.

Dorothea ging die letzten Schritte zum Bild an der Wand, legte ihre Hand auf die Farbe, glaubte, Feuchtigkeit zu spüren, als wäre das Bild gerade erst beendet worden und noch gar nicht trocken. Sie hörte ein Rascheln. Fuhr herum. Das kam aus dem Keller. Vermutlich Katzen oder Ratten. Plötzlich kniffelten Dorotheas Hände an der Leinwand herum.

»Lass es!«, rief Max. »Du machst es kaputt.«

Dorothea klebte schon ein winziges Stück der Leinwand an den Fingern, samt den Krümeln bröckelnder Farbe. Aber sie machte weiter und löste die Leinwand nun viel behutsamer von der Wand, mit der sie in den vielen Jahren verschmolzen zu sein schien. Der kühle Mief des Schimmels ließ Dorothea keuchen, und dann hörte sie noch einmal das leise Geräusch aus dem Keller, das sich jetzt langsam näherte. Dorothea wurde stickig ums Herz, die Kühle schwand mit einem Schlag. Sie musste sich beeilen. Das Geräusch klang wie ein Kinderlied, von einem Mädchen gesungen. Das Geräusch klang wie ein Kinderlied, von einem Mädchen gesungen, das im Keller des Hauses hockte. Das Geräusch klang wie ein Kinderlied, von einem Mädchen gesungen, das im Keller des Hauses hungrig gewartet hatte und sich jetzt Stufe um Stufe die Treppen hinaufschleppte. In einem weißen Kleid. Mit schwarzen Haaren, die ihm ins Gesicht hingen. Achtjähriges, kleines Mädchen. Kroch und sang. Die Treppen hoch. In einer weinerlichen Stimme sang das Mädchen, helle, klirrende Laute, ein Lied, das über einem i tanzte und den Punkt vom i wie einen Ball immer wieder emporwarf und auffing. Die Worte verstand Dorothea nicht. Das Mädchen hatte den Keller verlassen und kroch jetzt die Innentreppe hinauf in den ersten Stock, Richtung Wohnzimmer, Richtung Nische, in der Dorothea und Max standen, und Dorothea beeilte sich, denn das helle Singen wurde langsam dunkler, die Stimme des Mädchens sackte nach und nach ab, wurde vom Glockensopran zum Alt, zum Bariton, zum satanischen Bass. Endlich löste Dorothea das Bild, es war schwer beschädigt, doch sie rollte es zusammen, ohne ihren Blick auf die hintere Tür zu richten, in der gleich das Mädchen mit den schwarzen Haaren im Gesicht erscheinen würde. Nein, Dorothea stürzte durch die vordere Tür hinaus Richtung Ausgang, die Treppe hinunter, durch den Hof und das Tor, lief weiter, ohne sich umzudrehen, stolperte beinah, und Max folgte ihr zum Auto, Dorothea legte das Bild auf die Rückbank, setzte sich auf den Beifahrersitz, atmete heftig, die Hände vor die Ohren gepresst, nichts hören, nichts hören, nichts hören. Lautlos für Dorothea legte Max den Rückwärtsgang ein, lautlos knirschten Reifen über die Steinchen, lautlos wendete Max den Deux Chevaux, lautlos verließen sie Saint-Martin-d'Ardèche, und Dorothea öffnete ihre Ohren und Augen erst wieder, als Max auf die Autobahn fuhr und schneller wurde. Irgendwann, das wusste Dorothea jetzt – und sie erbleichte vor ihrem Mut –, irgendwann würde Max sich hinsetzen und das Bild restaurieren oder es als Vorlage nehmen und neu gestalten, irgendwann würde er das Bild noch einmal malen. Wen du nicht besiegen kannst, dachte Dorothea stumm, den musst du auf deine Seite ziehen, ob als Geist oder als Geisel oder als Verbündeten. Beim zweiten Malen des Bildes wird Max nicht mehr Leonora vor Augen haben, sondern mich, Dorotaya, und daran glaube ich mit meiner ganzen Kraft und allem, was ich bin und habe.

Und Max schaffte es.

Mit Leonora Carrington hatte er Bauch an Bauch gelebt, sie hatte ihn zu sich, in sich gezogen, auf der Suche nach dem Schweigen der Zeit: Es war ihnen nicht gelungen. Mit Dorothea Tanning dagegen stand Max aufrecht, Rücken an Rücken, zwei Krieger, die sich gegenseitig genau diese Rücken freihielten, sie waren nicht mehr allein und öffneten sich neue Räume.

Und Max schaffte es.

Er restaurierte *Ein wenig Ruhe*.

Im Grunde schuf er es noch einmal neu.

Er malte Leonora aus dem Bild heraus.

Und er malte Dorothea in das Bild hinein.

»Es gehört dir, Dorotaya.«

»Ein wenig Ruhe?«

»Bald, Dorotaya, bald.«

21

Und Dorothea begleitete Max bis zum Ende seines Lebens: insgesamt dreiunddreißig Jahre verbrachten sie in ihren gemeinsamen Räumen. Eine magische Zahl. Von seinem neunzehnten Lebensjahr an war Max Ernst dreiunddreißig Jahre lang von Frau zu Frau gestürzt, mal länger, mal kürzer, mal inniger, mal zerstreuter, ein unermüdlich ratterndes Glücksrad von Affären und Beziehungen. Jetzt aber schien Max genug zu haben: Von seinem zweiundfünfzigsten Lebensjahr bis zu seinem Tod würde er dreiunddreißig Jahre lang bei einer einzigen Frau bleiben. Und Dorothea bei ihm.

Lou? Kontrast, Überraschung und Klugheit.

Gala? Körper, Eleganz und Grazie.

Marie-Berthe? Erniedrigung, Verfügbarkeit und Schmerz.

Leonora? Versenkung, Tauchen und Zeitstille.

Peggy? Durst, Befriedigung und Eitelkeit.

Dorothea? Ruhe, Hingabe und Raum.

Dorothea erhielt von Max jedes Jahr zum Geburtstag ein neues Bild mit ihrer Initiale, dem großen D: ein »D-Painting«, nur für sie. Dorothea erlebte den Augenblick, da Max seinen farbbespritzten Malerkittel zerschnitt, ihn samt Pinsel auf Holz montierte und das Kunstwerk *Der Maler* nannte. Zu Dorothea sagte Max den Satz: »Ein Maler mag wissen, was er nicht will. Doch wehe, wenn er wissen will, was er will. Ein Maler ist verloren, wenn er sich findet.« Und Dorothea ließ einmal ein Bild von Max, das sie hatte rahmen lassen sollen, im Bus liegen, aus lauter Zerstreuung, und sie war erstaunt darüber, dass Max – nach ihrer Beichte – nicht etwa in Zorn entbrannte, sondern ihr einfach nur sagte: »Ach, dann mal ich ein neues.« Dorothea war auch dabei, als Willy Brandt sich mit seinem, wie er ihn nannte, Freund Max traf und den ewigen Widerstand des Künstlers rühmte, nicht nur gegen das Nazi-Regime, auch gegen jedwede Engstirnigkeit der Welt, ein Kämpfer, der Künstler, ein ewiger Rebell. Und Dorothea schaute mit Hans Arp und Max im Fernsehen den Grand Prix Eurovision de la Chanson am 5. März 1966. Sie stimmte in den Applaus der beiden alten Männer ein, als der Sieger feststand: Hans Arps Neffe, der Sohn seiner Schwägerin, ein junger Mann namens Udo Jürgen Bockelmann.

»Wie nennt er sich noch mal?«, fragte Max.

»Udo Jürgens.«

»Und ist das Musik?«

»Ich denke schon.«

»Immerhin ein französischer Titel«, sagte Dorothea.

»*Merci, Chérie.*«

»Prost, Leute!«

»Auf deinen Neffen, Hans!«

Und drei Monate später starb der Arp.

Dorothea war bei Max, als die Nachricht eintraf, die Wandmalereien in jenem Haus in Eaubonne seien entdeckt worden, in dem Galapaulmax in den frühen zwanziger Jahren gelebt hatten: Die Blümchentapeten wurden entfernt, die Fresken freigelegt, abgetragen, restauriert. Und Dorothea verrichtete auch den Großteil der Planungsarbeit, als die Eheleute ein Haus bauen ließen, ein echtes Haus diesmal, das letzte: Wie immer lag es auf einem Hügel, jetzt in der Nähe von Cannes. Als die alten Eheleute einzogen, bereitete es Max schon Mühe, den Hügel zu erklimmen, er glich immer mehr jenen Belote-Rentnern, die er in Saint-Martin-d'Ardèche beobachtet und von denen er Gelassenheit gelernt hatte: sich nicht aufregen, wenn mal etwas misslingt, nicht-wollen-was-man-will, loslassen.

Auch Dorothea ließ los. Mit neunundfünfzig Jahren wartete sie endlich nicht mehr auf die eine originelle Idee, auf die sie ihr Leben lang gewartet hatte: in Galesburg, Chicago, New York, Sedona, Paris, Huismes und Seillans. Und in genau jenem Augenblick, da sie das Warten auf die Idee beendete, hüpfte genau diese Idee aus der Tuba. Ja, es war während eines Konzerts: Stockhausen wurde gespielt. Und die Tuba wurde von einem übergewichtigen, glatzköpfigen Mann geblasen, der sich in den Pausen mit einem Tuch die Stirn tupfte. Das Tuch baumelte am Notenständer. Und schon war sie da, die Idee: Stoff! Tuch! Vergängliche Materialien! Ja! Stein, Bronze, Kupfer, Leinwand und Farbe? Geschaffen für die Ewigkeit? Wer hatte entschieden, dass ein Kunstwerk unsterblich sein muss? Was geschähe, wenn auch Kunstwerke stürben? Sich auflösten wie stoffliche Körper? Wäre das nicht viel tröstlicher für den Betrachter? Kunst ist keine Ewigkeitsreligion. Kunst ist das Fest des Augenblicks. »Ich sah sie ganz deutlich, lebende Materialien, zu lebenden Skulpturen geformt, deren Lebenserwartung etwa der unseren entsprach. Vergänglich würden sie sein und gebrechlich, um mir zu gefallen, die sie schuf und überlebte. Plötzlich fühlte ich mich zufrieden und stark, als ich um mich blickte. Niemand wusste, was in mir vorging.« Dorothea machte sich an die Arbeit, und sie nähte und strickte ihre Stoffskulpturen: Und irgendwann würde der Stoff auseinanderfallen und verrotten. Man könnte ihre Werke sogar zu Grabe tragen oder verbrennen, ja, ihre Kunst brauchte keine Metaphern, um auf den Tod zu verweisen. Dorotheas Werke starben selber: ins Ende geknüpft von Anfang an.

»Max«, sagte Dorothea.

»Ja?«

»Bei deinen ›D-Paintings‹?«

»Ja?«

»Steht das D für Dorothea? Oder für Death?«

»Für Desire.«

Und auch das Ende von Max näherte sich. Das Anschleichen des Todes, der Sprung, das Zupacken: der Schlaganfall. Ein Jahr lang hielt der Tod seine Beute zwischen den Zähnen. Max konnte kaum zappeln. Während sein Kopf noch arbeitete, streikten die Hände, sie wollten zwar immer noch, sie konnten aber nicht mehr. Es folgte der Rückzug in sich selbst. Stunden, die er daheim vorm Fernseher verbrachte. Wochen, in denen er selber zur Leinwand wurde, bespritzt von Farben und Lichtern aus dem Monitor, Comics und Hitparaden, Mozart und Donald Duck, Prokofjew und *Griechischer Wein*. Und Dorothea stand auch dabei, als Max ein letztes Mal seinen Sohn Jimmy sah und nicht aufhören konnte zu reden und zu schwelgen, in Erinnerungen, und sogar erzählte vom Jahr 1922, dem Jahr, da Max seinen Sohn Jimmy und Jimmys Mutter Lou verlassen hatte und nach Paris gegangen war, zu Paul und Gala.

»Weißt du, Jimmy«, sagte Max, »das war nicht leicht. Nein. Ich will keine Vergebung. Ich will kein Mitleid. Ich habe dich verlassen, Jimmy. Lou und dich. Du bist ohne mich aufgewachsen. Das ist etwas, das ich dir nicht mehr zurückgeben kann. Es tut mir leid. Das ist auf immer verloren. Ich habe vieles erleben dürfen. Vater war ich nie. Aber ich will kein Mitleid. Nein, nein, ich bin der, der gegangen ist. Ich bin der, der es so gewollt hat. Jaja. Ich habe oft gedacht: Wie wäre mein Leben verlaufen, wenn ich damals …? Egal. Bei jeder Trennung, Jimmy, gibt es einen Abend davor, Jimmy, Jimmy, hörst du? Und an diesem Abend habe ich mich von dir verabschieden wollen, Jimmy. Du bist damals erst zwei Jahre alt gewesen. Ich bin zu dir ins Zimmer getreten: Die Wirtin hatte dir ein Schaukelpferd hingestellt. Du hast auf dem Schaukelpferd gehockt, auf dem Pferdchen, auf dem *Dada*, so nennen es die Kinder in Paris, viviviel kleiner als Leonoras riesiges weißes Schaukelpferd namens Tartar. Und du, Jimmy, du hast mir den Rücken gekehrt auf dem Schaukelpferd, ja, du hast wild gewippt und gelacht und gekreischt vor Vergnügen und immer wieder ein einziges Wort gerufen: Galopp! Galopp! Nur konntest du es noch nicht richtig aussprechen mit deinen zwei Jahren. Und so klang das Wort wie Lopp! Lopp! Siehst du? Loplop. Loplop. Ich liebe dich, Jimmy, aber da fällt mir ein: Hast du was von Lou gehört? Hat sie wieder geheiratet? Lebt deine Mutter bei dir in Amerika? Wie geht es ihr? Deine Mutter ist eine besondere Frau, Jimmy. Wie alt ist sie jetzt? Kannst du mir den Elefantenrotz dort drüben von der Bettdecke wischen? Der klebt immer komische Bananen dahin. Gib mir doch mal den Zollstock. Ich muss meine Idylle für vier Mäntel und Ziegenbart komponieren. Junge, sag doch auch mal was! Ich hab Angst, Jimmy.«

22

Seine Pariser Wohnung. 1976. Rue de Lille. 1. April. Max schreckte auf. Die Angst war nach wie vor da. Aber sein Humor versiegte nicht. Auch nicht, als der Tod schon klopfte. Er rief nach Dorothea, und Dorothea eilte herbei. Max war plötzlich ganz klar. Ein Ende des Dämmerns. Aber kurz nur.

»Was für ein Tag ist heute?«, flüsterte Max.

»Der 1. April«, sagte Dorothea.

»Dann habe ich morgen Geburtstag?«

»Ja.«

»Weißt du, was ich merkwürdig finde?«, fragte Max. »Damals, in Paris, da gab es überall Plakate. Werbeplakate. Für ein Getränk. Das hieß Byrrh. Kennst du das? Byrrh. Ein Aperitif. Aber ich habe nie jemanden gesehen, der Byrrh getrunken hat. Nie. Gibt es das überhaupt, Byrrh?«

»Du musst dich ausruhen, Max.«

»Oder gibt es nur die Plakate?«

»Ich weiß nicht, Max.«

»Habe ich dir schon dein Bild gemalt dieses Jahr?«

»Nein.«

»Tut mir leid, Dorotaya.«

»Das muss dir nicht leidtun.«

»Welches Jahr haben wir?«, fragte Max.

»1976.«

»1. April 1976. Dann werde ich morgen fünfundachtzig?«

»Ja.«

»Bin doch noch jung, oder?«

»Wenn du das sagst.«

»Ich stehe in der Blüte meiner Füße.«

Dorotheas Lächeln glitzerte.

»Hast du eine Ahnung, wie viele Bilder ich in meinem Leben gemalt habe?«, fragte Max.

»Nein.«

»Wie viele Skulpturen gemacht?«

»Nein.«

»Ich auch nicht. Ist das nicht schön?«

»Ja.«

»Einfach machen.«

»Ja.«

»Nichts wissen.«

»Ja, Max.«

»Krieg ich eine Cola?«

»Ich hol dir eine.«

Als Dorothea zurückkehrte, schlief Max in den Tod hinein. Es war sehr früh am Abend. Sein Atem schwächelte, die Pausen wurden länger, die Züge schwerer, als trockne Zement in seiner Brust. Dorothea streichelte ihm die Hand, aus der so viele Striche geschlüpft waren. Auf seine Wangen legte sich ein letzter Schalk, ein müde gehüpfter Schalk, aber immer noch ein Schalk, als dächte Max gerade etwas Lustiges, das er Dorothea gerne noch zugeflüstert hätte: »Das ist kein Aprilscherz, Dorothea. Nein. Ich meine es ernst. Ich sterbe jetzt wirklich. Glaub mir! Jetzt. Gleich.« Aber für solche Worte fehlte ihm die Kraft. An der Wand hingen zwei seiner späten Bilder: *Nichts geht mehr* und *Der letzte Wald*. Dorothea war, als blickten die Bilder aus ihren Rahmen zu Max. Als hielten sie die Luft an. Aber nur kurz. Und Dorothea hörte die Bilder lautlos raunen: Es ist gut, Max. Du darfst gehen jetzt. Wir werden es den Leuten schon zeigen. Deine Rebellion. Gegen jede Enge. Gegen jeden Käfig. Gegen jede Grenze der Welt. Es ist gut, Max. Du darfst gehen jetzt. Mach dich ruhig in den Staub. Wir sind nicht allein. Wir sind stark. Wir bleiben. Du kannst uns glauben: Nichts stirbt hier. Es ist gut, Max. Du darfst gehen. Jetzt.

LITERATUR

Auf den angegebenen Seiten finden sich im Roman Zitate und Hinweise aus folgenden Werken:

ABERTH, SUSAN L.: Leonora Carrington. Surrealism, Alchemy and Art. Lund Humphries, Farnham 2010. *Seite 271.* | ARP, HANS: Gesammelte Gedichte. Band 1. Gedichte 1903–1939. Limes, Wiesbaden 1963. *Seiten 61 f.* | BONA, DOMINIQUE: Gala. Mein Leben mit Éluard und Dalí. Übersetzt von Katrin Seebacher und Una Pfau. S. Fischer, Frankfurt 1996. *Seiten 110, 117.* | BRETON, ANDRÉ: Nadja. Übersetzt von Bernd Schwibs. Suhrkamp, Frankfurt 2002. *Seite 174.* | CARRINGTON, LEONORA: Das Haus der Angst. Übersetzt von Heribert Becker und Edmund Jacoby. Suhrkamp, Frankfurt 2008. *Seiten 246, 257, 316, 518.* | DER ARP IST DA! DER MAX IST DA! Hundert Jahre Freundschaft Max Ernst und Hans Arp. Ausstellungskatalog. Max Ernst Museum Brühl des LVR, Brühl 2015. *Seiten 63, 76, 82, 106.* | ÉLUARD, PAUL: Liebesbriefe an Gala 1924–1948. Übersetzt von Thomas Dobberkau. Hoffmann und Campe, Hamburg 1987. *Seiten 198, 334 f.* | ÉLUARD, PAUL: Œuvres complètes. Band I: 1913–1945. Gallimard, Paris 1968. *Seiten 97, 99, 102, 116* (zitiert nach Jean-Charles Gateau (s.u.), übersetzt vom Autor). | ÉLUARD, PAUL: Manifestation Philosophies du 18 mai 1925. In: La Révolution surréaliste. Nr. 4, Paris 1925. *Seite 551.* | ERNST, JIMMY: Nicht gerade ein Stilleben. Erinnerungen an meinen Vater Max Ernst. Kiepenheuer & Witsch, Köln 1985. *Seiten 214, 234, 286, 451.* | ERNST, MAX: Schnabelmax und Nachtigall. Texte und Bilder. Edition Nautilus, Hamburg 1994. *Seiten 41 f., 80, 152, 173, 203.* | ERNST, MAX: Écritures. Gallimard, Paris 1970. *Seiten 76, 107 f., 188, 460, 539.* | ERNST, MAX UND ÉLUARD, PAUL: Die Unglücksfälle der Unsterblichen. Mit 21 Collagen von Max Ernst. Spiegelschrift 7. Galerie Der Spiegel, Köln 1971. *Seite 140.* | FISCHER, LOTHAR: Max Ernst. Mit Selbstzeugnissen und Bilddokumenten. Rowohlt, Reinbek 1969. *Seiten 36, 39, 41 f., 51 f., 62, 68, 74.* | FITTKO, LISA: Mein Weg über die Pyrenäen. Erinnerungen 1940/41. Hanser, München 1985. *Seite 382.* | GATEAU, JEAN-CHARLES: Paul Éluard oder Der sehende Bruder. Biographie ohne Maske. Übersetzt von Roswitha Litzka. Edition q, Berlin 1994. *Seiten 105, 141, 147, 195, 338–341.* | GUGGENHEIM, PEGGY: Ich habe alles gelebt. Übersetzt von Eva Malsch. Bastei Lübbe, Köln 1998. *Seiten 316, 363 ff., 374, 448 f., 538.* | HILLE, KAROLIN: Gefährliche Musen. Frauen um Max Ernst. Edition Ebersbach, Berlin 2007. *Seite 335.* | LE BRUN,

ANNIE U. A.: Leonora Carrington. La mariée du vent. Gallimard, Paris 2008. *Seiten 519 f.* | MAX ERNST LÄSST GRÜSSEN. Peter Schamoni begegnet Max Ernst. Ausstellungskatalog. LWL-Museum für Kunst und Kulturgeschichte. Coppenrath, Münster 2009. *Seiten 10, 219, 538, 566.* | MAX ERNST: Mein Vagabundieren – meine Unruhe:. Film von Peter Schamoni, 1991. *Seite 285.* | MAX ERNST. Fotografische Porträts und Dokumente. Ausstellungskatalog. Stadt Brühl, Brühl 1991. *Seite 538.* | RILKE, RAINER MARIA: Die Aufzeichnungen des Malte Laurids Brigge. Insel, Frankfurt 1982. *Seite 202.* | RUSSELL, JOHN: Max Ernst – Leben und Werk. Übersetzt von Susanne B. Milczewsky. DuMont, Köln 1966. *Seite 154.* | SCHMID, SILVANA: Loplops Geheimnis. Max Ernst und Leonora Carrington in Südfrankreich. Kiepenheuer & Witsch, Köln 1996. *Seiten 303, 312 f.* | SPIES, WERNER: Mein Glück. Erinnerungen. Hanser, München 2012. *Seiten 518, 523, 556.* | STIRNER, MAX: Der Einzige und sein Eigentum. Reclam, Stuttgart 1986. *Seite 31.* | STRAUS-ERNST, LUISE: Nomadengut. Sprengel Museum Hannover, Dallas Ernst, Hannover 1999. *Seiten 45, 59, 120, 214, 381, 383.* | SURREALISMUS UND WAHNSINN / SURREALISM AND MADNESS. Herausgeber: Thomas Röske und Ingrid von Beyme. Wunderhorn, Heidelberg 2009. *Seiten 170 f., 178.* | TANNING, DOROTHEA: Birthday. Lebenserinnerungen. Übersetzt von Barbara Bortfeldt. Kiepenheuer & Witsch, Köln 1990. *Seiten 319 ff., 323, 561, 568.* | ÜBER MAX ERNST. Gespräche. Herausgeber: Jürgen Wilhelm. Greven, Köln 2010. *Seite 192 f.*

Des Weiteren gehen im Roman verwendete Informationen u. a. auf folgende Werke zurück:

BRETON, ANDRÉ: Die Manifeste des Surrealismus. Übersetzt von Ruth Henry. Rowohlt, Reinbek 1986. | FEUCHTWANGER, LION: Der Teufel in Frankreich. Ein Erlebnisbericht. Langen Müller, München 1983. | FRY, VARIAN: Auslieferung auf Verlangen. Die Rettung deutscher Emigranten in Marseille 1940/41. Übersetzt von Jan Hans und Anja Lazarowicz. Hanser, München 1986. | PEGGY GUGGENHEIM – EIN LEBEN FÜR DIE KUNST. Film von Lisa Immordino Vreeland, 2015. | SEINE AUGEN TRINKEN ALLES. Max Ernst und die Zeit um den Ersten Weltkrieg. Ausstellungskatalog. Max Ernst Museum Brühl des LVR, Brühl 2014. | SPIES, WERNER: Vox Angelica. Hanser, München 2014. | SPIES, WERNER: Max Ernst. Collagen – Inventar und Widerspruch I und II. Berlin University Press, Berlin 2008. | SPIES, WERNER: Max Ernst. Loplop. Die Selbstdarstellung des Künstlers. Prestel, München 1982. | VILLA AIR BEL. Film von Jörg Bundschuh, 1987. | WEISSWEILER, EVA: Notre Dame de Dada. Luise Straus-Ernst – das dramatische Leben der ersten Frau von Max Ernst. Kiepenheuer & Witsch, Köln 2016.

INHALT